U0105698

普通高等教育市场营销专业"十二五"规划教材

营 销 策 划

主　编　马鸿飞
副主编　李春富　乔朋华

机械工业出版社

本书从案例——原理——实务的逻辑顺序出发，设计了每一章的内容，具体划分为三部分：第一部分为营销策划的基础理论，包括营销策划概述、企业策划书的设计与撰写、营销策划的创意等；第二部分为营销策划实务，包括策划环境分析、营销战略开发策划、营销战术策划、会议与会展营销策划、营销战术策划新趋势、营销策划的实施与控制等；第三部分为营销策划综合实训，包括营销策划经典案例分析、营销策划实践训练项目等。

本书既可以作为高等院校市场营销及相关专业的教材，也可以作为从事营销管理、营销策划人员的参考书。

图书在版编目（CIP）数据

营销策划/马鸿飞主编 . —北京：机械工业出版社，2011.6
普通高等教育市场营销专业"十二五"规划教材
ISBN 978 - 7 - 111 - 34217 - 5

Ⅰ.①营… Ⅱ.①马… Ⅲ.①营销策划—高等学校—教材
Ⅳ.①F713.50

中国版本图书馆 CIP 数据核字（2011）第 071006 号

机械工业出版社（北京市百万庄大街 22 号　邮政编码 100037）
策划编辑：曹俊玲　责任编辑：曹俊玲　何　洋
版式设计：张世琴　责任校对：袁凤霞
封面设计：张　静　责任印制：乔　宇
三河市国英印务有限公司印刷
2011 年 7 月第 1 版第 1 次印刷
184mm×260mm · 18.75 印张 · 462 千字
标准书号：ISBN 978 - 7 - 111 - 34217 -5
定价：38.00 元

凡购本书，如有缺页、倒页、脱页，由本社发行部调换
电话服务　　　　　　　　　网络服务
社 服 务 中 心：(010) 88361066　门户网：http://www.cmpbook.com
销 售 一 部：(010) 68326294
销 售 二 部：(010) 88379649　教材网：http://www.cmpedu.com
读者购书热线：(010) 88379203　**封面无防伪标均为盗版**

前　言

　　营销策划是企业营销活动的系统运作与策略运用以及不断创新的过程。现今，企业之间的竞争已不再仅取决于企业所拥有的生产资源的优势，而主要取决于知识、技术和信息的投入和利用程度。营销策划则是集知识、技术和信息于一体的展台，不同的企业、组织和个人在这一展台上展示了不同的风采。

　　营销策划是现代企业经营活动的主要内容之一。作为市场营销专业的学生，如何掌握营销策划的基本理论、方法和操作程序，是我们多年在教学中一直探索的问题。本书从案例——原理——实务的逻辑顺序出发，设计了每一章的内容，具体划分为三部分：第一部分为营销策划的基础理论，包括策划的内涵、营销策划的要素、营销策划的流程、营销策划的创意、企业策划书的设计与撰写等；第二部分为营销策划实务，包括策划环境分析、营销战略开发策划、营销战术制定策划、营销战术策划新趋势、营销策划的实施与控制等；第三部分为营销策划综合实训，包括营销策划经典案例分析、营销策划实践训练项目等。本教材的特色体现在以下几个方面：

　　第一，案例新颖，受众熟悉。选用受众熟悉的新颖案例来诠释营销策划的原理，既利于理解，又利于记忆。如《开心农场》中火暴的"偷菜"项目、智利矿难与三一重工的企业营销等，说明成功营销需要成功策划。

　　第二，体例创新，易于教学。诸多的营销策划教材，内容都是沿袭营销策划的基础理论和营销策划实务两部分。而营销策划是一门以培养学生实际应用能力为主的课程，为了配合教学，在体例上增加了营销策划综合实训部分，包括营销策划案例分析方法、营销策划实践训练项目教学法、营销策划实践训练项目等方面的内容。

　　第三，内容丰富，操作性强。在营销战术策划新趋势中，详细介绍了会议营销策划、会展营销策划、企业关系营销策划、网络营销策划、服务营销策划、房地产营销策划，具有较强的可操作性。

　　本书的适用范围较广，既可作为高等院校市场营销及相关专业的教材，也可作为从事营销管理、营销策划人员的参考书。

　　本书编写工作分工如下：马鸿飞编写第1章、第3章、第4章；李春富编写第2章、第10章、第11章、第12章；张雪编写第5章、第6章；李玥编写第7章（第1节、第3~5节）；乔朋华编写第8章、第9章（第1~3节）；马鸿凌编写第7章（第2节）、第9章（第4节）。全书结构由马鸿飞、李春富策划。马鸿飞负责全书的修改和总纂。

　　本书参考了许多营销策划界专家学者的研究成果，在此一并表示诚挚的谢意！同时也希望对本书的错误和疏漏，读者不吝赐教。

编　者

目　　录

第1篇　营销策划的基础理论

第 1 章　营销策划概述

【学习目标】
1. 理解策划对组织及个人的作用
2. 掌握策划的内涵
3. 掌握营销策划的要素
4. 熟悉营销策划的流程

【内容图解】

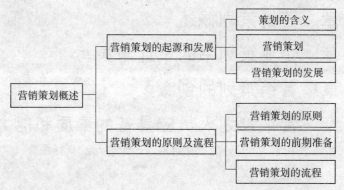

【导读案例】

如果要评选 2009 年的热门网络词汇，《开心农场》一定榜上有名。这个于 2008 年年末推出的社交游戏，最先登录校内网（后改名人人网），之后迅速风靡网络世界，造就了 SNS（社会化网络）神话。目前，《开心农场》在国内已经与腾讯、人人网、51. com 等社区进行了合作，拥有超过千万用户。与《开心农场》的知名度相比，其背后的开发运营商——上海五分钟网络科技有限公司却鲜为人知。

那是 2008 年的 9 ~ 10 月，尽管五分钟创业团队对这款社交游戏的用户数量很有信心，但他们对于收入情况却没有把握。那个时候，整个社交游戏产业都没有发展起来，处于没有人知道最终的盈利模式会是怎么样的艰难时期。

面对有用户无收入的状态，五分钟创业团队也曾因为无法找到商业模式而心灰意冷过，甚至也想到过放弃这一游戏。最终，他们还是选择了坚持。因为他们非常看好社交游戏的前景。坚持了一两个月，他们发现用户越来越多了。《开心农场》自 2008 年 11 月初上线后，对用户和业界都造成了很大影响。

在对产品进行整理之后，五分钟创业团队针对即将到来的圣诞节推出了一项活动，这项活动的推出也意味着社交游戏有了收费模式。他们是中国第一个采用虚拟道具的模式向用户收费的公司。2008 年 12 月 16 日，他们通过虚拟道具收费赚了 8000 元。

尽管后来也有一部分的广告收入，但虚拟道具收费已成为可以支撑社交游戏产业的主要收入来源。与五分钟合作的平台有人人网、漫游、51. com、腾讯、百度等。除了与腾讯是合作模式外，其他均由五分钟独立运营。以与人人网的合作为例，五分钟和人人网按照 6:4

分成。总体来说，五分钟能得到总收入的 48%。

2009 年 4 月，《开心农场》开始在 Facebook 上运营，每天约有 200 多万全球用户开始玩起了"偷菜"游戏，这标志着《开心农场》已打入了国际市场。但是五分钟团队的策划并没有停下脚步，为了不至于使用户对原有的"偷菜"产生厌倦，他们又历时半年研发出了《开心农场 2》，并首先选择在 Facebook 平台上推出。《开心农场》中火暴的"偷菜"项目将会在《开心农场 2》中被改造为"爱菜"，且所有的东西都是有生命的，包括种植的蔬菜。"比如你来到我的农场，我的菜可能会对你说话：'我需要阳光。'这样你就可以选择给我的蔬菜加一点阳光。"游戏中的各种生命、农场和家的不同组合构成了一个 DIY 空间。这些都表明了五分钟的核心竞争力源自"人无我有"的策划。

（资料来源：根据《中国经营报》开心农场："五分钟"演绎的"偷菜"故事改编，2010.2.22.）

1.1　营销策划的起源和发展

1.1.1　策划的含义

1. 策划与企业经营

任何一个企业在经营中所追求的目标都离不开收入最大化、利润最大化、投资收益最大化和成本最小化。然而，现代企业之间的竞争已不再只是取决于企业所拥有的原材料及能源的优势，而主要取决于知识、技术和信息的投入和利用程度。营销策划则是集知识、技术和信息于一体的展台，是企业经营的主要活动内容之一。在 20 世纪 80 年代末，美国的赫尔伯特、莱尔曼和霍尼格（Hulbert，Lehmann & Hoenig）就曾作过调查，结果显示，负责营销工作的高级领导层中有 90% 以上的经理，每年都要参与具体的营销策划工作，一年平均有 45 天时间是花在营销策划中的。也就是说，一年中除去休息日，营销策划的时间要占全年工作时间的 17% 左右。

经济学大师萨缪尔森说过："市场类似于天气，总是变化莫测，风暴不时起伏错综复杂而又富于魅力。正像研究气象一样，仔细研究市场之后我们也会发现：各种随机运动的背后，似乎也隐藏着某些确定的因素和机理。"为了适应不断变化的复杂的营销环境，营销策划的作用突出表现在：为营销者服务；确定竞争优势的资源；设立目标和战略。

从《开心农场》项目的策划中可以看到：营销过程中提供的产品是社交游戏，是让人一有空闲就可以玩的游戏。与认识的人一起玩游戏，一次不超过五分钟，这是社交游戏参与者的最低时间成本。而五分钟团队的竞争优势也是显而易见的坚持原创、靠产品解决问题。该团队的目标和战略是致力于成为一家全球卓越的社交游戏开发与运营商，以"创造可分享的快乐"为使命。五分钟团队希望通过丰富多彩的社交游戏，让人们利用学习、工作和生活中的一个个"五分钟"，和亲朋好友保持互动，一起体验游戏的乐趣。

企业经营过程中通过营销策划，明确企业发展的目标和方向，明确如何通过一种方式同消费者接触，找到契合点，形成一种张力，最终决胜于终端。这就是策划与企业经营的关系。

2. 策划与社会生活

人与其他动物的主要区别，就在于人能够为自己的一切活动进行事先策划。策划的关键是用"策",而用"策"就离不开创造性思维;策划中的"划",指的是富有策略的计划中的"计划"成分。可以说,从人际交往、企业竞争,到外交往来、两军对阵;从经营企业、开拓市场,到发展事业、繁荣国家……都必须审时度势、运筹帷幄,这就是策划。

海南省的博鳌原本只是一个不知名的海边小镇。1998 年 9 月,由菲律宾前总统拉莫斯、日本前首相细川护熙和澳大利亚原总理霍克发起的"亚洲论坛"在博鳌举行,使得原来默默无闻的博鳌名声大振。此后,亚洲论坛每年举行一次,博鳌被确定为永久性会址。对亚太地区的政府、组织及专家学者而言,博鳌亚洲论坛是一个对话的平台;对小镇当地和海南省来说,博鳌亚洲论坛是一个千载难逢的发展机遇;而对众多企业家来说,博鳌亚洲论坛则是一个巨大的商机。这些正是当年的策划者为博鳌小镇发展的贡献所在。

通过国际性活动的举办成功地推广自己,世界闻名的一些"小地方"都有类似的经历:地处地中海边的戛纳数十年前也是一个小小的渔村,由于适宜的气候和成功的策划,电影节、广告节、房产节等各种重要的国际会议和文化活动,使戛纳成了世界闻名的旅游度假胜地。

一个美国大学生发现高校的教育制度存在很多弊端,但他的意见和建议未被校长接受,于是他决定自己办大学,自己当校长,来消除这些弊端。他每天都在冥思苦想如何得到 100 万美元的办学启动经费,同学们都认为他在做梦。一次,他筹备了一个演讲会,题目叫《如果我有 100 万美元怎么办》。经过多方努力,演讲会吸引了很多商界人士,其中一名商人菲利普·亚默说:"小伙子,你讲得非常好。我决定给你 100 万,就照你说的办学吧。"于是,年轻人用这笔钱创办了亚默理工学院,这就是著名的伊利诺伊理工学院的前身。这个年轻人就是后来备受爱戴的教育家冈索勒斯。

策划伴随着每个人的生活,无论是锐意进取、志向高远的有志者,还是淡泊名利、随遇而安的乐天派,无论是组织还是个人和家庭,策划都具有普遍性及实用性。

3. 策划释义

策,在《辞源》中有 8 个义项,其中"马鞭"、"杖"、"简"、"策书"、"一种文体"、"占卜用的蓍草"等作名词用;"以鞭击马"作动词用;但其最重要、最常用而广泛流传下来的是"谋略"的意思。

划,在《辞源》中义项不多,而"筹谋"意思较常用,但一般是把"策"和"划"联系起来,作筹谋、策略、谋略解释。

人类发展的过程中,人们为了实现特定的目标,要对未来可能发生的情况进行分析、判断、推理、预测、构思、设计,进而作出事前的决策,这些行为过程就是策划活动。策划不是凭空杜撰,而是在现实所提供条件的基础上进行谋划。策划者要尽可能多地掌握各种现实情况,全面地了解形成客观实际的各种因素及其信息,包括有利的与不利的因素,并分析研究收集到的材料,找出问题的实质和主要矛盾,再进行策划。这样的策划针对性强,并合理可行。策划具有明确的目的性。策划一定要围绕既定的目标或方针,努力把各项工作从无序转化为有序。策划可以使人们正确把握事物发展变化的趋势及可能带来的结果,从而确定能够实现的工作目标和需要依次解决的问题;策划可以比较与选择方案,针对某一个目标,可以拟订多个策划方案,人们对其进行权衡比较、扬长避短,选择最合理、最科学的方案。策划是一种连续性、系统性的活动过程,即任何策划都不是一成不变的。

简言之,策划是为了提高成功的可能性而针对未来要发生的事情所作出的当前决策以及决策的执行与控制过程。

1.1.2　营销策划

1. 营销策划的定义及要素

（1）营销策划的定义。在生产、销售的经营活动中，营销对企业成功的贡献在于，识别和把握未来的机会，以满足消费者不断变化的需要。营销策划的过程就是明确在一定时期内向谁提供产品和服务的问题。

营销策划，是一个企业对未来活动的设计和安排。在日本称其为企画或企划，"企划"一词在发达国家有着较高的使用频率。营销策划是指在对企业内外部环境予以准确分析，并在有效运用经营资源的基础上，对一定时间内企业营销活动的行动方针、目标、战略以及实施方案与具体措施进行设计和计划。可见，营销策划不是策划的全部内容。

（2）营销策划的要素

1）营销策划必须有崭新的创意。策划的内容必须新颖奇特、扣人心弦，使人产生新鲜、有趣的感觉。

1980 年，英国人基特·威廉姆斯创作出版了一本名为《化妆舞会》的儿童读物，要小读者根据书中的文字和图画猜出一件"宝物"的埋藏地点。"宝物"是一枚制作极为精巧、价格高昂的金质野兔。该书出版后，俨如一阵旋风，不但数以万计的青少年，连各阶层的成年人也怀着浓厚的兴趣，按自己在书中得到的启示，在英国各地寻宝。历时两年多，在英国的土地上留下了无数被挖掘的洞穴。最后，一位 48 岁的工程师在伦敦西北部的浅德福希尔村发现了这枚金兔，一场群众探宝的运动才告结束。这时，《化妆舞会》已销售了 200 多万册。

2）营销策划必须有明确的目标。营销目标主要包括创造品牌的知名度、增进品牌知识与兴趣、树立品牌形象、激发购买意向等。如果没有具体的营销目标，策划则无法执行。

3）营销策划必须有实现的可能。在现有的人力、财力、物力及技术条件下，只有实现的可能性才是策划，否则再好的策划也是空谈。

2. 营销策划的特点

（1）超前性。策划是对未来环境判断，并对未来作出安排的行为。因此，营销策划是对未来营销活动进行策划和安排的一种超前行为。

（2）服从性。营销策划的目的在于实现企业的战略目标，因此其必须服从企业的整体战略。这是营销策划实施的前提条件。

（3）系统性。营销策划具有系统性。首先表现在时间上，营销策划需要一系列的营销活动来支持和完成，其每一环节总是相辅相成的；其次表现在空间上的立体组合，营销活动需要多种因素配合，尤其需要营销要素的立体组合。

（4）复杂性。营销策划是一项要求投入大量智慧的高难度脑力劳动。首先，营销策划需要大量知识和直接经验的投入，一项优秀的营销策划是多学科知识的综合运用和融会贯通，并且能够灵活地与策划知识结合起来；其次，要有大量的当前知识和直接经验运用到营销策划中，营销策划过程中优秀的营销策划创意来源于现实，来源于对现实大量信息的占有、分析和提炼；再次，营销策划需要进行庞杂的信息处理；最后，在处理大量营销信息的基础上，进行综合分析、比较分类、抽象概括，进行策划创意。

（5）动态性。任何营销策划活动，都是一个动态的发展过程。市场有其特殊性，而且瞬息万变，这就要求以市场为基础的营销策划需具有灵活性和可调整性的特点。

3. 营销策划的分类

营销策划由于涉及领域广阔、内容丰富，可以根据不同的策划要求，从不同的角度对营销策划进行分类。

（1）按营销策划的主体划分。根据市场营销策划主体的差异性，可以把市场营销策划分为企业内部自主型市场营销策划和外部参与型市场营销策划。企业内部自主型市场营销策划，是指企业内部专职营销策划部门（如策划部、企划部、市场部等）从事的市场营销策划活动。企业内部自主型市场营销策划的特点是在熟悉企业内部资源状况和条件的情况下制订策划方案，可操作性强，但方案的创意与理念设计受企业文化或管理体制的约束和影响，否定意识淡薄，对市场冲击效果可能要差。

外部参与型市场营销策划，是指委托企业以外专门从事营销策划的企业（如营销策划公司、管理咨询公司、市场研究公司、广告公司或公关公司等）从事的市场营销策划活动。有的企业也委托高等院校、科研院所或个体的专家、教授参与企业的市场营销策划。外部参与型市场营销策划的特点是显性投入高，隐性投入低，起点高，视角不同，创意新奇，理念设计战略指导性强，方案逻辑系统性强，但可操作性不强，特别是没有严格的商业契约约束的策划方案，可行性较差。

（2）按营销策划的客体划分。按市场营销策划的客体，可以把市场营销策划分为市场营销整体策划、市场调研策划、市场营销战略策划、新产品开发策划、价格制定策划、营销渠道策划、公关策划、广告策划、CI 策划、CS 策划等。

（3）按营销策划的内容划分。按市场营销策划的内容，可以把市场营销策划分为营销战略策划和营销战术策划。营销战略策划注重企业的营销活动与企业总体战略之间的联系，内容涉及根据企业的战略发展方向、战略发展目标、战略重点与核心竞争力设计企业的营销战略。具体包括：

1）营销战略目标的策划。通过对企业内外部环境的分析，利用优势、把握机会，扭转劣势、避免威胁，并根据企业所选择的竞争战略模式（成本领先战略、差别化战略和焦点战略）确定营销在其中的地位。根据企业的营销现状，确定企业一定时期的营销目标，如品牌知名度与影响力、产品的市场占有率、相对市场占有率、完成任务的时间等。

2）营销战略重点的策划。通常根据企业已确定的营销战略目标，结合企业的优势，如品牌优势、成本优势、销售网络优势、技术优势、质量优势等，确定企业的营销重点；再通过营销策划，创造出企业的核心竞争力。

3）STP 的策划。STP 是 Segmenting、Targeting 和 Positioning 的缩写，意为市场细分、确定目标市场和定位。

营销战术策划注重企业营销活动的可操作性，是为实现企业的营销战略所进行的战术、措施、项目与程序的策划。具体包括：

1）营销因素的整合策划。根据企业的营销战略，对企业可以控制的所有营销因素进行整合，以求达到整体优化。

2）营销项目策划。根据企业营销战略所确定的营销重点，企业还可以进行一些项目策划，如品牌策划、产品策划、服务策划、促销策划等。

　　了解营销策划的分类，便于认识营销策划的本质和各个不同的侧面，并根据企业的实际需要和策划人的条件，设计、委托或接受不同的营销策划任务。

1.1.3　营销策划的发展

　　中国是策划的发源地。在古代，策划广泛应用于军事、政治和外交领域。在中国，策划的第一次大发展是在春秋战国时期。期间的齐王与田忌赛马、邹忌讽齐王纳谏、苏秦合纵齐抗秦、张仪连横破六国、信陵冒死窃兵符等，都是中国古代典型的策划案例。

　　策划虽然发端于中国，然而策划科学的真正成熟却是在西方的 19 世纪后期。由于第一次和第二次技术革命所推动的工业革命以及由此推进的国际化大科技、大工业、大经济的发展，使仅由个人或少数几个人凭经验所作的策划难以满足日益激烈的竞争趋势，这就提出了依靠专家智囊作为科学策划参谋助手的现实需要，现代策划业包括咨询业、顾问业、策划业在内的智囊产业逐渐发展起来。首先在发达国家出现了一批服务于政治决策、军事决策、经营决策等决策活动的"脑库"，即智囊机构，如美国的兰德公司、斯坦福国际咨询研究所、巴特尔纪念研究所，日本的野村综合研究所、三菱综合研究所，德国的工业设备企业公司，英国的艾特金斯咨询公司等。

　　中国在 20 世纪 80 年代以后，也出现了咨询公司、策划公司、策划师协会一类专业机构和团体，许多企业成立了策划部，策划师在 20 世纪 90 年代成为一种专门的社会职业。特别是 2001 年中国加入世界贸易组织以后，不仅市场竞争愈加激烈，而且中国企业普遍意识到，不管自己愿意与否，客观现实是企业是在一个全球化的舞台上展开竞争。随着竞争的不断加剧，越来越多的企业开始学习和运用西方管理领域的先进理论和丰富经验，越来越多的企业开始关注消费者的需求，并且试图通过各种手段满足消费者的需求。这一阶段的另外一个特征是基于对消费者力量的重视，企业普遍开始加强自身的品牌建设。而各种西方管理理念，如整合营销理论，开始为越来越多的企业所采用。出现了一些企业开始运用西方营销理论的精华，并且结合中国营销环境进行创造性的策划，不断地实践、探索和提升，如金融行业的招商银行、化妆品行业的上海家化、乳制品行业的蒙牛、集装箱行业的中国国际海运集装箱（集团）股份有限公司（简称：中集集团）等。

　　营销策划的核心在于创新，创新不是脱离时代发展环境的随心所欲，而是努力创造出最体现时代特征的营销方式。社会发展进步总是带给人们许多新的需求，企业就要不断创造新的产品或服务，来满足人们不断增长的物质和文化方面的需要，营销策划也要适应人们消费心理的变化，创造出适应时代发展的新战略和新方法。

1.2　营销策划的原则及流程

1.2.1　营销策划的原则

1. 创新性原则

　　企业营销战略与营销战术的策划，不是一次性行为，而是一个生生不息、连续不断的创新过程。"创新"一词的英文是"innovation"，意思是更新、制造或改变新的东西。营销创新策划是指企业用新观念、新技术、新方法对企业营销活动（或目标市场、定位、产品、价格、分销、促销等某一方面）的战略与策略组合进行重新设计、选择、实施与评价，以促进企业市场竞争能力不断提高的方案与措施。例如，在第二次世界大战期间，魏拉夫创造了"第二次世界大战与可口可乐"的美谈。为了把可口可乐这种"和平商品"的价值转换为"军需品"，魏拉夫以政府及国会议员为对象，散发名为《战争期间最大限度的努力与休息的重要性》的小册子，强调战争期间可口可乐的重要地位和效果。书中说："在冒着生命危险的战场上，必须要有规律的休息，为此不可一日无可口可乐。就年轻的美国士兵来说，可口可乐是军需物资，其重要性不亚于枪炮子弹！"可口可乐公司的这种论调，终于获得美国政府的认可，于是，国防部在生产方面给予其强大的支持和援助，并宣布："世界各个角落，凡是有美国军队驻扎的地方，务必使士兵能以五美分喝一瓶可口可乐，为此所必需的费用，应全力予以支持。"如此一来，可口可乐在战争期间销量高达 50 亿瓶。海湾战争期间，可口可乐公司无偿给军队运送可口可乐，虽然不是打广告，却比打广告更有效。因为在海湾战争几周时间里，任何人在电视上出现的次数比不上美国士兵多，电视里日夜在报道"我们在海湾的小伙子"，观众们看见他们手里拿着可口可乐，身后是弥漫的硝烟，士兵间接成了"广告员"。

2. 系统性原则

一个完整的策划应由理念层面、操作层面和现实层面三部分构成，缺一不可。在实际策划操作时，由于处于策划过程中的各种要素之间存在着密不可分的联系，因此，策划活动必须遵循系统性原则进行。具体说来，理念层面所要求的独特创意、操作层面所必需的执行力、现实层面可遇而不可求的时势，在策划时必须统筹兼顾，以保证策划每一环节的顺利实施和整个策划的最终成功。

2003 年的"蒙牛：中国航天员专用乳制品"无疑已成为中国营销策划实践最成功的案例之一。2003 年"神舟五号"飞船成功载人航天，在中华民族发展史上是开天辟地的大事。而早在 2002 年，迅速发展的蒙牛便提出"飞船定律"——宇宙飞船一旦发射出去，就只有两种命运：一种是摆不脱地心引力，半途掉下来；另一种是挣脱地心引力，成功飞出去。掉下来，还是飞出去，取决于是否达到或超过"环绕速度"。企业也是这样，不能快速成长，就有可能快速灭亡。

2003 年，一个伟大的历史机遇，将蒙牛与中国航天事业联结到一起：蒙牛，"中国航天员专用乳制品"蒙牛，"为中国喝彩"！蒙牛，"强壮中国人"！

蒙牛乳业集团在"蒙牛：中国航天员专用乳制品"的策划中，融入了"蒙牛精神"的精髓。"一杯牛奶强壮一个民族的"的经营理念，是蒙牛创造我国乳业发展的"第一速度"品牌神话的根本动力。现在，人们都知道 2003 年蒙牛成为"中国航天员专用乳制品"。同样的契机、同样的事件，不同的运用，取得的效果也不同。蒙牛正是把握住这次事件营销的精髓，借势和融入了"蒙牛的中国航天情结，中国航天员的蒙牛情结"，最终取得了成功。

3. 效益性原则

策划的效益性原则主要是指一切策划都应以利益最大化为宗旨，或者说，在实现既定利益的过程中以代价最小化为根本标准。在把握效益性原则的同时，还必须注意：第一，为实现利益最大化，任何策划的操作层面即操作手段都必须合情、合理、合法；第二，效益最大化不仅指经济效益的最大化，而且还包括社会效益的最大化。策划的终极目标是效益最大化，但如果只偏重于经济效益而忽视社会效益，这是违背策划效益性原则的。

4. 时效性原则

所谓时效，是指时机和效果及两者间的关系。在策划中，决策方案的价值将随着时间的推移与条件的改变而变化。时效性原则要求在策划过程中把握好时机，重视整体效果，尤其是处理好时机与效果之间的关系。

5. 客观性原则

客观性原则是指在策划运作过程中，策划者通过各种努力，使自己的主观意志自觉地、能动地符合客观实际情况。策划的主观能动性只有符合事物发展的客观规律，策划才会成功。在贯彻策划的客观性原则时，策划者应该注意做到以下两点：

（1）深入了解客观现实。策划活动首先要对策划对象和现实状况进行深入全面的调查研究，取得尽可能全面、客观、准确的第一手资料；其次，要在策划中努力寻找、把握定位点，以提高策划的针对性和准确性。

（2）可行性分析。策划方案形成后，必须进行可行性分析，以便选出最优方案或作最后的抉择。进行可行性分析，主要应做到以下几方面：一是利益和风险分析，即分析考虑策划方案可能产生的利益、效果和风险，对利害得失进行全面衡量和客观评估；二是经济性分析，即考虑策划方案是否符合以最低的代价取得最优效果的标准，或是否符合利益最大化的标准；三是科学性分析。首先，看策划方案是否是在科学理论指导下，在进行了实际调查、研究、预测的基础上，严格按照策划程序进行创造性的科学研究而形成的；其次，分析策划方案实施后各方面关系是否能够和谐统一，是否能够高效率地实施策划方案。

6. 可操作性原则

营销策划方案制订过程中，必须依据企业实力和各部门的实际情况，将发展目标与现实状况、需要与可能性统一起来。否则，营销策划方案执行起来，或目标不明确，或目标与实现目标的能力相距甚远，或分工不合理，需要耗费大量的人力、物力和财力，使企业难以承受或投入大于收益，则最终方案都无实际执行价值。

因此，在考虑营销策划方案的时候，必须考虑执行的可操作性。无论策划多么精彩，如果不具备实现的条件，策划的结果都是毫无价值的。

1.2.2　营销策划的前期准备

营销策划是一项科学的创造性活动，是引导企业实现战略目标而实施的管理过程，因此，策划不能无的放矢。为了保证策划的科学性和客观性，营销策划的前期准备是必要工作之一。其具体准备包括：

1. 企业调查

在实施营销策划之前，首先要了解企业本身的信息。企业本身的信息包括内部环境信息（内部组织机构、对外关系和相关政策等）、企业财务信息（销售利润率、总资产报酬率、资本收益率、资本保值增值率、资产负债率、流动比率、速动比率、应收账款比率、存货周转率、社会贡献率等）、企业经营信息（与企业本身生产经营活动直接相关的信息因素，主要包括产品信息、价格信息、分销信息和促销信息等）。其次，要了解企业的各利益相关者（包括企业所有者、管理层、员工、消费者、上游的原料供应商、下游的批发商、零售商和公众）对于该企业营销工作的看法。了解有哪些方面需要改进，哪些方面是做的有成效的，这样才能做到有的放矢。通过访问调查，可以准确地了解到企业的优势、劣势，还能向有关各方面表明企业的态度。因此，企业有必要认真分析在营销策划前应进行哪些调查以及如何进行这些调查。

2. 综合分析界定问题

在企业调研的基础上，对获得的信息进行筛选和整理，可采取 SWOT 分析方法。这一方法是指导企业系统地考虑其内部条件与外部环境，并选择企业行动方案的一项事前工作。其中，S 表示企业优势（Strength），W 表示企业劣势（Weakness），O 表示环境机会（Opportunities），T 表示环境威胁（Threats）。因此，SWOT 分析就是帮助营销策划者综合考虑企业的优势、劣势、机会和威胁的工具。另外，SWOT 也是环境分析结果的一个总结。通过分析，企业能够界定出需要策划的问题。

著名策划人叶茂中在"让生命与生命更近些"的圣象地板品牌策划过程中，与他的团队进行了为期 25 天的营销诊断和 60 天的市场调研，对策划环境进行了全方位的分析研究。他们从策划调研中获得了两个非常有价值的结论：第一，整个地板市场，没有一个领导者品牌，甚至连稍具领导意识的品牌都没有出现，在市场上领导者的品牌是空白；第二，圣象的全称是"圣象装饰集团"，而社会公众对"装饰"的第一联想是"装潢公司"，这与圣象应有的国际品牌相去太远。叶茂中与他的团队所做的调研工作很好地完成了对策划环境优势、劣势、机会和威胁的分析，这样，就界定出了策划问题——圣象的品牌形象应该是怎样的——根据他们的分析，实际上不但策划主题得到了进一步明确，而且策划的路径以及可以考虑采取的策略也已经基本明确了。针对市场调研的第一个结论，圣象的第一个品牌战略将是"由强化木地板第一品牌，转变为地板市场第一品牌"；针对市场调研的第二个结论，建议圣象将企业名称改为"圣象制造集团"。

3. 宣传造势

所谓宣传造势，就是在营销活动中，根据自己产品的特色和个性，结合本企业的特点，通过一系列的营销活动（包括促销、公关等方面），制造声势，给消费者以深刻印象或强烈的意识，从而达到预热的目的，为以后的策划打下基础。

在策划方案实施前和实施过程中，企业要注意开展好对外宣传造势，这样能够扩大影响，为策划方案的执行作好充分准备。

几十年前，日本 S&B 咖喱粉公司是一家产品滞销、入不敷出的小公司，公司的咖喱粉大量积压，一切促销手段施尽后仍不理想。为此，公司走马灯似的一连换了三任总经理。第四任经理田中上任后，开始也没能拿出什么办法。据调查，人们对 S&B 公司的牌子非常陌生。由于公司销售量日益萎缩，流动资金已快用完，大量宣传已不太可能，因此，只能做一个轰动效应大而所费资金并不多的策划。于是，人们在日本几家有名的报纸杂志上，都看到了一个令每个日本人都感到震惊的广告。广告称："S&B 公司决定雇直升机数架，飞临白雪皑皑的富士山山顶上空，然后把咖喱粉撒在山顶上。以后，人们看到的富士山将不再是白色，而是咖喱色"。

富士山作为日本一大名胜，在日本人和全世界人们的心中已成了日本的象征。在如此神圣的地方，居然撒上了咖喱粉，对日本人而言怎可容忍！果然，日本全国各地一片愤然之声。被人们大为指责的 S&B 公司的名字频频出现在报刊上。正当舆论界大加抨击时，S&B公司要在富士山上撒咖喱粉的日子马上就到了。突然，报上又出现了 S&B 公司的一则郑重声明："由于社会各阶层的强烈反对，本公司决定取消原计划。"正当人们在热烈庆祝他们的胜利时，田中和他的 S&B 公司也在热闹非凡地庆贺自己的胜利，因为不但全日本都知道了 S&B 公司的名字，而且更重要的是人们误以为 S&B 公司是一个响当当的名字，是一家很有经济实力的企业。

后来，许多小企业纷纷加入 S&B 公司的旗下，为其大力推销咖喱粉。他们对顾客说："这就是要在富士山上撒咖喱粉的厂家生产的。"人们也欣然选择了这个"胆大妄为"公司的咖喱粉。从此，S&B 公司的咖喱粉不仅成了畅销货，公司也走上了扭亏为盈的发展道路。

4. 企业渗透

营销策划的造势工作不仅体现在对外宣传上，对企业的内部渗透也是必要环节。只有企业内部从上到下认识统一，全体员工齐心努力，才能实现企业营销策划的目标。

企业渗透是指在企业营销策划方案实施前和实施过程中，通过各种方式使企业全体员工了解策划方案，理解策划活动的必要性，从而能够积极配合、认真执行企业营销策划方案的过程。

1.2.3　营销策划的流程

在营销策划的流程中，每个企业要解决问题的侧重点不同，都各具不同的特色，使得营销策划的内容、方法包罗万象，但基本程序和模式是一致的（见图 1 - 1）。

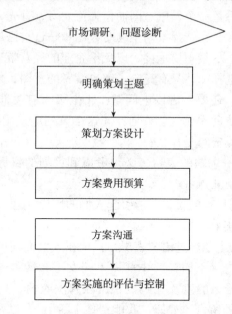

图 1 - 1　营销策划的流程图

1. 市场调研，问题诊断

一项策划能否对企业的发展起到应有的作用，并为企业带来利益，关键在于这个策划是否能体现实际的市场状况，以及制定的实施措施是否符合企业的实际情况。所有这一切都依赖于对市场的研究和自己能力的评估，而市场调研是取得研究资料最直接和最有效的途径。通过市场调研，企业研究分析大量的市场信息，结合企业的现实营销状况，对比竞争者的营销状况，发现问题并研究问题的性质，最终指出企业的问题所在。

2. 明确策划主题

策划主题是策划的灵魂，它统领着整个策划的创意、构思、方案等。策划主题拟订成功与否，直接关系到整个策划的进行。

（1）策划主题选择的切入点。策划主题选择的切入点主要包括以下几种：

1）营销现状不理想是策划的基本主题。大多数策划的起因是企业对目前的经营状况不满意，甚至是企业感到其经营难以维系，急需采取新的运作方式改变目前困境。此时，对于策划者而言，能否找到企业经营的病症所在，并且以解决具体的管理问题或市场模式问题作为策划的主题，就成为策划能否成功的关键。多数营销策划涉及的往往不是企业经营过程中的一个问题，因为任何营销方面存在的问题都会涉及企业管理的其他方面，但作为主题，营销策划一般只能有一个。

2）新项目的整体推广是策划的基本任务。现实的营销策划很多体现为对新市场的开发或者是新产品上市的策划，这样的策划相对于单项策划要复杂一些，涉及企业从生产到销售、财务、渠道、促销等各个方面。对于新企业或是新产品和新市场，这样的策划需要企业的全部资料和针对市场的认真调研。一般情况下，策划是企业发展、局部市场或新产品上市的总体规划。策划者应根据企业的不同要求确定策划主题，以服务于企业的整体战略目标。

3）主题策划检验策划者的专业水准。由于营销策划涉及企业经营管理的方方面面，任何策划人员都难以做到熟悉每一个领域。因而作为策划者，首先，要对自己的策划能力有一个客观和公正的评价；其次，在选择策划主题时，尽量贴近自己最擅长的方面，对于不熟悉或是缺乏经验的主题策划，尽量不要承接，以免给企业的经营带来损失。

另外，策划者在主题选择上，只有充分了解决策者的意图，才可能使策划达到目的。因此，在确定策划主题之前，还要考虑以下问题：①上级与有关部门对这个策划的期待是什么？②哪些人与部门可以协助完成这项策划？③这个策划应采用何种手法，上级才会满意？④策划中需要掌握的最关键资料是什么？

（2）策划主题的表达。主题的表达，必须考虑到策划的目标、对象的特点以及信息传播的特点，特别应注意以下几点：

1）醒目。策划的主题只有醒目，才能引起人们的广泛注意。例如，2010年上海世博会的主题为"城市让生活更美好"。

2）通俗易懂。策划的主题通过语言表现，呈现在人们面前的应是易于被公众接受的东西。例如，雕牌洗衣粉广告《下岗篇》中就以下岗女工和懂事体贴的女儿为主人公，真实地再现了母女亲情。一句稚嫩的童音"妈妈说，雕牌洗衣粉，只用一点点就能洗好多好多的衣服"和让人心头一热的留言"妈妈，我能帮你干活了"，以及母亲为可爱的女儿所流下的疼爱、欣慰的泪水，合情合理地浓缩了母女亲情的全部内涵。由此，它突破了洗衣粉生硬地宣传其功效的常规，用亲情的主题将品牌形象植入众多消费者的心里。

3）冲击力。策划主题具备一定的冲击力，可促使受众产生预期的行动。例如可口可乐的一则广告。核战争后，整个地球一片狼藉，幸免于难的美国核动力潜艇"自由女神"号的全体官兵成为最后一部分人类。他们在返回美国的途中，接收到了无法破译的奇怪信号，这信号来自于美国，他们判断美国土地上一定还有敌人存在，于是全副武装，小心谨慎地慢慢接近信号发出的地方。当他们经过一番战斗后，发现无法破译的信号是由一个被窗帘挂住了的罐头盒不断被海风吹起撞击发报机而发出的。镜头不断推进——原来那是一个可口可乐的罐头盒。于是两行字幕迅速推出："当整个人类毁灭的时候，可口可乐依然存在！"强烈的视觉冲击力，紧紧吸引了公众的目光，使公众对广告主题留下了深刻的印象。

4）独特。独特的主题能激发人们的兴趣，进而得到广泛的传播。2009年1月10日，全球各大媒体几乎同一时间报道了一条消息：澳大利亚昆士兰州将在全球范围内招募一名"大堡礁"看护员，工作时间自2009年7月1日开始，为期半年，薪水15万澳元（约合人民币70万元）。申请人只要制作一个长度不超过60秒钟的应聘视频，并在2009年2月22日之前上传就可以了。评选小组将结合网络投票的结果，挑选11名候选人前往澳大利亚参加面试，最终决出一名优胜者。他（她）的职责包括探访大堡礁附近的诸多岛屿，亲身体验各种探险活动（包括扬帆出海、划独木舟、潜水、海岛徒步探险等），以及担任兼职信差（借机从空中俯瞰整个大堡礁），并把自己的亲身经历以文字和视频的方式记录下来，并上传至博客。可以一边玩一边挣大钱，因而这个职位被称为"世界上最好的工作"。在金融危机席卷全球的时代，这个职位极具吸引力。应聘网站在开通后的第三天就因为登录者太多而瘫痪。其实，这是一个令人叹为观止的广告"策划"。广告商是澳大利亚昆士兰州旅游局，这个广告以提高旅游胜地"大堡礁"的知名度为目的，而且是提供一项真实的工作，在中国、美国、日本等8个国家（作为最主要的市场）"投放"，吸引了全球媒体的关注，不断通过博客、视频日记等途径对其进行报道。在2009年戛纳国际广告节上，该广告获得三项大奖：最佳公关类大奖、最佳网络广告大奖和最佳直效类大奖，打破了戛纳广告节上一个作品得奖数目最多的纪录，被称为"世界上最好的广告"。

3. 策划方案设计

（1）表达策划创意。策划主题确定后，接下来应该考虑的问题就是如何将完美的创意表达出来。完美的创意表达是策划创意形成的重要标志。没有好的创意表达，即使发现了很有价值的问题，策划也无法展现其成果。

一个好的创意可以通过各种方式表达出来，可以是时间的巧妙契合，也可以是人文、历史、时尚等的完美统一，还可以是任何形式的独特活动。但无论用哪一种方式表达策划创意，其核心都在于与策划所关注的目标群体实现真正的心灵沟通，因为对方被打动的同时会在心里接受你的创意。

当人们在旅行订票时获得哪些赠品会在旅途中最有使用价值？一张已预付的电话卡，对度假者而言，是最有价值的物品之一。打本地电话可不必费时计算所需的硬币，也易于打电话回国。于是，英国和欧洲有的旅游公司开始赠送电话卡。旅游者向旅游公司订票时，可以获得全速欧洲电话卡，可以打3分钟的国际长途电话和10分钟的本地电话，价值约为6美元；如果旅游者租用联营公司的汽车，则赠送价值10美元的MCI国际电话卡。

（2）制订策划方案。策划创意形成后，就可以进入制订策划方案阶段了。这一阶段包括制作、筛选以及最后形成策划方案这样一个过程，该阶段的结果通过策划书表达出来，具体可通过以下步骤实现：

1）提供各种可能的方案。选择方案一般以企业的过去经验为基础。对企业中一些技术型、程序化的决策，如生产任务分配、产品质量的检验和控制等，企业可以依据过去成功的经验拟订出可供选择的方案。但是对于企业中的战略型、非程序化决策，如企业扩大经营规模、进行多项投资或生产联营、开发新产品等，则需要打破陈规，寻找新的解决方案。

2）对备选方案进行严格论证。任何备选方案的提出，都必须建立在深入调查研究的基础之上。在经过深入的调查研究后，还必须对各项方案进行综合分析、严格论证，对其特点、优点、弱点、实施条件、周围环境、方案效果进行深入剖析，从而为拟订可行方案打下基础。论证的方式一般有三种：①经验判断。经验判断有直接经验判断和间接经验判断两种。直接经验判断是指根据自身经历的营销实践及自身积累的经验来判断；间接经验判断是指借助以往或他人的经验进行判断。②逻辑推理。依据逻辑学原理，对需要论证的方案进行梳理。类比推理最为常用，即寻找前提条件类似的成功方案进行对比。③专家论证。它是将方案交给有丰富营销理论知识和实践经验的专家进行论证。这要求专家必须对理论和实践都很熟悉，同时对企业、行业和环境情况也非常熟悉。

3）拟订方案。拟订方案的主要要求有：①对方案结果的正确估计；②对实施细节的明确规定，因为如果没有对方案结果的正确估计，方案的好坏优劣就无从辨别，这样也就失去了方案被选择的价值标准；③为了保证决策的质量，在拟订方案时应注意方案的排斥性，即各种备选方案相互之间应当是排斥的，不能相互包容与交叉。

4. 方案费用预算

方案营销费用预算是指根据市场营销整体策划所拟订的市场营销活动的内容、目标、时间等，安排营销活动的进程，事先确定的市场营销费用概算，通过编制市场营销费用预算，实现预算管理，并运用营销费用预算来控制市场营销活动的全过程。市场营销费用预算就是根据市场营销策划实施方案，提出执行各种市场营销战略和策略所需要的费用，并在各个市场营销环节、营销手段之间合理分配，但预算必须留有余地。

（1）编制预算的方法。编制预算主要有以下几种方法：

1）销售百分比法，即了解同行业其他企业花费在媒体、促销、分销及整体营销活动中的费用，通常从同行业支出的费用中可了解上述各项占销售额的某一平均百分比。但这种方法有一个明显的缺点，就是仅以销售额高低决定营销费用的多少，这样是与管理实际相脱节的。但这种方法在决定第一次需要多少预算时仍是较为合理的。此外，若企业对营销及广告费用没有实际经验，则也可用这种方法来分配营销费用。

2）工作目标法，即计算各项营销组合活动所需的预算，以实现销售和营销目标，制定预算总金额时，必须估计营销计划中执行各项营销组合工具所需的费用。也就是说，所编制的预算要有效地实现目标。

3）竞争导向法，即预测行业中市场领导者的销售和营销预算，然后将此项预测值与公司的销售与营销预算比较，据此来制定预算。竞争导向法所制定的预算，可使公司和竞争者的费用支出相近或超越某一特定竞争者，有助于保证公司在市场上的竞争力量。这种方法的优点是可以针对竞争者的行动立刻作出反应。缺点则是很难准确地预测竞争者的预算。

（2）确定预算。首先根据产品和市场过去费用支出的情况，编制大概的预算，同时参考同行业其他企业的经验，有助于了解预算是否合理；其次，根据完成营销计划目标所需要的金额制定预算。利用工作目标法编制预算时，如果此法得出的预算与其他方法有很大差别，就必须仔细分析原因。最后，采用竞争导向法编制预算，以便在市场上对竞争压力作出反应。

（3）预算的格式。编制预算时，必须先写出基本说明，再列出预算要实现的目标。基本说明包括重新描述销售目标、营销目标、地理因素、时间因素。接下来逐一列出每一费用项目计划支出的金额。预算项目包括所有使用的营销组合工具，以及其他营销费用。

5. 方案沟通

在正式提出策划方案之前，最好设法取得有关人员的了解、赞同与协助，这是十分必要的。为了在策划组织中使提案有效，事先的沟通是策划不可缺少的一个环节，主要工作包括：①与审议者在会议前见面并征求意见；②简要说明策划方案的主要内容；③听取审议者询问；④解释审议者提出的问题；⑤对审议者提出的建议详加考虑，并在可能的情况下根据审议者的建议进行修改；⑥获得审议者的赞同。

对策划方案的取舍有决定权的领导、对策划方案持反对意见的关键人员、极有可能持反对意见的参会成员等都是需要进行沟通的对象。

6. 方案实施的评估与控制

（1）方案实施的评估。评估分为阶段性评估和终结性评估。阶段性评估是在方案实施过程中对前一阶段实施的效果进行测评，并为下一阶段提供方向和指导；终结性评估是在方案实施完结后进行总结性测评，以便了解整个方案的实施效果。

现介绍一种比率统计法，该方法适用于具有具体销售额的营销策划。其公式如下

$$p = b_a k$$

式中，a 为方案实施前的月平均销售利润；b 为方案实施后的月均销售利润；k 为方案实施后的销售利润权重。

根据公式，当 $p = 1$ 时，表明方案无效果或目前不明显；当 $p < 1$ 时，表明方案产生负效果；当 $p > 1$ 时，表明方案产生正效果，p 值越大越好。

（2）方案的控制。执行策划方案的负责人，必须随时关注策划项目的进展，特别是策划方案中提出的关键环节的进展情况；必须对实施成果进行检讨与分析，及时搜集方案实施过程中的反馈信息。根据反馈的信息，负责人应及时调整方案中不合适的部分。其主要工作有：①成果预测数字与成果实际数字的差距；②分析产生差距的原因；③检讨实施过程中发生的问题；④得出结论作为以后策划项目的参考。

本章小结

策划是社会生活中最常见的活动之一，是一种具有前瞻性的行为，它要求对未来一段时间将要发生的事情作出当前的决策。策划就是找出事物的主客观条件和因果关系，作为当前决策的依据，即策划是事先决定做什么、如何做、何时做以及由谁来做的系统方案，其意义在于实现特定的目标。营销策划具有超前性、服从性、系统性、复杂性、动态性的特点。成功的策划项目要遵循一定的原则，按照一定的流程展开，才能达到为实现企业战略目标服务的目的。

关键术语

策划　企业策划　策划特点　策划原则　策划流程

复习思考题

1. 策划流程的具体内容是什么？
2. 根据自己的人生和学习经历，举例说明策划的过程及结果。
3. 以熟悉的两则广告为例，说明其在主题策划方面的特点。
4. 策划方案应如何进行事先沟通？

案例分析

全新的"听觉"媒体

如何把人们开车的闲暇时间利用起来? 广告人出身的朱国勇想到了一个商业模式: 通过加油站渠道, 将畅销书制成光盘发放给使用 97 号、98 号汽油的车主, 这样车主们就可以边开车边听书, 从而形成一种全新的"听觉"媒体, 然后吸引各类广告客户。

2005 年, 曾做过大庆电视台广告代理生意的朱国勇来到北京, 决定开始二次创业。但是他发现: 当时电视媒体的进入门槛已经很高, 相比之下, 广播媒体的发展并不充分, 而且成规模的广播媒体也不多, 进入的机会较多。

2005 年 10 月, 朱国勇成立了龙杰网大文化传媒有限公司, 尝试将畅销书做成有声书, 与各大广播电台合作播放。半年时间里, 龙杰网大开辟了 60 多个广播渠道, 置换出大量的广告时间。然而, 朱国勇很快发现自己犯了一个致命的错误: 置换回来的广告资源根本无法实现广告收入。"广播媒体的广告基本都是区域性的, 而我们全国性的广告时段和客户的需求根本无法对接, 几乎卖不出去; 广播广告的一半份额集中在北京、上海、广州, 而我们置换的多数都是二、三线城市的广告资源, 几乎没有什么市场价值。"

既然把光盘寄给电台无法换回商业价值, 那么, 把光盘送给谁更有商业价值呢? 这时候, 朱国勇想到, 如果直接把光盘送到有价值的消费者手中会怎样? 沿着这个思路想下去, 他认为最适合"消费"这个产品的受众就是车主。

根据 CTR (视市场研究公司) 的调查数据显示: 在北京地区加 97 号、98 号汽油的车主中, 男性占 77%, 企业中高层管理人员占 51%, 个人年收入超过 10 万元的占 61%。因此, 朱国勇决定把赠送光盘的目标锁定在加油站使用 97 号、98 号汽油的"高端"车主身上, 并为其商业模式起了个很动听的名字: "一路听天下"。

与停车场和 4S 店相比, 在加油站赠送光盘, 具有车流大、停留时间合适的优势。"我们与中石油和中石化两大巨头进行了艰苦的谈判, 最终与他们签署了 5 年具有排他性质的协议, 并拥有了全国 2 万多家加油站的发行资源。"朱国勇表示, 由于和中石油、中石化签订的是战略合作伙伴关系协议, 对方看重的是光盘内容, 他们在推广光盘时, 可以帮助加油站进行有效的促销, 不仅提升了油品的销售量, 也为加油站带来更多固定客户, 所以合作是双赢的。

当一种媒体介质拥有了一定规模的有价值用户后, 其商业价值就会逐步显现出来。然而, 让朱国勇意外的是: 最受广告主青睐的广告形式不是音频广告, 而是光盘的封套广告。"在广告主看来, 车主拿到光盘赠品, 几乎 100% 先注意到封套上的内容, 但是他们未必会听光盘中的内容和广告。"

一些地产商首先看中了这种广告形式, 他们认为可以借助"一路听天下"所覆盖的高端用户, 锁定地产项目周边地区进行有针对性的发送, 比报纸广告更为精准。在地产商的建议下, CD 封套做成了 16 开大小, 这样可以更有效地传递地产项目的信息和展示形象。

地产广告的成功一度让朱国勇很"膨胀", 认为这种新媒体简直无所不能, 于是他决定选择 20 个行业来进行广告招标。但是, 经过一段时间的市场运作, 朱国勇不得不接受一个残酷的现实："一路听天下"的 CD 封套并非万能，它更适合做地产和汽车服务类广告。

（资料来源：根据《卖的不是新媒体是"耳朵"》改编。中国经营报，2009.9.21.）

思考题：

1. 本案例中，朱国勇是如何界定策划主题的?

2. 请分析"一路听天下"的优势和劣势。

3. 请为案例中"听觉"媒体的发展提出设想。

第2章 企业策划书的设计与撰写

【学习目标】

1. 了解企业策划书的基本类型及主要形式
2. 理解策划书的基本内容
3. 掌握设计企业策划书的能力

【内容图解】

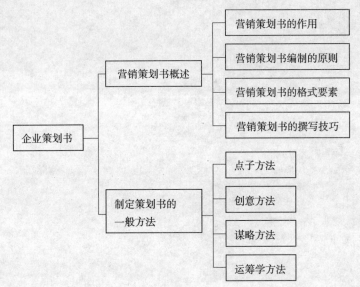

企业策划书
- 营销策划书概述
  - 营销策划书的作用
  - 营销策划书编制的原则
  - 营销策划书的格式要素
  - 营销策划书的撰写技巧
- 制定策划书的一般方法
  - 点子方法
  - 创意方法
  - 谋略方法
  - 运筹学方法

【导读案例】

创造推销公寓的良好气氛
——提升楼市景气的方案

美国芝加哥市一家房地产公司在密歇根湖畔建造了几幢质量上乘、设施良好的豪华公寓，命名为"港湾公寓"。"港湾公寓"虽然景色迷人、服务优质、价格合理，但开业3年来，只售出了35%，降价后仍不见起色。

这家公司决定通过公共关系活动来推动销售。首先，找出影响销售的原因。经过对附近住户和居民的民意测验，该公司发现，在密歇根湖畔居住的公众对公寓存有偏见。例如，住进去是否会过于清静寂寞？交通不便是否会影响买东西？小孩上学怎么办？尤其是缺乏娱乐和夜生活。针对以上问题，该公司确定了"港湾公寓"的整体目标，即"创造推销公寓的良好气氛，变滞销为抢手的公寓"。

其次，制定实施分目标。为了实现这一整体目标，该公司具体制定了实施的分目标：①在公众中树立公寓内部环境与社会服务设施相配套的良好形象；②在公寓已有住户中创造融洽的内部环境与和谐的气氛；③改善公寓外部交通条件；④争取本地权威人士入住"港湾公寓"，达到说服公众的目的；⑤制造新闻，提高知名度。

再次，选定公众对象。针对上述目标，该公司分别选定公众对象：①确定潜在住户为各类公众对象的优先目标；②现有住户是公司推销公寓的主要目标；③一般大众和政府部门；④权威人士；⑤新闻记者和一般大众。

最后，在编制经费预算的同时，制订具体行动方案。"港湾公寓"的策划方案是：①完善港湾的生活服务设施，如开设商店、音乐厅、酒吧、游泳池以及学校、幼儿园等；②选定感恩节开展各种活动，如通过已有住户向其亲友发贺年片、明信片，组织马戏团演出等；③资助政府建造小岛屿和陆地连接的公路；④组织政府官员、企业家、体育影视明星等社会名流参观公寓；⑤组织"芝加哥历史纪念品大拍卖"活动，为建筑教育基金捐款。

这些活动策划为"港湾公寓"以后的公共关系活动奠定了良好的基础。从该公司编制公共关系策划的全部构思不难看出，公寓之所以能在较短的时间内改变原来滞销的状况，实现了最终目标，其中很重要的一点，就是他们针对当时存在的主要问题，即已经直接影响公寓存在与发展的问题，坚持了目标管理的思想。在具体策划公共关系活动项目时，自始至终都做到互相关联、承上启下、有条不紊。

策划就是碰撞思想的火花。设计一个优秀的策划方案，要求策划人敏锐地抓住问题症结，选择最佳对策。提升港湾楼市景气的策划案例是一份较为优秀的策划文案，策划人在客观分析公寓滞销原因的基础上，有的放矢地提出了相应公共销售活动策划。在活动策划中，突出主要矛盾，着重解决直接影响公寓销售的问题，各个活动相辅相成、浑然一体。

（资料来源：中国教育培训网 http：//www. mhjy. net/，市场总监 CMO《企业策划学》）

2.1　营销策划书概述

营销策划的最终成果将在策划书中体现出来，因此，营销策划书具有和营销策划同等重要的意义。现实中不乏这样的例子，由于对策划书的设计与撰写方面的忽视，最终造成营销策划的质量下降，或者造成营销策划的内容不被人理解的深深遗憾。

2.1.1　营销策划书的作用

1. 准确、完整地表现营销策划的内容

营销策划是以营销策划书的形式表现出来，因此，策划书的内容是否能准确地传达策划者的真实意图就显得极为重要。

2. 充分、有效地说服决策者

使决策者看了营销策划书后，能迅速确信并认同营销策划的内容，是营销策划书所起的另一主要作用。

作为一份合格的营销策划书，首先要做到使阅读者相信，在此基础上再使阅读者认同；对于一个策划者来说，首先追求的是使决策者能采纳营销策划中的意见，并按营销策划的内容去实施营销方案。

2.1.2　营销策划书编制的原则

为了提高策划书撰写的准确性与科学性，应把握其编制的几个主要原则：

1. 逻辑思维原则

策划的目的在于解决企业营销中的问题，按照逻辑性思维的构思来编制策划书。首先，应设定情况，交代策划背景，分析产品市场现状，再把策划中心目的全盘托出；其次，进行具体策划内容详细阐述；最后，明确提出解决问题的对策。

2. 简洁朴实原则

要注意突出重点，抓住企业营销中所要解决的核心问题，深入分析，提出可行的对策，针对性强，具有实际操作指导意义。

3. 可操作性原则

编制的策划书是要用于指导营销活动，其指导性涉及营销活动中每个人的工作及各环节关系的处理，因此，其可操作性非常重要。不能操作的方案，创意再好也无任何价值；不易于操作会造成管理复杂、效益低下，必然会浪费大量人力、财力、物力资源。

4. 创意新颖原则

要求策划的创意新、内容新、表现手法也要新，给人以全新的感受。新颖的创意是策划书的核心内容。

2.1.3 营销策划书的格式要素

策划书本无定式，创新是关键。而且由于策划书的类型不同，其内容也不一样；不同种类、不同类别的策划书，其结构也不同。但是，策划书的构成与策划过程的顺序应该是一致的。一般地，企业的策划书大致有以下 5 个部分，这里列出一般策划书应包括的一些要素，仅供参考（见表 2-1）。

表 2-1　策划书的构成

部　分	内　容	说　明
1. 策划导入	（1）封面	策划书的脸面，应充满魅力
	（2）前言	表明策划者的动机及策划者的态度
	（3）目录	策划书的目录
2. 策划概要	策划概要	概述策划书的整体思路与内容
3. 正文	（1）营销策划的目的	确定策划的目的、目标，说明策划的意义
	（2）企业背景状况分析	明确策划的出发点，说明策划的必要性及其前提
	（3）营销环境分析	外部环境与内部环境的分析
	（4）市场机会与问题分析	SWOT 分析
	（5）确定具体营销方案	非常清楚地提出营销目标、营销战略与具体行动方案
	（6）预算及安排	费用预算最好采用列表法
	（7）进度表	策划活动起止的全部过程拟成时间表
	（8）人员分配及场地	具体营销策划活动中各个人员负责的具体事项及所需物品和场地的落实情况
4. 结束语	结束语	总结性的语言
5. 附录	参考资料	附加的与策划相关的资料，增加策划的可信度

1. 策划导入

（1）封面。策划书的封面可提供以下信息：①策划书的名称；②被策划的客户；③策划机构或策划人的名称；④策划完成日期及本策划适用时间段，因为营销策划具有一定的时效性，不同时间段上市场的状况不同，营销执行效果也不一样；⑤编号。

（2）前言。前言的作用在于引起阅读者的注意和兴趣，内容应该简明扼要，最多不要超过 500 字，让人一目了然。

首先，简单介绍一下接受营销策划委托的情况。例如，×××公司接受×××公司的委托，就××年度的营业推广计划进行具体策划。

其次，重点叙述为什么要进行这样一个策划，即把此策划的重要性和必要性表达清楚，这样就能吸引阅读者进一步去阅读正文。

最后，就策划的概略情况，即策划的过程，以及策划实施后要达到的理想状态进行简要说明。

（3）目录。目录的内容也是策划书的主要部分，让人看过之后能够理解策划的全貌。目录具有与标题相同的作用，同时也使阅读者能方便地查询策划书的内容。

2. 策划概要

为了使阅读者对营销策划内容有一个清晰的概念，能够快速对策划者的意图与观点予以理解，具有总结性的概要提示是必不可少的。换句话说，阅读者通过概要提示，可以大致理解策划内容的要点。

3. 正文

正文部分不同类型的策划书区别较大，这里以一般整体策划书为例简单介绍。

（1）营销策划的目的。这部分主要是对策划所要实现的目标进行全面描述，是策划活动的原因和动力。

（2）企业背景状况分析。这部分主要介绍企业背景状况，如企业业绩、产品、价格、渠道、促销、服务、形象、市场占有率、盈利状况等。

（3）营销环境分析。这是营销策划的依据与基础，一般营销策划都是以环境分析为出发点。环境分析一般应在外部环境与内部环境中抓重点，描绘出环境变化的轨迹，形成令人信服的依据资料。

（4）市场机会与问题分析。这一部分可以和前面的环境分析看做是一个整体。而实际上在很多场合，一些营销策划书也确实是如此处理的，常见于一些篇幅较小或营销策划内容单一的策划书。市场机会与问题分析通常采用的工具是 SWOT 分析。

（5）确定具体营销方案。这是策划书中最重要的部分。在撰写这部分内容时，必须清楚地提出营销目标、营销战略与具体行动方案。

（6）预算及安排。费用预算最好采用列表法。这一部分记载的是整个营销方案推进过程中的费用投入，包括营销过程中的总费用、阶段费用、项目费用等，其原则是以较少投入获得最优效果。费用预算方法在此不再详谈，企业可凭借经验，具体分析制定。

（7）进度表。把策划活动起止的全部过程拟成进度表，具体何日何时要做什么都标注清楚，作为策划进行过程中的控制与检查。进度表尽量简化，最好在一页纸上拟出。

（8）人员分配及场地。该部分用来说明具体营销策划活动中各个人员负责的具体事项及所需物品和场地的落实情况。

4. 结束语

结束语在整个策划书中可有可无，它主要起到与前言呼应的作用，使策划书有个圆满的结束，不至于使人感到太突然。

5. 附录

附录的作用在于提供策划的客观性证明。因此，凡是有助于阅读者对策划内容理解、增加可信度的资料都可以考虑列入附录。但是，可列可不列的资料还是不列为好，这样可以更加突出重点。

附录的另一种形式是提供原始资料，如消费者调查问卷的样本、座谈会照片等图片资料等。附录也要标明顺序，以便阅读者查找。

2.1.4 营销策划书的撰写技巧

营销策划书和一般的报告文章有所不同，它对可信性和可操作性以及说服力的要求特别高。因此，运用写作技巧提高可信性、可操作性和说服力就成为撰写策划书追求的目标，应做到以下几方面：

1. 寻找一定的理论依据

要想提高策划内容的可信性并使阅读者接受，就必须为策划者的观点寻找理论依据。但是，理论依据要注意对应关系，纯粹的理论堆砌不仅不能提高可信性，反而会给人脱离实际的感觉。

2. 适当举例

这里的举例是指通过正反两方面的例子来证明自己的观点。在策划报告书中加入适当成功与失败的例子，既能起到调整结构的作用，又能增强说服力，可谓一举两得。需要指出，举例以多举成功的例子为宜，选择一些国外先进的经验与做法以印证自己的观点是非常有效的。

3. 利用数字说明问题

营销策划书是一份指导企业实践的文件，其可靠程度如何是决策者首先要考虑的。策划书的内容不能留下查无凭据的漏洞，任何一个论点最好都有依据，而数字应是最好的依据。在策划书中，利用各种绝对数和相对数进行比较对照是绝对不可少的。要注意的是，各种数字最好都有出处以证明其可靠性。

4. 运用图表帮助理解

运用图表有助于阅读者理解策划的内容，同时图表还能提高页面的美观性。图表的主要优点在于有强烈的视观效果，较直观、清晰，能够一目了然。因此，运用图表进行比较分析、概括归纳、辅助说明等非常有效。图表的另一优点是能调节阅读者的情绪，有利于阅读者对策划书的深入理解。

5. 合理利用版面安排

策划书视觉效果的优劣在一定程度上影响着策划效果的发挥，有效利用版面安排也是撰写策划书的技巧之一。版面安排包括打印的字体选择、字号大小、字与字的空隙、行与行的间隔、黑体字的运用以及插图和颜色等。如果整篇策划的字体、字号完全一样，没有层次之分，那么这份策划书就会显得呆板，缺少生气。总之，通过版面安排可以使营销策划书重点突出、层次分明、严谨而不失活泼。

6. 注意细节，避免差错

这一点对于策划报告书来说十分重要，但却往往容易被忽视。如果一份策划书中错字、别字频繁出现的话，阅读者怎么可能对策划者抱有好的印象呢？因此，对打印好的策划书要反复仔细检查，注意细节，避免差错出现，对企业的名称、专业术语等更应仔细检查。

2.2　制定策划书的一般方法

1. 点子方法

什么是点子？一般来说，点子就是出个主意，想个办法，搞个发明或设计规划。点子是智慧的内核，点子需要的是创新的欲望、超人的胆识和勇气及个性等。从现代营销角度来说，点子是指有丰富市场经验的营销策划人员经过深思熟虑，为营销方案的具体实施所想出的主意与方法。一个点子往往能够展现整个营销策划的精华。

例如，日本三洋电机公司新产品"双门冰箱"的点子就来自公司技术员大川进一郎与太太的一句闲聊。一天，大川问太太："你每天使用冰箱，感到有不方便的地方吗？"太太说："从冷冻室里取冰块时，把外面的大门一打开，冰箱里的冷气就外流，觉得很可惜。"大川抓住这一点，很快想出双门冰箱的点子并开发上市，新产品一下子风靡全球。

2. 创意方法

创意是指在市场调研前提下，以市场策略为依据，经过独特的心智训练后，有意识地运用新方法组合旧要素的过程。创意其实就是在不断寻找各种事物与事物之间存在的一般或不一般的关系，然后把这些关系重新组合、搭配，使其产生奇妙、变幻的创意。创意方法是营销策划的核心和精髓，许多营销策划的成功往往来源于一个绝妙的创意。

有这样一个广告牌曾竖立在北京长安街上：广告的画面是在蓝天下奔驰着一列火车，而这列火车实际上是由一些罐装可口可乐组成的。这则广告创意便是巧妙地将可口可乐与火车相联系，进行大胆创意，产生了意想不到的效果。又如，1993 年 1 月 25 日，"西泠空调"在久负盛名的大型报纸《文汇报》头版刊登了全版广告。这件破天荒的举动成了当天上海的头号新闻，上海东方电台、东方电视台都报道了这个大"新闻"，海外一些媒体，如日本《朝日新闻》、新加坡《海峡时报》等都纷纷就此作了报道，因为这在当时中国广告传播界尚属罕见——从来没有哪家报社用这种方式刊出广告。美国《时代》杂志发表评论："1.25《文汇报》广告策划创意过程与方法，可以列入中国广告业的教科书。"这次成功的广告创意也使西泠电器成功地成为当年的热门话题，给人们留下了深刻印象。

创意产生的方法主要有以下几种：

（1）詹姆斯·韦伯·扬的创意法。最广为人知的构想产生方法是由詹姆斯·韦伯·扬提出的。韦伯·扬生前曾任美国智威汤逊广告公司创意主任，并于 1940 年提出其产生构想的概念。

韦伯·扬创意法在构想有 5 个特定步骤：①收集原始资料；②用心检查这些资料；③孵化阶段；④构想的产生；⑤最后形成与发展构想。

韦伯·扬最重要的观点是"新构想是不折不扣的老要素的新组合"。

（2）奥斯本核对表法。奥斯本核对表法是在新产品开发中最具盛名的创意方法。该方法就是利用一张预先准备好的核对表，以此为索引，有计划、有意识地将个人头脑中的构想引导出来。不管是个人还是团体都可以采用奥斯本核对表，以询问的方式，引出构想。例如，通过"把公共汽车加倍"的思考，可以想出双层公共汽车。

奥斯本核对表的内容为：

1）有没有其他用途——维持现状？稍作改变？

2）能否借用其他创意——有什么类似的东西？能借用别人的创意吗？过去有没有类似的东西？能不能模仿什么？可以模仿谁的东西？

3）可否改变形状、颜色、运动——重新塑造一下；试着改变意义、颜色、运动、声音、味道、形状、类型。

4）能否变大——加上一点什么；多花一点时间；增加次数；拉长；变薄；附加其他价值；重叠起来；夸张看看。

5）能否变小——试着取消一些东西；压缩看看；变小些；变低；缩短；除去；变成流线型看看。

6）能否替换——用别人去代替；用其他要素代替；用其他材料代替；改变一下程序；采用其他动力等。

7）能否对调——要素对调；换成其他类型；改用别种排列；采用别种顺序；原因和结果对调；改变速度等。

8）能否颠倒——正负颠倒；里外颠倒；上下颠倒；功能颠倒等。

9）能否加以组合——变成合金如何？组合起来如何？组合成单件如何？将目的组合起来；将创意组合起来等。

（3）狄波诺的"水平思考"法。狄波诺在其《管理上的水平思考法》一书中提出了著名的"水平思考"法。水平思考一般是一种"不连续"的思考，或是"为改变而改变"的思考。与水平思考相对立的是传统逻辑上的"垂直思考"。垂直思考是从一种信息状态直接到另一种状态，像是建塔，以一块石头稳定地置于另一块石头之上；或像挖洞，把已有的一个洞再挖下去成为一个更深的洞。

狄波诺从10个方面对水平思考与垂直思考进行了比较分析（见表2-2）。

表 2-2　水平思考与垂直思考的比较

序号	垂直思考	水平思考
1	选择性的思考	生生不息性的思考
2	他的移动是出现一个方向后才移动	他的移动则是为了产生一个方向
3	分析性的思考	激发性的思考
4	按部就班的思考	可跳来跳去的思考
5	用此方法者，必须每一步都正确	不一定每一步都正确
6	为封闭某些途径要用否定	不用否定
7	要集中排出不相关者	欢迎闯入的机会
8	类别、分类与名称都是固定的	不固定
9	遵循最可能的途径	探索最不可能的途径
10	无限的过程	或然性的过程

狄波诺认为可从下面几个角度来激发"水平思考"并突破垂直思考：

1）对目前情况进行选择。

2）对目前假定进行挑战。

3）创新。

4）暂停判断一个时期。

5）把一个普通方法反其道而行。

6）根据目前情况进行推类。

7）用头脑风暴法。

总之，水平思考的概念不像传统的垂直思考那样要"彻底想通"，而是"想出"新的、以前所未考虑到的可能解决问题的方法与途径。

（4）头脑风暴法。头脑风暴法是美国 BBDO 广告公司的阿列克斯·奥斯本创造的创意方法。简单地说，头脑风暴法是在会议中运用集思广益的方法，以收集众人构想的一种思考。

头脑风暴法通常分以下几个步骤：

1）选定项目。确定所面临的问题或所需要解决的问题，并由此确定有关会议的主题。

2）头脑风暴。召集会议集思广益。召集会议的注意事项有：

① 选出 5 ~ 7 名会议参加者。人数过多将会减少每个人发言的机会并增加管理难度，会议参加者应尽可能是不同领域的人。

② 确定会议主持者。

③ 召开会议前，给参加会议者最低程度的准备和提供相关资料。但有时为了避免先入为主，也可以不提供资料。

④ 会议的时间安排在 90 分左右较为适宜。

另外，会议中还应遵循以下基本原则：

① 禁止批评他人意见。

② 充分自由发挥，荒唐无稽都可以。

③ 注重数量而不注重质量，其目的是提出尽可能多的想法。

④ 可自由组合、改善、追加他人的想法。

在会议中除了遵循以上原则外，还可以灵活使用奥斯本核对表，以引出更多的创意。

3）选择与评估。头脑风暴引出的创意是否有效，还需要针对目的及目标进行选择与评价，并考虑其实现的难度及障碍。一般地，选择与评估创意的常用方法是矩阵评价表法。

（5）凯斯勒的创意法。亚瑟·凯斯勒创意法的概念建立于"二旧换一新"的构想。"二旧换一新"是指一个新构想通常可以出自两个相互抵触的想法的再生组合。换句话说，两个相当普通的概念或想法、两种情况甚至两个事件放在一起，经由"二旧换一新"，就能产生一个全新的构想。

下面以一广告创意实例来说明凯斯勒的"二旧换一新"的创意法。

劳温堡是第一种在美国市场上市的德国啤酒，其价格昂贵、品质优良。上市的广告宣传创意若按一般的创意方法，其广告无外乎："劳温堡……超级品质"或"当你想要唯一佳品的时候……劳温堡"或"卓越的标记"之类。

但是，事实上创意者按凯斯勒的"二旧换一新"创意，提出的广告构想是："当人们用光劳温堡时,就订香槟酒"(在美国消费者心目中,香槟酒是高品质的,而啤酒是大众消费品)。

显然,这一构想具有以下效果:

1)广告虽没有明说劳温堡是一种最高品质的啤酒,但却表达出"劳温堡是一种最高品质的啤酒"的概念。

2)此构想表达了一种关系,即将本产品与另一种更被接受的高品质象征相联系。此外,这种联系能证明本产品合理。

3)这一构想采用了与正常思考反其道而行之的方法,即不说啤酒是可代替香槟的选择,而作相反的提示。

总之,这一构想将两个不相关的构想,甚至互相抵触(香槟酒是高档的、啤酒是低档的)的构想经过结合,产生了另一个更引人注目的构想。这就是"二旧换一新"的作用。

3. 谋略方法

谋略是关于某项事物、事情的决策和领导实施方案。谋略的中心是一个"术"字,战术、权术、手段和方法在谋略中发挥核心作用。谋略起初在战争中广泛运用,成为古代兵法中的重要内容。现代的谋略则含有组织、管理、规划、运筹、目标、行为等多方面的内容,既有全局性、根本性,又有艺术性、方向性。

美国雷诺公司本是一家小公司,它本决定从阿根廷引进新产品圆珠笔到美国,结果被两家大公司捷足先登,买了专利。于是雷诺请工程师设计了一种新型的利用地球引力自动输送墨水的圆珠笔,然后努力去推销。由于无钱扩大宣传,雷诺想出一计,毫无根据地到法院起诉这两家大公司,说他们违反了反托拉斯法,阻挠雷诺公司的生产和销售,要求赔偿100万美元。这引发了两家大公司反控告,更引起传媒大肆宣传,由此雷诺一举成名。谋略的调控使点子有了目标,使营销策划有了目的,往往会给企业带来意想不到的效果。

4. 运筹学方法

战国时期有一个著名的"田忌赛马"的故事:齐国大将军田忌经常与齐王赛马,但每次比赛都输。因为齐王的一等马比田忌的一等马强,齐王的二等马比田忌的二等马强,齐王的三等马也比田忌的三等马强,一对一,每次都是齐王赢田忌输。孙膑闻知后献上一个计策,让田忌的三等马对齐王的一等马,让田忌的一等马对齐王的二等马,让田忌的二等马对齐王的三等马。结果,田忌先输第一场,却赢了后两场,终于2:1反败为胜。齐王于是拜孙膑为军师。

田忌赛马是典型的运用运筹学的具体例子。其中,出马是点子,组阵是谋略,概率与组合是战略方法,一不胜而再胜、三胜是关键。以少胜多、以弱胜强,正是运筹学发挥的效果。

本章小结

企业营销策划书是一份向策划的执行者传达策划详细内容的文件,因此,应该按照一定的逻辑顺序表述所要传达的信息。营销策划书的结构主要包括封面、前言、目录、摘要、正文、结束语和附录。营销策划书因时、因地、因企业或策划主题而不同,所以应该分别撰写。虽然营销策划书的篇幅、风格没有固定模式,但其写作有一定的规律可循。

营销策划书撰写的主要格式,要适合学生在学习实践过程中的需要。实际上,对于初学者来说，对营销策划书格式的强调重在培养和训练学生营销策划的思维模式。没有内容的形式是没有意义的，好的策划一定是形式与内容的完美统一。

关键术语

营销策划书　企划方法

复习思考题

1. 什么是营销策划书？
2. 简述营销策划书的内容。
3. 营销策划书有何作用？
4. 试述营销策划书的结构框架。
5. 营销策划书的撰写技巧有哪些？

附录　其他各种策划书的构成

新商品策划书

1. 形成商品的概念
（1）命名
（2）包装、设计
2. 目标市场（使用者、购买者、推荐者等）
3. 竞争商品
（1）竞争商品
（2）类似商品
4. 本企业商品的市场定位
5. 顾客化基本战略（顾客计算机信息系统）
6. 产品制造方法（产品图样、基本功能、安全性等）
7. 产品用途（使用场所、使用机会、使用方法）
8. 渠道
（1）营销渠道
（2）维修服务
9. 市场导入策略
（1）销售促进策略
（2）市场导入手段
……
10. 广告计划（广告活动计划）
11. 价格（成本、价格等）
12. 开发推进（设计、试制、原材料等）

进入市场计划书

1. 主要商品
（1）对象商品的概要
（2）商品群展开
2. 目前市场状况
（1）所售商品分析
（2）销售状况分析
3. 今后的方针与安排
4. 商品对象（目标）
（1）商品××目标
（2）商品××市场
5. 分销渠道分析
6. 进入市场所存在的问题
7. 广告宣传计划
8. 营业系统
9. 个别工具的设计案
（1）样品方案
（2）价格表

促销活动策划书（店内促销）

1. 计划的名称
（1）活动名称
（2）副标题
2. 计划的目的（销售促进等）
3. 计划的主题（活动主题）
4. 对象商品
5. 计划的内容（赠品种类、赠品的赠送方法等）
6. 计划的对象（目标顾客）
7. 计划的目标（来店客人数目、促销期间销售量等）
8. 促销场所（店内）
9. 促销时间
10. 店内装饰
11. 制品种类（广告传单、POP、卡片等）
12. 通知方法（广告等）
13. 运营计划
（1）店内任务安排
（2）与以往计划的区别
14. 计划的效果（顾客数目、销量以外的预期效果）

饮食店商业环境调查策划书

封面

目录

结论概要

开设饮食店的场所、条件；营销战略观点；实际运营观点；开店后的计划。

1. 前言

前提条件和条件设定；调查分析方法；本报告构成概要。

2. 物品概要

3. 都市条件

位置、区域规定；人口迁移；收入水平；城市规模；饮食市场；市场前景。

4. 开设条件

场所条件、位置、环境、道路及交通。

5. 商业环境条件

商业范围设定；商业范围内的人口；商业范围内的商业设施；竞争状况；未来状况；商业环境条件概要。

6. 结论

各条件的概念；对所有条件的判定；店铺提案；潜在月销售额测算。

7. 资料集

周边环境图示；周边竞争图示；城市关系图示；商业范围内的人口资料。

会议策划书

1. 计划的名称

2. 计划的目的

3. 计划的主题

4. 计划的内容

（1）整个会议

（2）个别计划

5. 会议的目标人员及人数

6. 会议场所

7. 会议日期

8. 会场设计

（1）会场设计

（2）个别展示

（3）展示品准备

9. 制品种类（广告、节目单、民意测验等）

10. 宣传方法

11. 运营计划

（1）任务分配（报名、进行、闭会）

（2）人员计划

12. 计划的效果（费用计划、预想效果等）

13. 相关者一览表（主办者、协办者等）

案例分析

一份真实的营销策划书

——联想集团的营销策划案

内容摘要

联想集团（简称联想）成立于 1984 年，由中国科学院计算所投资 20 万元人民币、11 名科技人员创办，到今天已经发展成为一家在信息产业内多元化发展的大型企业集团。联想于 1994 年在香港上市（股份编号 992），是香港恒生指数成分股，2002 财年营业额达到 202 亿港币，目前拥有员工 12000 余人。2002 年内，联想的市场份额达 27.3%，从 1996 年以来连续 7 年位居国内市场销量第一。至 2003 年 3 月底，联想集团已连续 12 个季度获得亚太市场（除日本外）第一；2002 年第二季度，联想台式计算机销量首次进入全球前五，其中消费计算机世界排名第三。

2003 年 4 月，联想集团在北京正式对外宣布启用集团新标志"Lenovo"，以"Lenovo"代替原有的英文标志"Legend"，并在全球范围内注册。在国内，联想将保持使用"英文＋中文"的标志；在海外则单独使用英文标志。

在过去的岁月里，联想集团一贯秉持"让用户用得更好"的理念，始终致力于为中国用户提供最新最好的科技产品，推动中国信息产业的发展。面向未来，作为 IT 技术与服务的提供者，联想将以全面客户导向为原则，满足家庭、个人、中小企业和大行业大企业四类客户的需求，为其提供具有针对性的信息产品和服务。

本文通过对市场环境的深入调查，探讨了有关联想家用台式计算机市场营销战略及战术，并对联想内部服务工作和管理工作进行规划，建立更具客户导向的服务模式和组织架构，这将为联想集团树立世界品牌，提高销售额注入新的"血液"！

总目录

第 1 部分　企业营销环境分析

1.1　国内计算机市场分析

1. 市场特点分析

（1）行业需求增长明显

（2）中小企业不容忽视

（3）价格不断下滑

（4）地方品牌因地制宜发展迅速

（5）传统业态与新兴业态的竞争愈加激烈

（6）产品转向"液晶化"

（7）用户"理智消费"特征显著

（8）三、四级市场是未来的新增长点

(9) 同质化导致服务竞争加剧

(10) 国外品牌低价进军电脑市场

(11) 新厂商不断进入

2. 市场格局分析

(1) 品牌格局

(2) 品牌认知度

3. 用户关注指数分析

(1) 最受关注 10 大 PC 品牌

(2) 最受关注 10 大 PC 产品

(3) 品牌最受关注的产品对比

4. 用户消费行为分析

(1) 用户可接受的产品价位

(2) 用户对产品配置的需求

(3) 影响购买的因素

5. 联想的国内主要竞争对手分析

(1) 方正的经营特点和市场策略

(2) 戴尔的经营特点和市场策略

1.2　联想营销概况

1. 联想的财政业绩

2. 联想所取得的成就

3. 联想面临的主要问题

1.3　联想的营销战略

1. 联想的 SWOT 分析

(1) 联想的优势分析

(2) 联想的劣势分析

(3) 联想的机会分析

(4) 联想的威胁分析

2. 联想的核心竞争战略

第 2 部分　联想集团营销策略

2.1　联想集团 STP 分析

1. 市场细分与目标市场的选择

2. 潜在市场分析

3. 市场定位

2.2　营销策略

1. 产品策略

2. 价格策略

3. 渠道策略

4. 促销策略

第 3 部分　企业服务工作

第1部分　企业营销环境分析

1.1　国内计算机市场分析

据调查数据显示，2003年中国PC市场整体销量接近1103万台，与2002年整体相比销量增长了为23.8%；2003年PC市场整体销售额超过784亿人民币，与2002年同期销售状况相比销售额只增长了13.4%。其中，2003年中国台式机市场整体销量接近960万台，与2002年相比销量增长了21.8%；2003年中国台式机市场整体销售额达到583亿人民币，与2002年相比增长了11.9%。

1. 市场特点分析

（1）行业需求增长明显。2003年台式机厂商针对不同行业和不同应用需求的"税务PC"、"证券PC"、"教育PC"及"网吧PC"等对商用PC进行了进一步市场细分。教育和政府两大行业应用市场需求在2003年仍然增长迅速，网络游戏的"高热"和全国性连锁网吧经营等又催生出新市场，各行业的信息化加速、投资增长，为PC厂商带来了不少的商机。

（2）中小企业市场不容忽视。此外，中小企业市场也同样是2003年厂商关注的亮点。联想厂商通过商用专卖店的形式，面对面地为零散的中小企业用户提供展示、体验、销售和售后等一站式服务；方正厂商则是直接通过巡展的方式送产品"下乡"；惠普（HP）、戴尔等厂商更强调完整的产品解决方案和线上服务，加大对中小企业的拓展力度。中小企业数量众多，整体市场容量不容忽视，但是它们过于分散，这就要求厂商为中小企业提供最适合的零售策略。

（3）价格不断下滑。随着上游厂商各配件产品的不断降价，如英特尔处理器在2003年10月全面展开大幅降价，全线下调了其处理器产品的售价，桌面处理器最高降幅为35%。为了刺激需求，上游厂商的价格调整必然促使台式机厂商对产品进行价格上的调整，导致今年台式机的价格不断下跌。

（4）地方品牌因地制宜发展迅速。地方品牌以低价位作为竞争手段，在宣传上的策略是以大众媒体为主，以专业媒体来配合；在渠道上依据本土优势，划地为营，大部分采用了加盟店的方式或通过开设大卖场来吸引客户，迅速抢占所在地区及周边区域市场。目前，市场上发展较快的品牌有北京的八亿时空、沐泽、柏安，武汉的蓝星，深圳的七喜、神舟等。

（5）传统业态与新兴业态的竞争愈加激烈。由于零售连锁店覆盖面广泛、可以满足零散用户对PC的体验，加上PC产品的普及，一、二级城市商场和大型家电连锁卖场已成为了IT零售的新兴力量。我国IT产业已经使传统IT渠道与现代物流、百货、超市、家电零售等多种业态形成并存局势，并且传统业态与新兴业态的竞争将愈加激烈。采用零售店的方式将会成为一种使PC产品走向终端、PC厂商扁平渠道、厂商更好地管理和控制渠道的有效方式。

(6) 产品转向"液晶化"。2003 年液晶显示器一波三折，前三季度价格不断下跌，并且随着消费者消费习惯的转变，健康环保型产品成为消费者的追求目标，表现最明显的就是液晶显示器的使用状况。和家用电脑相比，商用 PC 转向液晶的步伐相对较慢。"液晶化"是未来台式机的热点，在未来两年液晶显示器将成为台式机的标准配置。

(7) 用户"理智消费"特征显著。在台式 PC 市场，用户对产品的采购不再一味地追求 CPU 主频的速度和高端配置，而更关注自身个性化的应用需求；用户不再盲目追随厂商的脚步，今年的寒、暑假促销出现了"旺季不旺"的现象，其效果远低于厂商期望值，寒、暑假促销的推动作用逐渐减小。

(8) 三、四级市场是未来的新增长点。近年来，随着大中城市市场趋近饱和，消费者消费能力下降，各大厂商纷纷把目光投向了三、四级市场以寻求商机，从而使激烈的竞争由大中城市转向了地市，三、四级市场成为未来一段时间内中国 PC 市场新的增长点。

(9) 同质化导致服务竞争加剧。2003 年，同方率先提出"3 年免费上门"的行业崭新标准，得到了业内外人士的普遍关注。各大 PC 厂商也纷纷表示会对自身的服务进行进一步升级或优化，来进一步主动满足国内 PC 市场的发展需求。

(10) 国外品牌低价进军消费电脑市场。今年杀回中国市场的惠普电脑，在产品方面，推出多款 AMD 芯片性价比很高的机型；在营销策略及渠道通路上惠普也进行了尝试，重点紧盯大城市和更为直接的零售模式，在各地推出惠普家用 PC 形象店，启动 200 家专卖店和专职惠普产品促销员，全面扁平化实现"一级代理体系"。惠普的这一举动在市场引起了较大反响，也引发了更多厂商的思考。

(11) 新厂商不断进入。清华紫光 2003 年 11 月 11 日正式宣布进入 PC 生产商的领域，江苏大亚集团也携巨资进军 PC 市场，已沉寂数年的国内电脑品牌"同创"将卷土重来，神州数码和长城 PC 进行签约。虽然台式机市场利润微薄，但作为 IT 设备的基础终端，仍具有较大的市场空间，是业界关注的焦点。

2. 市场格局分析

(1) 品牌格局。国内计算机品牌格局分析如下：

国内品牌机引领家庭消费市场。目前，台式计算机几乎成为中国家庭的必需品，这种现象在大城市更为明显。台式计算机基本上分为两类：一是品牌机，二是兼容机。根据目前品牌机拥有状况统计表明，国内品牌机在中国家庭消费者中占有相当大的比例，而国外品牌机在国内家庭消费者中所占份额较小。

虽然国外品牌在质量和口碑上享有较高声誉，但一方面由于服务网络较之国内 PC 厂商不广，另一方面市场侧重点更多在于商用市场，因此，在国内家庭中，尤其在三、四级城市家庭中，国外品牌机市场占有率相比国内品牌机低。

(2) 品牌认知度。虽然受到中小品牌和区域品牌的冲击，但联想、方正等中国 PC 产业中的老牌企业依然保持了市场的领先地位，品牌认知度仍旧高于其他品牌。从市场调查看，联想计算机在家庭用户中享有极高的品牌知名度，在对家用电脑第一提及率的调查中，联想也是高居首位。而从销售情况看，家用 PC 也是联想最大的销售市场。虽然方正和同方的品牌认知度略低于联想，但也处于较高的认知度地位。由此，联想、方正和同方形成了国内 PC 市场的三大支柱品牌。随着国际分工的日益专业化，台式 PC 产品在生产技术上的差距进一步缩小，厂商之间的竞争实力也不再像从前那样悬殊。像 TCL、七喜这类新近崛起的品牌，也已经对领先者构成了一定挑战。

3. 用户关注指数分析

根据用户对品牌计算机的访问量分析，可得出用户的关注指数，用户关注度越高的产品即表明用户已购买或欲购买，而该产品也可作为目前或不久后热销的机型。

（1）最受关注的十大 PC 品牌。通过采集 2003 年的数据，调查得出目前最受关注的十大 PC 品牌，其中，联想的受关注度遥遥领先于其他品牌。同时，国内品牌占据了绝大份额，国外品牌只有苹果（APPLE）、戴尔和 IBM 入围。当然，因为调查的用户多为家庭用户，所以对于重点在商用领域中的国外品牌受关注程度自然要低于国内品牌。另外，一些地方品牌异军突起，如神舟、七喜和八亿时空，也进入了前十位。

（2）最受关注的十大 PC 产品。通过调查统计，最受用户关注的 PC 产品主要是联想的天麟系列产品。联想天麟系列产品是暑期的主打产品，其外观时尚，采用多种暖色与白色相调和，充分体现了家庭的温馨和柔和，同时具备更强大的家庭数码功能。因此，联想天麟系列受到用户的极力推崇也不难理解。

除联想的天麟系列产品外，方正的卓越系列产品、同方的真爱系列产品、戴尔的 Smart PC 产品等关注程度也较高。

（3）品牌最受关注的产品对比。品牌最受关注的产品对比分析如下：

1）联想。联想最受用户关注的是天麟系列产品。通过统计发现，用户关注的联想产品呈现出以下特征：

① 配置：CPU P4 2.4 以上，内存 256MB DDR 以上，硬盘 40GB 以上，光驱多为 DVD - ROM，康宝也占有一定比例，显示器多为 17in 纯平与 15in 液晶和 17in 液晶。

② 价格：集中在 6000～8000 元之间。

2）同方。同方最受用户关注的是其家用 PC 主打产品真爱系列。通过统计发现，用户关注的同方产品呈现出以下特征：

① 配置：CPU P4 2.4 占 1/2 左右的比例，内存以 256MB DDR 为主，硬盘多为 40GB，光驱 DVD - ROM 和 CD - ROM 份额相当，显示器多为 17in 纯平，15in 液晶也占一定份额。

② 价格：相对较低，集中在 5000～6500 元之间。

3）方正。方正最受用户关注的是卓越系列产品。通过统计发现，用户关注的方正产品呈现出以下特征：

① 配置：CPU P4 2.4 以上占据了 2/3 左右的比例，内存以 256MB DDR 为主，硬盘 60GB 以上占 2/3 比例，光驱 DVD - ROM 和 CD - ROM 各占 1/2 比例，显示器多为 17in 大小，但普通显示器比例略高于纯平显示器比例。

② 价格：相对较高，一般在 7000 元以上。

4. 用户消费行为分析

目前国内的消费者已经从过去的一味追求时尚、盲目追求高端配置的心理开始向理性应用和理性消费的心理转变。CPU 主频的提高、芯片的升级、操作系统的升级不再是推动 PC 销售的刺激因素，PC 已经走到了一个由消费者驱动的时期，用户的需求特征也从购买产品转向购买应用方案，理性需求和追求适用成为用户购买产品的主要特征。

（1）用户可接受的产品价位。从统计分析看，4000～6000 元的价格段是用户的心理承受价位，而目前主流产品的价位基本上在 5000～8000 元之间，这表明消费者心目中台式 PC

的理想价位远低于市场主流产品的价格。

（2）用户对产品配置的需求。目前，消费者对 PC 产品配置基本从理性角度考虑，盲目追求时尚的时代早已经过去。从调查中可见，用户对产品配置要求集中表现为主流配置全线提升，液晶显示器渐成主流。

以下是调查中获取的用户对产品基本配置的要求：

1）CPU。基本以 P4 2.4 为主，甚至更多的用户选择了 P4 2.6 GHz 以上的 CPU。由此可见，在今后的 PC 市场，高频率将占领主打地位。

2）内存。目前普遍已经选择了 DDR 内存，DDR 内存也渐成为 PC 厂商的标准配置。

3）硬盘。大容量和高转速的硬盘已经成为目前消费者的普遍需求，多数用户都表示将配置至少 60GB 容量和 7200 转速的硬盘。

4）光驱。目前大部分消费者都表示将会采用至少是 DVD－ROM 的配置，CD－ROM 将会渐渐淡出市场。并且随着康宝价格的下降，选择康宝为标准配置的用户也会越来越多。

5）显示器。从一季度的调查看，17in 纯平显示器仍占据相当份额，这主要是受到显示器价格因素的影响，但是调查中有 2/5 左右的用户都表示未来会选择配置液晶显示器的计算机，这也表明随着液晶显示器价格不断下降，其普及速度将会日渐加快，液晶显示器成为主流的时代也会很快到来。

另外，从调查中发现，以数码应用为主题的产品受到众多消费者的欢迎。因为随着数码技术的不断进步，数码娱乐变得更加平民化，而且随着一些数码产品价格降低，一般用户都拥有一种或多种数码产品，因此，用户对于家庭数码的应用也更为渴望，这也使得数字家庭成为众多厂商宣传的主题。而从用户关注的产品中，联想天麟——家庭数码港和天瑞——双模式计算机备受用户关注，也可看出用户对数码产品的热切需求。

（3）影响购买的因素。对影响消费者购买的因素分析如下：

1）对家庭消费者来说，价格是消费者购买产品的第一考虑因素，也是影响他们购买的首要因素。产品质量是影响消费者购买的第二考虑因素，产品配置也是影响消费者购买的尤为重要的因素。因此，对于厂商来说，重视影响消费者的购买因素，才可以更好地把握用户选择。

2）2/3 的家庭消费者都受到厂商降价的影响。降价幅度越大，越能刺激消费者的购买欲望，而商家采取的赠送礼品、打折和有奖销售等促销活动相对降价来说都不会特别影响到消费者的购买行为。

5. 联想的国内主要竞争对手分析

联想在国内市场的主要竞争对手可以划分为国内计算机厂商和世界著名计算机厂商。其中，前者主要包括同方、方正、神舟、七喜等，而后者主要包括 IBM、戴尔等。下面以国内方正与国外戴尔为代表，对其主要的竞争特点和策略作简要的分析。

（1）方正的经营特点和市场策略。对方正的经营特点和市场策略分析如下：

1）把握品牌战略。2003 年，方正采用"将科技带入千家万户，让科技因你更加精彩"的市场推广策略，在消费者中引起强烈反响。消费者在购买产品的同时，得到了最为实惠的保障，使方正国内一线产品的特性根深蒂固地扎根于消费者心中。

2）把握需求，不断创新。目前，我国 PC 市场上品牌众多，随着国内 PC 产品的技术越来越高，消费群体的扩张速度也呈现出日新月异的变化。方正凭借多年积累，产品已进入国内中小企业、教育、政府等本土化应用需求特征明显的行业市场，并以价格、服务和解决方案的本土化优势逐渐占据市场份额。特别是方正在 PC 行业的领跑能力，是人们有目共睹的：2002 年底推出的卓越影音王，一度掀起了 PC 的娱乐热潮；2003 年年初，方正卓越系列新锐的一体化设计和 3C 融合的功能，再次领跑了 PC 市场，初步显示了国内一线厂商的综合实力；2003 年 7 月，方正科技推出新一代商用 PC 产品——方正商祺 N600，方正商祺 N600 首次在商用 PC 中强调和突出 TPM 的概念，安全、可管理性的理念得到鲜明的体现，对用户具有极大的诱惑力，使方正商祺 N600 成为一个时代的象征。

3）方正即将实行的战略。以客户为中心，整合市场、销售、服务三大网络，使其合而为一，具有同步性和一致性，将方正的产品、方案、服务等更加方便快捷地带给用户。营销网络将伴随着销售进程而不断地向前推进，与销售进度保持高度的一致性；方正将更加积极开拓新渠道，积极扶持经销商，大力培养销售能力，提高渠道竞争力；实行内部服务支持体系的变革，进行销售前端的重大整合。在树立品牌的前提下，更加贴近消费者，加强政府和行业领域的宣传，加强区域宣传，带动产品销售。

（2）戴尔的经营特点和市场策略。对戴尔电脑的经营特点和市场策略分析如下：

戴尔利用"直销模式"，在中国市场增长迅速，直销使戴尔比采用分销模式的企业至少省掉了 3% 的渠道成本，这使戴尔与其他国际厂商相比具有更强的竞争力。其中包括减少分销费用，3～4 天之内按订单交货，一周之内向顾客交付升级的系统。一项订货两天之内即可出线，大多数发货都通过合同承运人经由公路运输。此外，戴尔所用的组件 70% 是由中国厂商提供的，这些厂商都与戴尔签有全球供货合同，因此质量上有保证。

戴尔的营销策略之所以成功，除了其独特的直销方式与可更换配件外，阶段性的促销与降价也是重要的原因，人们不时可以看到戴尔的直销网站与报刊广告上，刊登一些如近期购买该款机型可享受硬盘免费升级、购买 17in LCD 显示器享受 500 元折扣优惠的信息。近期戴尔又一次加大了返还力度，将多款礼品结合在一起，让消费者充分享受购买戴尔电脑带来的最大实惠。

1.2 联想的营销概况

1. 联想的财政业绩

2001～2002 财年联想的营业额为 192.7 亿港元，比上年同期增长 3.2%；全年纯利为 10.26 亿港元，比上一年增长 42.9%。2002～2003 财年联想的整体营业额为 202.3 亿港元，较上一年同期上升 5.0%；集团毛利率从 13.7% 上升至 14.8%；扣除出售投资损益，全年经营性净利达 10.44 亿港元。

2. 联想所取得的成就

（1）对研发技术的建立和投入。联想已成立了以联想研究院为龙头的二级研发体系。新成立的高性能服务器事业部和研究院服务器研究室密切配合，推出高性能集群系统 iCluster1800 系列产品。2002 年 5 月 21 日，该产品中标中国科学院 973 项目，承接该项目万亿次服务器的研发工作，这为联想技术的发展和腾飞奠定了基础。

（2）专利众多，并多次获得荣誉。截至 2002 年 6 月底，联想的专利申请总数达到了 615 件，在新增专利中，发明专利占到 54%，已初步形成了具有自主知识产权的核心技术体系。2001 年 6 月，联想的"CPU 结温的温度降低控制方法"荣获第八届中国专利技术博览会计算机领域的唯一金奖，专利质量大幅度提高，部分项目已在考虑申请 PCT 专利（国际专利）。

（3）销售渠道广泛。联想在我国除北京平台外，在香港、上海、深圳、惠阳、沈阳、武汉、西安、成都等地设有区域平台，在哈尔滨、济南、南京、杭州、广州、郑州、重庆、昆明、乌鲁木齐等地设有办事处。在国外设有欧洲区和美洲区，包括美国、英国、荷兰、法国、德国、西班牙、奥地利7家子公司。在2002年1月《财富》（中文版）杂志的"中国最大上市企业"中，联想集团位列第五。

3. 联想所面临的主要问题

（1）对形势过分乐观。联想的首要问题，应归结为对于形势的过分乐观。过去很多目标与策略都是以2000年以前互联网高速膨胀所带来计算机产业蓬勃发展作为参照来制定的，同时也未能准确预知之后的泡沫破灭、增速的放缓和调整。

（2）对可能发生的市场变化估计不足。联想忽略了一个重要的竞争对手——戴尔。戴尔刚刚进入中国市场时，PC直销模式在中国还没有成功的先例。联想一直在怀疑中观望，以至于戴尔不断蚕食了国内市场，动摇了联想的根基。此外，联想对加入WTO以后中国市场竞争局面可能发生的变化也估计不足。

（3）对多元化发展的复杂性估计不足。在两大错误判断的同时，联想还在这个阶段迷失在跑马圈地的路上，对多元化业务的拓展和管理能力还显得相当稚嫩。由于对多元化发展的复杂性估计不足，业务面几乎在同一时间开始启动，使得领导人的精力分散，不仅影响到新业务拓展上所需要的资源保障，而且也在一定程度上影响到核心业务开展所需要的竞争力提升。

1.3 联想的营销战略

1. 联想的SWOT分析

（1）联想的优势（S）分析。联想拥有的优势具体如下：

1）联想集团拥有三个生产基地，分别位于北京的上地、上海的浦东和广东的惠阳，年产规模为500万台电脑，实现了大规模生产，有效地降低了成本，可以对抗价格战。

2）严格按照高标准和技术参数进行常温测试、高温测试等测试程序，确保每一台出厂计算机的产品质量和优秀品质。

3）庞大的研发体系，确保每款计算机款式新颖、功能齐全。

4）本土化企业使联想更加了解消费者需求，能够顺利适应市场变化。

5）拥有强大的销售网络，对终端控制进一步加强。

6）凭借业界领先的高科技、信息化手段，为客户提供涵盖售前、售中、售后服务全程的专业化的IT产品服务品牌，给客户带去阳光般温暖贴心、无所不在、无微不至的服务关怀。

7）拥有较高的品牌知名度。

（2）联想的劣势（W）分析。联想电脑所具劣势分析如下：

1）没有核心技术，无法紧跟英特尔潮流。

2）公司员工众多，全体员工综合素质有待提高。

3）资金与渠道和国外竞争对手相比，有着较大的差距。

4）营销手段过于单一，难以在国际市场上前进。

5）关于联想裁员，虽然联想总部给出的说法是"正常调整"，但在业内人士看来，"利润太低"才是根本原因。

（3）联想的机会（O）分析。关于联想面临的机会，具体分析如下：

1）国内计算机市场发展迅速，购买计算机的消费者越来越多。

2）随着人们生活水平的提高，品牌计算机将成为消费主流，逐步取代组装机。

3）伴随竞争加剧，一些运营能力不足的厂家将被淘汰。

4）AMD 系列 CPU 的应用，将给计算机市场注入新的养料。

5）数码科技技术的大量应用，将更加刺激消费者更换和购买计算机。

（4）联想的威胁（T）分析。联想遭遇的威胁具体分析如下：

1）国外著名计算机厂商在我国建立基地，竞争将更加激烈。

2）国内厂商之间"价格战"频繁，导致计算机行业平均利润率下降，市场价格体系混乱。

3）大量新型品牌计算机厂商的产生造成竞争加剧。

4）随着我国加入 WTO，国外公司更容易进入我国市场。

5）PC 以外的产品缺乏竞争力。

2. 联想的核心竞争战略

近年来，中国经济快速增长。加入 WTO 后多元化经济模式繁荣发展，尤其是民营与外资企业蓬勃兴起；同时，各国际知名 IT 企业对中国市场日益重视，纷纷加大投资并带来国际水平的竞争方式和规范。面对全新机遇与挑战，联想集团必须对未来公司战略路线进行新的规划。规划将逐步落实三个方面的变革：

（1）专注于 PC 及相关产品业务，确保资源投入与业务重点相匹配，在集团核心业务领域建立更强的竞争力，并在核心和重点发展业务上进行集中投入，同时以更灵活的机制管理 IT 服务等业务，促进其健康发展。

（2）针对市场环境的迅速变化，建立更具客户导向的营销模式和组织架构，保障产品和服务更加贴近客户需求，快速适应市场变化。为了满足不同客户的需求，联想以不同的营销模式与之相匹配，通过混合营销模式全方位提高联想服务的能力；统一中央市场平台，研究、识别不同类型的客户需求，指导整体市场工作；区域营销管理及指挥前移，将原有 7 大区细分为 18 个分区，深耕细作区域市场。

（3）短链经营，优化业务组合，提升公司整体运营效率。一方面减少环节，以快速响应客户需求；另一方面将通过降低管理成本，进一步提升集团盈利水平。

第 2 部分　企业营销策略
2.1　联想集团 STP 分析

1. 市场细分与目标市场的选择

计算机行业在使用范围上，可将 PC 细分为"商用 PC"和"家用 PC"两大市场。由于科技的发展，多媒体技术与数码技术的出现，越来越多的消费者对计算机的需求日益增长。因而市场前景十分广阔。台式机市场可按下述标准细分：

（1）按照应用范围可细分为航天航空、机械、化工、政府、电器、家庭、学校、制药、食品等众多领域。

（2）按照类别可分为品牌机和兼容机两种。

（3）按照人文统计特征可分为年龄、性别、地域、教育文化水平、可支配收入、职业、消费观念、个人偏好等。

（4）按照应用行业领域可分为网吧、学校、计算机培训学校等。

2. 潜在市场分析

（1）Linux 系统。传统的计算机操作系统一般采用 Windows98、Windows2000、WindowsXP 为主，这 3 种系统都有各自的优缺点，也存在着漏洞。Linux 系统有较完善的系统设置，是一种开放资源的软件包。对于其他软件而言，使用更加方便，而且价格相对便宜。Linux 系统的台式计算机将带来品牌计算机新的发展机遇。

（2）AMD 品牌机。一直以来，AMD 公司所生产的 CPU 凭借其独特的功能特点与英特尔抗衡。AMD 具有良好的视觉效果、运行速度快、价格低廉等特点，一直被一些游戏"发烧友"所追逐。

3. 市场定位

结合联想电脑历年来的销售特点，其产品主要定位于家用 PC 与商用 PC 两大领域。

根据目前市场上计算机的价格来看，惠普、戴尔计算机主要应用于高端客户；而神舟、方正计算机主要应用于中、低端客户；结合联想计算机价格来看，其产品应定位在中、高端客户。

这一区域市场的主要消费特征是：消费能力相对较高、对产品价格不是很敏感、对产品时尚性要求高等。

2.2 营销策略

1. 产品策略

由于国内品牌计算机行业都没有核心技术，因此，在计算机的硬件设施上基本相似。联想必须寻找新的市场，对产品进行重新包装，引导新一轮的消费需求，这种做法相当于变相开发一个新产品。

在进行产品包装的同时，还要加强国际合作，争取把最先进、最成熟的技术和产品带给用户。在把握客户需求的基础上，充分利用自身在品牌机领域多年积累的技术，开发适合我国用户的新产品，同时，联想也非常注意和国际一流同行的合作，利用不同的分工，发挥各自的优势，保障产品的领先性和市场的竞争力。

2003 年，联想集团在原有的基础上，成功改进与开发了家用台式计算机天骄系列、锋行系列、家悦系列及悦灵通系列，从而满足不同阶层、不同收入人们的需求。在商用机上，对开天 2 代、启天系列、补天系列和网吧专用机也都进行了重新包装和设计。

在外观上，除了要具有自己产品特色外，产品内部硬件设置也要进行创新，AMD 系列必将拉动新一轮消费观念。另外，Linux 系统的采用也会成为人们的追求。

2. 价格策略

市场竞争有多种多样的竞争策略和竞争手段可供选择，不同的领域、不同的时间和不同的市场环境也可以有不同的选择。但是在当前阶段，价格竞争仍然是市场竞争的有力手段。

目前对于众多的计算机生产厂商来说，降价几乎成为唯一的竞争手段，这预示着企业市场竞争的激烈性。解决这些矛盾和问题的思路多种多样，但价格竞争的积极作用却是不可忽视的。联想集团要想在价格竞争中不失去市场，必须在巨大的压力下，改善经营管理，加强技术改造，开发新产品，提高产品质量，改善服务，使产品的价格性能比得到提高，只有这样才能处于竞争的有利地位，才能受到用户的青睐并吸引更多的消费者，以实现企业的经营目标。

在现有的市场条件下，还要仅仅在一些特定的时期，对一些特定的产品进行策略性的降低价格。多数时候，为规范市场，联想要致力于集团本身的市场影响力，将价格稳定在一个合理的水平上，甚至不惜牺牲短期销量。

3. 渠道策略

分销策略是市场营销组合策略之一。它同产品策略、促销策略、定价策略一样，也是企业能否成功地将产品打入市场、扩大销售、实现企业经营目标的重要手段。联想集团根据市场环境的迅速变化，应建立更具客户导向的营销渠道，针对不同客户的特点，采用不同的销售渠道，即混合营销。做到面向4类客户各有侧重。以往，针对大客户、中小企业客户、零售客户和政府及教育行业客户这4类客户的营销模式并没有太大的差别——虽然大客户部由来已久，但却始终做得不令人满意，而且并非所有的客户都喜欢同一类营销模式。联想的混合营销模式则针对不同的用户需求，为其提供不同的销售渠道。

（1）大客户：客户经理直销。很多大客户比较喜欢直销模式，因为这样可以降低其大规模采购的成本，同时也能获得比较高质量的服务。联想最大的竞争对手之一——戴尔面向大客户的销售是其营业额和利润的主要来源，而戴尔采用的正是直销模式，从这个侧面也能看出大客户的偏好。

（2）中小企业客户：渠道销售+电话直销。中小企业客户公司规模小、需求简单、分布地域广泛，由代理商为其提供产品方便、快捷、成本低，而且代理商的服务能力也足够达到中小企业满意的程度。因此，中小企业客户是渠道销售模式的拥戴者。至于原来的分销商缺少提供方案服务的能力，则可以由现在的渠道市场部来提供免费的支持，以增强代理商获取客户、服务客户的能力。由于中小企业客户的分布范围十分广泛，每年新注册的企业数量非常巨大，代理商也不可能做到全部追踪，电话直销就成为一种补充的销售模式，将触角延伸至渠道覆盖不到的客户群体。

（3）零售客户：终端渠道销售。今天客户的需求已经很难再以"商用"和"消费"来划分出明显的界限。原消费类客户、SOHO（Small Office Home Office，家居办公）族和一些非常小的客户，其购买电脑的方式已经和购买其他物品一样没有太大的区别。这些客户被联想定义为零售客户，他们乐于接受终端渠道销售模式，因此这些客户主要由代理商的零售终端店面去覆盖。

（4）政府、教育行业客户：渠道销售+中央市场部支持。把政府、教育行业单独作为一类客户，是因为在这两个行业有比较好的客户资源，也有比较多的行业经验积累。开发新客户的成本是维系老客户的6倍，所以自然应该维系好基础不错的行业客户，并且在政府、教育等行业已经树立起了样板客户，再发展其他的客户也应该相对容易。政府、教育行业用户分布在各地，他们通常与当地的集成商、方案提供商保持比较紧密的联系，项目通常包给这些区域商家来做，采购也在当地进行。因此针对这两个行业，保持以往的渠道销售模式。

4. 促销策略

要想企业获得长久可持续性的发展，就必须改变传统的不良作风，主动出击、开拓市场，具体应从以下几个方面进行投入。

（1）广告宣传活动。宣传活动大致包括以下几方面：

1）整合多种形式，多种媒体宣传。广泛的宣传与媒体广告是建立企业品牌的重要依据，在新的一年里，联想集团在活动方式上应采取专业展览、优化公司网站、送文化下乡、新闻发布会、免费咨询服务活动、软新闻报道等。在宣传的媒体里，联想集团在报纸、电台、电视、户外路标等地点设立标牌，以提高品牌效应。

2）以企业形象为诉求点，辅助产品诉求。在进行多种服务、媒体报道的同时，应把重点侧重在树立内部企业形象，以形象拉动销量；同时，还要开展以产品特性为主的诉求。

3）对必需的投入毫不吝啬。在进行广告宣传活动时，提高企业形象与产品知名度所花费的资金应毫不吝啬。

（2）人员促销。在人员促销方面，联想集团应避免传统的促销方式，业务代表应主动出击，寻找潜在的客户，并建立好客户档案，充分了解每一位顾客，并对每一位顾客进行有效的拜访，不断跟进直至成交。在进行促销活动时，购买联想任意一款计算机，都有礼品赠送。并不定期举办抽奖活动，中奖者得到相应的奖品，奖品要追求实用性、美观性等，从而提高消费者的积极性。

第 3 部分　企业服务工作

所有的工作，都体现在一个"大服务"的概念之上。高品质的服务会带来高度的顾客满意，从而创造出良好的产品口碑和顾客忠诚，成为企业长期效益的保障。据调查数据显示，当企业具备一定规模时，附加服务本身能创造出高达 70% 以上的效益。

3.1　全程化全员化服务

服务是一个广义的概念，不仅局限于售后服务，而是贯穿售前、售中、售后的全过程。因此，在每一个可能影响顾客满意的关键细节，都应该清晰地界定标准，具体实施如下：

1. 针对每一次成交，都要进行郑重的交易模式

成交是一个销售过程的结果，更是服务的开始，因此，对培养顾客忠诚尤其重要。成交的过程包括正式签单、检验产品、介绍售后服务和使用注意事项、赠送礼品等。通过这一过程，也可使顾客在购买产品的同时，对服务的品质更有充分的信心。

2. 专人建立成交客户档案，进行售后关怀和回访

高度重视忠诚客户，与他们建立良好的关系体系。定期对顾客进行调查，了解产品的市场状况。

3.2　个性化、细节化服务

要想达到顾客高度满意，而且把自己的服务与竞争对手区分出来，关键是要始终坚持比竞争者更高的服务质量标准，而这种标准是独特的、细致的、超过顾客期望的。顾客对服务标准的感知，是通过一点一滴的印象累积形成的，包括产品的外观效果、电话接听程度、前台接待的热情程度、销售代表的专业知识甚至公司内部卫生间的清洁。这些细节不仅仅是给顾客留下印象一瞬间的事。

今天的计算机行业，产品的同质化已经越来越明显。要想与竞争对手相区别、争取客户、留住客户，就要靠这些容易被人们忽视的细微之处。个性化服务最能打动顾客，顾客会牢牢记住我们。

第 4 部分　企业内部管理工作

营销活动和服务工作都是以内部管理工作为基础的。内部管理工作的规范化和科学化会使企业运转得更加顺利。因此，应该设立一套完整的内部管理体系，并不断落实、不断完善。

4.1 内部管理体系的构建

（1）首先作好一系列的规划和设想，制定长期发展战略。

（2）设计好企业的组织架构，对联想部门岗位职责进行详细的界定。

（3）规定出企业内部大大小小的业务流程，使业务在开展过程中更加标准化、系统化。

（4）设计内部方方面面的管理制度和管理规范，体现出企业内部的纪律性、团结性。

（5）树立良好的企业文化，包括物质文化、精神文化、行业文化等。

4.2 "五高"模式员工管理

当今企业存在的问题之一，就是下属要么缺少工作激情，经常偷懒；要么就是缺乏必要的学习，专业知识不够。这些因素直接影响了公司的前进。针对当今大多企业面临的这样一个问题，需要制订一套具有高动力、高绩效的管理模式——"五高"模式。该模式具体包括以下5个方面：

1. 高标准

高标准是指那些肯学、肯思、肯干的人才，同时具有本行业内较高的专业技能、专业经验。公司需努力寻找与挖掘这种"不用扬鞭自奋蹄"的人才。

2. 高知识

这要求企业建立一套良好的商业模式、全面最佳的业务流程和培训机制。采取不是书本知识的培训，对员工进行实战训练。

3. 高激励

这里的高激励不仅仅是指工资奖励，还要激发员工的工作热情，给予经常性的表扬等。

4. 高任务

对下属企业、下属员工下达任务时要"加码"，一般以提高10%～20%为主。著名松下创始人松下幸之助有一句名言："能挑100kg的就给他挑110kg。"高任务可以调动员工全身心地投入工作，工作热情高涨，激发员工潜在的能力。

5. 高考核

考核包括两个方面：一是对员工全面素质、能力、表现的评价；二是对员工任务执行情况的检查。企业要做到考核的规范化、专业化等。美国通用电气公司（GE）前任CEO杰克·韦尔奇十分重视考核，并亲自抓对下属员工的考核工作，制订了一套独有的评价体系。评价结果出来后，将对最佳的10%给予奖励或提升，而排在末尾的10%则给予降职或淘汰。

（资料来源：一份真实的营销策划书．http：//www.mhjy.net中国教育培训网，2007．）

思考题：

1. 结合实际谈谈这份策划书的优点在哪里？

2. 该策划书有哪些不足？如果由你来做的话会有哪些补充？

第3章 营销策划的创意

【学习目标】
1. 理解创意的内涵
2. 掌握常用的创意的技法
3. 了解创意效果的测定的方法

【内容图解】

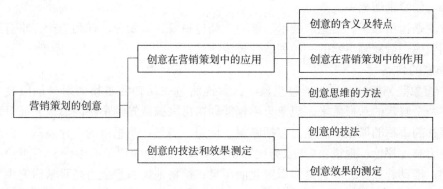

【导读案例】

每个国家都把奥运会当成营销的极好机会,从国家层面来讲,奥运开幕式意义重大。这种高层次的营销,从设计策划到创意。营销越好,越成功,效果就越深远。北京奥运会的开幕式,全世界给了中国50分钟,1秒都不能浪费。一晚上,超过40亿人都在看,而营销的使命就是中国精神文化的推广。

2008年8月8日晚8点,北京奥运会开幕式,全世界的目光聚集于此,一场视觉盛宴惊艳了整个世界。鼓声雷雷,用中国传统打击乐器制造的60秒倒计时气势非凡,灯光变换下呈现出别样的效果。开幕式围绕着一幅画卷展开,随着悠扬的音乐,地面一幅巨型画卷慢慢展开,演员们在这幅群山图上舞蹈并且摆出各种造型。人们看到了四大发明、丝绸之路、郑和下西洋等中华历史文化的演绎,中国五千年的文化都浓缩在了50分钟的表演环节中向世人展示。开幕式上中国人"以和为贵"的传统理念在表演中多次出现,例如"活字印刷"中三种字体的"和";而最后用灯光拼成的和平鸽正是奥运精神的体现。奥运会开幕式的创意,正如导演张艺谋所说:"一句话,要让人们记住北京,让世界受感动,这是基本的出发点。"

(资料来源:根据http://yule.sohu.com/20080723/n258326187.shtml改编)

3.1 创意在营销策划中的应用

3.1.1 创意的含义及特点

现代企业面临着激烈的竞争,如何在竞争中立足,以新取胜、以巧取胜正是企业制胜的法宝。因此,在营销策划中,创意就成为重头戏,可以说,没有创意就没有营销策划。但创意不仅仅是企业行为,也不仅局限于经济活动,它无处不在、无时不在,小到日常生活、个人发展,大到企业生存、国家兴亡,都需要创意,创意正以前所未有的速度深入到社会的各个领域和各个层面。

1. 创意的含义

人类大脑的思维有巨大的智能超越性,能够超越具体的时间、空间以及客观事物,这也是思维能产生创意的根本原因。创意实际上是现实世界中尚未存在而仅仅存在于人类大脑思维中的意念、观念、主意、构思等。陶渊明在《桃花源记》中对世外桃源的构思;爱迪生在试制成功第一只电灯泡之前,脑中已经构思了千余种灯泡的模型;科学管理之父泰勒一系列的管理实践的构思,影响了流水线生产方式产生……可见,世界上一切物质产品及精神产品诞生都与创意密切相关。

创意就是运用知识、信息、技术、能力,经过想象、筹划、设计和选择,卓有成效地解决实际问题或创造新鲜事物的一种创造性思维活动。

2. 创意的特点

(1) 想象是创意的源泉。通过想象,人就能将过去认知的事物的形象加以改造,从而创造出一个个鲜活的新形象来。想象力不仅能创造出未曾认知的事物的形象,而且还能创造出未曾存在的事物的形象。想象力包括联想、设想、幻想,是思维的一种发散。爱因斯坦曾给予想象力高度评价,他说:"想象力比知识更重要,因为知识是有限的,而想象力概括世界的一切,推动着进步,并且是知识进化的源泉;严格地说,想象力是科学研究中的实在因素。"因此,只有通过想象,才能实现创意。

(2) 灵感是创意的推动力。灵感是人们接受外界的触动而闪现的智慧之光。灵感产生的基本条件一般是当有一个待解决的问题,思考者久攻不下时,思考者暂时放下转入休息或做其他简单的工作。这时,他就有可能产生灵感。灵感总是出现在人们对某个问题的专注之中。

有机化学王国有一个特殊的家族,叫做芳香族。这一族化合物在化学合成中很重要,可以做药物、染料及各种人类需要的东西。这一族中最简单的化合物是苯,分子式是 C_6H_6。要充分认识这种物质,就要知道它的结构,但苯的结构之谜长期无法解开。德国化学家凯库勒一直研究苯的结构,他连续工作了几个月,却始终得不出满意的结论。有一天,他坐马车回家,马车在摇摇晃晃行驶着,由于太累了,凯库勒很快进入了梦乡。他做了个奇异的梦,梦见以前思考过的几种苯的结构图在眼前飞舞,忽然自己变成一条正在咬自己尾巴的蛇,最后变成一个环。这时候,马车夫对他说,克莱宾路到了。凯库勒从睡梦中醒来,梦境仍历历在目。这个梦给了他启发,苯的结构问题之所以长期得不到正确的答案,是因为化学家们都把它看成链状结构,而没有想到它是环状结构。在梦境的启发下,凯库勒很快画出了苯的结构式:由 6 个碳原子组成的环状物,碳原子之间互相以双键相连接。这是一种相当稳定的结构,每个碳原子除了以双键和单键与另一个碳原子相连外,还与一个氢原子相连。这样,不仅能很好地解释苯的分子式,还能很好地解释它的化学性质。

灵感具有突发性、飞跃式的特点,稍纵即逝。一旦产生了新的思想火花,就应立即抓住,否则就有丢失的危险。欧阳修厕上写文章,阿基米德洗澡时发现浮力定律,这些都是他们善于抓住灵感进行积极思维的表现。策划的过程是一个寻找灵感的过程,只要能够抓住灵感，并不断地去完善，就能完成创意这种创造性思维活动。

（3）创新是创意的本质。创意的宗旨就在于新，新观念、新思想、新方法、新事物、新点子、新主意等都是创意的表现形式。

3. 创意的准备

创意的形成来自积累，缺少成为创新的"素材"，则无法进行想象，灵感也无从谈起。

（1）积累有价值的资料。寻找策划所需的创新或启示一般可以采用两种方法：①从已有的知识、情报中寻找；②从个人或组织当中寻找。营销策划情报的主要来源包括：

1）专业书籍、专业杂志、报纸、行业简报。

2）本公司或相关企业过去实施过与市场开发有关的策划、提案、活动等资料。

3）专家、职业经理人、研究人员拥有的有关市场开发的知识和情报。

4）竞争对手或其他与市场开发有关的记录、策划或报告。

5）国外企业有关市场开发的情报。

6）在企业讲座、研讨会上，相关人员提出的观点、创新、情报等。

由于策划对情报的丰富性要求很高，所以，策划人员在日常生活和学习过程中，必须有目的地注意和积累情报，以便在策划过程中使自己的思路和视野更加开阔。获取情报的秘诀有三点：一是不停地观察、实验、调查，努力掌握第一手情报；二是将情报加以比较、分类、赋予意义，使之系统化，具体分析优劣，并努力使之数字化；三是不论何种事情都要设法情报化。

日本人十分重视信息的作用，时时处处留意信息的搜集，而且善于从平淡无奇的信息报道中分离出重要内容。20 世纪 60 年代中国开发大庆油田，唯独日本和中国谈成了征求设计的买卖。原因是别的国家的设计均不符合中国大庆油田的要求，而日本则事先按大庆油田的要求进行产品设计，等待中国去购买。

其实日本人对大庆油田早有耳闻，但始终得不到准确的信息。后来，日本人从 1964 年 4 月 20 日出版的《人民日报》上看到"大庆精神、大庆人"的字句，于是判断中国的大庆油田确有其事。但是，大庆油田究竟在什么地方，日本人还无法作出判断。从 1966 年 7 月的一期《中国画报》封面上，日本人看到一张照片，铁人王进喜身穿大棉袄，头顶鹅毛大雪，猜测到"大庆油田是在冬季为 $-30℃$ 的东北地区，大致在哈尔滨与齐齐哈尔之间"。后来，到中国来的日本人坐这段火车时发现，来往的油罐车上有很厚的一层土，从土的颜色和厚度，证实了"大庆油田在东北"的论断。但大庆油田的具体地点还是不清楚。1966 年 10 月，日本人又在《人民中国》杂志上看到了王进喜的先进事迹，从事迹介绍的分析中知道"最早的钻井在安达东北的北安附近，并且从钻井设备运输情况看，离火车站不会太远"。在该事迹介绍中还写有这样一段话："王进喜一到马家窑看到大片荒野时说：'好大的油海！把石油工业落后的帽子丢到太平洋去。'"于是，日本人又从地图上查找到"马家窑是位于黑龙江海伦县东面的一个小村，在北安铁路上一个小车站东边十多公里处"。就这样，日本人终于将大庆油田的准确地理位置搞清楚了，并且大体上知道了大庆油田的规模："马家窑是大庆油田的北端，即北起海伦的庆安，西南穿过哈尔滨与齐齐哈尔铁路的安达附近，包括公主峰西面的大赉，南北 400km 的范围。估计从黑龙江省到松辽油田统称为大庆。"但是，日本人一时还搞不清楚大庆的炼油规模。

后来，从 1966 年 7 月《中国画报》上发表的一张大庆炼油厂反应塔的照片上，日本人推算出大庆炼油厂的规模。其推算方法很简单,首先找到反应塔上的扶手栏杆,扶手栏杆一般是1m多一点,以扶手栏杆和反应塔的直径相比,得知反应塔内径约为5m。据此,日本人推断:大庆炼油厂的加工能力为每日900m^3,如果以残留油为原油的30%计算,原油加工能力为每日3000t,一年以360天计算,则其年产量为1000000t。根据这个油田的出油能力和炼油厂规模,日本人得出结论:中国将在最近几年出现炼油设备不足,买日本的设备是完全有可能的,以满足每日炼油10000t的需要。这就是日本人在1966年从中国公开报刊中获得的有关大庆油田的重要信息,然后按他们估计的大庆油田的生产规模进行产品设计,最终取得了成功。

(2)做生活中的好奇者。好奇心是一种被少见之物、未知之事所吸引,进而想求证和了解的心理。如果说行动要有动机的话,行动力的来源之一就是好奇心。好奇心强的人对周围的一切事物充满着兴趣,伴随着好奇心去观察世界、体会事物,灵感会源源而来,创意也就自然而然地产生了。

好奇心的对象包罗万象,因此,好奇心并没有什么规则,只要自己的好奇心能满足,什么都可以去想,什么都可以去试一试。所以,只要一个人有好奇心,他的头脑、手和脚都会同时动作起来。伟大的天文学家哥白尼在中学时代,听说可以用太阳的影子来确定时间,这个仪器的名字叫日晷。他对此很好奇,就找老师问了日晷的原理,回家找了些废旧材料,很快就做出来一个日晷。他利用自己做的日晷,研究太阳和地球的运动规律。哥白尼长大后,提出了著名的"日心说",推翻了"地心说"的错误说法。好奇心为新的发现提供了可能,有意识地培养对人、环境、事物的好奇心,扩大自己的生活视角,是创意产生的基础。

(3)积极的心态。策划是以创新为核心的科学,也是一门运用智慧的科学,在策划过程中除了掌握所需的思维技巧之外,还必须保持积极的心态,相信自己头脑中的丰富资源,具备强烈的成功欲望,这是产生创意的主要动力。

3.1.2 创意在营销策划中的作用

1. 创意为营销策划勾勒了轮廓

策划的任务明确后,需要有一个新鲜、独特的构想。产生策划创意的过程是一个充满各种不定因素的过程,也没有任何条条框框可以照着去做。每个人、每个策划小组可以从经验中挖掘、领会一些独特的联想秘诀或做法。在此过程中,不只是用头脑想,同时还要用行动促进产生联想。这个过程同时也可以看成是从搜集的资料中感受联想的暗示,并抽出重要线索的过程。为了获得这些联想点,首先需要做的一件事,是对策划描绘出一个轮廓、一个概略印象。这一轮廓和印象是策划整体期待的成果,是对希望策划的一些问题的界定。

联想的结果可以用语言表现,也可以是图形、符号,片断的单词、简短的提示。总之,策划轮廓不是内容的细节,而是自然而然地迸发"希望作成这种策划"的强烈意识。完成营销策划轮廓勾勒,是凭借理性思考、感觉性追求、现场资料及诉求表达能力等,将暗示线索转化为创意构想的组合方法。

张飞牛肉最初仅是阆中的特色小吃,当地百姓为纪念三国时期在此驻守的名将张飞,把他嗜好的下酒菜中的一种干牛肉取名为张飞牛肉,在阆中古城,大大小小的张飞牛肉专卖店超过100家。然而,如何让张飞牛肉走出阆中,与名将张飞一样名满华夏,成为新老板陈光伟接手后日夜思索的问题。

　　陈光伟注意到 Cosplay（角色扮演，简称 Cos）已经成为年轻人群体的主流娱乐活动之一，如果能 Cos 中国传统故事中的人物，就能雅俗共赏、老少皆宜，可谓是一种企业营销的好模式。张飞牛肉的销售负责人陈运奎向《中国经营报》记者表示："张飞是一个家喻户晓的人物，大家很好奇他在生活中是怎么样的人，这种好奇也成就了消费者在体验营销当中的角色入戏，在消费者入戏后，购买张飞牛肉就成为留住记忆与那份味道最好的方式。"

　　进军成都武侯祠的锦里三国文化一条街则成了张飞牛肉的"关键一战"。这家张飞牛肉专卖店从店容店貌、产品特色、售货员服饰都围绕"张飞文化"造型，特别是满脸横肉、一身漆黑的真人秀"张飞"往店前一站，更增添了专卖店的人气和商机，每天找"张飞"照相的游客络绎不绝，连"环球小姐"和英国议员、美国德州州长都在"张飞牛肉"幌子下攀附"张飞"留影，遵循着"人气便是商机"的商业定律，这家专卖店的日销售额甚至一度达到 3 万元以上。

2. 创意为营销策划设立了目标

　　营销策划是针对某个特定的企业营销目标而进行的，策划目标即策划实现时的期望值。现实面临的问题是，用到处皆是的想法来进行创意，则无法达成策划目标；如能设定成具有强烈期望的高度目标，产生崭新创意的可能性就会增大，而目标越高，策划执行的难度也就越大。因此，表达策划轮廓的目标值，宜充分考虑企业的实际状况以及对策划的期望值，将目标值设定在既具有现实性，又具有挑战性的数值上。

　　策划好坏的检验，是指创意是否能从思想层面转向行动层面，如果不能实现二者的转化，再好的创意也是没有意义的。检验通常由结果来判断，那么检验的标准只要以这个目标值来比较就明确了。因此，在描绘策划的轮廓阶段，如果能把目标值明确化，就更容易对结果作出评价和判断了。创意为营销策划设立了目标，创意是营销策划的灵魂。

案例

教育网卡系列征集形象大使活动

　　问题界定：本产品（教育网卡）上市时间定在 6～9 月，正值学生放暑假，学生的分散不利于信息的传播和活动的开展，而网卡的目标消费群体正是中小学生，他们对外界充满了好奇，游戏心理强是这个群体的共性。鉴于以上情况，厂商策划以征集形象大使来达到顺利入市目的，以让中小学生闯关获奖的形式，激发学生的兴趣，调动其参与的积极性，并借助协办单位（当地主要媒体、教委等）来赢得家长的配合。

　　效果预估：①教育网卡系列通过此次长达 4 个月的暑期市场启动活动，使广东市场处于盈利平衡状态，预计 6～8 月的销量可达到第一个高潮。②通过此次活动，最重要的是使参加活动的消费者真正地体会到教育网卡系列是实实在在的学习好方式，并且体会到厂商卖的不仅仅是产品，更重要的是给消费者创造了一种学习的最佳环境，极大地刺激了消费者学习的积极性，使他们对学习产生浓厚的兴趣，提高了学习成绩。③通过对此次活动的操作，建立了教育网卡系列的品牌效应，形成了良好的口碑效应，最重要的是建立了忠实稳定的客户群。有利于教育网卡系列其他通路的开辟，对分销商是一种承诺的实现，使其真正地感受到厂商对教育网卡系列的重视，同时也是对分销商负责。

以上案例是一个立足于整体策划营销目标的策划案，目的是开拓广东市场。为了实现这一目的，形成策划方案时，既有策划营销目标的要求，又有很具体的促销项目和工具的设计，包括具体营销费用的预算、具体的广告语、活动方法等。策划的展开是围绕着"教育网卡系列征集形象大使"这一创意，设立了具体的营销目标。

3.1.3 创意思维的方法

创意是一种创造性的思维过程。当然，创意思维也并非凭空想象，而是有规律的心理活动过程，它要经过几个思维阶段。创造性思维的发端，首先必须有激发并形成创新的动力，提出问题；然后为了解决问题而进行探索，这个探索过程尤为重要，它要利用有关常识，收集有关资料，运用各种方法进行创造性思维；最后才能豁然开朗，得出解决问题的思路。创意思维方法主要有以下几种：

1. 求异思维

求异思维是指人们在思维活动中要善于求新、求异、求先，比前人有新的见解、新的发现、新的突破。求异思维方式要求人们在观察、处理和分析问题时，要打破常规，提出自己的独到见解。这是一种具有开创意义的思维活动。求异思维具有如下特点：

（1）首创性。首创性是指创新思维能产生过去从来没有发现和发明的事物。

（2）新颖性。这一特点与首创性是紧密相连的，凡是首创的，一定是新颖的。

（3）社会价值。创新思维的结果直接或间接地具有社会价值，如果没有社会价值，再创新的观念、办法、方案、事物都没有意义。

2. 创造性思维

（1）逆向思维。逆向思维是一种从相反方向来考虑问题的思维方式。逆向思维与常规的正向思维方法不同，正向思维局限于本领域内考虑问题、寻找答案，它只注重已知的联系，局限于顺推；逆向思维把问题倒过来，从事物的相反方面去考虑问题，以"逆推"取胜。因为客观事物之间存在着各种复杂有机的内在联系，许多现象常常是互为因果，具有可逆性。英国科学家法拉第从电产生磁得到启示，反问自己磁能不能产生电。这一逆向思维的过程提出了一个全新的问题，经过科学家的集体努力，终于制成了世界上第一台发电机。

（2）纵向思维。纵向思维是一种历时性的比较思维，它把事物放在自己的过去、现在和将来进行对比分析，在对比分析过程中，发现事物在不同阶段上的特点和前后联系，以此来把握事物及其本质的思维过程。任何事物都有一个从萌芽、成长、成熟、衰老到死亡的过程，在不同时段的发展过程中，事物本身总是有一定的规律可循。正因为纵向思维立足于事物发展的过程，所以，以历时性为特点的纵向思维又是人们进行科学研究和创新常用到的思维方法。它具有历时性、同一性和预测性的特点。

（3）横向思维。横向思维是一种同时性的横断思维。它截取事物发展的某一横断面，研究同一事物在不同环境中的发展状况，在同前后左右的相互关系比较中，找出该事物在不同环境中异同的一种思维活动。它具有同时性、横断性和开放性的特点。

（4）收敛型思维。收敛型思维是以集中思维为特点的逻辑思维。它与发散性思维不同，发散性思维总是在思考还有什么新途径、新方法，而收敛型思维在于考虑这一问题、这一方法、这一途径，究竟怎么具体解决。收敛型思维具有同一性、程序性和比较性的特点。

（5）空间型思维。空间型思维就是通过多样化的思维活动，对事物进行多层次、多角度、多方面、多因素、多变量的系统考察。这种思维活动要求多种思维活动的并存和互相连接，通过各种思维活动，多层次地揭示事物之间的联系。思维过程依据一定条件而相互转移，它们之间不存在绝对的界限。

3. 发散思维

发散思维又叫辐射思维、开放思维等。它是指人们沿着不同的角度思考问题，从多方面寻找答案的思维方式。这种思维方式的最根本特色是多方面、多思路地思考问题，而不是囿于一种思路、一种角度、一条路走到底。大发明家爱迪生发明了许多东西，就在于他对科学孜孜不倦的精神和发散思维。爱因斯坦 1916 年提出激光辐射的概念后，科技人员据此发散出新的思路：设计能用于光波放大的装置，即设计激光器。通过分散思考，对激光器的工作物质，他们提出了气体、液体、固体、半导体等；对激光器的刺激方法，他们提出了光刺激、电刺激等。在 1961 年，美国一位年轻的研究生梅曼研制成功了第一台红宝石激光器。这些实例都说明了发散思维是多方面、多思路、多角度思考问题的思维方式。

（1）发散思维的特点。发散思维具有如下特点：

1）流畅性。它是指思维发散的数量，是发散思维的基础。发散思维要求思维用于某一方向时，能够举一反三，迅速地沿着这一方向发散出去，形成同一方向的丰富内容。流畅性是对思维速度的评价，如"文思如潮"、"一气呵成"，都充分反映了思维的高速度特点。

2）变通性。它是指思维发散的灵活性，是发散思维的关键。发散思维要求从思维的某一方向跳到更多的方向，使方向越来越多，以扩大选择的余地，从而形成立体思维而编织成思维之网。变通性使发散思维沿着不同的方面和方向扩散，表现出极其丰富的多样性。变通的过程就是克服人们头脑中某种自己设置的僵化框架和陈旧观念，按照某个新的方向来思考问题的过程。

3）独特性。它是指思维发散的新奇成分，是发散思维的目的和本质。独特性也就是发散思维能形成自己与众不同的独特见解，它是发散思维的最高目标，是在流畅性和变通性的基础上形成的。思维由流畅性进而到变通性，再到独特性，思维活动就进入到创意的高级阶段。

在发散思维的特点中，变通性是关键因素，因为变通是高流畅的条件。在发散思维中，如果仅沿着一个方向或在一个类别里发散，数量总是有限的，只有沿着多个方向或在多个类别里发散，才能获得大量设想，成为高流畅发散思维。变通也是高度独特性的条件，一般来说，思维在发散之初，从记忆中提取的往往是常识范围内的知识经验，所以开始总是沿着常规方向发散，只有通过不断换向、反复变通，才可能找到新的发散方向，产生出新颖独特的答案。

（2）发散思维的表现形式。发散思维的具体表现形式有如下几种：

1）多向思维。这是发散思维的最重要形式。它要求从尽可能多的方面来考虑同一问题，使思维不要局限于一个模式、一个方面。例如，如果把 6 根火柴放在桌子上，要求组成 4 个等边三角形，许多人认为无法做到，因为他们都在二维空间内，即平面范围内找答案。但从立体角度即三维空间去找答案，只要把 6 根火柴搭成一个正四面体，每一个面都是一个等边三角形，就把问题轻而易举地解决了。

2）侧向思维。理解侧向思维，先要懂得正向思维，正向思维是局限于本领域内考虑问题、寻找问题答案的思维方式。而侧向思维要求把自己研究的领域与别的领域交叉起来，并从别的领域取得思想上的启发，用来解决本领域内问题的思维方式。

华若德克是美国实业界的知名人物。在他未成名时，有一次，他带领属下参加在休斯敦举行的美国商品展销会，令他感到懊丧的是，他被分配到一个极为偏僻的角落，而这个角落是很少有人光顾的。为他设计摊位布置的装饰工程师劝他干脆放弃这个摊位，等待来年再来参加商品展销会。华若德克沉思良久，他觉得自己若放弃这一机会实在是非常可惜，而这个不好的地理位置带给他的厄运也不是不能化解，关键就在于自己怎样利用这个不好的环境使之变成整个展销会的焦点。他觉得改变这种厄运需要一种出奇制胜的策略，可是怎样制胜呢？他陷入了深思。华若德克想到了自己创业的艰辛，想到了自己受到展销大会组委会的排挤和冷眼，想到了摊位的偏僻，在他心里，突然想到了偏远的非洲。第二天，他走到了自己偏僻的摊位前，心里充满了悲哀而又有些激愤，于是一个计划就产生了。

华若德克让他的设计师给他设计了一个古阿拉伯宫殿式的氛围，围绕着摊位布满了具有浓郁的非洲风情的装饰物，把摊位前的那一条荒凉的大路变成了黄澄澄的沙漠。他安排雇来的人穿上非洲人的服装，并且特地雇用动物园的双峰骆驼来运输货物，此外还派人定做了大批气球，准备在展销会上用。布置完毕后，华若德克关照员工，在展销会开幕之前，任何人不能透露半点风声。还没有到开幕式，这个与众不同的装饰就引起了参加展销会商人们的好奇，不少媒体都报道了这一新颖的设计，市民们都盼望着开幕式的到来以一睹为快。展销会开幕那天，华若德克挥了挥手，顿时展览厅里升起无数的彩色气球，气球升空不久自行爆炸，落下无数的胶片，上面写着："当你拾起这小小的胶片时，亲爱的女士和先生，你的运气就开始了，我们衷心祝贺你。请到华若德克的摊位，接受来自遥远非洲的礼物。"这无数的胶片洒落在热闹的人群中，消息在人们口中传得越来越广，人们纷纷集聚到这个本来无人问津的摊位，而那些黄金地段的摊位反而被冷落了。华若德克取得了巨大的成功。

3.2 创意的技法和效果测定

3.2.1 创意的技法

掌握良好的技巧和方法，可以获得事半功倍的效果。创意设计技法就是进行创意活动、实现创意目标的具体方式方法。创造学家、心理学家、教育学家等对创意设计的心理机制、生理机制和社会实践机制作了多方面、多层次的研究，而创意设计技法就是利用这些成果，进一步总结出来的用以提高创意设计能力的各种方法的总称。

1. 关键字法

有时创意的产生只是因为一个简单的词语提示，人们把这种能够给人启示的词语称为"关键字"。这些关键字对策划者的作用在于：不断提醒其策划的主题，促使其产生联想，而联想往往是创意产生的基础。

例如，某住宅小区项目策划的关键字有：①住户的身份；②小区的区位；③小区的建筑风格；④小区的智能化功能；⑤小区的休闲娱乐功能；⑥小区的综合商业功能；⑦小区的配套服务功能；⑧小区的价格水平；⑨小区的环境；⑩小区的物业。

活用关键字法就是通过一些词语调动人们思维的活跃性，使创新也随之产生。

2. SIL 创意法

SIL 创意法是由德国法兰克福的巴特里研究所创意中心提出的。SIL 是德文"问题要素的连续整合"字母拼写的缩写，它的特点在于不断地整合前面的创意以产生新的创意。SIL 创意法是一种语言脑力激荡的方法，它主要依赖语音的刺激产生创意。SIL 创意法的具体步骤如下：

（1）让小组成员（4~7个人）安静地写下创意。

（2）请两位小组成员各大声地念出一个创意。

（3）其他成员将这个创意组合起来。

（4）再请第三位成员念出一个创意，其他的成员再将这个创意与上一步骤的创意组合起来。

（5）重复念创意和组合创意的程序，直到所有的创意都已被念完和被组合过。

3. 联想创意法

联想是由一事物想到另一事物的心理过程，每个人都经常自觉或不自觉地作各种联想。建立在联想思维基础上的联想创意技法，是其他创意技法的基础。因此，掌握联想创意技法是极为重要的。一般联想时可采用以下4种方式：

（1）接近联想。它是指以时间或空间上的接近关系为线索，由一事物联想到另一事物，以建立新形象。比如，由春天的耕耘想到秋天的收获。

（2）相似联想。它是指以性质上的相似关系为线索，由一事物联想到另一事物，以建立新形象。比如，由人脑想到电脑，由地球想到火星。在日常生活中，人们很容易从江河想到湖海，由树木想到森林，从洗衣服想到洗衣机就是通过相似联想而创意出来的。

（3）对比联想。它是指以相反特点为线索，由一事物联想到另一事物，以建立新形象。比如，科学家法拉第由电生磁联想到磁也可以生电，从而发现了电磁互生原理。

（4）因果联想。它是指以因果关系为线索，由一事物联想到另一事物，以建立新形象。比如，水泥肥料的发明就是一例：澳大利亚甘蔗种植人在收获时发现，有一批甘蔗产量意外地提高了50%，原因是种甘蔗前一个月有一些水泥洒落在这里，经过反复研究，发现正是水泥中的硅酸钙使这片酸性土地得到了改良，提高了甘蔗产量，于是由此创造出水泥肥料。

在运用联想创意时，并不一定完全遵循事物间的某种关系进行联想，而要考虑事物间的多种关系。因此，联想没有定式，而是灵活多样的。

4. 组合创意法

（1）多角度、多途径的组合。多角度、多途径的组合是指从不同角度、不同途径构成的想象组合，可以是同类的组合，也可以是异类的组合。不论采用哪种方式进行创意，实际上许多创意的产生都是在利用组合原理来创造新事物。例如复合材料，是由两种或两种以上不同性质的材料，通过物理或化学的方法，在宏观上组成具有新性能的材料。各种材料在性能上互相取长补短，产生协同效应，使复合材料的综合性能优于原组成材料而满足各种不同的需要。

（2）超越时空的组合。超越时空的组合即大范围、大跨度的组合，是组合思路的深化，大多是大跨度地与地理、历史相结合，形成超越时空的创意，使组合的结果更为新颖。2008北京奥运会开幕式的创意就充分体现了超越时空组合的特征。

（3）跨学科、跨领域的组合。这类组合与超越时空的组合同属于高层次、高难度的组合。例如，激光技术与医学结合，出现了激光手术刀；心理学与经济学结合，形成了行为经济学等。

（4）不合逻辑的组合。由大胆的结合而产生奇异的想象，就需要突破合乎逻辑的组合，把那些看上去毫无关联的事物组合在一起，可以得到意料不及的效果。例如，西班牙画家毕加索代表作中最突出的壁画《格尔尼卡》。这幅画是毕加索为抗议德国法西斯野蛮轰炸西班牙小城格尔尼卡的暴行，怀着无比激愤的心情，废寝忘食地完成的大幅壁画。全幅画仅用黑、白、灰三种颜色，使画面具有强烈的节奏感，紧张而刺激，突出地体现了画家鲜明的爱憎和强烈的情感。画面中多种支离破碎肢体的构图，使人们深深地感受到战争的可怕，由此希望现在的世界上永远不要出现战争，人们能永远和平地相处。

5. 颠倒事物创意法

这是一种把事物完全倒转过来考虑问题的方法，其实质是重新排列的一种特殊的、极端的例子。有这样一个有趣的而含有意想不到转折的故事：某个印第安部落的酋长看中了他部落中两位成员的马，他很想把其中的一匹攫为己有。于是他要这两位成员进行一项骑马比赛，获胜的马将成为酋长的财产。有个人鼓起勇气提醒这位酋长，这两个人没有一个会去奋力赢得胜利。酋长说："啊，你们还没有听到我讲的另一个条件——他们两人每人都骑对方的马参加比赛。"

在生产实践中，有时机械装置会因把某些东西颠倒过来、倒置过来或翻转过来而得到改进。例如，飞机问世之初，螺旋桨设置在机头，后来将其安装在机顶而发明了直升机。这说明运用重排、颠倒的创意技法可以产生新的发明。

6. 模仿创意法

模仿并非机械的按照现成的样子死搬硬套、消极抄袭，而是运用自己创造的事物引起他人的共鸣。它要求人们在模仿中思考、在模仿中领悟、在模仿中变化。

莎士比亚最著名的舞台剧是悲剧王子的复仇记——《哈姆雷特》。但该剧并非莎士比亚的原创，而是源自丹麦的一则传奇故事。平淡无奇的传说经莎士比亚改良之后，变成了世代流传的经典名剧。这正是旧元素经过改良后所产生的伟大创意。

日本的"经营之神"松下幸之助深谙改良的道理，从创业之日起，他一直秉持"改良旧产品、大量生产、降低成本、低价售出"的经营策略，创建了松下电器王国。管理大师彼得·德鲁克说："创造性模仿者并没有发明产品，他只是将创始产品变得更完美。或许创造产品应具有一些额外的功能，或许创始产品的市场区隔欠妥，须调整以满足另一市场。"

模仿创造在人类创意史上占有很重要的位置。创意从模仿开始，然后突破模仿进入独创，创意与模仿相结合，这是创意技法的黄金法则。

7. 类比创意法

类比法是将两个事物进行对比，从中找出两者的共同点，再利用这些共同点作为桥梁去构造创造性设想的方法，即用一种已知推向未来的创意技法。它有两个基本原则：异质同化和同质异化。所谓异质同化，是指运用熟悉的方法和已有的知识提出新设想；所谓同质异化，是指运用新方法来处理熟悉的知识，从而提出新的设想。类比的主要方式有：

（1）直接类比。直接类比就是从自然界或者人为成果中直接寻找出与创意对象相类似的东西或事物，对其进行类比创意。听诊器的发明是典型的直接类比思维的产物。拉哀纳克医生很想发明一种能够诊断胸腔里健康状况的听诊设备，一天他到公园散步，看到两个小孩在玩跷跷板，一个小孩在一头轻轻地敲跷板，另一个小孩在另一头贴耳听。虽然敲者用力轻，可是听者却听得极清晰。拉哀纳克医生把要创造的听诊设备与这一现象进行了类比，终于获得创意设计听诊器的方案，听诊器就这样诞生了。

（2）拟人类比。拟人类比就是使创意对象"拟人化"，这种类比就是创意者使自己与创意对象的某种要素认同、一致，从而体现问题，产生共鸣，以获得创意。例如，挖掘机的设计就是模仿人的手臂动作：它向前伸出的铲臂，如人的胳膊，可以上下左右自由转动；它的铲斗，好比人的手掌，可以张开、合起。

（3）仿生类比。仿生类比是指人在创意、创造活动中，常将生物的某些特性运用到创意、创造上。例如，狗一向以鼻子灵敏著称，它能嗅出 200 万种物质和不同浓度的气味，嗅觉比人灵敏 100 万倍。现在，有人以不同物质气味对紫外线的选择性吸收为信息，研制出"电子鼻"，其检测灵敏度可达狗鼻子的 1000 倍。

（4）综合类比。事物属性之间的关系虽然很复杂，但可以综合它们相似的特征进行类比。例如，设计一架飞机，先做一个模型放在风洞中进行模拟飞行试验，就是综合了飞机飞行中的许多特征进行类比。同样，各领域的模拟试验都是综合类比。

8. 直觉加灵感创意法

策划人员根据以往积累的经验，可以凭借直觉和职业敏感性，获得策划的创意，并对其加以实施。这种方法往往不是依赖科学知识和技术方法，而是更多地依赖策划人员本身长期的经验积累与判断。这种方法运用的主要形式有：

（1）寻求诱因法。诱因是诱导灵感发生的信息。灵感的迸发几乎都要通过某一偶然事件作为"导火线"，刺激大脑，引起相关联想，然后才能闪现。只有找到了诱因，才能达到灵感的"一触即发"。

诱发灵感的方法有很多，如自由的想象、大胆的怀疑、多向的思考、偶遇的事物等。

（2）"西托"梦境法。所谓"西托"，是指一个人身心进入似睡似醒状态时脑电图显示出一系列长长的"西托"波，即脑电波。在"西托"状态下做梦，常常会迸发出创意的灵感。例如，笛卡儿在一个极生动的梦中受到启发，从而创立了一门新学科——解析几何。

3.2.2　创意效果的测定

1. 创意效果的含义

创意效果是指创意应用以后对生产、销售、管理等各方面产生的影响与发挥的作用，表现为劳动消耗和劳动占用而获得的成果和效用。

创意效果按其内容划分，可分为经济效果、心理效果和社会效果。

2. 创意效果测定的原则

创意效果直接关系到被策划主体的经济利益与策划者的切身利益，在创意效果测定时应坚持以下原则：

（1）目标性原则。在进行创意效果评价时，必须以创意目标为准则。它具体包括 3 方面内容：事前评价，主要考虑目标的可行性与可用性，如果创意目标根本不可能实现，或者即使能实现，也对企业毫无用处，则这种创意应予否定；事中评价，即看其创意是否朝着既定目标前进，如果出现偏差，应及时纠正；事后评价，即看创意的效果是否达到既定目标，如果达到目标就是成功的，否则就是失败的。

（2）可靠性原则。它是指保证评价方法和手段的可靠性以及资料的可靠性。因此，对创意效果的评价应由有关专家进行。

（3）综合性原则。评价创意应综合考虑创意的经济效果、社会效果和心理效果，以及影响这些效果的各种相关因素，包括企业可控因素和社会不可控因素，以便准确地评价创意的效果。

（4）经济性原则。企业的市场行为应考虑经济性原则，进行创意效果评价也不能脱离经济性原则。

3. 创意效果测定的方法

（1）创意的经济效果测定。创意的经济效果事后测定可采用以下指标：

1）经济收益额。其计算公式为

$$经济收益额 = 创意后的经济收益 - 创意前的经济收益$$

2）成本利润率。它是企业利润额与所支出的创意成本之比。

3）经济收益率。它是企业经营收入总额与创意支出成本之比。

除了事后测定之外，还可进行事前预测和事中测定。事前预测主要是研究创意的可行性，以企业目标为准则，以实现经济效益最大化为标准，运用各种手段进行综合分析；事中测定是为了检验创意是否按计划实施，并取得预期进展，以定性分析为主。

（2）创意的社会效果测定。创意的社会效果是指创意实施以后对社会环境，包括法律规范、伦理道德、文化艺术、自然环境的影响，一般采取定性分析的方法。

创意的社会效果如能运用某种实物佐证、图表说明、相关群体评价等方法测定，会更有意义。

（3）创意的心理效果测定。创意的心理效果测定是指了解人们的心理变化。其经常使用的一些心理变化指标有：

1）是否改变了消费者对品牌的态度。

2）是否增加了消费者对品牌的认知度、好感度直至对品牌的忠诚度。

3）是否能保持持续购买。

创意的心理效果测定可采用影射法等方法。影射法是一种通过间接手段了解消费者的心理状态的方法，主要有以下形式：

1）文字联想法。提出几个词语，请消费者按顺序回答他们所能联想到的情形，多用于商品、企业名称、广告语等的态度调查。例如，"宝洁"_____，_____，_____；"完达山"_____，_____，_____。

2）文句完成法。请消费者将不完整的句子填充好。例如，"我认为格兰仕_____"；"_____时，药是必需的"。

本章小结

营销策划就是创造新事物、新方法、新方案的过程，是营销策划人员在营销策划过程中经过酝酿、积累所产生的思想、创意、点子或方案等新的思维成果的表现。创意是营销策划的起点、核心和精髓。

创意是在市场调研前提下，以市场策略为依据，经过独特的心智训练后，将求异思维、创造性思维和发散思维有意识地运用新的方法组合旧的要素的过程，创意其实就是在不断寻找各种事物与事物间存在的一般或不一般的关系（要素间的关系），然后把这些关系重新组合、搭配，使其产生奇妙、变幻的创意。创意的思维方法有求异思维、创造性思维和发散思维。创意的技法有关键字法、SIL 创意法法、联想创意法、组合创意法、颠倒事物创意法、模仿创意法、类比创意法、直觉加灵感创意法等。

创意效果的测定可从经济效果、心理效果和社会效果 3 方面进行衡量。

关键术语

创意　求异思维　创造性思维　发散思维　关键字法　SIL 创意法　联想创意法　组合创意法　类比创意法　直觉加灵感创意法

复习思考题

1. 创意的特点有哪些？
2. 课后收集相关的资料，介绍两个成功创意的案例和两个不成功创意的案例。
3. 发散思维具有哪些特点？
4. 创意的准备工作有哪些？
5. 以你熟悉的 3 个品牌为例，运用文字联想法测定顾客对企业或组织的态度。

案例分析

美国有了 Facebook，中国有了人人网（原校内网）；美国有了 Twitter，中国有了微博；美国有了 Groupon，中国便有了美团网、拉手网。

互联网上的商业模式，模仿的总比创新的快一些。因此，团购网站由于门槛较低、商业模式简单，在短短的几个月时间，"千网一面"的团购网站已经如雨后春笋般相继上线，数量将近千家。然而，在这样的模仿大潮中，真正能笑到最后的可能是极少数。

团购网站的模式其实很简单，每天推出一款团购产品，如餐厅、酒吧、SPA、美发店、瑜伽馆等，进行限时销售，以超低折扣吸引消费者购买。

团购网站一头是商户，另一头是消费者。团购模式对于消费者和商户都有显而易见的价值：消费者通过团购获得了较大的折扣实惠；而对于商户来说，如"限时秒杀"一类的团购实际上是一种兼具销售和传播功能的营销活动。如果团购成功，商户将获得大量客户，而且是先付费后提供服务；即使团购不成功，商户也获得了一次免费广告的机会。

宋小姐是团购网站的"发烧友"，她注册了至少 10 家团购网站，每天都会上各大团购网站看看有什么自己喜欢的超值产品。于是，如看电影、吃饭、足疗、洗牙等各种产品，都通过团购网站来购买。不过在记者采访中发现了一个有趣的事实——宋小姐只记得自己的产品是通过团购购买，基本上记不住是通过哪家团购网站购买的。"所有的团购网站基本都长得一样，分不太清。"宋小姐的体会代表了目前大多数喜欢团购的消费者的心态，实际上吸引消费者的是产品本身，而不是团购网站。再加上团购网站基本上"千网一面"，使得许多消费者直接上团购导航网站。这样一来，团购网站本身很难在消费者心目中树立品牌，也就是说团购销售产品的黏性要远远大于团购网站本身的黏性。

大量团购网站的出现，引发了激烈的竞争。拉手网市场总监郑斌介绍，在拉手网刚上线时找商家谈团购还比较难，现在经过大量的团购网站销售人员的洗礼，许多商户基本已经认可了这种模式。

但是更激烈的竞争也很快出现了。米团网 CEO 穆晓斌讲了这样一个事件：米团网曾经和一个咖啡馆谈了团购，团购成功后为这个咖啡馆一天带来了 70 多个客户。正准备再做第二期，别的团购网站也找到这家咖啡馆，承诺能为其带来 500 个新客户。该咖啡馆立刻转向了。

（资料来源：疯狂的团购网：第一轮淘汰赛刚刚开始．中国经营报，2010 - 8 - 9．）

思考题：

1. 本案例中，团购网站使用了何种创意技法？
2. 你认为团购网站会出现哪些问题？
3. 面对团购网站遇到的问题，你还有更好的创意吗？

第4章 营销策划人员应具备的素质和能力

【学习目标】
1. 理解素质及能力的含义
2. 了解营销策划人员应具备的专业素质
3. 掌握营销策划人员应具备的专业能力

【内容图解】

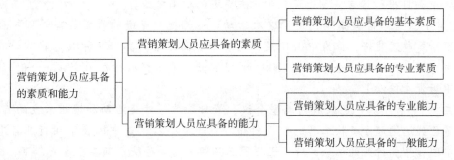

【导读案例】

梁伯强，曾是一个不为人所知的普通老板，近年来却成为中国"隐形冠军"的杰出代表，1998 年，一篇《话说指甲钳》的文章引起了梁伯强极大的兴趣，从此他开始了艰辛的考察指甲钳的历程。到了中国台湾，他才明白，台湾销售的指甲钳并非产自当地，而是来自韩国和日本。随后，他去了韩国。在那里梁伯强发现，指甲钳是在药店或个人护理用品店出售的，其身份是"美容工具"或"个人护理用品"，和非处方药一起销售；而在国内，指甲钳只能与菜刀、钥匙扣等产品为伍，其身份是"日用小五金"。这种定位的差别和目标市场的差异决定了国产指甲钳的低价位和发达国家指甲钳的高价位。实地考察到的情况让梁伯强非常兴奋：小小一个指甲钳在全球的产值高达 60 亿元人民币，其中 1/3 出自韩国，将近 1/4 出自中国，但中国生产指甲钳的人工成本仅是韩国的 1/10，所用原材料的成本只有韩国的 60%。这个发现让梁伯强真切地看到了中国指甲钳行业的出路。

1999 年，梁伯强倾其所有，在家乡中山小榄镇投资了指甲钳生产线，并注册成立了中山圣雅伦有限公司。梁伯强想，吉列就是把一个小小的剃须刀片做成了全球最大的剃须刀品牌，自己为什么不能把指甲钳做成全球最大的指甲钳品牌？但是，第一批生产出来的指甲钳，没有达到梁伯强预想的目标——中国五金制品协会对指甲钳质量检测的结果是"产品确实很精美，可是锋利度达不到要求"。为攻克难关，梁伯强到处找人解决这个问题。专家们夜以继日地奋战，对刃口进行技术创新，将传统的挤压型改为剪型，从而攻克了锋利难关。两个月后，"圣雅伦"指甲钳终于得到了全国五金制品协会有史以来颁发的第一张指甲钳质量检测合格证书。

为了更快地传播属于中国自己的"圣雅伦"品牌，广东清远的一位青年所提供的"非常小器"四个字成为"圣雅伦"品牌的广告语。这个幽默、形象、好记、朗朗上口的语句，随着产品一道广为传播，带给了梁伯强产品进入市场的一个绝好的机会。梁伯强认为，指甲钳应该是文化传递的载体，销售出去的产品都是为企业定制的，每个指甲钳上都印有特殊的信息。几亿只指甲钳，就成了一个庞大的媒介。因此，梁伯强将其称为"第六媒体"。普通指甲钳都是地摊货，是低附加值的产品，很难做大市场；"非常小器"却走出了完全不同的一条道路——走团购、走礼品，而且还是有策划、有创意的团购。

2009 年，著名摇滚歌星迈克尔·杰克逊去世。让中国歌迷颇有遗憾的是，杰克逊从来没有在中国进行过演出，而他在 22 年前仅有的一次中国内地之行，因此而显得备受关注，即在 1988 年，杰克逊取道中国澳门时曾参加了一次"中山一日游"。2009 年 7 月初，此事被《中山日报》、《中山商报》大篇幅地报道。2009 年 7 月 4 日，《中山日报》读者和歌迷发起"再见 MJ"——迈克尔·杰克逊追思会，200 多名来自香港、台湾、深圳、广州等地歌迷和《中山日报》读者，重走迈克尔·杰克逊的中山之旅。

"非常小器"非常漂亮地利用了这次活动。他们把杰克逊的舞蹈典型动作印在指甲钳上，并用精美包装装好，作为中山日报社的贵重礼品送给嘉宾。这种由"非常小器"出品的纪念杰克逊的指甲钳"全球只有 2009 个"。因此，其价格被标注为 99 元——比同款式的普通指甲钳贵 4 倍以上。

现在，"非常小器"已经成为大型会议、节日庆典、外交活动和馈赠亲友的首选礼品，其含金量已经远远超于美妆工具的使用价值。"非常小器"是中国指甲钳行业标准的制定者，是中国指甲钳行业的第一品牌、世界第三品牌，为国务院各部委、各省、市、区、市政府和国内、国际上万家名牌企业指定的外交礼品、节庆礼品、商务礼品。

（资料来源："非常小器"的隐形营销. 中国经营报，2009 – 7 – 20.）

4.1 营销策划人员应具备的素质

素质原指事物本来的性质、内在的特征。狭义地说，它是指人神经系统和感觉器官上的先天的特点；广义的素质是先天条件和后天品格的综合反映，包括生理特点（体质、身材、相貌等）、心理特征（气质、性格）、品德（政治修养、道德礼仪、价值观念）和能力等因素。但素质与能力之间存在一定区别（见表 4 - 1）。

表 4 - 1 素质与能力的区别

能 力	素 质
在进行某项实际活动中表现出来	在认识事物、实际活动、为人处世的各方面表现出来，表现为人内在的身心品质
与人的先天生理基础、知识、技能、智力水平和实际经验有关；必须通过实践活动才能形成和发展	与人的先天生理基础和后天所处环境、所受教育有关；必须通过人自身的认识与社会实践才能形成和发展
以所表现的身心力量为核心	以人的内在身心品质（思想、情感、智慧、意志、心态、体质等）为核心
形式上是外显的	形式上是内在的和整体的
能力是智力的物化延伸，能力中包含有智力；能力是素质的重要体现，但远没有素质影响深远	素质不单是人当前智力和能力水平的基础，而且是人今后发展的重要基础

从营销策划人员的角度分析，其具有的素质内化于策划活动中，既具备营销者的基本素质，又具有策划人的专业素质。

4.1.1　营销策划人员应具备的基本素质

1. 卓越的思想道德品质

对于营销策划人员来说，遵循一定的职业道德标准是其应该具备的最基本的素质，也是其从事营销策划职业过程中的一种内在的、非强制性的约束机制。营销策划人员应该遵循的最基本的职业道德，即为使利益相关者（营销策划企业、客户、消费者和社会公众）的利益保持一致。如果违背了最基本的道德准则，就会使利益相关者的利益相背离，这样虽然能使企业获得短期利润，但不利于企业长期健康发展。营销策划人员的道德准则如表 4 - 2 所示。

表 4 - 2　营销策划人员的道德准则

协调关系	简短概括	具体表现
对客户	诚实守信	以诚待人、守信处事、实事求是、敢于负责
对企业	忠诚敬业	忠于职守、维护信誉、保守秘密
对竞争对手	奉公竞争	公平、公正、合法竞争
对社会	守法弘德	守法策划、弘德营销
对消费者	互利双赢	不欺不诈、不瞒不害

正如远卓品牌策划机构所倡导的：策划人要有"德"，即策划人要有较高的道德水平。可以说，"有德"是策划人的第一素质，"缺德"的策划人必定不是合格的策划人，更不能成为优秀的策划人。换句话说，策划人的职业生涯应该从书写"德"字开始，至"德"字结束，其间的任何策划方案都必须能够经得起阳光的曝晒，能够经得起"时间、利润和社会"的三重考验。

案例

远卓品牌策划机构——超低成本塑造强势品牌

远卓品牌是国内最具实力的专业品牌咨询机构之一，其最先提出"一分钱做品牌"的超低成本品牌运作理念、系统理论和操作技巧，并在咨询实践中成功运用。至今，远卓品牌已成功服务了数十家企事业单位，使其业绩连年增长，服务行业涉及电动车、家电、服装、珠宝、建筑、建材、家庭装修、学校、医药、印刷、酒、能源、食品、餐饮、IT、农产品以及城镇品牌。

由著名品牌策划专家、人性品牌策划理论创始人和实践专家、"中国超低成本塑造第一人"谢付亮先生领衔的远卓团队，汇聚了品牌、营销、管理等方面的众多专业人才。远卓品牌力求用自己的经验和智慧，完美解决客户在发展过程中遇到的品牌、营销、管理等方面的难题，创造性地为客户整合各种资源，突破发展瓶颈，实现质的飞跃。

远卓品牌一贯主张"超低成本塑造强势品牌"，周到细致而又充满创意的"3 + 3"

品牌塑造策略，让客户的所有投入都能换来意想不到的超值回报。远卓品牌拥有广泛而雄厚的媒体资源，在品牌塑造过程中，擅长组合运用公关、广告等传播方式，来实现超低成本的高效品牌运作。

作为国内领头的品牌咨询机构，远卓品牌遵循"实效是检验策划的唯一标准"，为客户提供富有创造力和震撼力的品牌定位、品牌命名、品牌立体化传播、品牌微调、品牌战略规划、品牌培训、全员品牌管理、企业文化塑造、新产品上市策划、营销突围、公关策划、品牌招商、品牌壁垒构建等专业服务，确保方案经得起"时间、利润和社会"的三重考验。

远卓的宣言为：

我们没有夺人耳目的言词和光环，我们却是一群埋头苦干的实干家。

我们没有显赫辉煌的资历，我们却帮助企业创造了连年翻番的业绩。

我们算不上"老"谋深算，我们却为企业制定了引领行业发展的品牌战略。

我们尊崇人性，尊重客户，尊重消费者，所以，我们的方案经得起"时间、利润和社会"的三重考验。

远卓的精神为：

深谋远虑，成就卓越。

2. 合理的知识结构

营销策划人员的双重身份决定了其知识结构的综合性，虽然不是通才，但要具备管理和领导才能。营销策划人员除具备经济管理、社会科学及法律法规的基础知识外，还应具备商品学、传播学、教育学、消费者心理学等知识，以及市场营销经验、策划知识和写作技能等。此外，从事具体行业的营销策划人员则需要精通相关行业的知识，例如，房地产营销策划人员就要了解房地产政策法规，旅游营销策划人员就要了解更多的人文地理知识，数码电子产品营销策划人员就要了解数码电子产品的一些基本属性。

值得一提的是，随着消费者品位的提升，产品的艺术性受到消费者的普遍关注。营销策划人员未必精通美学方面的知识，但一定要具备艺术修养，这样才能使策划方案别出心裁，使产品吸引消费者的眼球。

3. 丰富的经验阅历

从事任何一项工作，经验和阅历是不可缺少的，尤其在工作岗位紧缺的年代，经验显得弥足珍贵。而对营销策划人员来说，评估"经验阅历"这项素质指标有其特殊的意义。具体而言，经验的内涵包括项目管理经验、销售经验、领导经验以及跨文化工作经验等。其中，项目管理经验在对某项目组的组建、领导、实施中获得；销售经验在从事产品、系统或服务的销售工作获得（方式包括市场、广告、客户调研，客户服务及业务寻访）；跨文化工作经验在与不同文化背景的人或组织接触、协作、进行业务活动中获得。缺乏经验阅历的策划者很难把握企业的核心竞争力，也不易协调各种关系。

4.1.2 营销策划人员应具备的专业素质

1. 善于筛选及整合信息

营销策划本质上是一种与消费者的信息沟通活动。因此，营销策划人员必须了解信源、信道、编码、译码、反馈等信息传播的基本知识，并将其深化为自身素质。当今社会的信息量巨大，获取信息的手段更是多种多样，人们获取信息的能力较以往增强。因此，能否在茫茫的信息海洋中筛选、整合出有价值的信息，决定了营销策划的成功与否。对营销策划人员而言，信息的筛选及整合即"从司空见惯的东西中，发现新的事物，发现特别强烈、很奇妙的东西"，能够"从一些细枝末节当中发现那些具有重大时代意义的事物"。具备这项素质的营销策划人员可以在纷乱的"信息战"中抢占先机。

筛选、整合信息可以从市场本身入手，在市场调研的基础上，找到问题的切入点，分析出消费者的需求；可以从竞争者入手，找出竞争对手的弱点、空白处以及没有抢占的细分市场，或模仿、学习竞争对手的资源、能力，以提升策划的质量；可以从企业自身入手，发挥企业的核心竞争力，发掘品牌优势，或找出本企业的弱点，规避风险与威胁。

2. 准确的判断力

判断力即比较分析、评价判断的能力，它是对现存的信息从优劣性、正确性、适用性和稳定性等方面作出评定判别的能力。在创意的形成阶段，在激发灵感、进行创造性思考方面，记忆力、观察力、想象力起着重要的作用。通过这些智力的发挥，营销策划人员可以提出许多解决问题的方案措施。而在创意的取舍和营销策划方案的选择阶段，则需要较强的评价与判别能力，通过准确的判断力，营销策划人员可以在众多构思与创意中"去粗取精、去伪存真"。

3. 缜密的逻辑思维

缜密的逻辑思维是一个架构，它能使营销策划人员看见相互关联而非单一的事件，看清渐渐变化的形态而非转瞬即逝的一幕。它同时要求营销策划人员用系统的观点看待事物的发展，使其从局部纵观整体，从事物的表面看到背后的结构，从静态分析认识各种要素的相互作用。

营销策划人员的直觉、灵感、顿悟等认知模式以个体逻辑思维能力为前提条件，同时是一种较高水平的整体综合思维。这种缜密的逻辑思维正是营销策划人员必要的素质。

4. 果敢的决策

决策能力是权衡不同方案的优劣和内在风险的技能，具体而言，就是营销策划人员依据所处的环境和条件确定行为目标，在达到目标的多个可行性方案中进行分析、判断与优选的能力。营销策划人员虽然只是为客户出谋划策，并不代替客户决策，但营销策划方案的制订与选择本身就是一个优选决策的过程，而且为了避免错失市场机遇，决策必须准确而迅速。

4.2 营销策划人员应具备的能力

4.2.1 营销策划人员应具备的一般能力

1. 人际能力

人际能力是指与处理人际关系有关的能力。广义的人际能力包括沟通、社交、理解、激励等方面的能力，其中最为核心的是沟通能力。

（1）沟通能力。沟通是人们为了某种目的与他人交换信息、交互情感、交流认识（想法与看法）的过程，其最为核心的能力是表达能力。表达可以分为口头表达、书面表达、表情表达、动作表达、物品表达、信件表达等方面的能力。例如，营销策划人员所形成的创意方案只有通过口头或文字的形式表达出来，才可能被项目组其他成员认同接受，才可能被客户理解与接受。通常情况下，策划者没有机会实施自己的策划方案，尤其是对于比较大型的策划，实施者往往是企业的若干部门，也就是说，策划者与实施者是相互脱离的。实施者由于对策划方案的要点和重点问题没有搞清楚，或是由于对策划者的意图在认识上有误区，在实施过程中就极可能出现偏差，从而达不到策划者希望的效果。在这种情况下，唯有深入细致的沟通，才能使实施者对方案有正确的认识，才有可能使策划方案按计划进行。因此，营销策划人员还需要培养过硬的表达能力。

（2）社交能力。狭义的社交能力是指人们为了某种目的而运用语言或者非语言的方式相互交换信息，实行人际交往的能力。在营销策划过程中，营销策划人员要和各种客户打交道，还要组织协调营销策划案的实施活动，还要和可能涉及的方方面面相关群体打交道，这就要求营销策划人员要善于与他人建立联系，互相沟通，赢得信任，以及具备处理各种矛盾的能力，能在各种场合应付自如、圆满周到。

2. 组织、协调能力

任何工作如果是一个人去做，只能是孤掌难鸣，难以收到较好的效果。因此，策划方案的实施需要依靠企业中几乎所有人的支持。尤其是实施部门的负责人，其对策划的结果具有非常重大的影响力，没有他们对策划目标的深刻理解和较强的执行力，再好的策划方案也不可能有好的效果。这就需要策划者充分利用组织的力量去完成策划目标，通过组织协调及时解决执行过程中产生的各种各样的问题，使策划者的意图真正体现为企业的实际操作过程。唯有如此，策划方案才能取得预期的效果。

从营销策划的流程上看，需要筛选并整合大量外部信息及内部资源，这一职能需要各部门通力合作才能顺利完成。为获取外部信息，策划部应该与市场部、销售部等部门充分合作，建立起一个完整顺畅的营销信息系统；为整合内部资源，策划部需要与研发部、财务部、人力资源部等部门互相协调，才能针对企业组织结构模式、供应链、产品价值链、新产品开发等问题，为企业出谋划策。在多元化程度较高的企业中，组织、协调工作难度更大。此外，策划小组通常由不同背景知识的人员构成，从分工到整合各部分策划内容都需要严密的组织。有的企业甚至在销售手册中明确规定，销售人员应将营销日志和专题调研的市场信息，经片区主管批阅、归纳后汇总至营销经理处，经营销经理审阅备案后移至策划部。

3. 学习能力

在这里，学习不是指单纯的知识掌握，而是指一种个人能力。它要求营销策划人员学会通过日常生活和工作中的交流与沟通，不断地观察周边环境中的事物特性，尤其注意新兴事物，预测竞争对手的反应及市场动向，归纳分析出有效的信息，吸取其中的创意、特点，然后进行合理的运用。

学习能力还体现了营销策划人员对新技术、新观点的接受程度。在信息高度发达、技术进步日新月异的社会背景下，产品生命周期明显缩短。营销策划人员必须时刻对新技术、新产品给予高度关注并迅速掌握新技术，从而运用到企业的营销渠道中。

4. 创造能力

创造能力表现在运用已知的信息，创造出有社会价值或个人价值的新事物，它是创造性产物和能力的总和，亦表现为不断突破常规，发现或产生某种新颖、独特新思想的活动。打破传统的、权威性的观点，重新看待事物，这要求营销策划人员要敢于标新立异。一个营销策划人员如果因循守旧、墨守成规，老是跟在别人后面，不能标新立异，也不敢标新立异，当然就不会有新的想法出现，也就很难收到营销奇效。

案例

当童话与卖场结合，会产生什么样的效果

自从红府超市嘉年华店开业以来，门店店长凌敏时常会受到消费者这样的"投诉"，装饰在卖场各个角落的玩偶"过度"吸引眼球，以至于孩子总会赖着不走；把垃圾桶装饰成卡通玩具的样子，惹得孩子把玩半天……

若将卖场里琳琅满目的商品忽略，红府超市嘉年华店更像一个主题乐园：站在卖场出入口的迎宾小姐打扮成童话里面"白雪公主"的样子，穿着高贵华丽的礼服恭候每一位消费者；在收银台，忙碌的收银员则是"天使"，背上贴着小翅膀；高档香烟专柜的售货员角色，是"卖火柴的小女孩"；此外，还有造型可爱的"鸵鸟"在卖场走来走去。"鸵鸟"的主要任务是为光临超市的小孩子赠送糖果等小礼品，当然，有时候他们也许会扮成"恐龙"。

不过，无论是让员工扮演童话角色，还是在装修陈列方面的别出心裁，充满童趣创意的卖场设计只是吸引客流的"噱头"，红府超市嘉年华店真正的商业内核则是精准的顾客定位，以及在这基础上对消费者体验的精确把握。

作为安徽商之都集团旗下的三大主营业务之一（其他两大业态分别为商之都百货和国生电器店），红府超市自 2008 年年初开始了转型之路：顾客定位走向高端，对原有门店进行升级改造，优化购物环境，提升消费者体验。

2010 年 6 月 5 日开业的红府超市嘉年华店成为第一批转型店面，在原有门店商品组合、购物环境的基础上，引入了"嘉年华"元素，突显主题超市的概念。开业当天，这家 3000m^2 的中型卖场，一天的营业额高达 106 万元。

---

5. 模糊能力

这里的模糊能力是指一些别人无法模仿的能力，甚至不容易界定出其特质。这种模糊能力有的营销策划人员是与生俱来，而有的则是环境创造。如某些企业家具有坚强的意志品质和强大的自信心，靠一人之力将企业带出困境。例如海尔总裁张瑞敏当年靠"砸冰箱"创造出海尔今天的成就，其领导特质就是其他企业家无法模仿的。

营销策划人员应具备的模糊能力，可看做是以上各种能力、素质的综合。模糊能力不应是营销策划人员追求的，但每种可以界定的能力都需要用心去锻造。

4.2.2　营销策划人员应具备的专业能力

1. 洞察行业环境的能力

行业是一组生产的产品非常相近、可以互相替代的企业的集合。行业环境包括这样一组

因素：新进入者的威胁、供应方、买方、替代品以及当前竞争对手之间的竞争程度，他们直接影响到一个企业及其竞争行为，这些因素也称竞争的五种力量。营销策划人员必须洞察出行业环境的现状以及预测其可能发生的变化。过去，人们研究环境时，往往只着眼于那些跟他们直接竞争的企业。但在今天，企业通过鉴别潜在的客户并为他们提供服务，来认识现有的和潜在的竞争者。竞争的五种力量扩充了行业环境，从竞争的五种力量中可以看出，供应商可能变成竞争对手（即向前整合）。如在制药行业，一些医药企业通过并购零售商或批发商，实现向前整合。营销策划人员的这一能力将有助于企业确定"他们可能会选择做什么"。

2. 把握企业内部资源结构的能力

资源是企业核心竞争力的基础，也是企业制订方案与决策评估的主要依据。企业的资源可分为有形资源与无形资源。有形资源是指可见的、能量化的资产，生产设备、工厂等都属有形资源；无形资源是指那些根植于企业的历史、长期以来积累下来的资产（见表4-3）。由于无形资源以一种特殊的方式存在，所以非常不易被竞争对手了解和模仿，故营销策划人员应该重点考察与评估企业的无形资源，并将其结构化，由此分析出企业的优势并在策划中充分发挥。

表4-3 企业无形资源

人力资源	知识；信任；管理能力；组织管理
创新资源	创意；科技水平；创新能力
声誉资源	客户声誉；品牌；供应商声誉；对产品质量、耐久性和可靠性的理解；有效率的、有效的、支持性的和双赢的关系和交往方式

3. 识别企业核心竞争力的能力

核心竞争力是指能为企业带来相对于竞争对手的竞争优势的资源和能力。作为企业竞争优势的来源，核心竞争力使企业在竞争对手中脱颖而出而且能反映企业的特性。营销策划人员在识别企业核心竞争力的过程中可以"参考持久性竞争优势的四个标准"，即企业的某些能力是否是"有价值的、稀有的、难以模仿的、不可替代的"。满足这四条标准的才可称之为核心竞争力。例如，沃尔玛的核心竞争力是其有效的物流渠道及有效的存货控制；微软则依靠其完善的激励、授权以及保留雇员的机制；百事可乐公司有效的组织结构是其生产运作的保障。故营销策划人员要主动发掘企业的核心竞争力，针对企业的竞争优势制订最有针对性的策划方案。

4. 分析竞争对手的能力

准确预测竞争对手的行为，进而在同行业击败竞争对手，抢占细分市场，是营销策划的目的之一。前文提到的"筛选及整合信息"就是为分析竞争对手而准备的，并且是竞争对手分析的关键环节。通过对竞争对手的分析（见图4-1），营销策划者需要了解：

（1）什么因素驱动着竞争对手，即竞争对手的目的。

（2）竞争对手正在做什么，能够做什么，即竞争对手的当前战略。

（3）竞争对手对行业是怎么看的，即竞争对手的想法。

（4）竞争对手的能力有多强，其强项和弱项是什么。

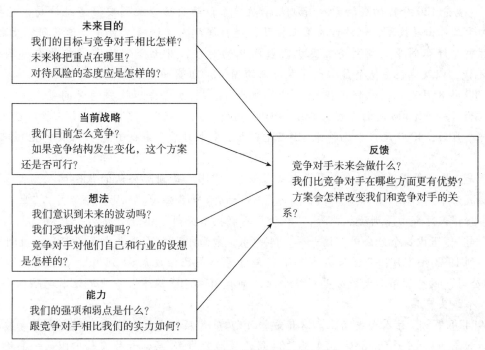

图 4-1　对竞争对手进行分析的要素

本章小结

从营销策划人员的角度分析，其具有的素质内化于策划活动中，既具备营销者的基本素质，又具有策划人员的专业素质。营销策划人员的基本素质包括卓越的思想道德品质、合理的知识结构和丰富的经验阅历；其专业素质包括善于筛选及整合信息、准确的判断力、缜密的逻辑思维和果敢的决策。

营销策划人员应具备的能力可分为一般能力和专业能力。其中，一般能力包括人际能力、组织协调能力、学习能力、创造能力、模糊能力；专业能力包括洞察行业环境的能力、把握企业内部资源结构的能力、识别企业核心竞争力的能力和分析竞争对手的能力。

关键术语

素质　能力　判断力　经验阅历　专业能力

复习思考题

1. 策划人的素质与能力有何区别？
2. 模糊能力的含义是什么？
3. 沟通能力在营销策划中如何运用？
4. 如何分析竞争对手？

案例分析

史玉柱，1962 年出生在安徽北部的怀远县城。1980 年，史玉柱以全县总分第一，数学

119分（满分120分）的成绩考入浙江大学数学系，毕业后分配到安徽省统计局，时年24岁。由于工作出类拔萃，他被作为第三梯队，送往深圳大学进修。可是，读完研究生之后，史玉柱决心辞职创业。当他登上飞机飞往深圳的时候，身上全部的家当就是东挪西借的4000元钱，以及他耗费9个月心血开发出来的M-6401桌面排版印刷系统。

1989年8月2日，他利用报纸《计算机世界》先打广告后收钱的时间差，用全部的4000元做了一个8400元的广告："M-6401，历史性的突破"。13天后，史玉柱即获15820元；一个月后，4000元广告已换来10万元回报；4个月后，新的广告投入又为他赚回100万元。

于是，史玉柱产生了创办公司的念头，他想："IBM是国际公认的蓝色巨人，我办的公司也要成为中国的IBM，不如就用'巨人'这个词来命名公司。"1991年7月，"巨人"实施战略转移，总部由深圳迁往珠海，"珠海巨人新技术公司"迅速升格为"珠海巨人高科技集团公司"，下设8个分公司。这一年，M-6403桌面印刷系统共卖出2.8万套，盈利3500万元。到1993年7月，"巨人集团"下属全资子公司已经发展到38个，在当时是仅次于"四通公司"的全国第二大民办高科技企业，拥有M-6405汉卡、中文笔记本电脑、手写电脑等5个拳头产品。

1994年年初，巨人大厦动土。这座最初计划建18层的大厦，在众人热捧和领导鼓励中被不断加高，从18层到38层、54层、64层，最后升为70层，号称当时中国第一高楼，投资也从2亿元增加到12亿元。史玉柱基本上以集资和卖楼花的方式筹款，集资超过1亿元。同样是在1994年，史玉柱发现，计算机发展日新月异，汉卡早已失去了存在的必要，如果继续从事软件，扛不过猖獗的盗版，于是把一部分注意力转向了保健品，"脑黄金"项目开始起步。

1995年，巨人发动"三大战役"，把12种保健品、10种药品、10几款软件一起推向市场，投放广告1个亿。史玉柱被《福布斯》列为中国内地富豪第8位。

1996年，巨人大厦资金告急，史玉柱决定将保健品方面的全部资金调往巨人大厦，保健品业务因资金"抽血"过量，再加上管理不善，迅速盛极而衰。"脑黄金"的销售额超过5.6亿元，但烂账有3亿多元。巨人集团危机四伏。

1997年年初，巨人大厦未按期完工，各方债主纷纷上门，巨人现金流彻底断裂，媒体"地毯式"报道巨人财务危机。不久，只完成了相当于三层楼高的首层大堂的巨人大厦停工，直到现在。随着"巨人倒下"，负债2.5亿元的史玉柱黯然离开广东，"北上"隐姓埋名了。10年后的2007年8月，史玉柱在上海桂林公馆面对记者旧事重提，回忆事业最低谷时的感受。

痛定思痛，史玉柱陷入苦苦的思索：自己究竟错在哪里？他怕自己想不彻底，把报纸上骂他的文章一篇篇接着读，越骂得狠越要读，看看别人对他失败的"诊断"；还专门组织"内部批斗会"，让身边的人一起向他开火。在各种猛药的"外敷内服"下，史玉柱终于输了个坦然，输了个明白。这个背着2.5亿元巨债的"中国首负"，在1997年完成了一生中最重大的转变。

幸运的是，受到重创的史玉柱，除了缺钱外，似乎什么都不缺——公司20多人的管理团队，在最困难的时候依然不离不弃，没有一个人离开。而且史玉柱手上已经有两个项目可供选择，一个是保健品"脑白金"，另外一个是他赖以起家的软件。

　　史玉柱算了一笔账：软件虽然利润很高，但市场相对有限，如果要还清2.5亿元，估计要10年；保健品不仅市场大而且刚起步，做"脑白金"最多需要5年。

　　1998年，山穷水尽的史玉柱找朋友借了50万元，开始运作脑白金。

　　在脑白金上市前，史玉柱与300位潜在消费者进行了深入的交流，对市场营销中可能遇到的各种问题摸了个通通透透。史玉柱敏感地意识到保健品其中大有名堂，他因势利导，后来推出了家喻户晓的广告"今年过节不收礼，收礼只收脑白金"。

　　这则广告无疑已经成了中国广告史上的一个传奇，尽管无数次被人诟病为功利和俗气，但它至今已被播放了10年，累积带来了100多亿元的销售额，这两点的任何一个都足以让它难觅敌手。

　　（资料来源：根据《史玉柱沉浮记》http：//guide. ppsj. com. cn/art/7209/syzcfj 改编。）

思考题：
　　1. 史玉柱创业的经历体现了他哪些方面的能力？
　　2. 作为创业者应具备哪些基本素质？
　　3. 史玉柱创业的经历对你有哪些启示？

第 2 篇　营销策划实务

第5章 营销环境分析

【学习目标】
1. 掌握市场调研的基本内容及程序
2. 了解影响企业营销活动的内外部环境因素
3. 具备市场调研的能力
4. 具备企业营销环境的实际分析能力

【内容图解】

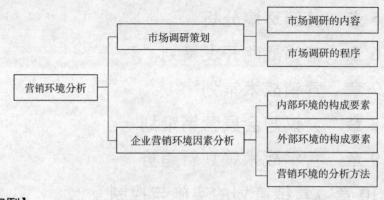

【导读案例】

智利矿难与三一重工企业营销

北京时间 2010 年 10 月 14 日 8 时 55 分，最后一名被困矿工路易斯·乌尔苏亚获救，智利 33 名矿工在深达 700 余米的矿井中被困 69 天后，全部以良好的状态平安升井。在救援现场，总统皮涅拉轻轻关上了救援通道的盖子，宣布圣何塞铜矿塌方事故救援圆满结束。这个消息，令世界感到振奋。当日，中国外交部发言人马朝旭在当天的例行发布会上表示了祝贺，并祝愿获救矿工早日恢复健康。据马朝旭证实：此次救援工作使用了中国制造的机械设备，中方有关企业还派员专程赴智利进行协助。

有媒体称，这项史上最漫长的救援行动，对地面营救者而言，是艰巨的工程；智利矿难是在发生崩塌 17 天后，才被发现 33 名矿工还活着的，对地下受困者而言，则是身心的严酷挑战。难得的是，地面上的营救者步步为营，没有失手；而地下的受困者相互鼓励，没有人崩溃。这次行动被称为"近代史上最伟大的救援"，原因就是地上与地下的彼此呼应、打气、配合，在绝不放弃的信念下，使所有受困者得以走出炼狱、重返人间。据称，在 69 天的矿难大营救中，智利政府花费了近 2000 万美元，整个营救创造了世界上仅有的完美，让世界对这个国家刮目相看。

智利圣何塞铜矿营救创造了奇迹，智利的营救行动也为"中国制造"做了不花钱的形象广告。营救行动关键设备之一的重型履带式起重机由中国民营企业三一重工股份有限公司

（简称"三一重工"）制造。营救得以成功，不仅提高了三一重工品牌在国际市场上的知名度，更重要的是这是一个让世界人民了解"中国制造"品质的机会。中国制造的吊车能够成功参与救援，将使中国制造在国际上的美誉度极大地提升，也改变了国外一些消费者对于中国产品质量的不信任。

就重型机械行业而言，三一重工推出的"神州第一吊"填补了国内自产起重机 400t 以上级的空白。尽管还不具备最顶尖的技术，但中国的重型机械在国际市场具有以下几方面的优势：第一，具有技术优势，尽管中国的重型机械在质量上只是接近欧美机器，但是在性能上有后发优势，能够关注客户需求，不断改进性能；第二，价格普遍较便宜；第三，在服务上，三一重工在全球市场派驻了几百名工程师，以满足客户的需求，为客户服务。中国重型机械在全球市场的潜力很大，目前 SCC4000 型履带起重机的出口比例已经达到了一半，因此，随着三一重工继续加强技术创新和品牌建设，争取海外份额的前景乐观。

三一重工始创于 1989 年。20 多年来，三一重工秉持"创建一流企业，造就一流人才，作出一流贡献"的企业宗旨，打造了业内知名的"三一"品牌。三一秉承"品质改变世界"的经营理念，将销售收入的 5% ~7% 用于研发，致力于将产品升级换代至世界一流水准；拥有国家级技术开发中心和博士后流动工作站，拥有授权有效专利 500 余项和 50 多项核心技术；荣获国家科技进步二等奖、中国驰名商标、中国名牌产品。三一设备能被选中参与救援本身就是三一重工瞄准了国际市场，注重环境研究，在变化的环境中寻找机会，最终获得企业营销工作的成功。

（资料来源：根据 http://www.chinadaily.com.cn/hqpl/zggc/2010 - 10 - 14 改编。）

5.1　市场调研策划

市场调研策划是企业营销活动的前提和基础，具体而富有针对性的市场调研策划可以为营销决策与方案的制订提供及时、可靠的信息，进而使随后的营销活动能做到"有的放矢"，正所谓"知己知彼，百战不殆"。

5.1.1　市场调研的内容

从本质上讲，市场调研工作是一种信息收集、筛选、加工和提炼的过程。因此，市场调研的范围应当全面而系统，信息的采集应及时而准确，信息加工与处理应客观而科学。

市场调研活动应通过缜密的组织与计划，具有明确的调查对象群体和调查内容；在收集信息的过程中，应根据不同被调查群体的特征，采取快速、便捷的调查方式，提高信息反馈的速度。此外，调研人员在行使职能时，还应尽量避免自身主观感情和偏见的干扰，确保信息采集的客观性和真实性；对所收集到的信息进行整理和加工时，要避免主观臆断的数据分析方式，应采用科学的数据分析模型，如层次分析法（AHP）、模糊聚类分析法等对信息进行处理。

1. 市场调研的内容

市场调研工作的目的在于服务产品的营销决策，因此，市场调研的内容应由企业所面对的营销决策问题而决定。总体来说，其主要包括企业外部宏观调研、市场中观调研和企业自身微观调研 3 个方面。

（1）企业外部宏观调研

1）政治影响调研。其主要调查国家的政治主张、产业政策导向，国家在生产、分配、交换、消费、管理等领域里所制定的政策、法规，以及当前的政治形势和政策变化等因素。

2）经济影响调研。其主要了解一定时期内国家的经济体制、经济政策与经济形势。

3）社会与文化影响调研。其主要了解整个社会的风俗习惯、伦理道德、价值观、审美观、文化素质、宗教信仰等。

4）自然与科技影响调研。其主要了解企业市场所处的地理位置、地势、气候、自然资源、生态状况；新技术、新工艺、新材料、新产品、新能源等的研发、使用和推广状态、先进程度、发展速度和趋势等。

（2）市场中观调研

1）市场供求现状和趋势调研。其主要了解商品的市场容量大小、需求强劲程度，市场上商品资源种类的多少及丰富程度，以及市场商情变动等情况。

2）消费者购买行为调研。其主要了解消费者数量的大小，消费群体的特征、购买动机与频率、购买习惯、收入及支出水平，消费者对商品的态度，以及影响消费者购买的主要因素等。

3）市场竞争状况调研。其主要了解同类企业的数量及其规模、实力、商品价格、销售渠道、促销策略等，同时筛选出企业所面临的有效竞争对手；市场竞争的主要形式、竞争的激烈程度、企业在竞争中的地位，以及较之竞争对手所具有的优势、劣势、机遇和挑战。

（3）企业自身微观调研

1）企业经营宗旨与理念。其主要了解企业的社会公共角色定位、所提倡的企业价值观、企业内部文化、企业精神等。

2）企业发展战略。其主要了解企业的长期与近期发展规划、发展目标、管理思想等。

3）企业组织架构。其主要了解企业的职能部门设置、责权划分、规章制度、管理手段等。

4）企业营销状况。其主要了解企业的产品、价格、渠道、促销、品牌、形象等方面的现状及其特点，以及企业产品的市场占有率和市场营销网络的现状。

2. 市场调研的类型

市场调研通常可以划分为4种类型：探测性调研、描述性调研、因果关系调研和预测性调研。

（1）探测性调研。探测性调研通过对环境进行初步调研，大致阐述问题的基本内容与性质，进而帮助管理者更加深入地认识和理解问题，为最终确定问题及其关联要素奠定基础。探测性调研并不进行详细的调查活动，开展方式较多样，倾向于利用廉价易得的第二手资料，其结果也非结论式的事实或观点。探测性调研属于非正式调研，时间与经济投入均较少。

（2）描述性调研。描述性调研的目的在于准确地描述和表明问题，反映问题中的各个变量及其相互关系，对问题发生的时间、地点、行为主体、作用方式等方面给予说明。描述性调研属于正式调研活动，其开展的基础是探测性调研，即管理者在掌握问题的背景及相关环境后，对问题的具体构成要素加以掌握。在此阶段，调研人员可以主动对新资料（第一手资料）进行收集和归纳。

（3）因果关系调研。因果关系调研旨在辨别各变量要素间的因果逻辑关系。时点判断方法，即相继发生法，是辨别两个要素间是否存在因果关系的常用方法。因为一个事物导致另一个事物的发生，那么它必定是在那个事物之前就存在。因果关系调研在本质上可分为两种方式：一种为验证调研，即在调研之前，管理者通常基于先验知识，主观认识到某些因素间存在的因果联系，因此调研的过程也就成为这种主观认识的证实过程；另一种为发现调研，即在调研之前，要素间的因果关系并未被管理者所感知，而是在对调研结果分析总结之后，这种因果关系才被发现。因果调研作为正式调研的方法之一，通常回答的是如"两个广告方案哪个对销售额的增加更为有效"，"为什么我们的销售额（市场占有率、形象等）下降了"这类特定的问题，研究方法多为实验法。

（4）预测性调研。预测性调研是指专门为了预测在未来的某一研究时点或一段时期内，某一环境因素的变动和表现对企业市场营销活动的影响而开展的市场调研。例如，调查和预测未来 3 年内消费者对某种商品的需求量变化趋势，某种商品的供给量变化趋势等。由于影响市场变化的因素种类繁多且相互间关系错综复杂，预测性调研的结论具有较高的不确定性，但仍为营销策划工作的前瞻性和指导性提供了良好佐证。

5.1.2 市场调研的程序

市场调研是一项复杂而细致的工作，因此，必须遵循一定的程序进行，从而保证调研工作的顺利实施，提高工作效率和调研质量。市场调研的步骤一般包括调研问题及调研目标的确定、试（初步）调研、试调研信息反馈、正式调研决定、正式调研方案的制订、调研实施、调研结果的整理与分析、调研报告的撰写与提交，如图 5-1 所示。

1. 调研问题及调研目标的确定

调研问题及调研目标的确定是市场调研工作的初始环节。调研问题是否清晰以及调研目标是否明确，将对调研结果和据此所制定的营销决策产生重大影响。

调研问题应与调研目标保持一致。调研问题范围的界定应当适度，过于宽泛的范围界定将直接导致信息收集工作量的增加，同时，也势必产生冗余、无用的数据和信息，由此降低了信息收集的相关性和针对性，造成人力和财力的浪费；而过于狭窄的范围界定则可能遗漏重要的信息，无法为营销决策提供全面的参考和支持，整个调研工作也因此失去了意义。

2. 试（初步）调研

试调研也可称为初步调研，它是指在正式调研之前所开展的探测性调研。试调研主要倾向于收集第二手资料，且耗时较短，在很多情况下可以部分满足决策者的信息需求，同时也可帮助决策者对调研问题进行更加深入的理解，进而缩小调研范围，降低调研工作的时间和资金投入。

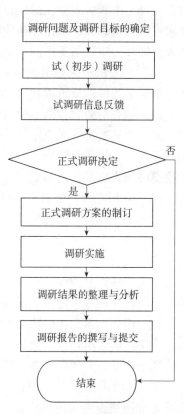

图 5-1 市场调研程序

3. 试调研信息反馈

试调研信息反馈是指在试调研结束之后，对其调研结果进行汇总和分析，并上报给决策者的工作过程。试调研信息反馈应该客观、及时。

4. 正式调研决定

若试调研结果可以完全阐明调研问题，整个市场调研工作则将结束。若试调研结果可以部分解释或不能解释调研问题，则需进一步开展正式调研。此外，信息收集工作存在着一定的经济成本，该成本与信息收集量正相关，且受信息获取的难易程度所影响。因此，从经济学的成本分析角度来看，若正式调研所增加信息的潜在收益大于获取该信息的成本时，正式调研活动则经济可行；否则正式调研工作则"得不偿失"，应该停止。

5. 正式调研方案的制订

在确定实施正式调研之后，应制订有效的调查方案和工作计划，以确保收集到所需的全部信息。在制订调研计划时，主要涉及以下内容：

（1）调查的目的和要求。它主要是指明确调研所服务的具体决策问题。只有在全面、深刻了解决策问题的基础上，才能为调研工作设定明确的目标和详细、针对性强的工作内容。此外，由于客观存在的信息海洋浩无边际，调研工作就其自身而言，是开放式的。这就要求在既定调研预算费用和预期时间的条件下，对信息收集的"质"与"量"加以规定和要求，即在一定数量资源的约束条件下，努力取得工作的最佳效果。

（2）调查的地区范围和主要调查对象。在明确决策目标和调研目标之后，应该为调研工作选定适当的地域范围和调查对象。地域范围大小的划定主要取决于拟营销产品的目标市场定位；调查对象数量的多少与组成结构（如年龄构成、收入层次构成等）也是由拟营销产品的目标消费群体所决定的。通常而言，调查区域越大，调查对象群体数量越多、组成结构越复杂，调研的时间投入、资金投入以及人员投入也就越大。总之，调查区域与调查对象的确定必须根据营销产品而"量体裁衣"。

（3）资料来源。资料来源可分为两大类：第一手资料和第二手资料。第一手资料是通过实地调研或实验取得的原始资料；第二手资料是为了解决其他问题，经别人收集并整理过的现成资料。鉴于第二手资料较之第一手资料在获取时间上较为迅速且获取成本较低，因而成为资料的首选来源。但由于第二手资料已被先前的使用人员或单位所编辑和加工，对调研企业特定营销产品的针对性往往不强，因此，在实际工作中，企业通常采取对第二手资料与第一手资料共同收集的方式。对于上述两种资料，在调研计划中还必须明确其具体来源和可获取性。例如，第二手资料是来源于统计部门的有关数据，政府机关的相关资料，图书馆资料，大学、研究机构或行业协会的出版物，还是非营利性组织的市场调研报告；第一手资料是来源于企业、普通消费者，还是其他渠道。

（4）资料收集方法。根据资料来源的不同，其收集方法也不尽相同。第二手资料的收集可通过网络查询（网页信息或网络数据库），到相关部门征寻或求购，在现有出版物中搜索，以及与相关专家或权威人士进行咨询和访谈等形式获得；第一手资料的收集方法则主要包括询问法、实验法和观察法。

1）咨询法。它是指调研人员通过访问或让被调查者填写问卷的方法收集资料或数据。根据调研人员和被调查者接触的方式，又可将其分为人员访问、电话调查、邮寄调查和网上调查4种。

2）实验法。它是指调研者通过改变一个或几个变量，测量它们对另一个或几个变量影响的方法收集资料或数据。在实验法中，变量被划分为自变量和因变量两种类型。其中，被改变的变量称为自变量，被测量的变量则称为因变量。

3）观察法。它是指调研人员在现场对有关情况进行直接观察记录收集资料或数据的一种调研方法。

（5）调查人员配置及职能分配。市场调研人员的配置应该精简、高效。人员配置过多，将导致企业的人力资源浪费，加大调研工作的开支和成本。人员配置过少，则会减慢调研工作的进度，延长调研周期。同时，高负荷的工作也势必降低调研人员的工作效率，挫伤其工作积极性。因此，在制订调研计划时，应客观、准确地对工作量加以估计，合理确定人员数目。对于职能分配，各级调研人员应该权责分明，明确自身工作内容和范围，避免相互交叉或重叠，进而减少工作干扰。可见，理想的市场调研团队应该是一个人员数量配置合理，职能划分"纵向到底，横向到边"，员工间相互协同合作的有机整体。

（6）调查工作预算。调研工作预算主要包括时间预算和资金预算两个方面。在时间预算方面，由于市场形势瞬息万变，企业应迅速把握住其所洞察到的宝贵商机。市场调研作为企业产品营销策划的重要环节，应在时间上服从于产品策划的总体进度安排。在保证信息收集质量的前提下，尽量缩短调研周期，加快整体的产品策划进程。此外，调研所收集到的信息自身也存在着时效性强的特点，因此，调研工作也不应过长，以确保调研结果的有效性。在资金预算方面，应根据营销产品的预期市场收益和企业自身的资金状况，科学地划定调研开支总额，并落实到各个具体的调研环节，编制详细的调研工作费用预算表。在调研工作进行中，应严格遵守所制订的预算计划。总而言之，调研工作应该做到"不超时"、"不超支"。

6. 调研实施

市场调研的实施过程是落实调研计划，实现调研成果的关键环节。调研实施得顺利与否，直接影响着调研工作时间和资金成本的多少，决定着调研数据质量的高低。对于调研工作的开展，主要存在着三大控制，即实施质量控制、实施成本控制以及实施进度控制。各控制工作间也存在着一定的优先次序，一般而言，质量控制处于首要位置，进度控制优先于成本控制。

（1）实施质量控制。在调研过程中，调研管理人员应及时地审阅和检查所收集到的信息，判断这些信息是否可以满足调研目的。若发现某一方面的信息量较为薄弱，应该及时采取应对措施（如适度增加调查对象数量、开辟新的调查渠道等），对该类信息的收集进行弥补和加强。同时，还应注意调研数据的真实性与客观性，避免"虚假数据"。

（2）实施成本控制。调研工作应严格按照预先制订的调研开支计划，做好调研资金的使用与管理工作。在特定情况下所引发的开支增加，如调研工作内容或范围的局部更改，管理人员应及时向企业相关部门汇报，并申请修改调研预算。

（3）实施进度控制。进度控制的目标是保证调研工作的按时完成，避免工作拖拉。首先需要将调研工作划分成几个主要阶段，并对每个阶段标注明确的开始和结束时点，将实际完成时间与计划完成时间进行比较，若二者存在偏差，应及时采取应对措施，从而对调研工作的推进程度进行实时监控。

7. 调研结果的整理与分析

由于市场调查的对象比较分散，调查所采用的方式也不同，因而调查所获得的信息较为零散和分散，而且信息的格式也不统一。要反映市场的特征和本质，必须对资料进行加工整理，使之系统化、条理化，这样才能揭示事物的本质和内在联系，反映市场的客观规律。这一阶段的主要工作包括：

（1）校验。对资料中的错误或含混不清之处给予消除，使信息更加准确。例如，对所回收的问卷调查表，应检查所有问卷的完整性，判断有效问卷的份数是否符合调研方案要求达到的比例；对存在遗漏的信息，若遗漏的内容较多或遗漏关键内容，则将其视为无效并剔除。

（2）分类。根据调研目标的要求，在已收集到的信息中寻找与之相关联的数据，将其进行整合和归类，进而使所调研的信息更加条理化。

（3）录入。在对数据进行校验和分类之后，需要将其输入计算机，以便统计和分析。由于调研数据的数量庞大，所以工作量往往较大。由于所录入的数据将直接影响到分析结果，因此，录入数据的准确性必须得以保证。可以将工作人员两两划分成组，在录入的同时加以检验。

（4）制表。在对数据进行统计时，往往把相关数据编制成表格或用图、模型等形式表现出来，从而清晰、直接地反映调研结果，便于研究人员的分析。

（5）分析。用适当的统计方法对制表后的数据和信息进行剖析，以求最大化地开发数据和资料的指导与预测功能。目前常用的统计分析软件有 SAS（Statistical Analysis System）、SPSS（Statistical Package for Social Science）、EViews（Econometrics Views）、TSP（Time Series Process）等。

8. 调研报告的撰写与提交

在对所收集到的信息进行分析之后，应根据企业决策人员的需要撰写并提交调研报告。调研报告是整个调研活动的最终成果，其内容一般包括调研目标、调研问题、调研范围、分析方法、调研结论、相关建议以及附件。在报告的格式方面，根据调研人员和企业习惯的不同，可以有不同的撰写格式。但报告的撰写必须简明扼要，结论突出、明确，切忌主观臆断地借题发挥，进行无根据或根据不充分的推论。

5.2 企业营销环境因素分析

5.2.1 企业内部环境的构成要素

企业营销管理的主要任务是要不断向所选择的目标市场提供有吸引力的产品或服务。为了做到这一点，不仅要重视消费者的需求，而且要充分了解企业内部的营销环境，即企业、供应商、营销中介、顾客、竞争者和公众等因素对营销活动的影响。

1. 企业

在企业内部的营销环境中，最主要的是企业的市场营销部门与其他部门的相互协调，也就是营销部门必须处理好与高层管理者（董事会、总裁等）、财务、研究与开发、采购、制造和会计等部门的关系，如在营销计划的实施过程中，营销部门需要与财务部门共同研究如何在制造和营销之间合理分配资金、未来的资金回收率、销售预测和营销计划的风险程度等；而新产品的设计、所需要的生产设备和工艺、生产能力的大小都是开发与制造部门考虑的问题；采购部门负责生产所需的原材料等。所有这些部门，都同营销部门的计划和活动有着密切的关系。因此，营销部门在把营销计划报送高层领导前，需要征求财务和制造部门的意见，以便得到资金和生产方面的支持。此外，营销部门的活动也可能与其他部门的计划发生冲突，这些均需妥善处理。

2. 供应商

供应商是指向企业及其竞争者提供生产上所需资源的企业和个人，这些资源包括原材料、设备、能源、劳务和资金等。供应商给企业提供的资源价格和数量，将会直接影响企业产品的价格、销量和利润。从短期来看，如果供应短缺，会影响企业按期交货，直接导致销售额的损失；从长期来看，则会损害企业的信誉和形象。所以，企业要选择在质量、价格、承担风险以及信誉等方面条件最好的供应者。而且，由于过分倚重于单一的供应者则容易受其控制，所以，企业应尽量多选择几个供应商，以降低供应风险。

3. 营销中介

营销中介是指为企业融资、推销产品、提供各种营销服务的机构，主要包括批发商、零售商、营销服务机构（调研公司、广告公司、咨询公司等）、金融中介（银行、信托公司、保险公司等），这些都是市场营销不可缺少的中间环节。例如，通过批发商和零售商的分销，可以解决生产集中和消费分散的矛盾，银行或信托公司则可以帮助企业解决资金周转不灵的问题等。企业在营销过程中，不可避免地要与这些营销中介合作，因而必须处理好同它们的关系。

4. 顾客

企业需要仔细地了解自己的顾客，即目标市场，通常包括消费者市场、生产者市场、中间商市场、政府市场和国际市场。企业按照顾客的不同需求来细分市场，有针对性地提供相应的产品和服务，并不断更新。只有这样，企业才能更好地贯彻以顾客为中心的经营思想，满足各种各样不断变化的消费需求。

5. 竞争者

企业在经营过程中会面对许多竞争者。竞争者是指在同一个市场中生产或提供相同或可替代产品或服务的企业。企业只有充分了解自己的竞争者，努力做到比其他竞争者更好，才有可能成功。任何企业在市场竞争中，都需要辨认竞争对手，针对竞争对手的策略来采取相应的策略，以巩固或扩大市场份额。从购买者的角度来观察，每个企业在其营销活动中，都面临 4 种类型的竞争者。

（1）平行竞争者。它是指能满足同一需要的各种产品的竞争。例如，满足交通工具的需要可买汽车、摩托车、电动自行车等，它们之间是平行的竞争者。

（2）产品形式竞争者。它是指满足同一需要的同类产品不同形式间的竞争。例如，汽车有各种型号、式样，其功能各有不同特点。

（3）品牌竞争者。它是指满足同一需要的同种形式产品的各种品牌之间的竞争。例如，汽车有"奔驰"、"宝马"、"大众"等品牌，对于品牌之间的竞争，每个企业都应该充分了解竞争者的策略是什么，自己同竞争者的力量对比如何，以及自己与竞争者在市场上的竞争地位等。

（4）潜在竞争者。它是指能够满足现有需求的不同形式的产品之间的竞争。例如，随着环保观念深入人心、能源危机日益严重，各国政府对汽车尾气排放进行限制，大排量的家用汽车面临比较大的竞争压力。于是，一些汽车生产厂商开发了电动车，一方面得到了政府的支持，另一方面也得到了消费者的青睐，虽然刚刚起步，但未来的发展前景比较广阔，则其必将成为汽油动力汽车业界重要的"潜在竞争者"。

俗话说"知己知彼，百战不殆"，企业只有充分了解各类竞争者的情况，才能扬长避短、发挥优势，在竞争中立于不败之地。

6. 公众

企业的内部营销环境还包括各种公众。公众是指对一个组织实现其目标的能力具有实际或潜在利害关系和影响力的一切团体和个人。企业所面临的公众包括以下6类：

（1）金融公众。它是指关心并可能影响企业获得资金能力的团体，如银行、投资公司、证券交易所和保险公司等。

（2）媒介公众。它主要是指报社、杂志社、广播电台和电视台等大众传播媒体。这些组织对企业的声誉具有举足轻重的作用。

（3）政府公众。它是指与企业有关的政府部门。营销管理者在制订营销计划时，必须充分考虑政府的政策。对于企业不了解的领域，应该向律师或业内专家咨询有关产品安全卫生规定、知识产权等方面可能出现的问题，以免不符合政府的相关规定。

（4）群众团体。它是指消费者权益组织、环境保护组织及其他群众团体，如玩具公司需要面对家长对产品安全性的询问。他们是企业必须重视的力量，其社会影响力不容忽视。

（5）社区公众。它是指企业所在地附近的居民和社区组织。企业在营销活动中，要避免与社区公众的利益发生冲突，如造纸厂水污染问题给周围居民身体健康造成的危害，必须引起企业的重视，应指派专人负责处理这方面的问题，同时还应注意对公益事业作出贡献。

（6）一般公众。它是指社会上的一般公众。一般公众虽然可能不是企业产品或服务的购买者，但是其可能成为潜在购买者并对其他人产生影响，因此，企业需要了解一般公众对其产品和活动的态度，要力争在一般公众心目中建立良好的企业形象，这对企业未来的可持续发展有着重要意义。

所有以上这些公众，都与企业的营销活动有直接或间接的关系。现代企业是一个开放的系统，在经营活动中必然与各方面发生联系，处理好与各方面公众的关系，是企业管理中一项极其重要的任务。

5.2.2 企业外部环境的构成要素

任何企业的市场营销活动都置身于一定的外部条件。外部环境时而稳定，时而激荡，它的存在对企业而言具有客观性，并非企业可以掌握和控制。对企业而言，外部环境无所谓好与坏。企业营销决策人员所需要做的是在外部环境的客观条件下，思考如何将自身的营销方案与之相适应，从而为企业带来无限商机。

企业的外部环境主要包括人口、经济、自然、技术、政治和法律以及文化环境6大要素，一切营销组织都处于这些外部环境因素之中，它们是企业不可控制的因素。企业及其所处的内部环境，都在这些外部力量的控制下，它们既能给企业提供机会，同时也可能造成威胁。

1. 人口环境

市场是由需求构成的，而需求的主体则是人，也就是说，人是市场的主体。一般来说，人口环境包括人口的数量、密度、种族、民族、居住地点、性别、年龄和职业等情况。例如，人口的数量决定了市场容量的大小；民族和职业等会影响消费者的需求偏好；居住地点不同的消费者，则可能产生不同的消费习惯；就性别而言，女性消费者在美容、服装、零食方面的开销较大，男性消费者则在烟酒、社交方面的开销较大；就年龄来讲，儿童在食品、玩具方面的支出占很大比重，而青年则崇尚时髦、新奇的商品；就职业而言，大公司的职员由于收入水平高，追求名牌、突出身份的观念就较强，而一般企事业单位的职工相比之下更注重价廉物美的商品，知识水平高的消费者注重商品性能的科学性、外包装的艺术性，突出个性等。

此外，从世界人口环境的变化来看，目前主要的趋势是老龄化日益严重、家庭规模减小、人口流动性增大，这些都给企业提供了新的商机。例如，针对人口老龄化的情况，企业可以考虑提供更加丰富、适合老年人的服饰、药品、保健品等产品。同时，随着家庭规模逐渐减小，两个大人一个子女的家庭类型已具有普遍性。由于家庭人口不多，且夫妻两人只负担一个孩子，所以这样的三口之家购买潜力就很大，尤其是独生子女的开销更大。在家庭构成上，由于大家庭分解为若干独立的小家庭，每个单独的小家庭也需要完备的家庭用品和设施，因此，家庭装饰及家用电器的需求量必然增加。以上这些都对企业未来的生产方向具有指导意义。

2. 经济环境

构成市场的因素除人口外，还必须有购买力。影响购买力的因素主要有消费者的收入、币值、消费者的储蓄和信用以及消费者的支出模式。此外，企业还必须了解目标市场的整体经济发展水平和经济特征。

(1) 经济发展水平。它主要影响市场容量和市场需求结构。经济发展水平增长快，就业人口就会相应增加，而失业率低、企业开工率高以及经济形势的宽松，必然引起消费需求的增加和消费结构的改变；反之，需求量就会减少。

(2) 经济特征。它包括某一地区或国家的人口、收入、自然资源及经济基础结构等，这些因素都在不同程度上影响市场，如每一地区或国家总是对缺乏的资源或产品产生需求。此外，重工业区、农业区等某种行业比较集中的地区，因其市场需求具有自己的特点，因此，某种产品的适用程度也会有所不同。

(3) 消费者收入。消费者需求的多少取决于其货币收入的多少。任何人想要购买自己需要的东西都要支付货币，它主要来自以下几个方面：

1) 劳动收入。例如，城镇职工的工资收入和奖金，农民出售农副产品所获得的收入，兼职报酬，发明家有偿转让或出售自己的发明专利所获得的收入，演艺工作者的演出收入等。这部分收入是消费者货币收入中最基本、最主要的部分。

2) 从财政信贷系统获得的收入。例如，学生在校期间获得的助学金、奖学金，失业或低收入人群获得的政府救济金，居民存款的储蓄利息等。

3) 其他来源。例如，买卖股票获得的股息收入，亲属的赠与，接受的遗产等。

(4) 消费者支出。消费者支出数量的多少会受到消费者实际可支配收入的限制，同时消费者的支出结构也在不断发生变化，恩格尔定律指出：当收入增加时，用于购买食物支出的比例会下降，而用于服装、交通、保健、文娱、教育的开支及储蓄的比例将上升。这一规律有助于企业了解目标市场的消费水平和需求特点，更好地把握市场机会。

3. 自然（资源）环境

地球上的自然资源有三类：取之不尽、用之不竭的资源；有限但可以更新的资源；有限又不能更新的资源。这些资源是人类社会一切活动所必须依赖的条件，企业的营销活动也不例外。这些资源既能给企业带来威胁也能带来机会。

（1）某些原料的短缺。地球上的自然资源中的有限又不可再生资源，如石油、煤炭和各种矿产品，面对的问题最为严重，许多矿产资源将告枯竭。这种情况意味着依靠这些矿产品为原料的企业必须积极寻找新的资源或替代品，这既是一种环境威胁，又是一个新的营销机会。

（2）能源成本的变化。石油是工业发达国家的主要能源，是有限又不可再生的自然资源。例如，有的汽车生产企业现在正积极研究用太阳能或电池来驱动汽车，以取代以石油为能源的汽车，并已开始逐步投入市场，将这种能源短缺的威胁转化为新的营销机会。

（3）环境污染严重。现代工业发展的同时，对水源、空气、土壤造成了很大的污染和破坏，这已经成为一个严重的问题。许多学者已经对工业污染引起生态系统的失衡提出指责和警告；同时，许多环境保护组织也促使一些国家加强了环境保护方面的立法和执法。公众对环境保护的关心，一方面限制了某些行业的发展；另一方面也为企业带来了两种营销机会：一是为治理污染的技术和设备提供了市场，二是为不破坏生态环境的新的生产技术和包装方法创造了营销机会。

4. 科学技术环境

科学技术是"第一生产力"，是影响人类前途和命运的最大力量。科学技术的发展既有利于企业改善经营管理，也会影响消费者的购物习惯。

企业在市场营销活动中应注意以下几种趋势：①新技术变化的速度越来越快；②创新的机会层出不穷；③新产品或新技术的研发成本很高；④营销者在发展新技术、创造新产品时，一定要充分注意各种有关法规的限制。

5. 政治法律环境

这里所说的政治法律环境，主要是指与市场营销有关的各种法规以及有关的政府管理机构和社会团体的活动。各国政府对经济的干预日益加强，经济立法日益增多，其对企业的影响也不容忽视。

企业主要应注意以下几个方面：①政府的经济政策。一般说来，政府对不同的行业会采取不同的优惠、扶持或限制政策。进入国际市场的企业，需要了解当地政府鼓励还是限制对外投资；对产品优惠、保护、减税或限制、加税的政策如何等。此外，在不同时期，国家的经济政策也会作出相应的改变或调整，它会波及各个地区各个行业。因此，对企业的经营也会产生影响。②政策的连续性。政策的连续性对于企业能否有一个良好的外部经营环境具有重要作用。政策随着时间和条件的改变会有所变化，但必须保持相对稳定。这要求企业必须对政府有关经济政策和法规未来一段时间内将作何调整等有一定的了解。③政府的稳定性。当地政府的稳定性直接影响对外经济政策的连续性。例如，由于政府更迭，新上台的政府不继续履行上届政府的诺言或政策、对外国人投资的企业采取没收或国有化的政策，这些都会直接影响外国投资的收回和利益。

6. 社会文化环境

这里所说的文化主要是指一个国家、地区或民族的传统文化，每个地区或民族都有不同的风俗习惯、伦理道德观念、价值观念、生活方式等。一个社会的核心文化和价值观念具有高度的持续性，它是人们世代沿袭下来的，并且不断得到丰富和发展，影响和制约着人们的行为，包括消费行为。企业的营销人员在产品和商标的设计、广告和服务的形式等方面，要充分了解和尊重当地的传统文化，避免与其核心文化和价值观念相抵触；否则，可能会遭受不必要的损失。

总之，对于企业来说，市场营销的外部环境因素都是企业不可控制的，企业只有设法适应这些环境，而不能改变环境，这是市场营销学的传统观点。但是也有学者认为，企业可以通过向外提供产品和服务、传播信息以及开展公共关系活动（如通过游说影响立法，利用宣传报道形成公众舆论）等方式来影响外部环境，使之变得有利于企业达到自己的目标，使一部分不可控制的因素在某种程度上变的可控，只是这样做付出的代价相对较大。

5.2.3 营销环境的分析方法

企业可以运用 SWOT 方法系统地分析其营销活动所处的内部与外部环境。其中，S（Strengths）代表优势，W（Weaknesses）代表劣势，O（Opportunities）代表机会，T（Threats）代表威胁。SWOT 是对环境分析的一种总结，它可以帮助企业综合考虑企业内部条件与外部环境相适应的状态，为营销战略的制定提供重要的参考，以趋利避害，化劣势为优势，化挑战为机遇。

1. 优势

优势（S）是指一个企业所特有的，超越其竞争对手的能力。例如，当两个企业都有能力向同一目标市场提供产品和服务时，如果其中一个企业有更高的利润率，即可认为这个企业比另一个企业更具有竞争优势。竞争优势可能来自以下几个方面：

（1）技术优势。其包括低成本生产方法、独特的生产技术、领先的技改能力、周到的客户服务、丰富的营销经验等。

（2）资产优势。资产包括有形的和无形的，其中有形的资产优势包括丰富的资源、先进的生产线、现代化的设备、充足的资金等；无形的资产优势包括良好的商业信誉、优秀的品牌形象、积极向上的公司文化等。

（3）人力资源优势。它是指企业拥有专长员工、积极进取的职员，具有很强的学习能力或丰富的经验等。

（4）组织体系优势。其包括完善的信息管理系统、高质量的控制体系、强大的融资能力、忠诚的客户群等。

（5）竞争能力优势。例如，拥有强大的经销商网络、产品开发周期短、与供应商关系良好、对市场变化反应灵敏、在市场上占据主导地位等。

2. 劣势

劣势（W）是指企业缺少的或不足之处，或指某种会使企业处于劣势的条件。可能导致企业劣势的因素有：

（1）缺乏具有竞争优势的核心技术。

（2）缺乏有竞争力的有形资产、无形资产、人力资源、组织资产。

（3）关键领域里的竞争能力已经丧失或即将失去。

3. 机会

机会（O）是指影响企业战略的重大因素。企业管理者应当确认和评价每一个机会，选择那些可能会使企业获得最大竞争优势的最佳机会。潜在的市场机会可能是：

（1）客户群的扩大趋势或产品细分市场。

（2）技能技术向新产品新业务转移，为更大客户群服务。

（3）前向或后向整合。

（4）市场进入壁垒降低。

（5）获得购并竞争对手的能力。

（6）市场需求增长强劲，可快速扩张。

（7）出现向其他地理区域扩张、扩大市场份额的机会。

4. 威胁

威胁（T）是指在公司的外部环境中，威胁企业盈利能力和市场地位的因素。管理者应当及时确认并评价危及企业未来利益的威胁，以便采取相应的战略行动来减轻这些威胁所产生的影响。公司的外部威胁可能是：

（1）出现将进入市场的强大的新竞争对手。

（2）替代品抢占公司销售额。

（3）主要产品市场增长率下降。

（4）汇率和外贸政策的不利变动。

（5）人口特征、社会消费方式的不利变动。

（6）客户或供应商的谈判能力提高。

（7）市场需求减少。

（8）容易受到经济萧条和业务周期的冲击。

5. SWOT 分析的步骤

（1）列举企业的内外部各种优势和劣势、可能的机会与威胁。

（2）将总结出来的优势、劣势与机会、威胁相组合，分别形成包含 SO、ST、WO、WT 4 种战略的矩阵（见表 5-1）。

（3）对 SO、ST、WO、WT 战略进行甄别和选择，确定企业目前应该采取的具体战略。

表 5-1　SWOT 矩阵

	优　势	劣　势
机　会	SO 战略（增长型战略）	WO 战略（扭转型战略）
威　胁	ST 战略（多元经营战略）	WT 战略（防御型战略）

当然，SWOT 分析法不是仅仅列出 4 项清单，最重要的是通过评价公司的优势、劣势、机会和威胁，最终得出以下结论：①在公司现有的内外部环境下，应如何最优地运用自己的资源；②如何建立公司的未来资源。

本章小结

市场调研策划是企业营销活动的前提和基础，具体而富有针对性的市场调研策划可以为营销决策与方案的制订提供及时、可靠的信息。市场调研必须遵循一定的程序来进行，通过调研可以充分了解企业营销活动所处的内、外部环境因素，在此基础上运用 SWOT 方法分析企业面临的优势、劣势、机会和威胁，并通过组合提出企业可以采取的增长型战略、扭转型战略、多元经营战略和防御型战略。

关键术语

市场调研　营销环境　SWOT 分析

复习思考题

1. 什么是市场调研？
2. 简述市场调研的程序。
3. 企业营销环境的内、外部因素有哪些？
4. 如何进行市场营销环境分析？

案例分析

欧盟配额制拷问中国鞋

2006 年 7 月 24 日，商务部网站转载外电称，欧盟可能对从中国和越南进口的皮鞋实行配额制，以最终解决其与两国间的鞋产品贸易争端。

广东创信鞋业董事长吴振昌获悉后的第一反应是立即打电话给另外一个鞋企老板，表示"太不可思议了"，吴振昌同时还是欧盟对华鞋产品反倾销应对联盟负责人，"真不明白中国鞋涨价对欧盟消费者有什么好处。"

在吴振昌已掌握的欧盟反倾销最终裁定披露文件中，中国鞋被作出了以下裁决：给予中国每年 1.4 亿双皮鞋的正常出口限额；对超出限额的皮鞋，除了获得市场经济地位的金履鞋业被征收 9.7% 的反倾销税外，其他中国鞋业都需缴纳 23% 的关税。

"看到文件后我真的感到万念俱灰，如果欧盟对中国鞋的贸易壁垒回归配额制，则意味着国内有关企业为应对反倾销所做的努力都将付诸东流。"吴振昌说。

1. 配额制一夜登场

2006 年 7 月 14 日，记者已经从中国香港林源国际集团公司老总黄宗源处获知，由于反倾销僵持不下、中国企业强烈抵制，欧盟执委会剑走偏锋，计划对从中国和越南进口的皮鞋实施配额制，以解决目前的反倾销争端。当时黄宗源还认为这仅是传言，距离现实很远。不曾想，消息很快得到了确认。

"国内纺织业的历史正在重演，中国鞋的低端产业链条受到前所未有的拷问。"与中国鞋业打交道大半辈子的中国工程院院士、中国皮革和制鞋工业研究所技术总监段镇基说。

2006 年 3 月，受中国西部鞋都盛邀，黄宗源曾专程到成都考察"东鞋西移"的可操作性。由于欧盟执意要对中国鞋实施反倾销，靠薄利多销取胜于国际市场的中国鞋业开始感到前所未有的压力。为继续压低劳工和原材料成本，他们纷纷开始寻找新的生产基地，甚至不惜远离近在咫尺的通关口岸，开始向西部迁移。

目前，已经有 6 家鞋企从东部省份迁到成都。"迁到成都的鞋业却没想到，配额制会成为中欧皮面鞋贸易战的终结篇章"，黄宗源表示，如此一来，即使把鞋厂搬到天边去，徒增的只有物流成本和周转压力，进入欧盟的通道仍然将因配额制而堵塞。

2. "欧盟违背WTO规则"

始于2006年年初的欧盟对中国鞋实施大规模的反倾销调查一直悬而未决。欧盟判定中国鞋价格极度低廉、严重冲击了意大利、西班牙等欧盟成员国民族工业的依据也一直不为中方认可。中国企业认为，上述国家的鞋业本身就萎缩严重，中国企业不存在倾销问题。

温州奥康集团总裁王振滔对欧盟的偏见有切肤之痛。2006年6月15日，王振滔专程赶赴西班牙参与"西班牙鞋业论坛"。在论坛上，王振滔以奥康集团与意大利鞋业第一品牌GEOX的合作为例介绍说，奥康生产的GEOX鞋，订单价比巴西生产的GEOX鞋单价还要高1欧元。

"奥康出口的鞋子70%以上输往欧盟市场，每双鞋子单价20~30欧元。这能说是倾销吗？"王振滔的一句反问，令与会者哑口无言。

但是，欧盟作出的阶段性措施显然不会以王振滔的意志为转移。"奥康同样被纳入到了配额之外征收高额反倾销税的行列"，王振滔的副手表示，全球在2005年1月就终结了配额制的游戏规则，但欧盟依然在反道而行。

3. 中国鞋业的困境

段镇基院士表示，如果欧盟确定实施配额制，中国鞋倒不是最大受害者，首当其冲的是欧盟自己的经销商和消费者，他们的交易成本和消费压力将随着部分成员国利益的逐步坚固而日益增加。

同时，段镇基对国内鞋业大量依靠数量取胜于国际市场的事实相当诟病。"没有技术、没有创新、没有品牌、没有含金量，这样的产品输出1亿双，才能换回来欧盟的1架空客！"

但受国内出口退税政策鼓励，广东、温州、成都、重庆等地把鞋业的雪球越滚越大。海关数据显示：2005年，中国共向全球出口鞋69.13亿双，比2004年的58亿双净增17%，且大多为贴牌出口，大部分利润被品牌商所占有，中国只是赚取了微量的劳工成本。

参与应对欧盟反倾销抗诉的浙江某知名律师表示，1997年欧盟对中国鞋就启动了长达5年的反倾销，当时所征反倾销关税高达93.4%，却没有阻止中国鞋近年来急剧膨胀的发展势头。这位律师认为，中国2005年出口欧盟的皮鞋仅1.7亿双（官方数据），因此，1.4亿双的配额现在看来是少了些，但很可能无碍中国鞋继续膨胀的势头。

"当务之急是调整产业结构，把一些依靠廉价劳动力和廉价资源而搭建起来的鞋业泡沫烫平，在创新的基础上发展中国鞋自己的品牌。"段镇基分析，假设技术含量和创新问题得不到完全解决，以后还会出现一些鞋厂为了争夺配额进而争相压价的现象，届时欧盟等一些国际成员更会借此进一步对中国鞋课以高额关税，让中国鞋彻底失去发展机会。

（资料来源：赵鸿鹄.欧盟配额制拷问中国鞋.中国经营报，2007-3-14.）

思考题：

1. 在本案例中，影响制鞋业营销活动的环境因素是什么？
2. 企业面对环境威胁时常用的方法有哪些？
3. 如果你是某鞋业公司的管理者，面对这种情况会怎么办？

第6章 营销战略开发策划

【学习目标】

1. 掌握市场细分的标准和基本方法
2. 掌握有效市场细分必须具备的条件
3. 掌握目标市场选择的影响因素和范围
4. 掌握市场定位的原则
5. 具备灵活应用目标市场营销策略的能力
6. 具备正确进行市场定位的能力

【内容图解】

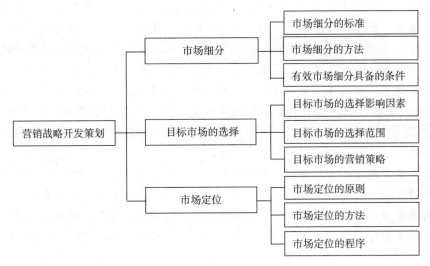

【导读案例】

欧莱雅的市场细分策略

巴黎欧莱雅进入中国市场至今，以其与众不同的优雅品牌形象，加上全球顶尖演员、模特的热情演绎，向公众充分展示了"巴黎欧莱雅，你值得拥有"的理念。目前，欧莱雅已在全国近百个大中城市的百货商店及超市设立了近400个形象专柜，并配有专业美容顾问为广大中国女性提供全面的护肤、彩妆、染发定型等相关服务，深受消费者青睐。回顾上述成功业绩，关键取决于欧莱雅公司独特的市场细分策略。

首先，公司从产品的使用对象进行市场细分，主要分成普通消费者用化妆品和专业使用的化妆品。其中，专业使用的化妆品主要是指美容院等专业经营场所所使用的产品。

其次，公司将化妆产品的品种进行细分，如彩妆、护肤、染发护发等；同时对每一品种按照化妆部位、颜色等再进一步细分，如按照人体部位不同将彩妆分为口红、眼膏、睫毛膏等；再就口红而言，进一步按照颜色细分为粉红、大红、无色等，此外，还按照口红性质将其分为保湿型、明亮型、滋润型等。如此步步细分，光美宝莲口红就达到150多种，而且基本保持每1~2个月就向市场推出新的款式，从而将化妆品的品种细分几乎推向了极限。

然后，按照中国广阔地域的特征，鉴于南北、东西地区气候、习俗、文化等不同，人们对化妆品的偏好具有明显的差异。如南方由于气温高，人们一般比较喜欢使用清淡的装饰，因此较倾向于淡妆；而北方由于气候干燥以及文化习俗的缘故，一般都比较喜欢浓妆。同样，东西地区由于经济、观念、气候等缘故，人们对化妆品也有不同的要求。欧莱雅集团敏锐地意识到了这一点，所以按照地区推出不同的主打产品。

最后，还采用了其他相关细分方法，如按照原材料的不同细分，按照年龄细分等。

总之，通过对中国化妆品市场的环境分析，欧莱雅公司采取多品牌战略对所有细分市场进行全面覆盖策略，按照欧莱雅中国总经理盖保罗所说的金字塔理论，欧莱雅在中国的品牌框架包括了高端、中端和低端三个部分。

其中，塔尖部分为高端产品，约有12个品牌构成。例如，第一品牌是赫莲娜，它无论是产品品质还是价位都是这12个品牌中最高的，面对的消费群体年龄也相应较高，并具有很强的消费能力；第二品牌是兰蔻，它是全球最著名的高端化妆品品牌之一，消费者年龄比赫莲娜的消费者年轻一些，也具有相当的消费能力；第三品牌是碧欧泉，它面对的是具有一定消费能力的年轻时尚消费者，欧莱雅公司希望将其塑造成大众消费者进入高端化妆品的敲门砖，因此价格也比赫莲娜和兰蔻低一些。这几种产品主要在高档的百货商场销售，其中，兰蔻在22个城市有45个专柜，目前在中国高端化妆品市场占有率第一；碧欧泉则是第四；而赫莲娜2000年10月才进入中国，目前在全国最高档百货商店中只有6个销售点，柜台是最少的。

塔中部分为中端产品，所包含品牌有两大块：一块是美发产品，有卡诗和欧莱雅专业美发两个品牌。其中，卡诗在染发领域属于高档品牌，比欧莱雅专业美发更高档一些。它们的销售渠道都是发廊及专业美发店。欧莱雅公司认为，除产品本身外，这种销售模式也使消费者有机会得到专业发型师的专业服务。另一块是活性健康化妆品，有薇姿和理肤泉两个品牌。它们都是通过药房经销。欧莱雅率先把这种药房销售化妆品的理念引入到了中国。

塔基部分为大众类产品，中国市场不同于欧美及日本市场之处，就在于中国市场很大而且非常多元化，消费梯度很多，尤其是塔基部分的比例大。在中国大众市场中，欧莱雅公司目前共推行5个品牌。其中，巴黎欧莱雅属于最高端，它有护肤、彩妆、染发等产品，在全国500多个百货商场设有专柜，在家乐福、沃尔玛等高档超市均有售，欧莱雅的高档染发品已是目前中国高档染发品的第一品牌；第二品牌是羽西，羽西秉承"专为亚洲人的皮肤设计"的理念，是一个主流品牌，在全国240多个城市的800家百货商场有售；第三品牌是美宝莲——来自美国的大众彩妆品牌，它在全球很多国家彩妆领域排名第一，在中国也不例外，目前已经进入了600个城市，有1.2万个柜台；第四品牌是卡尼尔，目前在中国主要引进了染发产品，它相比欧莱雅更大众化一些，且年轻时尚，在中国5000多个销售点有售；第五品牌是小护士，它面对的是追求自然美的年轻消费者，市场认知达90%以上，目前在全国有28万个销售点，网点遍布了国内二级、三级县市。

由于欧莱雅公司对中国市场分析到位、定位明晰，因此，2003年其产品在中国市场的销售额达到15亿人民币，比2002年增加69.3%，这在欧莱雅公司销售历史上是增幅最高的一次，比 1997 年增长了 824%。兰蔻在高档化妆品市场、薇姿在通过药房销售的活性化妆品市场、美宝莲在彩妆市场、欧莱雅染发在染发的高端市场均已占据了第一的位置。

（资料来源：MBA 智库百科）

6.1　市场细分

由于企业资源与资金条件等限制，任何企业的经营与生产都不能包罗万象，其必须限定为生产某一类或几类产品，提供某一类或几类服务。然而，对于同一类别的商品，消费者的需求仍可能体现出较大的差异性，这又决定了企业不可能满足所有消费者或用户对于某种产品的所有需求。因此，如何科学、合理地对市场进行细分，确定产品的服务对象（目标市场），就成为企业进行营销战略策划的出发点。

6.1.1　市场细分的标准

市场细分是指在内外部营销环境分析的基础上，按照某种特定的标准或依据，将某一市场划割成具有不同特征的若干个更小的子市场，每个子市场都是由需要和愿望大体相同的消费者组成。从上述定义中可以看出，市场细分的主要任务就是寻找某种特定的标准或依据。

在实践中，对于如何进行市场细分的标准尚无单一的标准。通常存在着三种划分标准，即基于消费者的市场细分、基于产品的市场细分以及基于企业的市场细分。

1. 基于消费者的市场细分标准

从消费者细分的角度来看，基本的细分方法包括根据地理因素细分、根据人文因素细分、根据心理因素细分和根据行为因素细分。不管采用何种细分方法，必须把握一点，即在同一细分市场中，消费者对产品需求具有一致性。

（1）地理细分。地理细分方法是借助天然的地表特征（如高山、河流、湖泊等）或行政地界（如国家、省、市、县等），对产品市场加以分割。地理细分方法直观、形象，可以使营销决策人员清晰地看到产品的目标区域，有助于产品营销活动、销售网络、产品配送等工作的开展，这一点对于我国幅员辽阔的地貌特点而言十分重要。然而，该方法的划分依据较为死板和机械，同一地区的消费者在经济收入、个人偏好等方面存在的差异会导致其对同一类别商品的需求不尽相同，因此，地理细分方法的有效性和针对性较差。营销决策者一般使用地理细分方法初步选定产品的拟定消费市场，常见的划分是先将市场分为国际市场与国内市场，国内市场又被普遍划分为东部沿海市场、中部市场和西部市场。而东部沿海市场又可以进一步细分为三大经济圈，即长江三角洲经济圈、珠江三角洲经济圈和环渤海经济圈。对于每一具体的经济圈，又可继续细分。比如按照城市规模和经济发展水平，将这些区域的城市分为一、二级城市和三、四级城市。

（2）人文细分。人文细分是指按照年龄、性别、收入、受教育程度以及社会阶层等指标，将消费者划分为不同的群体。不同年龄消费者在消费心理上差异较大，青少年消费群体注重产品的时尚与流行特征，中老年消费者则更加偏好产品的耐久性；男性消费者往往重视产品的性能表现，而女性消费者则更多地看重产品的款式与价格；高收入人群不仅仅满足于产品的使用功能，还追求产品的档次与品质，而低收入群体则更关注产品的价格和质量；受教育程度较高的消费者与受教育程度较低的消费者相比，其在选择和购买产品时更加关注产品的一些附加特性，如购买冰箱时更加倾向于节能环保的绿色产品；对于社会阶层，尽管我国并不提倡这一概念，但是从营销学的角度来看，每个社会都会呈现出阶层的区别这一客观现实。通过使用人文细分这一方法，企业可能会发现在市场上，既有对高端产品的需求，也有对低端产品的需求。

（3）心理细分。心理细分是指根据消费者的心理特质差异，将其划分为不同消费群体的方法。从消费心理学的角度来看，即便是同一地区、同样收入、受教育相同的两个人，其对同类别商品的偏好也不尽相同。有的消费者喜欢简约，而有的消费者则崇尚奢华；有的消费者容易被产品的外观直接打动，而有些消费者则青睐于接受产品背后的心理暗示。因此，很多企业将自己的品牌融入人文关怀或情感要素，以期打动具有某种心理特征的目标消费者。

（4）行为细分。行为细分是指根据人们的某些共同行为特征，将消费者划分为不同消费群体的方法。例如，对很多高档酒商品的购买，通常是以礼品的形式馈赠给亲朋好友，而并非购买者自身饮用，因此，此类酒的生产企业往往对酒品的包装大下苦功，并且附赠精美酒器；许多家庭快速消费品（如洗发水、洗衣粉）的商家知道包装简单且容量较大的产品更加被市场所认同，因此，纷纷推出产品的"家庭装"类型。

2. 基于产品的市场细分标准

对于企业的产品而言，可以分为工业品与消费品两大类。由于这两种产品在产品用途、购买动机和购买目的方面存在较大区别，因此，需要采取不同的市场划分依据。

对于消费品的市场细分标准的选取，可以采取基于消费者的市场细分标准，即地理、人文、心理和行为4种细分依据。对于工业品的市场细分工作，则可依据产品用途与购买状况和用户规模两个方面标准加以实施。

（1）产品用途细分与购买状况细分。产品用途与购买状况细分是指根据工业产品的使用方式不同，将市场进行分割，主要包括商用、政府使用和其他用途。

商用主要包括工业部门、商业部门、银行部门以及建筑企业的使用等；政府使用包括行政机构、军队、法院的使用等；其他用途包括学校、医院、慈善机构以及其他非营利组织的使用等。

在工业产品的商业用途方面，由于产品的潜在购买者为独立的经济实体，因此，其对于产品的采购具有独立的决策权，购买者往往对产品的价格因素较为敏感；相比而言，政府使用部门对产品的价格因素并不十分关注，而是对企业产品的质量和企业信誉度的要求较高，采购程序也较为复杂。

（2）用户规模细分。用户规模细分是指根据产品购买方的企业规模和对产品需求量的大小，将其划分为若干群体。例如，可以将产品购买方企业分为大型企业、中型企业和小型企业；根据购买量的大小，可以分为大额购买者、中小额购买者和散客。

3. 基于企业的市场细分标准

在对产品进行市场细分时，除对消费者市场进行分析外，企业市场也是一个重要的研究对象。在企业市场上设计营销方案，同样需要对市场进行细分。企业市场细分与消费者市场细分和产品市场细分具有一致的目标，即找到一个或若干个最有可能为消费者带来独特价值的市场，较为常见划分的标准有企业地域细分、企业规模细分、企业所处行业细分以及企业所有权细分。

（1）企业地域细分。在企业市场上，企业所在的区域是一个十分重要的因素。由于各不同区域在资源储备、经济发展、科研支撑方面存在着差异性，也相应地存在企业聚集现象。例如，上海和北京作为我国的主要金融服务中心，各大银行、证券公司多汇集于此；广州东莞市则为小型家用电器的生产基地；东部沿海城市则是服饰和小商品加工与生产的主要地区。因此，在寻找企业市场商机时，企业可以按照区域产业集群的分布特点，将目标市场进行划分，以确定目标子市场。

（2）企业规模细分。企业规模也是细分企业市场时常用的指标。例如，在金融市场上，总部位于上海的上海银行就成功地根据企业规模细分，找到了自身发展的商机。上海银行发现，虽然其与中国工商银行、中国建设银行这样的大型银行相比，在综合实力上不占据优势，但是上海银行可以通过聚集于中小型企业金融服务市场而获得发展空间。而在投资银行市场上，中国国际金融有限公司通过专注于大型企业的投资银行服务而获得了巨大的成功。

（3）企业所处行业细分。不同行业的企业，其需求特点也不尽相同。一个行业的需求特点主要由其上下游关联产业所决定。因此，对一个行业的整体产业链条进行分析和梳理，应明确该行业的横向、纵向关联产业，则会使企业在产品和服务的供应方面更具针对性。例如，中国民生银行就是一成功的范例。中国民生银行将自身原有的统一部门进行拆分，成立了若干个以行业命名的业务部门，每个业务部门都致力于服务该行业的上下游关联产业。

（4）企业所有权细分。我国的经济类型是以公有制为主导，多种经济成分共存。因此，根据企业所有权的不同，可以将其划分为国有企业、外资企业和民营企业。不同所有权类别的企业，其企业的表现行为也不尽相同。例如，大型国有企业尤其是垄断性大型国有企业，往往是跨国公司争夺的重点目标，其中的部分原因在于当前我国正处于经济体制转轨阶段，垄断性大型国有企业较其他所有权类型企业相比，通常具有较强的获益能力。同时，大型国有企业对价格因素的敏感性往往较弱，因此，大型国有企业市场成为企业市场中利润空间较为丰厚的子市场。

6.1.2 市场细分的方法

对市场进行细分时，根据细分标准的多少以及是否可以交叉，存在着不同的市场细分方法。

1. 平行细分法

该方法是指选用一个或多个标准不交叉地对市场进行细分。例如，根据是否具有照相功能，可以将手机市场细分为照相手机市场和非照相手机市场；根据网络模式，可以将手机市场划分成 GSM 手机市场和 CDMA 手机市场（见表6-1）。平行细分法的优点在于能够清晰地表现每项细分指标对商品市场的划分结果，因此，通常用于聚焦研究某一重要、突出的细分指标。其不足之处在于，不能反映出不同指标（两个或两个以上）所发生的相互作用对产品市场划分的影响。就上例而言，并不能由此得知拍照 GSM 手机和拍照 CDMA 手机的市场占有比例。

表6-1　手机市场平行细分

拍照功能细分	市场占有比例	网络模式细分	市场占有比例
照相手机	a	GSM 手机	b
非照相手机	$1-a$	CDMA 手机	$1-b$

2. 平面交叉细分法

该方法是指是指选用两个指标对市场进行交叉细分。例如，将上述例子中手机的拍照功能和网络模式两个标准相交叉，可以得到 $2 \times 2 = 4$ 个子市场（见表6-2）。此时，不仅知道了表6-1所示的拍照功能和网络模式细分结果，还知道了表6-2中每一个子市场所占的比例，即照相 GSM 手机、照相 CDMA 手机、非照相 GSM 手机和非照相 CDMA 手机各自所占的比例。显然，交叉细分法比平行细分法提供了更大的信息量。其中，$c+d+e+f=1$，$c+d=a$，$c+e=b$。

表6-2　手机市场平面交叉细分

	GSM	CDMA
照相手机	c	d
非照相手机	e	f

3. 立体交叉细分法

该方法是指根据三个标准对市场进行交叉细分。例如，若在表6-2中再加入一个 MP3 播放功能维度，则可以得到 $2 \times 2 \times 2 = 8$ 个子市场（见表6-3）。其中，$h+i+j+k+l+m+n+o=1$，$h+i+j+k=c+d=a$，$h+j+l+m=c+e=b$。

表6-3　手机市场立体交叉细分

	GSM	CDMA	GSM	CDMA
照相手机	h	i	j	k
非照相手机	l	m	n	o
	具备 MP3 播放功能		无 MP3 播放功能	

4. 多维细分法

该方法是指运用多标准（三个以上）对市场进行交叉细分。例如，根据消费者的年龄、职业、文化程度、生活方式和收入等指标进行市场细分（见表6-4）。

表6-4　消费者多维细分

年龄	职业	文化程度	生活方式	收入
儿童	工人	初中	保守	高
青年	农民	高中	时髦	中等偏上
中年	教师	大学	平淡	中
老年	医生	研究生	猎奇	中等偏下
	私营业主			低

从上述市场细分的方法中可以看出，市场细分时对标准选取数量的多少与标准口径的大小，主要取决于企业的待营销产品。如果选取标准过少且标准口径过大，则不能有效地对各目标子市场给予区别；如果标准选取过多或是口径较小，将大大增加子市场的数量，为以后的市场选择与定位工作带来困难。同时，各种细分方法为营销决策人员所提供的信息在"质"和"量"方面均存在差异，即每种方法都各有千秋。在实际操作中，往往将多种细分方法结合使用，进而从不同的角度全面而透彻地分割目标市场，为随后目标市场的选择与市场定位奠定基础。就细分出的子市场而言，其应该具有以下几点属性：

（1）子市场的可度量性。它是指细分市场的范围、规模、购买力以及其他相关特征可以被量化和测量。

（2）可获利性。它是指细分市场应该具有足够的利润空间，使企业有利可求。

（3）可进入性。它是指细分市场应该是企业通过营销努力能够进入的。企业应主要考虑两方面的流通情况：信息流通与产品流通。信息流通是指企业产品的相关信息可以有效地被细分市场的消费者所接收；产品流通是指企业的产品可以通过迅速、经济的配送渠道运送到细分市场。

6.1.3　有效市场细分具备的条件

对不同行业、不同类型的企业来说，实行市场细分必须具备一定的条件，否则很可能徒劳无益，得不偿失。形成有效的细分市场，必须具备以下几个条件：

1. 差异性

差异性是实行市场细分的最基本条件。无差异的市场是不需要细分的；差异性要求某商品的整体市场中确实存在着购买与消费上明显的差异性，足以成为细分的依据。

2. 可衡量性

按照某种明显差异细分的市场还必须具备可衡量性，亦即细分出来的市场不仅范围比较清晰，而且也能大致判断该市场的大小，其规模和购买力应能满足企业的基本要求。

3. 可进入性

考虑细分市场的可进入性，实际上就是考虑企业营销活动的可行性。企业未来的营销活动，如广告，必须能够通过某种媒介有效传递给细分市场上的消费者，而且企业为之生产的产品可以通过某种渠道顺利抵达该市场，使得顾客可以随时购买到，可以达到以上要求的细分市场是容易接近或进入的，是企业的营销活动能够通达的市场；否则，就是不可进入的，对不能进入或难以进入的市场进行细分是没有意义的。

4. 效益性

每个细分市场的规模都是可以衡量的，因而其可能带来的收益也是企业可以预测的。企业应该选择细分市场容量大、可以保证企业获得足够经济效益的市场；否则，如果细分市场容量太小、销量有限，企业为之服务的成本无法得到补偿或者无法获得合理的收益，则不足以成为细分依据。

5. 稳定性

企业从市场调研，到生产出成品并在某个细分市场上销售，需要消耗大量的资源和时间，而消费者对产品的认知和接受也需要一个过程。企业付出的成本必须由相对稳定的市场和相对稳定的收益来弥补，所以消费者需求变化极快的市场可能会给企业的生产经营带来很大的风险，稳定性不足的市场不应成为企业考虑为之服务的市场。

6.2 目标市场的选择

在市场细分结束之后，企业需要确定其打算进入并从中获利的市场，即选择在哪里展开与对手的竞争。不同的选择意味着不同的市场机会，影响着企业未来的市场营销活动，关系到企业的发展。著名的营销专家里斯和特劳特在《营销战》一书的开篇中指出："营销即战争"。因此，目标市场的选择正体现了在"战争"中营销决策人员运筹帷幄的远见与智慧。

6.2.1 目标市场的选择影响因素

一个企业究竟采用何种目标市场策略，要受到多方面因素的影响和制约，具体地说，企业选择目标市场策略应考虑下列因素：

1. 企业的资源和能力

企业实力雄厚、管理水平较高，则可考虑整体市场、产品专业化和市场专业化等覆盖范围比较大的目标市场模式；资源有限、无力顾及整体市场或几个细分市场的企业，则宜于选择范围比较小的目标市场模式，如产品-市场专业化和选择性专业化。

2. 产品特点

产品同质性是指在消费者或用户眼里不同产品的相似程度，相似程度越高，同质性越强。同质性产品的消费需求差异较小，产品之间的竞争主要集中在价格上，如大米、食盐等初级产品，适用于无差异营销策略；差异较大的产品，如汽车、家用电器、服装、食品等，适宜采用差异性营销或集中性营销策略。

3. 市场性质

如果顾客需求、购买行为基本相同，对营销策略的反应也大致相同，即市场是同质的，可实行无差异营销策略；反之，则应采用差异性或集中性营销策略。

4. 产品所处的生命周期阶段

如果企业是向市场投入新产品，竞争者少，则宜采取无差异的营销活动，即不对市场进行细分，对所有的消费者或用户采用相同的营销方式，以便了解和掌握市场需求与潜在顾客；当产品进入成长期或成熟阶段以后，同类产品增多，竞争日益激烈，企业受到较大的威胁，此时可采用差异性策略，以开拓新的市场；当产品步入衰退期，需要实行集中性营销策略，设法保持原有市场，延长产品生命周期。

5. 竞争对手的营销策略

如果竞争对手实行无差异营销策略，企业一般就应当采用差异性营销策略相抗衡；如果竞争对手已经采取差异性营销策略，企业就应进一步细分市场，实行更有效的差异性营销策略或集中性营销策略与之抗衡。当然，当竞争对手较弱时，也可以实行无差异营销策略。

6.2.2 目标市场的选择范围

企业在对不同的细分市场评估后，需要决定进入哪些市场以及为多少个细分市场提供产品和服务。进行了市场细分的企业在选择目标市场时，可采用的范围归纳起来有5种：

1. 产品—市场集中化

产品—市场集中化是指企业的目标市场无论从市场角度还是从产品角度看，都是集中于一个细分市场，即只在一个细分市场上进行专业化的生产、销售和促销（见图6-1a）。这种策略意味着企业只生产一种标准化产品，只供应某一顾客群。如果选择得当，企业可能在投资方面获得较高的收益。不过，在企业的细分市场不景气或者某个强大的竞争者决定进入细分市场时，可能会给企业造成灾难性的后果。

2. 产品专业化

产品专业化是指企业向各类顾客同时供应同一种产品的不同品种或款式（见图6-1b）。当然，由于面对不同的顾客群，产品在档次、质量或款式等方面会有所不同。而且，如果用于生产某一种产品的原料枯竭或供应不足，企业的生存就会受到威胁。

3. 市场专业化

对企业来说，市场专业化是与产品专业化相对应的一种选择，它是指企业向同一顾客群供应性能有所区别的同类产品（见图6-1c）。应用这种模式，企业可以使用同一种营销方式，满足同一批顾客各种不同的需求。但是这样也存在一定的威胁，比如企业服务的市场由于某种原因萎缩了，那么可能导致企业发生危机。

4. 选择性专业化

选择性专业化是指企业决定有选择地进入几个不同的细分市场，为不同的顾客群提供不同性能的同类产品，各个细分市场之间没有联系或者联系很少（见图6-1d）。采用这种模式应当十分慎重，必须以这几个细分市场均有相当的吸引力亦即均能实现一定的利润为前提，或者能够保证某个细分市场失去吸引力时，企业仍可从其他细分市场获取利润，以保证企业的生存不受影响。

5. 全面覆盖

全面覆盖即企业决定全方位进入各个细分市场，为所有顾客提供他们所需要的性能不同的系列产品（见图6-1e）。这种覆盖不是不加区分的覆盖，而是在市场细分的基础上，针对

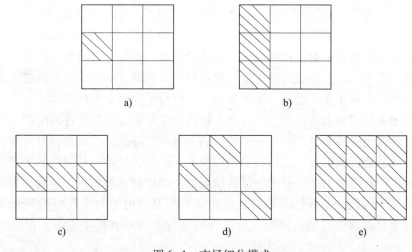

图6-1　市场细分模式

a）产品—市场集中化　b）产品专业化　c）市场专业化　d）选择性专业化　e）全面覆盖

不同顾客的特点来设计有针对性的营销活动。这是在企业为在市场上占据领导地位甚至力图垄断全部市场而采取的目标市场范围策略，为"每一个人、每只钱包和每种个性"提供各种产品，这种模式需要耗费企业大量的人力、物力和财力，因此，只有规模较大的企业才能采用，实力不强的企业很难采用。

6.2.3 目标市场的营销策略

企业选择目标市场范围不同，营销策略也不一样。一般可供企业选择的目标市场策略有3种：无差异营销策略、差异性营销策略和集中性营销策略。

1. 无差异营销策略

当企业所要进入的市场是同质的，或只考虑市场上消费者需求的共同点或相似处时，可以选择无差异营销策略，即向整个市场提供单一的产品，运用一种市场营销因素组合策略，尽可能地吸引更多消费者。一般说来，这种目标市场策略主要适用于该市场上的消费者对某种产品的需求较多，企业可以大量生产、大量销售，形成一定规模。

显而易见，无差异营销策略的最大优点就是规模经济。大批量的生产、存储和运输可以降低单位产品的成本；统一的宣传手段可以节省广告费用；同时，也不必对市场进行调研。这样减少了市场调研、产品研制以及制订多种市场营销组合方案等所耗费的人力、财力与物力。

虽然无差异策略具备上述优点，但是对于企业来说，这种策略一般不宜长期采用。因为市场需求是有差异的而且是不断变化的，一成不变的产品很难被消费者长期青睐；同时，当众多生产同一产品的企业都采用这种策略时，将会导致市场竞争更加激烈，而消费者的某些需求却得不到满足，这对企业的长期发展是不利的。

2. 差异性营销策略

差异性营销策略就是企业把整个市场划分为若干细分市场，从中选择两个以上乃至全部细分市场作为自己的目标市场，并为每个选定的细分市场制订不同的市场营销组合方案，分别开展有针对性的营销活动。例如，某房地产开发公司针对不同收入水平的消费者开发小户型、大户型或别墅等不同类型的房子，这些户型各适应某一部分顾客的需要，针对性很强，因而有利于在各细分市场中更好地满足其特殊需要，为企业赢得更多的消费者。

差异性营销策略要求企业进行小批量、多品种生产。如果经营得当，则既可以较好地满足不同消费者的需求，扩大企业的销售额，又可以提高消费者对企业的信任感，树立企业的成功形象。目前，多数企业都采用了这种策略，并取得了经营上的成功。

差异性营销策略的缺点主要在于经营成本较高，受到企业资源条件的限制。对于一个企业来说，差异性营销必然要生产更多种类的产品，每种产品的生产批量相对较少，这会增加产品研制开发和添置特殊设备、工具的费用以及人员的培训费用，从而提高了产品的单位生产成本；同时，针对不同的产品分别制订营销规划，会增加市场调研、预测、渠道选择和促销等方面的费用。因此，差异性营销要求企业具有雄厚的财力和很高的经营管理水平。因此，企业实行差异性营销应量力而行，所选择的细分市场不宜过小过多，否则可能会不堪重负。

3. 集中性营销策略

集中性营销策略是指企业既不是面向整体市场，也不是把力量分散使用于若干细分市场，而是针对较少的细分市场进行专业化的生产和销售。其目的是在一个较少的细分市场上取得较高的市场占有率，而不是追求在整体市场上占有较少的份额。一般来说，实力相对较弱的小企业无力在整体市场或多个细分市场上与大企业抗衡，而在大企业不愿顾及的某个细分市场上全力以赴，则往往能够取得经营上的成功。

这种营销策略最大的缺点是市场风险大。因为目标市场比较狭窄，市场容量相对较小，如果出现顾客消费偏好改变，原料价格猛涨，或大企业转而进入参与竞争，则可能使企业陷入困境。所以，企业为防止出现满盘皆输的局面，往往会将目标市场分散。

6.3　市场定位

就策略本身而言，市场的细分与目标市场的选择仅仅是企业所作的决策，其并不能保证企业取得成功。决定企业市场竞争胜利与否的关键在于消费者的认同和接受，而并非企业本身。因此，企业及其产品能否在消费者心目中建立独特印记，即企业能否成功地实现其定位，也就成为企业在市场竞争中制胜的关键所在。

6.3.1　市场定位的原则

市场定位是指企业在分析目标市场中竞争者产品特征的基础上，针对客户对该类产品某些特征或属性的偏好或重视程度，塑造本企业产品独具特色的外观形象或内在属性，并将其形象生动地传递给顾客，以求得顾客的认同。市场定位的实质是使本企业与其他企业严格区分开来，使顾客明显感觉和认识到这种差别，从而在顾客心目中占有特殊的位置。

通常来讲，市场定位应该把握以下几点原则：

1. 产品推广与品牌树立相结合原则

市场定位的作用主题虽然是企业的某一特定产品，但就其本质而言，市场定位工作是要使本企业与其他企业严格区分开来，并使顾客明显感觉和认识到这种差别的存在，从而使产品自身与企业品牌在顾客心目中占有特殊的位置。从某种意义上讲，定位并非局限于某一产品自身市场占有率提高这样"一城一池"的得失，而是志在夺取在市场上树立企业品牌形象这样"决定性战役"的胜利。因此，成功的定位工作，是将具体特定产品的市场推广与企业品牌的打造有机结合，既聚焦于特定产品市场占有率的眼前利益，又达到企业品牌形象宣传与树立的长远利益。

2. 一致性原则

一致性原则是指企业对特定产品的定位，在突出产品自身个性特点的同时，应当紧密围绕企业品牌这一核心概念，努力做到"形散而神不散"。企业的具体产品在功能、特点、用途等方面可能会千差万别，因此，对各个产品的市场定位可以在形式上不拘一格，在内容上各有侧重。相比之下，企业品牌与形象是企业在市场竞争中所立志打造并为之不懈努力的长期目标，其应该是集中、持久并且特色鲜明。因此，若干个产品的定位在形式和内容上可以不尽相同，但贯穿于它们的主线——企业品牌，应该是一致和持久的。

3. 差异化原则

企业产品与竞争对手产品所存在的差异是企业进行市场定位的前提和基础。差异化原则是指企业在市场定位中，发现并建立自身产品的独特市场竞争力。比如产品的价格低廉，或产品的质量很好；也可能产品在价格与性能方面表现并不十分出色，但产品的性价比对消费者来说极具吸引力。然而，差异化原则也并非意味着企业产品与竞争产品之间的区别和差异越多越好，过多的差异反而会使产品的特性变得模糊。企业需要在众多的差异因素中明确哪些差异因素对消费者最具吸引力，并且该差异因素与企业自身的资源优势最为匹配，即筛选出产品的有效差异。而对那些客观存在但宣传价值不明显的差异因素应该放弃，在对产品差异特征的选择时做到"抓大放小"和"重点突出"。

4. 产品价值与附加价值相结合原则

在当今日趋激烈的市场竞争中，竞争的焦点已经不仅仅局限于有形产品的价格与性能，产品的售后使用培训、售后技术支持与服务等产品附加价值也已经被纳入产品竞争的范畴。建立企业服务形式的差异化，这种策略在服务业已被广泛的采用，但是，对制造业企业而言，服务的差异化同样可以构成企业产品的市场定位。例如，中国的海尔集团就是走产品服务差异化道路而实现自身品牌创建的，并由此成为注重服务的中国消费者优先选择的一个品牌，在消费者中具有良好的口碑。

6.3.2 市场定位的方法

市场定位就是确定产品的特定属性和特征，而这些特征正是被消费者所青睐和看中的。不同类别的经营产品，其所面对的客户群体和客户需求也不同，企业因此所处的市场竞争环境也不同。因此，市场定位的方法主要围绕产品自身和消费者而展开，是为二者之间的相互作用寻找有效媒介和搭建桥梁。市场定位的方法主要有以下几种：

1. 产品特点定位法

产品特点定位法是根据产品自身所具备的特色因素而开展市场定位。这些特色因素可以是产品所含成分、所用材料、质量、价格等。例如杭州的娃哈哈集团，根据其产品非常可乐饮料所具有的"民族品牌"特征，将非常可乐定位于"中国人自己的可乐"，从而与可口可乐、百事可乐等"洋可乐"展开竞争；哈药六厂生产的三精葡萄糖酸钙口服液，突出了产品对儿童富具吸引力的蓝色包装，在市场上掀起了"蓝瓶的钙"的热潮。

2. 产品使用场合与用途定位法

根据产品的使用场合与用途而进行定位，也是市场定位的重要方法之一。例如，金六福酒致力定位于"个人消耗酒品"而非"礼品酒品"，在广告宣传中展现家庭聚会温馨而欢乐的场景，因此，在北京的酒品市场上受到了百姓的欢迎；保健品脑白金原本用途是保健，但厂商在现实生活中将其成功定位成礼品，打造出"送礼只送脑白金"的产品用途。

3. 顾客收益定位法

顾客收益定位法从顾客的角度出发，对产品给顾客带来的利益加以强调和突出，进而有效地吸引消费者。例如，在汽车市场上，著名品牌的汽车生产商均采用此定位方法：宝马汽车强调给顾客带来的舒适驾驶感以及给予顾客"成功人士"的自我实现感；丰田汽车则突出其为顾客所带来的"物美价廉"，即低价格、低油耗以及良好的耐久性；沃尔沃轿车则定位于其为顾客所创造的安全驾驶环境。

4. 产品使用者类型定位法

企业常常将其产品聚焦于某一类特定的使用者，以便根据这些顾客的看法塑造恰当的企业形象。例如，美国的米勒啤酒公司，其最初的唯一品牌"高生"啤酒定位于"啤酒中的香槟"，吸引了众多不常饮酒的高收入女性消费者。后来公司研究发现，在市场销售中，占30%的狂饮者却占据啤酒总销售量的80%，于是该公司在产品的宣传广告中展示石油工人钻井成功后的狂欢场面和年轻人在沙滩上冲浪后开怀畅饮的镜头，塑造了一个"精力充沛的形象"，并在广告语中提出了"有空就喝米勒"，因而成功占领啤酒狂饮者市场长达10年之久。

6.3.3 市场定位的程序

市场定位还应遵照一定的程序进行，以保证定位工作有序、有效、正确地开展和实施。其具体程序步骤如下：

1. 确定定位对象

明确产品定位的对象，就是弄清楚是给什么定位，是产品、品牌、服务，还是企业或组织。对于消费品的生产和制造商而言，产品的定位主要集中于对特定产品自身或企业品牌定位；而对于服务性质的企业，如宾馆、酒店、商场以及咨询公司等，其定位则更侧重于企业定位。

根据定位对象的范围，可以将市场定位划分为狭义市场定位和广义市场定位。狭义市场定位只局限于特定产品自身，如海飞丝洗发水、丰田威驰轿车等。狭义定位能够全面而详细地介绍产品性能、突出产品特点，给消费者传递一个个不同产品的信息点。广义市场定位则将产品定位与品牌定位相结合，在勾画产品自身的同时，突出品牌形象与品牌理念。如诺基亚手机，在为消费者详细介绍每款手机性能与特点的同时，不忘宣传诺基亚企业"科技以人为本"的品牌宗旨和精神。狭义定位与广义定位的选择，主要取决于企业的业务范围与产品多样化程度。一般而言，对于中小型企业，其企业往往处于成长期，并未确定或形成品牌的理念与宗旨，加之产品较为单一，因此，定位对象只为产品自身；对于大型企业而言，其企业处于成熟期，品牌理念已经形成并建立，所以定位对象多将产品与品牌相结合。

2. 识别有效属性

识别有效属性，就是弄清产品、品牌、服务或企业的哪些属性会对消费者产生影响，以及更为容易被消费者所接受和认同，进而使一个特定的产品、品牌、服务或企业明显与其市场竞争者相区别，最终占领该市场。

识别产品的属性不难，难在如何确定产品的"有效"属性。因此，成功地在众多属性中挑选和确定"有效"属性就成为属性识别工作的关键。属性的"有效"与否是相对于消费者而言的，被消费者所接受和看中的属性则有效，应该被企业确定和保留；而消费者漠视或不敏感的属性，虽为产品所客观具有，但从营销角度来看，仍是"无效"，应该被企业剔除。

3. 绘制定位图

在确定了产品的有效属性之后，就要绘制定位图，并在定位图上标记出本企业（产品或品牌）和竞争者（竞争产品或品牌）所处的位置。在采用双变量定位时，可以绘制产品的平面定位图。例如电冰箱，当采用"价格"与"耗电量表现"双变量定位时，所绘制出的平面定位图如图6-2所示。在图6-2中可以看出，"价格"与"耗电量表现"两个标准将市场划分为4个象限，即第 I 象限，价格高，耗电量高；第 II 象限，价格低，耗电量高；第 III 象限，价格低，耗电量低；第 IV 象限，价格高，耗电量低。然后，根据企业自身产品的特点，将其绘制在相应的象限位置中，同时根据竞争对手产品的特点，也在定位图中给予标记，这样企业便可以清楚地观察到自身所处象限中的主要竞争对手。

图 6-2　电冰箱企业的市场定位图

如果对产品多个属性进行定位时，即多变量定位，则可以通过逐步细化和放大的方法来解决。仍以上述冰箱产品为例，根据"价格"、"耗电量表现"和"运行噪声大小"和"冰箱容积能力" 4 种属性进行定位。首先，对"价格"与"耗电量表现"进行平面市场定位，假设企业的产品处于第Ⅲ象限，同时该象限还有 A、B、C 3 个竞争产品。此时，企业所关注的焦点只集中于产品自身及 A、B、C 产品，而对于第Ⅰ象限、第Ⅱ象限与第Ⅳ象限的情况则可以忽略。接下来，再根据"运行噪声大小"与"冰箱容积能力"属性，对产品自身及 A、B、C 共 4 种产品绘制新的市场定位图，从而完成基于全部 4 种属性的冰箱市场定位工作。在开展逐层定位时，会存在属性的优先考虑次序问题。一般而言，先考虑主要属性，根据主要属性进行市场定位，然后再逐层考虑次要属性。对于"主要"和"次要"属性的判断和属性的先后次序，主要由企业产品自身所决定。企业产品自身所具有的优势与特点，是该产品在与同类产品竞争时所具备的核心竞争力，因此，其相应的属性也就被划分为主要属性。

4. 评估与选择定位

在完成市场定位图的绘制后，企业可以对自身产品的市场位置产生客观、清晰的了解和认识。之后，企业要对自身产品的市场定位进行评估，查看自己的市场定位与目标市场需求之间是否存在差距，如果存在差距，那么差距的大小是多少，差距的原因是什么。同时，企业还要客观地分析自己在某一细分市场上是否具有竞争优势，以及是否有潜在的竞争优势可以获得。可见，定位图绘制是从产品自身出发的，也就是企业对市场供给方面加以研究；定位评估主要是从消费者角度出发，即研究市场需求的特点；定位选择则是企业将上述市场需求与供给相匹配，选择和制定自身的定位战略。

企业的定位战略反映了企业与目标市场和竞争者之间的关系。对于企业和目标市场，企业可以首次在市场上推出其产品，因此，需要在市场上选取一个初始位置，即新定位；企业也可对其已经得到市场消费者认同的产品的市场地位加以巩固，即强化定位；若企业原有产品与目标市场的需求存在较大的差距，产品不被消费者所认同，则企业需要重新审视市场需求，并对自身产品加以改进或研发新产品，即重新定位。对于与竞争者关系的处理，企业也存在着 3 种选择。首先，企业可以对竞争者的"锋芒"加以规避，在强大的竞争者之间寻找市场"空隙",以开发市场上没有的特色产品,即间隙定位。间隙定位是中小型企业所采取的常用策略,由于中小型企业在资金和研发实力方面,均不能同该市场的"航母"企业相抗衡,因此,其主要致力于在那些已被大型企业所占据的市场的夹缝中寻找商机。其次,企业亦可选择与竞争对手重合的市场位置,争夺同样的目标客户,即共存定位。采取共存定位的企业,其往往与竞争对手势均力敌,且彼此在产品性能、价格、销售渠道等方面较为类似甚至一致。例如,在中国的快餐市场上的麦当劳与肯德基,手机市场上的摩托罗拉与诺基亚,计算机市场上的紫光和方正等,都是共存定位的实例。最后,如果企业的实力十分雄厚,具有比竞争者更多的资源,能够生产出具有显著竞争力的产品,则可以对竞争者进行驱赶甚至吞并,即取代定位。取代定位是一种"攻击式"的定位策略,成功地将竞争对手取代,可以为企业带来庞大的目标市场和相对稳定的"垄断"利润,该定位策略一旦失败,企业往往元气大伤,或与竞争对手两败俱伤。可见,高收益总是伴随着高风险,因此企业在实施取代定位策略之前,必须全面地对自身实力和竞争对手加以了解,做到胸有成竹。

综上所述,基于企业与目标市场的关系存在3种定位策略,基于企业与竞争者的关系也有3种定位策略可供选择,因此,若将二者相互交叉,则可以得到3×3=9种类型的定位策略(见表6-5)。

表6-5 定位策略类型

企业与竞争者 ＼ 企业与目标市场	新定位	强化定位	重新定位
间隙定位			
共存定位			
取代定位			

5. 定位实施

所确定的定位策略最终需要企业通过各种营销和沟通手段,如产品价格、营销方式、产品广告、售后服务等方式传递给消费者。定位的实施是决定定位策略价值实现的关键,因此,需要企业整合可以控制的一切要素,协调一致,对定位策略和方案加以正确、有效的实施。在实际操作中,竞争对手可能会对企业的定位策略作出迅速应对,造成原定策略的部分方案效果减弱甚至消失。这就要求营销策划人员应该对自身的定位实施工作以及竞争对手的反应进行监测,及时、灵活地转变实施手段,从而使定位的实施富有活力。例如,企业通过价格折扣的方式实施定位策略,而竞争对手也还以"价格牌",这就减弱了企业产品对消费者的吸引,阻碍营销目标的实现。在此情况下,营销策划人员可以借助免费的产品购买运送、安装和使用培训与指导等方式来吸引消费者。

本章小结

市场营销战略策划是企业市场营销活动的重要内容,主要包括市场细分、目标市场的选择和市场定位。其中,市场细分的方法主要有平行细分法、平面交叉细分法,立体交叉细分法和多维细分法。对企业来说,所有细分出来的市场不一定都是有效的,必须满足一定的条件,并根据企业的资源和能力、所生产的产品特点和所处的生命周期、市场性质、竞争对手的营销策略等进行目标市场的选择。然后，针对其目标市场的特点制定不同的营销策略，同时根据产品特点进行市场定位。

市场细分、目标市场的选择和市场定位是营销战略的重要内容，而市场营销战略又是制定市场营销策略的前提和基础。

关键术语

市场细分　目标市场的选择　市场定位

复习思考题

1. 什么是市场营销战略？
2. 简述有效市场细分需要满足的条件。
3. 如何进行市场细分？
4. 如何进行目标市场的选择？
5. 如何进行市场定位？

案例分析

王老吉品牌定位战略

凉茶是广东、广西地区的一种由中草药熬制，具有清热去湿等功效的"药茶"。在众多老字号凉茶中，又以王老吉最为著名。王老吉凉茶发明于清朝道光年间（约1830年），至今已有100多年的历史，被公认为凉茶始祖，有"药茶王"之称。到了近代，王老吉凉茶更随着华人的足迹遍及世界各地。

2002年以前，从表面看，红色罐装王老吉（以下简称"红罐王老吉"）是一个做得很不错的品牌，在广东、浙南地区销量稳定，盈利状况良好，有比较固定的消费群，销售业绩连续几年维持在1亿多元。发展到这个规模后，加多宝的管理层发现，要把企业做大、走向全国，就必须克服一连串的问题，甚至原本的一些优势也成为困扰企业继续成长的障碍。

而所有困扰中，最核心的问题是企业不得不面临一个现实难题——红罐王老吉是当"凉茶"卖，还是当"饮料"卖？如果用"凉茶"概念来推广，加多宝公司担心其销量将受到限制；但如果作为"饮料"推广，又没有找到合适的区隔。因此，其在广告宣传上不得不模棱两可。很多人都见过这样一条广告：一个非常可爱的小男孩为了打开冰箱拿一罐王老吉，不断去蹭冰箱门。广告语是"健康家庭，永远相伴"。显然，这个广告并不能够体现红罐王老吉的独特价值。

2002年年底，加多宝找到成美营销顾问公司（以下简称"成美"），初衷是想为红罐王老吉拍一条以赞助奥运会为主题的广告片，要以"体育、健康"的口号来进行宣传，以期推动销售。成美经初步研究后发现，红罐王老吉的销售问题不是通过简单拍广告可以解决的——这种问题目前在中国企业中特别典型：一遇到销量受阻，最常采取的措施就是对广告片动手术，要么改得面目全非，要么重新制作一条"大创意"的新广告——红罐王老吉销售问题首要解决的是品牌定位。

红罐王老吉虽然销售了多年，但其品牌却从未经过系统、严谨的定位，企业都无法回答红罐王老吉究竟是什么，消费者就更不用说了，完全不清楚为什么要买它——这正是由于红罐王老吉缺乏品牌定位所致。这个根本问题不解决，拍什么样"有创意"的广告片都无济于事。正如广告大师大卫·奥格威所说："一个广告运动的效果更多是取决于你产品的定位，而不是你怎样写广告（创意）。"经一轮深入沟通后，加多宝公司最后接受了建议，决定暂停拍广告片，委托成美先对红罐王老吉进行品牌定位。

按常规做法，品牌的建立都是以消费者需求为基础展开，因而大家的结论与做法亦大同小异，所以仅仅符合消费者的需求并不能让红罐王老吉形成差异。而品牌定位的制定是在满足消费者需求的基础上，通过了解消费者认知，提出与竞争者不同的主张。又因为消费者的认知几乎不可改变，所以品牌定位只能顺应消费者的认知，而不能与之冲突。如果人们心目中对红罐王老吉有了明确的看法，最好不要去尝试改变或挑战。就像消费者认为茅台不可能是一种好的"啤酒"一样，所以，红罐王老吉的品牌定位不能与广东、浙南消费者的现有认知发生冲突，才可能稳定现有销量，为企业创造生存以及扩张的机会。

为了了解消费者的认知，成美的研究人员一方面研究红罐王老吉竞争者传播的信息，另一方面与加多宝内部、经销商、零售商进行大量访谈，完成上述工作后，聘请市场调查公司对王老吉现有用户进行调查。以此为基础，研究人员进行综合分析，理清红罐王老吉在消费者心目中的位置，即在哪个细分市场中参与竞争。

在研究中他们发现，广东的消费者饮用红罐王老吉主要在烧烤、登山等场合，其原因不外乎"吃烧烤容易上火，喝一罐先预防一下"，"可能会上火，但这时候没有必要吃牛黄解毒片"。而在浙南，红罐王老吉的饮用场合主要集中在"外出就餐、聚会、家庭"。在对当地饮食文化的了解过程中，研究人员发现，该地区消费者对于"上火"的担忧比广东有过之而无不及，如消费者座谈会，桌上的话梅蜜饯、可口可乐都被说成了"会上火"的"危险品"而无人问津（后面的跟进研究也证实了这一点，发现可乐在温州等地销售始终低落，最后可乐几乎放弃了该市场）。而他们对红罐王老吉的评价是"不会上火"，"健康，小孩老人都能喝，不会引起上火"。这些观念可能并没有科学依据，但这就是浙南消费者头脑中的观念，这是研究需要关注的"唯一的事实"。

消费者的这些认知和购买消费行为均表明，消费者对红罐王老吉并无"治疗"要求，而是作为一种功能饮料购买。其购买红罐王老吉的真实动机是用于"预防上火"，如希望在品尝烧烤时减少"上火"情况发生等，而其真正"上火"以后可能会采用药物，如牛黄解毒片、传统凉茶类治疗。

经过进一步研究消费者对竞争对手的看法，则发现红罐王老吉的直接竞争对手，如菊花茶、清凉茶等由于缺乏品牌推广，仅仅是低价渗透市场，并未占据"预防上火的饮料"的定位；而可乐、果汁饮料、水等饮品明显不具备"预防上火"的功能，仅仅是间接的竞争。

同时，任何一个品牌定位的成立，都必须是该品牌最有能力占据的，即有据可依。如可口可乐称自己为"正宗的可乐"，是因为它就是可乐的发明者，研究人员对于企业、产品自身在消费者心目中的认知进行了研究，结果表明，红罐王老吉的"凉茶始祖"身份、神秘中草药配方、100多年的历史等，显然是有能力占据"预防上火的饮料"这一定位的。

由于"预防上火"是消费者购买红罐王老吉的真实动机，以其作为定位自然有利于巩固加强原有市场。而这能否满足企业对于新定位"进军全国市场"的期望，则成为研究的下一步工作。通过二手资料、专家访谈等研究表明，中国几千年的中医概念"清热祛火"

在全国广为普及，"上火"的概念也在各地深入人心，这就使得红罐王老吉突破了凉茶概念的地域局限。研究人员认为，"做好了这个宣传概念的转移，只要有中国人的地方，红罐王老吉就能活下去"。

至此，品牌定位的研究基本完成。在研究一个多月后，成美向加多宝提交了品牌定位研究报告：首先明确红罐王老吉是在"饮料"行业中竞争，竞争对手应是其他饮料；其品牌定位——"预防上火的饮料"，独特的价值在于——喝红罐王老吉能预防上火，让消费者无忧地尽情享受生活：吃煎炸、香辣美食，烧烤，通宵达旦看足球……

（资料来源：《哈佛商业评论》中文版，2004 年 11 月。）

思考题：

1. 在本案例中，王老吉产品的优势和劣势有哪些？
2. 简述王老吉品牌定位的成功之处。

第7章 营销战术策划

【学习目标】

1. 了解营销战术策划的构成与基本思路
2. 掌握产品策划的主要内容与程序
3. 掌握 CIS 策划的导入时机、模式与策略
4. 掌握价格策划的原则、流程与方法
5. 掌握渠道策划的基本方法和变革趋势
6. 掌握促销组合及各种促销工具的应用技巧
7. 具备营销策划与运作的实践能力

【内容图解】

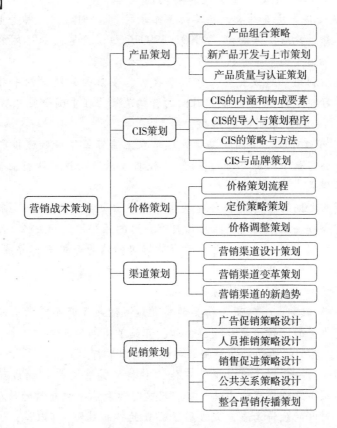

【导读案例】

2005 年 9 大营销策划经典案例

2005 年，营销策划亮点迭出。"超级女声"、"大长今"、"野外生存"等，成为 2005 年营销策划界的关键词。上海知名咨询公司卓跃咨询机构推出《2005 年中国营销策划案例报告》，意在总结 2005 年的成功经验，为企业提供可借鉴的营销策划模式。

卓跃咨询认为，优秀的营销策划模式首先要具备较强的复制性，能让人们从营销策划方案的制订和实施中得到启发。例如，可口可乐和第九城市合作后，娃哈哈也效仿此法，与腾讯QQ开展了合作。另外，营销策划的终极目的是产生销售力与品牌提升力，没有这种效果的策划，再轰动也缺乏实际意义。从上述标准出发，卓跃咨询遴选出2005年9个富有借鉴性的成功营销策划案例。

1. 蒙牛"超级女声"：最热门的策划案例

由湖南卫视与蒙牛乳业联手推出的这一活动在2005年让亿万中国人兴奋不已。AC尼尔森的调查显示，2005年6月，蒙牛酸酸乳在广州、上海、北京、成都四城市的销售超过1亿公升，是2004年同期的5倍。

点评：位居"2005年度中国9大营销策划案"榜首，"超级女声"是众望所归。其成功不仅在于产品和宣传形式的创新，还在于它通过低成本运作获得了轰动效应，一个电视节目带动企业产品、节目制作者、移动运营商和"超级女声"参赛者四者共赢，实现了销售系统和媒介系统的完美整合。

2. 神舟电脑"超级女声版"：最值得学习的速度

2005年"超级女声"决赛结束，在其落下帷幕的24小时之内，神舟电脑用7位数的代言费签下冠军李宇春。此后，一向以"4999、3999元超低价笔记本"闻名的神舟进行了高端产品线的扩张，推出了由李宇春代言的"万元笔记本电脑"。

点评：神舟电脑利用"超级女声"作形象代言，在中国营销案例中并无太多创意，但其反应速度值得学习，不到24小时操作时间的营销决策力在中国企业并不多见。

3. 可口可乐"网游"：最成功的异业营销

2005年4月，可口可乐（中国）与第九城市在上海签署了跨领域推广《魔兽世界》的协议，开创了饮料公司联手网游公司的先河。"饮料＋网游"这一跨行业合作营销模式带来了新的消费群拓展模式。

点评：行业巨头之间的"异同合作、共生营销"是近年来企业普遍采取的一种营销策略，但关键前提是合作企业之间的产品应该具有良好的互补性和相关性。可口可乐和第九城市利用了双方的目标消费群体一致，看准游戏爱好者的消费习惯进行异业营销，追求双赢。娃哈哈、百事可乐等饮料企业事后的模仿，更说明其模式的成功。

4. 飞利浦"野外生存"：体验营销有卖点

2005年"五一"假期，一群商务精英聚集敦煌，组成了两个勇敢者队伍，每人携带一部飞利浦手机作为唯一的通信工具和摄影工具，开始了为期6日的"商务精英野外生存挑战赛"。2005年7月，类似的活动又在新疆北部的喀纳斯举行。

点评：飞利浦的这一策划，可以说是宣传"独特的销售主张"的成功案例。通过对目标消费者——商务人士野外生存能力的考验，反映了飞利浦手机超常的待机、耐磨、抗低温的性能，既宣传了自身的独特卖点，又吸引了公众的"眼球"。可以说，这是一个成功的体验营销案例，也是一个很好的公关策划案例。

5. 肯德基"东方既白"：真正本土化营销

2005年4月，百胜集团在徐家汇开出了第一家中式快餐店"东方既白"，名字取自苏东坡的"不知东方之既白"。2005年8月，肯德基针对"传统洋快餐产品选择少，难以达到营养平衡"的软肋，在16个城市提出"拒做传统洋快餐，全力打造符合中国国情的新快餐"

的口号。随后，1500 家肯德基餐厅推出全新的"蔬果搭配餐"。

点评：这是 2005 年跨国公司在我国真正实践"本土化"的营销案例。快餐的"快"和中式的"中"是其营销的关键点。百胜将自己在西式快餐中掌握的窍门及供应管理体系，结合本土饮食习惯，打出新的品牌。

6. 美的"下乡"："作秀"要有内容

2005 年 4 月 18 日，美的空调在井冈山甩出了乡镇市场开发的 4 大"杀手锏"：投资 1 亿元在全国建立数千家经销商网络；营销重心全面下移；针对三、四级市场和消费需求开发的革命性产品；"满意 100"服务工程城乡同步推出。截至 2005 年 8 月，美的空调新增经销商 2000 余家，在乡镇市场的占有率达到了 20% 左右，高居行业第一。

点评：美的并不是提出中国家电业"上山下乡"口号的第一家，此前一些家电企业都提出了进入农村三、四级市场，扩充市场容量，但更多是形式上的"作秀"，没有取得实质销售量。美的从营销网络、营销团队到产品、服务等都有系统的规划。

7. 中韩"大长今"：多种营销手段练兵

2005 年 10 月，随着《大长今》的热播，"大长今"的品牌与经济效应开始不断地扩散，纪录片、专题片以及音像制品等一再热销，还掀起了"大长今"的美食养生热，韩国餐馆如雨后春笋般涌现街头。

点评：《大长今》一方面取得了巨大的影响力和收视率，另一方面其相关产品也取得了较好的经济回报，它所创造的品牌效应蕴涵着巨大的价值，娱乐营销、体验营销、政府公关、文化营销等诸多手段随后接连亮相。

8. 上海大众"飓风"：价格、服务一起上

2005 年 8 月，上海大众启动"飓风行动"，旗下有 4 种品牌 10 余款车型全面降价。此后，上海大众围绕新营销思路出发的动作频繁，服务篇"汽车周末免费检测暨销售推广活动"在全国近 50 个主要城市首批同时启动，正式推出全新的服务品牌"Techcare 大众关爱"，同时调整经销商网络。

点评：汽车行业的降价已经不算是重大的营销事件，但是旗下 4 大品牌集体降价使上海大众的"飓风行动"成为业内最有代表性的营销事件。虽然其中也有痛苦的背景，但"飓风行动"可谓是出其不意：在各大汽车厂家没打算要降价时，大众进行全方位的降价，又提升其服务水准，超出了单纯降价的意义，是一场"出手之狠"、"高举快打"的营销战。

9. 春秋航空"超低价"：走平民路线

2005 年 7 月，春秋航空大打"国内首家低成本航空公司"牌，借"庆祝首航"之机推出 199 元特价机票，"上海至桂林航线"等几条航线 299 元超低价票。随后，继续将其"廉价路线"向南北延伸。

点评：199 元特价票受到公众普遍关注，有人甚至说是中国版的"维珍"从此诞生，其符号意义远大于实际意义。作为民营航空公司，春秋航空向国有航空业的传统思维模式发出挑战。

通过上述案例不难发现，营销策划既要符合企业的长期发展战略目标，也要具备战术上的"天时、地利、人和"。这就要求企业将可控制的营销手段（或营销要素）以一定的组织营销形式结合起来，围绕营销战略目标进行统筹谋划，这一过程也就是企业营销的战术策

划。其内容主要包括产品策划、CIS 策划、价格策划、渠道策划和促销策划 5 部分。

7.1 产品策划

产品是指通过交换满足消费者或者用户某一需求和欲望的任何有形和无形的服务。产品的整体概念包括核心产品、形式产品、期望产品、附加产品和潜在产品 5 个层次，这充分体现了以顾客需求为中心的现代市场营销理念，也为产品策划提供了思路。

所谓产品策划，就是企业如何使自己的产品或产品组合适应消费者需求与动态市场开发的谋划，即为了实现某个特定产品的市场目标，从产品的特性、包装、成本价格、广告宣传、市场定位、促销手段、售后服务等方面所进行的全面策划和设计，是对新产品开发和推广工作以及对原有产品的优化组合。

7.1.1 产品组合策划

1. 产品组合策划的内涵

产品组合是指一个企业在一定时期内生产经营的各种不同产品的全部产品线、产品项目的组合，反映了企业全部产品的结构。产品线即产品大类、产品系列，由一组密切相关的产品项目组成，包括使用相同的生产技术、具有类似的功能或同类的顾客群等。例如，对于一个家电生产企业来说，其可以分为电视机生产线、电冰箱生产线、洗衣机生产线等。

产品组合可以通过广度（宽度）、长度、深度和关联度 4 个维度进行衡量。其中，产品组合的广度（宽度）是指企业所拥有的产品线数目；产品组合的长度是指企业的产品项目总数；产品组合的深度是指产品线中每一产品的品种数目；产品组合的关联度是指企业的各产品线在最终用途、生产条件、分销渠道等方面的相关联程度。

产品组合策划就是企业根据自身条件及消费者需求，对现有产品线或产品项目进行分析、评估、筛选，通过调整产品组合的广度（宽度）、长度、深度和关联度，促使企业产品组合达到最佳状态的过程，要求各种产品项目之间质的组合和量的比例既能适应市场需要，又能使企业盈利最大化。评价和选择产品组合需要采用一定的评价标准和方法。主要评价指标有产品销售增长率、利润率、市场占有率等；常用评价方法有 ABC 分析法、波士顿矩阵法、通用电气公司法、产品获利能力评价法、临界收益评价法等。

2. 产品组合策略

企业在调整和优化产品组合时，可以视情况不同选择以下产品组合策略：

（1）扩大产品组合。其主要有两种途径：一是增加产品组合的宽度，即通过增加产品线数量，扩大企业经营范围，使企业获得新的发展机会，又可以减少市场需求波动的影响；二是增加产品组合的长度，即在各产品线内开发更多规格、型号和式样的产品，进一步扩大市场占有率。扩大产品组合策略的优点是提高设备和原材料的利用率，减少经营风险，满足消费者各种各样的需求；缺点是扩大产品组合会引起相应费用增加，如研发费、订单处理费、仓储费、运输费以及新产品开发的广告费、促销费等，这将导致产品成本的提高。

（2）缩减产品组合。当企业面临资金短缺、生产能力不足、经济不景气等问题时，应考虑缩减产品组合。缩减产品组合主要有两种途径：一是减少产品线的数量，即剔除获利很小甚至无利可图的产品线，使企业集中资源在优势产品线的生产上；二是减少产品项目数，即剔除盈利能力差的产品，集中资源用于提高产品质量、降低消耗，提高分销、促销的力度，同时减少资金占用，加快资金周转。该策略的优点是企业采取专业化形式生产，有利于提高生产效率和产品质量，降低成本，获得稳固的利润。

（3）产品延伸。产品延伸即在现有市场份额的基础上继续推出新产品，其目的或是为了进一步开拓新市场、增加消费者，或是为了适应消费者需求的变化、提高和巩固现有市场占有率。产品延伸要求全部或部分改变企业原有产品的市场定位，具体方式有以下 3 种：

1）向上延伸。它是指原先定位于低档产品市场的企业，在产品线内增加高档项目。早期日本公司在产品延伸时大多采取向上延伸的方式，即从低档品到中档品再到高档品。如率先打入美国市场的本田摩托车，就将其产品线从低于 125CC 延伸到 1000CC；雅马哈摩托车紧随其后，陆续推出了 500CC、600CC、700CC 的摩托车，还推出了一种三缸、四冲程、轴驱动摩托车，从而在大型越野摩托车市场展开了强有力的竞争。向上延伸的优点是可以有效改善品牌形象，提升品牌价值，但也存在一定风险，如顾客对企业高档产品的生产能力存在质疑等。

2）向下延伸。它是将企业原来定位于高档市场的产品线向下延伸，在高档产品线中增加中、低档产品。采取此方案可给企业带来 3 点好处：一是可使企业获得更大的市场占有率；二是企业可充分利用产品设计、生产工艺、促销宣传、分销渠道等方面的现有条件，使得从高档产品市场进入中低档产品市场的成本较低；三是短期内可获得较明显的经济利益。例如，海尔公司在生产高档冰箱、空调产品占领市场的同时，把产品线向下延伸，生产电风扇。其产品刚进入市场，即受到消费者的欢迎。向下延伸也容易损害原有高档品牌的声誉，如派克金笔向中、低档次延伸时，顿失高贵形象，既未开拓出中、低档笔市场，又丢失了高档笔市场份额。

3）双向延伸。它是指经营中档产品的企业在取得竞争优势后，在原有产品线中同时增加高档和低档产品，扩大产品阵容。这种策略在一定条件下有助于加强企业的市场地位，特别适合新兴行业中的企业采用。20 世纪 70 年代后期，日本精工钟表公司一方面推出了"脉冲星"牌系列低价表，向下渗透低档产品市场；另一方面为打入高价和豪华型手表市场，又推出了售价高达 5000 美元的超薄型手表，通过"两面夹攻"取得成功。

1985 年 9 月，中国台湾某出版公司取得了金庸 14 部 36 册小说的出版权，当时，市场上已有 25 开平装版的《金庸作品》，而且盗版严重。为了打击盗版，该公司决定利用定价重延伸来对付盗版行为，暂时放弃平装版，而改印典藏版与袖珍版。典藏版采用 25 开，纸张较考究，而且限量发行，强调它的收藏价值，同时采用高价定位，比平装版价格高出 65% 左右；同时，发行低价的袖珍版，将原来平装版的一册改为袖珍的两册，而且两本袖珍版的价格比一本平装版价格低约 35% 左右。该公司采用这种老产品营销延伸策略，将材料、性能和价格重延伸相结合，不但有效打击了盗版行为，而且开创了典藏版和袖珍版的市场。

（4）产品线现代化。现代化的产品线是产品组合创新的前提条件。其可以分为快速现代化和逐步现代化，前者是以最快的速度用全新的设备更换原有的生产线，可能出其不意击败竞争对手，但也会在短时期内消耗大量资金；后者逐步实现技术改造可以节省资金消耗，但竞争者将有充足的时间进行生产线重新设计。因此，企业应结合自身情况，选择适当方式优化生产线。

7.1.2 新产品开发与上市策划

1. 新产品的分类

新产品是指采用新技术原理、新设计构思研制、生产的全新产品，或在结构、材质、工艺等某一方面比原有产品有明显改进，从而显著提高了产品性能或扩大了使用功能的产品。从市场营销的角度看，凡是企业向市场提供的过去没有生产过的产品都叫新产品。具体地说，只要是产品整体概念中任何一部分的变革或创新，并且给消费者带来新利益、新满足的产品，都可以认为是一种新产品。按产品的研究开发过程，新产品可以分为以下 6 种：

（1）全新产品。它是指采用新原理、新技术、新材料，具有新结构、新功能的产品。例如，1867 ~ 1960 年间，全球公认的新产品有电子计算机、真空管、打字机等。该类新产品在全世界首先开发，开创了全新的市场，占新产品的比例约为 10% 左右。

（2）换代新产品。它是指在原有产品的基础上，部分采用新技术、新材料，使其性能得到显著提高的新产品。例如，从普通电熨斗到蒸汽电熨斗，从普通电话机到可视电话机等。该类新产品约占全部新产品的 26%。

（3）改良新产品。它是指采用各种改良技术，对现有产品的结构、功能、品质进行改进，以求得规格型号的多样和款式花色的翻新，能更多地满足消费者不断变化的需要。它约占新产品的 26%。

（4）降低成本新产品。它是以较低的成本提供同样性能的新产品，主要是指企业利用新科技，改进生产工艺或提高生产效率，以削减原产品的成本，但保持原有功能不变的新产品。这种新产品的比重约为 11%。

（5）重新定位新产品。它是指企业原有产品进入新的市场，也称为该市场的新产品。重新定位新产品占新产品的比重约为 7%。

（6）仿制新产品。它是指企业对国内外市场上已有的产品进行模仿生产，称为本企业的新产品。仿制新产品约占新产品的 20%。

2. 新产品开发流程

为提高新产品开发的成功率，必须建立科学的开发流程。传统上，新产品开发流程分为以下 8 个阶段：

（1）创意产生。新产品开发源于创意，创意就是开发新产品的设想。新产品的创意主要来源于顾客、科学家、竞争者、企业员工、高层管理者、经销商等。因此，企业要不断获取新产品创意，就要频繁采用头脑风暴法举行讨论，更广泛地进行需求调研、信息搜集和鼓励自由探索，形成强大的创意数据库。

（2）创意筛选。新产品创意筛选就是采用一系列评价标准和评价方法，对各种创意进行分析比较，从中挑选最优创意的"过滤"过程。这一阶段的主要目的是权衡各创新项目的费用、潜在效益与风险，选出那些符合本企业发展目标与长远利益，并与企业资源相协调的潜在盈利大的新产品构思，放弃那些可行性小的创意。

（3）新产品概念形成与测试。经过筛选后的新产品构思需要进一步具体化、明确化，产品概念即成形的产品构思，是从顾客角度出发，用文字、图像、模型等对产品构思的清晰描述，形成一种潜在的产品形象。一个产品构思能够转化为若干产品概念，每一个产品概念都要进行定位，以了解同类产品的竞争情况，优选最佳的产品概念。选择的依据是未来市场的潜在容量、投资收益率、销售成长率、生产能力以及对企业设备、资源的充分利用等。

（4）营销策略拟定。对于可能的新产品要制定一个初步的营销推广策略，包括目标市场的规模、结构和行为，计划产品的定位和销售量、市场份额、开始阶段的利润目标，产品的计划价格、分销策略和第一年的营销预算，预测长期的销售量、利润目标以及不同时间段的销售策略组合等。

（5）商业分析。这一阶段必须复核新产品的预计销售量、成本和利润，以确定它们是否满足企业的目标。预测新产品销售额可参照市场上类似的产品销售历史，并考虑各种竞争因素，分析新产品的市场地位和市场占有率。在预测新产品销售额的基础上，还要采用量本利分析等方法进行成本与利润测算，进一步判定经营风险。

（6）产品研发。通过上述各阶段后，可进入试制实体产品的开发阶段。在此阶段，企业研发部门或技术工艺部门要把通过商业分析后的新产品概念试制成模型或样品，同时进行包装和品牌的设计。新产品需具备产品概念描述的所有特点和属性，还要经过严格的功能测试和消费者测试。这一阶段需要投入大量资金，且时间可能很长。

（7）市场试销。通过市场试销，企业可以了解消费者和经销商对处理、使用和再购买该产品将产生什么样的反应。市场试销的规模既受投资成本和风险的影响，也会受时间压力和研究成本的影响。在这一阶段，企业应对新产品试销的地区范围、时间、获取资料（包括试用率、再购率等）、费用开支、营销策略及后续战略行动作出决策。

（8）商业性投放。新产品试销成功后，就可以正式批量生产并全面推向市场。这一阶段企业要支出大量费用，但投放市场初期往往利润微小，甚至亏损。因此，企业应对市场投入的时机、地域、目标市场的选择和最初的营销组合策略进行慎重决策。

3. 新产品上市策划

（1）新产品上市时机选择。纵观成功的企业新产品上市经验，把握上市时间时机相当重要。其主要有以下 3 种类型：

1）先于竞争者上市。这是指新产品在研制出以后，立即上市。其特点是同类产品的竞争者很少或几乎没有，或潜在竞争对手的条件尚未成熟。先期上市可以"先入为主"。例如，1999 年"摩托车大战"中，新大洲公司和建设集团不约而同地推出了一款高贵而又典雅的仿古摩托车，深得都市爱车族女士们的青睐。在营销中，当建设集团把大量资金投入到产品广告宣传的时候，新大洲却紧锣密鼓地进行生产的前期准备，在短短的 3 个月里使其产量达到了5000 辆，因此，其产品抢在建设摩托新车上市前推向了市场，由于两款摩托车差异极小，使得建设集团花大量精力培育起来的市场需求一下被产品准备充分的新大洲占领了。

2）同于竞争者上市。这是指市场一有变化，企业就闻风而动，同时开发同一新产品。由于各方面条件水平相当，很可能同时完成一项产品的构思、试制、上市。其特点是共同承担风险，共享利润成果。

3）迟于竞争者上市。这是指虽然新产品已经成形，但决策者却迟迟不将其公布于众，因为他们期待更详尽的调查和更高的接受率，同时尽量避免上市失败给企业带来损失，欲将风险转嫁给竞争对手。如果产品销路好就立即推出，如果产品销路不好就立即退出。这种方法即所谓的"后发制人"。

（2）新产品上市地点选择。上市的地点即推出新产品的地域，是在当地或异地，一个地区或几个地区，国内或国外等。一般资金雄厚、人力充足的大型企业会撒开大网，向整个地区推出，以巩固成果；而中小型企业很少能拥有大范围的销售网络，面铺得太大会造成力量分散，最好从某个地区入手，一边巩固成果一边向其他地区扩展。

（3）新产品上市目标确定。产品的最终享用者是顾客。因顾客的年龄、性格、性别等不同，其购买需要也不相同。企业只有选准目标群，并根据他们的特点指定方针对策，方能"有的放矢"。否则，过于大众化的产品反而备受冷落。

（4）新产品推广方法选择。新产品的推广方法有很多，这里主要介绍其中的几种：

1）推介会。它是指通过集中的产品展示和示范表演，配之以多种传播媒介的复合式传播形式，集中宣传产品和企业的活动。

2）事件推销法。它是指利用大型体育活动、新闻等广泛传播的特殊手段推销新产品。

3）名人介绍法。它是指借助著名的政治家、文学家、演员、歌唱家、记者、节目主持人等名人的地位与声望来宣传企业及其产品。

4）直销法。它是指直接让产品面对消费者，取消中间环节，把给予中间环节的利润给予消费者。

案例

九九福参，福气撬动市场

大连海晏堂生物有限公司创立于1999年，是我国海参领导型品牌，是大连海参走向全国的引领者，主要生产销售海刺参胶囊、冻干海刺参、即食海刺参等产品。目前其拥有员工200多名，营销网络遍布全国30多个市场，2007年销售额超亿元。

"九九福参"是海晏堂针对冬季进补的海参促销包，自2006年起，每年重阳节开始推出至春节结束。其内装九九八十一只海参，以品质高、营养全、价格实惠、寓意吉祥等特点，深受消费者喜爱。

"冻干海刺参"一直是海晏堂核心推广的主力产品，经过两年的积累，冻干海刺参营养全、品质高、食用方便的特点，在中高端礼品市场被部分消费者认可。但"冻干"概念让大众感觉陌生、难懂，在传统养生进补的海参主流市场上影响有限，在宣传费用有限的情况下，大连海晏堂生物有限公司需要找到一个深入人心的概念，帮助产品快速打开养生进补市场。

公司经过市场调查和消费者研究，发现制约"冻干海刺参"销售的主要因素有3个方面：一是消费者对"冻干"概念不了解，认识不到其好处；二是因为冻干海刺参太轻，按重量销售模式，让人感觉产品价格高不可攀；三是礼盒包装，让消费者只在送礼时才考虑该产品。

根据市场状况，该公司计划针对传统冬季进补市场，推出促销包，特惠销售，按只计价，产品定位于进补市场，兼顾礼品市场。大连人自古有入九吃海参，连续进补九九八十一天的传统习俗，这个传统深入人们的头脑中，"冬季进补81天特供装，九九八十一天，一天一只"概念简单明了，很容易为消费者接受，同时换算成每只的价格让消费者感觉很实惠。再根据人们的消费心理，给产品取个吉祥的名称，"九九福参"就此形成。在产品推广过程中，主要强化以下几点：

1. 用故事推广产品

一个优美的故事传说，能为产品注入人文情感甚至是灵魂。关于海参有很多民间传说，经该公司挖掘编辑，成功演绎出"铁拐李吃海参九九八十一天成仙"、"天下第一福与九九福参"等故事，并将故事印在产品包装上，让产品与民间传说紧密关联。

2. 强化九九八十一天，一天一只概念

凭借"冻干海刺参"的优良品质和原有的价格形象，将"九九福参"明确定位于进补臻品，并提出"冬季进补时，福参保健康，九九八十一天，一天一只"的概念，策划"2980 元，进补一冬天"，"入九倒计时"等广告宣传，一方面拉近与传统食参族的距离，另一方面对新一代人群推广食参文化，倡导一种养生的生活方式。

3. 打"福气"牌，激发情感消费

健康是福，将"九九福参"与中国人对福的追求有机融合——"吃福参，好福气"。由此衍生出儿女孝心、朋友情谊、商务顺利等深层情感表达，"三千三百八，福气带回家"成为消费的情感按钮。在终端策划组织"99 岁寿星发布九九福参"，"新年送福大行动"，"福参拜年，好运连连"等活动，用"福气"撬动市场。

可见，企业要依靠产品更好地满足消费者的需求，拓展市场，产品开发与上市直接影响着企业的营销效果，是价格、渠道、促销等营销策划因素的基础和前提。

7.1.3　产品质量与认证策划

产品的市场推广要抓住"质量"这个关键要素。产品具有的性能和特征所体现的满足消费需求的能力，即被消费者视为质量。可以说，产品质量是产品的标准性、可靠性、耐用性、精确性、操作简便性等有价值属性的综合。现代营销理念要求，产品的式样、规格、包装、附件，以及服务形式——送货、安装、保证、维修等均应达到一定的标准。产品质量与认证策划也因此成为产品策划中不可忽视的重要内容。

1. 质量策划的概念与范围

GB/T 19000—ISO 9000 族标准提出的基本工作方法是：首先制定质量方针，根据质量方针设定质量目标，根据质量目标确定工作内容（措施）、职责和权限，然后确定程序和要求，最后才付诸实施，这一系列过程就是质量策划的过程（见图 7-1）。质量策划是质量管理的一部分，致力于制定质量目标并规定必要的运行过程和相关资源，以实现质量目标。

质量管理是指导和控制与质量有关的活动，通常包括质量方针和质量目标的建立、质量策划、质量控制、质量保证和质量改进。显然，质量策划属于"指导"与质量有关的活动，也就是"指导"质量控制、质量保证和质量改进的活动。因此，质量策划是质量管理诸多活动中不可或缺的中间环节，是连接质量方针和具体的质量管理活动之间的桥梁和纽带。

可以说，任何一项质量管理活动，不论其涉及的范围大小、内容多少，都需要进行质量策划。一般来说，质量策划范围包括：

（1）质量管理体系策划。这是一种宏观的质量策划，应由企业最高管理者负责进行，根据质量方针确定的方向，设定质量目标，确定质量管理体系要素，分配质量职能等。在企业尚未建立质量管理体系而需要建立时，或虽已建立却需要进行重大改进时，就需要进行这

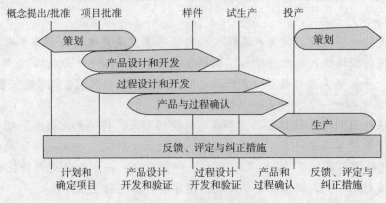

图 7-1 质量策划过程

种质量策划。

（2）质量目标策划。在建立了质量管理体系的基础上，企业还需要对某一时间段（中长期或年度）的业绩进行控制，或者在对某一特殊而重大的项目、产品、合同和临时的、阶段性的任务进行控制时，需要进行质量目标策划，以便调动各部门和员工的积极性，确保质量目标得以实现。其重点在于确定具体的质量目标和强化质量管理体系的某些功能，而不是对质量管理体系本身进行改造。

（3）质量管理过程策划。这是针对具体的项目、产品、合同进行的质量策划，重点在于规定必要的过程和相关的资源。这种策划包括对产品实现全过程的策划，也包括对某一环节（如设计和开发、采购、过程运作）的策划，还包括对具体活动（如某一次设计评审、某一项检验验收过程）的策划。也就是说，有关过程的策划，要视过程本身的大小、范围、性质等来进行。

（4）质量改进策划。质量改进虽然也可视为一种过程，但却是一种特殊的、可能脱离了企业常规的过程。相对于质量管理过程策划有规律的重复，质量改进策划则可以经常进行，是有针对性的质量改进课题（项目），可以分层次（如企业、部门、团队或个人）进行。质量改进策划越多，说明企业越充满生机和活力。

2. 质量策划的重点与实施

（1）落实责任，明确质量目标。质量策划的目的就是要确保项目质量目标的实现，项目经理部是质量策划贯彻落实的基础。首先，要组织精干、高效的项目领导班子，特别是选派训练有素的项目经理，这是保证质量体系持续有效运行的关键；其次，对质量策划的工程总体质量目标实施分解，确定工序质量目标，并落实到班组和个人；另外，项目部贯标工作能够保持经常性和系统性，领导层的重视和各职能部门的协调也是必不可少的因素。

（2）做好采购工作，保证原材料质量。原材料的好坏直接影响到产品质量，因此，企业应从原材料计划的提出、采购及验收检验每个环节都进行严格规定和控制。项目部必须严格按采购程序的要求执行，特别是要从指定的物资合格供方名册中选择厂家进行采购，并作好检验记录。对"三无产品"坚决不采用，以保证生产进度和产品质量。

（3）加强过程控制，保证工程质量。过程控制是贯标工作和生产管理工作的一项重要内容。为确保产品质量，企业需从以下方面实施过程控制：首先，认真实施技术质量交底制度。每个分项工程施工前，项目部专业人员都应按技术交底质量要求，向直接操作的班组做好有关施工规范、操作规程的交底工作，并按规定作好质量交底记录。其次，实施首件样品制。样品检查合格后，再全面展开批量生产，确保产品质量。另外，关键过程和特殊过程应该制订相应的作业指导书，设置质量控制点，并从人、机、料、法、环等方面实施连续监控。必要时，还可以开展 QC 小组活动进行质量攻关。

（4）加强检测控制。质量检测是及时发现和消除不合格工序的主要手段。质量检验的控制，主要是从制度上加以保证。例如，技术复核制度、现场材料进货验收制度、三检制度、隐蔽验收制度、首件样板制度、质量联查制度和质量奖惩办法等。通过这些检测控制，能够有效地防止不合格工序转序，并能制订出有针对性的纠正和预防措施。

（5）落实监督制度，验证实施效果。对产品或项目质量策划的检查重点，应放在对质量计划的监督检查上。企业检查部门要围绕质量计划不定期地对项目部进行监督和指导，项目经理要经常对质量计划的落实情况进行符合性和有效性的检查，若发现问题，应及时纠正。在质量计划考核时，应注意证据确凿、奖惩分明，使项目上的质量体系运行正常有效。

3. 质量认证标准

（1）质量认证标准的发展历程如表 7-1 所示。

表 7-1　质量认证标准发展历程

时　间	标准颁布与修订
20 世纪 50 年代末	美国颁布 MIL-Q-9858A《质量大纲要求》
20 世纪 70 年代	英国标准协会颁布 BS 5750（ISO 9000 前身）、BS 7750（ISO 14000 前身）
1979 年	国际标准化组织（ISO）成立质量管理和质量保证技术委员会（TC 176）
1986 年	ISO 颁布 ISO 8402《质量——术语》
1987 年	正式颁布了国际质量管理和质量保证标准 ISO 9000 系列标准
1994 年	ISO/TC 176 委员会颁布第 2 版标准
1995 年	ISO 在推行 ISO 14000 系列环境管理体系标准
1999 年底	陆续颁布 22 项标准和 2 项技术报告
2000 年 12 月	ISO/TC 176 技术委员会正式颁布 2000 版 ISO 9000 标准
2008 年 10 月	正式发布 ISO 9001：2008 标准

（2）ISO 900：2008 族标准的核心标准。ISO 9000 族标准是由国际标准化组织质量管理和质量保护技术委员（ISO/TC 176）制定的所有国际标准。ISO（国际标准化组织）和 IAF（国际认可论坛）于 2008 年 8 月 20 日发布联合公报，一致同意平稳转化全球应用最广的质量管理体系标准，实施 ISO 9001：2008 认证。ISO 9001：2008 标准是根据世界上 170 个国家大约 100 万个通过 ISO 9001 认证组织的 8 年实践，更清晰、更明确地表达 ISO 9001：2000 的要求，并增强与 ISO 14001：2004 的兼容性。

2008 版 ISO 9000 族标准的核心标准如图 7-2 所示。其中，①表达质量管理体系基础知识，并规定质量管理体系术语；②规定质量管理体系要求，用于证实组织具有提供满足顾客和适用法规要求的产品的能力，目的在于增进顾客满意；③提供考虑质量管理体系的有效性和效率两方面的指南，目的是促进组织业绩改进和使顾客及其他相关方满意；④提供审核质量和环境管理体系审核的指南。

图 7-2 ISO 9000：2008 族标准的核心标准

（3）ISO 9000：2008 的质量管理原则

原则 1：以顾客为关注焦点。组织依存于顾客，因此，组织应当理解顾客当前和未来的需求，满足顾客要求并争取超越顾客期望。

原则 2：领导作用。领导者确立组织统一的宗旨及方向。他们应当创造并保持使员工能充分参与实现组织目标的内部环境。

原则 3：全员参与。各级人员都是组织之本，只有他们的充分参与，才能使其才干为组织带来收益。

原则 4：过程方法。将活动和相关资源作为过程进行管理，可以更高效地得到期望的结果。

原则 5：管理的系统方法。将相互关联的过程作为系统加以识别、理解和管理，有助于提高实现目标的有效性和效率。

原则 6：持续改进。持续改进总体业绩应当是组织的一个永恒的目标。

原则 7：基于事实的决策方法。有效决策是建立在数据和信息分析的基础上的。

原则 8：与供方互利的关系。组织与供方相互依存，互利的关系可增强双方创造价值的能力。

（4）以过程为中心的质量管理体系模式。为使组织有效运作，必须识别和管理众多相互关联的活动。通过使用资源和管理，将输入转化为输出的活动，可以视为过程。通常，一个过程的输出可直接形成下一个过程的输入。组织内诸过程的系统的应用，连同这些过程的识别和相互作用及其管理，可称之为"过程方法"。过程方法的优点是，对诸过程的系统中单个过程之间的联系以及过程的组合和相互作用进行连续的控制。基于过程的质量管理体系运行模式如图 7-3 所示。

此外，美国质量管理专家戴明（Edwards Deming）博士在 1950 年提出的 PDCA 循环模型，可运用于持续改善产品质量的过程中，是全面质量管理所应遵循的科学程序。全面质量管理活动的全部过程，就是质量计划的制订和组织实现的过程，这个过程就是按照 PDCA 循环，不停顿地周而复始地运转的。PDCA 模式可简述如下：

P（Plan）——策划：根据顾客要求和组织的方针，建立提供结果所必要的目标和过程；

D（Do）——实施：实施过程；

C（Check）——检查：根据方针、目标和产品要求，对过程和产品进行监视和测量，并报告结果；

A（Act）——改进：采取措施，以持续改进过程业绩。

（5）建立和实施质量管理体系的方法

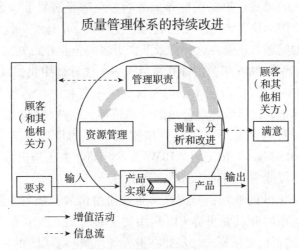

图7-3 基于过程的质量管理体系运行模式

1）确定顾客和其他相关方的需求与期望。

2）建立组织的质量方针和质量目标。

3）确定实现质量目标必需的过程和职责。

4）确定和提供实现质量目标必需的资源。

5）规定测量每个过程的有效性和效率的方法。

6）应用这些测量方法确定每个过程的有效性和效率。

7）确定防止不合格并消除产生原因的措施。

8）建立和应用持续改进质量管理体系的过程。

7.2 CIS 策划

7.2.1 CIS 策划的内涵、发展历史、策划原则与构成要素

1. CIS 策划的内涵

CIS 即企业形象整体系统，亦称为企业识别系统（Corporate Identity System，CIS），它是由一个企业区别于其他企业的标志和特征构成的系统。CIS 是企业对组织的理念、行为和视觉形象等进行系统化、标准化、规范化设计所形成的科学管理体系，其目的是在社会公众心目中树立独特的企业形象。

CIS 策划就是通过现代设计理论结合企业管理系统理论的整体运作，把企业的经营管理活动和精神文化传达给社会公众，达到塑造企业个性，显示企业精神，使社会公众对企业产生认同感的目的，从而在市场竞争中谋取有利空间的整合系统的行为。

2. CIS 策划的发展历史

CIS 策划的历史最早可以追溯到1914年，德国 AEG 电器公司在其产品上使用统一商标，并应用于公司的所有便条纸和信封上。20世纪初，意大利的奥利培帝为奥利培帝牌打字机设计标志，并十分注重商标的美感和标志的独特性。上述两例虽不能称之为 CIS 产生的标

志，但可以认为是 CIS 的源头。第二次世界大战后，全球经济复苏，企业经营范围不断扩大，经济全球化、企业国际化、产品多元化成为一种趋势，全球统一包装、企业形象整体推介成为企业急需解决的问题，正是在这种背景下，更多的企业开始关注 CIS。

CIS 的正式兴起，当以 1956 年美国计算机巨人——国际商用机器（IBM）公司引入 CIS 的创举为标志。当时 IBM 公司的总裁小汤姆斯认为应该有意识在消费者心目中塑造一个具有视觉冲击力的形象标记，而且要体现公司的开拓精神、创造精神和独特个性的公司文化，于是聘请了建筑师、设计权威艾略特·诺依斯担任 IBM 的设计顾问，诺依斯把公司全称"International Business Machines"浓缩为"IBM"3 个字母，并创造出富有美感的造型，用蓝色作为公司的标准色，以此象征高科技的精密和实力。

随着 IBM 公司导入 CIS 的成功，美国许多企业纷纷仿效，如东方航空公司、西屋电气公司、3M 公司。20 世纪 70 年代是世界 CIS 运用的全盛时期。1970 年，可口可乐公司导入 CIS，革新了世界各地的可口可乐标志，从此在世界各地掀起了 CIS 的热潮。CIS 迅速推广和普及，20 世纪 70 年代传入日本和韩国，马自达、伊藤百货、美津浓体育用品、富士胶片等企业相继选择了 CIS，使这些企业全球闻名，同时，善于吸收、消化、改进外来文化的日本，还将东方文化中的价值观念、精神理念、情感诉求等植入 CIS，进一步丰富和深化了 CIS。

我国 CIS 策划的时间相对滞后，在改革开放以后从美国、日本等发达国家引入。20 世纪 80 年代，太阳神、新能源等企业首开导入 CIS 的先河，取得了明显效益。目前，CIS 作为企业营销策划的重要组成部分，对提升企业品牌竞争力起着越来越重要的作用，引起了更广泛的关系。

3. CIS 策划的原则

（1）个性化原则。CIS 的导入与策划必须突出企业及其产品的个性，使其在消费者和社会公众的心目中形成对企业的强烈印象。"与众不同，独树一帜"是策划者要铭记于心、见之于行的指导思想。

（2）统一化原则。统一化原则要求企业的上下、内外、前后都要保持一致，以显示企业的整体性、一致性。统一既包括视觉的统一，也包括理念和行为的统一，以形成规范化、标准化、整体化的良好形象。

（3）易识别原则。CIS 各个子系统的设计都要符合易识别原则，标志应易辨认，色调应具有冲击力，理念包含的企业精神、广告导语等内容应易上口、易记忆，企业行为举措让人易接受、不费解。

（4）易认可原则。企业导入 CIS，无论采取什么方式和手段，都是为了被社会公众所接受、认可。"标新"是为了"立异"，而不追求"怪诞"。因此，企业 CIS 导入的创意要接近社会公众，要与社会时尚相协调，与社会公众的审美要求相适应，与社会信息传播媒体相沟通。

4. CIS 的构成要素

CIS 作为一个整体系统，包括理念识别系统（Mind Identity System，MIS）、行为识别系统（Behavior Identity System，BIS）和视觉识别系统（Visual Identity System，VIS）3 个组成部分，如图 7-4 和图 7-5 所示。

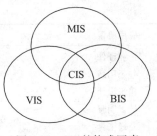

图 7-4 CIS 的构成因素

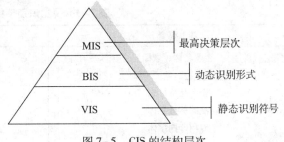

图 7-5 CIS 的结构层次

（1）理念识别系统（MIS）。理念识别系统是一套揭示企业目的和主导思想、凝聚员工向心力的价值观念。MIS 是 CIS 的灵魂和企业的基本精神所在，也是整个系统运作的原动力，它影响着企业内部的动态和活力以及制度、组织的管理和教育，并扩及对社会公益活动、消费者参与行为的规划。MIS 处于企业形象系统的最高决策层次，其内容包括企业使命、经营哲学、进取精神、道德规范、经营作风、风险意识等。

（2）行为识别系统（BIS）。企业行为识别系统是一套企业全体员工对内、对外活动的行为规范和准则，表现为动态的识别形式。BIS 主要包括对内行为和对外行为两部分（见表7-2）。其中，对内建立完善的组织、管理、教育培训、福利制度、行为规范、工作环境、开发研究等，从而增强企业的凝聚力和向心力；对外则通过市场营销、产品开发、公共关系、公益活动等表达企业理念，从而赢得社会公众和广大消费者的识别认同。企业的对内、对外管理有利于借助产品营销活动使消费者感知其价值观、社会使命感，是赢得社会认同、信赖和赞誉的重要内容。

表 7-2 行为识别系统的内涵

对内行为	对外行为
领导教育	市场调查
员工培训	产品开发
礼仪规范	公共关系
生活福利	促销活动
工作环境	营销和广告
内部修缮	代理商对策
研究发展	股市对策
环境保持	公益性资助
管理模式	文化性赞助
……	……

（3）视觉识别系统（VIS）。视觉识别系统是一套将企业理念和行为进行传播的可感知的要素，表现为静态的、具体化的识别符号。VIS 主要包括基本要素和应用要素两部分（见表7-3）。其中，基本要素即识别符号，如商号、商标、产品的造型和色彩的规划，是最外层、最直观的部分，直接冲击社会公众的视觉，传达企业营销信息；应用要素则是基本要素的传递途径，是塑造企业形象的间接体现途径。

表 7 - 3　视觉识别系统的内涵

基本要素	应用要素
企业名称、徽标	企业证件
企业造型、象征图案	办公用品
企业品牌标志	建筑设计
品牌标准字体	员工制服
专用印刷字体	交通工具
标准色	包装用品
宣传标语	展示设计
广告用语	广告制作
市场营销说明书	其他出版物
……	……

CIS 就像一个人，MIS 是心脏，BIS 是手脚，VIS 是脸，缺了哪部分身体都不完整。企业形象策划的实质是帮助企业实施差别化发展战略，VIS、BIS 或是 MIS 都必须而且始终贯穿"独辟蹊径，独树一帜"，"仅此一家，别无分店"的差异化思想。差别化是 CIS 策划的核心思想，没有差别化就没有 CIS 的存在和发展的必要。

7.2.2　CIS 策划程序与导入

1. CIS 策划程序

CIS 策划是一项系统工程，虽然导入 CIS 的模式和时机各有不同，但 CIS 策划的基本程序大致相同。从开始 CIS 策划到推广应用，一般需要 1～3 年的时间，如美津浓体育用品公司于 1978 年 9 月成立专门的 CIS 委员会开始着手这一工作，到其标志发表，共花费了 21 个月的时间。通常 CIS 策划需要经历以下程序：

（1）进行调研分析。实态调研主要包括企业实态调研和环境实态调研，也分别称为企业内环境调研和外环境调研。该阶段主要通过各种二手资料、人员访谈、调查问卷及实验等方法来完成。在调研前，应该制订调研计划流程表，以此来指导调研进程；调研结束后，需要完成调研报告书，对调查结果进行综合分析，确认存在的形象问题，为明确形象概念打好基础。

企业实态调研主要包括企业的历史、经营现状、发展战略、组织结构、管理制度、股东和高层管理人员的经营风格、员工素质、组织文化、公共关系及现有视觉识别系统等；环境实态调研主要包括企业的市场竞争情况、产品竞争情况、企业知名度和形象力、市场地位、产品力、相关利益者的评价等。

（2）明确形象概念。这一阶段可以根据实态调研所得的数据、资料和结论，与企业高层管理人员进行双向沟通，分析企业的定位与形象内容，确立 CIS 策划的目的、今后的工作思路和方向及操作程序等，以此作为确定设计内容原则和思想的依据。该阶段主要内容包括成立 CIS 委员会、明确 CIS 策划的目的和导入重点、界定 CIS 的社会地位和市场定位、规定 CIS 策划的执行和评估方法、制定 CIS 策划的操作程序等。

（3）确定设计内容。这是 CIS 策划的一个难点，需要将前一阶段所确定的概念和内容转换为行为和视觉形式。具体来说，要通过头脑风暴、听取专家意见、到已经实施 CIS 的企业考察、征求员工和社会大众意见等方法，不断地设计、调查、测试，以确定能够表现企业原始形象概念的行为识别和视觉符号。需要强调的是，设计内容一定要具有科学性、规律性和可操作性，而且能够被员工所认同。这个阶段的设计内容主要包括经营理念、对内和对外的行为规范、基本视觉要素、应用要素、对外宣传和对内培训方案、CIS 的执行和管理等。

（4）组织培训宣传。培训与宣传即导入 CIS 的实施阶段，其重点在于将设计规划的识别系统制作成规范化、标准化和可操作的手册和文件，对内进行员工培训，对外宣传、发布CIS 成果，并且建立 CIS 推进小组，对实施 CIS 进行系统化管理。这些是 CIS 方案是否具有执行力、方案能否顺利实施的主要内容。

（5）实施控制管理。CIS 的导入属于事前计划，实施过程中还要进行事后计划，也就是对导入和推行 CIS 的效果进行监督、测定和评估。在肯定效果的同时总结经验，及时发现问题，并且进行相应的调整和修正，以便完善系统，进行二次导入。

2. CIS 导入模式

（1）预备型导入模式。这是新建企业使用的模式。对企业的未来形象及企业文化进行有目的的设计和策划，包括对企业经营思想、口号、信条、标准字、标志、吉祥物、企业形象的社会定位、战略选择、计划实施方案、管理办法以及应用系统的设计与策划等。一方面，通过一致的价值取向和行为规范的确立，实现规范化管理，增强员工的归属感和凝聚力；另一方面，通过对企业的视觉要素标准化设计，有利于实现信息传播的高效率。

（2）扩张型导入模式。这是企业在成长过程中为了实现资本扩张，把企业带进新的高一级发展阶段而导入 CIS 的模式。扩张型 CIS 的导入是对企业革新换面、脱胎换骨的改造。这时的企业形象策划应该立足于企业的原有基础，而着眼于新的发展层次和境界，对企业形象进行完全创新性的策划。扩张型 CIS 导入最重要的是谋划好企业的战略定位，扩张后的企业形象应该给人以成熟、有实力、进取精神强、发展势头锐不可当的感觉。

（3）拯救型导入模式。对于众多传统型企业来说，为了重塑形象、改变旧貌，而重新调整经营理念、经营行为及经营者的面貌，通过 CIS 导入拯救企业，以维持企业的生存现状和发展前景。拯救型 CIS 导入，比上述两种模式实施难度更大。因为既要创造新的形象，又要基于原有的基础，对传统形象进行甄别、分析、摄取和扬弃。该模式导入将伴随着企业管理体制、组织机构调整等一系列的重大改革，其实质上就是一场深入的企业改革和企业现代化制度建立的过程。

3. CIS 导入时机

CIS 策划是企业长期战略的组成部分，选择正确的导入时机，对树立和传播企业形象，保证经营战略的顺利实施起到至关重要的作用。对应 3 种 CIS 导入模式，CIS 导入时机也存在 3 种类型。

（1）预备型导入时机。其主要包括以下几种情况：

1）新企业成立或组建企业集团。

2）创业庆典或重大纪念日。

3）新产品的开发与上市。

（2）扩张型导入时机。其主要包括以下几种情况：

1）国际化发展需要更新企业形象。

2）企业发行股票或者公开上市。

3）企业决定进军新市场。

4）企业实施多元化经营。

5）与非相关企业合并。

（3）拯救型导入时机。其主要包括以下几种情况：

1）企业名称老化，与商品形象不符。

2）企业知名度低，在同行业竞争力差。

3）出现突发事件，产生负面效应。

4）企业的某种特定形象成为某种商品推广的障碍。

5）竞争产品个性模糊，品牌缺乏差异化。

6）品牌战略发生改变时。

7）出现经营危机，停滞的事业需要再次发展。

8）当前的营销战略与企业形象不符。

9）产品与其商标形象出现矛盾。

10）经营理念落后。

4. CIS 导入途径

（1）从 VIS 切入的途径。企业首先在外观视觉形象上对原有旧形象进行改造，以推出新的视觉形象为突破口，在市场上进行宣传、推广，然后再配合企业的新理念、新举措，从而完成全方位的 CIS 导入。

雅戈尔就是从 VIS 切入导入 CIS 取得成功的。雅戈尔原为宁波市的青春服装厂，起家时仅有 2 万元资本金。从 1991 年起到 1994 年，该企业曾 3 次更新企业品牌设计，反复在市场上推销、修改、完善。其在 1991 年推出的标志是圆形中加 "Y"，市场试用后显得单调，缺乏吸引力；1993 年改为椭圆中加 "Y"，但效果仍不理想；1994 年在此图案的基础上增加一个 "I"，寓意争创一流，图案下边加上英语 "youngor"，蕴涵永葆青春的祝福，终于使雅戈尔品牌在市场上既扬其名也传其实，成为 "叫得响" 的品牌。与此同时，企业在市场的摸索中逐步明确了 "服务社会、贡献社会、装点人生、创造人生" 的经营宗旨，赋予品牌 "圆满、成功、热情、朝气" 的理念。在企业行为上，该企业以衬衣为龙头，业务逐步扩大到西裤、童装、针织服装领域；在企业管理上融入儒家文化，处理好人缘、地缘、血缘的人际关系。在导入 CIS 的几年内，就使资产增加到 6 亿元，销售总额达 10 亿元。这说明雅戈尔由 VIS 切入带动 MIS 和 BIS，最终全方位导入 CIS 是成功的。

（2）从 MIS 切入的途径。从 MIS 即理念识别系统切入，是指企业通过充分的市场调查和理性思考，一举推出富有个性特色的企业经营理念，并在此基础上形成新的企业视觉形象和行为方式，从而完成 CIS 的导入。

家电企业荣事达就是选择以 MIS 为切入点来完成 CIS 导入的途径。在 20 世纪 90 年代初，荣事达面对当时家电行业出现的多起竞争事件，对市场竞争局面进行了冷静的分析，于 1997 年 5 月 18 日推出了中国第一部《企业竞争自律宣言》，向社会全面宣示了荣事达的 "和商" 理念，表明了 "互相尊重、相互平等、互惠互利" 的经营宗旨，从而以其对内对外行为自律的竞争道德赢得了社会信誉。同时，企业通过调动 MIS 各要素激活了企业内部机制，企业 1997 年与上一年相比产值增长 31%，销售额增长 13%，利税增长 18.8%。荣事达以 MIS 为切入点导入 CIS，同样取得了成功。

（3）从 BIS 切入的途径。这是指通过企业有效的行为举措造成广泛深远的社会影响，从而达到树立企业新的形象的目的。

东方通信股份有限公司就是采取从 BIS 导入途径取得成功的典范。东方通信 1990 年与摩托罗拉合作生产手机，1996 年成为中国最大的移动电话手机和系统设备的制造商、供应商。1997 年 4 月 25 日，该公司成立了 CIS 规划委员会，在此之前，该公司即采取了几项重大举措，如 1995 年向吉林、辽宁提供 40 万元通信设备，斥资 50 万元在浙江省文成县老区建"东方通信希望小学"，1996 年向三峡工程捐助 100 万元通信设备等。这些行动已经在社会上产生了较大影响，使社会对东方通信产生了强烈的好感。在此基础上，东方通信 CIS 规划委员会一成立即宣称其理念是"超越自我、产业报国"。由于有前面的行动，使其企业经营理念能有效地深入人心，所以企业很快为市场所接受，并取得了较好的社会声誉，成功地完成了 CIS 导入。

7.2.3 CIS 的策略与方法

1. 理念识别系统策划

（1）理念识别系统策划的内容。企业理念识别系统是企业赖以生存的原动力，是企业价值的集中体现。它包括企业的经营方向、经营思想、经营道德、经营作风、经营风格等具体内容。

1）经营方向。经营方向是指企业的事业领域（业务范围）和企业的经营方针。企业的事业领域即表明企业在哪一个或哪几个行业、领域为社会提供服务；企业的经营方针即企业的经营战略目标及路线。

北京全聚德烤鸭是享誉世界的美味佳肴。全聚德之所以能经历百年而长盛不衰，就在于全聚德人以继承传统烤鸭技法，推崇饮食文化，弘扬中华民族饮食特色为己任。长期以来，全聚德人只知道埋头苦干，而不太重视企业形象的策划和宣传。20 世纪 90 年代初，全聚德也导入了 CIS，他们通过对百年经营之道的总结，提炼出"时刻不忘宾客至上，广交挚友，坚持以精美的菜肴和周到的服务欢迎各国各界宾朋光临"的经营方向。与此同时，他们在店堂民族风格的气氛营造、统一操作技术规程和服务规程以及对外宣传上都下了工夫，使全聚德在社会公众中树立起美味可口、技艺精良、品质上乘的企业及产品形象，不断地扩大知名度、信任度和美誉度。

2）经营思想。经营思想是企业生产经营活动的指导思想和基本原则，是企业领导者的世界观和方法论在企业经营活动中的运用和体现。经营思想的形成非一日之功，它是企业长期经营实践之后形成的精华，这正是企业成功之所在，也是企业要永远坚持和维护的传家宝。

蓝色巨人 IBM 公司，自 1914 年老沃森创立该公司起就确定了公司的经营宗旨，直到 1956 年小沃森导入 CIS 时，又重申了 IBM 的宗旨，其内容是：

① 必须尊重每一个人。

② 必须为用户提供尽可能好的服务。

③ 必须创造最优秀、最出色的成绩。

索尼公司的两位创始人井深大和盛田昭夫，不断提出一些经营格言，让员工们执行，如：

① 索尼应成为开路先锋，我们做别人没做过的事，永不步人后尘，披荆斩棘开创无人

问津的新领域。

② 自己研究，自己思考，自己判断，并拿出自己的东西来。

③ 人的能力是有限的，而人的努力是无限的，你的任务就是唤醒你沉睡的智慧。

④ 每个人都应该懂得，人的价值在于他的能力，做自己喜欢的工作是最大的幸福。

⑤ 每个人都有创造性工作的愿望，行政领导的工作就是给出课题，培养兴趣并鼓励真正的能力。

3）经营道德。企业的经营道德是在经营活动中应该遵循的，靠社会舆论、传统习惯和内心信念来维系的行业规范的总和。企业经营道德以"自愿、公平、诚实、信用"为基本准则。

海尔集团从 1984 年亏损 147 万元濒临破产，到 1991 年全面扭亏为盈，再到 1998 年实现销售额 162 亿元，创利税 10 亿元，其快速发展得益于海尔的企业文化，尤其是对经营道德的重视。海尔的经营理念是：

① 无私奉献，追求卓越；要么不干，要干就争第一。

② 高标准，精细化，零缺陷，创造唯一和第一。

③ 售后服务是我们的天职，卖信誉，不是卖产品。

④ 人人是天才，高质量的产品是高素质的人生产出来的。

4）经营作风。经营作风是指企业的行为方式和存在方式。

拥有 11000 家特许店的麦当劳在先后运用"美国口味麦当劳"、"世界通用的语言·麦当劳"进行宣传时，同时强调以 Q（质量）、S（服务）、C（清洁）、V（价值）为内容的麦当劳企业文化，十分突出其独具的经营作风。其具体内容如下：

① Q 要求。汉堡包出炉时限 10 分钟，薯条出锅时限 7 分钟，逾时不再出售，保证其酥脆。

② S 要求。环境有家庭般的温馨，服务员脸上挂有亲切的笑容，让顾客有宾至如归的感觉。

③ C 要求。员工行为合乎规范，与其背靠墙休息，不如起身打扫卫生，员工不留长发，要戴工作帽，保证顾客走后桌面洁净等。

④ V 要求。要提供更有价值的高品质物品给顾客，要努力增加附加值，时时给人惊喜。

麦当劳的经营作风是通过多个侧面来体现的，它给人传递的信息是快捷、方便、周到、热情等。麦当劳正是靠这样的行为方式和存在方式立足于市场并为消费者所感受。

5）经营风格。企业经营风格是企业精神和企业价值观的体现。企业精神包括员工对本企业特征、地位、风气的理解和认同，由企业优良传统、时代精神和企业个性融汇的共同信念，员工对企业未来发展抱有的理想和希望所组成；企业价值观是全体员工对其行为意义的认识体系和所推崇的行为目标的认同和取舍。

日本松下公司从 1917 年成立到现在已发展成拥有 20 多万员工的大企业，其领导人松下幸之助总结了公司成功的经验，对企业理念做了如下概括，其中包括对企业精神和价值观的认定：

① 用生存发展观点看待一切事物，顺应自然的规律，顺应时代的变化，正确地认识企业的使命。

② 对人要有正确的看法，应该认为社会大众是公正的，要造就人才，要集思广益。

③ 企业的经营管理是一种艺术，时刻不忘自主经营，实行"水库式的经营"，进行适度经营，树立一定成功的坚定信念。

④ 贯彻共存共荣的思想，既对立又协调。

⑤ 利润就是报酬。

⑥ 要关心政治。

⑦ 要心地坦诚。

中国企业导入 CIS 及确立各自的营销理念的事实表明，为企业设计恰当、适合的理念是非常必要的。理念是企业发展的旗帜和号角，永远指引和鼓舞企业前进、发展。当然，企业理念也不能无所依傍地发挥作用，它必须向企业视觉和行为系统渗透，通过三者的有机结合来发挥各自作用和整体作用。

（2）理念识别系统的渗透

1）理念在视觉识别系统中的渗透。理念识别系统与视觉识别系统的关系，是"心"与"脸"的关系，二者即为表里。理念支配着视觉系统，视觉系统反映理念的含义。理念对视觉识别系统的渗透主要涉及以下方面：

① 建筑物设计要传达企业的理念。例如，南京依维柯汽车公司设计的公司建筑物做了这样的处理：把公司产品，即汽车的前身镶嵌在公司主建筑的正面墙上，像是破墙而出，表达了企业在竞争对手林立的市场上脱颖而出，敢与世界名车比高低的企业理念，极具个性和感染力。

② 商品包装设计要传达企业的理念。例如，广东产的饼干之所以能从南至北一路畅销，除质量与品味外，包装设计强烈的时代风格令人赏心悦目，给人一种美的享受。这一切都是通过透明包装纸、美观亮丽的图案、诱人的广告用语、富有魅力的外形设计等体现的。

③ 员工制服及其他应用系统通过色彩、款式、材料等元素体现出来。例如，IBM 公司员工冬天穿一身深色制服，夏天则要求穿白色衬衣配一条典雅的领带，以传达公司卓越、严谨、平等待人、优质服务的理念。中国四通公司选择蓝色为公司标准色，借助蓝色给人高尚、冷静、庄严的心理感觉，传达公司对高技术的追求、严谨的作风和对产品的严格要求。

2）理念在行为识别系统中的渗透。企业行为识别系统分为对外、对内两类活动，无论内外活动都由企业理念支配，都是为表达企业理念服务，企业理念在行为识别系统中的渗透自始至终、无所不及。例如，员工教育既要围绕企业理念展开，又要以理念为目的。韩国三星公司提出"千万不要让顾客等待"的理念后，立即召集第一线的维修人员进行培训，接着又对财务、行政、生产、后勤等人员进行培训，使全体员工恪守这一理念。同时，企业环境的营造也应突出企业的这一理念，包括实物环境和人文环境的建设。

科龙集团在导入 CIS 前是名声平平的"广东珠江电冰箱厂"，科龙为了成为科学的巨龙，始终坚持以技术领先来开发产品。该公司严格遵循这样的理念：在自己熟悉的领域里做到最好胜于求大求全，因此，科龙要成为世界最大的冰箱生产商。他们在行动上立足于制冷家电行业扩张，扩张中"只吃生猛海鲜，不吃休克鱼"，坚持专业化发展，实施由顺德、营口、成都三大基地和 11 个下属公司组成的铁三角组合战略。科龙的理念完全渗透到其市场营销、资本营运战略行为之中。

3）企业理念的行为化。理念与行为识别系统也是表里关系。理念支配企业行为，企业行为体现理念的内涵和意向。理念向行为识别系统渗透，是企业由抽象化思维向具体化实施转化的过程。

① 仪式化。在企业庆典或每个营业日，举行升旗、播放企业歌曲、领导讲话等固定、严肃的仪式，经常性地传播企业经营理念，并促进企业员工对企业理念感受、理解和接纳。企业应将每天的有序化仪式的活动纳入企业内部管理系统之中，使其成为不可缺少的活动。仪式虽为惯例，但主持仪式的人要常有创意，常有新话题，不能让人产生厌烦情绪。

② 环境化。企业理念要转化为标语、文字、图案、壁画、匾额等具体形式，把这些承载企业经营理念的文字载体安置在企业相宜的地方，从而形成企业的文化氛围和人文环境，使全体员工能够身临其境，在潜移默化之中接受、认同企业的理念，并以此规范自己的语言、行动。同时，还可以采用播放、讲解、反复诵读等方法，强化员工对企业经营理念的记忆。

③ 楷模示范。楷模示范由两部分人组成：一部分是企业领导层，用自己的言行严格贯彻经营理念，身体力行，以其一致言行给员工作表率，使企业理念不至沦为装饰性、虚有其表的空洞文字；另一部分是培养贯彻企业理念的英雄模范，形成强大的影响力和带动作用。企业英模既有外显行为的榜样功能，催人效仿，又有内隐情绪的感染效应，在潜移默化之中，对群众心理能够起一定的渗透作用。

④ 培训教育。培训教育是一种强行灌输的方式。企业理念的培训教育包括启发教育、自我教育和感染教育。启发教育即联系企业的奋斗史，用历史、事实启发员工，加深其对企业理念的认识；自我教育是在启发教育的基础上，结合自身的成长史、岗位职责和对未来美好生活的憧憬及自身的发展前途，自我激励、自我约束、自我加深认识；感染教育是指企业利用自身辉煌业绩的实体参观、对竞争对手取得成就的了解，对员工进行积极性和创造性激励，同时，还可以采用需求激励、目标激励、危机激励等多种激励方式。

⑤ 象征性游戏。象征性游戏是指能缓和紧张气氛和鼓励创新活动的游戏，用来开发企业理念的创造力和贯彻理念精神。游戏的形式多种多样，如即兴表演、策略判断、模拟操作、逗趣比赛、野营郊游、辩论对擂等。通过这些活动把企业理念融入其中，在轻松活泼的气氛中传达企业理念的内容，激发员工去主动维护企业理念、自觉贯彻企业理念。

2. 行为识别系统策划

企业在确定企业理念识别系统后，就要把理念信息传递给社会大众，使之了解企业，产生认同感。如果说理念识别系统是 CIS 中的"想法"，那么行为识别系统就是 CIS 中的"做法"，它使得"想法"在具体的生产经营活动中得以落实和体现，为企业理念传递提供了有效的动态途径。行为识别系统可分为企业内部行为和外部行为两部分。其中，企业内部行为主要包括企业管理制度、工作环境建设、员工行为规范等内容；企业外部行为以创造理想的外部经营环境为目的，主要包括市场调研、营销战略、产品开发、促销安排、广告活动、公共关系等经营管理行为。在这里，主要介绍企业内部行为。

（1）企业管理制度。它是指企业为了保证生产经营活动的顺利进行而制定的工作秩序和规定，集中体现了企业理念对组织和员工的要求，包括基本制度、工作制度及责任制度等。基本制度包括企业领导制度、民主管理制度、监督制度、选举制度等；工作制度包括计划审批、生产管理、技术改造与创新、劳动人事、物资领用、财务管理等制度；责任制度是将企业各项任务层层分解，落实到各级组织和个人以实现分工协作、统一管理的系列制度，一般包括领导责任制度、职能部门责任制度和员工岗位责任制度等。企业管理制度的建立，本质上是为了实现企业的科学化管理。同时应强调人性化原则，从企业实际需要出发，刚柔并济、宽严有度，充分体现企业管理的"以人为本"思想。

（2）工作环境建设。营造轻松舒适的工作环境，既可以激发员工的自豪感、成就感，又能够调动员工的工作积极性，增强员工的归属感和凝聚力。一方面，企业提供整洁、宽松、舒适的办公条件以及完善的医疗、娱乐设施等物理环境；另一方面，是对企业的领导方式、民主氛围以及内部合作与竞争机制等人文环境的建设。例如，知人善任，对新员工实行轮岗、定岗制；从需要、目标、荣誉等方面对员工进行激励，促进员工发挥最大潜能，完成规定任务。

（3）员工行为规范策划。它是指根据企业的现行制度和各部门、各岗位的职责，规划出员工共同遵守的行为准则及实现的条件。

1）员工行为准则。其具体包括员工的素质修养、岗位纪律、工作程序等方面，要求企业员工能做到：具备良好的个人品德和修养，熟练掌握业务技能；严格遵守作息时间、请假销假制度、保密制度、工作状态要求以及行业特殊纪律等；积极接受和执行上级要求、及时请示和汇报等。同时，要求员工具有团队意识、敬业精神、创新观念、求知欲望、专业才能等准则。

2）员工礼仪规范。其主要包括企业员工的仪容仪表规范和商业社交礼仪规范等。仪容仪表规范主要有服饰规范、外表形象规范、姿态规范和神态规范等；商业社交礼仪规范主要包括见面的礼节、迎送的礼节、宴请的礼节、电话礼仪等方面。

3）员工教育培训。其包括领导干部教育和一般员工教育两方面。对领导干部的教育主要包括理论政策水平教育、法律制度教育、决策水平教育和领导作风的培养教育；对一般员工的教育主要包括企业经营宗旨、企业文化等企业理念的教育，服务态度、服务水平的教育，员工行为规范教育等。

3. 视觉识别系统策划

企业视觉识别系统是传递企业形象信息的静态识别符号，与理念识别和行为识别相比，视觉识别具有明显的直观性，可以分为基本要素和应用要素两大部分。其中，基本要素主要包括企业名称、企业标志、标准字、标准色、吉祥物等；应用要素主要包括办公用品、接待用品、人员服饰、运输工具、环境设计、宣传用品、产品包装、广告传播等。

（1）企业视觉识别系统基本要素策划。其主要包括以下几个基本要素：

1）企业名称。企业名称是用文字表现方法把企业符号化、形象化。它是企业识别最重要的因素，是企业理念的浓缩，需要综合考虑企业规模、经营范围等因素，而且必须与企业目标、企业宗旨、企业精神等相协调，要有利于树立形象、宣传促销、创造品牌等。企业名称一旦注册，便受法律保护。企业名称要具备简明、新颖、响亮、巧妙等特征，如 IBM、戴尔、微软、索尼、联想、海尔等。根据"日本经济新闻"调查，企业名称的字数对认知度有一定影响，名称越短越利于传播，4 个字的企业名称在被调查者中的平均认知度为 11.3%，8 个字的则只有 2.88%。

2004 年 1 月 6 日起，东风雪铁龙 2004 款富康正式投放市场。东风雪铁龙富康的原型车是风靡欧洲的雪铁龙 ZX 车型，秉承雪铁龙优良血统和独有优势技术的富康从 1992 年引进国内，到 2004 年在中国市场已经历过 10 多年的发展，中国市场拥有很大的保有量，在消费者中享有很高的声誉和信赖度。经历了 10 多年的发展，在轿车品牌战略中，"神龙富康"终于逐渐隐退到更具洋味的"雪铁龙"背后。2004 款"富康"的推出，已是"富康"发展史上的第三次变脸。"东风雪铁龙"品牌的突出处理，表明国产轿车的代表已经从投产初期的"神龙富康"，正式转向"东风雪铁龙"。厂方称，其实现了品牌整合和资源共享上的实质性飞跃。

2）企业标志。企业标志是通过造型简单、含义明确、统一标准的视觉符号，将企业理念、公司规模、经营内容和产品性质等要素传递给消费大众，以便求得认同和识别。标志作为一种特定符号，是企业形象、特征、信誉、文化的综合与浓缩。它可以用于产品、招牌、旗帜、建筑物、交通工具、包装、展示、办公用品等诸多方面。在企业视觉识别设计中，标志是启动并整合所有视觉要素的主导和核心。企业标志要求具备识别性、主导性、同一性、造型性、系统性、新颖性等特征。

可口可乐为北京 2008 年奥运会设计的组合标志（见图 7-6），是基于"向世界展示中国"的理念创作的。标志整体看似正在飞翔的红色风筝，并融入了风筝、祥云等独特的中国传统文化元素。其分上下两层：上层为包含北京奥运官方标志和可口可乐标志的主体标志，代表着对北京 2008 年奥运会的支持；下层则由象征着幸运如意的祥云衬托，传递了对北京 2008 年奥运会的祝福。清风舞动，祥云飘升，飞舞的风筝跃上云端，寓意可口可乐伴随中国一起，"携舞筝程"、共同腾飞。在历届奥运会中使用独特的、融合当地文化和艺术特征的奥运组合标志，是可口可乐引以为豪的传统。

图 7-6　可口可乐设计的奥运组合标志

3）企业标准字。标准字是将产品或企业的全称加以熔铸提炼，组合成具有独特风格的统一字体。它通过文字的可读性、说明性和独特性，可以将企业规模、特征与经营理念传达给社会公众。由于文字具有明确的说明性，易产生视听同步印象，因此，具有强化企业形象、补充标志内涵、增强品牌诉求力的功效。

在设计企业标准字时应注意：一是企业标准字应该与企业标志等视觉识别的其他要素相配合；二是企业标准字要与企业经营范围及其产品相呼应，如香水企业标准字常使用英文曲线；三是标准字要具有独特性，利于识别和记忆。

4）企业标准色。企业标准色是通过某一特定的色彩或一组彩色系统的视觉刺激和心理反应，传达企业经营理念和产品特质的重要识别要素。标准色一般是一种或几种颜色的组合，经常与企业标志、标准字等配合使用。标准色利用色彩产生的视觉刺激和心理反应，使社会公众产生联想，进而拉近企业与社会公众的距离。

在设计企业标准色时，要注意以下问题：一是企业标准色要有利于表现企业理念和企业形象，如可口可乐的红色代表了激情、青春和健康；二是企业标准色要考虑到不同颜色所产生的心理反应，如银色给人冷静、优雅和高贵的感觉；三是企业标准色要注意民族倾向；四是企业标准色应该具有差异性。

5）企业吉祥物。企业吉祥物是为了强化企业形象而设计的企业造型和具体图案。企业吉祥物很容易唤起社会公众的亲和力和想象力，引起社会关注，与抽象的企业标志和企业标准字相比，往往更具有视觉冲击力和情感偏好，更有助于企业与社会公众之间的沟通。在设计企业吉祥物时，要充分考虑企业的形象定位、经营范围、产品特性，还要考虑信仰和风俗问题。

（2）企业视觉识别系统应用要素策划。其主要包括以下几种应用要素：

1）办公用品。办公用品用量大、辐射面广，而且长期使用，因此，具有很强的实用价值和视觉识别效用。办公用品主要有名片、信纸、信封、便笺、请柬、贺卡、证书、记事本、公文夹、文件袋、文具、票据、员工证件、报表、资料卡、旗帜、公文箱、公文包等。

2）接待用品。接待用品可以很好地向企业的利益相关者展示企业风貌。接待用品主要有水杯、茶壶、保温瓶、烟灰缸、垃圾桶、毛巾等。

3）人员服饰。企业人员服饰也可以有效传达企业的经营理念、行业特性、精神面貌等。人员服饰主要有各类员工的服装、领带、公文包、徽章、胸卡、帽子等。

4）运输工具。企业的运输工具除具有运送货物和人员的基本功能之外，作为人们注目最多的活动招牌和动态公关媒体，它还具有沟通的媒介功能。运输工具主要包括货车、客车、轿车、班车、集装箱、小推车、船舶等。运输工具的设计，主要是将车辆表面进行图像的设计处理。由于车辆的流动性强，在设计时应着力开发图像本身的视觉认同感，同时注意与企业整体形象的视觉统一。一般通过贴上剪贴字母、粘胶标签、网版印刷、油漆手绘等形式完成。另外，运输工具的设计还应注意法规的限制和其他专用车的误认等。

5）店铺设计。店铺的形象是企业整体形象的缩影。消费者在购买商品或使用服务时，容易通过店铺环境来形成对企业的印象，尤其是大型商厦、超级市场或银行、酒店，店铺形象等同于企业形象。店铺设计不同于其他平面设计，应会同建筑设计师、室内设计师、环境艺术设计等专业人员，共同架构统一的视觉形象。在实际操作时，首先，应对店铺的必要空间与机能进行分析，看是否考虑到地域性或顾客的特性，是否根据商品形象来构想店铺的设计，是否周密考虑到公共设施与休息空间的位置、待客空间与行政空间是否均衡；其次，应规定店铺的统一形象要素，在与店铺外观招牌的联动形象中，规定室内、室外甚至与展示间的关系等。同时，必须开发室内的弹性空间。除此之外，尽量通过标准化来降低成本。

6）宣传用品。宣传用品是推出和介绍企业的有效手段。宣传用品主要有企业简介、企业刊物、小册子、图片、宣传单、公关礼品等。

7）产品包装。产品包装具有商品宣传和美化的作用，是"无声的推销员"，也是视觉识别系统的重要内容。产品包装设计主要有包装箱、包装盒、包装绳、手提袋、包装造型、运输包装、分类包装、赠品包装、印刷品、专用包装纸、标签等。

8）广告传播。广告是一种经济有效的传播信息的方法。广告传播主要有报纸、杂志、电视、广播、户外、网络等媒体选择和广告设计、展示和促销设计、POP 广告、DM 广告等。

7.2.4 CIS 与品牌策划

品牌形象是企业形象识别系统中的重要组成部分。品牌形象是企业或其某个品牌在市场上、在社会公众心中所表现出的个性特征，它体现公众特别是消费者对品牌的评价与认知。形象与品牌不可分割，形象是品牌表现出来的特征，反映了品牌的实力与本质。因此，如何建立企业良好的品牌形象，实现企业无形资产的增值，成为企业普遍关注的问题。围绕企业品牌，企业需要做出一系列的决策，如是否要品牌、使用谁的品牌、如何使用品牌、如何延伸及保护等。要解决上述问题，企业就需要进行系统的品牌策划。

1. 品牌策划的概念与功能

美国市场营销协会将品牌定义为"品牌是一种名称、术语、标志、符号或设计，或是它们的组合运用，其目的是识别某个销售商或销售商群体的商品或服务，并且使之与其竞争对手的商品或服务区分开来"。从品牌战略开发的角度理解，品牌是通过以上要素及一系列市场活动而表现出来的结果所形成的一种形象认知度、感觉、品质认知，是企业重要的无形资产。品牌策划就是为了使品牌在消费者心目中建立鲜明的形象及情感联系，而对品牌差异化进行寻找、塑造、传播、维护和提升的一系列活动的规划。

品牌策划在企业品牌培育和发展过程中起着至关重要的作用，其功能主要体现在以下几个方面：

（1）指导企业品牌建设，树立企业品牌形象。

（2）提高品牌认知度和知名度，培养消费者忠诚度。

（3）构建强势品牌，提高企业无形资产价值。

（4）增强员工认同感，加强企业凝聚力。

（5）有利于企业获得法律保护，避免竞争者模仿。

2. 品牌化决策

品牌化决策是指企业对其生产和经营的产品是否采用品牌的抉择。它包括以下两种：

（1）无品牌策略。它是指有些产品不使用品牌。一般来说，农、牧、矿业属初级产品，如粮食、牲畜、矿砂等，无须使用品牌。技术标准较低、品种繁多的日用小商品，也可不使用品牌名称。企业采用无品牌策略，可以节省包装、广告宣传等费用，降低产品成本和价格，达到扩大销售的目的。

（2）品牌化策略。它是指企业为其产品确定采用品牌，并规定品牌名称、品牌标志，以及向有关部门注册登记的一切业务活动。大多数企业使用品牌的目的在于实施名牌战略，品牌化是大势所趋。

3. 品牌设计策划

广义的品牌设计包括战略设计、产品设计和形象设计；狭义的品牌设计是指对产品的文字名称、图案记号或两者结合的一种设计，用以象征产品的特性，是企业形象、特征、信誉、文化的综合与浓缩。本书中采用的是狭义的品牌设计。

（1）品牌名称。品牌名称作为品牌各要素的核心，是最简洁、经济的表达方式，也是最直接、有效的沟通方法。在消费者心目中，品牌名称与产品紧密相连，很难在产品推出后改变品牌名称。品牌名称要求具备易读易记、独特新颖、富蕴内涵、构思巧妙等特征。如一些耳熟能详的品牌名称——555、999、燕京、白沙、方太、小天鹅等，都容易给消费者留下深刻的印象。

（2）品牌标志。用独特的字体构成的品牌名称、商标成为文字标志，文字标志以外的以图形表现为中心的标注称为图标。按品牌标志设计的主题素材分类，可分为文字标志、图形标志和组合标志等；按照品牌标志设计的造型要素分类，可分为点、线、面、体等四种构成形式。品牌有以文字为主的，如 SNOY、IBM、3M 等；也有以图标为主的，如奔驰、宝马等。

奥迪的前身为汽车联盟股份公司，于 1932 年由老奥迪、DKW、霍希和漫游者四个独立的汽车制造公司合并而成，四环标志就代表这四个公司。在 2009 年奥迪汽车成立 100 周年之即，奥迪正式宣布对其标志进行改款，新标志（见图 7-7）比原来的四环更具立体感和金属感，同时把英文字体进行了改变，更具有现代感，并且放在了四环标志的左下角。

图 7-7　奥迪标志

（3）品牌形象代表。品牌形象代表常以动画人物为主，如酷儿、米老鼠、维尼熊；也有一些品牌采用真实人物作为形象代表，如 KFC 伯伯——山德士上校，成为肯德基国际品牌的最佳象征。

4. 品牌归属决策

品牌归属决策又称品牌使用者决策，是指生产企业在决定自己的产品需要品牌后，还要进一步决定这一品牌由谁负责，归谁所有的问题。

（1）使用生产者品牌。大部分生产企业都使用自己的品牌，这样有利于树立企业形象，建立长期的影响力，也有利于企业发展及新产品推广。

（2）使用中间商品牌。它是指生产企业将其产品出售给中间商，由中间商使用自己的品牌将产品转卖出去的方式。据相关资料显示，一些国家中间商品牌占零售业者销售的产品的比例大约是：瑞士 41.2%，英国 37.1%，比利时、德国、法国及美国均在 16% ~ 20% 之间，日本为 5% 左右。使用中间商品牌的优点是：中间商拥有独特的渠道资源；消费者会认为，中间商会对产品品质严格控制，其出售的产品相对可靠；中间商品牌产品价格相对较低，迎合了许多价格敏感型消费者的需要。

（3）使用混合品牌。它是指企业对部分产品使用自己品牌，而对另一部分产品使用中间商品牌。这样既保持了本企业特色，又能扩大销路。

企业选择生产者品牌还是中间商品牌，或者混合品牌，要全面考虑各相关因素，综合分析利弊，最关键的是要看生产者和中间商谁在这个产品分销链上居主导地位、拥有更好的市场信誉和发展潜力。一般来说，在生产者市场信誉较好、企业实力较强、产品市场占有率较高的情况下，宜采用生产者品牌；在生产者资金紧张、市场营销力薄弱的情况下，应选用以中间商品牌为主或全部采用中间商品牌的策略。

5. 品牌统分决策

对企业而言，全部产品都使用一个品牌，还是分别使用不同品牌，关系着品牌运营的成败。

（1）统一品牌策略。它是指企业对所有产品使用同一品牌策略。例如，美国通用电气公司的所有产品都统一使用"GE"品牌，飞利浦公司的所有产品（包括音响、电视、灯管、显示器等）都以"PHILIPS"为品牌。统一品牌策略的优点是节约企业品牌设计费、广告费，降低成本，有利于解除顾客对新产品的不信任感；缺点是风险较大，局部产品质量不好会影响全局利益，导致"株连效应"。

（2）个别品牌策略。它是指企业对各种不同产品分别使用不同品牌。典型例子就是宝洁，仅洗发水就有海飞丝、飘柔、潘婷、沙宣等诸多品牌，而且每个品牌都个性鲜明，几乎覆盖了洗发水市场。该策略的优点是可以有效避免企业的声誉过于紧密地与个别产品相联系，同时为每种产品寻求最适当的品牌定位，有利于吸引顾客购买；缺点是增加了企业品牌发展和市场传播的费用开支，成本大幅上升。

（3）分类品牌策略。它是指企业在分类的基础上对各类产品使用不同的品牌。例如，企业可以对自己生产经营的产品分为器具类产品、妇女服装类产品、主要家庭设备类产品，并分别赋予其不同的品牌名称及品牌标志。这实际上是对前两种做法的一种折中策略。分类品牌的优点是众多产品分担品牌建设成本，有利于做大品牌；品牌知名度能为所有产品共享，降低营销费用。但需注意的是，品牌大类中的产品具备鲜明的细分特点是使用该策略的前提。

（4）统一品牌与个别品牌混合策略。它是指企业先给各种产品命以不同的品牌名称，在各种品牌名称前一律冠以企业名称，兼具统一品牌与个别品牌两种策略的优点。这种做法可以使新产品与老产品统一化，共享企业荣誉，有利于销售；同时也使产品更富有个性化，有效分散品牌风险。该策略适用于企业规模较大、产品涉及领域较广的情况。

6. 品牌延伸策划

品牌延伸是指企业将某一知名品牌或某一具有市场影响力的成功品牌扩展到与成名产品或原产品不尽相同的产品上，以凭借现有成功品牌推出新产品的过程。品牌延伸并非仅简单借用表面上已经存在的品牌名称，而是对整个品牌资产的策略性使用。品牌延伸策略可以使新产品借助成功品牌的市场信誉，在节省促销费用的情况下顺利地进占市场。品牌延伸的策划思路主要有向上延伸、向下延伸和双向延伸 3 种。

品牌延伸策略的优点主要体现在：加快新产品的定位，保证企业新产品投资决策迅速、准确；减少新产品的市场风险；降低新产品的市场导入费用；强化品牌效应，增加品牌这一无形资产的经济价值；突出核心品牌的形象，提高整体品牌组合的投资效益。品牌延伸是企业推出新产品、快速占有并扩大市场的有力手段，但在进行品牌延伸策划时需注意，不同的定位容易造成品牌形象的冲突。因此，在品牌策划中必须要掌握分寸和适度，重视产品的个性宣传，提升企业品牌影响力。

7.3 价格策划

7.3.1 价格策划概述

1. 价格策划的概念

企业定价是企业根据商品成本和市场供求状况，在经营目标的导向下制定商品销售价格的过程。价格策划不仅仅是企业定价，而是指企业在一定环境条件下，为了实现长期的营销目标，协调配合营销组合其他方面的策略，构思、选择并在实施过程中不断修正价格战略和策略的全过程。价格策划是站在企业营销战略的高度，综合运用各种定价方法、策略对产品进行价格的整体谋划过程。

2. 价格策划的原则

（1）目的性原则。价格策划方案是在目的驱动下制订的，不同的营销战略目的适用不同的价格策略。企业为了保护或扩大市场占有率，或者为了清理库存以回笼资金，往往采取低价策略；相反，若企业为了推广新研发的高科技产品，则可能采取高价策略。只有价格策划与营销目标相匹配，才能有效发挥作用。

（2）适应性原则。价格策划应根据市场环境的动态变化进行相应的价格调整。价格调整的背景有外部环境变化、竞争者价格策略调整、企业营销战略调整、开拓新市场、产品或服务创新等。企业应及时发现上述因素的变化，准确把握时机将产生事半功倍的效果。

（3）创新性原则。随着新产品和新服务方式的出现以及网络发展，耐用品的分期付款、网络服务的免费策略、移动通信的资费套餐等价格方式的创新层出不穷。创新性原则要求企业的定价策划应体现和竞争对手不一样的定价思路、定价方法、定价策略，把握先发优势，占据有利的市场地位。

（4）阈限性原则。它是指企业在进行价格策划时，要把握好产品的档次阈限和时间阈限。档次阈限是指产品的价格区间，其界定可以使消费者对产品形成明确的价值认知；时间阈限是指价格变动的时间区间，通常战术价格调整控制在 1 ~ 3 个月，若营销目的已达到，可采用新的价格策划方案。

（5）整体性原则。价格策划并非单独进行，而是要与其他营销策划因素（产品、渠道、促销等）有机结合。价格策划既要与整体营销策划方案保持一致，又要有力地支持其他方面的营销策划因素。

（6）前瞻性原则。它是指企业价格策划要充分预测未来，制订出适合于未来发展变化的价格策划方案。

3. 价格策划的流程

企业在制订和选择价格策划方案时，需要经历一个反复调研、评价、优选、实施、反馈、修正的过程。其策划流程如图 7-8 所示。

图 7-8　价格策划流程

（1）分析企业环境。企业环境是指作用于企业生产经营活动的一切外界因素和力量的总和。企业环境分析的目的是从宏观层面和微观层面综合掌握影响企业定价决策的信息，以保证企业定价的适应性。定价策划者需对社会、经济、政策、法律、竞争等环境进行细致考察，为定价策划方案的制订提供客观依据。

（2）确定定价目标。企业的定价目标可以分为以下几种：

1）维持生存。当面临产能过剩、激烈竞争时，企业会将维持生存作为主要目标。为了确保存货出手或继续开工，企业不得不制定较低的价格，很多企业通过大规模的价格折扣来保持企业活力。

2）当期利润最大化。多数企业都希望最大限度地获取利润或投资收益，但利润最大化目标并不必然导致高价，企业需在销售价格和销售数量之间进行平衡，以实现销售价格和销售数量乘积的最大化。

3）市场占有率最大化。市场占有率是衡量一个企业经营状况和竞争实力的关键指标。企业普遍认为，赢得最高市场占有率将享有最低成本和最高的长期利润，同时有利于树立企业在市场中的领导地位，为后续发展奠定基础。因此，很多企业将市场占有率最大化作为产品定价目标。

4）产品质量最优化。企业追求产品高质量、高品质，就要用高价格弥补高质量和研发的高成本。这种定价目标适用于高档耐用消费品、奢侈品、精神消费品等。

5）适应竞争。一些企业的定价目标紧盯竞争者的价格，注重收集竞争者的价格信息，当竞争者价格变动时，其会立刻以相同价格跟进或维持原来的价差不变。

（3）制定价格策划方案。价格策划方案主要包括产品成本预算、产品需求估计及竞争者的产品和价格分析。

1）产品成本预算。产品成本是确定产品价格的必要基础。价格策划者必须了解产品成本，掌握成本结构，计算盈亏平衡点，明确产品价格的最低限度，把握企业产品定价的变动幅度或范围。

2）产品需求估计。价格不同会导致不同的需求量。测算顾客需求实际上是对产品需求曲线进行估计，大致确定产品价格上限，即消费者心目中的"认知价值"，它代表了消费者能接受的最高价格。

3）竞争者的产品和价格分析。价格是在市场竞争中形成的，市场竞争的程度和状况对企业产品定价有着极大的影响作用。这就要求企业价格策划人员必须注意企业竞争者的产品价格，并对其产品特性和质量等进行详细分析，以此作为定价及实施相应价格策略的参考依据。

在上述基础上，价格策划人员应进一步选择适当的定价方法和定价策略。产品定价方法一般包括成本导向定价法、需求导向定价法和竞争导向定价法三大类。在进行价格决策时，需结合企业营销目标、产品定位及所处环境慎重选择，形成具体的价格策划方案。

（4）实施价格策划方案。价格方案确定以后，就要付诸实施。在遵循原则性和灵活性的前提下，企业应严格执行价格策划方案。

（5）修正价格策划方案。在执行价格策划方案的过程中，要定期对实施效果和定价目标进行比较，建立有效的价格信息反馈机制，使企业对市场变化保持高度警觉。针对反馈情况，企业要不断地对定价方案进行修正，剔除不适应市场发展现状和趋势的内容和方法，补充对新情况、新问题的处理方案。

7.3.2　定价策略策划

定价策略与定价方法密切相关，定价方法侧重于确定产品的基本价格，而定价策略则侧重于根据市场的具体情况，运用价格手段去实现企业定价目标。由于企业生产经营的产品和所处市场状况等条件的不同，企业的定价策略应有所区别。

1. 新产品定价策略

（1）撇脂定价策略。这是一种短期内追求最大利润的高价策略。它是指在新产品上市之初，将价格定得很高，尽可能在短期内赚取高额利润。这种策略如同从鲜奶中撇取奶油一样，所以叫撇脂定价策略。例如，1945 年发明圆珠笔时，属于全新产品，成本 0.5 美元/支，可发明者却利用广告宣传和消费者求新求异心理，以 20 美元/支的价格销售，仍然引起了人们争相购买。

撇脂定价策略的适用条件是：①新产品必须具有特色或专利、技术秘密，竞争者不易仿制，在短期内无法与之抗衡；②市场容量大，有足够的潜在顾客愿意购买；③新产品需求弹性较小，高价对需求影响不大；④产品的质量、形象必须与高价相符，消费者认可度高。

这种定价策略的优点是：高价格高利润，能迅速补偿研究与开发费用，便于企业筹集资金，并掌握调价主动权。其缺点是：定价较高会限制需求，销路不易扩大；高价原则会诱发竞争，企业压力大；企业新产品的高价高利时期较短。

（2）渗透定价策略。这是一种低价策略，就是利用购买者的求廉心理，在新产品上市之初，将产品价格定得较低，利用价廉物美迅速占领市场，取得较高市场占有率，以获得较大利润。例如，日本精工手表，以低价与瑞士手表角逐，夺去了大部分的市场份额，就是一个典型的成功例子。

渗透定价策略的适用条件是：①潜在市场较大，需求弹性较大，低价可增加销售；②企业新产品的生产和销售成本随销量的增加而减少；③低价不会引起实际和潜在的过度竞争。

这种定价策略的优点是：低价能迅速打开新产品的销路，便于企业提高市场占有率；低价获利可阻止竞争者进入，便于企业长期占领市场。其缺点是：企业的盈利水平有限，较低的价格为后续价格调整带来了障碍；一旦在消费者心中形成了低端品牌的印象，很难改变。

2. 折扣定价策略

折扣定价策略是指企业根据产品的销售对象、成交数量、交货时间、付款条件等因素的不同，给予不同价格折扣的一种定价决策，其实质是减价策略。这是一种鼓励消费者购买、提高市场占有率的有效手段。折扣定价包括现金折扣、数量折扣、功能折扣、季节折扣、价格折让等形式。

（1）现金折扣。它是指对在规定时间内提前付款或用现金付款者给予一定比例的折扣。其目的是鼓励顾客尽快付款，以加速企业资金周转，降低销售费用，减少利息支出与财务风险。例如，交易合同中如规定 "2/10，$n/30$"，即表示 10 天内付款可享受 2% 的优惠，全部货款最迟在 30 天内付清。现金折扣率的高低，一般由买方付款期间的利率大小、付款期限的长短和经营风险的大小来决定。

（2）数量折扣。它是指根据购买产品数量的多少，分别给予不同的折扣。购买数量越多，折扣越大。例如，购货 100 件以下单价 10 元，100 件单位以上单价 9 元。数量折扣的实质是将大量购买时所节约费用的一部分返还给购买者，其关键在于合理确定给予折扣的起点、档次以及每个档次的折扣率。数量折扣可以分为累计折扣和非累计折扣。数量折扣的目的是鼓励消费者大量购买或集中购买企业产品，并与企业建立长期的商业关系。

（3）功能折扣。它是指企业根据中间商在产品流通中的不同地位、功能和承担的职责给予不同的价格折扣。功能折扣的多少，随行业与产品不同而有所区别；对同一行业和同种商品，折扣则要依据中间商所承担的功能、责任和风险的大小而定。功能折扣的目的是鼓励中间商认真履行预定的营销职责，并与企业建立长期稳定的合作关系。

（4）季节折扣。它是指经营季节性商品的企业，对销售淡季来采购的买主给予折扣优惠。实行季节折扣，有利于鼓励消费者提前购买，减轻企业仓储压力，调整淡、旺季间的销售不均衡。它主要适用于具有明显淡、旺季的行业和商品。例如，旅馆、航空公司等在旅游淡季给旅客以季节折扣。

（5）价格折让。其主要包括以旧换新、回扣和津贴等形式。以旧换新就是顾客在购买新产品时，以同类旧产品抵扣一部分新产品货款的价格折让形式；回扣是指购买者在按价格目录将货款全部付清后，销售者再按一定比例将货款的一部分返还给购买者；津贴是企业对特殊顾客以特定形式给予的价格补贴或其他补贴。例如，当中间商为企业产品提供刊登地方性广告、设置样品陈列窗等促销活动时，企业给予其一定资助或补贴。

使用折扣定价策略增强了企业定价的灵活性，但必须注意以下几点：①合法性。如美国《罗宾逊—巴特曼法案》规定，卖方必须对所有顾客提供同等折扣优惠条件，否则就犯了价格歧视罪。②需求者对价格十分敏感或有足够的价格弹性。③产品不易储存或联合购买。如美国的加油站采用数量折扣定价鼓励消费者增加购买量，结果很多消费者就联合购买再分开使用，使得加油站降低了价格却未能达到增加销量的目的。④渠道控制能力较强，能够限制转售，避免渠道冲突。

3. 差别定价策略

差别定价是指企业以两种或两种以上反映成本费用比例差异的价格来销售一种产品或服务。也就是说，价格的不同并不是基于成本的不同，而是基于消费者需求的差异性。

（1）顾客差别定价。它是指企业把同一种商品或服务按照不同的价格卖给不同的顾客。例如，公园、旅游景点、博物馆将顾客分为学生、老年人和一般顾客，对学生和老年人收取较低的费用；铁路局对学生、军人的售票价格往往低于一般乘客；自来水公司根据需要把用水分为生活用水和生产用水，并收取不同的费用；电力公司将用电分为居民用电、商业用电和工业用电，对不同的用电收取不同的电费。

（2）形式差别定价。它是指企业按产品的不同型号、规格、式样、花色等制定不同的价格，不同型号或式样的产品，其价格之间的差额和成本之间的差额是不成比例的。例如，33in 彩电比 29in 彩电的价格高很多，可其成本差额远没这么大；一条裙子 70 元，成本 50元，若在裙子上绣一组花，追加成本 5 元，但价格却可定到 100 元。

（3）地点差别定价。企业对处于不同位置或不同地点的产品和服务制定不同的价格，即使每个地点的产品或服务的成本是相同的。例如，影剧院不同座位的成本费用都一样，却按不同座位收取不同价格，因为公众对不同座位的偏好不同；火车卧铺从上铺到中铺、下铺，价格逐渐增高。

（4）时间差别定价。企业对不同季节、不同时期甚至不同钟点的产品或服务分别制定不同价格。例如，电信公司制定的晚上、清晨的长途电话费用可能只有白天的一半；航空公司或旅游公司在淡季的价格便宜，而旺季一到价格立即上涨。这样可以促使消费需求均衡化，避免企业资源的闲置或超负荷运转。

差别定价策略的适用条件是：市场必须可以细分，而且每个细分市场必须表现出不同的需求程度；以较低价格购买的顾客，不能以较高价格转卖产品；竞争者不能在企业以较高价格销售的市场上低价竞销；差别价格不会引起顾客反感，以致放弃购买；差别价格的形式不违法。

4. 心理定价策略

心理定价策略是指企业根据消费者的心理特点，迎合消费者的某些心理需求而采取的定价策略。

（1）尾数定价策略。它是指在商品定价时，利用消费者数字认知的某种心理，尽可能在价格数字上不进位、保留零头的做法。这样会使消费者产生价格低廉的感觉，同时因标价精确给人以信赖感而易于扩大销售。此策略适用于日常消费品等价格低廉的商品。例如，一家餐厅将它的汉堡类食品统一标价为 9.8 元，这比标价 10 元要受欢迎，因为消费者心里会认为 9.8 元比整数 10 元要便宜不少。

（2）整数定价策略。高档名贵的产品宜采用整数定价策略。将产品价格定为整数，会使消费者感到产品的档次高、价值大、质量佳，使产品整体形象获得提升，能够满足某些消费者追求高消费或显示身份的心理。

（3）声望定价策略。它是指企业利用消费者仰慕名牌商品或名店的声望所产生的某种心理来制定商品的价格，一般把价格定成高价。因为消费者往往以价格判断质量，认为价高质必优。一些质量不易鉴别的商品适用此方法，如首饰、化妆品等。例如，印度尼西亚的服装巴厘克久负盛名。一位印度尼西亚商人带着巴厘克到日本推销，举行了轰动一时的巴厘克表演，许多日本名流、贵妇慕名而来，但都不愿意购买，原因是价格太低，有失买者身份。知道原因后，印度尼西亚商人立即将价格提高到原来的 4 倍以上，结果被一抢而空。

（4）招徕定价策略。它是指企业利用部分顾客的求廉心理，将某些产品定低价以吸引顾客、扩大销售。几种低价品可能不赚钱，但它会带动其他产品的销售，使企业整体效益得以提升。例如，某酒店推出每日一款"特价菜"。

（5）分档定价策略。它是指在定价时，把同类商品比较简单地分为几档，每档定一个价格，以简化交易手续，节省消费者的时间。这种定价法适用于纺织业、水果业、蔬菜业等行业。采用这种定价法时，档次划分要适度，级差不可太大也不可太小，否则起不到应有的分档效果。

（6）习惯定价策略。它是指按照消费者的习惯心理制定价格的技巧。一些消费者经常购买、使用的日用品，已在消费者心中形成一种习惯性的价格标准。这类商品的价格不易轻易变动，以免引起消费者的不满。在必须变价时，宁可调整商品的内容、包装、容量，也尽可能不要采用直接调高价格的办法。

5. 地区定价策略

地区定价策略的实质就是根据买方所在地域，考虑物流费用由谁承担的一种定价策略。

（1）FOB 原产地定价。它是指顾客（买方）按照厂价购买某种产品，企业（卖方）只负责将这种产品运到产地某种运输工具（如货车、火车、船舶、飞机等）上。交货后，从产地到目的地的一切风险和费用都由顾客承担。这样定价的不利之处是，距离较远的顾客可能转而购买其附近的企业的产品。

（2）统一交货定价。它是指企业对卖给不同地区顾客的某种产品，都按照相同的厂价加相同的运费（按平均运费计算）定价，即不同地区的顾客，不论远近，都实行一个价格。

（3）分区定价。它是指企业把整个市场（或某些地区）分为若干价格区，对卖给不同价格区顾客的某种产品，分别制定不同的地区价格。距离较远的价格区，定价较高；距离较近的价格区，定价较低；同一个价格区范围实行统一价格。这种方式是前两种方式的折中使用。

（4）基点定价。它是指企业选定某些城市作为定价基点，然后按一定的厂价加从基点城市到顾客所在地的运费进行的定价（不管货实际上是从哪个城市起运的）。有些公司为了提高灵活性，选定若干个基点城市，按照距离顾客最近的基点计算运费。

（5）运费免收定价。它是指卖方企业负担全部或部分运费。有些企业认为，如果生意扩大，平均成本就会降低，足以抵偿运费开支。采取该策略，可以使企业加深市场渗透，并且能在竞争日益激烈的市场上站得住脚。

6. 产品组合定价策略

对于生产经营多种产品的企业来说，产品之间往往存在着或多或少的联系，当某种产品成为产品组合的一部分时，企业定价必须着眼于整个产品组合的利润最大化，而非单个产品。产品组合定价策略就是处理企业各种产品之间价格关系的策略。

（1）产品线定价。产品线定价就是对企业同一产品线内的不同产品进行定价。一般而言，企业要首先确定产品线中最低价格的产品，使其充当吸引消费者购买的角色；然后确定产品线中最高价格的产品，使其代表品牌质量，并实现企业盈利的目的；其他产品的价格就在最高和最低价格之间分别制定。当然，这个最高价格和最低价格也是相对而言。例如，纳爱斯集团，其经济型包装的雕牌洗衣粉，零售价9.8元/袋，比同类的许多其他品牌洗衣粉要低1~3元，基本属于无利产品；而其雕牌透明皂、肥皂粉等，则明显比同类产品的价格高。

（2）选择品定价。许多企业在提供主要产品的同时，会附带一些可供选择的产品或服务。例如，汽车销售商除了销售汽车，还提供电动升降器、除雾器及调光器等选择品。选择品定价通常有两种方式：一是为选择品定高价，靠它盈利；二是为选择品定低价，以招徕顾客。例如，许多餐馆将饭菜定价较低，而将烟酒、饮料等选择品定价较高，靠酒水赚取利润。

（3）互补产品定价。互补产品是指需要配套使用的产品。例如，照相机和胶卷、剃须刀刀架和刀片等。大多数企业采用这种策略时，将主要产品定价较低，而补充产品定价较高，希望通过补充品的连续销售获得利润。典型例子是吉列公司在19世纪末开始投产剃须刀时，质量并不是最好，但当时竞争对手给剃须刀刀架定价为5美元，刀片定位2美分，而当时一般工人都承受不起刀架的价格。而吉列刀架的零售价为55美分，批发价为20美分（仅为制造成本的1/5）。但吉列的刀架只能使用吉列自己设计且已获专利的刀片，其成本不足1美分，但吉列却将其定价为5美分。这种定价方式使吉列获得了大量顾客，在剃须刀市场垄断了几十年。

（4）分部定价。分部定价是指企业在其产品组合内实行分段或按部分定价的形式。这是服务业常用的一种定价方式。经常会先收取一定的固定费用，再定期收取可变的使用费。例如，固定电话用户每月需支付一定座机费，再加上用户的通话费用；很多游乐园和旅游景点也是先收门票，入门后的个别项目或景区还要另外收费。

（5）副产品定价。在生产加工肉类、石油产品和其他化工产品时，常伴有副产品。如果副产品没有价值而且在处理时花费也很大，这将会影响主要产品的定价。生产企业将为这些副产品寻找市场，并接受高于储存和利用这些副产品费用的任何价格。这样，企业就可以降低主要产品的价格，提高其竞争能力。

（6）产品系列定价。产品系列定价也称为成套产品定价策略，是指企业将其所生产或经营的某些产品组合在一起，形成一个产品系列，再制定一个整体价格成套出售。常见的例子有化妆品套装、学生用品组合、春节大礼包等。其主要目的是为了吸引消费者购买某些其并不太感兴趣的商品，甚至可以以畅销货带滞销货，减少库存积压。需要注意的是，成套产品价格必须有吸引力，而且成套产品的销售一定要有单件产品的配合销售，便于消费者比较。

7.3.3　价格调整策划

企业处在一个动态变化的环境中，在确定产品价格后，企业仍需随着市场环境的变化，对既定价格进行调整。调价策划就是企业根据客观环境和市场形势的变化而对原有价格进行调整的策略。其主要分为两种：一是根据市场条件变化的主动调价；二是为应对竞争对手价格变动的被动调价。

1. 主动调价策略

主动调价策略是指企业在市场竞争中对某些产品的供求状况已有较准确的预测，为取得竞争的主动权，企业主动提高或降低价格的策略。

（1）提价策划。提价策划是指营销过程中，企业为适应市场环境和自身内部条件变化，而将产品原有价格调高的策略。

1）调高价格的动机包括以下几种情况：

① 产品成本上涨，影响了企业利润水平，只能通过提高产品价格来转嫁负担。

② 产品供不应求，企业必须通过提价来抑制部分需求，以缓解市场压力。

③ 企业通过改进产品的质量、性能、结构来提高产品的市场竞争力。

④ 新产品采取渗透定价，经过一段时间对市场已具备一定程度的影响力。

⑤ 品牌知名度提高，建立了质量信誉，对相当数量的消费者具有吸引力。

2）调高价格的方式包括以下两种类型：

① 直接提价，即直接提高产品价格。例如，柯达公司在了解日本人对商品普遍存在重质高于重价的倾向后，于20世纪80年代中期以高出富士胶片50%的价格在日本市场推出"柯达"胶片。经过几年努力和竞争，柯达终于在日本市场成为与富士势均力敌的企业，销售量直线上升。

② 间接提价，即企业采取一定方法使产品价格保持不变但实际价格却隐性上升。其主要方法包括：缩小产品的尺寸、规格；压缩产品分量；使用便宜的材料、配件或包装材料；减少或改变产品功能或服务项目。例如，美国西尔斯公司简化了许多家用电器的设计，以便与折扣店销售的商品进行价格竞争；康师傅、统一、福满多等方便面的面饼多次"瘦身"，目前部分品种的净含量已经跌破90g大关，而价格维持原样；还有一些企业通过取消安装、免费送货或长期保修等项目实施隐性提价。

（2）降价策划。降价策划是指营销过程中，企业为适应市场环境和自身内部条件变化，而将产品原有价格调低的策略。

1）调低价格的动机包括以下几种情况：

① 企业生产能力过剩，产品出现积压。当市场供过于求，企业库存积压严重，但通过

改良产品或加强促销等手段无法达到扩大销售的目的时，企业就要考虑通过降价来提高销售量。

② 企业面临激烈的价格竞争，市场占有率下降，迫使企业通过降价来维持和扩大市场份额。

③ 本企业或其他企业出现新的同类产品上市，就需要降价销售原有产品。

④ 在宏观经济不景气的形势下，市场需求萎靡，降价是很多企业借以度过萧条期的重要手段。

⑤ 根据产品寿命周期阶段的变化对价格进行调整。相对于导入期时较高的价格，产品进入成长期或成熟期后，平均成本随销售量增加而下降，企业通过降价可以增加销售量以获取更多的利润。

2）调低价格的方式。因企业产品所处的地位、环境不同，企业选择降价的方式也会各不相同，具体来说有以下两种：

① 直接降价，即直接降低产品价格。如美国柯达公司在 20 世纪 70 年代突然将其生产的彩色胶片降价，立刻吸引了众多消费者。

② 间接降价，即企业在保持名义价格不变的前提下，增加送货上门、免费安装、调试、维修、为顾客保险等服务项目，或提高产品的质量或性能，或增大各种折扣、回扣以及赠送礼品等。

2. 被动调价策略

被动调价策略是指企业在竞争者率先调整价格后，被迫随之调价的一种策略。

一般而言，当竞争者在同质市场上降价时，企业也必须随之降价，否则消费者就会购买竞争者的产品而不购买本企业的产品。如果某一企业提价，且提价会给整个行业带来利益时，所有企业会同时提价。若其中一家企业不认为提价对自己有利时，则它的不合作将促使市场领导者和其他企业撤销提价决定。而在异质市场上，企业对竞争者变价的反应有更多的回旋余地。因为，此时的消费者选择卖方不仅考虑价格因素，而且考虑质量、服务、性能、外观、可靠性等多种因素，这些因素可能降低消费者对较小价差的敏感性。

在此情况下，企业应认真研究竞争者价格变动的意图以及可能持续的时间，并分析这种变动对企业可能产生的影响，进而对企业是否调价和如何调价作出决策。

（1）对竞争者变价的分析。面对竞争者的变价，企业必须认真研究以下问题：

1）竞争者为什么要变价？变价的幅度多少？

2）竞争者是暂时变价还是长期变价？

3）竞争者的产品与本企业产品是否具有较强替代性？

4）如果对竞争者的变价行为置之不理，将对本企业的市场占有率和利润有何影响？

5）竞争者和其他企业对本企业每个可能的应对行为会有何反应？

（2）对其他因素的考察。除上述因素外，企业还需要对以下因素进行考察：

1）市场地位。企业应在衡量变价企业和本企业的市场地位后，作出是否调价的决定。如果市场领导者变价，一般来说，本企业应当跟进调价；如果第二品牌针对第一品牌发动进攻，则须小心防守；如果第三品牌变价，除非引起消费者注意或导致市场震撼，否则，企业可以静观其变。

2）销售影响程度。企业本身的销售业绩受影响的程度是最明显的决策依据。如果竞争者变价严重影响本企业的销售，则毫无选择要跟进调价。例如，1999 年熊猫大屏幕彩电在南京率先降价后，同行企业的销量都深受影响，以致虽事先宣布不予降价，最后都迫于压力只能降价销售。

3）消费者的反应。如果消费者对价格变动很敏感，则企业必须立即反应，作出调价决策。例如，长虹电视降价受到消费者热烈欢迎，使得其他厂商不得不跟进降价。

4）同行的反应。同行企业对某个企业的价格变动会有不同的反应，如不予跟进、率先跟进、随后跟进等，企业需根据自己的情况对此作出相应的调价策略。

（3）企业被动调价策略。竞争者的变价策略也分为调高价格和调低价格。通常情况下，企业应对调高策略的方法很明确，包括价格不变或跟随提价。而对竞争者调低价格的应对则比较复杂，需慎重对待。其主要方式有：

1）相应降低价格。这一策略主要适用于同质产品市场，由于产品差异性不大，顾客对价格十分敏感，不降价就会使企业市场份额下降，因此，企业只能跟随竞争者相应降价。例如，1996 年国内彩电行业价格战，长虹降价幅度高达 30%，TCL 曾试图以保持原有价格、提高产品质量、加大宣传力度、扩大与竞争者的差异来应对，但因产品价格弹性较大，均未能奏效，为保持市场占有率，TCL 被迫采取降价策略。采用降价策略的企业，可根据竞争者降价幅度作出不同选择，如推出折价券、降价幅度为竞争者一半、降价到竞争者水平等。

2）维持原价不变。这一策略主要适用于差别产品市场。由于顾客要考虑产品品质、服务水平、品牌信誉等因素，会抵消一部分对价格的敏感性。在这种情况下，竞争者降价不可能夺取本企业过多的市场份额，或者只是夺取较差的市场，在本企业需要时还可能夺回原有市场份额。使用该策略的另一种情况是竞争者的降价为短期行为，而且对本企业的产品销售不会造成伤害。

3）提高顾客认知质量。企业可以通过改进产品、服务和信息沟通，强调与竞争者的低价产品相比，自己的产品具有更高的相对质量，使顾客觉得物有所值。

4）提高价格并改善质量。企业可以在提高价格的同时，引入一些新品牌商品，来对进攻性品牌进行夹击。例如，某公司的 A 品牌烈性酒占美国伏特加市场的 23%，它受到另一公司 B 品牌的攻击，后者每瓶定价要低 1 美元。于是公司决定将 A 品牌的售价提高 1 美元并增加广告投入，而且还推出了一个定价比 B 品牌低的品牌来竞争。

5）推出低价进攻性产品。这一策略即在产品线中增加较低价格的产品，或者单独创立一种较低价格的品牌。当丧失的细分市场对价格很敏感且不会对较高质量的产品作出反应时，适用于这种方法。

3. 价格调整需注意的问题

适当的价格变化能够产生良好的效果，但如果变化不当，会适得其反。企业价格调整应注意以下几个方面：

（1）消费者对变价的反应。衡量企业定价成功与否的重要标志是消费者能否在认可其定价的基础上接受其产品。当企业准备调价时，首先应考虑的是调整后的价格能否为消费者所接受，消费者将如何理解这种调价行为。一般情况下，消费者对那些价值高和经常购买的产品价格变动较为敏感，而对那些价值低和不经常购买的小商品价格变动则不大注意。分析消费者对调价的反应主要看两个方面：一是看消费者的购买量是否增加；二是要了解消费者如何理解这次调价，以便采取相应措施。通常企业在调价前，要着重分析消费者可能出现的各种反应，并在调整的同时及时与消费者进行沟通。

一般来说，降价容易涨价难，调高产品价格往往会遭到消费者的反对。因此，企业进行提价策划时必须慎重，尤其要注意以下技术问题：一是应掌握好提价幅度，不能危及企业已经建立起来的市场地位，差异性较大的产品对消费者吸引力强，需求价格弹性较小，则提价幅度可以稍大一些，反之亦然；二是要根据各类产品不同情况选择适当的提价时机，提高市场的认可度，例如，将提价放在通货膨胀时期，而且涨价幅度高于通货膨胀率，容易被消费者所接受；三是提价时应注意通过各种方式及时与消费者进行沟通，如通过广告宣传向顾客说明原因，以求得消费者的理解，保证产品和企业的良好形象。

（2）竞争者对变价的反应。竞争者的反应直接决定着企业制定某种价格、采用某种价格策略的效果。当竞争者的策略保持不变时，企业降价可能会起到扩大市场份额的作用；而当竞争者也随企业进行同幅度或更大幅度降价时，企业降价的效果就会被抵消，销售利润也会不如调价前。同样，在企业调高价格后，如果竞争者并不随之提价，那么企业原来供不应求的市场就可能变成供过于求的市场。鉴于此，企业预先必须对竞争者的反应进行估计。如果企业在行业中处于优势地位，则作为整个行业价格变动倡导者的企业的主动降价行为，势必会引发同行竞争者间的降价大战。如果企业在行业中处于劣势地位，则企业主动调价要非常谨慎，以免导致行业中的优势企业对自己进行报复。反之，劣势企业如果把握好时机，主动调价，也会令优势企业措手不及，从而迅速扭转不利的市场局面。除此之外，企业在实施调价行为前，还必须分析竞争者的企业目标、财务状况、生产、销售以及消费者的忠实程度等状况。

7.4 渠道策划

7.4.1 营销渠道策划概述

1. 营销渠道策划的内涵

产品要经过一定的方式、方法和路线，才能进入消费者和用户手中，分销便是企业使其产品由生产地点向销售地点运动的过程。在这一过程中，企业要进行一系列策划。营销渠道策划的主要内容是合理选择、设计和管理销售渠道，即从生产者转移到消费者或用户所经过的路线和通道。营销渠道策划的作用主要体现在以下方面：

（1）降低销售成本，加速商品流通。合理的营销渠道可以减少分销中的不必要环节，减少产品运输的时间和费用，既能加速商品的流通和资金周转，扩大产品销售，又有助于减少商品运送和储藏损耗，降低经营费用。

（2）获取市场信息，应对环境变化。中间商是生产商与终端消费者的桥梁，也是生产商获取消费市场信息的重要通道。合理的营销渠道和中间商，可以使企业及时了解产品市场的销售状况、顾客的反应、竞争者的行动等，有利于企业响应外部环境变化，适时调整营销策略。

（3）有效规避风险，加速资金周转。当中间商进入产品营销渠道后，产品所有权即已转移到中间商手中，此时企业不再承担该产品的销售风险。同时，中间商为产品分销工作筹集了一定资金，通过支付货款或订货货款，为生产企业下一轮生产提供资金。

2. 营销渠道的基本结构

（1）营销渠道的长度结构。在消费者市场，企业面对的最终顾客是家庭和个人，即是最终消费者。营销渠道的长度，就是产品或劳务从生产者到消费者转移的过程中所经历的中间商购销环节，即渠道层次的多少。营销渠道长度结构主要有以下几种类型：

1）生产者→消费者。其也称零阶渠道，即企业自己派人推销，或以邮购、电话购货等形式销售本企业产品。这种类型的渠道由生产者把产品直接销售给最终消费者，没有任何中间商介入，是最直接、最简单和最短的销售渠道。

2）生产者→零售者→消费者。其也称一阶渠道，即由企业直接向零售商供货，零售商再把商品转卖给消费者。这种模式在生产消费品和选购品的企业应用广泛。

3）生产者→批发商→零售商→消费者。这是消费品分销渠道中的传统模式，也称二阶渠道。

4）生产者→代理商→零售商→消费者。许多企业为了大批量销售产品，通常通过代理商，由他们把产品转卖给零售商，再由零售商出售给消费者。这属于二阶渠道的另一种模式。

5）生产者→代理商→批发商→零售商→消费者。一些大企业为了销售特定产品或进入特定的市场，常需经代理商、批发商卖给零售商，最后到消费者手中。这种模式也称其为三阶渠道。

（2）营销渠道的宽度结构。营销渠道的宽度是指企业在渠道的同一层次上利用同种类型中间商的数目，可分为宽渠道和窄渠道。宽渠道是指企业使用的同类中间商很多，分销面很广。一般日用品都通过宽渠道销售，由多家批发商转售给更多的零售商进行分售。这种分销渠道能够大量地销售产品，与消费者接触面广。窄渠道是指企业使用的同类中间商很少，分销面窄，甚至一个地区只有一家中间商。窄渠道一般适用于专业性较强的产品或较贵重的耐用消费品。

渠道宽度的选择与企业的营销目标和分销战略有关，主要有 3 种战略可供选择：

1）密集型分销。这种战略是指企业尽可能通过较多的中间商销售产品，以扩大市场覆盖面或快速进入新市场，使众多的消费者和用户随时随地能够买到其产品。

2）选择型分销。这种战略是指在同一目标市场上，企业依据一定的标准选择少数中间商经销其产品。其重心是维护企业、产品的形象和声誉，建立和巩固市场地位。

3）独家型分销。这种战略是指企业在一定时间、一定地区，只选择一家批发商或零售商经销其产品。通常双方订有协议，中间商不得经营其竞争者的产品，企业也不得向其他中间商供应其产品。这一策略的目的是控制市场，彼此得到对方更积极的配合，强化产品形象并获得较高的利润。

7.4.2　营销渠道设计策划

营销渠道设计策划的核心问题是确定达到目标市场的最佳途径。因此，它是企业营销渠道策划的重中之重。在营销渠道策划中，首先，必须分析影响营销渠道设计策划的因素；其次，建立实际营销渠道策划的标准和程序；最后，确定相应的营销渠道设计策略和管理策略。

1. 营销渠道设计策划的影响因素

（1）产品因素。产品因素包括价格、体积、款式、重量、技术、服务、易毁及易腐蚀程度等，这些都直接影响营销渠道的选择。一般说来，选择较短分销渠道的产品大多是昂贵的、款式多变、体积庞大、技术复杂、服务要求高以及易腐、易损、有效期短的产品；反之，则宜选用较长的分销渠道。对有些专用产品的某些危险品，最好选择专用渠道。

（2）市场因素。市场因素包括目标市场范围及消费者水平、顾客的消费习惯、需求的季节性及市场竞争状况等，都是企业选择营销渠道的重要依据。一般说来，目标市场范围大、潜在市场需求旺盛、消费习惯要求购买方便的日用消费品、常年生产季节消费的商品、销量订单分散而订单量又少的市场，都需要中间商提供服务，宜选择较长的营销渠道；反之，则宜选择较短的分销渠道。

（3）企业自身因素。企业自身因素包括企业规模、财力、声誉、经销能力与管理水平、服务能力等，这些都会影响企业对营销渠道的选择。一般说来，企业规模大、财力雄厚、声誉好、有较好的经营能力及处理水平、服务条件优越，往往能够选择较固定的中间商，甚至建立自己的分销机构，选择较短的营销渠道为宜；反之，则需要较多地依赖中间商，选择较长的分销渠道为宜。

（4）中间商因素。首先是中间商合作的可能性。如果中间商普遍愿意合作，企业可利用的中间商较多，则渠道可长可短，可宽可窄；否则，只能够利用较短、较窄的渠道。其次是费用问题。利用中间商分销，要支付一定的费用，若费用较高，则企业只能够选择较短、较窄的渠道。再次是服务问题。如果中间商可以提供较多的高质量的服务，企业可选择较长、较宽的渠道；反之，企业只能够使用较短、较窄的渠道。

（5）环境因素。环境因素是指影响选择营销渠道的外部因素。宏观经济形势对渠道选择有较大的制约作用。如在经济不景气的情况下，生产者要求以最快、最经济的方式把产品推向市场，这就意味着要利用较短的渠道，减少流通环节，以降低商品价格，提高竞争力。另外，政府有关商品流通的政策和法规也会影响分销渠道的选择。如由国家或主管部门实行严格控制的产品、专卖性产品，其分销渠道的选择必然受到制约。

2. 营销渠道设计策划的标准

一般而言，评估营销渠道有效与否的标准，在于它能否以最快的速度、最好的服务质量、最经济的流通费用，把商品送到消费者手中。要实现这一基本目标，营销渠道必须符合以下标准：

（1）连续性。要求营销渠道能够不间断、顺利、快速地使商品进入消费者领域，即必须有能力进货（包括拥有资金和运输条件），保证供货和需求的一致性；流通中途通畅，不得使商品在途中滞留；严格要求时间性，不得拖延工作时间。

（2）辐射性。产品从生产者到消费者手中，要经过许多环节。如果营销渠道的各个环节都具有较大的辐射功能，就可以从各个环节的辐射点开始，向周围辐射，从而可形成地域相当广泛的销售渠道，提高产品的市场占有率，扩大销量，增强企业的市场竞争力。

（3）一致性。一条好的分销渠道，不仅是以货币为媒介的商品交换渠道，而且是物资运行的渠道，只有实现了商流与物流的一致性，才能够使营销渠道成为更好地满足消费者需要的通道。

（4）经济性。一般说来，交易成功率高、物流速度快、流通费用少、资金周转快、销售环节少的销售渠道、经济效益就好。

（5）双赢性。好的销售渠道，不仅从生产者自身的利益出发，还必须充分考虑消费者的利益，真正地为消费者服务，保护消费者的利益。

3. 营销渠道设计策划的程序

（1）分析顾客对渠道服务提出的要求。这些要求通常表现在以下方面：批量小、交货时间短、购买方便、花色品种多、提供服务能力强以及费用低。

（2）建立渠道目标。建立服务目标即达成的服务产出目标。企业可以根据用户需求的不同服务和产出要求，划分出若干分市场，然后决定服务于哪些分市场，并为之选择和使用最佳渠道。

（3）选择渠道方案。营销渠道选择方案包括选择中间商类型、确定中间商数目以及规定每一渠道的参与者条件和相互责任等因素。

（4）评估渠道方案。评估渠道方案可以从经济性、可控性和适应性等方面进行。经济性标准评估即主要比较每一方案可能达到的销售额水平及其费用水平；可控性标准评估即可控程度较低，渠道越长，控制问题就越突出，对此需要进行多方面的利弊比较和综合分析；适应性标准评估即主要考察企业在每一种渠道承担的义务与经营灵活性之间的关系，包括承担义务的程度和期限。

4. 营销渠道设计策略

（1）确定渠道模式。它是指企业是采用直接营销渠道还是采用间接销售渠道，这需要从销售业绩和经济效果两方面来考虑。销售业绩就是销售额的大小，经济效果就是利润额的多少，但这两个方面并非总是一致的，究竟以谁为重，应视企业的营销战略而定。如欲扩大市场占有率，则应重视前者；而欲追求利润，则应重视后者。一种产品的销售，可以通过多种销售渠道来实现。企业可以自行销售，也可以经过批发商、零售商、经营商等来销售。究竟选择何种销售渠道，需要进行比较考察。

（2）确定渠道成员数量。它是指确定每个渠道层次使用多少中间商，即是采取宽渠道还是窄渠道。在渠道策划中，除了 3 种可供选择的战略（密集型、选择型、独立型）之外，还必须对中间商的开业年限、经营产品范围、盈利与发展状况、资金能力、合作愿望与经营能力及信誉等级等进行考察评估。

（3）确定渠道成员的责任与条件。一般情况下，相互的职责和服务内容包括供货方式、促销的相互配合、产品的运输和储存、信息的相互沟通等。交易条件主要包括价格政策、销售条件、区域权利等。价格政策要求企业必须制定出其产品具体的价格，并有具体的价格折扣条件，如数量折扣、促销折扣、季节性折扣等政策。这样可以刺激中间商努力为企业推销产品，扩大产品储备，更好地满足顾客的需求。销售条件要求企业制定出相应的付款条件，如现金折扣，对中间商的保证范围，如不合格产品的退还、价格变动风险的分担等方面的保证，这样有利于中间商及早付款，加速企业的资金周转，同时还能够引导中间商大量购买。区域销售权利是中间商比较关心的一个问题，尤其是独家分销的中间商。

5. 营销渠道管理策略

对销售渠道的管理工作主要是对中间商的激励、评估和调整。

（1）激励渠道成员。可通过以下方式对营销渠道成员进行激励：

1）向其提供物美价廉、适销对路的产品。中间商认为，适销对路的产品是销售成功的一半，因而厂家提供符合市场需求的产品会受到中间商的欢迎。

2）促销支持。厂家应该承担推广宣传产品的全部或部分费用，并派人员协助安排商品陈列，举办展览和操作表演，帮助培训推销人员等，这会对中间商起到有效的激励作用。

3）合理分配利润。厂家在产品定价方面应充分考虑到中间商的利益，在供货数量、信誉、财力、管理等方面，对不同的中间商给予不同的价格折扣，使中间商感到经营其产品会得到较理想的利益收入。

4）资金支助。厂家可通过融资、售后付款或先部分付款等方式，促进中间商积极进货、努力推销。

5）共享信息。厂家将获得的市场信息及时通报给中间商，同时也将生产方面的发展状况告诉中间商，使其做到心中有数，能够积极有效地安排销售。

（2）评估渠道成员。对中间商评估的目的是及时掌握情况、发现问题，以便更有针对性地对不同类型的中间商开展激励和推动工作，提高渠道销售效率。评估标准一般包括销售定额完成情况、平均存货水平、向顾客交货时间、损坏和遗失货物处理、对企业促销与培训计划的合作情况、货款返回状况以及中间商对顾客提供的服务等。

（3）调整营销渠道。生产商对营销渠道的调整是为了适应复杂多变的市场环境，主要有以下3种方式：

1）增减成员。这是指在某一分销售渠道里增减个别中间商。厂家决定增减个别中间商时，需要进行经济效益分析，要考虑到增减某个中间商对企业的盈利是否有影响、是否会引起渠道其他成员的反对、其他成员的销售是否会受影响等。

2）增减渠道。这主要是指增减某一渠道模式。当厂家利用某一分销渠道销售产品不理想，或者市场需求扩大而原有的渠道不能够满足，或者厂家所利用的有些分销渠道一方面销售量低下，而另一方面市场的需求又能够满足时，厂家就要考虑减少或增加渠道，或者减少某条渠道的同时又增加另一条渠道。

3）调整全部渠道。这是指厂家对所利用的全部渠道进行调整，如将直接渠道改为间接渠道，将单一化渠道变为多元化渠道等。这种调整是最困难的，它不仅使全部销售渠道改观，而且还会涉及营销组合因素的相应调整和营销策略的改变。厂家对调整全部渠道要特别谨慎，要进行系统分析，以防考虑不周，影响企业的全部销售。

7.4.3　营销渠道变革策划

营销渠道变革策划既包括对渠道结构的调整，又包括销售政策的重大变化。渠道变革一直是强化竞争力的重要手段，尤其对于技术创新相对薄弱的企业更为明显。商业资本的崛起，超级终端和连锁渠道的爆发式增长，信息技术的广泛应用，再加上日趋激烈的行业竞争，使企业的渠道变革成为一种日常性工作，大多数著名企业的营销渠道每年一小变，每2~3年一大变。但无论营销渠道如何变革，其目标都是为了降低渠道成本，提高渠道效率，加强对终端的控制力，提高对客户的服务能力。

从近年来国内外企业营销渠道变革的案例来看，将渠道变革的经验总结为以下几个方面：

1. 营销渠道变革要结合本企业的特征

营销渠道变革在本质上是一种内生的、自为的变化，变革必须与本企业的特征、组织和渠道的历史形态相协调，这样才能提高成功率。营销渠道变革最后会形成这样的局面：即使在同一行业内的同等规模的企业，其渠道特点也有很大区别，而这些渠道在运作中都有其成功之处。例如，家电行业的海尔、志高、格力三家企业的营销渠道各不相同。海尔是自建渠道，志高是区域代理制，格力则是与骨干经销商组成区域性销售公司。

案例

空调营销渠道模式策划

（1）美的模式——批发商带动零售商。美的几乎在国内每个省都设立了分公司，在地市级城市建立了办事处。在一个区域市场内，美的的分公司和办事处一般通过当地的几个批发商来管理为数众多的零售商，批发商可以自由地向区域内的零售商供货。美的的这种渠道模式的形成，与其较早介入空调行业及市场环境有关。利用这种模式从渠道融资，能够吸引经销商在淡季预付货款，缓解资金压力。

（2）海尔模式——零售商为主导的渠道销售系统。海尔营销渠道模式最大的特点就在于海尔几乎在全国每个省都建立了自己的销售分公司——海尔工贸公司。海尔工贸公司直接向零售商供货并提供相应支持，并且将很多零售商改造成海尔专卖店。当然海尔也有一些批发商，但其分销网络的重点并不是批发商，而是更希望和零售商直接做生意，构建一个属于自己的零售分销体系。

（3）格力模式——厂商股份合作制。格力渠道模式最大的特点就是格力在每个省和当地经销商合资建立了销售公司，即所谓的使经营商之间"化敌为友"，"以控价为主线，坚持区域自治，确保各级经销商的合理利润"，形成由多方参股的区域销售公司形式，各地市级的经销商也成立合资销售分公司，由这些合资企业负责格力空调的销售工作。厂家以统一价格对各区域销售公司发货，当地所有一级经销商必须从销售公司进货，严禁跨省市窜货。格力总部给产品价格划定一条标准线，各销售公司在批发给下一级经销商时结合当地实际情况"有节制地上下浮动"。

（4）志高模式——区域总代理制。广东志高空调股份有限公司前身只是一家空调维修商，从1998年开始生产空调，销售增长迅速，从零起步达到2001年的30万台，远远超过行业平均发展水平，所以其营销渠道模式也被越来越多地被关注，尤其对于一些中小制造商，志高可以说是其效仿的主要对象。志高模式的特点在于对经销商的倚重。志高公司在建立全国营销网络时，一般是在各省寻找一个非常有实力的经销商作为总代理，把全部销售工作交给总代理商。这个总代理商可能是一家公司，也可能由2~3家经销商联合组成。和格力模式不同，志高公司在其中没有利益，双方只是客户关系，总代理商可以发展多家批发商或直接向零售商供货。

（5）苏宁模式——前店后厂。南京苏宁电器集团原本是南京市的一家空调经销商，1990~2001年，苏宁公司以超常规的速度迅速发展。从2000年开始，苏宁集团开始走连锁经营道路，在国内各地建立电器连锁经营企业，并在2001年参股上游企业，出资控股合肥飞歌空调公司，开始在其分销网络内销售由合肥飞歌为其定牌生产的苏宁牌空调。

以上各种模式的综合比较如表7-4所示。

表7-4　各种模式的综合比较

特征 模式	渠道融资能力	管理难度	盈利水平	品牌价值	长期发展能力
海尔模式	低	很大	高	高	强
美的模式	较高	中等	一般	较高	较强
格力模式	较高	较小	一般	较高	存在问题
志高模式	很高	小	低	低	较弱
苏宁模式	最高	很小	很低	无	很弱

以上模式各有利弊，那么企业如何选择呢？现就几种渠道模式的适用条件进行比较（见表7-5）。

表7-5　各种模式的适应性分析

适用条件 模式	资本	管理能力	企业目标	品牌地位	市场阶段
海尔模式	雄厚	强	多元化	强大	成熟期
美的模式	无影响	较强	专业化	均可	成长期
格力模式	无影响	一般	专业化	均可	整顿期
志高模式	缺乏	弱	初创期	弱小	成长期
苏宁模式	少	无	较短	弱小	成熟期

（资料来源：王清，李进武.空调营销渠道模式研究［J］.销售与市场，2002（3）.）

营销渠道变革如果能够与原有渠道特征有机结合，渐进创新，则能最大限度继承原有渠道中的优点，降低渠道变革的风险。例如，北大方正早期拓展激光照排业务，为了维修方便，先后建立了30多个分公司；其笔记本业务在1997年起步时，采用了当时IT硬件销售的渠道模式，大经销商集合区域代理，主要通过8个大经销商来做A级市场，再通过这些经销商发展B级、C级市场。所以在2004年，方正为了适应笔记本电脑销售的巨量增长而进行渠道变革时，就整合了这两种渠道资源，在原有的30多个分公司所负责的区域内分别选定1~3家区域经销商。北大方正在继承的基础上又有所创新，方正与3C卖场——南京的宏图三胞，在全国有50家连锁卖场的灿坤等——进行合作。这种基于历史传统的渐进式变革方式对渠道的震动最小，渠道变革一般都能顺利进行。

2. 渠道变革要做好准备工作

渠道变革意味着重新调整渠道各成员的利益，所以渠道变革实施之前必须作好准备。

（1）要获得渠道主要成员的理解。厂家变革渠道要获得经销商的理解，经销商要变革渠道也要争取厂家的支持。

（2）一定掌握住变革后的主要渠道成员。例如，如果要进行渠道扁平化变革，必须首先切实掌握住区域经销商和多数二级经销商，否则，一旦原来的一级经销商消极抵制，渠道就会陷于瘫痪。

（3）借用经销商的力量进行变革。例如，格力电器通过和部分区域经销商合资成立销售公司，以极快的速度拓展了全国市场，短短5年时间成长为中国家电行业的一流品牌。

（4）必须在企业内部达成共识。虽然不一定要得到全面支持，至少要得到关键人物的支持。渠道变革不要在一开始就大量损害下级利益，只有得到内部多数人的支持，变革才能持续、稳定、有效地进行下去。越是剧烈的渠道变革，就越要首先在内部达成更多的共识。

渠道变革应该在增量上多做文章，不要轻易否定固有渠道的价值。

3. 选择恰当的渠道变革时机

选择恰当的渠道变革时机能够有效规避变革风险，在很大程度上决定改革的成败。渠道变革时机要从两个方面来看：一是本行业的时机，二是本企业的时机。

（1）企业渠道变革要符合行业发展对渠道的要求。一是在快速成长期，应该尽量扩大渠道覆盖区域，深入到分销末梢，一旦进入成熟期，就能收获巨大利益。例如，联想和长虹在20世纪90年代中期的渠道建设，为其崛起奠定了坚实的基础。在这个时期，渠道成本即使高一些也不要紧，因为可以从急剧扩大的销量中获得补偿，而错失市场机会的损失则会更大。二是在行业成熟期，渠道改革应该在保持和扩大渠道网络的基础上，依靠渠道深耕来实现最大规模销售，并同时降低渠道成本，为行业平均利润降低和行业衰退期的来临作好准备。例如，笔记本电脑市场快速增长使得各个企业都努力扩大渠道网络。2003年12月，三星笔记本电脑宣布取消全国独家总代理制度，改为区域代理制，并确定了10家区域总代理；2004年2月，东芝笔记本电脑放弃了长达9年的独家总代理制度，采取了多家分销制度。这些企业的改革思路都是继续扩大渠道覆盖，同时通过渠道扁平化来降低成本。

（2）企业渠道变革要符合企业自身发展的需要。对企业而言，最好能在其业务上升期或稳定期进行渠道变革。在这一阶段，企业心态相对平和，承受改革的能力较强，有助于渠道变革的推进。对于产品有明显销售周期的企业来说，通常应该选择销售淡季进行渠道变革，争取在旺季开始之前基本完成渠道调整。

4. 不要过分依赖现代营销渠道

近年来，以大型卖场和连锁专卖店为代表的现代渠道快速崛起，兴盛一时，几乎所有厂商都在调整自己的渠道结构或者销售政策，以进入现代渠道作为自己渠道变革的目标。现代渠道有独特的盈利模式，就是以低价格来吸引大量消费者，以规模销量作为筹码从厂家直接低价进货，以回款账期留住数额庞大的厂家货款，并作为资本进行快速扩张，以进场费、条码费、维修费、上架费、节庆费、促销管理费、端架费、竞标费、宣传发布费等名目繁多的收费作为利润的主要来源。

这种盈利模式改变了通常零售商通过产品购销的差价和厂家返利来盈利的做法，而是以大型终端的"奇货可居"、直接从厂家低价进货而盈利。这种方式比销售产品盈利更快、更多、更稳。

7.4.4 营销渠道的新趋势

随着市场竞争的加剧，渠道创新的速度也越来越快，营销渠道出现了许多新的发展趋势，表现为大型化趋势、多渠道组合、网络营销兴起、渠道结构扁平化、渠道一体化等。

1. 大型化趋势

批发商、零售商作为营销渠道中的主要环节，正日趋大型化和规模化，众多的"巨无霸"式的超大企业、连锁企业，在渠道中发挥着越来越重要的作用，它们通过资源共享、批量采购、统一配送等各种方法，减少了环节、降低了成本，在激烈的市场竞争中表现出更大的优势。

2. 多渠道组合

它是指对同一或不同的细分市场，采用多条渠道的分销体系。随着顾客细分市场和可能产生的渠道不断增加，越来越多的企业开始采用多渠道组合方式。如通用电气公司不但经由独立零售商，而且还直接向建筑承包商销售大型家电产品；又如近几年国内的软饮料行业，同一品牌的罐装和瓶装产品通过传统的营销渠道销售，而桶装产品则通过使用专用的饮料分装机在大街小巷销售，更好地满足了不同顾客的需求。多渠道组合主要包括 3 种模式：

（1）集中型组合方式。把多条营销渠道在单一的产品市场进行组合，多种渠道间彼此重叠，相互竞争。

（2）选择型组合方式。针对不同的细分市场，采取不同的渠道模式进行产品分销，多种渠道之间互不重叠，也互不竞争。

（3）混合型组合方式。它是对上述两种组合方式的综合运用。

3. 网络营销兴起

网络分销是一种新兴的销售渠道系统，也是对传统渠道的一次革命。网络分销是指企业以电子信息技术为基础，以计算机网络为媒介和手段而进行的各种分销活动的总称。企业通过互联网发布商品及服务信息，接受消费者或用户的网上订单，然后由自己的配送中心或直接由制造商通过上门或邮寄，例如网络书店、网络花店、网络药店等。

随着互联网在全球范围内的普及和物流运输业的发展，网购正为越来越多的人特别是年轻一族所追捧。最新调查结果显示，2009 年我国网上购物持续高速发展，有 1.3 亿消费者共计在网上购买了 2670 亿元的商品，比 2008 年增长了 90.7%。网络作为一种全新的生产力，网络分销已成为具有极大经济潜力和使用价值的全新领域，也必将成为国际营销的发展趋势。

2009 年 8 月 11 日，通用汽车发表了一份声明，从 8 月 12 日至 9 月 8 日，客户将可以通过 gm. eBay. com 网站，在线购买雪佛兰、别克和庞蒂亚克等品牌的汽车，将有 225 家汽车经销商参与此项活动，而通用首批在 eBay 上架销售的汽车将达到 2 万辆。从此，汽车业开辟了一个新的营销渠道。

网络渠道分销的优势体现在：有效控制成本，提高利润优势；覆盖面广阔；买卖双方形成互动，市场信息反馈及时准确；定制式生产，可满足不同的个体需求等。网络分销渠道的隐忧有：网络与现实的衔接；网络分销与传统分销之间的渠道冲突等。

4. 渠道扁平化

渠道扁平化，就是尽量减少流通环节，由此来实现成本优势，还可以减少中间环节过多导致的信息失真。渠道扁平化的优势体现在：

（1）有利于更好地满足消费者的需求，了解市场真实信息。

（2）有利于管理和服务经销商，控制和驾驭经销商。

（3）有利于加大对消费者的宣传力度，有利于开展终端促销活动，消化库存，做到真正的市场占有率，有利于建立品牌。

5. 渠道一体化

2004 年 2 月 24 日，国美电器在北京主办召开了家电行业规模最大、规格最高的一次峰会——国美全球战略合作高峰会。国美表示："希望与合作伙伴之间建立新型的战略合作关系，双方在合作共赢的基础上以发展的眼光加强厂商合作，相互支持，相互服务，通过资源共享、专业分工，更好地服务于消费者，最终达到战略协助，合作取胜。"生产商通过像国美这样强有力的渠道可以迅速有效地铺货，达到占领市场并保持竞争地位的目的。国美通过这种联盟，可以进一步强化其在流通、价格和服务方面的优势，从而进一步巩固在同行业种的竞争地位。这样的战略联盟可以整合资源、降低成本、减少浪费、提高效率，使厂商资本利用率、回报率都得到提高。

7.5 促销策划

7.5.1 促销策划概述

1. 促销策划的概念

从市场营销的角度看，促销是企业通过人员和非人员的方式，沟通企业与消费者之间的信息，引发、刺激消费者的购买欲望，使其产生购买行为的活动。所谓促销策划（Promotion Planning），是指运用科学的思维方式和创新的精神，在调查研究的基础上，根据企业总体营销战略的要求，对某一时期各种产品的促销活动作出总体规划，并为具体产品制订图详而严密的活动计划，包括建立促销目标、设计沟通信息、制订促销方案、选择促销传播工具等营销决策的过程。

2. 促销策划的战略思想

促销策划从总的指导思想上可分为推动策略和拉动策略，如图 7 - 9 所示。

（1）推动策略。它是指企业运用人员推销的方式把产品推向市场，即从生产企业推向中间商，再由中间商推向消费者的策略。推动策略一般适用于单位价值较高的产品，性能复杂、需做示范的产品，根据用户需求特点设计的产品，流通环节较少、渠道较短的产品，市场比较集中的产品等。

（2）拉动策略。它是指企业运用非人员推销方式吸引顾客，使其对本企业的产品产生需求，以扩大销售。对单位价值较低的日常用品，流通环节较多、流通渠道较长的产品，市场范围较广、市场需求较大的产品，常采用拉动策略。

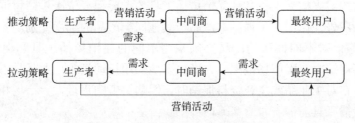

图 7 - 9　促销策划的战略思想

3. 促销策划的内容

（1）促销时间策划。一般情况下，促销活动在什么时间举行、举办的时间应是多长，这些都是拟订促销计划必须考虑的因素之一。通常来说，顾客的购买行为会深受季节、月份、日期、天气、温度等因素的影响。如果是在夏季举办促销活动，则促销商品的选择多以清凉的饮料、果汁等为主；如果是在冬季举办促销活动，促销品多选择床上用品或补品等；如果在一年中的不同月份举办促销活动，则一般 3、4、6、11 月是销售淡季，而 5、10、12、1 月是销售旺季；如果选择同月中的不同日期，一般而言，顾客月初的消费能力比月底强，而周末的购买力又比平日强。此外，重要的节日也是商家促销活动的一个有利时机，常常作为促销活动时间的一个主要选择。

（2）促销商品选择。促销活动的目的离不开商品销售量的增加，那么，选择何种商品作为促销载体也成了促销策划的关键。促销商品是否对顾客有吸引力、价格是否有震撼力，都将直接导致促销活动的成败。零售店选择促销商品时，既可以选择一些敏感性的商品，又可以选择一些不太敏感的商品，组成促销商品组合。这就需要考虑季节变化、商品销售排行榜、厂商的配合度、竞争对手的状况等来加以衡量，选择最适合的促销商品。

（3）促销主题策划。商家在举办促销活动之时，往往都会拟订一个促销主题，这样更容易赢得顾客的好感，使之了解商家促销的原因。大多数商家将节日作为促销的主题，当然，也可以别出心裁，选择一些其他商家没有使用过的主题，这样更有利于吸引顾客的注意力。促销主题往往具有画龙点睛的效果，因此，必须针对整个促销策划内容，拟订具有吸引力的促销主题。

（4）促销方式选择。促销方式有人员促销和非人员促销两种，又可具体分为广告、人员推销、销售促进和公共关系 4 种促销传播工具。零售店的具体促销方式更多，常用的如宣传广告、降价、堆头、试吃、举办竞赛活动、猜奖与摸彩、限时采购、折扣、贵宾卡、现场示范、优惠券等。各种促销方式各有优缺点，因而在促销策划过程中，企业要根据产品的特点和营销目标，综合各种影响因素，对各种促销传播工具进行选择、编配和组合运用。影响促销方式选择的因素主要有：

1）促销目标。促销目标在产品生命周期的不同阶段是不同的，这决定了在产品市场生命周期各阶段要匹配不同的促销组合，采用不同的促销传播工具。以消费品为例，在投入期，促销目标主要是宣传介绍商品，以使顾客了解、认识商品，产生购买欲望。广告起到了向消费者、中间商宣传介绍商品的作用，因此，这一阶段以广告为主要促销传播工具，以公共关系、人员推销和销售促进为辅助促销传播工具。在成长期，由于产品已打开销路，销量上升，同时也出现了竞争者，这时仍需广告宣传，以增进顾客对本企业产品的购买兴趣，同时还应辅以人员推销进行促销传播，尽可能扩大销售渠道。在成熟期，竞争者增多，促销活动以增进顾客的购买兴趣为主，各种促销传播工具的重要程度依次是销售促进、广告、人员推销。成熟期的广告，作用在于强调本产品与其他同类产品的细微差别。

2）产品因素。对不同性质的产品必须采用不同的促销传播工具和促销策略。一般来说，在对消费品促销时，因市场范围广，而更多地采用拉动策略，尤其是以销售促进和广告形式促销居多；在对工业品或生产资料促销时，因购买者购买量大、市场相对集中，则以人员推销为主要传播工具。

3）市场条件。从市场地理范围看，若促销对象是小规模的本地市场，应以人员推销为主要促销工具；而对广泛的全国甚至世界市场进行促销，则多采用广告形式。从市场类型来看，消费者市场因消费者多而分散，多数靠广告等非人员推销形式；而对用户较少、批量购买、成交额较大的生产者市场，则主要采用人员推销形式。此外，在有竞争者的市场条件下，选择促销工具和制定促销组合策略还应考虑竞争者的促销工具和策略，要有针对性地不断变化自己的促销工具及促销策略。

4）促销预算。促销预算的总额以及在各类促销工具上的分配，直接影响着促销方式的选择。如：人员推销的支出较大，成本较高；广告则要根据其所选择媒体的不同，成本有高有低。

（5）促销经费预算。促销预算是指企业在计划期内反映有关促销费用的预算。促销支出是一种费用，也是一种投资，促销费用过低，会影响促销效果；促销费用过高，又可能会影响企业的正常利润。编制促销预算也是促销策划的一个重要内容，其常用方法主要有：

1）营业额百分比法。它是指根据年度营业目标的一定比例来确定促销预算，再按各月营业目标进行分配。该方法简单、明确、易控制，但缺乏弹性，未考虑促销活动的实际需求，可能影响促销效果。

2）量入为出法。它是指根据零售店的财力来确定促销预算。该方法能确保企业的最低利润水平，不至于因促销费用开支过大而影响利润的最低水平，但是，由此确定的促销预算可能低于最优预算支出水平，也可能高于最优预算支出水平。

3）竞争对等法。它是指按竞争对手的大致费用来决定企业自身的促销预算。该方法能借助他人的预算经验，有助于维持本企业的市场份额。但是情报未必确实，而且具体预算应因不同企业而异。

4）目标任务法。此类预算就是根据促销目的和任务确定促销预算。此类预算方法注重促销效果，使预算较能满足实际需求。但是促销费用的确定带有主观性，且促销预算不易控制。

应特别注意的是，许多促销效果具有累积性，必须达到一定的程度才能发挥应有的效果。如果促销费用忽上忽下，或发生中断，都会使促销效果不大或无法延续，还可能会打击企业内部士气，甚至会引起经销商或零售商的反感。

7.5.2 广告促销策略设计

1. 广告策划概述

（1）广告与广告构成要素。从市场营销学的角度，广告是指广告主以促进销售为目的，付出一定费用，通过特定媒体传播商品或劳务等有关经济信息的大众传播活动。根据广告定义可以看出，广告活动涉及三个主体——广告主、广告公司和广告媒体。广告活动要求三个主体密切合作，明确分工，按照一定顺序共同参与广告规划，如图 7-10 所示。

可见，现代广告运作是广告主在依据自身的营销目标和计划，制订广告目标和总体战略计划的基础上，委托广告公司实施的。就一次广告活动而言，包括广告调研、广告策划、广告表现、广告发布、效果测定等环节。各环节根据各个方面的情况始终在调整和变化中。

（2）广告策划的概念。广告策划是指根据企业整体营销策略，按照一定程序，对广告活动进行前瞻性的运筹规划的过程。它以市场分析为基础，以定位策略、诉求策略、表现策略、媒体策略为核心内容，以策划文本为直接结果，以效果评估为终结，追求广告活动进程

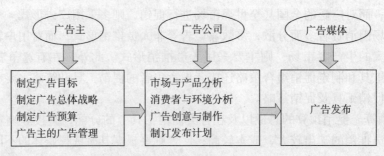

图 7-10　广告运作的基本模式

合理化和效果最大化。可见，广告策划为广告运作提供全面指导，贯穿于广告运作过程的始终。因此，广告策划在整个广告运作中占据核心地位。

（3）广告策划的程序。广告策划活动应该有计划、有目的、有步骤地进行。整个广告活动的实施，是一个循环的过程。广告策划活动主要包括以下流程：

1）研究广告受众。广告受众，即广告信息的目标接受者。广告的目的就是要把企业或者商品信息传递给信息接受者，所以，整个广告活动的开展都应围绕信息的接受者来进行。广告受众可以是企业商品的潜在消费者、现有使用者、购买决策的影响者等。广告受众的性别、年龄、价值观念、文化水平、生活习惯等都不相同，这些因素将直接影响广告的信息、媒体选择、表现形式等。在确定广告受众之后，企业还要分析这些受众对企业及其商品和竞争者及其商品的总体印象。同时，进一步研究广告受众形成现有印象的影响因素，据此来设计和策划广告。

2）确立广告目标。广告目标是指企业通过广告宣传所期望达到的目的。设定广告目标是整个广告策划的前提，它确定了广告活动的基本方向和指导方针。确立广告目标主要有以下几种方法：

① 以产品销售情况来设定广告目标。这种方法即根据产品的销售情况，如销售数量、销售金额、市场占有率等来设定明确而具体的广告目标。这种设定方式简单、易行，特别是对直接营销的商品，其优势更为明显。因为对直接营销的商品，直邮广告、电话广告可以直接与广告受众联系，消费者是否购买可以很快得知。但对于大多数消费品的营销而言，由于广告效果的体现不太明显，因此，以产品销售设定的广告目标应结合其他因素进行。

② 以消费者行为来设定广告目标。这种方法即以引导或改变广告受众的消费行为来设定广告目标。例如，某些企业设定的广告目标是广告受众在作出购买决定前采取某种明确的行动，如向企业索取更详细的产品资料、网上访问该企业主页、电话或信件咨询等。对这类消费者，企业可以采取直接营销方式，由推销人员上门洽谈，从而提高推销访问的针对性和效率。

③ 以传播效果来设定广告目标。这种方法即提高产品知名度，让更多的广告受众了解产品，从心理上接受和偏爱广告产品。这种方式从短期看未必有明显效果，但很多企业经常采用。它以消费者知悉广告内容后的心理效果作为测定广告效果的目标，如广告是否在正确的时间为正确的对象所知晓，广告受众是否产生了应有的记忆和理解、是否形成了预期的感觉和联想、是否建立了对产品有利的偏好等。

3）编制广告预算。在确定广告目标后，企业可以着手为每一种产品制定广告预算。一般来说，可运用以下几种方法来确定企业的广告预算：

① 销售百分比法。这种方法即企业按照销售额或单位产品售价的百分比来计算广告开支。该方法简单易行，应用广泛。但是它颠倒了广告费用与销售收入之间的因果关系，忽视了广告对销售的促进作用。

② 量力而行法。这种方法即企业根据所能负担广告费用的能力来确定广告预算，企业量力而行，能担负多少就担负多少。这种方法同样忽视了广告与销售的因果关系，广告费用随企业经营状况的好坏而时多时少，不利于企业长期的营销规划。

③ 竞争对等法。这种方法即企业根据竞争对手的广告费用或行业的平均广告费用来决定本企业广告开支的多少，形成与竞争者势均力敌的局势。采用这种方法的优点，一是竞争者或行业的费用支出水平是企业或行业智慧与经验的结果；二是与对手保持同样的广告费用，可以防止企业间展开广告战。其缺点是，每个企业都有其不同的背景，广告目标、企业声誉、广告资源等也都不尽相同，竞争对手的预算未必能适合本企业，并且也难保对手的预算就一定合理。

④ 目标任务法。这种方法即根据企业的广告目标来确定广告费用的预算。这种方法首先要确定具体的广告目标，然后决定为达到这种目标而必须执行的工作任务，在此基础上估算执行这种工作任务所需要的各种费用。这种方法是根据实际的目标及工作来制定预算，把预算与工作联系在一起，但企业必须明确广告费用与实际效果之间的关系，并且要有一定的经济实力。

需注意的是，广告支出要量力而行，不可超出企业能力范围之外，造成企业其他环节的资金不足，影响企业发展。例如，曾经辉煌的某酒业因为投巨资于广告宣传，但其生产与经营跟不上，最后丧失了竞争力。而且巨额的广告费用也会导致企业的产品成本增加，影响产品的市场竞争力。

4）拟定广告信息。广告信息包括 4 个部分：信息内容、信息结构、信息形式、信息来源。如何使广告描述得恰如其分，既要突出产品特色，又不能过于烦琐。最好的宣传方法是只选择一个中心信息，通过提纲挈领的一句话，揭示一个品牌的精髓。例如，飘柔洗发水"让头发飘逸柔顺"，高露洁牙膏"使你的口气更清新"。精练的广告信息加上必要的重复，能给顾客留下深刻的印象。

5）选择广告媒体。媒体计划应详细说明广告活动中将使用何种媒体和广告将在何时出现。媒体选择要考虑广告目标受众的居住地区及人口统计方面的因素，以及广告信息的内容和各种媒体受众的特点。关键任务是能使广告信息传达给最广泛的广告目标受众，实现最佳传播效果。企业可以通过视听率、毛评点、每千人成本、暴露频次、有效到达率等指标对广告媒体进行评估和选择。

6）评估广告效果。广告效果是指广告信息通过媒体传播后所产生的影响。营销策划人员可以通过广告效果评估调整其广告活动。广告对消费者的影响表现为认知效果与心理效果，广告对企业的影响表现为销售效果和沟通效果。

① 认知效果与心理效果评估。可以通过广告活动事前、事中和事后的效果测定进行评估。事前测试是指在广告播放或刊登之前，进行各种测试，或邀请有关专家、消费者进行现场观摩，审查广告作品存在的问题，或在实验室运用专门器械工具来测试人们的心理活动反应，对广告作品可能获得的效果进行评估。其具体方法有瞬间显露测试、消费者评定法、集

体反应测定、回函反应法、检查表测验、皮肤电流反射试验、节目分析法等。事中测试主要包括询问法、销售地区测验、分割法。事后测试是指在广告播放或刊登之后，仍需要进行检验，以便获知广告策略成功与否。事后测试有回忆测试法、识别测试、态度测试等多种方法。

② 沟通效果与销售效果测定。最常用的沟通效果测定方法就是向可能的消费者询问他们对广告的反应，或对广告组成要素如印刷、文稿、主题等的反应。沟通效果的研究可帮助企业改进广告信息内容的质量，却不能使人了解广告对销售的影响。历史分析法和实验法都是测定广告销售效果的有效方法，在西方国家被广泛应用。例如，不少研究人员应用多元回归法分析企业的历史资料，以测量广告的销售效果，并取得了重大进展，尤以测量香烟、咖啡等产品的广告销售效果最为成功。

2. 广告创意策略

创意是广告策划的核心，是表现广告主题并最终形成美好意境的一种创造性思维活动。广告创意的精髓就在于创造性，寻求一种新的思想和方法，获得一种前所未有的新感觉。

（1）广告创意方法。广告创意主要包括以下几种方法：

1）形象思维与抽象思维。形象思维又称直觉思维，是指借助于具体形象来进行思考，它是具有生动性、实感性的思维活动，是广告创意过程中最重要也是使用率最高的一种思维方式。抽象思维即逻辑思维。抽象是指人的大脑通过对客观事物的比较、分析、综合和概括等思维活动，舍弃掉客观事物中表面的、非本质的、偶然的属性，将隐藏在客观事物中内在的、本质的、共性的属性提取出来，并用概念、范畴和规律等形式固定下来以反映事物的本质特征和内在规律。

2）顺向思维与逆向思维。顺向思维是一种常规的、传统的思维方法。广告创意中采用顺向思维往往会使创意思维陷入一种固定方向和思维习惯，缺乏一定的新颖性。逆向思维是一种反常规、反传统的思考方法。当大多数人从顺向寻觅时，逆向探索往往更能找出出奇制胜的创意新路。阿尔·里斯在《广告攻心战略——品牌定位》中写道："寻找空隙，你一定要有反其道而想的能力。如果每个人都往东走，想一下，你往西走能不能找到你所要的空隙。哥伦布所使用的策略也许对你也能发挥作用。"

3）垂直思维与水平思维。垂直思维是指人们根据事物本身的发展过程来进行深入的分析和研究，即向上或向下进行垂直思考，依据经验和过去所掌握的知识，逐渐积累和产生的想法。在广告创意中，创意人员往往要依据自己的经验对有关产品的知识进行思考，由此产生的创意，其改良、重版的成分较多。水平思维是指从与某一事物相互关联的其他事物中分析比较，另辟蹊径，寻找突破口，捕捉偶然发生的构想，沿着偶发构想去思考，从而产生意料不到的创意。当创意需要用一组系列广告加以表现时，则需要同时运用垂直思维与水平思维，即在运用垂直思维对创意概念进行深度挖掘的基础上再运用水平思维展开想象，最终发展出一系列既有关联又有个性的系列广告。

4）头脑风暴法。头脑风暴法（Brainstorming）又称"集体思考法"和"脑力激荡法"，是美国著名的 BBDO 广告公司创始人奥斯本（Martin J. Osborne）首先在会议上采用的，目的是激发每个与会者的创造性思维的方法。这种方法要求每个与会者进入一种兴奋状态，以闪电式、突击式的方式提出构想，独创性地解决问题。

最初，在强手如林的胃药市场，修正药业的"斯达舒"只是一个毫无实力的小字辈，不管是产品的特点，还是品牌的基础，都无法在强手众多的市场中占有优势。但他们毫不示弱，决定在广告这一环节先找出突破口。于是，他们运用了默写式头脑风暴创意法。具体操作方法如下：与会人员控制在 6 人，先由主持人宣读议题，要求解答疑问，然后发给每个与会人员几张"设想卡片"，每张卡片上标有 1、2、3 的号码，号码之间留有较大的可供其他人填补"想法"的空白。在第一个 5 分钟里，针对每个议题，每人写出 3 个创意设想，然后把卡片传到下一个与会者手中。在接下来的 5 分钟里，每个人又提出 3 个创意设想。这样经过 30min，卡片共传 6 次，总共产生了 108 个设想，最后由主持人总结出大家公认的最佳创意来。

（2）USP 广告策略。USP（Unique Selling Proposition）理论是美国广告大师罗素·瑞夫斯（Resor Reeves）在 20 世纪 40 年代提出的一种具有广泛影响的广告创意策略理论，即独特的销售主张理论，并在 20 世纪 50 年代得以广泛流行。USP 广告策略强调：

1）每一则广告必须向消费者"说一个主张（Proposition）"，必须让消费者明白购买广告中的产品可以获得具体的利益。

2）所强调的主张必须是竞争对手做不到的或无法提供的，必须说出其独到之处，在品牌和说辞方面是独一无二的。

3）所强调的主张必须是强而有力的，必须聚焦在一个点上，集中打动、感动和吸引消费者来购买相应的产品。

USP 广告策略的理论基础是差异化的信息诉求，它是建立在差异的产品基础之上的，包括产品的核心差异、形态差异以及附加差异；USP 广告策略的心理基础是认知特征与规律，认知过程是一个有选择的心理过程，包括选择性注意、选择性曲解和选择性记忆。

1954 年，已经小有名气的瑞夫斯接受了 M&M 糖果公司总经理约翰·麦克纳马拉（John McNamara）的委托，要求他提供一个消费者能接受的创意。谈话进行了 10min 后，瑞夫斯得知 M&M 糖果是当时美国唯一用糖衣包着的巧克力糖，因此并不粘手时，创意构想很快形成。以后通过进一步的修饰创作，最后的电视广告是两只手出现在屏幕中，旁白为"哪一只手里有 M&M 巧克力糖？不是这只脏手，而是这只手。因为 M&M 糖果溶化在口中而不在手中"。最后这句广告语（在我国翻译为"只溶在口，不溶在手"）体现了该产品独特的优点，简单清晰，朗朗上口，很快便家喻户晓，M&M 糖果因而大获成功。这个广告也连续使用了近半个世纪。

3. 广告诉求策略

广告诉求是广告信息内容，是界定消费者去购买的理由。广告策划可以把焦点放在一个或更多的广告诉求上。一般来说，广告诉求策略可分为理性诉求策略、感性诉求策略和情理结合诉求策略。

（1）理性诉求策略。这种广告诉求策略是指直接向消费者实事求是地说明产品的功能、特点、好处等，让接受信息的消费者进行理性思考，作出合乎逻辑的判断、推理、选择的一种广告表现形式。例如，乐百氏纯净水广告强调自己的 27 层净化水技术；农夫山泉强调水源在千岛湖等。

（2）感性诉求策略。这种广告诉求策略是指依靠图像、音乐、文字的技巧，诱导消费者的情绪或情感，使其产生购买欲望的一种广告表现形式。感性诉求容易引人注目，例如，娃哈哈"我的眼里只有你"，走的就是感性路线。

（3）情理结合诉求策略。这种广告诉求策略是指在广告宣传中既同消费者讲道理，又同消费者交流感情，即"晓之以理，动之以情"。在现实中，绝大多数广告是情理交融的，所不同的是有的偏重于理，有的偏重于情。例如，加拿大电信公司的广告通过儿子在成长过程中与父亲之间的往事，表达了父子之间的感情，又强调了长途电话优惠的信息，就属于情理结合型广告诉求。

4. 广告媒体策略

广告信息需要通过一定的媒介才能传递给消费者，不同媒体对同一信息所形成的传播效果各不相同，因此，企业要根据自身广告目标和产品性质等寻求成本效益最佳的媒体，向目标受众送达预期的展露次数，以最小的成本获得最佳的广告效果。

（1）广告媒体的类型及特点。广告媒体主要有以下几种类型，且不同类型具有各自的特点。

1）大众传播媒体。其主要是指广告传播活动中最为常用的四大传统广告媒体，即报纸、杂志、广播和电视。其特点如表7-6所示。

表7-6　大众传播媒体的特点

类型 特征	报 纸	杂 志	广 播	电 视
目标受众	较稳定，受众面广	较稳定，受众范围有限	较稳定，受众面广	受众面广，影响力深，针对性差
信息容量	信息量大，可表达抽象性能	信息量大，可表达抽象性能	信息量较大	信息量小，较难表现复杂和理智的信息
时效性	时效性较好	时效性较差	传播信息及时迅速	迅速、及时
保存性	较易保存，重复性高	容易保存，重复性高	不易保存，转瞬即逝	不易保存，转瞬即逝
视觉特点	直观形象，印象深刻	印刷精致，直观形象，印象深刻	形象性差	形象生动、逼真，感染力强
听觉特点	无法表现声音及动画	无法表现声音及动画	效果较好	效果好
成本	投入较小，产出较大	成本略高	成本较低	成本高

2）小众传播媒体。小众传播媒体包括户外广告、售点广告、直邮广告、交通运输广告等，其特点各不相同，如表7-7所示。

① 户外（Out Door，OD）广告是指露天陈放的，能被阳光照射到的各种广告物。它主要包括路牌、霓虹灯、旗帜、招贴、灯箱、液晶显示屏等几种类型。

② 售点（Point of Purchase，POP）广告是指零售点或销售现场广告。POP广告围绕销售点现场内外的各种设施做媒体，有明确的诱导动机，旨在吸引消费者，唤起消费者的购买欲，具有无声却十分直观的推销效力。它可直接影响销售业绩，是完成购买阶段任务的主要

推销工具。

③ 直邮（Direct Mail，DM）广告是指按照事先制订的计划，利用消费者资料库将推销信息直接传播给选定受众。在西方国家，DM 广告应用广泛，各阶层的居民总是不时地收到从邮局送来的印刷精美的折页、样本、贺卡、购物优惠卡等，大都是关于旅游、餐馆、饭店、航空、超级市场等方面的广告品。

④ 交通运输广告是指设置在汽车、电车、火车、轮船等交通工具上的广告，以及布置或张贴在这些交通工具上的广告。其优点是制作简单，节约费用；缺点是容量小，广告印象不易保留，设计难度大。

表 7-7　小众传播媒体的特点

小众媒体	优　　点	缺　　点
户外（OD）广告	代表都市门面，位置优越，巨大醒目，保存时间久，效率高	内容简单、无法描述复杂产品；广告对象不能选择，宣传范围有限；容易损坏
售点（POP）广告	能够替商店招徕顾客，创造购物气氛，体现企业整体形象	受时间限制，往往不能单独使用
直邮（DM）广告	具有明确的选择性、较强的灵活性、效果的可测性	传播范围较窄，受众人均覆盖成本较高
交通运输广告	制作简单，节约费用	容量小，广告印象不易保留，设计难度大

3）新兴传播媒体。随着数字技术、计算机、互联网和多媒体等信息传播技术的推广和发展，广告媒介以越来越快的速度实现更新换代，引发了一次意义深远的信息传播革命，对传统媒介形成了巨大冲击。新兴传播媒体主要包括网络媒体、游戏媒体、楼宇媒体、手机媒体等。

① 网络媒体是指在互联网站点上发布的以数字代码为载体的经营性广告。其优点是传播范围最广，具有较强的感官性、交互性和针对性，受众数量可准确统计，实时、灵活、成本低；缺点是接触率低，测量手段尚不可靠。

② 游戏媒体。网络游戏虚拟广告的受众群体相对集中在 16～35 岁之间，这部分群体在数码产品、快速消费品、服装等方面具有相当的消费能力。据 AC 尼尔森的最新统计数据，年轻男性平均每周花费 12.5h 玩游戏，却只看 9.8h 电视。游戏媒体的特点主要是：受众集中度高，针对性强；地域性强，便于灵活、高效地投放广告；到达率高，传播效果较理想；便于互动推广营销。

③ 楼宇媒体。由日本软银注资 4000 万美元风险投资的分众传媒（中国）控股公司，于 2003 年年底建成覆盖上海 150 栋商业楼宇、50 个知名商厦、40 个四星级与五星级酒店及高级公寓会所的电梯液晶电视联播网，并陆续在全国 52 个城市的写字楼建立起电视联播网，网络覆盖面从最初的 50 多栋发展到 2 万多栋楼宇。商务楼宇联播网广告的特点主要是针对性、强迫性、反复性、装饰性、公益性。

④ 手机媒体是以手机为视听终端、手机上网为平台的个性化即时信息传播载体，它是以分众为传播目标，以定向为传播目的，以即时为传播效果，以互动为传播应用的大众传

媒介，又称为手机媒体或移动网络媒体，可以提供手机报、音频广播、视频电影、手机电视及小说等形式。手机媒体的特点是多媒体融合，传播速度快、范围广，互动性强，传播效果强大。

（2）影响广告媒体决策的因素。影响广告媒体决策的因素主要有以下方面：

1）媒体特性因素。选择广告媒体时，应首先了解各种不同媒体的基本特征，不同媒体的受众范围、成本效益、媒体影响力、寿命等，都是进行广告媒体选择时首先要考虑的因素。

2）产品特性因素。不同的媒体对商品的表现能力是不一样的，很多媒体与商品关联度很高，选择媒体恰当与否将直接影响广告效果。生产资料类产品宜选择专业性的报纸、杂志，化妆品、食品、药品、饮料、家电等日常消费品宜选择电视媒体，时装宜选择印刷精美、色彩鲜艳的杂志。

3）媒体受众因素。选择广告媒体时应重点考虑针对什么人进行诉求。不同的诉求对象，其生活习惯、活动方式、兴趣爱好、年龄、职业背景往往存在较大差异，由此造成他们经常接触到的或者是关心的媒体也不同。据有关资料显示，女性消费者收集信息的手段主要有逛街、收看电视、阅读杂志、聊天等。那么，时尚型的服饰杂志就可作为追求流行的年轻女性的理想媒体。明确诉求对象，研究诉求对象，可以从大类上初步选择媒体的类型。

4）竞争对手的媒体策略。企业做广告的最终目标是指向销量的，在选择媒体时，不能仅仅考虑企业自身和目标受众，还应该考虑竞争对手这个因素。是采用和竞争对手一致的媒体，还是不同的媒体，还要参照企业的竞争战略以及广告策划总体方案意图来考虑。

5）广告预算因素。脱离了广告经费，追求广告效果是没有意义的，广告经费的多少是选择媒体的约束条件。确切地讲，广告媒体的选择是基于广告经费与所要实现的广告效果两者之间的综合考虑。以有限的广告预算达到最优的广告效果，是企业选择广告媒体的目标。

（3）广告媒体策划的内容。广告媒体策划包括广告发布的时序、具体时段、持续时间及发布频率等具体内容。

1）广告发布的时序。它是指广告发布和其他相关营销活动在时间上的配合，按照先后顺序可以分为：

① 提前策略。这种策略是指在相关营销活动开始之前就发布广告，如产品尚未上市就开始发布广告，先制造舆论，形成气氛，为新产品顺利进入市场开拓道路。

② 同步策略。这种策略是指广告的发布与相关活动同时展开。这样可以使广告和其他活动密切配合，形成整合营销传播的放大效应。

③ 延迟策略。这种策略是指广告在产品进入市场一段时间后再发布，形成后发制人的效果。

2）广告发布时点。它是指广告在媒体发布的具体时间或时段。广告在不同媒体发布的时间要依据媒体组合来确定，在各媒体发布的时段要根据受众的媒体接触情况来确定。一般来讲，广告应选择诉求对媒体接触最为集中的时段发布。如世界杯足球赛期间，对运动服饰、运动饮料等产品来说就是一个最佳时间段。

3）广告发布时限。它是指广告发布持续时间的长短。广告发布的总体持续时间是由广告活动的总体持续时间和企业可能支付的广告费用决定的。在总的时限内，广告的发布是否分成不同长度的时间单元、各单位的持续时间如何，则要根据广告目标要求来确定。

4）广告发布频次。它是指在特定时间内广告在某一媒体上展露的次数。广告发布频次和广告发布时机通常配合使用。广告的诉求效果受发布频次的影响，但并非广告发布频次越高越好。一般情况下，新进入市场的产品、旺季来临之前、市场竞争激烈的产品等，广告发布频次可以适当高一些。广告在一天内的发布频次应根据消费者的生活时间规律来确定。此外，广告发布频次也不是一成不变的，而应根据市场情况不断进行调整。

7.5.3 人员推销策略设计

1. 人员推销概述

（1）人员推销的含义。人员推销是指企业派出推销人员，直接向顾客推销商品或劳务的一种促销活动。这种方式尽管古老，但却十分有效，在商品销售过程中仍有其他促销方式无法取代的优点，是企业开拓市场不可缺少的重要手段。在人员推销策划活动中，推销人员、推销对象和推销品是三个基本要素。其中，前两者是推销活动的主体，后者是推销活动的客体。通过推销人员与推销对象之间的接触、洽谈，将推销品销售给推销对象，从而达成交易，实现既销售商品，又满足顾客需求的目的。

（2）人员推销的流程。人员推销的流程具体如下：

1）明确推销任务。明确推销任务是推销策划的前提，应以满足顾客需求为中心。因为顾客购买企业特定产品或服务本身就包含着对企业的认知以及由此形成的良好印象和感情。需要明确顾客需要的是什么？我们又能提供什么产品？对于消费品要明确顾客的消费能力以及购买动机。进而综合考虑顾客分布状况、产品特性等因素，为确定适合的推销方案提供依据。

2）确定推销方案。可供选择的人员推销方式有上门推销、营业推销、会议推销、电话推销、信函推销、陪购推销等。

3）推销人员设计。其主要包括推销人员数量确定和推销人员分派设计两种。

① 推销人员数量确定。一般可采用两种方法：一是工作量法，即根据企业销售工作量来决定销售人员的数量；二是增量法，即随销售地区的扩大或销售量的增加而逐步增加推销人员的数量。

② 推销人员分派设计。通常有以下四种方式：一是按地区分派推销人员，即分配每个推销人员负责一个或几个地区的销售任务，在该地区代表企业推销所有的产品，其优点是责任明确，比较容易发现新顾客，节省费用，扩大产品的销售量；二是按产品类别分派推销人员，其主要优点是推销人员容易熟悉所推销的产品，适于推销技术复杂的产品；三是按用户类型分派推销人员，其最明显的优点是有利于推销人员掌握顾客的购买特点和购买规律，有针对性地满足顾客需求；四是复合式分派，其特点是适用性强，灵活性好，但组织管理较复杂，对推销人员的要求较高，适于产品品种繁多、顾客复杂、销售区域分散的情况。

4）选择推销技术和方法。推销技术有广义和狭义之分，也有传统和现代之分。广义的推销技术是指把自己的观点、主张、建议、形象、仪表、风格、信誉等推销出去的方法和技巧；狭义的推销技术是指通过寻找和接近顾客，把企业产品或劳务推销出去的方法和技巧。传统的推销技术是指以单纯的推销术、广告术为手段，只推销现有产品，不考虑顾客需要的各种方法和技巧；现代推销技术是运用各种现代工具和手段，针对顾客需求所采用的各种方法和技巧的总称，它需要产品的生产从工艺设计、购进原料开始，就服从于最终销售的要求，服从于顾客的需求。

2. 人员推销的策略与技巧

（1）一般人员推销策略。其主要包括以下几种方式：

1）试探性人员推销。它又称"刺激—反应"策略，是指推销人员在事先尚不了解顾客的具体需求的情况下，通过与顾客的"渗透式"交谈，观察其反应，试探其具体要求，然后根据顾客的反应进行宣传，刺激其产生购买动机，引导产生购买行为的商品促销策略。

2）针对性人员推销。它又称"启发—配合"策略，是指推销人员事先已了解了顾客的某些具体要求，针对这些要求积极主动地与之交谈，引起对方的共鸣，从而促成交易的商品促销策略。

3）诱导性人员推销。它又称"需求—满足"策略，是指推销人员通过与顾客交谈，引起顾客对所推销的商品或劳务的需求欲望，促使顾客把满足其需求的希望寄托在推销人员身上，这时推销人员再说明自己手头上正好有能够满足其需求的商品或劳务，使顾客产生购买兴趣，以实现购买行为的商品促销策略。

（2）寻找顾客的方法与技巧。其可以采取以下方式：

1）地毯式访问推销。它是指推销人员在不太熟悉顾客的情况下，直接访问某一特定地区或某一特定行业的所有使用单位和经营单位，从中寻找目标购买者的商品推销方法。其特点主要体现在：推销访问的面广、人多；事先没有特定的目标顾客；可以借机进行市场调查；可以争取更多的目标购买者；具有相对的盲目性。

2）连锁介绍推销法。它是指通过请求现有目标购买者介绍未来可能的准目标购买者的商品推销方法。此法的具体办法很多。例如，可以请现有目标购买者代为推销，代转送资料，或请现有目标购买者以书信、名片、信笺、电话等手段代为进行连锁介绍等。其特点主要体现在：以现有目标购买者的关系为基础；可以省力地寻找众多的准目标购买者；可以避免推销人员的主观盲目性；可以赢得被介绍的准目标购买者的依赖；成交率较高。

3）中心开发推销法。它是指在某一特定推销范围内发展一些有影响力的重点人物，并在这些重点人物的协助下把该范围的同类商品使用经营单位或个人变成准目标购买者的商品推销方法。其特点主要体现在：以重点人物的影响力为基础；以重点人物的信赖为前提；通过重点人物的影响力来扩大商品的影响；难以确定真正的关键人物。

（3）接近顾客的方法与技巧。其可以采取以下方法：

1）介绍接近推销法。它是指通过自我介绍或第三者的介绍而接近顾客，以推销商品的方法。此法有口头介绍和书面介绍两种。其特点主要是：通过介绍以接近顾客；以自我介绍为主；介绍实际上是首先把自己推销给顾客。

2）商品接近推销法。它是指直接利用所推销的商品引起目标购买者的注意和兴趣，进而转入洽谈的商品推销方法。此法一般适用于名优特商品的推销。其特点主要是：接近顾客的媒体是推销的商品本身；所推销的商品作无声的介绍，能使目标购买者一看见样品就被吸引和激起购买欲望。

3）利益接近推销法。它是指利用所推销的商品本身能够给目标购买者带来的实惠而引起对方的注意和兴趣，进而转入洽谈的商品推销方法。此法接近顾客的主要方式是直接陈述或提问，告诉目标购买者购买其推销商品所能带来的好处。其特点是：以告诉购买者所推销商品本身所具有的实惠打动顾客；以了解顾客希望获得这些利益为前提。

4）提问接近推销法。它是指利用直接提问来引起目标购买者的注意和兴趣而进入洽谈的商品推销方法。其特点是：以提问作为接近目标顾客的媒介；以回答或解释问题与目标顾客洽谈。

5）调查接近推销法。它是指利用调查机会接近目标购买者以推销商品的商品推销方法，可以分为接近前调查和接近中调查两种方式。前者是指在与目标购买者接近以前，对目标购买者的基本情况和需求意向及接近对象的一般性格特征等情况进行调查；后者是指以调查方式与目标购买者接近，在接近中对目标购买者的需求愿望、购买指向等进行调查。这种调查的目的是为了更详细地了解购买者，以便采取相应的洽谈策略。运用这种方法应注意：突出推销重点，明确调查内容，争取对方协助；作好调查准备，注意消除对方的防备心理；运用恰当的调查方法，确保顺利完成。

（4）推销洽谈的策略与技巧。推销洽谈是推销活动中的关键环节，洽谈能否成功直接关系到推销的成败。企划推销洽谈是为了达到预期推销目标而采取的计策和谋略。其主要有以下三种方法：

1）动意提示洽谈推销法。它是指通过建议目标顾客立即购买的洽谈式推销方法。从推销心理学理论上讲，任何一种商品观念，一旦进入目标顾客头脑，只要不与其内心既有观念相抵触，就会刺激起一定的冲动行为或动力反应。例如，"如果没有什么意见，请黄经理现在就拍板购买吧。"运用此法应注意几点：应直接诉诸对方的主要购买动机；提示语言应尽量简练明确；应考虑对方的个性特征。

2）直接提示洽谈推销法。它是指通过劝说目标顾客购买所推销商品的洽谈式推销方法。现代人的时间观念极强，很少有人愿意跟推销人员进行"马拉松"式的洽谈。因此，推销人员应尽可能将直接提示洽谈与商品接近推销法结合起来使用。例如，"赵经理，请您放心购买，这批货的质量绝对没有问题，如果您发现有问题，我们包退包换。"运用此法应注意几点：直接提示销售重点；尊重目标顾客的个性特征，避免冒犯；所推销的商品必须有容易被目标顾客所接受的明显特征。

3）相反提示洽谈推销法。它是指利用反提示原理来说服目标购买者购买所推销商品的洽谈式推销方法。"反提示原理"其实就是激将法原理。例如，"这批货数量大，您能做主吗？"运用此法应注意几点：相反提示必须能够引起相反反应；讲究语言艺术，注意提示分寸；尊重目标顾客，善意刺激；不宜用于反应迟钝或特别敏感的目标顾客。

（5）推销成交的策略与技巧。其主要有以下两种方法：

1）请求成交推销法。它是指通过直接请求目标顾客成交的推销方法。例如，"于经理，既然没有别的意见，就请您在合约上签字吧。"运用此法应注意几点：看准成交时机；应主动请求成交；应持正确的成交态度；避免向目标顾客施加过大的成交压力。

2）假定成交推销法。它是指通过假定目标顾客已经接受推销建议，而直接要求目标顾客成交的推销方法。从推销学理论上讲，假定成交的力量来自推销者的自信心，一旦时机成熟，推销人员就应该有"他一定会购买，这点毫无问题"的信心。例如，推销人员看准成交时机，假定对方已接受了自己的推销建议，拿出合同书直接要求："王经理，您这个月要多少货？"运用此法应注意几点：密切关注各种成交信号；有十足的成交信心；适时地把成交信号转化为成交行动；应该创造有利的成交气氛。

7.5.4 销售促进策略设计

1. 销售促进的含义

销售促进（Sale Promotion，SP）又称营业推广，是指企业在某一段时期内采用特殊方式对消费者或中间商进行刺激，促成其迅速或大量购买，以实现企业销售大幅增长的一种策略。在促销活动中，销售促进往往配合广告、公关等方式使用，为整个促销活动塑造强烈氛围和形成刺激作用。销售促进具有以下特征：

（1）刺激效应显著。销售促进的各种促销手段往往是精心策划的，它在特定时间内为促销对象提供一种额外的利益，可能是现金、商品或附加服务等，对顾客产生"机不可失，时不再来"的吸引力，使顾客产生强烈的购买冲动。

（2）经济效益显著。销售促进采取利益诱导方式刺激顾客迅速、大量购买，见效更迅速、更直接。销售促进能以较少的推广费用，在较大且集中的市场内取得显著收益。据统计，大多数商场运营收益的60%来源于劳动节、国庆节、元旦、春节等节假日的打折促销活动。

（3）具有一定局限性。一方面，销售促进一般不能单独使用，作为非正规性和非经常性的促销方式，要求配合其他方式使用；另一方面，销售促进更适于短期使用，如果持续时间过长，容易导致顾客怀疑产品质量以及价格的合理性，使顾客产生逆反心理，损害产品的声誉和企业的形象。

销售促进策划是对企业销售促进活动的组织、目标、主题、内容、时机等问题，以及各个环节进行全面、细致地安排和规划，创造出有效的行动方案，并将方案付诸实施，以达到激励士气、销售产品的目的。

2. 销售促进的决策

企业在实施销售促进活动的过程中，需要进行一系列的决策活动，主要包括以下方面：

（1）确定销售促进目标。一般来说，销售促进的目标应根据目标市场的特点和企业整体营销策略来确定。其按对象不同可分为：

1）就消费者而言，销售促进的目标可以确定为鼓励现有消费者更多地使用产品和促使其大量购买；争取新顾客试用产品；争夺竞争性品牌的使用者等。

2）就中间商而言，销售促进的目标可以确定为吸引中间商经营新的产品项目和维持较高的存货水平；鼓励中间商在淡季进货；抵消竞争对手的促销影响；建立并巩固中间商的品牌忠诚，并力求获得新的中间商的合作与支持等。

3）就推销人员而言，销售促进的目标可以确定为鼓励推销人员支持新产品或新款式、新型号，激励其寻找更多的潜在顾客，刺激其推销非应季产品等。

企业促销部门要通过多种因素的分析，确定一定时期内销售促进的特定目标，并尽可能使其数量化且切实可行。

（2）选择销售促进形式。为了实现销售促进目标，企业可以在多种销售促进形式上进行选择。每一种形式都有其特点与适用范围，一个特定的销售促进目标可以同时采用多种销售促进形式来实现，因此，应对多种销售促进工具进行比较选择并优化组合，以实现最优的经济效益。企业应根据市场类型、销售促进目标、竞争情况以及各种销售促进形式的成本及效果等因素，作出适当的选择。

　　(3) 制订销售促进方案。制订具体的销售促进方案时，一般需要作出如下几方面的决策：

　　1) 激励规模。销售促进的实质就是对消费者、中间商和推销人员予以激励，所以企业制订销售促进方案时应首先决定激励的规模，最重要的是进行成本 – 效益分析。假定激励规模为 10 万元，如果因销售额扩大而带来的利润超过 10 万元，那么激励规模还可以扩大；如果利润增加额少于 10 万元，则这种激励是得不偿失的。销售促进的这种成本 – 效益分析，可为企业确定激励规模决策提供必要的数据。

　　2) 激励对象。企业应决定激励那些现实的或可能的长期顾客，尽量限制那些没有成长潜力的顾客。

　　3) 激励途径。企业要决定通过哪些途径激励顾客。例如，优惠券可以放在商品包装里分发，也可以直接邮寄或通过广告媒介分发。此时既要考虑各种途径的传播范围，又要考虑其实施成本。

　　4) 活动期限。企业在实施销售促进活动时都必须规定其持续时间的长短。如果持续时间太短，许多顾客可能由于恰好在这一期限内没有购买而得不到激励；如果持续时间过长，则可能失去刺激购买的某些作用，并可能会给顾客造成不良印象，认为是变相减价或对产品质量产生怀疑等，影响企业声誉。

　　5) 时机选择。并非任何时候都能采用销售促进策略。时机选择得好，能起到事半功倍的效果；反之，可能适得其反。因此，企业应综合考虑产品生命周期、顾客购买心理、收入状况、市场竞争状况等因素，同时，也要考虑不同的促销工具、各部门之间的协调配合等情况。

　　6) 活动预算。销售促进活动预算一般可通过以下两种方式来确定：一是策划人员根据全年销售促进活动的内容、所采用的形式以及相应的成本来确定销售促进活动预算，销售促进成本通常由管理成本（如印刷费、邮寄费等）与激励成本（如赠奖、折扣等）之和乘以预期售出的数量；二是按照习惯比例来确定销售促进预算占总预算的比率。例如，洗发水的销售促进预算可能占促销总预算的 30%，牙膏则可能占 50%。在不同市场上，不同品牌商品的促销预算比率是不同的，这个比率还会受到产品生命周期和竞争者促销预算的影响。经营多品牌的企业应将其销售促进预算在各品牌之间进行协调，以取得尽可能大的效益。

　　(4) 实施销售促进方案。实施计划包括两个关键的时间因素：一个是活动的前置时间，即从准备到正式公布实施的时间，此阶段的工作包括活动的设计、修改、批准、制作、传送等，要求协调各部门人员，备齐所有资料、赠品、样品及各种宣传准备工作等；另一个是活动的持续时间，即从活动开始到推广的产品 90% ~ 95% 已到达顾客手中的这段时间，其间进行的是实际推广运作和管理。在销售促进方案实施过程中，应有相应的监控机制作为保障，并配备专人负责控制事态的进展，一旦出现偏差或意外情况能够及时予以纠正和解决。制订销售促进方案实施计划，是有效执行推广方案并进行监督控制的重要保障。

　　(5) 评估销售促进效果。销售促进活动效果的事后评估，是企业销售促进工作的一项重要内容。对每一次销售促进活动总结经验与教训，为今后的销售促进决策提供依据。评估销售促进效果的方法主要有两种：一种是比较前后销售量（额）的变化幅度，这也是最常见的销售促进评估方法；另一种是直接观察消费者对促销活动的反应，主要通过对消费者参加有奖销售的人数、优惠券的回报率、赠品的偿付情况等进行统计。通常而言，两种方法合并使用，效果更佳。

3. 销售促进策略

根据对象不同，销售促进策略可以分为针对消费者、针对中间商以及针对推销员三种类型。

（1）针对消费者的销售促进。其主要有以下几种方式：

1）赠送样品。它是指在企业推出新产品时，向消费者赠送免费样品或试用样品，以吸引消费者率先使用产品。这是将产品直接送达到消费者手中最便捷的一种销售促进方式。赠送样品可以采用上门赠送、定点分送、在其他商品中附送以及直接邮寄等方式。企业应综合考虑产品性质、消费者心理特征与行为习惯、活动预算及预期效果等因素后，再决定采取何种赠送方式。

2）优惠券。优惠券是指生产企业或零售店发放的，持券人在指定地点购买商品时可享受折价或其他优惠的凭证。优惠券方式是对合作者和顾客提供的一种可享受优惠的证明，既可联络感情，又能提高企业或产品的知名度。另外，这种方式有利于刺激消费者试用产品。据国外统计，约有65%的优惠券兑现者都是第一次试用该产品。而且，折价让利对于促使消费者改变以往的购买习惯和品牌偏好具有明显的优势。

3）有奖销售。它是指企业在销售产品时，对在一定时间内购买数量达到一定标准的消费者给予一定奖励。通过购物获取现金、礼品、旅游等机会，可刺激消费者的购买欲望。

4）现场表演。它是指在销售现场把产品的性能、特点及使用方法表演给消费者观看，增加消费者对产品的了解，刺激其购买欲望。如很多大型超市都有榨汁机、豆浆机的现场示范，而且供消费者免费品尝。

5）商业展销。它是指企业将一些能显示企业优势和特征的产品集中陈列，展览与销售同时进行。由于展销可使消费者看到大量优质产品，有充分挑选余地，所以对消费者吸引力很强。展销可以由一个企业单独举办，也可由众多生产同类产品的企业联合进行。若能对某些展销活动赋予一定的主题，并配合广告宣传活动，促销效果会更佳。

6）特殊包装。这是企业向消费者提供低于正常价格的商品的一种销售方法。如精装商品中增加简装、小包装换成大包装或者在包装中附一张折价购买券，持有者在有效期内，到指定购物点采购可享受优惠等，通过提供附加利益来吸引消费者。特殊包装形式常用于食品和日用品销售，对刺激短期销售十分有效。

7）交易印花。它是指每次消费者购买，即按购买金额赠送印花或积分，可在零售店里兑换自己喜欢的赠品，以刺激消费者对本品牌的购买量。此种方式赠品的选择余地大，消费者参与性高。

8）会员制。它是指消费者缴纳一定数额的会费给组织者，便可享受多种价格优惠的促销方式。

（2）针对中间商的销售促进。其主要有以下几种方式：

1）交易折扣。它是指为刺激、鼓励中间商大批量地购买本企业产品，对第一次购买或购买数量较多的中间商给予一定折扣优待。一般地，折扣与购买数量成正比。

2）提供资助。它是指生产者为中间商提供陈列商品、支付部分广告费用或部分运费等补贴或津贴。例如，生产者通过资助中间商一定比例的广告费用，或对距离较远的中间商给予一定的运费补贴等方式，鼓励其经销本企业的产品。

3）经销奖励。它是指对经销本企业产品有突出业绩的中间商给予一定奖励。这种做法，一方面，能够更好地激励业绩突出的中间商，提高其积极性；另一方面，能够有效激发其他中间商的竞争意识。

4）经营指导。它是指企业派销售顾问到中间商处进行调研，提出改进意见，提供各种培训服务。例如，派技术人员专门驻店指导；派外销员协助销售；派管理人员定期访问，提供市场分析情报，或对商品展示活动提出合理化建议，对进货、商品管理、库存、销售及售后服务等问题给予现场指导。

（3）针对推销员的销售促进。其主要有以下几种方式：

1）销售红利。它是指企业规定按销售额提成或按所获利润提成，以鼓励推销员积极推销产品。

2）销售竞赛。它是指在推销员中开展销售竞赛，对销售业绩领先的推销员给予奖励，奖励方式可以是现金、物品或旅游等。以此能够调动其积极性，同时促进推销员之间展开有序竞争。

3）推销回扣。它是指从销售额中提取一定比例作为推销员推销商品的奖励或酬劳。通过回扣方式把销售额与推销报酬结合起来，有利于提高推销员的积极性。

4）职位提拔。它是指企业对销售业务出色的销售人员进行职务提拔。这种方式不仅能够有效激励被提拔者，而且可以促使他将先进经验传授给其他推销员，有利于提高整个销售团队的业务水平。

7.5.5　公共关系策略设计

1. 公共关系策划概述

（1）公共关系的含义与目标。公共关系（Public Relations）是指企业或组织为改善与社会公众的关系，促进公众对企业的认可、理解与支持，达到树立企业良好形象、实现企业与公众共同利益与目标的有计划的行动。在现实经济活动中，任何一个企业都不可避免地要与社会各界发生各种各样的交往关系，并受这些关系的制约，如与政府机构、金融机构、司法机关、社会团体、新闻媒体、当地公众、经销商和代理商、消费者、股东、内部职工之间的关系等。企业要在复杂的社会环境中求得生存和发展，就必须采取有计划的行动策略，处理好这些关系，树立起良好的社会形象，以赢得社会公众的理解、好感和喜爱，创建最佳的社会关系环境。公共关系是企业促销策划的重要组成部分。

公共关系作为一种促销手段，在企业发展的不同时期具有不同的目标。其具体包括：

1）树立企业形象。公共关系活动可以帮助企业建立起良好的内部和外部形象。在企业内部使员工具有良好的精神面貌，形成较强的凝聚力和向心力；并主动利用各种手段向外传播信息，让公众认识自己、了解自己，赢得公众的理解、信任、合作与支持。

2）建立信息网络。公共关系活动是企业收集信息、实现反馈以帮助决策的重要渠道。由于外部环境在不断地发展，企业如果不及时掌握市场信息，就会丧失优势。公共关系策划可以使企业及时收集信息，对环境的变化保持高度的敏感性，为企业决策提供可靠的依据。

3）处理公众关系。在现代社会环境中，企业不是孤立存在的，不可能离开社会去实现企业的经营目标。公共关系活动正是维持和协调企业与内外公众关系的最有效的手段。企业与内外公众关系的协调主要有三个方面：一是协调领导者与企业员工之间的关系；二是协调企业内部各职能部门之间的关系；三是协调企业与外界公众的关系。

4）消除公众误解。任何企业在发展过程中都有可能出现某些失误，如果处理不妥，就可能导致满盘皆输。因此，企业平时要有应急准备，一旦与公众发生纠纷，要尽快了解事实真相，及时做好调解工作。通常情况下通过公共关系活动可起到缓冲作用，使矛盾在激化前及时得到缓解。

5）分析预测。企业应及时分析监测社会环境的变化，其中包括政策、法令的变化，社会舆论、公众志趣、自然环境、市场动态等的变化。公共关系活动能够向企业预报有重大影响的近期或远期发展趋势，预测企业重大行动计划可能遇到的社会反应等。

6）促进产品销售。公共关系活动以自然随和的公共关系方式向公众介绍新产品、新服务，既可以增强公众的购买或消费欲望，又能为企业和产品树立良好的形象。

（2）公共关系的类型。根据公共关系的目标和形式差异，可将其分为以下类型：

1）宣传性公关。这种类型是指企业运用各种传媒及沟通方法向公众传递相关信息，使之了解企业的文化、产品特色、经营方针等，从而对内增强凝聚力，对外扩大影响、提高美誉度。其常用的方式有公共宣传、新闻发布会、周年纪念、开业庆典、形象广告、企业年度报告、业务通信、杂志、宣传图册、影视制品等。

2）交际性公关。这种类型是指企业公关人员运用各种交际方法和沟通艺术，通过各种社会交往活动，建立广泛的横向联系，搜集和听取各方意见，并迅速反应，为企业创造"人和"环境。其具体方式有座谈会、联谊会、宴会、春节团拜、信函往来等。

3）服务性公关。这种类型是指企业通过为社会公众提供实际服务来吸引公众，争取合作。其特点是以实际的服务行为给公众留下深刻的印象，如各种消费指导、消费培训、咨询服务等。

4）公益性公关。这种类型是指企业注重社会效益，展现其关心社会、关爱他人的一些活动。其常见的活动形式有向慈善机构捐献、资助公共设施建设、捐资希望工程、参与再就业创造工程、赞助文体赛事等。上述活动的特点是社会参与面广，与公众接触面大，社会影响力强，有利于提高企业知名度，但投资费用也较高。

5）征询性公关。这种类型是指企业运用社会调查、民意测验等方式收集信息，建立与消费者的联系，为企业决策服务的公共关系活动。其活动形式有民意测验、出访重点客户、开展信息征集活动、设立热线电话等。

2. 公共关系策划活动

（1）公共关系专题策划。公关关系专题策划是指企业为了实现其特定的公共关系目标，围绕某一特定主题所进行的专题性的传播活动。成功的公共关系专题策划，对企业吸引公众、沟通信息、联络感情、扩大影响、提高信誉、树立形象等，都能产生积极的作用。

1）公共关系专题策划的内容。其主要包括以下内容：

① 典礼仪式，如奠基典礼、落成典礼、开幕典礼、就职仪式等。

② 周年志庆，如企业成立一周年、十周年等纪念日。

③ 展销会，通过实物（新产品）的展示和示范表演来配合宣传企业的形象和产品。

④ 专题喜庆活动，如消费者联欢会、招待会、舞会、大型文艺演出等。

⑤ 专题竞赛活动，如各种以企业名义命名的体育比赛、演唱比赛、征文比赛、智力比赛等。

⑥ 学术研讨会，赞助和承办全国或地区性的专题学术研讨会，通过理论界传播，扩大社会影响。

⑦ 社会公益活动，如赞助办学或社会募捐活动等。

2）公共关系专题策划的时机。其主要包括以下方面：

① 重大事件发生的自然时间，如企业推出新产品的时间等。

② 社会生活中的节日和企业的纪念日，如国家规定的节日及企业的纪念日。

③ 企业运行过程中所蕴涵的时机，如企业成长升级换代时期、企业发展受挫或危机转换时机。

3）公共关系专题活动举办的地点。一般选取事件发生地，目标公众所在地，交通便捷、人口流动较多的地点，以"地利"为佳。

4）公共关系专题活动人员及规模。以扩大影响为最终目的，以经济有成效为原则，根据专题活动的具体需要确定人员及规模。

5）创造良好气氛的策划。为专题活动的开展进行必要的预报、铺垫、宣传、广告，使活动能形成良好的氛围。

（2）公共关系新闻策划。企业公共关系新闻策划是指在服务于企业公共关系总目标的原则下，对以事实为依据，以最新信息的选择、加工、编辑、传播、反馈等一系列活动以及新闻媒体关系的决策和谋划。公共关系新闻策划有利于企业加强与社会公众之间的沟通和理解，矫正或纠正企业在社会公众心目中不利、片面或失真、误识的形象，扩大企业的影响，建立、维护、发展和完善企业的整体形象。

公共关系新闻策划，狭义上仅指策划具有新闻价值的活动或事件，即制造新闻；而广义上，则包括新闻选择、制作、传播的全过程，以及与企业打交道的新闻媒介关系的策划。

1）公共关系新闻媒体的策划。它是指在充分认识各类媒体的优缺点的基础上，对企业所需要的媒体进行选择，一般依据企业公关目标、新闻传播内容以及社会效益和经济效益等原则，选择切实、经济、可行的新闻媒体，以保证预期的效果。

2）公共关系新闻稿件的策划。它是指从企业的大量信息中，进行挖掘、筛选、加工、编辑的过程，包括印刷类（报纸、杂志）公关新闻稿件策划和音像图表类公关新闻稿件策划。策划内容包括：

① 新闻题材策划，即要选取最富有代表性、最具有新闻价值的题材，在选题上不拘泥于一点，而要多角度、全方位地着眼于企业发生的新事物、新情况、新成就、新气象。如企业新技术实施、新产品开发，企业联合、合资等，企业获奖、参与有意义的社会活动及贡献等。例如，2008 年汶川地震后，腾讯公司先后两批捐赠救灾物资累计 500 万元，海信集团捐款 600 万元用于地震灾区学校重建，招商银行通过中国红十字会向地震灾区捐款 800 万元。诸多企业通过这种方式既为社会作了贡献，同时也树立了企业的良好形象。

② 新闻结构策划，即对新闻材料组合、安排的总体设计，常见的新闻结构有本末倒置型结构、并列双峰型结构、顺流直下型结构 3 种。

除此之外，在公共关系新闻稿件策划过程中，还要重视关键部分的写作策划，即对新闻中标题、导语、主体、背景、结尾 5 部分的策划。

3）公共关系新闻报告的策划。它是指将企业具有价值的新闻准确、及时和最大限度地传递给新闻媒体，引导新闻界进行报道，扩大企业影响，提高企业知名度、信任度和美誉度，以期令更多公众形成对本企业的良好印象。新闻报道常用的方法有举行记者招待会、新闻发布会和接受新闻界参观采访等。

4）公共关系新闻事件的策划。这种策划要求在遵循真实性和不损害公众利益的原则下，就一定时期内的热门话题制造新闻，抓住"新、奇、特"去创意，善于利用特殊节日、社会名流的效应借光生辉。

> **案例**
>
> 　　上海世博会在 2010 年 5~10 月举行，但是世博会的宣传活动提前一年就已拉开了帷幕。在上海世博会倒计时 30 天之际，中国香港也开始展出世博会"香港馆"模型，让市民提前一睹上海世博会的香港风采。借世博会的契机，既宣传了世博，也宣传了上海，同时彰显了中国风貌。

（3）企业公关谈判策划。企业公关谈判策划是指谈判双方为了各自特定的利益目标，遵循互利原则，通过对话沟通方式达成协议的过程和谋划。公关谈判是现代社会市场经济条件下特定含义的商务活动。

3. 公共关系危机管理

（1）危机及危机管理的含义。危机是指由于企业自身或公众的某种行为而导致组织环境恶化的突发性事件。危机具有突发性、危害性和冲击力强等特点。1997 年，由联合响应公司（The Corporate Response Group）对《财富》杂志评选出的全球 1000 家公司所做的调查发现，在受访的经理人员中，有 54% 的人认为他们所在公司的最高管理层对如何处理潜在危机日益重视。本次调查确认的潜在危机依次是：工作中的暴力事件（55%）、绑架（53%）、恐怖活动（51%）、诈骗（35%）、产品损坏与索赔（34%）、道德规范问题（30%）、首席执行官（CEO）的接任更替（28%）。受访者还指出，在企业中需要加以改善的地方有：内部认知（50%）、交流沟通（45%）、实习培训（37%）、风险分析（35%）、信息技术（32%）和企业规划（31%）。可见，危机处理在企业公关形象建立乃至企业运营中的重要作用。

危机管理（Crisis Management）是指通过科学预测与决策，修订合理的危机应急计划，并在危机发生过程中充分运用科学的手段，减少危机给组织与共众带来的影响，进而寻求公众对组织的谅解，以重新树立和维护组织形象的一种管理职能。

（2）危机管理的程序。按照危机管理过程的特征，将其程序分为危机事件事前预测、事中处理和事后评估三大步（见图 7-11）。

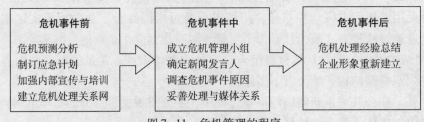

危机事件前	危机事件中	危机事件后
危机预测分析 制订应急计划 加强内部宣传与培训 建立危机处理关系网	成立危机管理小组 确定新闻发言人 调查危机事件原因 妥善处理与媒体关系	危机处理经验总结 企业形象重新建立

图 7-11　危机管理的程序

1）危机预测分析。危机预测内容包括：可能发生哪些危机，危机可能具备的性质及规模，以及它对各方面可能带来的影响。应按轻重缓急对危机进行分类，例如，A 类是可能性较大的危机，如产品质量、媒介关系、环境变化等；B 类是具有一定发生可能性的危机，如被盗窃、合作伙伴违约等；C 类是可能性较小的危机，如产品被投毒、水管爆裂等。

2）制订应急计划。企业在危机发生之前制订完善的应对计划，一旦出现危机即刻能作出反应，这是减少危害的有效措施。计划应包括对付各类不同危机的不同方法，安排好危机中、危机后在各个工作环节中负责处理各种问题的适当人选，同时，让这些人员事先了解面对不同危机时他们的责任和应该采取的措施。

3）加强内部宣传与培训。可将危机预测、危机情况和相应的措施以通俗易懂的语言编印成小册子，并配一些示意图，然后发给全体员工。还可以通过多种形式，如录像、卡通片、幻灯片等向员工全面介绍应对危机的方法，让全体员工对出现危机的可能性及应对办法有足够的了解。

同时，可组织短训班专门对公关人员进行培训，内容包括模拟危机，让受训学员作出迅速的反应，以锻炼他们面对危机，处理问题的能力；向学员提供各种处理危机的案例，让他们从各类事件中吸取经验和教训，帮助他们在心理上作好处理各种危机的准备。

4）建立处理危机关系网。根据预测到组织可能发生的危机，与处理危机的有关单位联系，包括医院、消防队、公安部门、邻近的驻军、相关的科研单位、同行业兄弟单位、保险公司、银行等。在平时就要通过互相沟通使这些单位了解组织的基本情况，建立合作网络，以便危机到来时能很好地合作。

5）成立危机管理小组。危机发生时，企业应以决策层为中心，吸收部分公关专家、技术专家和新闻宣传专业人士组成危机管理小组，这是顺利处理危机的组织保证。如果企业有分支机构，每个分支机构、子公司、分厂都应向危机管理小组派一名代表，以便发生问题时能迅速在各地协调行动；特别是当分支机构也都生产同样的产品、采用同样的质量标准、使用同样的购销渠道、具有同一企业形象时，这种做法更有必要。

6）确定新闻发言人。危机突发时，舆论的不同报道、公众的各种议论，会造成一定程度的混乱。此时，企业应指定一名新闻发言人，代表企业向内外公众介绍危机事件真相和企业所持态度，让公众尽快了解事实，保证事件报道的透明性、准确性和客观性，杜绝谣言。

7）调查危机事件原因。危机发生之后，企业在迅速抢救受害公众，减轻危机影响程度，并尽快将最新情况告诉公众的同时，还须尽快查明危机根源。如果是企业自身的原因，就应勇于承担过失责任，向公众道歉；如果是其他因素所致，也应将事实告诉公众，减轻企业自身的压力。此时，邀请技术权威机构介入对危机事件真相的调查与论证，可提高信息的可信度，对减少谣传、寻求传媒与公众的理解尤有好处。

8）妥善处理与媒体关系。一方面，企业应主动告知危机事件的详细背景材料与最新进展，积极配合媒体对有关危机事件的报道，争取媒体对企业行为的理解与支持；另一方面，通过媒体掌握企业自身尚不清楚的信息，如社会公众、权威人士的观点等，以便有针对性地阻止各种错误信息的进一步传播。

9）危机处理经验总结。对危机事件的产生原因、发展过程、处理方式与控制措施等方面进行回顾，总结企业危机管理的经验与不足，形成一份完整的危机事件处理报告。在此基础上，补充和修正企业危机预测及应急计划，进一步完善企业的危机管理制度。

10）企业形象重新建立。一是充分运用传媒工具进行连续正面的报道，将企业在危机后所采取的一系列修正措施及服务方针告知公众，使公众能真正了解企业行为，逐步恢复对企业的信任感；二是增加企业在承担社会责任、重视社会利益方面的活动与投入，通过积极参与社区建设、热心社会公益事业、关心社会热点问题等形式，积极展示企业回报社会、服务社会的良好形象；三是进一步密切与政府部门、行业专家、专业机构、消费者协会、知名人士等的关系，充分利用其影响力为企业信誉提供担保。

（3）危机处理对策。企业危机发生后将会触及各类公众的利益，对此应分别处理。

1）对内部公众。首先，应将危机事件目前情况、造成损失及企业对待危机的态度等告知全体员工，成立危机处理小组，使员工同心协力共渡难关；其次，调查危机事件原因，如果是设备损失应及时清理，如果是产品质量引发的危机，应不惜一切代价立即收回，并通知有关部门立即停止继续出售；此外，危机后还要对整个危机事件处理工作进行总结评估，既要做好有功人员和过错人员的奖惩工作，同时要借机对全体员工进行教育。总之，在危机处理中，对企业内部公众要稳定人心，统一步调，做到有条不紊、协同行动。

2）对事故受害者。首先，如果危机事件导致人员伤亡，应立即通知家属，并提供条件满足家属探视、吊唁的要求，组织医疗和抚恤工作，委派专人负责；其次，对受害者应明确表示歉意，慎重地同他们接触，冷静地倾听受害者的意见和他们提出的赔偿要求。这时，即使他们的意见并不完全合理，也不要立刻与之辩论；即使受害者本身要对事故负有一定责任，也不应马上予以追究，应避免造成推卸责任的印象。企业向受害者及其家属公布的补偿方法与标准，应尽快实施。需要注意的是，在危机处理过程中，如无特殊情况，不要随便更换危机事件的负责人和探望受害者的人员，以便保持处理意见的一致性和操作的连续性。

3）对新闻传播媒介。新闻是政府的"喉舌"，代表着大众利益，其有权知晓其认为有必要知晓或传播的信息，在处理危机过程中，公开、坦诚的态度和积极主动的配合是处理企业与媒体关系的关键，也是取得媒体信任和支持的有效途径，且能够与媒体作更深层次的沟通。首先，向新闻媒体公布危机事件的真相，表明企业对待该事件的态度，并通报将要采取的措施。需要注意的是，在公布之前企业内部应统一口径，对采取何种措施、采取何种形式、有关信息如何披露等问题达成共识。同时，成立新闻媒体临时接待机构，由专人负责发布消息，集中处理与危机事件有关的新闻采访，要注意向记者提供的资料尽可能采用书面形式，以避免报道失实。在危机事件处理过程中，对待新闻媒体应采取谨慎、主动、合作的态度。

4）对上级领导部门。危机发生后，企业应及时、客观地向其直属上级领导汇报情况，不能文过饰非，不允许歪曲真相、混淆视听。在处理过程中应定期将事态的发展、处理、控制的情况以及善后情况，陆续向上级报告。事故处理结束后，应将详细的情况、解决的方法及今后预防的措施、组织应承担的责任形成综合报告，送交上级部门。

5）对企业所在社区。首先，根据危机事件的性质以及影响范围，企业公关部门应向社区居民道歉，根据给社区居民带来损失的程度不同，可以采取登门道歉、委派专人道歉、报纸致歉等方式，明确表示企业敢于承担责任、知错必改的态度；其次，如果判定危机事件对社区居民造成的损失不大，可以通过种花植树、修桥铺路、赞助教育等方式给社区适当补偿，以争取社区居民的谅解，维护企业的整体形象；如果是火灾、毒物泄漏等确实对社区居民造成了严重损失的危机事件，企业应明确表示并尽快落实经济赔偿问题，并委派专人代表企业与社区居民协调沟通，尽量将企业的经济损失和形象损失控制在最低限度。

案例

中美史克从"PPA事件"中恢复元气

中美天津史克制药有限公司（中美史克）是葛兰素史克（中国）投资有限公司（GSK）与天津中新药业集团股份有限公司、天津市医药公司合资建立的一家现代化制药企业，其经营范围包括生产、加工、分装和销售人用制剂产品、保健产品及相关产品。该公司总投资额2994万美元，1987年10月19日正式投产，主要生产胶囊、片剂、软膏三种剂型，年产能力23亿片/粒/支，代表产品包括肠虫清（阿苯达唑片）、新康泰克（复方盐酸伪麻黄碱缓释胶囊）、芬必得（布洛芬缓释胶囊）、兰美抒（盐酸特比萘芬乳膏）、百多邦（莫匹罗星软膏）、泰胃美（西咪替丁片）等。开业以来，中美史克曾被评为中国最大的500家外商投资工业企业之一、首届全国十佳医药三资企业之一、天津市外商投资知识密集和技术密集型企业之一、2001年《财富》中被评为中国最受赞赏的外资企业之一，于1998年取得GMP认证证书，2000年被天津市人民政府授予"连续十年荣获先进外商投资企业"称号。

药品新康泰克上市以前，该公司的拳头产品之一是康泰克，年销售额在6亿人民币左右。2000年年末政策环境这一重要营销外部环境的变化，导致中美史克在这次危机中经历了再生。

事情起源于美国一项表明PPA即苯丙醇胺，有增加患"出血性中风"症危险的研究。研究的结果使得2000年11月6日，美国食品与药物监督管理局（FDA）发出公共健康公告，要求美国生产厂商主动停止销售含PPA的产品。10天之后，中国国家医药监督管理局（SDA）也发布了《关于暂停使用和销售含苯丙醇胺药品制剂的通知》，并是以中国红头文件的形式发至中国各大媒体。在15种被暂停使用和销售的含PPA的药品里，中美天津史克制药有限公司生产的康泰克和康得两种产品就名列其中。

当时，作为全球十大医药市场之一的中国，非处方药市场正在迅速膨胀，且感冒药占到城镇居民非处方药的消费的85%，市场非常大。中美史克的康泰克凭借其独特的缓释技术和显著的疗效，在国内抗感冒药市场曾具有极高的知名度。中国SDA通告的发布正值11月感冒高发期，暂停使用和销售康泰克对中美史克可以说是严重的打击，通告使得康泰克销售急剧下降，中美史克为此蒙受的直接损失达6亿多元人民币。同时，其竞争者三九制药、海王药业看到市场的变化后纷纷上马感冒药项目，顺势强调不含PPA的成分，中美史克多面受敌，加之媒体争相报道，经销商纷纷来电，康泰克多年来在消费者心目中的优秀品牌地位陷入危机之中。

于是，中美史克天津制药有限公司委托中国环球公关公司，迅速启动危机管理工作系统，根据应对对象职能不同，分为领导小组、沟通小组、市场小组和生产小组4个部分，各负其责，共同协作。其中，领导小组负责制定应对危机的立场基调，统一口径，并协调各小组工作；沟通小组负责信息发布和内、外部的信息沟通；市场小组负责加快新产品开发；生产小组负责组织调整生产并处理正在生产线上的中间产品。

在这次危机管理事件中，中国环球公关公司的应对措施主要包括项目调查、制定、实施和评估4个阶段。首先，在接受中美史克的委托之后，迅速对其面临的状况进行了全面而周密的调查研究，以全面了解事件的性质与公司的关系，评估危机事件的后果，为制定危机处理策略提供依据。经过全面周密的调研分析，中国环球公共关系公司与中美史克共同认识到，中国政府主管部门和中国各大媒体多已直接或间接介入此次"PPA事件"，危机管理是否有效取决于有效的舆论引导。于是，环球公关公司进行详细的项目策划，旨在通过包括通讯社、中央级媒介、全国及重点城市重点媒介、各地大众类媒介、医药类专业媒介在内的各级媒介，有效传播并强化中美史克在"PPA事件"处理过程中"坚决支持中国政府主管部门的决定，视消费者利益为上，视中国人民健康为上"的坚定态度。同时，以"迅速反应，争取主动；密切监测，防患未然；以诚相待，积极沟通"为指导思想，迅速成立危机处理小组，在第一时间开通热线电话，记录并回答记者来电，管理信息进出渠道；适时进行新闻发布（媒介恳谈会），迅速主动阐述事实真相；全面监控国内的各类媒体、网站及中美史克竞争对手的消息，及时获取相关的最新动态，收集有关报道的剪报，汇总有关媒介报道的情况；统一接听和处理媒体来电，对每一敏感问题准备准确的答案，确定统一的对外信息发布渠道、发言口径及发言人；在恳谈会前后，尽可能充分地与媒体沟通，对媒体的提问和要求给予及时解答和说明，对重点媒介进行重点沟通，提供充足的资料并尽量满足采访要求。在具体的项目实施上，公司在媒介恳谈会前做了遴选媒介的工作，对中国媒体与记者进行了细分，确定新闻发言人，提供敏感问题的标准；媒介恳谈会现场上特别注意派专人接待外地记者，无论对大报小报、年轻与资深记者都一视同仁，对未被邀请而来的记者单独登记，并做到及时沟通，态度热情、诚恳；媒介恳谈会后持续与媒介紧密接触，通过CCTV新闻、座谈会、专访等形式持续不断地向媒体通报事件动态，并在与媒体积极的沟通过程中，向其传递积极合作的态度，广交朋友。

有危机也会有机会，危机中蕴藏着机会。康泰克因"PPA事件"而遭受重大挫折，但市场调查也反映，由于一定的处理和努力，消费者对康泰克品牌仍怀有情结，因此，"新药"重返市场时仍取名康泰克，但加上一个"新"字。"新康泰克"广告语如是说："中美史克全新奉献"，"新康泰克抗感冒，再出击，更出色"，"国家药监局验证通过新康泰克，新配方，不含PPA，OK！确认无误"，"新康泰克还是早一粒，晚一粒，远离感冒困扰。"

"PPA事件"后289天，史克公司将"新康泰克"产品推向市场，一周内仅在广东便获得高达40万盒的订单。据报道，在"PPA事件"里，中美史克没有让一个工人下岗；自"PPA事件"到康泰克被正式"判处死刑"，政府、媒体和消费者中极少出现对中美史克公司的非议。通过实施危机期间的媒体关系管理方案，中美史克有效控制并处理了由"PPA事件"引发的重大危机，保护了品牌，更为重返感冒药市场奠定了良好的舆论基础。可以说，在这次事件中，中美史克牺牲了经济效益，却赢得了社会效益。

有学者将企业陷入危机环境时的公众攻略概括为4S，即Sorry、Shut up、Show和Satisfy，谈谈你的理解和看法。从"康泰克死了，中美史克未败"的案例中你体会出什么营销哲学？

7.5.6 整合营销传播策划

1. 整合营销策划概述

（1）整合营销策划的含义与特点。传统的营销策划是指运用营销工具，通过一系列的策划活动以达到预期营销结果，其策划着眼于某一个或某几个环节。而整合营销策划则通过对全局的考虑，合理安排各种营销活动和各种营销工具的使用，使整个营销活动处于有组织、有秩序的状态，发挥整体营销的力量，以达到最佳效果。具体而言，整合营销策划是指企业对将要进行的消费者沟通传播行为进行超前规划和设计，提供一套统一的有关企业传播的未来方案，这是把公关、促销、广告、直销等集于一身的具体行动措施。

整合营销策划具有以下特点：

1）整合营销策划是传统营销理念的逆向思维。整合营销策划首先是一种思想、一种理念的策划，其次才是一种方法、一种方案的策划。传统营销理论，其行为着眼于过程；而整合营销则着眼于营销活动的结果。事实上，整合营销策划活动就如同一位高明的棋手，走一步看十步，使营销活动的发展不再像以往那样处于被动状态，而是按照自己的意图，逐步地、有目的地实现目标，使营销活动由自发走向自觉正是整合营销活动最大的一个功能和作用。

2）整合营销策划体现了 4C（即 Customer、Cost、Convenient 和 Communication）策略相对于 4P（即 Product、Price、Place 和 Promotion）策略的优化。用"需求"取代"产品"，抛弃传统的产品开发概念；用"成本"取代"价格"，抛弃传统的定价方式；用"便利"取代"地点"，抛弃传统销售地点的思考方式；用"沟通"取代"促销"，抛弃传统的线性传播方式。

3）整合营销策划的出发点是对消费者需求的正确把握。随着科学技术的不断发展，产品高度同质化，流通领域势均力敌，竞争优势难以确立，有效的传播越来越少，所以消费者有更多的选择余地。整合是需要方向的，要做到营销各个环节的整合，必须要有一个凝聚点，使各项工作的进行都围绕一个中心，这个凝聚点就是消费者的需求。以产品、服务能满足消费者的需求为荣，定位在让消费者更方便满意的基础上，这正是全新整合营销策划的出发点与落脚点。

4）整合营销策划的核心是对资源的有效利用。在传统营销理论指导下，企业在广告、公关、促销、人员推销等几方面都是分别开展，这样有很多资源是重复使用，甚至不同部门的观点都不统一，造成品牌形象在消费者心目中的混乱，实际效果很差。整合营销策划就在于对企业的资源进行合理的分配，并按照统一的目标和策略将营销各个环节有机地结合起来，使企业的运作具备整体效果，而不是各自为战。

5）整合营销策划的关键在于目标、策略和战术的高度统一。整合营销策划就是围绕正确的目标制定清晰的策略和运用灵活的战术手段，合理、有效地分配及利用企业资源的过程。在这个过程中，关键要看资源的应用是否符合企业的目标，是否体现了企业的策略，进而运用战术手段进行有效的整合。将使资源的运用更加合理，使组织的搭配更加专业及富有效率，从而使营销推广真正具有整体效应。

6）整合营销策划具有阶段性。每个阶段由于企业资源、市场状况的不同，相应的营销策略也不同，因此，整合营销策划的具体形式也必然有所区别。

（2）整合营销策划的条件与前提。整合营销策划目的是将企业的价值形象与信息以最短的时间传达给消费者。因此，整合营销策划需要满足以下条件：统一中心，即以消费者的需求为中心；统一形象，即将所有营销传播技术和工具紧密结合，以维持并清楚传达单一共享的形象、定位、主题和信息，让消费者始终听到同一种声音，看到同一种符号；双向沟通，强调消费者的参与，通过企业与消费者双向互动的沟通实现目标信息的传达；全面接触，整合营销策划直接渗透到消费者生活和工作的方方面面，通过视觉、听觉、味觉、嗅觉、触觉和心理感觉等多种渠道来接触消费者。总之，整合营销策划是主体化、多层面的传播，时间的差异、地域的差距都不应该成为整合的障碍，不只是让受众知晓或对某种品牌有好感，而是要真正地影响和激发消费者的行动。

整合营销策划要求具备以下 3 个前提：

1）消费者的资料库。消费者资料库的建立是整合营销策划的重要基础。否则，整合传播就是无源之水、无本之木。

2）传播手段的工具箱。整合营销策划对媒介的考察不仅仅凭借其收视率、收听率等指标，而是把广告、促销、公关、直销、CI、包装、POP、展览、网上宣传等诸多传播工具放到一个平台上来综合审视，权衡其各自的优势和弱点，整合一套针对性强、渗透面广的组合工具。

3）整合沟通的切入点。这就是策略性整合的大创意。一般是以事件营销为切入点，以点带面，激活整合资源，造势扩散推广。这个创意必须是原创的、震撼的、持久的，易行的。创造一个品牌的秘诀就在于在每一个消费者的接触点上，有力地把创意付诸实行——以一种消费者乐于认同的特质去和他们沟通；具有冲击力并能诉说品牌故事的特殊视觉效果；前所未有的、能将产品特性描述得戏剧性十足的文案；足以激起购买行动的新奇点。

2. 整合营销传播策略

（1）整合营销传播过程。整合营销传播起于消费者或相关的资料库，企业可以通过资料库来进行市场区隔和消费者行为习惯分析，再根据消费者的实际购买行为或习惯来制定销售、营销和传播策略；说服消费者的基本策略确定以后，就制定细节的营销策划战术（如广告、公关、促销、直销、网络宣传、展览等组合）；在战术实施过程中，不断对消费者的反应和有关购买的新信息进行评估分析，再反馈到资料库中，以便再次开始整合营销传播模式的循环。

（2）整合营销传播途径。其主要包括以下方面：

1）准确发现目标消费者的需要。根据调查，多数滞销产品主要是因为定位不准确，定位不是从产品出发，给产品确定一个口号或标签，而是对消费者利益进行认真分析，找出消费者真实的需求。

2）向消费者作出独特的利益承诺。在准确定位消费者需求后，企业需要给产品作出一个独特且有吸引力的消费利益承诺。如家电产品提出三年保修，一年包换，充分满足了消费者心理上的需求。

3）给产品取个有助于传播的好名字。例如，红桃 K 补血剂，功效清楚，对产品传播起到了很好的效果；又如"视窗 95"原先的名字叫做"芝加哥 94"，芝加哥仅是美国一个城市的名字，其"地方性"内涵，无疑是全球发售的一个障碍，改成"视窗"则一扫"地方"色彩。

4）推出惊人事实，吸引社会注意。例如，1996 年捷达轿车推出"60 万公里无大修"的宣传，充分突出了其质量优势，使其在深圳、珠海两地出租车市场占有率在 3 年间跃升到 85%；又如乐百氏纯净水的广告，提出了该水需要经过 27 层过滤，对产品产生了良好的宣传效应。

5）发现、创造与大胆使用独特的传播媒介。为满足消费者求新求异的心理，媒介需要进行大胆创新，加大吸引力、冲击力，达到最佳传播效果。例如，德国大众汽车公司在发布新款奥迪轿车的广告时，选择当地电视台新闻时间，采用突然中断新闻的方式告诉全国民众一条新的重要新闻，即奥迪将有一款新车问世。

6）对消费者接触点进行有效管理。研究表明，要成功推出一个品牌，就必须在每一个消费者接触点上，将公司希望表达的信息与创意以有力的形式进行报道。例如，微软"视窗 95"在台北上市时，就采取了接触管理，推出了大量贴近消费者的别开生面、气势不凡的公关活动，如记者招待会、新闻发布会、记者研讨会、研讨营销、产品展示、有奖问答、免费上机操作以及"全民电脑"等活动，取得了很好的效果。

7）突出主题，吸引读者参加创意。例如，捷达轿车在推出捷达王的时候，宣传主题是"100 亿人民币的精心杰作"。展示捷达王的优势，是发动机达到国际先进水平。它以一种简单的方式告诉消费者，这种轿车是由中德双方投资 100 亿元生产出来的，物有所值。这一主张没有说轿车，而是用一种感性利益——轿车生产的投入，来与目标对象沟通，因此，引起很多理性消费者的关心。

8）针对不同消费人群进行独特宣传。整合营销传播的另一个创新，是要求对主要购物人群，进行有针对性的沟通。例如，在美国一个防晒油的宣传中，企业分别制定了针对以下人群的宣传策略：①厂商、经销商——获取更多的利润；②医药人员——帮助他们的顾客预防皮癌；③救生员、体育教师、网球教练、美容师等——协助顾客安全地享受阳光；④潜在使用者的父母——帮助他们的子女安全地享受阳光；⑤12~18 岁的少男少女——希望安全地在阳光下持久一点，使他们在异性眼里看起来更动人。在上述接触设计中，第五群体是重点群，为保证重点对象获得足够的接触，整合营销传播通过调查座谈，分析每一个可能接触他们的方法，并记录他们的日常活动，寻找接触点。根据调查结果，该企业最终确定以家庭海报、学校海报、MTV、广播、电视报纸、杂志广告、记者招待会、空中文字广告、T 恤、泳帽、太阳眼镜、小册子等作为接触媒体。

案例

奥迪 A8 新产品上市整合营销策划

1. 项目背景

奥迪中国是大众集团奥迪公司在中国的子公司。建立于 1988 年，负责奥迪品牌进口车在中国的整车及零部件的市场营销及售后服务。自建立以来，奥迪中国成功地在中国销售了 10 万辆进口奥迪轿车。到目前为止，中国市场已经成为奥迪公司在亚洲最大的市场。

奥迪 A8 轿车是奥迪公司计划于 2001 年向中国市场推出的三款产品之一，在国内的销售对象主要是政府高级官员、外交官、商界领袖及社会名流等一批上层人物。奥迪 A8

轿车是奥迪豪华轿车系列中价格最昂贵、技术最先进的最高档旗舰产品，也是奥迪与奔驰S级轿车和宝马7系列轿车竞争的"法宝"。在中国，豪华轿车市场还在成长中，与经济型轿车和中档轿车相比，市场规模还较小。尽管如此，竞争却非常激烈。奥迪、奔驰、宝马、沃尔沃等国际知名品牌分割豪华车市场，品牌知名度是这几大厂商的主要竞争手段。

尽管奥迪公司制订的A8轿车的销售指标并不大（第一年为500辆），但却有很高宣传效应，因为购买者都是高级官员和社会知名人士等公众人物。因此，奥迪中国所确定的公关目标是，利用A8轿车在豪华轿车领域的特殊地位，来增强奥迪品牌在中国的总体形象。为实现这个目标，奥迪公司特地聘请罗德公关公司策划并实施一项强有力的媒体报道计划。更严峻的挑战来自于，虽然中国消费者对奥迪A8并不熟悉，但奥迪A8在国际市场上并不是一款刚推出的新车型。如何把这款车型重新包装、重新定位，并把它的特性介绍给中国消费者，这无疑对罗德公关公司的策划能力提出了极高的要求。

在欧美国家，汽车业界的媒体记者往往具有很深厚的汽车专业知识；中国的专业记者对汽车技术仍需要一个学习过程，而且刚刚开始接触试驾驶活动。因此，公关活动所面临的一个主要课题，是如何根据中国媒体的专业水平，采取别开生面的方式向他们说明A8轿车的诸多技术优势和车主可以享受到的种种利益。由于时间紧迫、预算有限，开展这项活动的难度就显得更大。

针对中国豪华车消费状况，此项目选定3个城市实施：北京、上海、广州。这3个城市也是中国豪华轿车消费最集中的城市。选定这3个城市，目的是通过公关活动分别影响华北、华东、华南市场。

2. 项目调查

（1）媒体调研。如何针对中国媒体现状，实施一次别开生面、令人难忘的公关活动，同时又能准确地把奥迪A8的特性传达给媒体？公关活动实施前，罗德公关公司对国内20家主要的汽车和生活时尚杂志进行了电话采访。其具体了解以下问题：记者对搞一次新款豪华轿车的试驾驶活动在形式上有些什么需求？记者希望选择什么地点？时间是一天还是半天或安排在晚间为宜？他们希望自己有多长时间进行试驾驶？调查结果表明，大多数记者希望活动时间为一整天，活动地点应选在各个举办城市附近开车约1～2小时就可抵达的地方。通过调研，充分了解了媒体记者的需求，这对罗德公关公司更有针对性地实施活动非常有帮助。

（2）市场调研。活动实施前，罗德公关公司对中国豪华轿车市场进行了充分调研。调研发现，在中国豪华轿车市场，奥迪A8的主要竞争对手是奔驰S级轿车和宝马7系列轿车。通过调研还发现，在此之前，奔驰S级轿车和宝马7系列轿车虽然在中国市场有一定的销量，但从来没有在中国国内市场实施过某一具体车型的投放市场公关活动和试驾活动。另据了解，宝马中国区计划在中国市场实施"体验完美"巡回试车活动，但并非针对某一具体车型投放公关活动。因此，罗德公关公司将要实施的此次公关活动，将是中国高端豪华轿车市场第一次车型投放和媒体公关活动，意义非比寻常。

3. 项目策划

（1）具体公关目标。其包括以下几个目标：

1）利用奥迪 A8 的优秀品质增强奥迪在中国的总体品牌形象，使之成为豪华配置和领先技术的代表。

2）创造消费需求，协助奥迪销售人员实现今年的销售指标（500 辆）。

3）充分宣传奥迪 A8 的领先科技所带来的突出卖点，如全铝车身结构、全时四驱系统等领先技术以及这些技术优势为消费者带来的全新感受。

4）在整个项目实施期间，督促媒体进行广泛而持续的报道。

5）奥迪 A8 主要面向公务用车，因此，要加强与政府部门之间的公关联系。

（2）具体公关策划。其主要包括以下几方面：

1）组织新闻媒体代表参加奥迪 A8 的试驾驶和试乘坐活动，让他们亲身体验拥有奥迪 A8 一族所享受到的生活风格。

2）根据奥迪 A8 轿车正式上市活动中所宣扬的主题设计 4 次演示活动，这些活动的宗旨是诠释奥迪 A8 轿车在"时间、空间、安全和创造宁静氛围"诸方面所具有的优势，并采取非常直观和饶有兴趣的互动方式展示奥迪 A8 给消费者带来的独特享受。

3）聘请奥迪的技术人员和专业试车员，讲授奥迪 A8 的各项技术和行驶特征。

4）通过高雅的艺术表演，烘托出奥迪 A8 豪华至尊的地位。

（3）目标公众。其主要包括政府高级官员、商界领袖、外交官、社会名流等上层社会人士，他们具有很高的社会知名度。

（4）主要传播信息。其主要包括以下内容：

1）奥迪品牌理念的内涵为"人性、激情、领先、远见"。

2）奥迪 A8 的特性被概括为"时、空、安、静"。

① 时间魅力——奥迪 A8 的强劲发动机为旅途节省了大量时间。该车配备了豪华的车载一体化办公系统，使车主可以充分利用旅途时间。

② 空间魅力——奥迪 A8 为乘员提供充裕的内部空间。内部除宽敞外，还具有极高的舒适性和最豪华的装备。因此，许多国家元首和国宾车队都选用奥迪 A8。

③ 安全魅力——全铝空间框架结构、全时四驱系统等先进技术使奥迪 A8 可提供超豪华轿车所能提供的最大程度的安全性能。

④ 宁静魅力——奥迪 A8 的优秀隔音特性营造了车内非常宁静的氛围。

（5）媒体选择。其主要包括以下几种媒体：

1）在汽车业界对公众舆论起主导作用的各家报刊和电子媒体。

2）宣扬高档生活风格的实力派刊物和电视节目。

3）部分面向大众的文字媒体。

（6）具体传播手段。其主要包括以下几种传播手段：

1）互动式专家讲解。来自德国的奥迪技术专家以专业的知识背景向记者详细介绍了奥迪 A8 的各种高科技装备。在介绍奥迪 A8 的全铝车身结构时，德国专家让记者们手持一个带磁铁的小壁虎玩具，在奥迪 A8 车身上实验能否吸附上。结果可想而知，奥迪 A8 采用了先进的全铝车身结构，磁铁玩具当然吸附不上。现场非常活跃，记者们啧啧称奇。罗德公关公司就是用这种巧妙而又富有趣味的传播手段，把奥迪 A8"技术领先"的理念以令人难忘的手段传播给媒体记者。

2）紧扣主题的艺术表演。怎样让广大媒体记者对奥迪 A8 的"宁静"特性留下深刻的印象？让每个记者坐在车内体验宁静似乎很难。罗德公司在向媒体记者传播所要传播的信息时，并没有采取生硬的灌输手段。而是采用了由感性认识产生联想，再深入到理性认识的方法。罗德公关公司特意邀请到中央音乐学院著名古琴演奏大师李祥霆教授，为媒体记者们上了一堂别开生面的"宁静课"。以在北京的活动为例，在天下第一城古色古香的庭院中，微风轻送，李大师即兴演奏，要么让记者点题演奏。只听古音铮铮，一首清雅的古风《高山流水》，窗外蝉声稀疏，再浮躁的人心灵也能立刻沉静下来。而李大师身后设计独特的奥迪 A8 画板，则又突现出一个鲜明的具象。所听、所见均被渲染，记者们就是这样高雅地体验到了奥迪 A8 的宁静。

3）大开眼界的试车表演。如何把奥迪 A8 超凡的操纵特性展现给媒体记者呢？罗德公关公司请来奥迪德国总部的专业试车专家，也曾是欧洲赛车手的克兰特，在试车场地，为记者们表演了惊险试车。为了体现奥迪 A8 配备的 ESP 电子稳定程序在打滑或高速刹车等极端情况下所具有的卓越操控性能，克兰特在车速达到 120km/h 的情况下，双手撒开方向盘，伸出车顶天窗，同时急踩刹车。奥迪 A8 在场地上 720° 急转弯，稳稳地停在记者面前。只有在电影特技表演中才能看见的一幕发生在眼前，媒体记者热烈鼓掌。试车员的精彩表演为记者留下了深刻的印象，但更重要的是奥迪 A8 的超凡的操控性令记者们折服。

4）实时互动的网络传播。为了实现广大消费者与爱车者之间的互动交流，奥迪中国开通了一个小型奥迪 A8 网站（www. audi. com. cn/audia8），喜爱奥迪 A8 的消费者可通过这个专门网站，了解到更多关于奥迪 A8 的信息，并可直接与奥迪中国进行交流。

5）记者亲身试驾奥迪 A8。活动在记者亲身试驾奥迪 A8 活动中达到高潮。记者试驾在专业试车员的陪同下进行，试驾形式也别有趣味。记者在驾车加速到 80km/h 的速度时，急踩刹车，体验奥迪 A8 ABS 防抱死刹车系统的卓越性能。通过试驾，媒体记者们对奥迪 A8 的卓越安全性能留下了深刻的印象。而奥迪 A8 的这一卓越性能并没有经过刻意传播，而是通过记者的亲身体验，自己得出的结论。

（7）与管理层的协调及获得的支持。其主要包括以下方面：

1）在公关活动中需要十几辆奥迪 A8 轿车，用来接送记者前往试车活动地点。虽然奥迪 A8 是非常昂贵的豪华轿车，但奥迪中国特地协调其在中国经销商，最后调集了 10 辆奥迪 A8 用于试车活动。

2）10 辆奥迪 A8 及其养护车辆形成一个庞大的车队。经过与当地交通管理部门协调，最后由当地交管部门派出警车开道，车辆行驶问题得到非常圆满的解决。

4. 项目实施结果和评估

（1）媒体覆盖率。在北京、上海和广州三地，总计来自 93 个媒体单位的 126 名记者参加了针对 A8 轿车发布会的公关活动。截至 2006 年 8 月 20 日，本项活动所产生的直接媒体报道文章共有 144 篇。

其中作了重点报道的媒体包括：中央电视一台的"清风车影"栏目在 2006 年 6 月 1 日对奥迪 A8 的上市进行了为时 9min 的专题报道，该栏目乃是国内最重要、影响最广泛的汽车电视节目；广东有线电视台在 8 月 17 日的"车世界"栏目上作了为时 5min 的报道；中国最大的汽车爱好者杂志《冠军赛车手》在 7 月 1 日出版的杂志中对奥迪 A8 进行了详细介绍；8 月 8 日出版的《南方城市新闻》刊登了一篇专题文章，题目为《奥迪在中国推出 A8 型轿车后，再度与奔驰和宝马展开激烈竞争》，文章高度评价了奥迪 A8 的优秀性能。

有关奥迪 A8 的报道中，97.78% 的文章从正面角度报道了这次活动。至少 92.24% 的文章在标题中提到奥迪 A8 的名称，并有 82.76% 的文章至少同时刊登一张参加这次活动的奥迪 A8 的照片。在媒体的报道中，绝大多数介绍了奥迪 A8 的主要特征，如 quattro 全时四轮驱动系统、ESP 程序和全铝质车身结构等。

（2）媒体反馈。《车王》杂志、《汽车周刊》等多家媒体对奥迪 A8 这次活动给予了高度评价和肯定："在所有国内外轿车试驾驶活动中，在北京举行的奥迪 A8 试驾驶活动是我所经历的最富创造性、最新颖的一次活动"，"从来没有参加过像奥迪 A8 媒体投放这样独特的试车活动。高雅的艺术表现方式，虚实结合地传达出奥迪 A8 的特性，而且给我们留下如此深刻的印象。我认为，奥迪 A8 媒体投放活动是我所参加的汽车媒体活动中最具特色的"……这项活动所获得的投资回报率按照广告价值计算超过 400 万元人民币。在 5~7 月间，由于对奥迪 A8 的大量报道，奥迪在国内媒体报道中所占的份额比奔驰或宝马高出 134%。

（3）对销售工作产生的直接影响。自从奥迪中国于 2006 年 6 月开展营销活动以来，各地经销商已经售出 50 辆奥迪 A8，相当于奥迪一年指标的 10%。奥迪经销商们反映，前去询问销售信息的顾客人数出现稳定增加。

（4）高层评价。奥迪中国区总监麦凯文对这次公关活动评价说："我们对 A8 轿车媒体公关活动对我们的销售业务所产生的效果感到惊喜，这种积极作用不仅表现在 A8 轿车，而且也表现在奥迪的所有产品线上。"

本章小结

营销策划要求企业将可控制的营销手段（或营销要素）以一定的组织营销形式结合起来，围绕营销战略目标进行统筹谋划，这一过程也就是企业营销的战术策划。其主要包括产品策划、CIS 策划、价格策划、渠道策划和促销策划 5 部分。

产品策划是指为实现企业某个特定的市场目标，适应消费者需求与动态市场开发，从产品的特性、包装、成本价格、广告宣传、市场定位、促销手段、售后服务等方面所进行的全面策划和设计。其主要包括产品组合策划、新产品的开发和上市策划以及产品推广中的质量与认证策划。

CIS 策划就是通过现代设计理论，结合企业管理系统理论的整体运作，把企业经营管理和企业精神文化传达给社会公众，从而达到塑造企业个性，显示企业精神，使社会公众对企业产生认同感，在市场竞争中谋取有利空间的整合系统的行为。CIS 作为一个整体系统，包括理念识别系统、行为识别系统和视觉识别系统三个组成部分。

价格策划是指企业在一定环境条件下，为了实现长期的营销目标，协调配合营销组合其他方面的策略，构思、选择并在实施过程中不断修正价格战略和策略的全过程。价格策划要求在基本定价方法的基础上，综合运用各种定价策略对产品进行定价、调价的整体谋划过程。

产品要经过一定的方式、方法和路线，才能进入消费者和用户手中。营销渠道策划即指这一过程中的一系列策划。其核心任务是怎样合理选择、设计和管理销售渠道，即从生产者转移到消费者或用户所经过的路线和通道。随着市场竞争的加剧，渠道创新速度也越来越快，营销渠道出现了许多新的发展趋势，如大型化趋势、多渠道组合、网络营销兴起、渠道结构扁平化、渠道一体化等。

促销策划是指运用科学的思维方式和创新精神，在调查研究的基础上，根据企业总体营销战略的要求，对某一时期各种产品的促销活动作出总体规划，并为具体产品制订周详而严密的活动计划，包括建立促销目标、设计沟通信息、制订促销方案、选择促销传播工具等营销决策过程。促销策划包括广告策划、人员推销策划、销售促进策划、公共关系策划和整合营销传播策划5部分。

关键术语

营销战术策划　产品策划　产品组合　新产品　质量策划　CIS策划　理念识别系统　行为识别系统　视觉识别系统　品牌策划　价格策划　撇脂定价　渗透定价　差别定价　折扣定价　心理定价　渠道策划　促销策划　广告策划　人员推销　销售促进　公共关系　整合营销

复习思考题

1. 产品组合策略包括哪些内容？
2. 产品开发流程主要包括哪些步骤？
3. 如何理解质量策划的含义？它包括哪些内容？
4. CIS由哪几部分构成？各部分包括哪些内容？
5. 导入CIS的模式有哪几种？各种模式的适用时机是什么？
6. 品牌策划包括哪些决策与策略？
7. 折扣定价的内涵是什么？包括哪些形式？
8. 差别定价的内涵是什么？包括哪些形式？
9. 心理定价的内涵是什么？包括哪些形式？
10. 营销渠道宽度策划模式包括哪几种？
11. 影响营销渠道设计策划的因素有哪些？
12. 营销渠道新的发展趋势是什么？
13. 促销策划的内涵及战略思想是什么？
14. 如何进行促销传播工具的选择？
15. 针对不同对象，阐述企业危机事件处理的对策。

案例分析

白沙能否继续飞翔

长沙卷烟厂成立于1947年。"白沙"作为长沙卷烟厂的主导品牌，因白沙古井而得名，自1975年问世以来，经过20多年的培育，"白沙"系列产品已发展成为全国知名品牌和全国销量名列前茅的单一品牌。长沙卷烟厂的产品风格在中国的烟草企业中独树一帜，其醇香满口、生津返甜和不断提高的安全性，受到越来越多中国消费者的喜爱。至 2000 年上半年，其已经形成了比较完整的产品系列，主要产品包括白沙系列、和系列、NISE 系列、长沙系列等。随着长沙卷烟厂的不断发展壮大，"鹤舞白沙，我心飞翔"的企业核心理念与品牌形象深入人心。1995 年，企业通过了 ISO 9002 质量体系认证，并荣获全国优秀企业"金马奖"；1997 年、1998 年连续两年均被评为"全国质量效益型先进企业"，并荣获了全国质量效益型先进企业特别奖；2000 年年底，以长沙卷烟厂为核心企业，涵盖烟草、药业、物流、印刷、金融投资和后勤服务六大产业的白沙集团正式组建，标志着企业多元化、集团化发展经营格局的形成；2002 年，白沙集团各项经济指标继续稳步增长，全年卷烟总产量达到 95 万大箱，实现销售收入 78 亿元，实现利税 52 亿元。进入"十五"期间，白沙被国家烟草专卖局列为"追踪世界先进技术水平并与之同步发展"的四大烟草企业之一。"白沙"品牌经过 27 年的发展，已成为全国第一大卷烟品牌，在全国卷烟产品市场综合竞争力调查中排名第一，2002 年相继被认定为"全国驰名商标"，被评为"中国名牌产品"；2003 年，"白沙"品牌在首次行业全国大城市卷烟品牌调查中综合排名第一；白沙还突破了卷烟产销总量和单品销售量"双 100 万大箱"，并连续两年跃居全国单牌号销量第一。

白沙的成长历程一直伴随着与湖南另一烟草集团——常德卷烟厂的竞争。20 世纪 90 年代中期，常德卷烟厂便率先瞄准高端市场，推出芙蓉王，以"创造无限，体验成功"的口号诠释品牌文化，使"成功"的品牌理念深入人心。如同当时的 PDA 市场一样，芙蓉王所塑造的品牌形象正好顺应了消费者的需求，也向它的老对手——白沙提出了新的挑战。当时的白沙一直沿用的是湖南人十分熟悉的包装：代表湖湘文化的白沙古井，代表吉祥如意的白鹤。过去，白沙烟被人们看做是中档烟的代表。然而，随着时代的发展，面对多变的市场和消费人群的更新换代，这个用了近 30 年的形象显得有些老化。1999 年的调查表明，白沙的主力消费人群年龄略为偏大。

对白沙而言，面临的任务是在原来已有品牌资产的基础上，再进行整合与提升，即思考如何在沿用原有品牌资产的同时，为其注入新的活力，开辟一条持续发展的品牌之路。通过研究对比，白沙决定借鉴"万宝路"香烟的品牌思路，找到属于自己的"牛仔"。它将品牌核心价值定位于"飞翔，飞一样的快感"。白沙形象联想（视觉符号）为一个渴望飞翔的手势，其品牌广告语定为"鹤舞白沙，我心飞翔"，而新的品牌徽标则是白鹤飞翔优美姿态的抽象表现。

有了清晰的定位之后，白沙决定丰富它的产品系列。但在决定推出新产品之前，采用单一品牌系列化，还是采用多品牌战略成为摆在白沙面前的紧要问题。

国际上，日用化妆品和洗涤用品的两大巨头宝洁和联合利华都是坚持走多品牌战略，并且取得了巨大的成功；在国内整体竞争能力最强的家电行业中，最成功的企业模式实际是单一品牌系列化的战略，这一策略的典型是海尔，海尔品牌的相关多元化延伸一直被认为是成功的，而且非常适合中国国情。但是，国内成功的卷烟品牌，如中华、红塔山等却放弃了单一品牌系列化的发展模式。白沙集团总裁卢平经过细致的分析，认为目前烟草行业的所谓大品牌，主要是在长期的计划经济时代和专卖专营体制下成长起来的，其能否适应完全市场竞争下的市场环境，可能所有的品牌都会被打上问号。我国的烟草进口长期实行比较严格的限制，采取高额进口关税和严格的非关税壁垒，外国烟草公司必然被拒之门外，如今，国内公司马上就要面对国际竞争，品牌就显得尤其重要。为此，白沙决定在品牌延伸上坚持分品牌路线，专注于并强化品牌的核心内涵，突出白沙的品牌特色。于是，白沙本着促进品牌的年轻化主题开始扩大产品线，形成白沙系列，正式打响了高档烟市场的争夺战：2000 年 5 月，推出白沙银世界；2000 年 10 月，推出白沙珍品银世界（异型包装）；2000 年 12 月，推出白沙金世纪。通过在产品质量、市场定位、市场通路方面的努力，以及整体品牌强势支持，几个分品牌、新产品上市初期均取得了较好的业绩。

其中，白沙金世纪的上市策划尤为瞩目。金世纪是白沙集团推出的高端香烟，和芙蓉王属于同一档次，具备较高的品质。金世纪由首席配方师、首席调香师精心调制；精选全球顶级烟叶，100% 经手工片片精选；采用国际先进设备和一流制烟技术，在全封闭的状态下制作；严格按照 ISO 9000 国际质量控制与保证体系，全程保证经典品质。

产品上市之前，白沙首先深入研究了新经济背景下消费形态的变化以及高消费人群的生活特征。研究结果表明，引领当今市场消费主流的是一个特定的人群，他们的消费观念正逐渐发生着变化：过去以追求物质生活质量为主，今天，他们的消费选择开始注重文化与品位。"谈文化，谈品位，谈思想"这个与白沙金世纪目标人群沟通的平台渐渐变得清晰起来。正如白沙人自己所说的："香烟，只是一个符号，为人的思想蒙上一层雾而已。没有烟，人还是原本的人。"

白沙金世纪采取了整合的上市促销办法：随烟附送的礼品包括设计独特的异型火柴，精美而有个性的书签，古色古香的烟盒等；而送给重量级人物的贵重礼物，是专门为白沙金世纪设计的一本文化手册——《燃烧的背后》，全书用纸考究、精装开本、内容可读，具有十足的收藏价值。《燃烧的背后》一书，就香烟谈古论今，其中还选用了一批有关名人与香烟的珍贵历史照片，立意鲜明，趣味横生。白沙金世纪的售点选择和售点建设也展现出新意：在星级酒店、机场候机楼和高级娱乐场所，售点的标志为一块三折木质仿古屏风，古朴、自然、厚重。屏风正面上书写着白沙文化手册里内容——关于香烟的历史渊源、香烟背后的文化、与香烟有关的伟人、趣事……屏风中部是一个质地古朴的小型玻璃箱，金黄色的烟盒、麻质布装裱的画册、品位十足的工艺烟具置于其中。这样的售点因其特色而广受欢迎。同时，户外广告、高档杂志、赞助新年音乐会等广告与活动也全面启动。

几大新品系列中，白沙银世界与金世纪都立足于"飞翔"的品牌核心理念，前者表现的是时尚和典型的飞翔，而后者演绎的是超越的飞翔。两个新产品的推出，不仅完善了白沙系列的产品结构，还使白沙的文化内涵得到进一步的丰富和强化。

当然，白沙分品牌战略的实施是否能经受住市场的考验还有待考证。但从现在白沙金世纪并不理想的市场情况来看，白沙银世界和白沙金世纪这两个分品牌似乎还没有完全成功，品牌成长的速度不够快。虽然金世纪的设计、包装、营销策略等都是尽善尽美、刀工一流，但它却没有预期的那样成为市场的热点。

因为在消费者心目中，已经有了稳固的领导品牌。某机构对烟草行业的消费者调查表明，在选择烟草第一品牌时，34% 的人选择了万宝路，23% 的人选择了 555，19% 的人选择了红塔山，其他还有选择中华、玉溪等品牌的。白沙欲通过金世纪的推广宣传来扭转自己已在消费者心目中形成的印象，似乎并不那么容易。广告的强烈攻势并没有让消费者转变白沙是中档烟的心理。"我心飞翔"到底是什么概念，到底能不能诠释抽烟的感觉，到底能不能和消费者做到心灵沟通，让他们回味白沙？白沙金世纪与消费者头脑中稳固的领导品牌价格相似、定位相同，这样的定位是否会发生冲突？白沙烟在消费者心目中一直是中档烟的形象，属于满足卷烟消费者需求的"工具"烟。但白沙金世纪定位于高档烟市场，面对的消费群体恰恰是讲究消费体验、重视内心感受的人，他们所需要的是表现身份、满足心理需求的"道具烟"。金世纪作为白沙的分品牌，既然面对不同的消费人群，还能以同样的品牌理念进入市场吗，它是否会为消费者所接受？一个品牌可以包容"道具"和"工具"这两个不同的概念吗？从白沙推广的现状来看，这些问题还有待考究，白沙战略令人深思。

（资料来源：http：//course. shufe. edu. cn/course/marketing/allanli/baisha. htm）

思考题：

　　1. 在新产品的市场开发和推广中，应如何进行品牌塑造与传播？

　　2. 品牌延伸应具备哪些条件？

第8章 会议与会展营销策划

【学习目标】
1. 掌握会议营销的内容及步骤
2. 掌握会展营销的基本程序
3. 具备一定会议营销的策划能力
4. 具备会展营销实践训练能力

【内容图解】

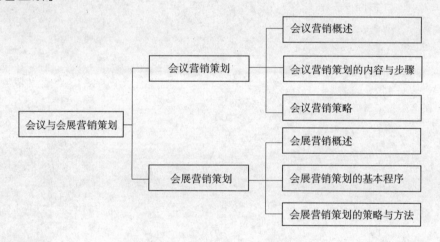

【导读案例】

微型世博汇聚全球城市智慧

"城市，让生活更美好"，2010上海世博会首次以城市作为主题。在上海世博园区内，更有一片城中之"城"，演绎着人类城市发展进程中的智慧，这便是占地15hm²、汇聚全球80个城市案例智慧与经验的城市最佳实践区。上海世博会城市最佳实践区总策划师唐子来这样描述："'城市最佳实践区'就是一个微缩的世博会。"

总策划师唐子来见证了城市最佳实践区的诞生与成长。回忆起申博过程，唐子来记忆犹新，"当时，我是9个申博陈述人之一，陈述内容主要是世博会园区的规划设计和后续利用。"申博阶段提出的上海世博会"新点子"，并非今天已广为人知的城市最佳实践区，它当时被称为"城市实验区"。

"实验"和"实践"，虽是一字之差，但意义迥别。唐子来表示，"实验区"指的是一个国际大师的"秀"（Show），这是历届世博会从未出现过的亮点，但国际展览局将此构思进一步深化，将"秀"的理念改成了"分享"（Share），让世博会成为各个国家交流经验的舞台，而不仅仅是单纯的"秀"。"实验区"展示的是一些未来城市的实验项目，虽然也可能反映出将来的发展趋势，但只不过是表达了某一个人或者某一些人对未来城市的构想；而

"实践区"展示的则是那些已经取得成效，并获得国际公认的实践。"最佳实践"（Best Practice）国际通用的说法是指各个领域中，非常优秀的、值得分享和推广的案例。"城市实验区"，最多是几个建筑师在"秀"，而现在，却是 80 个城市案例在"分享"。

"城市最佳实践区为大家提供了一个互动的平台，激起全球各城市参与的热情，分享它们的成果，并最终被世界上的其他城市采纳。"唐子来说，城市最佳实践区的构想是一个革命性创新，"它将世博会的参与主体从国家扩大到了城市"。

"上海世博会城市最佳实践区展示的案例，对中国的城市发展具有借鉴意义。"唐子来表示，城市最佳实践区作为世博会的一个亮点项目，是暂时的；但作为街区改造的一个范例，则是长期的。我国现在正处于城市化进程的关键时刻，由工业化驱动的城市化，速度之快、规模之大、影响之广前所未有。城市最佳实践区探索的城市发展理念，契合"城市，让生活更美好"的主题，同时，更为未来城市发展提供了范本。

（资料来源：光明日报，2010 - 5 - 2.）

8.1 会议营销策划

8.1.1 会议营销概述

会议营销属于单层直销，是对数据库营销中聚会销售环节的发挥和放大。它就是通过收集目标顾客的信息，建立顾客数据库，并且对顾客数据进行分析、筛选、归档和整理，确定准确的销售对象，然后利用组织会议等形式，运用消费者心理学和消费者行为学等理念，进行有针对性销售的一种营销模式。它涉及信息的收集和有效化处理、目标人群的前期联系、现场的组织及跟进服务等。会议营销的名称还不统一，有称科普（体验）营销的，有称数据库营销的，有称亲情（服务）营销或顾问营销的，不一而足。其中，用得最多的是会议营销。

1. 会议营销的起源

业内很多人认为，会议营销最早起源于保健品企业的街头、社区义诊，甚至有人说它的来源"谁也说不清"。会议营销与数据库营销、多层直销有较多渊源，从下面的数据库营销、多层直销以及会议营销的对比中就可看出它们之间的关联。

（1）数据库营销。1992 年，美国通用汽车公司就开始了数据库营销，他们给持卡人提供购车折扣，同时把结账过程看做一个收集大量信息的途径，与万事达信用卡公司（Master-Card）建立了一次合作，向消费者提供通用汽车信用（GM）卡。通过合作，通用汽车公司收集到了 1200 万个 GM 卡持有者的数据库，可以向 GM 卡持有者调查他们驾驶的是什么车、什么时候打算再买轿车或货车以及他们喜欢哪一种车型等问题。然后，若某个持卡人表示对某种车型感兴趣，卡片部就会寄去顾客感兴趣的车的资料，同时，把持卡人姓名通报给有关部门。

在此前后，美国的其他公司也先后采取了数据库营销方式。

例如，卡夫食品公司通过顾客邮回的附单以及其他促销的反馈，积累了 3000 万名顾客的名单。根据顾客在调查表中所表示的兴趣，定期向他们邮寄涉及营养、锻炼等内容的最新信息，有时还附有食谱及某种产品的购物券。卡夫公司认为，顾客对一个产品了解得越多，使用其产品的可能性就越大。

RJR 纳比斯科控股公司（RJR Nabisco Holdings Corp）面对政府对烟草广告越来越多的限制，也不得不采取了数据库营销方式。RJR 和菲利普·莫里斯公司（Philip Morris Corp）合作，逐渐积累了一个能与烟民直接联系的庞大数据库。例如，菲利普·莫里斯公司通过向接受过免费衬衫、睡袋或其他商品的顾客发放详细的问卷，建立了一个拥有 2.6 亿烟民姓名和地址的数据库。他们运用这份名单，以购物券和其他促销手段向顾客推销，同时也谋求人们支持这种促销活动。

还有，唐纳利（Donnelley）、迈特罗梅尔（Metromail）和 R L. 波尔克（POLK）等研究机构，从驾驶执照、车辆登记等公共记录中搜集大量数据，甚至连"收入"这个最敏感的信息，他们也能从抵押物品及车辆登记中估算出来。有时，顾客也会有意无意地透露有关自己的数据。他们设计的保修单上的问题有："您的姓名、收入、职业、教育程度、婚姻状况"，"几个孩子"，"您打猎、钓鱼或打网球吗"。这些问题与保修单虽然毫无直接关系，但是，设在丹佛的全国人口统计及生活方式公司收集这些保单所反映的信息，却可以将它们卖给数据库营销商。

KGF 公司表示，它向那些已被录入数据库的顾客提供的促销，比平常规模营销所得的反馈率要高得多。其市场开发副总裁说："数据库里的是一个稳定的顾客名单，这些顾客对我们更有价值。"

（2）多层直销。多层直销企业应首推安利，其次还有 1998 年 6 月转型后继续经营的完美、雅芳、天狮、玫琳凯、仙妮蕾德、南方李锦记等企业。

多层直销企业的特点之一就是邀请潜在目标顾客亲临会场，进行宣传介绍，然后销售产品。它的重要理论基础之一就是人际交往学原理。人际交往学是专门研究人际关系的学科。它认为，人是生活在关系之中的，联结关系的纽带称为人际链，人际链是以每一个个体为中心向周围呈放射状倍增发射的。人际关系研究者认为，人际关系有 4 个层次。其中，第一层叫知音层，是无话不谈的知心朋友；第二层叫挚友层，是时有接触、可以信赖的朋友；第三层是朋友层，彼此有所了解，有一定的交情；第四层是熟人层，是由于工作关系、相邻关系和新交关系中认识的人，谈不上是好朋友，但见面却打招呼，无事不往来，有事也可以相托。这 4 个层次通过人际链来联结，也借助人际链来得到信息和提供帮助。多层直销企业就是基于这个理论和其他理论在大量地复制团队，在推销产品和发展团队时，一般都是首先从自己的亲人、邻居、同事、朋友、熟人开始。

多层直销还有一个特点就是：通过把顾客邀请到会场，在会场营造一种热烈、友好、激动人心的销售氛围，先宣传企业、介绍产品，然后对顾客进行销售。

2. 会议营销的形式

会议营销收集顾客信息类似数据库营销，召集目标准顾客开会销售产品，类似多层直销。会议营销利用了数据库营销的思想，收集、整理和挖掘客户资料，并采用多层直销中的会议形式，将会中销售内容加以放大，逐渐成为了今天这种形式。有的企业之所以选择会议营销，是由于一直以来政府对多层直销严格控制，但又没有别的有效方法而选择的一种办法。因此，会议营销是自改革开放以来，结合自身实际而"自创"出来的、少有的、有着巨大销售力的有效营销手段之一。从实践来看，国内曾经运用过的会议营销形式大致可分为以下几种：

（1）科普式。这种方式是指企业通过科学普及讲座，获取顾客个人和家庭详细数据，如姓名、地址、电话，以实现销售。

（2）旅游式。这种方式是指企业以健康旅游为由，用车辆将目标顾客送到事先选定的旅游景点游玩，在游玩过程中，培养销售代表与顾客之间的感情，然后通过健康讲座和咨询等来达到销售产品的目的。

（3）联谊式。这种方式是指企业以举办联谊会为由，在丰富多彩的节目表演中穿插健康和产品知识讲座，从而达到销售产品的目的。

（4）餐饮式。这种方式是指企业通过为顾客提供健康饮食，传播健康知识、产品知识，检测咨询等方式进行销售。近年来，有不少会议营销企业都在采用这种方式。

（5）爱心式。这种方式是指企业通过一系列爱心体验活动，在公众中树立起企业良好、健康、关爱社会等形象，使品牌深入人心。例如，某公司免费为医院的癌症患者提供中国第一个抗肿瘤保健食品活动，就得到了社会及顾客的很好反响。

（6）答谢式。这种方式是指企业以答谢老顾客支持为由，用会议作载体，通过抽奖和有奖问答等系列活动来促销产品。例如，某公司经常开展免费为顾客提供旅游等活动，曾经一度实现了北京市场月销售额 400 多万元的业绩。

8.1.2　会议营销策划的内容与步骤

一般而言，会议营销分为会前营销、会中营销和会后营销三个阶段，操作流程包括参会人员的邀请，会议的组织、会议议程的安排，以及会后回访与服务等。

1. 会前营销策划

会前部分是指产品销售前进行的一系列吸引顾客、亲近顾客、使其关注并对产品和企业产生足够兴趣的过程。顾客在联谊会上是否购买，有 80% 的因素取决于会前沟通工作做得是否扎实和到位。因此，会前营销策划是会议销售的重点内容。

（1）会前策划。企业通过对确定的准顾客的了解，应进行系统的会前策划。会前策划是会议成功与否的根本，没有好的会前策划也就没有好的会议成绩。会前策划主要包括企业形象、产品包装、会议主题、会议程序、会议管理、会议中可能出现问题的应急解决方法等。会前策划要尽量提前，要考虑到整个会议的每一个细节。

（2）数据收集。企业通过各种渠道收集准顾客的信息，这些信息包括准顾客姓名、年龄、家庭住址、联系电话、家庭收入、健康状况等，建立准顾客档案，并对这些档案进行分析整理。根据准顾客需求状况，对准顾客档案进行分类，分析哪些准顾客是企业需要的，是对企业有用的，以确定目标消费人群，并且选用适当的方法进行会前电话沟通与上门沟通。

（3）会前邀请。企业在确定会期后，先将目标顾客进行筛选，然后进行电话邀约、上门送函和电话确定。邀约顾客之前一定要将顾客情况掌握清楚，考虑顾客需求，给顾客提供理由，尽量保证顾客到会。同时，及时送函。打邀约电话时要注意语气，要处处体现是在为顾客着想。

（4）预热与调查。顾客到会后，员工并不知道哪些顾客会在现场购买产品，因此，在会前对顾客的调查和预热就显得十分重要。如果在会前能充分预热，当会议进行到售货环节时，员工便可以直接提出要求准顾客购买的信息。

（5）会前模拟。为了确保联谊会每个环节都能顺利进行，会议组（包括策划、主持人、专家、音响师、检查人员、销售代表等）应在会前进行模拟演练，发现漏洞及时调整。例如，销售代表应何时配合主持人鼓掌，何时音乐响起，专家何时出场，如何激励顾客互动等细节。

（6）会前动员。会前动员是指联谊会之前的预备会。主要动员内容有：

1）员工激励，让员工在联谊会中积极主动。

2）确定明确的会议目标，让大家为之努力。

3）人员分工，将联谊会中每个环节都责任到人。

（7）会场布置。这是指把体现企业文化、产品文化、产品价值以及其他有利于企业及产品宣传的要素通过展板、挂旗、易拉宝、条幅、投影等手段充分体现出来，以烘托会场的氛围。

（8）签到和迎宾。这是指登记准顾客的详细资料，员工与顾客间并不认识或不熟悉时最好登记两次电话，以便核准。同时也要利用语气、态度和肢体语言加深与准顾客的交流，尽快熟悉。

（9）引导入场。这是指将准顾客领到指定位置上。因为，在会前邀约时就已经提到会为准顾客留一个位置，所以在准顾客到达会场后，一定要根据准顾客邀请函上销售代表的名字，由专人将准顾客领到该代表负责的座位上。

2. 会中营销策划

（1）会前提醒。正式开场前注意提醒顾客去洗手间，并且再次确认音响设备是否好用。开场时间一般不宜超过规定时间15分钟。

（2）推荐专家。对专家包装要得当，一般主推该行业相关的专家或心理咨询师。

（3）情绪调动。其主要包括两个方面：①员工情绪调动，主要是在会前以激励为手段，进行员工情绪调动，因为员工情绪高了才会带动顾客情绪；②顾客情绪调动，即主持人通过场景布置、游戏设计和语言刺激等带动顾客情绪。

（4）游戏活动。主持人在会中一般会设计多个游戏，包括原地不动的、站立的、活动局部的等。其主要目的是通过游戏来缓解顾客因听讲座而带来的困倦感，拉近与顾客的距离，以促进销售。

（5）专家讲座。这个环节可以通过专家的专业知识来解答顾客心中的疑问，突出产品的专业性和科技含量。员工要注意听讲，并注意观察顾客的反应，配合专家讲解进行销售工作。

（6）产品讲解。这是指由主持人借助专家讲座中提到的专业知识，结合实际功效，提出本品牌与其他品牌有何不同，有何优势。

（7）有奖问答。这是指针对顾客关注的问题和希望顾客记住的问题，提出一些简单明了的问题，若顾客回答正确则赠送小礼品，以加深顾客对产品的印象。

（8）顾客发言。这是联谊会中的一个重要环节，目的是让顾客现身说法，顾客的话比销售代表更有说服力。一般要求销售代表与发言顾客事先做好沟通，确认发言顾客可以到会，并且把发言顾客介绍给主持人认识和了解。发言顾客的发言要求简单、质朴，不要有过多的修饰，时间最好控制在3分钟左右。在会场准备3~4个发言顾客为宜。

（9）宣布喜讯。具体的喜讯主要是现场的检测及优惠政策。主持人的语言应重点放在检测的重要性和优惠政策的难得上。

（10）仪器检测。这是指利用专业仪器为顾客做健康检测，通过检测更深层地了解顾客需求，并且留给销售代表上门送检测单进行第二次沟通的机会，这也是留住顾客的有效手段之一。

（11）专家咨询。针对理性的顾客，仅让他们听专家讲座是不够的，必须依靠专家一对一的沟通来解决他们的具体问题。这要求专家除了具备专业知识外，最好还要具有营销意识。

（12）区分顾客。专家讲座之后，员工可对 A 类顾客直接进行促销，将 B、C 类顾客（关于如何划分 A、B、C 类顾客，下文将有详细论述）分别送至检测区、咨询区排队等候，以延长沟通时间，不浪费顾客资源。

（13）销售产品。销售产品的过程要注意造势。例如，将已经购买产品的顾客留住，并将他们所购买的产品高高举起，放在桌上显眼位置，以制造场效。

（14）开单把关。对陌生顾客销售，这是最重要的环节。单据最好以三联单为宜，上面必须有顾客、员工的签名，对订货的顾客要在单据上注明回款时间、家庭住址、电话等相关信息。如果订货的顾客已经交完订金，要让顾客把所得的赠品拿走。

（15）结束送客。这是体现服务的环节，不可轻视。在这个环节中，对已买产品和不买产品的顾客要一视同仁。如果是在酒店，应该要求员工将顾客送至电梯口。

（16）会后总结。总结的内容包括通报销量、到会人数、销售冠军、到会率最高的销售代表，将好的经验总结推广，并给予一定的鼓励。会议尽量简短，以先表扬、后建议和批评为好。

（17）送货回款。这是指按顾客指定的时间送货上门并及时收回货款。

3. 会后营销策划

对已购买产品的顾客一定要进行售后跟踪服务，指导他们使用，并对使用前后的效果进行比较，形成良好的口碑宣传；对没有购买产品的顾客也要继续进行跟踪，通过一对一的沟通，找出他们不买的原因，消除他们的顾虑，促成他们下次购买。售后服务的重要性还在于，通过老顾客良好的转介绍发展新顾客，同时维护好老顾客，让他们成为会员，长期购买。

做完以上 3 个步骤 26 个环节，只是销售工作的刚刚开始，此后的工作是打回访电话、上门拜访、解决顾客投诉、培养忠诚顾客、挖掘新顾客……直至新一轮会议营销开始。

会议营销的销售工作是循序渐进的，通过以上 3 个步骤 26 个环节的运作和新的一轮销售重复运作，将会使顾客经历以下思维转变：

会前部分：陌生顾客→意向顾客→重点顾客
会中部分：观望顾客→带动顾客→购买顾客
会后部分：使用顾客→忠诚顾客→员工顾客

8.1.3　会议营销策略

1. 会议营销的客户邀约技巧

大家经常使用的诉求方式有很多种，如上门邀约、发放邀请函、电话邀约、团体邀约、广告邀约等。一个好的诉求应该做到对顾客具有吸引力，也就是说，应该要给顾客一个理由，一个愿意到场的理由。

（1）邀约什么样的顾客。经常会有业务代表上门去为顾客送邀请函，但是同样是送邀请函，为什么有的企业可以请来许多顾客，而有的企业却无法请来呢？这里有几个细节是必须考虑的。

首先，应明确给客户发邀请函或上门的理由是什么。如果是以日常拜访为由上门邀约，那么再次提出邀约就会有点困难；即使企业已经与顾客很熟悉了，也不要过于随意，一定要尊重顾客的选择。

其次，有了一个好的邀约理由，一定要注意邀请的方式，邀请时必须要给顾客一个到现场的理由。但是，这个理由不应是如抽奖活动、提供午饭、为了完成任务之类没有吸引力的理由，而是一个消费者非常需要的帮助。例如，对于不知道如何利用互联网营销的人，理由可以是专家能够指导其如何利用互联网开展网上销售推广宣传，以便寻找客户做生意。

现在，很多消费者已经很熟悉会议营销的流程了。闲暇时间参加一次会议对于消费者来说，一则可以出来散心，二则可以学习一些专业人员提供的营销常识，三则可以认识更多的人，可谓一举三得。

（2）告诉顾客为什么要参加会议。同样有很多会议，为什么一定要参加本企业举办的会议，这个理由对于顾客才是最重要的。专家的权威是必要的，但是专家也不是万能的，只有真正能够解决顾客问题的专家才好。经常去参加一些会议的顾客，其自身对于现场的产品销售已经有了较高的免疫力，不会轻易去接受任何企业推荐的产品，但是也不是说明他们本身不需要了解网络营销，只不过无法确定哪一种产品最容易让他们相信。

从顾客本身的需求来说，他们是企业的目标人群，但他们是理性的人群，或者说是较固执的消费者，这就需要企业在他们到会前，令他们相信本企业的产品是最好的，是其非常需要的。诚信是极其重要的，如果不相信企业，顾客就不会来，即使来了也不会购买。这就要求企业在顾客到会之前一定要让他们建立一种"信"的观点，因为企业的特殊性，因为企业对顾客利益是最好的，他们才会愿意来参加会议。

（3）不要诉求与自己目标不一致的诱惑。现在的会议营销为了吸引顾客，在对外诉求时，许多企业都加上了很多附加内容，如抽奖、赠送小礼品等，结果却出现了报名气氛火暴，到会人员冷清的局面。

2. 精心设计会议流程

设计会议流程应做到环环相扣，引人入胜。会议营销的目的不是会议而是营销，其流程不应该是各个项目的简单排列，而必须经过主办方的精心设计，让参与者在不知不觉中接受企业所要传递的信息和价值。设计会议流程主要注意以下三个方面：

（1）良好的开端是成功的一半，会议营销第一个节目一定要具有吸引力，引起现场参与者的共鸣。

（2）逻辑清晰。会议内容的安排先后次序明晰，内部应具有一定的逻辑性，环环相扣，做到能够让参与者持续关注。

（3）要有互动。主办方与参与者要进行互动，并让参与者成为主角。

会议营销最大的成本不是产品的生产费用，也不是员工的工资支出，而是对顾客的教育成本，即让顾客接触产品、认识产品、认可产品、购买产品、转介绍产品的过程中所付出的代价。现在会议营销模式普遍采用邀约——拜访——开会——再拜访的流程，这种模式的营销成本极大。不管是会前、会中还是会后，顾客都是被服务的对象，每一次服务，都意味着企业必须支付一定的营销费用。在会议营销刚刚兴起的时候，由于顾客邀约较容易、购买率高，这部分营销费用较低，产品利润空间仍然较大，因此，许多企业并不在意。但是，近几年，顾客到会率极低，即使到会，也很难下单订货。企业为了留住顾客，只得反复邀请顾客参会。往来数次，经常只见付出，不见回报，使得顾客教育成本直线上升。因此，企业只有精心设计会议流程，让顾客参与进来，抓住顾客的心，才能创造利润、获得回报。

3. 选择合适的会议主持人：让会议更专业

不同类型的会议需要选用不同类型的主持人，如保健品会议营销需要专家型的主持人，教育类会议则需要学者型的主持人等，即做到主持人身份与会议类型相符合。主持人在会议中起着十分关键的掌控作用，其人选必须具备基本的主持技能，如具有调动现场气氛的语言技巧、及时洞悉台下观众想法的观察力、随机应变的机动能力等。

现实中，人们喜欢某个节目很多是因为主持人，一个优秀的主持人能够让一场平淡的会议增色不少，同样，一个蹩脚的主持人也会让企业精心设计的会议泡汤。

4. 细节决定成败：让会议更完美

细节之处是很多企业容易忽视的地方，不注重细节可能会让会议事倍功半。眼下会议营销已经是常见的营销形式，很多参与者都参加过类似的会议，如果企业不能在细节之处体现出自身的差异性和对目标客户的深度关怀，是不会获得目标客户青睐的。举行会议营销的关键细节有：

（1）与会确认。在会议举行的前一天电话联系目标客户，再次告知对方会议的具体时间地点和乘车路线。

（2）门前迎接。在会议举办地点的门前迎接参会者，并组织参会者有序上楼或乘坐电梯。

（3）餐饮及时到位。入座茶到，用餐时注意清洁和相关善后工作。

（4）问卷调研。设计参会者关心的问题，了解其真实想法。

（5）及时解决参会者的问题。无论参会者问到哪位工作人员，工作人员都要立即解决不得推脱。

（6）会后欢送。会议结束后，工作人员在门口欢送参会者并表示感谢。

5. 会议筹备要详尽：做到万无一失

一次会议营销能否成功，筹备工作的作用占到一半，筹备的完善和及时是会议成功的重要保证。营销会议的筹备工作主要包括会前的宣传、邀约、人员配置、现场布置、流程设计和员工的动员工作等方面。举办会议营销最好能有一套标准的操作规范和文本，其内容包括会议执行前、中、后期的各项详细工作要点，并且以时间为节点，提出工作标准和相关工作的负责人员。执行人员只需根据规范文本要求的时间和标准执行即可，对于异常情况要及时上报或采取措施进行解决，决不能拖拉而影响整体工作进度。

会议营销最容易出现的情况就是临时抱佛脚，即该准备的东西没有按照规定时间准备到位，总是认为时间充裕，快到时间了才仓促准备，而最后影响了会议营销的顺利开展。对于准备工作方面，企业一定要制定时间表，对不能够按照时间表开展工作而影响整体工作推进的情况，应给予严厉处罚。

6. 跟进工作要及时：会后跟进有助于成功率的提升

会议结束并不等于营销工作的结束，反而可以看做是营销工作的一个新的开始。会议营销的参与者作为企业明确的潜在客户，经过会议的刺激和对企业相关内容的深度了解，并不一定能够立刻作出购买决策，一般会出现延迟效应。而此时，如果营销人员不对他们进行跟进，就极有可能丧失成交的机会。一个完整的会议营销方案也应该包含会后对目标客户的跟进工作，主要包括对已成交客户的合约履行和未成交客户的原因查询，在服务好已成交客户的同时采取措施说服未成交客户。

跟进工作的时机选择很重要，会后立即跟进联系则会给客户带来过大的压力，让客户产生厌烦情绪；间隔太久，客户则淡化了对企业的印象，又回到原点，所以，企业对会后的跟进时间要作好处理。根据现在人们的工作和生活习惯，一般对于一周内的事情会具有较清晰的记忆，企业的会后回访工作最好也在一周之内进行。

掌握了会议营销的工作要点，虽然不能够保证会议营销十分成功，但可以保证会议能够顺利开展，其成功程度更多地取决于会议执行人员对会议目的的理解、对进度的掌控和企业提供产品或服务的竞争力。

8.2　会展营销策划

8.2.1　会展营销概述

会展营销作为会展计划及其执行的活动，其过程包括对一个会展产品或一种会展思想的开发制作、定价、促销和流通等活动，其目的是经由交换及交易的过程，达到满足组织或个人需求的目的。简单地说，会展营销就是在以顾客需求为中心的思想指导下，企业所进行的有关会展产品生产、销售和售后服务等与会展市场有关的一系列经营活动。它主要是围绕着会展产品和会展市场进行的。

1. 会展产品

会展产品是会展营销的基础。从人们最直观的感受来说，会展产品至少包括会展的有形产品和无形产品，但是，会展产品的准确内涵却不止于此。会展在国际贸易中属于服务贸易范畴。根据《服务贸易总协定》的主要条款及内容，在国际服务贸易的 12 个部门分类中，会展业属于职业服务范畴。会展业的核心是服务，会展产品就是举办会议和展览活动的单位凭借一定的场地和设施，向参展商、观众、新闻媒体等参加会展的人员提供的、满足其参会和参展所需要的有形商品和无形劳务。随着世界上许多国家的会议、展览、节事活动的发展，会展产业逐渐形成，在学术界，对会展产业的研究也越来越深入。会展的概念可以从广义和狭义两个角度来界定。狭义的会展是指会议和展览；广义的会展是指各种类型的专业会议、博览交易会（如展览会、博览会、交易会、招商会、发布会、专业与专题会、颁奖会、研讨会、政府工作会议等）、奖励旅游和各种事件活动（如庆典活动、节庆活动、文化活动、科技活动、体育活动等）4 类。我国会展中心的业务大多为会议和展览两类，而本书的会展营销是以会展中心为立足点的，所以，阐述的角度均为狭义的会展业。进而，可以将会展产品的定义概括为：会展产品是一个整体概念，是宣传、会议、陈列、商品交易、物流、饮食、住宿、交通、游览、售后服务等一系列有形产品和无形劳务的综合。在会展业竞争趋势日益明显的大环境下，会展公司需要在各个环节强化服务意识，增加服务项目，提高服务水平。

2. 会展市场

会展市场不仅是会展企业生产经营活动的起点和终点，也是会展企业与外界建立协作关系、竞争关系的传导和媒介，还是会展企业生产经营活动成功与失败的评判者。认识市场，适应市场，巧妙地引导市场，使会展活动与社会需求协调起来，是会展市场营销活动的核心与关键。因此，正确地了解会展市场的概念是十分必要的。狭义的会展市场是指会展的参加者，即参展商、参观者和会展产品购买者。研究会展市场，要注重对现实市场的研究，了解现有会展参加者的需求，并努力满足他们的需求，同时，要注重研究潜在的会展市场。企业应通过调查获取新的信息，并且利用社会学、经济学、心理学、公共关系学等学科的原理，创造新的需求，引导会展参加者的新需求，提高这一市场的吸引力，提高会展市场的占有率。广义的会展市场是指会展的供给市场和需求市场，包括会展的生产者、服务者、消费者。会展的生产者通常是由主办者、承办者、协办者组成的；服务者主要是指会展场地提供者、组织物流的交通部门、组织游览观光的旅行社以及为参展者提供住宿、娱乐等服务的企业和个人；消费者是指会展的参加者。

现今会展营销在业内已经不是一个新概念，各大参展商纷纷对产品展销投入更大的人力、物力和财力。作为全球软件行业龙头老大的微软公司，平均每年要参与 5000 场形式各异的展会，平均每天要参与 14 场之多。在其参与的 5000 场展会中，60% 是国际知名展会，30% 是一般性展会，10% 是小型私人展会。从 2002 年微软的财务报表中可以看到，其中28.37 亿美元是对展会的投资。那么，究竟是什么吸引商家如此慷慨大方地对会展进行投入呢？可以说，这是会展经济本身的特点所致，也是会展营销效应对参展商的吸引所致。

广告大师奥格威曾经说过，没有营销效应的广告不能称之为优秀的广告。同样，也可以这样说，没有营销效应的会展也不能算是优秀的会展。综观全球会展的发展趋势，无论是商业化的产品展览，还是冠以其他文化、教育、公益名义的展览，都越来越呈现会展与营销接轨的趋势，各经济组织都试图通过会展这一聚合品牌、对比差异的平台，展示与扩充自己产品的品牌形象，让参展消费者能从众多产品中识别这种优势化差异，从而提高企业美誉度、客户忠诚度、产品公信度，达到超前营销的目的。

会展营销的作用是巨大的，从目前的情况来看，要提高我国会展营销的水平，就必须实现会展业的市场化、资本化、品牌化、国际化和网络化。其中，最值得关注的是加速会展营销的网络化。通过网络实现预展，能够极大地提高参展、组展的质量，同时，在一定程度上也能达到传统展览的效果。现在的会展是以现场展览为主、网上展会为辅，今后的会展很可能正好与此相反。

8.2.2　会展营销策划的基本程序

会展活动由于参与主体较复杂，在开展营销活动时，企业要不断协调自身系统以适应需求变化的动态，企业内部的各职能部门也要统一协调，做好各方面的工作。一般说来，在策划会展市场营销时，需要从会展营销调研、会展营销的目标市场定位、制订营销计划、实施营销计划以及营销效果评估等方面进行，这也是会展营销策划研究的主要实施步骤的基本程序。

1. 会展营销调研

销售任何产品，都要在了解自身产品的同时，进行详细的市场调研，这是进行市场营销的第一步。会展营销也同样如此，会展企业在进行营销时，首先要对以下几个方面进行调研：

（1）目前国际、国内该行业发展状况，如要想举办一个广告设备展，则必须先了解国际、国内广告设备行业的发展状况。

（2）了解本行业的行规及相关的法律法规，这样可以有效降低举办会展的风险。

（3）了解当前国际、国内有无同类型的展会，若有，则对它们的举办地点、时间、规模、类别等进行调研。

（4）本次展会的优势分析。

值得指出的是，会展营销调研是会展策划与组织的重要环节。会展营销调研是为了提高营销人员的决策水平而系统地搜集、加工、分析以及传输数据资料，提出某些特定问题的相关结果的过程。会展营销调研的内容十分广泛，其调研方法也是多种多样的，在此不赘述。在进行会展营销策划时，策划与组织者需要明确会展营销的重要作用、主要内容，掌握会展营销调研的基本方法，综合考虑进行调研的整体安排与具体环节。

2. 目标市场定位

在会展营销过程中，目标市场定位有两层含义：一是选择会展的目标市场；二是给所选的目标市场正确定位。

企业在选择会展的目标市场时，通常是选择那些具有大量的销售额、高销售额增长率、大利润幅度、微弱的竞争状态以及要求简单的市场销售渠道的细分市场作为目标市场。会展目标市场选择的基本程序一般是大致确定企业的经营范围、进行市场细分、分析评价细分目标市场、确定目标市场选择策略，最后正确地选择目标市场。会展市场定位从总体上讲，是一个国家或地区的会展业或会展企业或会展产品和服务在目标顾客心目中的位置。从企业的角度来说，市场定位的关键在于企业设计的形象与其在目标顾客心目中的位置相适应，只有这样，才能使企业的营销策略有的放矢，收到实效。会展企业的产品和服务在消费者心目中的位置受很多因素的影响，包括消费者自身的一些因素，如消费者的学识、经历、收入水平、社会地位、性格等，都会在一定程度上影响其定位，同时，也包括企业方面的因素，如企业所处的位置、历史、外在形象等因素。另外，经济、社会、法律等外在环境也是影响因素。

因此，企业的市场定位要结合实际情况，当条件发生变化时，定位及其定位策略也要作相应调整。会展产品和服务的生产和消费在同一时间、同一地点进行，参展商需要到目的地国家或地区才能实现消费，参展商在购买展位前不能直观地观察到将要举行的展会情况，以及将会购买到的产品和服务的具体内容，其购买决策往往取决于参展商对展会举办地、展会主办者和承办者及其以前所提供的展会产品和服务的印象，即展会举办地、展会主办者和承办者及其产品和服务在目标顾客心目中的位置。由此可见，会展业的市场定位不仅是企业本身及其产品和服务的定位，而且对企业的地区市场定位也具有十分重要的作用。在实际进行会展市场定位时，不仅要仔细研究定位的依据，还要具体分析定位的对象。对不同的对象进行正确定位，是策划时必须要考虑的。

3. 制订营销计划

会展营销活动需要有计划、按步骤地实施，如果缺少计划，营销活动就难以实现。营销计划是一份形成文字的，反映营销目标、营销战略和行动方案的营销计划书，用来指导企业在某一特定时期内（通常为 1 年）的营销活动。会展业的营销计划多种多样，可以从不同的角度进行分类。按照时间的长短可以分为短期计划、中期计划和长期计划。其中，短期计划主要是单向营销活动的营销计划和 1 年以内的营销计划；中期计划是 1 年以上 3 年以内的计划；长期计划则是 3 年以上的长远规划。会展营销计划的内容通常会因为活动的复杂程度、持续时间的长短以及重要性的不同而有所不同。一般来说，一个有效的营销计划内容应该包括计划摘要、计划的建立原理以及会展营销活动的执行内容等。

（1）营销计划的摘要。营销计划的摘要是说明会展营销活动总体目标以及计划具体内容概况的文字。计划摘要应该简明扼要，使阅读者大致了解计划的目标以及计划内容的全过程。

（2）营销计划建立的原理。对于一个以现代营销观念为指导的会展企业来说，需要全体员工树立现代营销观念，了解企业的经营思想、经营战略，以便发挥创造力。市场营销计划建立的原理阐述是营销计划建立的基础，即所有的事实、分析和假设，它为有关的活动和人员提供一些必要的原始资料。原理阐述包括状况分析和企业所选择的市场营销战略两个部分。

（3）营销活动的执行内容。在构建一个有效的市场营销计划时，需要对有关内容作详细安排，涉及很多步骤。在营销活动的执行内容中，需要写明所有有关的活动、任务、责任、成本、时间表以及控制和评估的程序。在这部分内容里，需要对所有的内容作详细说明，如果内容不详细，有可能使一些计划在实施过程中对有些内容作较大更改，甚至导致延误期限、浪费资金或计划中断。当然，也要有一定的灵活性，对关键的尤其是不太确定的活动内容要留有一定的余地。营销活动的执行内容主要包括活动计划（活动责任、时间表和活动计划）、市场营销预算（目标市场预算、市场营销组合要素的预算、应付偶然事件的资金）、控制程序（每一次活动的期望结果、进展报告及其测量）、评估程序（测量、履行标准、评估时间表）。在营销活动的执行内容中，每一项内容都有一些具体的指标内涵，例如，市场营销的预算，其方法很多，包括量力而行法、销售百分比法、竞争均势法、目标任务法等。大多数企业采用目标任务法，即先制定一个市场的营销目标，然后计算出与每一个目标相关的任务或活动的成本。在制订市场营销预算时，其中应付偶然事件的资金，一般说来应占整个营销活动的 10% ~ 15% 。这就要求在进行会展营销活动策划时，一方面，必须熟悉市场营销预算的基本内涵；另一方面，还必须做到考虑周密、细致、全面。

4. 实施营销计划

会展营销计划工作制订完成以后，会展企业或组织要根据自身实际与营销计划的要求，设计出合理的营销组织机构，并明确各相关部门和人员的职责、任务。不仅如此，还要对计划完成情况及具体营销活动实行严格监控，以确保预期计划的实现。会展企业在实施和控制会展营销计划时，必须注意以下问题：

（1）设立合理的营销组织，明确所有参与人员的权利与职责，充分发挥每个营销人员的积极性。

（2）按照"时时监控，及时改进"的要求，检查实际业绩与计划目标之间的差距，采取积极措施，确保营销计划的顺利实施。

（3）企业对每一次营销活动的期望结果是不同的，可能是提高知名度，或是扩大市场占有率，或是改变消费者态度等，只有有的放矢，才能使控制活动更加有效。

（4）要根据会展活动的进展情况制定每一个阶段的分目标，并且了解分目标的测量方法和测量程序。

（5）在实施营销战略控制时，会展企业要对整个企业或产品的营销环境、目标、组织、程序及方法等全部活动进行系统性的评价。

古人云：凡事预则立，不预则废。在进行会展营销项目策划时，项目的组织与管理者必须对营销计划的实施、监控、执行有科学合理的预案。

5. 营销效果评估

会展营销效果评估分为事前测试和事后评估两部分。事前测试主要有征求或随机采访与会者、参展商对各种营销活动的意见，小范围的营销效果对比试验等；事后评估是衡量是否完成营销目标的重要环节。在开展事后评估时，要注意以下几个问题：

（1）潜在客户对展会的认知度如何。

（2）展会在参展商和专业观众心目中的形象如何。

（3）与会者、参展商或专业观众的数量变化情况。

（4）调查忠诚参展商、专业观众对本次展会宣传推广工作的意见和建议。

（5）营销计划是否有助于改进本企业的产品或服务。

可以说，测试与评估既是对会展项目营销效果的检验，也是对会展项目的策划与组织者所制订的各种方案是否具有科学性、合理性的评定。

8.2.3 会展营销策划的策略与方法

在进行会展营销过程中，按照开展营销活动的时间，大体上可以将其分成两种情况来考虑：展前营销策划和展中营销策划。在开展每一次活动之前都应该进行详细计划，周密安排各个方面，使之能与其他活动紧密配合，以最为专业和成功的状态来展现自己的产品或服务。

1. 展前营销策划策略

在这一阶段，首要目标应该是让尽可能多的老客户和潜在客户得知本企业参与了该次会展，了解展棚的具体位置以及给予确保他们参观的理由。首先应简要地介绍一下新产品及其特性或是它的过人之处，以此激起人们的兴趣与期望。下面将详细介绍一些策略方法。企业可努力尝试这些方法，并将其与会展经理的通盘营销计划相融合，使之相互补充，以发挥最大效用。

（1）直接约见。有些客户喜欢单独约见专业会展商，因为这样可以避开会展现场冗杂的人群，从而节约时间。此类约见可以让本企业的地区商务代表或电话推销员来完成。在展前的电话沟通中，一旦潜在客户确认了出席会展的日期，电话推销员就可以这么说："好的。不过您要知道，星期四那天会展现场会非常忙，我们可能要接待很多人。如果能找个特定时间约见一下的话，我敢确定我们的销售代表将会非常乐意为您演示这个让人心动的新产品的，这也能节约您不少等候的时间。您觉得什么时间比较方便呢？是上午还是下午？"关于邀约方面的内容在会议营销中已有详细的阐述。

（2）电话推销。会展调查数据显示，有15%的参观者是在收到个人邀约后，才来参与会展的。因此，如果能高明地使用电话推销这一手段的话，它完全可以成为传递个人邀约的最理想的方式。电话推销计划需要仔细进行计划与准备。首先，它必须锁定那些接受电话的目标人群。这也就是说，要准备许多个不同的版本——有给制造商的，有给批发商的，还有给零售代理人的。每一种版本都应该能向其目标听众阐明本企业的产品或服务的利润何在，从而在最短的时间内激起他们的兴趣。

另外，电话内容还应该从潜在客户那里获取一定的反馈信息，例如，在电话邀约时可以这么说："早上好，琼斯先生，我了解到您作为贵公司的代表参加了工业博览会，是吗？""太棒了！当您到场时，我诚邀您参观 ABC 公司在 303 号展棚举办的展示活动，我敢担保您会在那儿看见许多让人叫绝的好东西。这种产品在相关市场上已经销售过百万了，而且我们的调查也表明在您的市场上它也有同样的销售潜力。您能告诉我您打算哪天来参加吗？"……一旦列出了对潜在客户最具有吸引力的一两个亮点，就应该像上面的例子一样，以一种能够激起他们好奇心的方式将这个消息传递出去。这些亮点可以是会展特制品、派送小样或特殊的产品介绍等，通过这些途径来吸引本企业致电的人们到场。在某些对专业性要求较高的市场领域中进行促销时，一定要确保电话推销员在开展工作时手头上有必要的信息，这样才能保证整个计划的顺利进行。

（3）新闻稿与宣传资料。新闻稿和宣传资料是非常有效的促销手段，可以帮助会展企业获得千金难买的广告效应。因此，企业要事先掌握好各家报刊的出版日期，尽可能多地将新闻稿递送到各位编辑手中，以保证其在发稿截止日期前能顺利刊登出来。另外，在会展期间，要确认新闻稿是否已经在媒体接待室中准备妥当了。绝大多数展览都会设立一间专门的房间用于召开新闻发布会，也会配备一名专职人员来协助有关整个会展的新闻报道工作。宣传资料的形式不拘一格，既可以是单页的传单，也可以是装订成册的精美图册。会展企业可以在预算许可的范围内按照需要来自行选择，不过在准备这些重要的促销工具之前，还需要注意一些基本原则：

1）如果没有什么真正有价值的东西，就不要勉强为之。编辑们一般都工作繁忙，他们每周要审阅上百篇稿件，希望呈现给读者的都是些确实而可靠的信息，也就是所谓的"干货"，所以那些夸大其词的稿件很难被采用。因此，要冷静地审阅写好的稿子。

2）牢记"KISS"（Keep It Simple，Stupid 即保持简单、直白）原则。脱缰跑马似的稿子没人愿意读，应用一个吸引人的句子作为开场白，来引起编辑的注意。但要避免言过其实，也别在稿件中过多使用广告口号。在介绍企业的产品、陈设或进行正面而热烈的宣传活动时，新闻稿应该尽可能注重事实性，做到简单易懂。总而言之，要避免过于"书卷气"。例如，不宜使用这样的语句："对于我们的产品在市场上最具优势的这一事实，消费者均持赞同意见。"

3）最好准备一张媒体列表，并标明其目标群体。例如，将新的园艺产品介绍送至一家法律报社显然是没有意义的，但那些以家居、生活时尚、房地产或以类似选题为主的报刊就至少有可能会看看本企业的稿子。仔细甄选企业的媒体列表，时不时地进行修订，以确保它的准确性和即时性，同时还要注意搜集上面所列出的所有媒体的发稿日期。

4）与那些对企业而言最重要的出版物的编辑们建立良好的工作关系，了解他们在组稿时的惯用途径、当前的选题用稿需求，掌握发稿的期限以及他们对于图片的色彩和尺寸的喜好等。

5）不要自视甚高，认为自己是广告客户，肯定能得到编辑的另眼相待。如果会展企业确有一种能激起读者兴趣的产品，而稿件中对这一产品的描述又是以平实、专业的形式来表达的话，不论企业是否为广告客户，稿件都易被编辑所采用。

6）一定要将新闻稿写清姓名，寄送至专人手中。如果手头上没有相关信息的话，一定要花时间进行搜集，如通过打电话或看看报头了解编辑的姓名。有些报刊有很多编辑，因此，要弄清楚哪一个才是具体负责分管的人，否则，本企业的稿件很可能被搁置在一边而错过了重要的发稿期限。

（4）杂志与商业报纸。大量会展都与多家杂志或有特定影响的出版媒体有关联，而这些媒体涵盖了参与者所感兴趣的领域。广告和社论专稿通过锁定其特定行业，来努力扩大影响和培育消费者的兴趣，而一些细节性的说明与演示数据则都是由媒体出版商所提供的。有许多出版商都会出版一些专门的展前特刊作为其正式出版物的补充，这样可以使他们对会展开展深入的报道，同时将一些详细的会展企业和产品名录一一刊登出来。这些特刊通常在会展即将开始前广为散发，从而可以帮助参观者事先作好参观计划，使其能够顺利找到感兴趣的展棚。正是因为这类会展特刊能引起广泛的关注，有许多会展企业还准备了专门的广告插页以突出其展品，通常还会写上邀请参观者莅临他们展棚的字样。如果会展企业有新奇或特殊的产品，一定要及时向杂志社编辑提供相关信息，这样才能让他们在展前特刊中将企业产品的描述刊发出来。编辑有可能会让企业自己准备好稿子，或是让企业员工来获取第一手资料。有许多编辑会发信来专门为这类特刊组稿，企业应该抓住这一好机会。编辑们对于文字流畅、附有专业图片的实物报道是非常欣赏的，一般乐于采用此类稿件。因此，企业在准备资料前，最好研究一下各种文稿的体例。有些商业杂志会在会展期间出版一些日刊来报道特殊事件，刊登有关产品和会展商的最新动态，还会附上一些新奇展品的插图。这样可以为那些公关意识较强的客商提供许多促销的机会。企业应多与那些感兴趣的商业杂志的编辑们进行沟通，了解他们在会展期间的计划。这些会展日报通常会在专业展览述评上刊登广告，而这对于会展企业在会展上打响知名度很有帮助。

（5）直邮信件。对于老客户而言，直邮信件应该设计得使其感觉有一种义务或必要到访本企业的展棚；而对于潜在买家而言，可以通过投递公司、出版商和通讯录经纪人来与之联系。如果以上方法可行，可以从会展经理人提供的名单上选取那些去年的参与者作为寄送邮件的对象。无论使用哪种通信列表，都要将企业的促销信件寄至有具体姓名的收件人处。如果没有写明收件人姓名的话，这类直邮信件通常会被当做垃圾信件处理。如果名单不全，千万不要怕麻烦或怕浪费时间，要致电提供列表的公司来获取这些应传递会展信息的人员姓名。直邮信件可以采取多种形式，可以设计成一封短信或是一张简单的印刷卡片，上面包括企业名称、展棚号码和具有说服力的参观理由。这些理由可以是对新产品或服务的介绍、与产品专家直接面谈的机会或是现场有特殊礼品奉送等。

（6）预先注册与优质客户征集活动。会展经理人通常会作一些活动来激励有资质的客户积极参与。这些活动包括 VIP 入场券或是预注册表格等，即如果参与者将这类表格在会展开始前的某个期限内寄回的话，他们就可以获得一定的折扣。虽然说会展经理人组织这类活动是其职责范围的事，但作为参展商而言，积极地参与也是非常必要的，最好能提供部分免费的门票或者将此作为获取某些特定服务的回报。会展企业对此问题需与会展经理人进行沟通。如果会展企业想验证预先注册程序的必要性，可以在会展开始的第一天站到会场的主入口边观察一下具体情况。一般的注册过程中，与会者需要排队填写注册卡以获取入场证，等排到队首之后再进行信息验证和缴费，然后他们会被带到另一个队伍来等候做好的入场证从机器里送出来。在一场繁忙的会展中,这一程序可能要花费一个小时的时间。

而在接待处那些挂着"预注册"标志的展棚里,与会者可以直接找到接待人员说明自己已经注册过了。很短的时间内,入场证就能准备完毕,而与会者也可以立即进场开始采购了。因此,这项服务能给企业的客户和潜在买家带来极大便利。有些会展经理人甚至还会将入场证提前寄给那些事先注册的客人,以便他们无须等待而直接入场。如果参与类似的活动,切记要告知客户他们能享受此项优待。会展的准备工作通常会非常庞杂,切勿忘记关注类似的细节。

(7)套播广告。目前有多种套播广告的形式可供选择,这种方式可以使会展企业用更低的价格享受更为特殊的广告服务。这类广告的涵盖范围很广,从寻求地域代理人合作的制造商,到诸如行业协会会员或政府贸易团体,均有覆盖。

(8)其他材料。会展主办方经常会为与会者提供一些其他的宣传材料,有时是免费的,会展企业可以将它们利用起来。例如,可以在本企业的办公文具、邮票和特殊活动的邀请函中附上贴纸,或是在传真信息上添加"欢迎参观××号展棚"之类的字样,吸引更多人的注意等。企业要尽量将这些材料纳入到整个展前促销的活动体系中去,从而实现利益最大化。

2. 展中营销策划

在会展开始之后,会展企业仍然能够在会场内外找到许多机会来强化营销攻势。这类活动既能稳定已有的客户,使他们再度回忆起本企业的展棚,又可以吸引那些错过了展前营销的人们。

(1)会展指南。每一位与会者都会拿到一份会展指南,这其实是一个非常好的广告宣传载体,而登载在上面的会展企业及其产品的列表通常是免费的。上面刊登的广告是由指南的出版者负责刊登的,他们通常是会展举办方或某些与之有业务往来的出版公司等。还有些指南会刊登一些较为新奇有趣的产品的图片。同样,这些都需要会展企业和相关编辑形成良好的关系。

(2)媒体接待室。许多会展都会专门设立一间媒体接待室,以方便会展企业接受媒体的访问。要在这里也放上企业的宣传资料,不过因为还有其他公司会将自己的资料放置在此,所以一定要设计一个别出心裁的资料封套以吸引大家的关注,从而使本企业的材料脱颖而出。

(3)研讨会后。有时,精心策划的研讨会能够将原本不打算来参加会展的人士也吸引到现场来。对主办研讨会的参展商而言,这一举措可以帮助其树立企业形象,为其聚集于某特定的产品、技术以提供机遇,同时能够将较大的客户群进行细化,并有机会吸引更多的人在研讨会后来关注其展棚。如果会展企业要主办一个研讨会,一定要邀请一位出色的发言人,他不仅要通晓主题,还要能够令人信服地解答听众的疑问。

(4)新品演示会。许多主办单位经常会举办一些新奇产品的演示会,其中包括一些"会展最佳"的评选活动。这类演示活动往往会设在特定区域进行以聚集人气,而且通常会广为宣传,可以作为会展企业开展促销活动的有利途径。如果可以借助此项服务,一定要将企业的名称和展棚的号码在演示时体现出来。

(5)现场招待会与招待专区。在某些会展中,展棚中的招待会不仅令人感到温馨,同时也是让人十分期待的。这类招待会的形式多种多样,从小食品和点心饮料到酒类和开胃菜不一而足。在欧洲和太平洋周边许多国家中，展棚现场的招待会已经成为了一种惯例。而招待会的规模应视会展规模而定，同时还要考察一下其他参展商的实际情况。对于首次参展的商家而言，很重要的一点就是要事先弄清与会者的喜好和口味，这样才能作好充分的准备。

有许多公司喜欢举行专门的活动或是在特定区域内举办招待会。简单的活动或许是在一家酒店或会议室里包场设立一个招待区，摆放上食品和饮料来招待客人；而大公司则有可能租下成套的设备场地或是主办一场行业盛会，用以烘托一位知名发言人，这样一来，他们就能获取应有的回报——获得目标客户的参与；对于绝大多数的中小型企业而言，由于招待专区的费用昂贵，会展企业的营销经费如果用在其他的活动上，或许收效要比举办招待会的方式要大得多。如果有需要重点关注的专门客户，专门招待他们用餐可以在一对一的基础上稳固商务关系。能靠招待专区获取成功的会展商，通常是那些拥有强大人力资本和管理资源的主流大公司或政府团体，他们在行业内也同样是执牛耳者。要做到这一点，重要的是对整个计划目标有明确的界定，如预期效果、形象建立、招待现有客户、吸引新客户等。这样可以使员工始终聚焦于他们的预定使命，确保完成计划。在设立该招待区之前，知会会展主办方是必不可少的一环，因为有些会展规定在办展期间是不允许举办此类活动的。要想获得招待活动的成功，人的因素十分重要。会展企业应该努力营造一种温馨、友好的氛围，在这种氛围中，客户和潜在买家都能对企业的产品或服务进行轻松而随意的交流。此外，还应该在现场设置一些经验丰富的问讯人员以准备随时回答观众的提问。作为组织一场招待会的主管人员，需要注意下面清单中所提及的事项：

1）租用设备。
2）预订食物和饮料。
3）设定招待服务项目。
4）安排装饰、陈设、服装以及保安事宜。
5）休闲书刊。
6）组织新闻发布会。
7）邀请客座发言人。
8）安排接送车辆。
9）散发请柬、入场券和其他相关信件；购买礼品。

（6）指定赞助。在会展期间赞助某一特定活动，能够帮助会展企业获得特殊的宣传效果。这类活动包括展前的接待、招待会、研讨会或晚会等。企业应事先与会展经理人进行沟通，了解哪些项目是可以接受赞助的。

（7）公关公司。在普通参展商当中，有多少家公司会计划开展自己的公关活动呢？对大公司而言，通常只需将这一工作指派给自己国内客户公关部里的员工即可；而相对小公司而言，只要其职员有足够的时间和兴趣投身此项工作，并拥有一定的沟通技巧，想达到同样的效果也并不是不可能；然而，更多的情形是参展商去找一家公关公司来完成这项工作。在理想状态下，会展企业会与某家公关公司经常保持联络，这样其就不必要屡次重复地说明其公司的情况和拟展出产品的特性了。如果没有固定的合作伙伴也不会影响企业的工作，一般大型会展都会约定一家此类公关公司来提供服务。可以先让其试做一部分，待验证实力后，再在接下来的工作中开展进一步合作。另外，在寻找合适的公关公司时，需要注意的一点是要"合适"。一家跨国的大型公司通常不会对小客户感兴趣，而毫无背景的单干户也不太可能在短时间内完成一项深入细致的工作。因此，应该找一家对自己的行业有所了解的公关公司，最好是有过成功操办媒体和相关会展公关活动经验的公司。支付费用的方式可以按项目付费或是按小时结算，如果选择按小时计费的方式，最好事先设定一个预算的上限以免超支。最后，要注意营造一种"微妙"关系：企业和公关公司之间应该迅速建立起一种互相信任的和睦关系，携手共同为实现公司的目标而努力。无论是自己运作还是雇请公关公司来完成，都应该制订一个详尽的计划，在上面列明企业的目的、目标群体以及在会展前几个月里需要完成的一系列准备工作，计划在会展期间所作的一些细节处理等。

上面已经谈了很多有关会展营销策划活动的话题。对企业而言，也许并不是所有的方式都适用，但是，也不必过度强调这一点。因为要想成为一名成功的会展商，完全可以通过良好的计划和周密的促销策略来实现预定的目标。

本章小结

会议营销是指通过收集目标顾客的信息，建立顾客数据库，并且对顾客数据进行分析、筛选、归档和整理，确定准确的销售对象，然后利用组织会议等形式，运用消费者心理学和消费者行为学等理念，进行有针对性销售的一种营销模式。从实践来看，国内曾经运用过的会议营销形式大致可分为 6 种：科普式、旅游式、联谊式、餐饮式、爱心式和答谢式。一般而言，会议营销策划分为会前营销策划、会中营销策划和会后营销策划三个阶段，操作流程包括参会人员的邀请、会议的组识、会议议程的安排、会后回访与服务等。

会展经济是以会展产业为中心，其他相关产业为依托而形成的新兴经济类型，是国民经济的重要构成部分。会展产业的主要环节包括会展业生产、销售及售后的一系列活动。会展营销作为会展计划及其执行的活动，其过程包括对一个会展产品或一种会展思想的开发制作、定价、促销和流通等活动，其目的是经由交换及交易的过程达到满足组织或个人需求的目标。简单地说，会展营销就是在以顾客需求为中心的思想指导下，会展企业所进行的有关会展产品生产、销售和售后服务等与会展市场有关的一系列经营活动。它主要是围绕着会展产品和会展市场进行的。

了解会议与会展营销策划的理论是基础，但会议与会展的不确定因素很多，重要的是在实践中掌握策划的技能、积累足够的经验，这样才能驾驭会议与会展营销策划。

关键术语

会议营销策划　会展营销策划

复习思考题

1. 简述会议营销的步骤。
2. 会展营销的策略与方法有哪些？
3. 会议准备过程中需要注意的会场事项有哪些？
4. 请构思一份会展策划书，尽可能考虑周全，并制定合理的应急预案。

案例分析

调味品：独立成展大有作为

纵览中国众多的展会，为数最多的当数行业性的专业展会。目前，许多行业都已经有了自己的专业展会，而有的行业为了让目标市场、目标客户更集中，进行了专业的细分。2003年3月在广州中国出口商品交易会（简称广交会）展馆举办的"第二届中国广州国际调味品工业展览会"就是从食品类展会中细分出来的一个分支。主办单位称，这个每年高达300多亿元销售额的小行业，具有庞大的市场空间。"第五届中国（郑州）国际调味品及酒店餐饮服务展览会"也于2010年6月3~5日在郑州国际会展中心隆重召开。

1. 小产品大市场

据中国调味品协会会长卫祥云介绍，目前，我国调味品的生产与调味品市场处于空前繁荣和发展的时期，总产量已超过1000万吨，产销量最大的为酱油，其次为食醋，复合调味品和香辛料等新产品的增长近年来也十分突出。调味品工业已成为食品工业增长的新亮点，调味品产业"小产品、大市场"的格局正在形成，发展前景非常广阔。在传统调味品生产增长的同时，其消费领域也越来越宽泛，已不仅仅是过去的"调味"和"作料"，而是作为人们不可缺少的消费品和食品工业原料，拓展了自身在食品工业领域的深度和广度。新开发的调味品以及调味品生产原辅料产品日益增多，涌现出了"一品鲜"等新的品牌。

2. 独立成展仍有空间

卫祥云表示，虽然目前参展项目中包括调味品的食品展不少，但这些都是侧重于产品的交易。由于定位不同，调味品独立成展仍有很大空间。据广东省会议展览业协会副会长张学山介绍，国外及国内的大多数展览公司和展会主办机构举办的都是食品综合性展览会，国内的展会如上海的食品添加剂展览会、糖烟酒会，北京的食品工业博览会；国外的展会如德国科隆国际食品展，东京国际食品展，莫斯科世界食品展览会，海湾（迪拜）食品加工展览会等，这些较大的食品展包括了农产品、调味品、水果等，调味品只是它们的一个分支，而广州调味品展从这些综合展中分离出来，力争做成全国唯一的专业展览会。

3. 广州地理优势明显

为培育这个在调味品方面的全国性的唯一专业展会，主办者在地点的选择上也有所讲究。卫祥云坦言，原先也考虑过武汉等地，之所以最终选择广州，是因为看中广州的产业基础好、市场容量大。广东省不仅是全国重要的调味品生产基地，企业多、原辅材料多，而且也是调味品需求量最大的市场。据统计，广东省每年调味品的需求量高达60亿元，再加上有广交会场馆的影响力，这对调味品厂商来说，是一个良好的商机，对其很有吸引力。

（资料来源：粤港信息日报，2007-1-9.）

思考题：

1. 如何获得竞争者的信息？
2. 请设计一份调查问卷，调查广交会参展企业的新需求。
3. 调查某市某一设展项目的市场潜力。
4. 调查10家会展主办单位，了解其对会展人才的需求情况。

第9章 营销战术策划新趋势

【学习目标】

1. 掌握企业关系营销策划的内容与运作
2. 掌握网络营销策划的原则与方法
3. 掌握服务营销策划的内涵与策略
4. 了解房地产营销策划的策略

【内容图解】

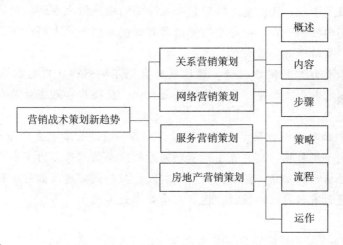

【导读案例】

吉列锋速3

宝洁公司旗下的吉列推出全新的春节市场传播战役，由颇受年轻人喜爱的体育明星林丹作为新的代言人全新演绎。按照市场调查报告说明，客户所要针对的目标人群（80%的目标人群为18~35岁的男性；20%的目标人群为18~35岁的女性），获取信息的主要媒体，已经从电视逐渐开始转移到互联网。如何精准抓取电视无法覆盖的人群，是品牌推广的重大挑战之一。

同时，配合全新电视广告的播出，吉列同时推出了活动网站，邀请消费者注册，并写下自己的友情、爱情、亲情"妙计"，配合发放淘宝10元抵扣券。改变电视广告单向沟通的特性，使消费者与广告"互动"，深度参与到品牌活动中去，这同时也是今后广告的发展趋势之一。

1. 营销策略与创意亮点

（1）精准的媒体策略。针对广告主提出的目标人群需求，分析并选择不同的媒体子网络进行全网络广告投放，以补充电视广告所未能达的覆盖面，达成精而广的营销模式：男性网络选择了高质量的游戏、体育、财经、IT、新闻与汽车子网络，选择媒体有环球网新闻频道、虎扑体育、CCTV 经济与体育频道、太平洋游戏网等；女性网络选择了美容时尚与娱乐子网络，选择媒体有太平洋女性网、时尚网、瑞丽女性网、MSN 娱乐频道及土豆网等。

（2）富针对性的创意投放。利用针对目标消费者的两个不同人群所打造的 2 组不同诉求点的创意，分别在选择的男性网络与女性网络进行投放，第一时间与其对应的目标消费者进行沟通。2 组创意分别为：

1）男性——和她过，还是和家人过。

2）女性——他是和你过，还是和家人过。

（3）广告位实时互动。用户在广告位输入手机号码进行直接注册，即可通过手机接收到淘宝 10 元抵用券的短信。广告位的互动降低了用户通过点击广告位到活动网站的流失率，广告位和手机之间的无缝整合加深了用户体验，使参与活动的用户注册数最大化。

（4）高效的投放技术手段。利用地域定向的技术手段，仅针对主打城市进行广告投放；利用创意轮播的技术手段，使消费者按照广告主希望的顺序依次看到不同的广告创意；利用广告播放频次控制的技术手段，使每个消费者每日仅能看到 3 次吉列广告，以减少广告印象数浪费，并使得广告活动效率最大化。

（5）实时优化体现广告网络优势。通过实时监测不同媒体、广告创意、广告形式的表现，进行媒体、创意和形式调整，使广告效果最大化，使得广告点击效果在投放过程中始终表现良好的上升趋势。

（6）用户资料的整理与积累，为下次活动作准备。通过收集点击广告的用户 cookie，用户在广告位注册的手机数据，用户点击到活动网站的注册信息等，为下一波的互联网广告投放作准备。通过分析用户信息，了解用户对品牌或产品的认知度、偏好度和购买倾向，从而在之后的活动中进行有针对性的投放，达成广告效率最大化。

2. 媒体表现

（1）媒体表现——互联网推广。其主要包括以下几种形式：

1）独占富媒体广告形式，打通通栏和画中画进行创意扩展，富有新意。

2）将电视广告植入广告位，全面利用电视广告资源，扩大传播覆盖面。

3）震撼的广告创意效果，第一时间吸引消费者的眼球。

（2）营销效果与市场反馈。

3. 执行效果

活动上线 2 周后，各个指标的数据表现均可圈可点。广告投放效果卓越：广告投放总 PV 950 余万；广告投放覆盖总 UV 500 余万；广告点击次数 10 万余次；在广告位注册及点击广告到网站注册的人数达 1000 多人。

4. 市场评价

资深心理专家认可活动效果。资深心理学顾问兼时尚杂志专栏作家徐莉说：“如何平衡家人与恋人之间的关系已经越来越受到 80 后年轻人的关注，而今年大年初一和西方情人节恰好在同一天，情人节陪谁过成了热议的话题。而商家就是利用了时下年轻人的困惑，在互联网上通过广告提出情人节陪谁过的问题，引发全民探讨并上传妙计，群策群力共同解决。”

多家论坛博客转载讨论此次活动，西祠胡同、新浪博客、搜狐社区、天涯社区等主流知名论坛都转载报道了此次活动，其中林丹拍摄的广告视频受到广泛关注。

（资料来源：易传媒，21 世纪广告，2010 年第 10 期。）

9.1　关系营销策划

随着市场竞争不断加剧，市场营销活动范围日益扩大，顾客需求多样化，传统营销理论越来越难以适应复杂多变的市场营销环境，传统营销理论的局限性日益凸现，迫切需要一种新的营销理论能够指导企业的发展。关系营销理论正是在这种环境的变化下应运而生。

9.1.1　关系营销概述

关系营销理论是在传统的营销理论不能很好地适应环境的变化、顾客需求多样化的格局下产生的新型理论之一，它是在 20 世纪 80 年代由西方国家营销学者提出并发展起来的。关系营销（Relationship Marketing）是指以系统的理论为指导思想，将企业置身于社会经济大环境之中来考察企业的市场营销活动，认为企业营销活动的实质是识别、建立、维护和巩固企业和顾客及其诸如消费者、竞争者、供应者、分销商、政府机构和社会组织等相关利益主体的关系活动。传统营销理论强调的是过程性分析，只注重通过一次性交易、有限的顾客承诺来吸引更多的新顾客，提高销售额，实现企业的盈利目标。而关系营销不单纯注重一次性交易，更多是通过与顾客建立良好的合作关系来保留更多的顾客。它是对传统营销理论的变革和进一步发展，是适应社会环境变化的一种新的营销理论，是 21 世纪的营销理论发展趋势。企业应始终关注顾客目前与将来的需要，让顾客永远成为企业的客户、朋友与合作伙伴。随着时代的发展，关系营销的新趋势主要表现在如下几个方面：

1. 关系营销理论是企业经营哲学的变革

进入 21 世纪，随着中国加入 WTO，企业与企业之间的竞争日益加剧，企业的经营哲学以及经营观念也必须随着环境的变化而不断地与时俱进。传统的营销只是着眼于一次性交易，追求的是企业短期利润最大化，这种营销观念在短缺经济条件下是有一定的合理性的，而在供大于求的环境中，却成为制约企业发展的桎梏。关系营销着眼于企业的长期发展，通过与顾客建立良好的持久关系，实现企业以及社会整体利益的最大化。关系营销理论的出现使得企业的经营哲学由传统的 4P 理论发展到以关系营销为核心的 6I 战略。其中，4P 理论是指产品（Product）、价格（Price）、渠道（Place）和促销（Promotion）；6I 战略是指建立独特关系的意愿（Intention）、与顾客进行交流（Interaction）、与顾客进行关系的整合（Integration）、收集关于顾客的信息（Information）、对顾客的投资（Investments）以及关注顾客的个性化特征（Individuality）。

2. 关系营销理论是电子信息技术革命的产物

21 世纪，随着电子通信设备的发展，计算机在企业营销管理中的广泛应用，迫切需要企业建立数据库营销，而数据库营销就是企业关系营销理论的一个方面，所以关系营销理论是电子信息技术革命的产物。数据库营销是指企业通过收集和积累消费者的大量信息，经过计算机处理后，来预测消费者有多大可能性去购买某种产品，以及利用这些信息给产品以精确定位，有针对性地制作有关消费者的营销信息，以达到与消费者沟通的目的。企业通过数据库营销可以更好地为关系营销服务。数据库营销对市场调查、产品的研发和定位以及营销预测，都具有重要的作用。企业通过数据库营销可以敏锐地发现新的市场，维持现有的市场，能够与顾客建立良好的合作关系，从而能够更好地促进关系营销的发展。

3. 企业关系营销理论的核心是顾客满意战略

顾客满意，就是要企业一切为顾客着想，尽管顾客的类型相当复杂，需求也千差万别，但企业应尽可能地满足顾客的需求。以顾客或消费者为导向，是现代市场营销（关系营销）的基本经营理念。传统的营销理论强调的是企业自身利润最大化，而关系营销理论强调的则是企业以及顾客和整个社会利益的最大化。关系营销作为一种新的营销范式，应该与传统营销存在着质的差别。美国得克萨斯州 A&M 大学的伦纳德 L. 贝瑞（Leonard L. Berry）教授把关系营销看做是保持顾客的工具，而保持顾客又是企业实施其战略目标的工具，企业通过与顾客建立和维持关系实现其目标。顾客是企业生存的根本，企业如果离开了顾客，则企业的发展就成了无源之水、无本之木。因此，市场竞争的实质是怎样赢得顾客对企业的信赖，关系营销的主要内容是怎样与顾客建立良好的关系。要想与顾客建立良好的关系，企业在提供各项服务的过程中必须使顾客满意。根据相关的理论数据显示，顾客满意是企业获得更多利润的源泉。

随着知识经济的到来以及 IT 技术的普及，中国市场由卖方市场开始转变为买方市场，再加上消费者的购买行为日益趋向理性化，企业的市场营销活动必须由传统的营销理论迈向关系营销理论，并且随着环境的变化，关系营销必将出现一系列新的变化且体现出新的性质和特点。

9.1.2　关系营销策划的内容与步骤

1. 关系营销策划的内容

关系营销是把营销活动看成是一个企业与顾客，即消费者、供应商、经销商、竞争者、政府机构、社区及其他公众，发生互动作用的过程，其核心是建立并发展与这些公众的良好关系。在这一过程中，营销人员对顾客所做的分析、判断、构思、设计、安排、部署等工作，便是关系营销策划。关系营销策划的实质是把顾客看做是有着多重利益关系、多重需求、存在潜在价值的人。传统上，人们对市场营销是从经营者与客户群体的关系这一角度进行探讨的；而在关系营销里面，就不仅仅从这一角度考虑问题，而是需要从更为宽广的角度来探讨市场营销。关系营销策划所涉及的内容包括六个方面，如图 9-1 中的"六大市场"模式，反映了关系营销研究的内容。企业除了需要对现有的或者潜在的客户开展营销活动之外，还应该考虑供应市场、雇员市场、影响市场、推荐市场和企业内部市场。

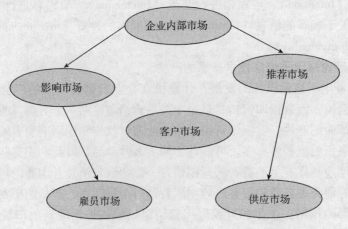

图 9-1　关系营销中的"六大市场"模式

（1）客户市场。市场营销的首要核心过去一直是，并且现在仍然是客户，这一点是毋庸置疑的。近年来，营销的重点开始由强调单个销售的交易性营销转到强调长期稳定关系的关系营销。

实践表明，绝大多数公司开展营销活动都是为了招揽新客户。但是，他们过分强调吸引新客户，而对老客户的营销活动十分缺乏，甚至到了漠不关心的程度。他们似乎不懂得其未来业务的发展要靠原有客户的鼎力相助。关系营销的目标就在于让初次光临的顾客成为长期惠顾的买主，然后再逐步使其成为公司及其产品的坚定支持者，直到最终成为公司的积极宣传者，主动对外传播公司的美名，形成潜在客户引以为据的推荐市场，从而对公司的前景发挥巨大的作用。

（2）推荐市场。最为出色的营销是让公司的客户为公司开展营销，这体现了建立推荐市场的重大意义。这就需要企业能够驾驭并利用现有的客户，给客户推荐提供更多的机会。

例如：某个海外的银行，以前未曾将注意力放在推荐市场的关系管理上。营销活动的重点仅仅放在取悦推荐者上面，一般是邀请他们来参加年度聚会，偶尔也请他们外出共进午餐。一个偶然的机会，银行的主管们和推荐者们在一起交谈，推荐者们充分诉说了他们与银行打交道的时候所经历的种种问题。执行主管们在了解了推荐者对其客户服务的看法之后，观点发生了很大变化。后来，该银行组织了一个专门的工作组，来考虑如何更好地发展与推荐渠道的规范关系，并制订了一个与推荐市场打交道的营销计划。这个解决问题的计划在整个银行得到了推行，与推荐市场更好地建立关系的问题得到了更高的重视。6个月之后，这一计划的实施使得由推荐促成的业务出现了可观的持续改善。

在不同的行业领域，这些推荐市场被命以不同的名称，如第三方市场、放大器、中介者、联系者、网络、推荐渠道等。企业应当弄清楚这些推荐渠道目前所发挥的重要作用以及今后可能具有的重要性，并制订恰当的计划来决定对各个推荐渠道投入多少营销资源。首先，应当从认清关键的推荐渠道入手；此外，还应采取措施评价，评估投入这些方面的营销资源和努力产生的结果及成本效益。但是需要强调的是，发展这类关系需要花费时间，而且这类活动的效果在一定时间内可能还看不出来。

（3）供应市场。过去供应商与客户之间是一种对立的关系，双方针对质量、价格、发送等方面存在种种矛盾。现在这种传统的商店关系渐渐被摒弃，并代之以新的合作关系。双方都感到建立一种长期合作关系对双方来说都有好处，是互利的，由过去的"输—赢"哲学变为"双赢"哲学。合作生产的观点要求供应商与客户之间密切合作，充分交流在产品开发、质量、工程及后勤等方面的全面信息，相互信任、关系持久、愿意为对方创造便于盈利的经营条件，这是双方关系的前提和基础。

（4）雇员市场。人才对每个企业来说都是非常重要的，人才能够给企业带来活力。如今，企业要想吸引动力充足而又训练有素的雇员加入到自己的行列中来，困难越来越大。许多公司意识到，企业成功的限制因素并不是如何获得资本或原料之类的物质资源，而是如何招纳技艺适合的人才为本公司效力。这也是关系营销一个十分重要的方面。

（5）影响市场。金融市场、管制市场、政府市场等统称为影响市场。这些市场的作用巨大，不可小视。与此类似，营销活动还可能需要瞄准政府或管制机关。

有这样一个例子：英国一家主要的制造公司制订了整合性的营销计划来改善其市场形象，提高其股票市值。该公司主席和副主席把他们相当多的时间都花在证券经纪商、银行家、财经记者等关键人物的身上。他们向这些人介绍公司未来的战略设计，其中包括一连串雄心勃勃的并购设想。于是，金融界对这家公司的并购计划产生了兴趣，经纪商和财经新闻界对该公司给予了很有利的评价。结果该公司的股价上涨了20%，人们普遍认为这是公司瞄准金融市场展开营销活动所产生的直接结果。

（6）内部市场。这里是指将营销手段运用于公司内部。内部营销有两个关键点：第一，内部客户的观念。在公司里面工作的每一个人都既有供应方又有客户方，在此尤其要强调，无论是个人还是部门都有自己的内部客户，都要想一想自己如何才能改善客户服务，提高质量水平。第二，要确保员工在与公司的使命、战略和目标相一致的前提下，相互协调、共同工作。

格兰菲尔德管理学院对内部营销所进行的一项先导性研究发现：

1）内部营销并不是一项独立的活动，而是隐含在质量机制、客户服务计划以及其他更广义的经营战略之内。

2）信息交流是内部营销成功的关键。

3）内部营销在独特化竞争中发挥着至关重要的作用。

4）内部营销在减少职能领域之间的冲突方面具有重要作用。

5）运用内部营销的目的是推动革新精神。

在实际操作中，营销主要涉及如何改善交流、提高积极性、明确责任和统一目标，其基本目的是要提高内部和外部客户意识，消除职能隔阂，提高组织效率。

总之，关系营销的观念要求企业全面考虑上述六大市场领域，通过向客户兑现价值满足——既体现在所奉献产品或服务的质量上，又体现在双方长期关系的质量上——来与每个市场缔结坚实的纽带。从强调向客户提供投其所好的价值这一点来看，这也可以说是一种"全面质量观"，正是它给企业提供了机会，把过去那种纯粹以交易为核心的营销转变为以关系为基础的营销。

2. 关系营销策划的步骤

（1）将顾客及各相关利益者列出，并加以分类，特别是列出主要服务的顾客，一般这种顾客仅有几个，但对企业的营销至关重要。

（2）给每一个主要顾客指定一个有经验的服务人员（专家）。

（3）制定接触主要客户的服务人员工作规范，包括目标、责任、评价标准等。如形成保持关系的可能性，即接近、接触技巧等。

（4）专门指派一个营销经理负责管理关系营销事宜，管理这些特殊的服务人员。

（5）关系营销规划中心的服务人员应有一个长期的和年度的顾客策划。例如，一个年度计划可以包括目标、战略、特定的行动和所需的资源等。

9.1.3　关系营销运作策划

与其他营销策划的流程基本一致，在完成了项目调查研究以后，关系营销策划就进入了设计规划阶段。这是关系营销工作中最富有创意的部分。关系营销策划可以分成战略策划和战术策划两部分，即关系营销战略与关系营销策略。

1. 关系营销战略

（1）关系营销战略目标。关系营销的战略策划是为策划确定一个总体性目标。只有制定了宏观上的战略目标，才能做到专业活动的策划服从于总体目标；只有在此基础上的具体操作策划，才能体现出总体设想和专业活动的要求。

关系营销的战略目标策划具有全局性、指导性、目标性及稳定性等特点。跨国公司及国际著名品牌之所以在中国有如此高的市场占有率，其关键之一在于其把广告宣传这一关系营销的手段作为营销商品的战略武器，在广告战略思想上具有长期渗透的观念和意识。在这种意识观念指导下，其不惜重金通过长久有效的广告形式，在中国人的心目中树立其国际著名品牌的形象。

关系营销的战略目标有许多种，常用的有：①提高知名度；②建立和改善形象；③宣传新产品；④扩大市场；⑤促进销售；⑥博取特定对象（如商会或股民）的好感。

（2）关系营销战略程序。制定关系战略的步骤包括：

1）使命的确定或者目标的阐述。

2）战略考察，包括对关系市场的调查和对客户市场及竞争状况的分析。

3）对企业的内部剖析。

4）制定战略，即对在市场何处展开竞争以及如何展开竞争作出决策，并针对外部市场和内部市场制订出计划。

5）实施战略，即以服务、质量、管理作为后盾实施关系战略。

（3）关系营销战略设计。关系营销的战略设计就是制订多个关系营销战略方案，从中选择最能体现公司战略目标、符合公司产品及企业实际、适应市场营销需要的关系营销战略方案。可供选择的营销战略主要有以下几种：

1）从市场角度来设计关系营销战略，可选择目标市场战略、市场渗透战略和市场开发战略。目标市场战略是企业把营销的重点集中在目标市场上的一种关系营销战略。这里的目标市场可以是整体性市场，即以整体市场为目标市场；也可以是集中性市场，即争取在较小的细分市场中占有较大的份额。具体选择哪种战略，应视公司的具体情况及其他活动的配合而定。

市场渗透战略是一种占有巩固原有市场，并采取稳扎稳打的方式逐渐开辟新市场的战略。它主要是充分发挥自己的特长，不断提高原有产品在市场上的销售增长率和市场占有率，向市场的广度和深度进军。一是尽可能挖掘原有老顾客的购买潜力；二是在稳定原有市场占有率的基础上，开辟新的市场。一般跨地区、跨国家经营的商品，可考虑采用这种关系策略。

市场开发战略的实质是向市场广度进军，是指企业在原有的市场基础上，巩固其产品的市场占有率，同时将未改变的原有产品打入新市场的战略。这种战略往往作为现有产品与开拓市场的组合方式。如日本电气公司把日本国内业已饱和的电气产品转移到中国，开辟中国这一新市场，就是成功运用此战略的一例。

2）从内容角度设计关系营销战略，可以选择企业营销战略和产品营销战略。企业营销战略是以提高企业知名度、树立企业形象、宣传企业信誉为主要内容的营销战略。这与一般所说的企业 CIS 战略较为相似，一般不直接宣传其产品，而是通过对企业规模、业绩、历史、实力及精神等特点的介绍来宣传企业，以提高企业的知名度和美誉度。

产品营销战略是以推销产品为目的，向消费者提供产品信息，劝说消费者购买其产品的营销战略。它又可分为品牌战略、差异战略和系列战略。其中，品牌战略宣传同一品牌；差异战略宣传产品特点，强调产品差异；而系列战略则是产品组合成系列来宣传。

3）从实践角度设计关系营销战略，可选择长期营销战略、中期营销战略及短期营销战略。长期营销战略是指为期两年以上所实施的营销活动。其着眼点不是眼前，而是未来。如对体育活动的赞助及对社会福利事业、慈善事业的赞助等。

中期营销战略是指为期一年所实施的营销活动。例如广告策划，其在计划时间内反复针对目标市场传递广告信息，连续使消费者加深对商品或企业的印象，保持消费者的重复购买。一般来说，这一战略常用于时间性、季节性不强的产品。

短期营销战略是指一年内按季度、月份所实施的营销战略，如展览会、记者会、新闻发布会等。

（4）关系营销战略预算

1）预算的作用。关系营销的中心任务是以尽可能少的经费达到最佳的效果，而关系营销预算的作用就是使营销经费得到科学、合理的使用。

企业在确定其经营战略目标时，通常也划拨了与之相应的活动资金，并规定了在实施阶段内从事营销活动所需要的经费总额、使用范围及使用方法。关系营销预算的作用就在于控制规模，评价效果，规划使用，提高效率。

2）注意的问题。关系营销预算标志着企业的投入，因此，在进行策划时，要注意纠正一些错误的认识。

① 有投入才会有收益。如果缺少计划，没有周密、细致的调查，盲目开展活动，随意开支费用，那么，即使投入再多，也难以取得效果。

② 投入会增加成本，削弱企业产品的竞争力。其实预算只要控制在适度范围，并不会增加成本。

③ 投入营销费用是一种浪费。关系营销策划的效果并不能用金钱来计算。企业的形象是无法计价的，能取得公众的信赖是企业珍贵的无形资产。因此，关系营销策划者的目光应放长远一些。

2. 关系营销策略

（1）频繁营销策略。频繁营销策略也称为老主顾营销策略，是指设计规划向经常购买或大量购买的顾客提供奖励。奖励的形式有折扣、赠送商品、奖品等。其目的是通过长期的、相互影响的、增加价值的关系，确定、保持和增加来自最佳顾客的产出。

美国航空公司是首批实施频繁营销规划的公司之一，20 世纪 80 年代初，该公司推出了提供免费里程的规划，一位顾客可以不付任何费用参加公司的 AA 项目，乘飞机达到一定里程后换取一张头等舱位票或享受免费航行和其他好处。由于越来越多的顾客转向美国航空公司，其他航空公司也相继推出了相同的规划。还有类似的例子，如许多旅馆规定，顾客住宿达到一定天数或金额后，可以享受上等住房或免费住宿，信用卡公司也向持卡人提供折扣。

频繁营销规划的缺陷是：第一，竞争者容易模仿。频繁营销规划只具有先动优势，尤其是竞争者反应迟钝时，如果多数竞争者加以仿效，就会成为所有实施者的负担。第二，顾客容易转移。由于只是单纯价格折扣的吸引，顾客容易受竞争者类似促销方式的影响而转移购买。第三，可能降低服务水平。单纯价格竞争容易忽视顾客的其他需求。

（2）俱乐部营销策略。俱乐部营销策略是指建立顾客俱乐部，吸收购买一定数量产品或支付会费的顾客成为会员。

日本的任天堂电子游戏机公司建立了任天堂俱乐部，吸引了 200 万会员，会员每年付 16 美元会费，可以每月得到一本任天堂杂志，先睹或回顾任天堂游戏，赢者有奖，还可以打"游戏专线"电话询问各种问题。哈雷·戴维森公司建立了哈雷所有者团体,拥有 30 万会员,向会员提供一本杂志(介绍摩托车知识,报道国际国内的骑乘赛事)、一本旅游手册、紧急修理服务、特别设计的保险项目、价格优惠的旅馆,经常举办骑乘培训班和周末骑车大赛,向度假会员廉价出租哈雷·戴维森摩托车。第一次购买哈雷·戴维森摩托车的顾客可以免费获得一年期的会员资格,在一年内享受 35 美元的零件更新。目前,该公司占领了美国重型摩托车市场的 48%,市场需求大于供给,顾客保留率达 95%。

(3)顾客化营销策略。顾客化营销也称为定制营销,是根据每个顾客的不同需求制造产品并开展相应的营销活动。其优越性是通过提供特色产品、优异质量和超值服务满足顾客需求,提高顾客忠诚度。顾客化营销于 20 世纪 80 年代在西方兴起,20 世纪 90 年代呈现蓬勃发展的趋势,并将成为 21 世纪最重要的营销方式。

依托现代最新科学技术建立的柔性生产系统,可以大规模、高效率地生产非标准化或非完全标准化的顾客化产品,成本增加不多,使得企业能够同时接受大批顾客的不同订单,并分别提供不同的产品和服务,在更高的层次上实现"产销见面"和"以销定产"。例如,日本有些服装店采用高新技术为顾客定制服装,由电子测量仪量体,计算机显示顾客穿上不同颜色、不同风格服装的形象,并将顾客选定的款式传送到生产车间,由激光仪控制裁剪和缝制,顾客稍等片刻就可穿上定做的新衣。日本东芝公司在 20 世纪 80 年代末提出"按顾客需要生产系列产品"的口号,计算机工厂的同一条装配线上生产出 9 种不同型号的文字处理机和 20 种不同型号的计算机,每种型号多则 20 台,少则 10 台,公司几百亿美元的销售额大多来自小批量、多型号的系列产品。美国一家自行车公司发现自行车的流行色每年都在变化且难以预测,总是出现某些品种过剩,某些品种又供不应求的情况,于是其建立了一个"顾客订货系统",订货两周内便能生产出顾客理想的自行车。这使得该公司生产的自行车销路大开,再也不必为产品积压而发愁了。

实行顾客化营销的企业要高度重视科学研究、技术发展、设备更新和产品开发;要建立完整的顾客购物档案,加强与顾客的联系,合理设置售后服务网点,提高服务质量。

(4)数据库营销策略。顾客数据库是指与顾客有关的各种数据资料。数据库营销是指建立、维持和使用顾客数据库以进行交流和交易的过程。数据库营销具有极强的针对性,是一种借助先进技术实现的"一对一"营销,可看做顾客化营销的特殊形式。数据库中的数据包括以下几个方面:①现实顾客和潜在顾客的一般信息,如姓名、地址、电话、传真、电子邮件、个性特点和一般行为方式等;②交易信息,如订单、退货、投诉、服务咨询等;③促销信息,即企业开展了哪些活动,做了哪些事,回答了哪些问题,最终效果如何等;④产品信息,即顾客购买何种产品、购买频率和购买量等。数据库维护是数据库营销的关键,企业必须经常检查数据的有效性并及时更新。

美国通用电气公司成功地运用了数据库营销。它建有资料详尽的数据库,可以清楚地知道哪些用户应该更换电气,并时常赠送一些礼品以吸引他们继续购买自己公司的产品。美国的陆际旅馆也建立了顾客数据库,以掌握顾客喜爱什么样的房间和床铺、喜爱某一品牌的香皂、是否吸烟等,从而能够有效地分配房间,使每一位顾客都能得到满意的服务。连锁公司运用数据库营销更加有效,如果顾客在某一分店购买商品或服务时表现出某些需求特点,任何地方的另一分店店员都会了解并在顾客以后光临时主动给予满足。随着顾客期望值的提高和计算机的普及,小公司也应采用数据库营销以达到吸引和保留顾客的目的。

（5）退出管理策略。"退出"是指顾客不再购买企业的产品或服务，终止与企业的业务关系。退出管理是指分析顾客退出的原因，并相应地改进产品和服务，以减少顾客退出。退出管理可按照以下步骤进行：

1）测定顾客流失率。

2）找出顾客流失的原因。按照退出的原因可将退出者分为这样几类：①价格退出者，即顾客为了较低价格而转移购买；②产品退出者，即顾客找到了更好的产品而转移购买；③服务退出者，即顾客因不满意企业的服务而转移购买；④市场退出者，即顾客因离开该地区而退出购买；⑤技术退出者，即顾客转向购买技术更先进的替代产品；⑥政治退出者，即顾客因不满意企业的社会行为或认为企业未承担社会责任而退出购买，如抵制不关心公益事业的企业，抵制污染环境的企业等。企业可绘制顾客流失率分布图，显示不同原因的退出比例。

3）测算流失顾客造成的公司利润损失。流失单个顾客造成的公司利润损失等于该顾客的终身价值，即终身持续购买为公司带来的利润。流失一群顾客造成的公司利润损失更应仔细计算。

例如，某运输公司原有6600个客户，本年度由于服务质量差流失了5%，也就是0.05×6600＝330个客户；若平均每流失一个客户，营业收入损失10000元，则公司一共损失330×10000元＝3300000元的营业收入；若利润率为10%，即损失了0.10×3300000元＝330000元利润。

4）确定降低流失率所需的费用。如果这笔费用低于所损失的利润，就值得支出。例如，参照上文中的例子，该运输公司为保留顾客而花费的成本，只要低于330000元就应支出。

5）制定留住顾客的措施。造成顾客退出的某些原因可能与公司无关，如顾客离开该地区等；而由于公司或竞争者的原因造成的顾客退出，则应引起警惕，采取相应的措施扭转局面。

企业应经常性地测试各种关系营销策略的效果、营销规划的长处与缺陷、执行过程中的成绩与问题等，并持续不断地改进规划，在高度竞争的市场中建立和加强顾客忠诚度。

案例

美心集团：企业、消费者、媒体"大合唱"

重庆美心集团是一家全国闻名的防盗门生产企业。其在短短的数年内，将系列防盗门产品推向全国，出口欧洲市场，一举成为中国防盗门王牌之一。

为进一步提高企业的知名度，发挥整体战斗力，美心企业及时进行了关系营销策划，并取得了相当的成效。其应变对策是这样的：将营销重点转向美心形象工程，围绕消费者对美心企业的认知、偏好、信赖等核心问题做好文章，以图企业整体经营战斗力与销售业绩的突破。美心企业首先打破现在各防盗门生产企业"王婆卖瓜，自卖自夸"的旧框框，将营销活动策划为目标受众生活的一部分。其针对防盗门消费者对日常生活和财产需要安全保障的心理，让活动成为消费者愿意参与的"事件"，同时也让"事件"成为媒体的热点，形成企业、消费者、媒体的"大合唱"。

美心企业首先与各地电视台合作，开展"邻里应不应该互助互保"大讲座，举办"防盗知识大赛"等节目，借以提高社会互助互爱的文明风尚，树立美心企业的良好公众形象，拉近了美心企业与消费者的距离。接着，美心企业利用全国各地城市在改进过程中，许多家庭乔迁新居，"告别老邻居，结识新邻居"的"事件"，与各大房地产公司联合举办"美心社区文艺联谊会和演唱会"，房地产公司也乐于借此机会吸引买房的客户，彼此各得其所、各取所需，全力合作。美心企业每周在全国各城市不同的小区中，将印有美心广告内容的请柬通过房地产下属的物业公司散发到住户和他们的亲朋好友手中。大家扶老携幼，前来参加"美心"的聚会。能歌善舞的美心宣传队，将一个个真实的故事编成小品，穿插在歌舞之中。巧妙的文艺手法，既宣传了美心企业的产品和服务，又增加了消费者对美心产品的了解和信心。最后，美心企业开始直接面对其产品的消费者，主办美心热线，为购买美心产品的消费者提供跟踪服务。

美心企业配合关系营销，专门为客户设立了以专卖店为区域服务中心的热线电话，各专卖店配备免费上门安装服务车。与此同时，细心的消费者在购买之后都会发现，"美心"的每个门闩上除贴有精美的使用说明、维护方法和服务电话外，还特别提醒用户："进出别忘锁门，防盗还需谨慎。"这种时刻把用户的安危放在心上的宣传方式，目的是体现出"服务从收钱以后开始"的负责态度，避免在大量投入事件营销经费后，达不到助销目标，造成资源浪费。

美心企业将促销目的与公共关系结合起来，极大地刺激了消费者购买企业产品的欲望。在 1998 年全国防盗门积压如山、多家企业一筹莫展之时，美心产品却一枝独秀，供不应求。全国各地的客户带着现款、汇票到美心等候提货。在竞争对手不堪市场高压、纷纷转向之际，美心集团的第二期裙楼正拔地而起，生产车间加班加点赶做订单。美心企业的关系营销策划还包括大量有重点地赞助各种重大体育赛事，如国际排球大赛、甲 A 足球联赛、篮球联赛等，以刺激国内外经销商购买企业的产品。通过精心的创意和策划，美心产品在国内外的美誉度大幅提高。美心企业在开展关系营销之前，没有忘记对其目标市场进行定位，而这一点恰是许多企业容易忽视的一点。对目标市场定好位置，才能更有针对性地选择应采取何种策略。在整个关系营销过程中，美心企业不忘贯穿情感诉求，拉近人与人的距离，也使消费者对美心"动之以情"，而美心企业则树立了一个良好的品牌形象。

美心企业通过大型活动来推动其以往所做的关系营销，又将其所要建立"关系"的群体扩展到整个社会人群，因为他们都有可能成为美心的潜在消费者。美心企业的关系营销主要是为推广其产品所做的一种营销方式，其结果是销售额的增加以及品牌价值的上升。从中可以看到，营销关系策划魅力无穷。

9.2　网络营销策划

9.2.1　网络营销概述

1. 网络营销的基本概念

从 20 世纪 90 年代以来，随着网络技术的不断发展，企业逐渐将传统营销引入网络，在网上开展营销活动。目前，网络营销已被广大企业所接受，成为现代营销的基本形式之一。那么，什么是网络营销呢？是在网上刊登广告，还是发布企业信息？是利用网络向顾客解答问题，还是利用网络进行产品销售？这些都是网络营销的组成部分，但并不是全部内容。由于人们对于网络营销的认识仅仅 10 余年的时间，所以对于网络营销的概念，不同的人站在不同的角度就有不同的理解。"网络营销"在英文中有多种表达方式，常用的有以下一些：

（1）Internet marketing。它强调以互联网（包括 Web 站点）为工具的市场营销。

（2）Online marketing。它是指借助于联机网络（不限于互联网）的网上营销。

（3）Web marketing。它主要是指网站的营销，如怎样推广网站、发展用户、沟通用户等。

（4）E-marketing。它是指互联网营销，包括 Internet、Intranet 和 Extranet 等。

（5）Cyber marketing。它是指借助联机网络、计算机通信和数字交互式媒体的营销方式。

显然，以上这些概念之间，一方面存在着密切的关联，另一方面又存在着细微的差别。究其原因，主要是由于互联网技术是各种电子技术综合发展的结果。因此，可以把网络营销定义为：网络营销是企业整体营销战略的一部分，是建立在互联网基础上、借助于互联网的特性来实现一定营销目标的一种活动和管理过程，同时也是一种基于网络的新型营销方式和营销手段。

2. 网络营销研究的主要内容

网络营销作为一种新型营销方式和营销手段，其目的是实现企业的营销目标，它的内容非常丰富：一方面，网络营销要针对新兴的网上虚拟市场，及时了解和把握网上虚拟市场的消费者特征和消费者行为模式的变化，为企业在网上虚拟市场进行营销活动提供可靠的数据分析和营销依据；另一方面，网络营销在网上开展营销活动来实现企业目标，而网络具有传统渠道和媒体所不具备的独特特点，如信息交流自由、开放和平等，而且信息交流费用非常低廉，信息交流渠道既直接又高效，因此，在网上开展营销活动，必须改变传统的一些营销手段和方式。网络营销作为在互联网上进行的营销活动，它的基本营销目的和营销工具是一致的，只不过在实施和操作过程中与传统方式有着很大区别。下面是网络营销中一些主要内容：

（1）网上市场调查。它主要利用互联网交互式的信息沟通渠道来实施调查活动。它可以直接在网上通过问卷进行调查，还可以通过网络来收集市场调查中需要的一些二手资料。利用网上调查工具，可以提高调查效率和调查效果。互联网作为信息交流的渠道，在利用互联网进行市场调查时，重点是如何利用有效工具和手段实施调查和收集整理资料；获取信息不再是难事，关键是如何在信息海洋中获取想要的资料信息并分析出有用的信息。

（2）网上消费者行为分析。互联网用户作为一个特殊群体，有着与传统市场群体中截然不同的特性。因此，要开展有效的网络营销活动，必须深入了解网上用户群体的需求特征、购买动机和购买行为模式。互联网作为信息沟通工具，正成为许多兴趣、爱好趋同的群体聚集交流的地方，并且形成一个个特征鲜明的网上虚拟社区，了解这些虚拟社区的群体特征和偏好是网上消费者行为分析的关键。

（3）网上产品和服务策略。网络作为信息有效的沟通渠道，它可以成为一些无形产品如软件和远程服务的载体，改变了传统产品的营销策略，特别是渠道的选择。作为网上产品和服务营销，必须结合网络特点重新考虑产品的设计、开发、包装和品牌。

（4）网上价格营销策略。网络作为信息交流和传播的工具，从诞生开始，一直实行自由、平等和信息免费的策略。因此，网上市场的价格策略大多采取免费或者低价策略。制定网上价格营销策略时，必须考虑到互联网对企业定价的影响和互联网本身独特的免费思想。

（5）网上渠道选择与直销。如果说互联网对企业营销影响最大地方，应该是对企业营销渠道的影响。前文案例介绍的戴尔公司，借助互联网的直接性建立的网上直销模式获得了巨大成功，改变了传统渠道中的多层次选择和管理与控制问题，最大限度地降低了渠道中的营销费用。但企业建设自己的网上直销渠道必须进行一定投入，同时还要改变传统的经营管理模式。

3. 网络营销的特点

由于网络环境的特殊性，网络营销与现实市场营销相比有它自身的特点，具体表现为：

（1）网络营销的"超时空性"。互联网是一个全球性网络，信息与资金完全可以做到高效地全球流动。只要顾客需要，在任何时间和地点，顾客都可以得到企业的服务，也可以要求得到这种服务。

（2）网络营销的"个性化"。网络营销更强调以顾客为中心，满足顾客个性化的需求与欲望。总之，网络营销要求企业必须对顾客提供个性化的产品或服务，只有这样企业才可能将网络发展成为企业争取顾客的强有力手段，而只知道坚持规模化、标准化生产的企业必然将落伍。

（3）网络营销的"廉价性"。在网络营销环境下，在企业对顾客服务水平提高的条件下，企业运营成本仍然可能大幅度降低。它体现在以下几个环节：

1）分销渠道。渠道的长度、宽度可通过网络的虚拟化而大大降低；通过有效的供应链管理，可以大大减轻库存压力，降低市场风险。

2）客户关系管理。通过网络，企业可以提供高度自动化的集成式客户关系管理，从而大大提高企业售中、售前、售后服务的质量和效率，不仅极大地节约了成本，而且可以极大地提高顾客满意水平。

3）内部管理。网络营销进一步延伸，必然对企业内部管理产生巨大影响。通过内部资源的共享、协调与集成，企业管理费用将大幅度降低，管理效率将大幅度提高。

但对企业而言，必须认识到这些机会对每一个企业都是公平的。只有根据网络特点，改革自身，尽快适应网络环境，尤其是要高度注意营销系统的集成化问题，才能在竞争中获得成本优势。

（4）网络营销是"精确化"营销。在网络营销环境下，一方面，企业可以精确化（量化）地调查与预测顾客的需求，跟踪顾客的反应；另一方面，可以实现精确营销，如提供个性化产品（在成本可承受的条件下）、促销与广告的精确投放（即根据不同顾客偏好，有针对性地提供不同风格与内容的广告与其他促销手段）与定量评价。

（5）网络营销的"民主化"。在网络营销环境下，中小企业的竞争机会与竞争空间得到空前扩展，市场竞争更为激烈。企业面对竞争的压力更大，要求企业对经营管理模式进行深入的变革。不能适应新的竞争环境、不能与贸易伙伴紧密协作、不能不断开放与创新的企业，将必然走向失败。

（6）网络营销的"数字化"。网络营销是数字化、信息化的营销，除资金流、信息流外，数字化的产品或服务的物流也可在网上进行。对于从事这类产品或服务营销的企业来说，网络营销将彻底改变其传统营销方式，甚至是经营模式，尤其是软件业、邮政业、旅游业等。

9.2.2 网络营销策划的内涵及原则

1. 网络营销策划的含义

网络营销策划是一项复杂的系统工程，属于思维活动，但它是以谋略、计策、计划等理性形式表现出来的思维运动，是直接用于指导企业网络营销实践的。它包括对网站页面设计的修改和完善、搜索引擎优化、付费排名、与客户的互动等多方面的整合，是网络技术和市场营销经验协调作用的结果。它也是一个相对长期的工程，期待网络营销在一夜之间有巨大的转变是不现实的，一个成功的网络营销方案的实施需要细致的规划和设计。

2. 网络营销策划的基本原则

（1）系统性原则。网络营销是以网络为工具的系统性的企业经营活动，它是在网络环境下对市场营销的信息流、商流、制造流、物流、资金流和服务流进行管理的。因此，网络营销方案的策划是一项复杂的系统工程，策划人员必须以系统论为指导，对企业网络营销活动的各种要素进行整合和优化，使"六流"皆备，相得益彰。

（2）创新性原则。网络能够对不同企业的产品和服务所带来的效用和价值进行比较，为顾客带来了极大的便利。在个性化消费需求日益明显的网络营销环境下，只有通过创新，创造和顾客的个性化需求相适应的产品特色和服务特色，才是提高效用和价值的关键。特别的奉献才能换来特别的回报。创新带来特色，特色不仅意味着与众不同，而且意味着额外的价值。在网络营销方案的策划过程中，必须在深入了解网络营销环境，尤其是顾客需求和竞争者动向的基础上，努力营造旨在增加顾客价值和效用、为顾客所欢迎的产品特色和服务特色。

（3）操作性原则。网络营销策划的第一个结果是形成网络营销策划方案。网络营销策划方案必须具有可操作性，否则毫无价值可言。这种可操作性表现为在网络营销方案中，策划者根据企业网络营销的目标和环境条件，就企业在未来的网络营销活动中做什么、何时做、何地做、何人做以及如何做的问题进行周密的部署、详细的阐述和具体的安排。也就是说，网络营销方案是一系列具体的、明确的、直接的、相互联系的行动计划的指令，一旦付诸实施，企业的每一个部门、每一个员工都能明确自己的目标、任务、责任以及完成任务的途径和方法，并懂得如何与其他部门或员工相互协作。

（4）经济性原则。网络营销策划必须以经济效益为核心。网络营销策划不仅本身消耗一定的资源，而且通过网络营销方案的实施，能够改变企业经营资源的配置状态和利用效率。网络营销策划的利用效率是策划所带来的经济收益与策划和方案实施成本之间的比率。成功的网络营销策划应当是在策划和方案实施成本既定的情况下取得最大的经济收益，或花费最小的策划和方案实施成本取得目标经济收益。

9.2.3 网络营销策划方法与策略

网络营销是借助一切被目标用户认可的网络应用服务平台开展的引导用户关注的行为或活动，其目的是促进产品在线销售及扩大品牌影响力。在互联网 Web1.0 时代，常用的网络营销方法有搜索引擎营销、电子邮件营销、即时通信营销、BBS 营销、病毒式营销等；随着互联网发展至 Web2.0 时代，网络应用服务不断增多，网络营销方式也越来越丰富起来，主要包括博客营销、播客营销、RSS 营销、SN 营销、事件营销等。企业需要深刻理解众多的网络营销策略，并结合自身资源广泛应用到产品推广和品牌建设中去，以便更好地创造网络营销的最大价值。

1. 搜索引擎营销

搜索引擎营销目前主要有两大流派：一种是竞价排名广告模式，也叫点击付费广告（Pay Per Click Management，PPC）；另一种是搜索引擎优化（Search Engine Optimization，SEO）推广模式（见表9-1）。

点击付费广告（PPC）通过购买搜索结果页上的广告位来实现营销目的。各大搜索引擎都推出了自己的广告体系，相互之间只是形式不同而已。搜索引擎广告的优势是相关性，由于广告只出现在相关搜索结果或相关主题网页中，因此，搜索引擎广告比传统广告更加有效，客户转化率更高。

搜索引擎优化（SEO）是指通过对网站结构（包括内部链接结构、网站物理结构、网站逻辑结构）、高质量的网站主题内容、丰富而有价值的相关性外部链接进行优化，使网站利用搜索引擎的搜索规则来提高网站在有关搜索引擎内的排名方式。

表9-1 PPC 与 SEO 的比较

	PPC	SEO
意 义	广 告	自然搜索结果
计费方式	每次点击费用	前期建置后采用月费制
优 点	可立即显示效果 可挑选无限多组关键字 可清楚控制每日成本 关键字可灵活替换	不易被其他网站取代名次 为自然搜索结果 建立品牌形象 上线越久成本越低
缺 点	可替代性高 同业恶性点选 价格越来越高	显示效果较慢 关键字排序位置精确预估较难
点击率（CTR）	3% ~ 10%	第一页 65% 第二页 25% 第三页 5% FIND & Insight Explorer 资料
每次点击成本（CPC）	排名越高越贵，关键字也会因为更多厂商使用而越来越贵	成本下降

2. 电子邮件营销

电子邮件营销是以订阅的方式将行业及产品信息通过电子邮件的方式提供给所需要的用户，以此建立与用户之间的信任与信赖关系。大多数公司及网站都已经利用电子邮件营销方式。毕竟邮件已经是互联网基础应用服务之一。

案例

玫琳凯的电子邮件营销

玫琳凯（Marykay）公司是全球500强企业之一，业务扩展至全球30多个国家和地区，全球每年约有2000多万消费者购买约1亿4000万件玫琳凯产品。在中国，玫琳凯已遍布全国18个城市，拥有超过4万名美容顾问。

玫琳凯的网站内容包括玫琳凯介绍（玫琳凯女士、公司历史、独特的企业文化、独特的服务、玫琳凯国际分布、玫琳凯中国）、事业机会（美容顾问守则、培训）、产品系列、美容护肤游戏、当月新品及促销等。通过设计精美、图文并茂的网页，消费者可以了解到玫琳凯品牌创始人、世界成功的女企业家玫琳凯女士的传奇一生，了解到玫琳凯如何以"丰富女性人生"为己任，如何将雇用推销员（美容顾问）经营产品的销售模式变成一种广为赞誉的"全球女性共享的事业"。消费者还可以通过模拟彩妆大师游戏，在线测试化妆效果，如果满意所选产品，点击购买按钮即可到达玫琳凯网上商店，进行在线购物。但是，消费者必须先进行会员注册，将个人资料提交后才能购买产品。

3. 即时通信营销

在互联网时代，没有任何一项产品或服务能够像即时通信工具（Instant Message，IM）一样广为人们所接受，即时通信工具已经成为了人们生活、工作离不开的沟通交流工具。正如20世纪人们发现沟通交流离不开电话一样，21世纪人们的生活、工作已经离不开即时通信。目前的网络即时通信工具有三大类：第一类是以QQ、MSN、网易泡泡为代表的门户网站提供的即时通信工具；第二类是以B2B平台服务商开发的即时通信工具，如阿里旺旺、慧聪发发；第三类是各个通信公司发布的即时通信工具，如飞信、超信等。这些即时通信工具虽然不是针对商业用途设计的，但是由于其用户广，使用方便，还是受到许多商家的喜爱。顾名思义，即时通信营销即利用互联网即时聊天工具进行推广宣传的营销方式。

利用即时通信来增加客户数量或加强客户忠诚度，主要是通过鼓励个人向自己私人通信网络里的朋友们表达其对一种产品或服务的意见，吸引他们成为该产品或服务的新消费者。而即时通信营销遇到的主要障碍就是如何渗透到个人的私人空间联络网络或其密友名单之中。虽然即时通信已经成为一种极有力的关系工具，但因为公司是被排斥在一个网络社区以外的，其必须依赖现有的消费者来传播或散发本公司的产品和服务信息。生活中与潜在消费者邻近的个人比起企业来说，能更有效地传播其对某种产品或服务的意见。例如，当一个人搬迁到新公寓，其邻居会根据自身经验告诉他，附近最好的干洗店、比萨饼店、杂货店、电器店或油漆匠是谁。他们的意见对于这个人的购买决定会起到意想不到的作用。这种"邻近"宣传通过即时通信网络里个人之间的对话方式，由个人发起、更正和结束，而不是公司行为。这种方式让广告客户有机会通过即时通信工具进入一个封闭式社会网络，这样，他们可以经个人介绍，与一个小群体里的每一个人沟通有关一种产品或服务的信息。而这种"邻近"模式的力量来源于这个具体的"个人"，他需要在这个群体网络里有一定影响力，而且与广告主有一定关系。

因此，营销人应该与现有消费者建立联系，从而通过即时通信找到新的消费者。为什么是"邻近"呢？因为公司不可能在线上任何地方都存在。他们需要连接的营销战略——像"邻近"——来促进有效成本的在线搜集活动，扩大与消费者的联系。"邻近"策略是需要有指导且以服务为主导的，并要求上文提到的个人与其联系网络里的成员交谈，通过口碑宣传来推荐企业，告诉别人如何及为什么要做这个企业的消费者。还有一些营销人的做法是经消费者同意，把本企业的媒体代理添加到消费者联系名单中。然后，这些媒体代理会根据消费者的要求提供消息，同时也会附带一些相关的促销资料。

4. 病毒式营销

病毒式营销并非利用病毒或流氓插件来进行推广宣传，而是通过一套合理有效的积分制度引导并刺激用户主动进行宣传，它是建立在有利于用户基础之上的营销模式。

下面介绍几种其常用的方法：

（1）免费服务。如果有条件，企业可以为网友提供免费模板、免费域名、免费空间、免费邮件列表、免费新闻、免费计数器、免费电子书、免费软件、免费 FLASH 作品、免费贺卡、免费邮箱、免费即时聊天工具等，想必这也是很多人都曾经经历过的。搜索免费资源就等于接触到了病毒式营销，然后这些服务中都可以"隐藏式"地嵌入广告或者链接，由于是免费服务，所以可以迅速推广。

（2）有趣页面。制作精美的页面或内容有趣的页面常常在网上被网友迅速宣传。例如，现在比较流行的 QQ 签名弹窗就是利用 QQ 用户的习惯，做成类似 QQ 消息一样的消息框，吸引用户点击。

（3）便民服务。便民服务不像上面的免费服务一样需要一定的财力物力，比较适合小公司或个人网站。在网站上提供日常生活中常会用到的一些查询，如公交查询、电话查询、手机归属地查询、天气查询等，把这些实用的查询集中到一起，能给用户提供极大的便利，会得到用户较好的口碑，也就能很快地在网民中推广开来。

（4）节日祝福。每到节日时，用户可以通过 QQ、MSN、E-mail 等通信工具向好友发送一些祝福，后面跟上网页地址或精美图片。由于大家都很高兴在节日收到来自朋友的祝福和喜欢发送祝福给朋友，所以能够迅速推广。

Hotmail 开辟了病毒式营销的先河，是病毒式营销中取得成功的公司之一。最初 Hotmail 推出电子邮箱服务的时候，在 IT 界还是一个很不起眼的公司，但在短短的 10 个月内，公司的注册用户就达到了上千万，而且每个月注册的用户还以几十万的数量递增。

北京 M2P 公司的个性图片制作也是病毒式营销的成功案例之一。用户可以在该网站输入自己的名字，然后就能将名字合成到图片上制作成属于自己的个性图片，接下来把图片和网页发送给自己的朋友。当其朋友看到这种有名字的图片时会很感兴趣地去看个究竟，然后再以同样的方式发送给其他朋友，从而传播开来。

5. BBS 营销

BBS 原意是电子公告板，即 Bulletin Board Systems 的缩写。伴随着网络技术的发展，现在所称呼的 BBS 已远远超越了单纯的电子公告板的功能，各网站对其也叫法不同，如 BBS、BBS 社区、社区、论坛、技术论坛等，然而不可否认的是，BBS 如今已成为各个网站不可或缺的一部分。同时，由于 BBS 是目前国内网络论坛的最主要形式，所以很多时候它也就被视为网络论坛的代名词。BBS 究竟代表着什么？意味着什么？也许对于大多数人来讲，尤其是对于那些酷爱网络的人来讲，它是一个能超越时空界限，和那些与自己有着相同爱好或相似需求的不相识的人群开展沟通和交流的地方。但是，BBS 的价值绝不仅此而已。《世界经理人周刊》总编辑丁海森先生认为，位居中国前 3 名的 BBS 价值都在 10 亿元以上，位居前 10 位的 BBS 价值都在 1 亿元以上。世界 IT 实验室经过长期研究后得出结论：一个综合性网站的新闻部分所提供的价值占总价值的 30% 左右，交易部分包括短信、商务等在内提供的价值也占 30% 左右，剩下的价值则基本上全是由 BBS 提供的。

BBS 所蕴涵的巨大价值从上述数据中就可见一斑。目前，对 BBS 价值的利用主要体现在对网民的吸引力上，其他方面却没有充分地发挥出来，特别是在营销领域。BBS 的价值还应包括以下几个方面：

（1）为顾客提供服务。对传统的企业来讲，为顾客提供服务是其组建网站的目标之一。传统的 FAQ 通过将一些常见问题及其答案有序地提供在网站的固定板块上，以供顾客参照查询。其主要缺点是程式化，所列出的都是一些最常见的问题，静态、单一、缺乏互动。在越来越强调企业与顾客互动的今天，FAQ 已经很难满足顾客的需要了。优秀的企业要超越 FAQ，为顾客提供及时互动的方式，这正是许多企业的网站上都有 BBS 的原因之一。在企业网站的 BBS 里，遇到困难的顾客可以贴出自己的问题，对这些问题比较熟悉又十分热心的顾客可以对此作出回答或提出建议，顾客与顾客之间进行交流互动，同时企业也可以掌握主动权，及时对这些问题作出回应。另外，使用企业产品的顾客可以在 BBS 上就使用经验、心得以及体会等开展广泛、深入的探讨，同时顾客也可以在 BBS 里向企业表达自己的不满，提出改进意见，以及有关产品改进的想法等。借助 BBS 这个交流平台，企业能较为及时全面地了解用户的感受和意见，并有针对性地采取相应的解决措施。这种顾客与顾客之间互动、顾客与企业之间互动的方式，能极大提高使用本企业产品的顾客的满意度，降低企业的顾客服务成本。更为重要的是，企业可以通过 BBS 来收集更多的顾客信息，了解更多的顾客意见，从而更好地开发出顾客需要和满意的产品。

有数据表明，企业通过 BBS 为顾客提供服务能减少 20% ~25% 的服务支持问题，这部分主要是通过顾客之间相互帮助来解决的；其次，BBS 为顾客向企业反馈信息提供了新的渠道，同时也极大地提高了企业对顾客的反应速度；最后，企业取得了良好的投资回报率（ROI），很多成功的企业在组建网站和 BBS 的第一年就能取得 100% 的回报率。

（2）实时监测与维护企业、品牌的形象。互联网上信息的传播远远突破了时空的局限，其速度之快恐怕连一些被称为高技术的公司也未能充分意识到。中国有句古话叫："好事不出门，坏事传千里"，随着网民人数的逐渐增加和互联网的逐渐普及，这一点在互联网上就表现得尤为明显。很多网民会把自己对某种产品的使用经历、对产品或服务的看法或评价发到相关的 BBS 上面，以表达或宣泄自己的某种情感，更有一些网民会把有关帖子在不同的 BBS 之间进行传播。由于 BBS 是一个细分市场，且聚集的是相关行业的专业人士或相关产品的使用群体，他们之间是比较相互信任的，对 BBS 上的每一份帖子他们都会给予一定的重视和一定程度上的认可，因而在互联网上无论事情大小，企业都应给予足够的重视。对企业或品牌的一个很小的负面评价也可能会对企业或品牌形象产生很大的影响。有些对企业或品牌形象恶意攻击的评价，其影响就更大了。

企业应尽可能于第一时间发现那些对企业或品牌形象不利的言论。面对浩如烟海的网络世界，关注到每个角落是不现实也不可能的，因此，企业可以重点监测一些业内或与产品相关的知名论坛，正确对待负面言论并及时作出反应。若负面言论反映的情况属实，且是在企业自己网站的 BBS 上，企业的相关人员应及时向用户作出解释，并承诺改进，以挽回顾客的信任；如果其发布在公共 BBS 上，企业可以在负面言论后跟一些正面的帖子或直接发布一些正面言论的帖子，以弱化负面言论的影响，同时也让该帖子的阅读者怀疑负面言论的可信度，这样还可以降低这个帖子被转帖到其他 BBS 的可能性。

此外，通过实时监督与密切注视论坛上网民对企业的相关言论，可以了解顾客对企业或品牌形象的真正感知，以便企业有针对性地作出改进。例如马自达、惠普已在利用 Buzz Metrics 来监测 BBS 上有关自己公司和产品的各种帖子，以便更全面、真实地了解目前用户和潜在用户对其企业和产品的真实看法。

（3）网络广告。很多企业都把大量资金投入门户网站的首页以及其他页面的弹出式广告上，而很少有企业关注 BBS 上广告的作用。如前文所讲，BBS 就像是一个个的细分市场，利用 BBS 来做广告会使广告的目标受众更加准确，而不是漫天撒网，而且能够取得良好的效果。

当然，在 BBS 上做广告不同于其他形式的网络广告。BBS 所形成的文化传统，讲究的是开发、自由与非商业性，因此，企业不要试图采用弹出式的广告或一进网站首页就出现的大幅式广告。在 BBS 上做广告要注意方式和方法，不能使用强迫式的方法，要让网民主动愿意观看，让广告在不知不觉中影响网民，使网民觉得这些广告是为他们精心准备的，而不是为了推销某种商品。很多网站因为害怕广告的商业气息会影响 BBS 的成员，大多采用的方法是在每一个帖子的最底部附上文字广告，这些文字与某一企业设有超级链接。然而，其缺点主要是与帖子的关联性不强，不生动，不能很好地引起帖子浏览者的注意和兴趣，效果自然也不会好。实际上，BBS 上广告的要义就是要与帖子的主题相关，那些与主题相关而且表现生动的广告通常能很好地吸引帖子阅读者的关注。

很多企业都有这方面的例子，如在淘宝网的 BBS 上，跟随的帖子下面一般都采用短小生动的旗帜广告，通常这种广告与其内容有一定的相关度。同时，这种广告能使网页的色彩更加鲜艳，充满活力，一改以前 BBS 上网页单调的情形。还有一种更好的方法是采用提及营销技术，这种技术能跟踪用户输入的某些词语控制帖子上出现的旗帜广告。如一个用户输入了"显示器"这个词，提及营销技术就会侦察到并将与显示器销售商或生产商的旗帜广告放到帖子的下端。这极大地提高了信息与广告的相关度，不但不会让帖子的阅读者产生反感，还能让他们觉得非常方便有趣。而且这种方式也会增加对发帖者的激励，会鼓励更多的人发帖，以增加网站的人气。

最后，企业可以将自己网站 BBS 里的广告位与相关网站 BBS 的广告位进行互换，增加相互之间的链接，从而扩大企业网站的知名度，吸引更多的浏览者。

6. 博客营销

博客最初的名称是 Weblog，由 web 和 log 两个单词组成，又译为网络日志、部落格或部落阁等，是一种通常由个人管理、不定期张贴新文章的网站。博客上的文章通常根据张贴时间，以倒序方式由新到旧排列。许多博客专注于在特定的课题上提供评论或新闻，其他则多为个人的日记。一个典型的博客结合了文字、图像、其他博客或网站的链接及其他与主题相关的媒体，能够让读者以互动的方式留下意见。博客营销是指建立企业博客，用于企业与用户之间的互动交流以及企业文化的体现，一般以行业评论、工作感想、心情随笔和专业技术等作为企业博客内容，从而使用户更加信赖企业深化品牌影响力。

博客营销可以是企业自建博客或者通过第三方 BSP 来实现，企业通过博客与用户进行交流沟通，从而达到增进用户关系，改善商业活动的效果。企业博客营销相对于广告是一种间接的营销，企业通过博客与用户沟通、发布企业新闻、搜集反馈和意见、实现企业公关等，虽然没有直接宣传产品，但是让用户接近、倾听、交流的过程本身就是最好的营销手段。企业博客与企业网站的作用类似，但是博客相对更大众化、更随意一些。另一种有效可行的方式是利用博客进行营销，例如，和讯的博客广告联盟，瑞星的博客测评活动等，这才是博客营销的主流和方向。博客营销有低成本、分众、贴近大众、新鲜等特点，博客营销往往会引起众人的谈论，达到很好的二次传播效果，这种方式在国外有很多成功的案例，但在国内还比较少。

案例

作为奥林匹克运动会的长期赞助商，可口可乐在冬奥会期间发布了一个对话交流式的营销网站，名为 "Torino Conversations"。该网站上开放有播客（Podcasting）、发布图片、读者评论等功能，并付费招募 6 名分别来自中国、德国、意大利、加拿大、澳大利亚和美国的大学生，从冬奥会观众的角度，以博客的形式实时报道冬奥会，并宣传可口可乐产品。这个博客团队相当于可口可乐的公关关系 PR 部门下的一个团队，然而并不属于可口可乐公司雇员。

可口可乐公司的博客营销策略可谓具有前沿性。目前，美国不少企业为了在传统营销的基础上增加博客网络营销计划，尝试雇用兼职和全职博客宣传企业活动。荷兰观光局也付费给 25 名博客写手，让他们参加阿姆斯特丹新闻发布招待会，这些博客者由专门服务于博客和广告商的博客网络 "Blog Ads Network" 统一招募。

---

7. 播客营销

播客（Podcasting）是指一种在互联网上发布文件并允许用户订阅 feed 以自动接收新文件的方法，或用此方法来制作的电台节目。这种新方法在 2004 年下半年开始在互联网上流行，用于发布音频文件。播客营销是指在广泛传播的个性视频中植入广告或在播客网站进行创意广告征集等方式来进行品牌宣传与推广。

现今互联网葡萄酒博客成千上万，很多还开通了"播客"，读者们不但可以在线收看，还能下载收听。网络日渐成为葡萄酒行业促销的有力途径。

美国新泽西州独立葡萄酒经销商 Gary Vaynerchuk 很快认识到播客所蕴涵的营销潜力。Gary 每周制作一期长 15min 的视频播客，在品尝了各种各样的葡萄酒后，向听众客观地讲述个人品尝意见，为消费者讲解葡萄酒的储存方法，介绍生物动力葡萄酒及葡萄酒如何配餐等。他的演播风趣生动，赢得了相当多的忠实受众。目前，Gary 的播客每天下载频率高达 40000 次，他经营的葡萄酒商店 50% 的生意都是在线订购。由此可见，播客给公司收入带来的影响非同一般。Gary 只是在播客中尝试了几种推销方法，鼓励消费者购买葡萄酒，就获得了意想不到的回馈。

Hook & Ladder 酒厂推出新品 "The Tillerman" 之前，先从博客入手进行推广，向主要的葡萄酒博主们发送邮件，请他们品尝样酒。关于样酒，酒厂并未透露任何内容，也没有任何附带条件。有些博主告诉酒厂："如果我不喜欢这款酒，别指望我会有好的评价。"即使如此，酒厂方面还是决定碰碰运气。事实证明，博主们对新酒的反映非常好，所有读者也都对这款酒产生了兴趣。

随后，Hook & Ladder 酒厂将博客评论写入发放给葡萄酒买家、零售商、批发商的广告宣传页里，这对批发商及零售商极具说服力。此外，通过影片制作海选也是一种别出心裁的宣传方法。导演弗朗西斯·福特·科波拉（Francis Ford Coppola）举办了 "Rosso & Bianco" 戏剧电影大赛，鼓励葡萄酒爱好者以 "生活中的葡萄酒" 为题材制作一分钟电影短片，在 6 个星期内，很多葡萄酒饮用者向网站上传他们的影片。最后，科波拉与其他评委选出 10 名优胜者，他们的静态电影图片将用作 Rosso & Bianco 葡萄酒酒标。

从 2006 年 2 月开始，美国航班开通了一个新频道，播放由 GrapeRadio.com 制作的葡萄酒播客，介绍葡萄酒行业名人，葡萄酒的选购、品尝、就餐礼仪等相关信息。由此可见，播客在美国已成为重要的营销手段之一。

"家装日记" 是业之峰装饰有限公司（以下简称业之峰）与新浪家居联合制作的一个自我营销推广项目。它展现了 50 天的家庭装修过程，从房屋结构改变到吊顶工艺明细，从怎样贴瓷砖到木制家具制作，从卫生间到厨房，全程跟踪录制成视频，以播客为平台，在网上随时展现家装的进展，真实细致地反映家装工程的各个方面。一天一集，类似于连续剧的方式，装修工作怎么干、怎么进展，都一目了然，具有强烈的实践色彩，看过的人会对家装的全过程有深刻的了解。"家装日记" 的播客无疑是消费者了解家装过程的有效途径。一位经常看 "家装日记" 播客的网友这样介绍说："这种方式非常独特，蛮吸引人的，我刚好新买了房子，等到交房就装修，所以一有时间就天天在网上浏览一些关于家装方面的网页。但是网上都是一些图片和文字。'家装日记' 的播客就像纪录片一样，很直观、真实，让我对家装的工艺了解了不少，以后请家装公司我也放心了。"播放期间，其累计访问量突破 150 万。"家装日记" 已经成为名副其实的中国家装第一 "播客"。

8. SN 营销

SN（Social Network）营销，即社会化网络，是互联网 Web2.0 的特质之一。SN 营销是基于圈子、人脉、六度空间这样的概念而产生的，即主题明确的圈子、俱乐部等进行自我扩充的营销策略，一般以成员推荐机制为主要形式（见图 9-2），为精准营销提供了可能，而且实际销售的转化率较好。

据介绍，7 天连锁酒店（7 Days Group Holdings Limited）在自己的网站新开了名为 "快乐七天" 的 SNS 社区，主要向成员提供和出行相关的帮助工具，如天气、地图、城市生活互助等；还提供不同差旅服务解决方案，例如，7 天连锁酒店 + 星月联盟酒店；以及租车、机票、保险等涉及具体出行的配套在线服务。

此外，该网站还效仿时下流行的游戏模式，推出 "快乐酒店" 游戏。玩家通过邀请好友入住自己的酒店，所形成的游戏积分可实际兑换成 7 天连锁酒店的积分。

9. 网络事件营销

事件营销也叫事件炒作，是一种借势而行的有效营销利器。事件炒作花费的成本较低，一旦成功，效果非凡，最高性价比的营销方式非此方式莫属。

网络事件营销（Net Event Marketing）其实是事件营销的一个专业分支，是企业通过策划、组织和利用具有名人效应、新闻价值以及社会影响的人物或事件，通过网站发布，吸引媒体、社会团体和消费者的兴趣与关注，以求提高企业或产品的知名度、美誉度，树立良好

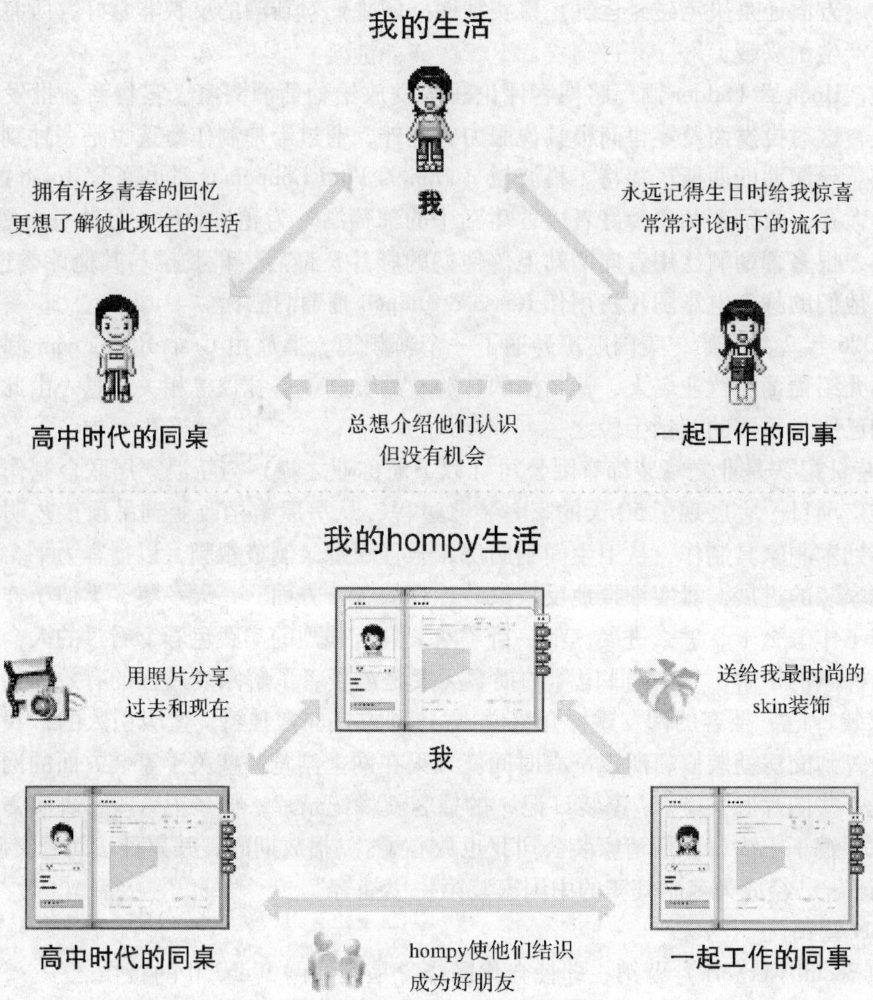

我的生活

我

拥有许多青春的回忆
更想了解彼此现在的生活

永远记得生日时给我惊喜
常常讨论时下的流行

高中时代的同桌

总想介绍他们认识
但没有机会

一起工作的同事

我的hompy生活

我

用照片分享
过去和现在

送给我最时尚的
skin装饰

高中时代的同桌

hompy使他们结识
成为好朋友

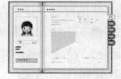

一起工作的同事

图 9-2　SN 网络关系图

品牌形象，并最终促成产品或服务的销售目的手段和方式。利用事件营销可以使有价值的新闻点或突发事件在平台内或平台外通过炒作的方式来提高影响力。

新西兰航空找来 30 位美国人，只要他们把头发剃得光光，头壳后面纹上："想改变生活吗？来新西兰！"（"Need A Change? Head Down to New Zealand."）后面还附上新西兰航空的网址，并且在 11 月展示新西兰航空广告两周时间，就可以获得价值 1200 美元的往返双程机票，或者 777 美元的现金。

据新西兰航空营销负责人说，最终有一半人选择了机票，他们要么是新西兰侨民，要么就是像 Gardner 小姐这样去过新西兰想再次回去。所有参与者都成了理想的品牌大使，只要同事或者杂货店里站在身边的陌生人问起新西兰，他们就可以用脑袋上的广告语热情地告诉他们。

英国也有一个类似的促销活动。一家在线美容产品销售商雇用了 10 名男女，将公司网站的网址印在他们的眼皮上，让他们对陌生人眨眼。从 600 名网上申请人中随机选择参与者，每人只要向人们眨眼 1000 次，就可以得到 100 英镑的报酬。运作本次活动的伦敦公共关系公司 Mischief 称，这一次活动吸引了本地、全国乃至国际媒体的纷纷报道，尤为重要的是让公司网站浏览量大增，并得到成百上千的外部链接。

10. 话题营销

与传统广告促销的投入大而收效甚微相比，话题营销由于其社会影响力大，能快速提升新产品或品牌知名度，投资回报率高，常常达到"四两拨千斤"的神奇效果，越来越受到人们的欢迎。但是，话题营销虽然效果明显而迅捷，却也是来得快去得也快，终究是一时的辉煌。若要打造成功的品牌，除了利用这些充当引爆点的热点事件迅速提升知名度，更多的恐怕还要依靠卓越的产品、细致的服务乃至于美好独特的体验，一以贯之地尊奉"客户至上"的营销理念，着眼于与客户接触的点点滴滴，培养美誉度与忠诚度，才能基业长青，健康而持久。

9.3　服务营销策划

9.3.1　服务营销策划概述

1. 服务营销理论的产生与发展

在过去的数十年里，营销学者就有关服务营销的问题进行了广泛的讨论。早在 1977 年，当时的美国银行副总裁列尼·萧斯塔克就撰文指出，泛泛而谈营销观念已经不适合服务营销，服务营销的成功需要新的理论来支撑；如果只把产品营销理论改头换面地应用于服务领域，服务营销的问题仍会无法解决。1977 ~ 1980 年，营销学者的研究主要是基于服务同有形产品的比较，识别并界定服务的特征。以贝特森、萧斯塔克、贝瑞等为代表，他们较准确地归纳和概括出了服务的特征，包括不可感知性、不可分离性、差异性、不可储存性和缺乏所有权。

从 1981 年开始，营销学者开始将服务营销的研究重点转移到服务的特征对消费者购买行为的影响。其中，以西斯姆 1981 年在美国市场营销协会学术会议上发表的《顾客评估服务如何有别于评估有形产品》一文为代表之作。由于研究中肯定了服务特征对消费者购买行为的影响，营销学者普遍形成了一个共识，即服务营销不同于传统的市场营销，它需要新的市场营销理论的支持。同时，不少营销学者还探讨了服务的分类问题。例如，萧斯塔克根据产品中所包含的有形商品和无形服务比重的不同，提出了著名的"从可感知到不可感知的连续谱系理论"，并且指出在现实经济生活中，纯粹的有形商品或无形服务都是很少见的。威斯则根据顾客参与服务过程的程度把服务区分为"高卷入服务"和"低卷入服务"。尽管有不同的分类，但营销学者一般认为，针对不同类型的服务，营销人员需要采用不同的营销战略和战术。

20 世纪 80 年代下半期，营销学者更加集中于研究传统的营销组合是否能够有效地用于推广服务，服务营销需要有哪些营销工具。营销学者逐步认识到"人"在服务的生产和推广过程中所具有的作用，并由此衍生出了两大领域的研究，即关系市场营销和服务系统设计。杰克逊提出要与不同的顾客建立不同的关系，塞皮尔强调了关系营销是服务营销人员应掌握的技巧，以萧斯塔克等为代表的营销学者则对服务系统设计的研究作出了重要贡献。萧斯塔克于 1984 年、1987 年和 1992 年发表多篇论文，阐述了"蓝图技术"对于分析和设计服务以及服务生产过程的作用。包文和钟斯利用交易费用理论研究了顾客在何种情况下愿意参与服务生产过程的问题。但是，这一阶段关于"服务质量"和"服务接触"两个方面的研究也许更富成果。感知质量、技术质量、功能质量等概念以及服务质量差距理论的提出，都为后来的服务质量问题研究奠定了重要基础。

从20世纪80年代后期开始，营销学者在服务营销组合上达成了较为一致的意见，即在传统的4P基础上，又增加了"人员"（People）、"有形展示"（Physical Evidence）和"过程"（Process）三个变量，从而形成了服务营销的7P组合。随着7P的提出和广泛认同，服务营销理论的研究开始扩展到内部市场营销、服务企业文化、员工满意、顾客满意和顾客忠诚、全面质量管理、服务企业核心能力等领域。这些领域的研究正代表了20世纪90年代以来服务市场营销理论发展的新趋势。

2. 服务和服务营销的含义及特征

（1）服务的含义与特征。作为服务市场营销学基石的"服务"概念，营销学者一般是从区别于有形的实物产品的角度来对其进行研究和界定的。如菲利普·科特勒把服务定义为："一方提供给另一方的不可感知且不导致任何所有权转移的活动或利益。"又如，美国市场营销学会将其定义为："主要为不可感知却使欲望获得满足的活动，而这种活动并不需要与其他的产品或服务的出售联系在一起。生产服务时可能会或不会利用实物，而且即使需要借助某些实物协助生产服务，这些实物的所有权将不涉及转移的问题。"在综合各种不同的"服务"定义和分析"服务"的真正本质的基础上，人们认为，服务是一种涉及某些无形因素的活动、过程和结果，它包括与顾客或他们拥有的财产间的互动过程和结果，并且不会造成所有权的转移。在这种定义中，服务不仅是一种活动，而且是一个过程，还是某种结果。例如，个人计算机的维修服务，它既包括维修人员检查和修理计算机的活动和过程，又包括这一活动和过程的结果——顾客得到完全或部分恢复正常的计算机。

与有形产品相比，服务具有以下共同特征：

1）不可感知性。这是服务最为显著的一个特征，它可以从三个不同的层次来理解：首先，服务的很多元素看不见，摸不着，无形无质；其次，顾客在购买服务之前，往往不能肯定他能得到什么样的服务，因为大多数服务都非常抽象，很难描述；最后，顾客在接受服务后通常很难察觉或立即感受到服务的利益，也难以对服务的质量作出客观的评价。

当然，服务的不可感知性也不是绝对的。相反，在现实生活中，大多数服务都具有某种有形的特点。例如，餐饮业的服务中，不仅有厨师的烹饪过程，还有菜肴的物质加工过程。另一方面，随着企业服务水平的日益提高，很多消费品和工业品是与附加的顾客服务一块出售的，而且在多数情况下，顾客之所以购买某些有形商品，如汽车、录音磁带、录像带等，只不过因为它们是一种有效载体。对顾客来说，更重要的是这些载体所承载的服务或效用。此外，"不可感知性"亦非所有的服务产品都完完全全是不可感知的，它的意义在于提供了一个视角将服务产品同有形的消费品或工业品区分开来。萧斯塔克曾提出"可感知性—不可感知性差异序列图"，举例说明有形产品同无形产品的区别，并强调服务产品越是接近"不可感知性"的一极，越需要营销人员运用"4P"之外的技巧，才能有效地在市场竞争中确保顾客获得最大的满足。

2）不可分离性。有形的消费品或工业品在从生产、流通到最终消费的过程中，往往要经过一系列的中间环节，生产和消费过程具有一定的时间间隔。而服务则与之不同，它具有不可分离性的特点，即服务的生产过程与消费过程同时进行，也就是说服务人员向顾客提供服务时，也正是顾客消费服务的时刻，二者在时间上不可分离。服务的这一特性表明，顾客只有而且必须加入到服务的生产过程，才能最终消费到服务。例如，只有在顾客在场时，理发师才能完成理发的服务过程。

3）差异性。差异性是指服务无法像有形产品那样实现标准化，每次服务带给顾客的效用和顾客感知的服务质量都可能存在差异。这主要体现在 3 个方面：第一，由于服务人员的原因，如心理状态、服务技能、努力程度等，即使同一服务人员提供的服务在质量上也可能会有差异。第二，由于顾客的原因，如知识水平、爱好等，也直接影响服务的质量和效果。例如，同是去旅游，有人乐而忘返，有人败兴而归；同听一堂课，有人津津有味，有人昏昏欲睡。这正如福克斯所言，消费者的知识、经验、诚实和动机，影响着服务业的生产力。第三，由于服务人员与顾客间相互作用的原因，在服务不同次数的购买和消费过程中，即使是同一服务人员向同一顾客提供的服务也可能会存在差异。

4）不可储存性。服务与有形产品间的第四个重要差别是储存能力。产品是有形的，因而可以储存，而且有较长的使用寿命；服务则无法储存。如理发、外科手术、酒店住宿、旅游、现场文艺晚会以及其他任何服务，都无法在某一时间生产并储存，然后在另一个时间进行销售或消费。

5）缺乏所有权。缺乏所有权是指在服务的生产和消费过程中，不涉及任何东西的所有权转移。既然服务是无形的又不可储存，服务产品在交易完成后便消失了，消费者并没有实质性地拥有服务产品。以银行取款为例，通过银行的服务，顾客拿到了钱，但这并没有引起任何所有权的转移，因为这些钱本来就是顾客自己的，只不过是"借"给银行一段时间而已。缺乏所有权会使消费者在购买服务时感受到较大的风险。如何克服此种消费心理，促进服务销售，是营销管理人员所要面对的一个严峻挑战。

从上述 5 个特征的分析中不难看出，"不可感知性"大体上可被认为是服务产品的最基本特征，其他特征都是从这一特征派生出来的。事实上，正是因为服务的不可感知性，它才不可分离。而"差异性"、"不可储存性"、"缺乏所有权"在很大程度上是由"不可感知性"和"不可分离性"两大特征所决定的；同时，就对服务市场的营销行为及顾客行为的影响而言，后三种特征也不如前两种那么深远。

（2）服务营销的含义与特征。现实经济生活中的服务可以区分为两大类：一种是服务产品，产品为顾客创造和提供的核心利益主要来自无形的服务；另一种是功能服务，产品的核心利益主要来自形成的成分，无形的服务只是满足顾客的非主要需求。贝瑞和普拉苏拉曼认为，在产品的核心利益来源中，有形的成分比无形的成分要多，那么这个产品就可以看做是一种"商品"（有形产品）；如果无形的成分比有形的成分多，那么这个产品就可以看做是一种"服务"（无形产品）。

与服务的这种区分相一致，服务营销的研究形成了两大领域，即服务产品营销和顾客服务营销。服务产品营销的本质是研究如何促进作为产品的服务的交换；顾客服务营销的本质则是研究如何利用服务作为一种营销工具促进有形产品的交换。但是，无论是服务产品营销，还是顾客服务营销，服务营销的核心理念都是顾客满意和顾客忠诚，通过取得顾客的满意和忠诚来促进相互有利的交换，最终实现营销绩效的改进和企业的长期成长。

由于服务的特征，服务营销具有一系列不同于产品营销的特征：

1）由于服务是无形的，顾客很难感知和判断其质量和效果，他们将更多地根据服务设施和环境等有形线索来进行判断。因此，有形展示成了服务营销的一个重要工具。

2）顾客直接参与服务的生产过程及其在这一过程同服务人员的沟通和互动行为，向传统的营销理论和产品质量管理理论提出了挑战。

① 传统的产品生产管理完全排除了顾客在生产过程中的角色，管理的对象是企业的员工而非顾客。而在服务行业中，顾客参与服务过程的事实则使得服务企业的管理人员开始重视如何有效引导顾客正确扮演他们的角色，如何鼓励和支持他们参与生产过程，如何确保他们获得足够的服务知识，达成生产和消费过程的和谐并行。若企业管理人员忽略这些问题，则可能导致顾客不懂其自身的职责而使服务产品的质量无法达到他们的要求。而在这种情况下，顾客通常并不会责怪自己的失误，而将之归咎于企业，认为该企业的服务水平低下，进而丧失日后与之打交道的兴趣和信心。

② 服务人员与顾客的互动行为也严重影响着服务的质量及企业与顾客的关系。由于服务的生产过程与消费过程同时进行，工业企业在生产车间进行质量管理的方法无法适用于服务企业。要保证实际提供的服务达到每一位顾客预期的质量水平，就必须保证服务人员与顾客间取得充分的沟通，同时，服务人员必须针对不同顾客的需求差异保持足够的应变能力。所以，服务产品的质量管理应当扩展至对服务过程及顾客的管理。

3）与有形产品相比，服务的不可储存性产生了对服务的供求进行更为准确的平衡的需要。这种情况可以由汽车的销售加以说明。一个典型的汽车经销商在销售汽车的同时，也出售汽车保养和维修服务。由于汽车能够储存，所以汽车订单增加或减少20%通常不会带来严重的后果。虽然较大量的存货会导致成本的增加，但本周未出售的汽车可以在下一周出售。供大于求的状况还可以通过将汽车转交给其他经销商而得到缓解；而需求大于供给时，经销商可以从其他经销商或厂家那里增加进货。然而，如果汽车保养和维修服务的能力过剩或短缺20%，则可能损失大量的利润和机会。本周未能利用的生产能力无法储存，因而无法在需求超过服务能力时再用于满足需求。与汽车不同的是，服务不能轻易地运输到需求水平较高的经销商那里。这种过剩的能力是闲置的能力，只会增加成本而不会增加利润。至少在短期内，当需求大于供给时，与增加汽车进货相比，增加服务能力（如设备、设施和训练有素的人员）要困难得多。因此，虽然制造企业与服务企业都不愿有生产能力过剩或不足的情况发生，但与制造企业相比，供给与需求间的"同步营销"对确保服务企业经济地使用其生产能力重要得多。

4）差异性易使顾客对企业及其提供的服务产生"形象混淆"。因为，对于同一个企业，透过两家不同的分支机构所提供的服务，可能出现一个分支机构的服务水平明显优于另一个的情形。前者的顾客确实会认为该企业的服务质量很好，而另一分支机构的顾客则可能认为整个企业的服务质量都低劣。这种"企业形象"和"服务产品形象"的混淆将对服务产品的推广产生严重的负面影响。

5）由于服务不具有实体特征，因此不能运输，从而使得服务的分销具有不同于有形产品的特点。有形产品可以在一地或多地生产，然后运送到中间商或最终用户所在地进行销售；大多数服务却不能这样做。对这些服务来说，要么顾客必须到生产设施所在地，要么生产设施必须运到顾客所在地。后一种情况，如教师、律师、会计师和球队的"服务能力"，可以运到需要他们的地方；专家的咨询报告、税务文书、保险单这些服务的产品形式，也都可以运输，虽然如此，表述这些文件意义的实际服务却不能运输。

9.3.2　服务营销策划战略

1. 优质服务战略

（1）服务质量的含义。要做好服务营销工作，服务企业必须为顾客提供优质服务。什么是优质服务？这首先涉及"服务质量"的概念问题。服务质量可以被定义为顾客对实际所得到服务的感知与顾客对服务的期望之间的差距。因此，服务质量是一个主观范畴，它取决于顾客对服务的预期质量和实际体验质量（即顾客实际感知到的服务质量）之间的对比。在顾客体验质量达到或超过预期质量时，顾客就感到满意，从而认为企业的服务质量较高；反之，则会认为企业的服务质量较低。

顾客感知的服务质量包括技术质量和功能质量两个方面。技术质量是指服务过程的产出，即顾客在服务中所得到的实质内容，如商品零售企业的环境服务为顾客提供的安全、舒适、愉快的购物体验，商品服务使顾客获得质优价宜的商品，维修服务使顾客重新获得商品的使用价值。它也包括服务过程中使用的技术性方法、设施、器械、计算机系统等硬件要素。技术质量可以通过比较直观的方式加以评估，顾客也容易感知，从而成为顾客评价服务好坏的重要依据。功能质量则是指服务的技术性要素是如何传递的，即服务的生产过程，包括服务人员的态度与行为、企业的内部关系、服务人员外貌仪表、员工与顾客的接触等软件要素。有些服务，顾客无法感知其功能质量，如餐馆的采购、加工、烹饪过程，因顾客并不参与这些作业过程，所以就只能感知其结果，即技术质量。

上述顾客服务质量与决定它的顾客预期质量和体验质量三者之间的关系，可以用一个函数表示

$$SERVQUAL 分数 = 实际感受分数 - 期望分数$$

这是巴拉苏罗门、西斯姆和贝瑞建立的 SERVQUAL（Service Quality，服务质量）模型。该模型涉及顾客评价服务质量的 5 个标准，即可感知性、可靠性、反应性、保证性和移情性。可感知性是指服务的有形部分，如服务设施、服务人员的外貌等。它们一方面为顾客认知企业的无形服务提供了有形线索，另一方面其本身又构成顾客服务的内容，直接影响顾客对服务质量的感知。可靠性是指企业独立准确地完成所承诺服务的能力。可靠性实际上是要求企业在服务过程中信守承诺，避免出现差距。这是服务质量的核心，也是有效服务营销的基础。反应性是指愿意随时帮助顾客，并提供快捷、有效的服务。研究表明，在服务过程中，顾客等候服务的时间是关系顾客对服务的感知、企业形象和顾客满意度的一项重要因素。保证性是指服务人员的知识、友好的态度以及激发顾客对企业的信心和信任感的能力。当顾客同一位友好而知识丰富的服务人员打交道时，他会认为自己找对了公司，从而获得信心和安全感。移情性是指公司站在顾客的立场给予顾客关心和个人化服务，使整个服务过程富有"人情味"。

研究人员可以按照上述 5 个标准设计问卷调查表。在问卷中，需要把每个问题具体化为几个问题，让被调查者从自己的期望和实际感受两个方面进行打分。根据打分结果计算二者之差，就能得到某项被评价的服务的质量分数。如果推而广之，用计算平均数的办法就可以评估整个企业的顾客服务质量水平。

（2）服务质量管理模式。服务质量管理主要有三种模式：服务生产模式、顾客满意模

式和相互交往模式。服务生产模式的理论基础是美国管理学家莱维特在 20 世纪 70 年代提出的"服务工业化"观点。他认为，管理人员可通过生产体系客观地控制无形产品的质量，企业可使用现代化设备（硬技术）和精心设计的操作体系（软技术），取代劳动密集型的工作，进行大规模生产。顾客满意模式强调管理者和营销人员应从顾客的角度来看待服务和服务质量，认为顾客是否会选择并重复地购买某个企业的服务，在服务过程中是否会与服务人员合作，是否会向他人介绍这种产品，这些是由顾客对服务过程及其结果的主观评价决定的。美国营销学者奥利佛提出的"期望与实绩比较"模式，就是应用最为广泛的一种顾客满意服务质量管理模式。相互交往模式把服务人员与顾客间面对面的交往看成是服务的核心。管理人员应根据人际关系理论、角色理论等相互交往理论，分析面对面服务，并指导面对面服务设计和管理工作。

（3）填补"服务差距"——改善服务质量。服务过程是由一系列前后相继、相互制约的行为构成的。在服务过程中，从决策者对顾客期望的认知到服务质量的规范化，再到服务信息向顾客的传递以及服务的实际执行，服务组织内部存在着 4 个明显的差距。这些差距极大地影响着顾客的感知服务质量，因此，理解这些差距形成的原因及其对服务质量的影响程度，是十分必要的。

1）顾客对服务的期望与服务提供者认知之间的差距。服务企业的管理人员可能并不确切知道顾客对服务质量的期望，因此，管理人员认为的顾客期望可能与顾客的实际期望之间存在差异。这种差异的大小主要是由 3 个因素造成的。首先是市场调查。服务企业对市场调查及其他一些不能带来直接利润效果的营销工作往往缺乏重视，特别是一些中小服务企业，在确定了经营方向、目标市场、服务范围及价格水平等设计质量之后，几乎从来不作市场调查。在其看来，由于顾客直接参与服务过程，因此，只要"操作"出色，顾客就会满意。这种操作导向的服务观念偏离了顾客服务这个中心，使管理者不可能真正理解顾客的期望和要求。其次是内部纵向沟通，即从服务执行人员一直到企业最高管理者之间的沟通。服务执行人员与顾客直接接触，其最了解顾客的需求和期望，因此，他们掌握的信息要向上逐级传递，直至到达企业最高管理者。在这一沟通过程中，只有保证信息渠道的健全畅通，才能使负责决策的管理人员及时、准确地掌握完备的信息，从而对顾客的服务期望作出准确的判断。最后是管理层次。在服务执行人员与最高管理者之间的中间管理层次及其管理人员，既是信息的接受者又是信息的发散源，因此，中间层次与人员越多，沟通就越困难，沟通效率就越低，其间的信息丧失率和错误率就越高。

2）服务提供者对顾客期望的认知与服务质量规范之间的差距。服务企业在制定具体的服务质量规范时，会因为质量管理、目标设定、任务标准化和可行性这几方面的原因，使管理者对顾客服务期望的认知无法充分体现在所制定的服务质量规范上。首先，服务企业会因为缺乏全面、系统的服务质量管理而使差距加大。许多服务企业容易把管理重点放在节约成本、短期利润等易于测量且效益明显的目标上，而对服务质量管理缺乏必要的重视，致使服务质量管理水平较低。其次是目标设置。目标设置是一个组织存在的前提，它不仅有利于提高组织和个人的行为水平，而且有助于组织的全面控制。大量的事实表明，能提供优质服务的公司都有一套明确的目标。顾客服务目标需要完整地反映在企业的服务质量规范之中，并以这些目标作为服务质量控制的依据。再次是任务的标准化。对顾客期望的认知向服务质量规范的转化程度还取决于任务的标准化过程，有效的任务标准化工作将有助于缩小这一差距，否则可能使差距进一步扩大。而且服务的标准化，使服务行为有统一的标准，这有助于企业进行有效的质量控制和管理。对服务的标准化主要依靠各种技术来实现，如用机器设备取代人员服务、改进服务操作方法、对员工进行标准化培训等。但服务任务的标准化是有限制的，任务的标准化决不能搞"一刀切"，而只能对那些常规性的服务项目和环节，特别是顾客不参与的服务过程进行标准化。最后是可行性问题，即满足顾客一定的服务期望在经济上和技术上是否合理可行。如果管理人员认为顾客的服务期望在本公司无条件满足，那么对顾客期望的认知与服务质量规范之间的差距就会加大。

3）服务质量规范和服务提供者实际行动之间的差距。当服务提供者不能够或不愿意严格按照服务质量规范提供服务时，这种差距就产生了。由于它是在服务表现过程中形成的，因此也被称为"服务表现差距"。影响服务表现差距的因素包括服务意识、团队协作、员工胜任程度、技术胜任程度（公司的技术和设备水平满足一定服务质量要求的程度）、现场控制、跟踪控制、角色冲突和角色模糊等。

4）服务提供者的实际行动与其和顾客沟通之间的差距。服务组织在广告和促销中作出的服务承诺与实际提供的顾客服务之间的差距，往往是由于企业与顾客间的沟通发生差错或者过分夸大其承诺、滥许承诺等原因造成的。服务提供者向顾客传递的信息会影响顾客的预期，当这种预期得不到满足时顾客就会失望，从而导致公司的形象受损。为了缩小这种差距，一些服务企业采取了"低姿态"的营销沟通办法。日本一位著名的零售企业家曾说："如果顾客来我的商店购买商品时，把他要购买的商品想得太好，我就一定要想法给他泼点冷水。不然的话，虽然他在我这里购买了这个商品，回去后，他发现这个商品达不到他所期望的好处，他就会认为我们欺骗了他，这就是我们的企业走向毁灭的开始。"因此，如果能适度降低顾客的服务预期，实际上就等于相对地提高了顾客的感知质量。

2. 顾客满意战略

顾客满意战略又简称为 CS（Customer Satisfaction）战略，其最早始于 20 世纪 90 年代日本的汽车工业，随后日本及许多发达国家的其他产业包括服务业也纷纷引进。这一战略的指导思想是：企业的整个经营活动要以顾客满意为方针，站在顾客的立场上，按顾客的观点来考虑和分析顾客的需求。实际上，顾客满意本身并不是什么新思想，无论是 20 世纪 50 年代的消费者市场营销，60 年代的产业市场营销，70 年代的社会市场营销，80 年代的服务营销，还是 90 年代的关系市场营销，其核心都是追求顾客的满意。但将顾客满意作为一种战略提出来，却有其重要的理论与实践意义。在理论上，正是顾客满意战略的提出，推动了顾客满意与顾客忠诚度、企业经营绩效间的关系，影响顾客满意的因素、如何衡量顾客满意度等方面出现了大量研究成果；在实践上，该战略则推动企业将其战略重点由过去的市场份额规模增长，转向了市场份额质量（用市场份额中忠诚顾客的百分比来衡量）的提高。这是一个极大的飞跃，不仅有利于增加顾客的利益，而且有利于改善企业的经济效益。

顾客满意战略的主要内容有：①站在顾客的立场上而不是站在企业的立场上去研究设计产品（包括有形商品和无形服务）；②不断完善服务生产与提供系统，最大限度地使顾客感到安全、舒适和便利；③重视顾客意见、顾客参与和顾客管理；④千方百计留住顾客，并尽可能实现相关销售和推荐销售，即通常所说的 3R——Retention、Related Sales 和 Referrals；⑤创造企业与顾客彼此友好和忠诚的界面，使服务手段和过程处处体现真诚和温暖；⑥按照以顾客为中心的原则，建立富有活力的企业组织；⑦分级授权。

3. 服务营销组合战略

传统的营销组合理论是以制造业为基础提出来的。由于无形的服务产品具有不同于有形产品的特点，传统的 4P 在服务市场营销中具有其局限性，因此营销学者在传统的 4P（产品、价格、分销、促销）基础上又增加了 3P：人员（People）、有形展示（Physical evidence）和过程（Process）。这样，原来的 4P 加上新增加的 3P 就构成了服务市场营销的 7P 组合。

（1）服务产品策略。尽管有不少人为标准化的服务产品策略进行辩护，但到目前为止，多数取得成功的仍然是那些根据其目标市场的需求调整其供给品的服务企业。金融服务便是如此。例如，西班牙的银行分支机构通常要比其他欧洲国家的规模大一些而数量少一些。西班牙人喜欢使用和持有现金，他们对支票和信用卡有一种厌恶感，因为这两种金融工具都会给税务部门留下稽核的交易记录。因此，在西班牙，最关键的银行服务属性是银行服务的方便性。又如，墨西哥人使用信用卡的购买量很小，顾客需要方便地提取现金。抵押条件是金融服务领域体现文化差异的另一个有趣的例子。例如，在美国，典型的银行按揭是 30 年；在中国，银行为居民购房提供按揭只是最近几年的事情，最常见的是提供 5～20 年的按揭；在墨西哥，人们一般用现金购买住宅，因为在那里人们无法为买房子取得银行贷款；在日本，100 年的银行按揭是常见的。

旅游服务通常也需要实行差异化策略。随着日本人出国旅游人数的增多且旅游支出的增大，不少国家的旅游业针对日本游客的偏好作出了积极的反应。例如，日本人习惯于 7～10 天的短假，而且一般不在假期安排很多活动，因此，日内瓦、罗马、巴黎和伦敦成了他们理想的度假之地。"四季旅馆"为了吸引日本游客，而专门提供日本人所习惯的枕头、拖鞋和茶水等。

（2）分销与促销策略。针对目标市场对服务的特殊需求和偏好，服务企业往往需要采用不同的分销与促销策略。据研究，德国人与日本人在对航空公司服务的评价上存在很大的差异。德国乘客对飞机能否准时到达预定地点最在意；而日本乘客认为飞行中的舒适与否最重要。因此，航空公司的服务和广告需要反映这种差异。

在新兴的巴西市场上，开拓目录销售市场的一个难题是巴西人对交货准时性的要求非常高。哪怕交货迟到一天，接受目录销售的顾客就会感到不快。他们希望在他们信用卡账户上的金额减少之前或同时，就能收到商品。巴西人的这种特殊需求需要零售公司增加额外的人员来处理频繁的购后电话。

（3）沟通策略。服务的无形性也给沟通带来了较大困难。研究者发现，沟通中存在 4 个层次的潜在难题，即语言、非语言行为、价值观和思维过程这 4 种差异。在这 4 种差异中，因语言差异产生的难题最显而易见，因而也最容易克服。例如，如果零售店的店员只说汉语，而顾客却说英语，那么难题是十分明显的。然而，如果两个人在时间观上存在差异，那么当一方迟到时，另一方在心理上产生的反应将不会明显地表露出来。

但是，在国际服务营销中，语言技巧有时也会是关键。许多美国跨国公司，如麦肯锡咨询公司，专门招募获得过美国 MBA 学位的外国人在其国家为麦肯锡开拓市场。这些公司这样做并不只是因为派遣美国人去这些国家需要给他们支付较高的报酬，更重要的是为了向外国客户提供更有效的服务。而且，这样做的意义并不仅仅在于克服语言障碍，还在于这些被招募的外国人接受过两种文化的训练，因而他们可以在两种文化间架起一座桥梁。非语言行为会影响服务质量。每个人都能感受到各种非语言线索的存在，而这些线索主要提供有关人们感觉方式的信号。在服务交易中，顾客的感觉是关键的信息。在跨文化的条件下，这些非语言线索通常比较难了解且容易被误解。笑、皱眉头、沉默的时间、插话、语气、用双手递名片等，所有这些非语言行为都预示着服务提供者与顾客之间的关系。但是，在不同的文化中，这些线索的含义变化很大。例如，在咨询服务中，当日本的客户变得沉默时，并不意味着顾问人员应该说话，日本人可能正需要一定的"思考空间"，而不是更多的信息；巴西人在空中旅行时打断空中服务小姐的谈话是他们热情的表现，而不是好管闲事或爱出风头。

对服务人员理解顾客非语言行为能力的训练是保证服务效率和顾客满意的一个关键。显然，服务人员不可能被训练成顾客非语言行为的"词典"，关键是需要识别出那些重复发生的问题并制订出适当的管理战略和训练方案。

（4）价格策略。与有形产品相比，服务特征对服务定价可能具有更重要的影响。例如，由于服务的不可储存性，对于其服务产品需求波动较大的企业来说，当需求处于低谷时，服务企业往往需要通过使用优惠价或降价的方式，以充分利用剩余的生产能力，因而边际定价策略在服务企业中得到了普遍应用。例如，航空公司就经常采用这种定价策略。就基本的定价策略而言，服务产品的定价也可以采用需求导向定价、竞争导向定价和成本导向定价。

服务企业除了需要考虑在需求波动的不同时期采用不同的价格外，还需要考虑是否应该在不同的地理细分市场采用不同的价格策略。一般来说，在全球市场中执行统一的服务价格策略是不现实的。在管理咨询服务行业，即使同样的服务项目和服务内容，而且为客户创造的服务价值相同，所支付的费用相同，但在不同的国家，其收费可能需要作出很大的调整。在美国上百万美元的收费项目，在中国可能只能收取数万元人民币的报酬，其中很大的一个原因是中国目前咨询服务业的市场不成熟，而且咨询服务业还刚刚起步。又如在快餐业中，麦当劳在全球市场执行着不同的价格，因为世界各地的消费者购买力存在着很大差异，消费习惯上也不同。

（5）人员管理策略。在服务利润链概念中，顾客满意和顾客忠诚取决于服务企业为顾客创造的价值，而服务企业为顾客创造的价值能否让顾客满意，又取决于员工的满意与忠诚。只有满意和忠诚的员工才可能提高他（或她）的服务效率和服务质量。此外，由于服务的不可分离性，服务的生产与消费过程往往是紧密联系在一起的，服务人员与顾客间在服务生产和递送过程中的互动关系，直接影响着顾客对服务过程质量的感知。因此，服务企业的人员管理应是服务营销的一个基本工具。服务企业人员管理的关键是不断改善内部服务，提高公司的内部服务质量。公司内部服务即公司对内部员工的服务，它的服务质量包括两大方面：一是外在服务质量，即有形的服务质量，如财务收入；二是内在服务质量，即无形的服务质量。但员工对公司的满意度主要来自于员工对公司内在服务质量的满意度，它不仅包括员工对工作本身的态度，还包括他们对同事关系的感受。

（6）有形展示策略。由于服务的不可感知性，不能实现自我展示，它必须借助一系列的有形证据向顾客传递相关信息，顾客才能据此对服务的效用与质量作出评价和判断。一般来说，服务企业可以利用的有形展示可以区分为 3 种：

1）环境要素。空气的质量、噪声、气氛、整洁度等都属于环境要素。这类要素通常不会立即引起顾客注意，也不会使顾客感到格外兴奋和惊喜，但如果服务企业忽视这些因素，而使环境达不到顾客的期望和要求，则会引起顾客的失望，降低顾客对服务质量的感知和评价。

2）设计要素。这类要素是顾客最易察觉的刺激因素，包括美学因素（建筑物风格、色彩等）和功能因素（陈设、舒适、标志等），它们被用来改善服务产品的包装，使服务的功能和效用更为明显和突出，以建立有形而赏心悦目的服务产品形象。

3）社交要素。社交要素是指参与服务过程的所有人员，包括服务人员和顾客，他们的态度和行为都会影响顾客对服务质量的期望和评价。

服务企业通过环境、设计和社交三类有形展示要素的组合运用，将有助于实现其服务产品的有形化、具体化，从而帮助顾客感知服务产品的利益，增强顾客从服务中得到的满足感。所有这些要素，在国际服务营销中，可能都需要根据目标群体的特殊文化，如审美观、习俗、偏好的差异，作出适当的调整。

9.4 房地产营销策划

9.4.1 房地产营销策划概述

近年来，随着我国房地产业和房地产市场的持续发展，房地产营销日益为人们所重视。从理论上看，房地产营销已逐渐成为一个必须专门研究的相对独立的学科；从实践中看，房地产市场也是"既能载舟，又能覆舟"的大海，只有树立市场营销意识，准确认识房地产市场本身的经济背景、运作规律及诸多相关因素，才能抓住机遇，真正驾驭市场，不断取得新的成功。在我国，房地产营销与整个房地产业一样，无论在理论上还是在实践中都是一个正在发展、需要人们努力探索研究的新领域。由于房地产市场化的程度越来越高，个人消费已成为市场主流，"策划大师"依靠"点子"制胜的时代已经过去，各种专业人员利用先进的信息系统，通过对房地产项目各种资源的整合，理性运作，立体作战，科学、严谨、规范成为房地产营销策划的运作原则。

在计划经济时代，人们只有简单的"房地产"概念，很长一段时间，我国的住宅建设一直按照居住区、住宅小区、住宅组团的方式进行设计，而且住宅的建设标准由政府统一制定，不能超标准，甚至是出几套标准图，全按照标准图进行建设，千楼一面。随着我国社会主义市场经济的迅速发展，随着社会进步与生活水平的提高，消费者对居住条件的需求层次日益明显，过去按标准图建设的住宅已不能满足社会不同阶层的居住要求，"房地产市场"由此产生，房地产作为产品的概念也迅速被人们所接受，但其概念被接受并不意味着产品已得到消费者认可。

现代营销理论强调产品对顾客的满意程度。随着社会经济的发展，人们对生活质量、生活方式的追求发生了很大的变化。相应地，就房地产而言，建筑质量好、价格适宜、公共设施配套、良好的物业管理、多样的销售方式、未来的升值潜力以及独特的人文气氛，都是营销过程中应注意的因素。这些决定了过去利润的单一营销目标必须向公司利润、顾客需求和社会利益相结合的多元化营销目标转变。

房地产营销策划就是运用整合营销概念，对开发商的建设项目，从观念、设计、区位、环境、房型、价格、品牌、包装、推广上进行整合，合理确定房地产目标市场的实际需求，以开发商、消费者和社会三方共同的利益为中心，通过市场调查、项目定位、推广策划、销售执行等营销过程的分析、计划、组织和控制，在深刻了解潜在消费者深层次及未来需求的基础上，为开发商规划出合理的建设取向，从而使产品及服务完全符合消费者的需要而形成产品的自我销售，并通过消费者的满意使开发商获得利益的过程。

房地产营销策划是一项系统工程，它统筹所有房地产销售及宣传推广工作，是房地产开发商为了取得理想的销售推广效果，在进行环境分析的基础上，利用其可动用的各种外部及内部资源进行优化组合，制订计划并统筹执行的过程。一个新的楼盘的营销工作一般可以分为前、中、后三个时期，每一个过程与环节都很重要。一个楼盘想要开发成功，必须具备全局性的营销观念，进行"整体营销"、"全程营销"。因此，房地产营销策划不但包括房地产营销战略与战术分析，还包括在此基础上确立投资地点、物业主题、规划设计、处理残局以及物色好策划人员等一系列策划工作。房地产开发与经营离不开市场营销策划，营销策划的内容是什么？怎么做好营销策划？如何具体运作房地产营销策划？这些问题环环相扣，都是房地产开发商必须认真考虑和对待的问题。如果前期工作不扎实，那么后期工作往往也就容易出现预料不到的问题。所以，一定要注意搞清所开发楼盘容易出现的问题多存在于哪里，以及何时会发生等情况，通过预测实现扬长避短。

多年以来，大多数房地产开发项目均把重点放在营销策划上，市场的热点也在营销策划上。营销策划在很大程度上已被视为是项目制胜的关键。在营销策划上，开发商开始由重视营销策划、概念打造转向重视前期研究和产品定位，随着广大居民消费倾向与消费心理的变化，楼盘的"卖点"也在逐年转变。生态卖点逐步取代高科技卖点，成为楼盘卖点的主流。"绿色"、"生态"、"人居"、"健康"等概念受到空前重视。产品开发周期逐步缩短，更新换代速度加快，项目针对性更强。社会消费心理的不稳定以及发展商为突破市场重围而刻意采取的"求新求变"，使市场上的产品出现"不断升级"的现象。居住趋向郊区化，住房消费平民化，产品更新换代速度加快。一些地方的房地产产品甚至已经出现了"住房如时装，一年一个样"的状况。大型住宅项目不断出现，开发主题更为明显，产品多元化、客户多元化、开发主题的连贯性、品牌经营的系统性，均是营销工作的新课题。发展商的品牌策略不断提升，企业品牌和楼盘品牌已开始为买家识别。服务概念贯彻于营销全过程。优质的看楼服务和物业管理服务、24h 的专车接送服务，均给买家带来了方便和优惠，从而形成了从优质方便的服务到看楼、买楼的良性循环。

9.4.2　房地产营销策划的内容与流程

房地产营销是一项系统的、复杂的工程，在不同的阶段和时期有不同的营销需要和内容，所以可以根据房地产营销的不同环节进行分类，从而有利于从全过程来把握营销的实质和特征。

1. 房地产营销策划的内容

（1）房地产投资营销。房地产投资分析是全程营销的起点，是房地产开发的关键。其过程是通过细致的市场调查，认真分析用地周边环境、区域市场现状及其发展趋势，进行科学的 SWOT 分析，归纳总结出房地产价值，模拟出最有实现可能的价格方案，并进行投资风险分析，对价格方案进行调整，将风险最低的价格方案与最高的价格方案同时列出，并提出规避的方法，通过拍卖、招投标进行最有把握的竞争。

（2）房地产定位营销。房地产开发只有符合市场规律、引导市场，才会得到较高的利润。甚至超额利润。只是迎合市场未必会取得市场，占领市场的往往是那些有明确的目标消费群，并能准确把握引导市场的开发商。因此，只有站在市场的前沿、引导市场并具有战略发展的眼光，才能锻造出精品住宅。

德国哲学家海德格尔说："人，诗意地居住。"房地产项目的形象定位也应像诗一样富有审美愉悦性。房地产项目形象定位的诗意性不仅仅是华丽辞藻的堆砌，语句形式的诗化。诗意，是艺术与人生的理想境界。房地产项目形象的诗意性在于营造并提升一种诗意的人生境界，以拨动顾客的心弦，捕捉人们心灵中某种深层的心理体验。人类在不断追求新生活的同时，始终存有一种原始而温馨的情愫——对家的眷恋，它本质上是诗意的，是对物质更是对精神家园的皈依，它是人类追求的永恒主题之一。房地产项目形象要打动人心，它体现的不能仅仅是房子，而是要营造一个家的氛围和情调。家不仅为人的栖身之地，更是人们情感与精神的寄托和个性的张扬。房地产项目形象定位是简单的描述一栋建筑物效用，还是描述一种家的感受，这是定位平庸和上乘的区别之一。

（3）房地产规划设计营销。"以人为本"是任何房地产设计所必需的，以人为房地产的主要的出发点和最终目标，这是创造精品房地产的最基本的条件。从项目的人文历史、地理地貌入手，进行总体规划布局和建筑风格定位，进行园林设计，进行配套设计，外观色彩、外立面设计。

例如，有一楼盘的销售单张，乍一看是一张中国地图；打开第二页却变成了一张广东地图，而且用明显的标志圈出广东位于中国版图的哪一部分；打开第三页又变成了一张广州市地图，同样用明显的标志圈出广州市位于广东版图的哪一位置；直到打开到第四页时，该楼盘就被夸张地突出位于广州市 CBD——由于该楼盘最大的卖点就是处于最繁华路段，CBD 中心位置，所以地段是其最要突出的重点。

销售单张中的文案这样写道：广东位于中国重要战略的位置，广州市又位于广东重要的战略位置，××楼盘处于广州 CBD 的核心位置，猜一猜××楼盘的升值潜力如何？

消费者随着销售单张本身制造的悬念步步深入了解，最后才发现自己陷入精心策划者的圈套之中——大家在一笑置之的同时，也对该楼盘的卖点印象深刻。

（4）房地产形象营销。形象设计包括周边环境包装、施工及小区内部环境包装、物业管理中心包装、营销中心包装、营销广告策划以及企业形象包装等。通过以上的形象设计及包装、良好的企业声誉、过硬的工程质量、完善的物业管理形象，从而能够确立市场一流的项目形象，打好品牌塑造的基础。

（5）房地产建筑质量。房地产建筑的过程是房地产质量的实现过程，建立健全的监理机制，严格控制生产过程，对建筑材料采购管理、施工工艺流程指引、质量控制、工期控制、成本造价控制、安全管理、环境管理提出了较高的要求，对建筑质量进行全方位的监控，是对客户最有效的保障，也是锻造房地产精品的最基础工作和必要条件。

（6）房地产推广策划。这一过程包括对项目本区域的竞争市场及需求市场进行可行性分析，确立本项目的优势和劣势，从而确定项目要点，进一步明确目标客户群的定位；根据市场确立广告宣传策略及入市时机，确立一系列的公关活动，并制订一系列的广告监控计划。

现在许多发展商在销售楼盘时，都会与一些商家进行合作，建立发展商与商家之间的联盟，双方进行互惠交易，消费者购房时，可以以比市场优惠的价格购买发展商指定的商家产品。所以，一些发展商印制销售单张时，有意识地将商家的优惠券印在单张之中，消费者可以凭此优惠券获得折扣；有些销售单张则直接印上一些可以兑现礼物的票样，客户凭此单张可到楼盘换取相关礼品或参加抽奖；还有的单张本身就是可以在楼盘会所免费使用某种功能的票据。这些都是为了吸引消费者关注楼盘或者参加楼盘的促销活动。虽然方式算不上很新颖，但是效果却一直屡试不爽——其实也是抓住了消费者的期望心理。

（7）房地产销售顾问和销售代理。根据本项目的具体情况，需要进行一系列的销售准备工作。其内容包括合理划分销售的周期及销售策略，制订可行的销售控制计划，并时刻对广告宣传效果进行监控，及时调整销售价格及销售策略。在销售之前，应做好售楼处的包装、销售资料的准备、销售培训、组织与管理以及市场调查工作。

（8）房地产售后服务——物业管理。"买房，买物业"应该是一种成熟的消费观念，房地产具有相当长的寿命周期，而现在消费者的不成熟导致了开发商的不成熟，使人们对物业管理的重视程度处于购房的次要地位，而房地产离不开后期物业管理的塑造。高品质的物业管理是精品房地产的必然要求，除传统的服务以外，更重要的是如何提高住宅的环境、社区文化建设及如何使物业管理升级，使小区能创造后续的市场升值潜力。

总之，房地产营销是全程的，时时刻刻贯穿在房地产的整个过程之中，只有这样才能有效地支持品牌战略塑造和维护，提升项目形象，从而使得企业能够取得最后的成功。

2. 房地产营销策划的流程

房地产营销策划是商业房地产运作过程中的重要组成部分，其结构相当复杂。房地产营销策划因各个阶段的不同而又有所差异，没有完全固定的格式，下面就商业房地产营销策划和营销阶段介绍房地产营销策划的大致结构。

（1）营销策划的结构应该包括以下要素：

1）市场调研与分析。应对项目所在地进行各项调研，包括整体区域市场的研究、地块环境调研、项目深度分析、竞争楼盘及畅销楼盘调研、目标消费群的调研和其他专项研究（如市场调研包括区域总人口、人口结构、职业构成、家庭户数构成、收入水平、公共设施状况、交通体系状况、道路状况、通行量、区域性质与功能特点、各项城区的机能、城市规划、商业发展规划及政策、区域内各种商业形态比例、区域商业结构、区域商业物业开发现状和趋势、商业物业经营状况、消费者状况等因素）。

2）竞争物业分析。了解竞争对手，是为了更好地了解自身。在商业房地产营销策划过程中，对竞争物业的了解相当重要。了解和分析竞争物业，包括最直接的竞争对手和非直接而又能对物业产生影响的竞争对手的了解。需要了解竞争对手的项目概况、项目优势、项目劣势、营销策略和举措等要素。

3）项目 SWOT 分析。这是商业地产营销策划最基本的分析方法，旨在通过分析找出自身物业在市场上的优势和劣势，从而制订最合适有效的营销推广手段，为项目运作的成功提供保障。其主要从商业背景、地段、价格、规模、客户资源、市政规划、周边配套、项目运作模式、前期工作情况、周边项目对本项目的影响、开发商及运营商背景、政府支持力度等要素进行分析。

4）项目定位分析。项目定位是包括多方面的定位，如商圈的确定、商圈的构成及顾客来源，其中包括项目业态定位及其可行性分析（本项目做什么业态的商业）、规划定位（业态如何分布）、投资（客户群）定位（谁是这些商铺的购买者，他们在哪里）、商业功能定位、定位目标（主力商家的定位及分析）等。进行定位并不难，难点在于定位要科学。为什么进行这样的定位，必须有充足的依据和理由，必须有充分的可行性。

5）项目策划与推广（招商）。一个商业项目的营销推广过程，是长期而又持续的，每个时期的营销推广侧重点不一样，这就决定了推广举措的不一样。但是，总体来说，其主要包括项目开发理念的理解和提炼，项目开发策略的确定及选择，主题式商业物业概念的提炼，项目的商业类型与业态分布及功能分布定位，项目主力消费群的范畴，项目市场定位，项目内人流、物流、车流的分析研究和制定，项目规划设计的建议，项目环境及配套建议，现场售楼部建设与包装，物业管理与智能化等专项建议，内部空间（含商业空间、服务空间、公共空间）的组织规划建议，营销推广的目标制定，营销推广总原则，营销推广（招商）策略制定与分析，入市时机，营销推广（招商）策略诠释，营销推广（招商）策划及举措，媒体整合利用，费用预算及分配，其他所需的专项策划。

（2）营销阶段的营销策划结构如下：

1）营销目标、营销策略的制定和分析，如开盘策略（开盘时间、开盘活动、成交目标等）。

2）定价策略和分析（价格与折扣）。

3）促销策略（相关优惠政策的制定）。

4）租售策略（租或售，或兼具租售，租售顺序及相关政策）。

5）付款方式策略（一次性及按揭的相关优惠政策）。

6）现场包装策略（现场气氛渲染方案的制订）。

7）单位推销策略。

8）公关活动方案。

9）阶段性营销总结和建议。

9.4.3 房地产营销策划策略

1. 产品定位策划策略

（1）容积率配置策略。如果在 A 市有块面积 5000m² 的住宅用地，分别由不同的开发商进行产品定位。有的人可能会尽量节约和控制一层楼的面积，采用开放式设计，建造单栋高层建筑，以创造高层空间价值；有的人可能会将总可建建筑面积用于低矮楼层（如一、二楼），规划矮胖型建筑物，一方面把握临街店面商业价值，一方面节省建设成本；有的人可能规划数栋建筑，高矮参差，既能丰富造型，又能视栋别用途作弹性规划。不论基于何种原因，产品定位的最终结果势必在每块土地上产生或高或低、或胖或瘦、或单栋或多栋的建筑物，而容积率利用就是指如何将每块土地的总可建建筑面积（楼地面面积）利用到极致。

同样一块土地，因为目的不同，可能导致不同的容积率利用方式。一般而言，定位者要考虑到空间价值与容积率利用的关系。例如，在一般购房者的观念中，总希望其在商业气息浓厚的区域所购买的房子，公共设施所占的比例愈低愈好，因为公共设施常被认为是不实在的、无益的。某些发展商或销售代理公司则为了投消费者所好，诉求低公共设施比例的广告策略。然而，低的公共设施比例对购房者而言未必真的实惠。

事实上，越是先进的国家，如英国、美国、日本等，越倾向于以包含私有面积及公共设施的整体规划，来衡量建筑特有的品质及价值，而我国在不断追求提高居住水准的潮流下，也必将朝这种趋势发展。就发展或产品定位者而言，要认清许多公共设施之所以难以被购房者接受，是由于设施本身不实惠，或由于设施真正的价值没有通过适当的方法让购房者充分了解，所以，除了法定必要设施需要运用规划力求经济实惠以外，还需要明确辨别下列几种公共设施的功能及效益，才能针对个案性质作合理定位。

1）具有保值效果的公共设施，如宽敞的门厅、走道等。这些设施的积极功能在于确保不动产的价值及未来的增值潜力。尤其对于使用频率高、使用人数多的办公室、商场或小套房等产品，这种公共设施尤其重要。

2）具有实用性质的公共设施，如停车位、健身房、游泳池、公共视听室等。这类公共设施的实惠在于其公共性，例如，任何个人想拥有一个私人游泳池都是奢侈的事，但是通过公共设施的分摊，能使整幢建筑或整个社区的住户都长期经济地拥有和使用游泳池。

3）具有收益机会的公共设施，如地下室的商业空间、停车位或其他可供非该建筑住户付费使用的设施等。由于这种设施的使用可收取租金或使用费，对于分摊设施的购买者而言，相当于购买有收益的长期投资标的，不仅可补贴管理费，同时也较易维护整体建筑的品质。

4）对环境有改观的公共设施，如绿地、花园等。虽增加投入，但这种投入可以从因环境改变的物业升值中得到回报。

公共设施的规划将越来越受到重视，产品定位者若能适当掌握各种公共设施的功能，可使公共设施空间发挥"小兵立大功"的作用。

（2）楼层用途的定位策略。不同的人对各楼层空间的需求不同，也就是说，各个楼层事实上是不同的市场，具有不同的供需情况、用途特性、交易性质及空间价值等，而这些差异的存在，能给予从事产品定位的人发挥创意的机会。

可将一幢大楼的立体空间分成下列 4 个市场，分别考虑它们的定位特性：

1）顶楼市场。这种产品不论在采光、通风、视野及私密性方面，都比其他楼层更具有得天独厚的条件，又由于每栋楼只有一个顶楼楼层，这种相对稀有性使得顶楼市场常出现供不应求的情况。

2）门面市场。它通常是指建筑物的一楼至二楼。这种产品的价值在于它与外界环境的临近性（如临路的店面、办公室），或者有将外界环境内部化的机会（如拥有庭院的住宅）。这种地利条件及稀有性，使得门面市场的价值不但比其他楼层高，而且也常出现供不应求的现象。

3）地下室市场。这种产品有时具备独立功能及用途（如作为商场或停车位），有时则可能成为其他楼层的连带产品（如作为一楼的私有地下室，或其他楼层的共有设施空间）。

4）中间层市场。其包括建筑物的二楼以上至顶楼以下的楼层。这个市场各楼层之间的相对条件差异有限，而其所占有的空间比例又最大，因此，一般所提到的不动产市场景气与否，多半是指中间层市场的供需状况。

产品定位者除了要辨别不同楼层市场的异质性之外，还要注意下列事项，以充分发挥空间的附加值：

1）妥善运用规划，以平衡供需失调现象。例如，在商业气息浓厚的黄金地段，借助一楼带二楼或地下室合并规划，以增加门面市场的供给量；或顶楼采取楼中楼设计，能满足更多的顶楼市场需求者，这些都是创造更高价值空间的好方法。

2）明确区分不同楼层市场，以针对需求设计产品。例如，门面市场重视临街性，在规划上须注意顶楼市场追求通风、采光及视野等条件，因此须注意栋距开窗、隔热等设计。

3）合理利用容积率，以改变传统空间观念。例如，拉高建筑物高度，超越邻近建筑物高度；增加高楼层面积，以塑造"准顶楼"空间，即与顶楼具备同样采光、通风条件的高楼层；或利用二叠或三叠规划，使得顶楼和一楼的空间增加。

（3）房地产持有的定位策略。其主要有以下几种定位策略：

1）长期持有。任何一种投资标的或者具有生产性质的财产，对于不同的人而言，可能具有不同的投资报酬意义及实现利益的时间期望。这也是为什么在不动产市场既有追逐短线获利而从事现房或预售房买进卖出赚取价差的投资人，也有投入资金兴建大楼却只租不售的开发商的原因。由于土地性质的特殊性，它既具有稀缺性和保值增值性，又具有区域异质性（包括自然环境及人文社会经济），因此，对于许多投资房地产的企业或个人而言，长期持有的投资策略似乎比其他的财产更具有意义。

那么究竟应如何作产品定位，即如何利用土地，才能赚取不动产长期持有的利益呢？首先，要先辨别获得长期利益的几种途径：一是租赁；二是经营或使用收入，也就是不动产所有者即经营者或使用者，自行利用空间赚取商业经营的利益；三是保值或增值利益，这种利益可能来自于通货膨胀效果，可能由于社会进步或环境改良，也可能因为其他土地先行使用，导致后利用的土地价值水涨船高。

不论是否赚取租赁或经营利益，绝大多数被长期持有的土地，其最大利益来自于增值。为谋取增值的实务做法很多，例如，短期内尚无利用或开发价值的土地，可采取消极的养地策略；对于已初现地段价值的土地，则可采取先建后售策略；再者如麦当劳的做法，先找到好地，兴建商场，通过经营带动当地商业气息后，就自然可坐享不动产的增值利益。

长期持有土地，必须要能赚取合理的时间报酬才有意义，因此，产品定位成败的关键也在于能否配合时间长度，规划阶段性的产品及经营与财务计划，以确保全过程的利益最大。

2）短期获利。大多数的投资标的都有短线与长线的不同获利操作方式，不动产投资也不例外，通常它包括土地开发、投资兴建、房屋买卖、房屋出租、房屋经营等时间长度不同的获利途径。对于希望短期获利的不动产投资者而言，除了只图买进卖出、赚取时机价差的方式之外，如果想在有限时间内创造不动产附加值，以增加投资利益，则须借助有效的产品定位。

因此，希望短期获利的不动产产品定位，要特别注意收益实现的可能性及投入资金的效率。下面几个方案，有助于提高不动产短期投资利益。

① 改装产品，创造附加价值。这种方式常见于旧屋投资市场，也就是买入尚有更新价值的旧建筑物，保留其基本结构，仅作平面格局或外观等的改建，以再重新出售获利。这种做法由于投入成本少、工期短，若改建得当，通常能在很短时间内赚取理想的报酬。

② 规划需求尚未饱和的时尚品，在短期内创造高销售率。例如，不动产市场不景气时，许多反应快的发展商就推出低价的套房或二房型的产品，并搭配工程零付款等付款条件，以刺激消费者购买，快速销售完毕。这种做法的效果在于先确定销售成绩再进行施工，可降低财务风险，只是要注意避免吸引大多的投资客户，造成销售率虽高，但退户率或客户不履约付款的比率也高的窘境。

③ 规划短工期的传统产品，以节省成本，提高投资报酬。通常工期越长，资金风险越

高，而投资回收的时间也越久。因此，基于投资报酬的考虑，短工期、需求稳定的产品（如 5~7 层住宅），通常也能兼顾市场接受性及财务可行性，达到短期获利的目的。即使在经济效益上不宜规划短期的产品，仍应设法运用技术缩短工期，以提高资金效率。

④ 尝试领先市场的创新产品，以吸收早期开创性的市场。例如，有不少个案，将楼层挑高，规划夹层空间，以增加卖点，强化短期销售效果。这些边际产品只要抢得先机，顺利过关，一般都能创造短期投资利益。

以上几个产品定位的方向，可提供投资不动产并希望短期获利的企业或个人参考。在实务上，以追求短期获利为目标的产品定位，一定要选择合适的定位策略，以求在短时间内获取尽可能多的利益。

（4）经济环境变化时的产品定位。其主要有以下几种类型：

1）通货膨胀压力大时的产品定位。在经济景气循环的情况下，难免会因为景气热旺、游资充裕，过多的资金追逐过少的物品，而导致物价上涨，引发通货膨胀的压力。要判别通货膨胀是否存在，仅须观察物价上涨率是否持续一段时期都在 5% 以上，若是这样，就可以断定现在正面临通货膨胀的压力。此时，由于货币不断贬值，物价不断上涨，商品一旦售出，要想以原先成本再行补货，已不太可能。所以，通货膨胀时持物待价而沽，已成为一般商品所有者普遍的心态。

不动产市场受通货膨胀的影响尤其明显，因为不动产除了自己住用外，还具有保值、增值的特性，所以在通货膨胀时期，不动产往往成为投资人的首选。就发展商而言，在预售时如果房屋已售出，其可收入的金额已固定，而其营建成本却尚未发生，虽然发包给承建商，营建成本也已固定，但是在营建合约中往往有明确规定，即物价上涨至一定成数以上时，营建成本也要跟着调整，使得发展商的营建成本在通货膨胀时期，增加的概率大为提高。为避免这种收入固定而成本却持续上涨的不利局面，发展商在通货膨胀时期应慎选产品。

2）市场不景气时的产品定位。不动产交易虽受许多政治、经济、法令规章等因素的影响，但对于从事投资兴建的发展商及拥有土地使用权的地产主而言，其最为关注的还是市场交易的热络程度，也就是一般俗称的"回春"。除了某些个案或由于地点特殊，或由于定位成功，而能创造销售佳绩之外，大多数的发展商及地产主都不免对这种难以改变的不景气局面大感头痛。

面对这个现象，有的人把精力放在发掘影响市场景气的因素，即寻找"为什么市场不景气"的答案上，想因而获得突破不景气的方法。这种方法可能其理论意义大于实际效用，而且因为影响景气因素的复杂性，还可能使依赖这种方法的人须多绕些远路。可以考虑从另一个角度，探讨如何通过产品定位以应对市场不景气，也就是接受不景气这个事实，并尽可能掌握其现象，以归纳出在实务上可供参考的产品定位原则。

一般而言，当买卖双方对景气的看法分歧越大，则市场越活跃，这种现象在股票、不动产等投资性的产品市场尤其明显。唯有对未来的预期有人乐观，有人悲观时，市场才容易活络。因此，面临不景气时，首先需找出何人有购买意愿，也就是发掘潜在的目标市场。除了因为市场越是不景气，销售风险越高之外，潜在购买者渐趋保守与理性，也使得目标市场的界定显得更为必要。一旦确定了目标市场，就可以进一步分析何种因素可以强化目标市场客户的购买意愿：是具竞争力的低价格，是产品的独特设计，还是诉求工期长的轻松付款条件？尤其需要特别留意的是目标市场的核心需求，也就是客户真正的需求是什么，才能根据这个基础，发展突破不景气市场的适当产品。

2. 价格策划策略

价格是消费者最为敏感的话题，更是投资利润能否最终实现的关键所在。在房地产营销的过程中，房地产的定价是最根本、最有效也是最易于调控的，它是房地产营销过程的核心和关键性问题。

（1）价格竞争是市场营销的重要手段。房地产定价策略是指如何根据产品的生产成本和使用价值，应对市场的反应，进行合理的价格组合，使得利润的实现和利润的多少能够控制在一个合理的时间和数量范围之内。但是控制价格有两大难点：一是调价频率；二是调价幅度。

1）价格调节频率的关键是虚实转换。每次调价后，物业总有一种市场的瞬间断层，即难以圆整市场曲线，没有市场客户积累基础主观调价，不仅会影响购买人气，而且会直接影响成交。没有导入概念，价格调高后对前期购房客户有积极影响，但对洽谈客户往往有副作用。因此，只有市场相对热销的前提下，才能进行调价，即使有其"虚"的成分，也可逐级盘实。

2）价格调节幅度的关键是小幅递增。调价的要点是小幅频涨，一般每次涨幅为3%～5%，如每平方米5000元左右的楼盘，每次调价幅度为150～250元之间为宜。调价新近几天，可配以适当折扣策略，作为价格局部过渡，有新生客源时，再撤销折扣。

调幅要"小"，调整应"频"。当然，价格作为营销之纲，绝不能孤立对待，这与物业形象、上市量控制有关。最佳的价格体现应杜绝"空、满、虚、回"，即价格不能做空，任意折扣；不能做满，不留给客户升值空间；不能做虚，没有市场购买基础；不能回落，随意往下调。

（2）确定房地产价格的方式。其主要有以下几种方式：

1）成本导向定价法。成本导向定价是指在产品的成本基础上加一定比例的预期利润作为售价，利润率根据企业目标进行选择，定价标准是产品的内在使用价值。这种办法简单易行，但是比较呆板，不能根据市场需求的变化情况和竞争激烈程度及时调整。

2）需求导向定价法。需求导向定价法是指以市场上消费者对于房地产产品的需求状况为定价的依据，以买方对产品价值的理解、需求的强度以及价格承受能力的大小为基础确定定价。需求导向定价法在兼顾成本和产品的使用价值的同时，更加灵活地应对市场的变化而及时定价。

3）顾客感受定价法。当购房者对开发商的品牌和信誉有信心的时候，即使该产品的价格稍高于其他同类产品，购买者也会乐于购买；反之，买家则会犹豫再三。所以，开发商要充分而周密地考虑定价的范围。

4）网络竞价定价法。这是一种新兴的定价方法，它应用网络的传递信息的便利性，由消费者按照自己对物业的评价予以报价。网络的互动性使得消费者和房地产商能够及时互动地沟通，从而得到最优的价格。

3. 营销渠道策划

营销渠道是产品生产者转移至消费者的途径，是房地产销售的重要一环。房地产发展商开发的房地产商品如何以最快的速度和最佳的经济效益、最低的费用支出，流通转移到顾客手里，对营销渠道的选择和控制是相当重要的。

（1）直接销售。直接销售是指房地产开发商直接销售产品，房地产开发商利用有关信息与客户直接联系，自己承担全部的流通职能，直接将房地产产品销售给消费者，这有利于提高企业的工作效率和树立良好的企业形象。

1）采用直接销售的情况。其主要包括以下几种情况：

① 大型房地产公司一般都设有销售部门，专门负责公司的楼盘销售；有自己的销售网络，提供自我服务比使用代理商还要有效。

② 市场为卖方市场。

③ 楼盘素质特别优良。

2）直接销售的优点。其主要具有以下优点：

① 房地产开发商可以控制开发经营的全过程，以避免使用某些素质不高的代理商而导致营销的短期行为。

② 产销直接见面，便于房地产开发商直接了解消费者的需求，及时了解变化趋势，缩短顾客和开发商沟通的渠道。

（2）网上直销。网上直销是指开发商通过网络渠道直接销售产品。其通常做法有两种：一种做法是企业在互联网上申请域名，建立自己的站点，由网络管理员负责产品销售信息的处理，而传统的销售工作可有机嵌入信息化营销流程；另一种做法是委托信息服务商发布网上信息，以此与客户联系并直接销售产品。网络直销的低成本可为开发公司节省一笔数量可观的代理佣金，而且还可同时利用网络工具（如电子邮件、公告板等）收集消费者对产品的反馈意见，既能提高工作效率，又能树立良好形象。

4. 促销策划

促销是现代营销的重要一环，它对销售起到直接的促进作用。房地产促销就是通过各种促销手段，与现实或者潜在的顾客进行沟通，使得他们对目标物业从注意到发生兴趣再到产生欲望进而购买的过程。其重要之处就在于其能使潜在的顾客转化为现实的顾客。

下面从两个方面对此进行论述。

（1）广告策略。广告可以看做是商家说服消费者购买产品或劳务的一种手段，其直接目标就是促成消费者对产品或劳务的积极态度。

广告策划是广告整体战略和策略的运筹规划，是对广告从调查计划实施到检测全过程的考虑和设想，是广告决策的形成过程。广告策划是一项综合工程，它涉及的问题是多方面的，主要有以下 5 个环节：①市场调研安排；②广告定位；③创意构思；④广告媒体安排；⑤广告测定安排。

（2）销售促进（SP）策略。房地产销售做促销时，要"软硬兼施"，才能达到预期的效果。房地产促销已经成为销售学中的一门重要的分支。对于房地产这种高成本、高利润的特殊商品，SP（Sale，Promotion）策略也多种多样。

促销不仅可以推动现实交易的达成，而且还能促使一些潜在顾客认知到某种需求，进而转化为现实购买。例如，房地产展销会就是比较常用的促销方式，它可以在短期内聚集更多的潜在购买者，是销售物业的大好时机。此项促销活动可以吸引更多的厂商和消费者。促销包括以下几种类型：

1）价格促销。价格促销不同于价格竞争，一般而言，价格促销局限在某一范围和幅度内，以刺激销售的业绩为目的。

2）实物促销。实物促销就是指房地产开发商向购房者许诺在其购房后，免费赠送某些实物作为奖励的一种促销手段。实物促销要注意：一是要限期实行，而不是随到随送，以促使买家缩短购买决定形成的时间；二是送的实物必须要根据项目和购房者的实际情况而选取确定。

此外，传统的价格折扣策略、人员推销策略、多方位的销售形式策略在网络营销中仍然起着不可替代的作用，其形式和内涵也将随着时代的进步得到变革与完善。传统促销策略与网络技术的完美结合必将把房地产营销推进到一个全新层次。

5. 公共关系策划

公共关系是指企业为塑造企业自身的形象，通过传播沟通来影响消费者的科学和艺术。公共关系策略就是把企业的营销活动，放在整个社会经济大系统中考察，认为企业作为社会经济系统中的一个子系统，其经营活动应该与周围各种关系，包括顾客、竞争者、供应商、分销商、政府机构等密切相关。

公共关系策略重视消费者导向，强调通过企业消费者的双向沟通，建立长久、稳定的相应关系，在市场上树立企业和品牌的竞争优势。在营销组合中，产品、定价、渠道等营销变数都可能被竞争者模仿，唯独产品和品牌的价值难以替代，而这与消费者的认可程度紧密相关，必须充分考虑消费者的需求，努力加强与消费者的沟通，注意关系营造。

9.4.4 房地产营销策划的未来趋势

中国的房地产发展到今天，无论是产品和广告层面，还是市场和消费者层面，特别是金融和土地等政策层面，都发生了巨大的变化。开发商面临着越来越激烈的市场竞争，而消费者从中受益，决策过程变得复杂和漫长起来。房地产营销未来的发展呈现以下几种趋势：

1. 策划观念改变

房地产的策划观念从产品品牌观念向企业品牌的观念转变；从追求社会效益和经济效益观念向追求生态效益和可持续发展的观念转变。目前，一些房地产开发项目策划已初步表现出以上观念的转变，如广州某项目的策划强调观念转变，该楼盘在名称上着重体现企业品牌的声誉，在观念上着重表达"都市生态园"的主题概念，追求生态住区的可持续发展至高境界。实现这一理念，不是策划人的刻意做作，而是人们对住区观念要求变化、创新的必然结果。

2. 策划组织化

房地产的策划组织从"自由策划人"走向群体组织；从群体组织走向专业分工、相互协作的轨道。由于房地产策划最早是由"自由策划人"实践、探索而逐渐发展起来的，至今还有不少"自由策划人"。随着房地产策划业的深入发展，策划人必然走向规范的组织化道路。这是因为随着房地产业的发展，项目开发涉及人文、经济、管理、建筑、IT、生态与环境等多个方面，各方面都需要互相协作；再者，策划人要使策划的项目成功，必须充分利用与策划有关的信息，但其个人很难独立收集、分析、整理、归纳大量的动态信息，进而作出正确的判断和决策。

3. 更加注重细节

房地产的策划方法从侧重项目概念转向项目概念与项目细节并重。项目策划概念是当前房地产策划方法上的主要特征，它强调某个概念的创意而使楼盘热销。随着消费者消费出发点的改变，消费者买房不只是买"概念房"，还要买"精品房"。因此，楼盘细节的完美和舒适将进一步引起购买者的重视。

4. 策划体系更加完善

房地产的策划理论由单薄、零散的思想和理念逐步形成全面、科学的理论体系。近年来，房地产策划经过优秀策划人的辛勤努力，策划思想不断丰富，策划理论研究日益深入，这些实践积累起来的真知灼见是房地产策划理论不可多得的财富。经过策划人不懈地实践、积累和探索，全面、科学的房地产策划理论必然会呈现在人们面前。

5. 高科技信息得以应用

房地产的策划信息从人脑收集转移到人机结合；在信息的分析上，从定性分析转移到定性分析与定量分析相结合。现代计算机、互联网技术的发展，使人们利用计算机和互联网进行房地产信息的收集、分析、加工、整理乃至运用成为可能。现代信息工具可以帮助人们收集、分析大量信息，通过综合归纳并运用各种技术手段可模拟策划结果和实战状况，为策划达到的预期效果提供参考。目前，房地产策划的信息分析大都只处于定性分析层面上，使得策划过程的科学性不够，往往出现一些无法解释清楚的问题。从发展观点看，处理信息时，定性分析与定量分析相结合，互为补充、互为促进，才能使信息处理达到科学化，更准确地反映市场动态情况，从而使房地产策划水平产生新的提高、新的飞跃。

本章小结

本章根据当前的经济环境特点及市场营销的前沿，介绍了营销策划的发展趋势，其中包括关系营销策划、服务营销策划、网络营销策划和房地产营销策划。对几类新趋势概念的了解是本章的主要学习内容。在策划过程、步骤和运作等方面，着重使用案例分析的方法体现。把握营销策划的趋势是发现市场机会、抢占市场先机的必要条件。

关键术语

关系营销 服务营销 网络营销 房地产营销

复习思考题

1. 请简述关系营销在企业中的重要性。
2. 请举例说明服务营销所涵盖的领域有哪些？
3. 请以某个具体的在线企业为例，谈谈这个企业网络营销的策略。
4. 房地产营销策划的策略有哪些？

案例分析

星巴克——浓浓的咖啡香

星巴克，提起这个名字，就仿佛闻到浓浓的香味，品尝到细腻的卡布奇诺咖啡。按照其老板舒尔茨的设想，在 2002 财年，星巴克要新开张 1200 家，当然在中国也要新开多家。新开张的星巴克将迎来更多的饮者,届时它在中国将不再作为情调、品位、身份的另一张名片,而成为中国人"生活的一部分"。

一、星巴克的历史

1971 年,痴迷烘焙咖啡豆的美国人杰拉德·鲍德温和戈登·波克在美国华盛顿州西雅图的露天农贸市场(Pike Place)开设了第一家咖啡豆和香料的专卖店——星巴克(Starbucks)。1982 年,星巴克现任总裁霍华德·舒尔茨毛遂自荐后被任命为零售运营与市场营销部主管,从此与星巴克结下了不解之缘。

1983 年,舒尔茨来到意大利度假,他发现在意大利,到咖啡店喝咖啡已成为意大利人生活中不可缺少的一部分。他们中很多人把咖啡店作为朋友聚会、消磨时光的最好场所。舒尔茨决心扩大星巴克原有的营业范围,把它也建成一个供人们休闲娱乐的场所。回到西雅图后,他把自己的计划告诉了鲍德温和波克,但两人拒绝采纳他的建议。

于是,舒尔茨决心自己开店。1986 年,舒尔茨离开星巴克,开设了自己的第一家咖啡店,他努力为顾客营造舒适的氛围,坚持把服务当做一门艺术,这使得他的小店远近闻名。不久,鲍德温和波克想出售"星巴克",舒尔茨用从投资商手里借来的钱买下了 4 家小店,开始打造他的"星巴克"航母。

作为一家传统的咖啡连锁店,1992 年 6 月 26 日,在施洛德(Wertheim Schroder)和艾力克斯·布朗(Alex Brown&Sons)两家投资银行的帮助下,转型后的星巴克在美国号称"高科技公司摇篮"的纳斯达克上市成功(其股票简称 SBUX)。有了资本后盾的星巴克发展神速,以每天新开一家分店的速度不知疲倦地冲刺。加拿大、英国、新加坡等国家都成了星巴克信马驰骋的疆场。

1996 年 8 月,为了寻求更广阔的海外发展,霍华德·舒尔茨亲自飞到日本东京,为在银座开的第一家店督阵。之后,星巴克大力开拓亚洲市场。

至 2003 年 6 月,星巴克已经发展成在 32 个国家拥有 6000 多家全球连锁店的国际著名的咖啡零售品牌,2002 年被《商业周刊》列入全球 100 个最知名的品牌。

二、品牌与文化的交融

舒尔茨最常说的一句话就是"服务是一门艺术",他相信友好、高效率的服务一定会促进销售。星巴克致力于为顾客创造迷人的气氛,吸引顾客走进来,在繁忙生活中也能感受片刻浪漫和新奇。

1. 用环境塑造品牌

为了吸引客流和打造精品品牌,星巴克的每家店几乎都开在了租金极高的昂贵地段。例如,星巴克在北京主要分布在国贸、中粮广场、东方广场、嘉里中心、丰联广场、百盛商场、赛特大厦、贵友大厦、友谊商店、当代商城、新东安商场、建威大厦等地,在上海则主要分布在人民广场、淮海路、南京路、徐家汇、新天地等上海最繁华的商圈。从上海淮海中路"东方美莎"到"中环广场",短短 1000m 的距离,星巴克就开立了 4 家店。业内人士估计,这个地段每平方米每天的租金应在 2 美元左右,再加上每家店固定 30 万美元的装潢费用,星巴克的投资成本极大。但是这种做法是星巴克刻意推行的,延续了星巴克集团一贯的"大兵团作战"方法。

2. 不靠广告维护品牌

星巴克给品牌市场营销的传统理念带来的冲击同星巴克的高速扩张一样引人注目。在各种产品与服务风起云涌的时代，星巴克公司却把一种世界上最古老的商品发展成为与众不同的、持久的、高附加值的品牌。然而，星巴克并没有使用其他品牌市场战略中的传统手段，如铺天盖地的广告宣传和巨额的促销预算。

"我们的店就是最好的广告"，星巴克的经营者这样说。据了解，星巴克从未在大众媒体上花过一分钱的广告费。但是，他们仍然非常善于营销。因为根据在美国和中国台湾的经验，大众媒体泛滥后，其广告也逐渐失去公信力，为了避免资源的浪费，星巴克故意不打广告。这种启发也是来自欧洲那些名店名品的推广策略，它们并不依靠在大众媒体上做广告，而每一家好的门店就是最好的广告。

星巴克认为，在服务业，最重要的营销渠道是分店本身，而不是广告。如果店里的产品与服务不够好，做再多的广告吸引客人来，也只能让他们看到负面的形象。星巴克不愿花费庞大的资金做广告与促销，但坚持每一位员工都拥有最专业的知识与最热忱的服务。他们的员工犹如咖啡迷一般，可以对顾客详细解说每一种咖啡产品的特性。只有通过一对一的方式，才能赢得信任与口碑。这是既经济又实惠的做法，也是星巴克的独到之处。

另外，星巴克的创始人霍华德·舒尔茨意识到员工在品牌传播中的重要性，他另辟蹊径开创了自己的品牌管理方法，将本来用于广告的支出用于员工的福利和培训，使员工的流动性很小。这对星巴克"口口相传"的品牌经营起到了重要作用。

3. 用文化来提升品牌

为什么文化在咖啡的经营中发挥的作用如此显著？究其原因，因为品饮咖啡，如同中国人品茶一般，代表一种生活的方式和文化的气息，于是星巴克独特的文化营销能够取得成功也就是理所当然的了。星巴克公司塑造品牌，突出其自身独有的文化品位。它的价值主张之一就是星巴克出售的不是咖啡，而是人们对咖啡的体验。

星巴克人认为自己的咖啡是一种载体，通过这种载体，星巴克把一种独特的格调传送给顾客。这种格调就是"浪漫"。星巴克努力把顾客在店内的体验化作一种内心的体验——让咖啡豆浪漫化，让顾客浪漫化，让所有感觉都浪漫化……舒尔茨相信，最强大、最持久的品牌是在顾客和合伙人心中建立的。品牌说到底是公司内外（合伙人之间、合伙人与顾客之间）形成的一种精神联邦和荣辱与共的利益共同体。这种品牌的基础相当稳固，因为它们是靠精神和情感，而不是靠广告宣传建立起来的。星巴克人从未着手打造传统意义上的品牌，他们的目标是建设一家伟大的公司，一家象征着某种东西的公司，一家高度重视产品的价值和高度重视员工激情价值的公司。舒尔茨说："管理品牌是一项终生的事业。品牌其实是很脆弱的。你不得不承认，星巴克或任何一种品牌的成功不是一种一次性授予的封号和爵位，它必须以每一天的努力来保持和维护。"

星巴克认为他们的产品不单是咖啡，而且是咖啡店的体验。研究表明，2/3 成功企业的首要目标就是满足客户的需求和保持长久的客户关系。星巴克的一个主要竞争战略就是在咖啡店中同客户进行交流，特别重视与客户之间的沟通。每一个服务员都要接受一系列培训，如基本销售技巧、咖啡基本知识、咖啡的制作技巧等。要求每一位服务员都能够预感客户的需求，注重当下体验的观念，倡导"以顾客为本"。"认真对待每一位顾客，一次只烹调顾客那一杯咖啡"这句取材自意大利老咖啡馆工艺精神的企业理念，也正是星巴克快速崛起的秘诀，强调在每天的工作、生活及休闲娱乐中，用心经营"当下"这一次的生活体验。

另外，星巴克更擅长咖啡之外的"体验"，如气氛管理、个性化的店内设计、暖色灯光、柔和音乐等。就像麦当劳一直倡导"售卖欢乐"一样，星巴克把美式文化逐步分解成可以体验的东西。星巴克还极力强调美国式的消费文化，顾客可以随意谈笑，甚至挪动桌椅随意组合。这样的体验也是星巴克营销风格的一部分。

三、发展之路

有统计数据表明，目前中国咖啡的年人均消耗量只有0.01kg，咖啡市场正在以每年30%的速度增长。从理论上来说，中国的咖啡市场还有巨大的增值空间。星巴克在以茶为主要饮料的国家的初步成功，也说明它的理念可以被不同的文化背景所接受。但是，咖啡市场不但是一个成熟的市场，也是一个比较单一的市场，现实和潜在的竞争者众多。中国市场已有的中国台湾的上岛咖啡、日本的真锅咖啡以及后来进入的加拿大百怡咖啡等，无不把星巴克作为其最大的竞争对手。

面对这样的竞争，让习惯喝茶的中国人普遍地喝咖啡还有很长的路要走。无疑星巴克需要延伸和扩展这种品牌与文化的组合营销模式，并紧随与引导时代的潮流，赋予时尚以品位和高贵，赋予生活以自然和舒适，让人们在体验中得到享受与放松、快乐与满足。沿着这样的道路走下去，星巴克的辉煌将会在中国重新上演，但是这条路有多远，还不能有一个明确的时间界限，但这是一个方向，是星巴克开拓市场的方向，也是中国人改变生活方式的方向。能否占有中国的市场，品牌与文化的组合营销策略任重道远。

（参考资料："人和"成就星巴克，世界经理人周刊，2004-2-23

文化营销——从星巴克谈起，中国营销传播网

何佳讯、丁玎，星巴克：时尚铸就的品牌传奇，跨国公司在中国）

思考题：

1. 结合案例分析星巴克的营销七要素。
2. 星巴克为什么对环境如此重视？
3. 星巴克的定位是什么？它是如何传播其定位的？
4. 如何理解"星巴克销售的不单是咖啡，而且是咖啡店的体验"？

第 10 章　营销策划的实施与控制

【学习目标】

1. 掌握营销组织结构设计的主要方法
2. 了解营销部门和其他部门之间的关系
3. 理解营销策划的实施与控制过程

【内容图解】

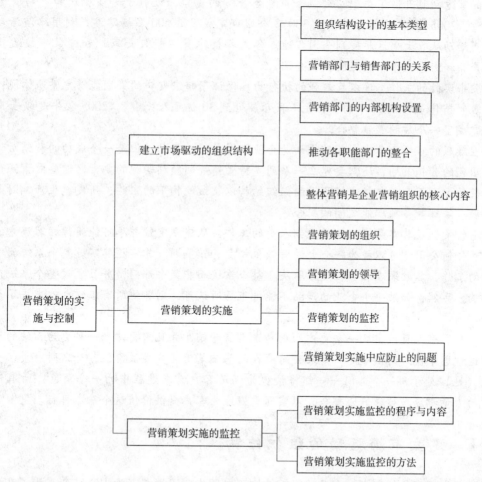

营销策划的实施与控制
- 建立市场驱动的组织结构
  - 组织结构设计的基本类型
  - 营销部门与销售部门的关系
  - 营销部门的内部机构设置
  - 推动各职能部门的整合
  - 整体营销是企业营销组织的核心内容
- 营销策划的实施
  - 营销策划的组织
  - 营销策划的领导
  - 营销策划的监控
  - 营销策划实施中应防止的问题
- 营销策划实施的监控
  - 营销策划实施监控的程序与内容
  - 营销策划实施监控的方法

【导读案例】

蒙牛赞助"超级女声"事件

酸酸乳是蒙牛 2004 年推出的产品，其定位为 12 ~ 24 岁的年轻女孩，这与"超级女声"（简称"超女"）的参赛者和其受众十分吻合。于是在 2005 年，蒙牛花费了约 1400 万元，取得了"超级女声"的冠名权。而蒙牛大力推进酸酸乳的背后，实际是传统纯鲜奶发展的窘境。几个乳业巨头之间的竞争已经升级为价格战，随着定价持续走低，销售纯鲜奶基本上没有什么利润。对于未来的发展趋势，蒙牛提出了纯鲜奶和乳饮料都要发展的计划。那么，如何使乳饮料的销售份额在蒙牛整体销售额中有所提升，成为一个关键问题。

作为一档大众参与的娱乐节目，超级女声在2004年首次举办之时，就已经取得了比较好的社会反响。超级女声体现的"想唱就唱，自我主张"的时尚精神与蒙牛一直力图打造的时尚乳饮料的形象不谋而合。正是这种内在元素的契合促使蒙牛选择"2005超级女声"作为合作伙伴，以此为平台推广蒙牛酸酸乳。蒙牛为了扩大这次超级女声的传播力度，推出了20多亿包印有"超级女声"字样的产品。在超级女声举行的前后，蒙牛以最快的速度对店铺、超市内的堆头作了统一形象处理，最大限度地进行宣传活动。同时，蒙牛第一时间在自己的官方网站开通了关于"超级女声夏令营"的窗口，吸引了更多观众和"超女迷"们的注意。2005年4~5月，蒙牛在300多个城市完成了近600多场路演，利用路演活动将超级女声活动从5大唱区扩展到全国各地。各式各样印有"超级女声"和"蒙牛酸酸乳"标志的产品和海报几乎一夜之间覆盖全国。

蒙牛实效的工作态度以及超强的执行力，保证了超级女声的策划能够完整地体现，也使酸酸乳的销售量从2004年的7亿元人民币飙升到30亿元人民币。"2005蒙牛超级女声"令蒙牛完成了一个质的营销整合。

在激烈的市场竞争中，营销策划是企业取得成功的基础，但是一个成功的营销活动不仅需要出色的营销策划，还需要建立一系列支持营销策划顺利实施的要素。这些要素涵盖了企业经营的方方面面，包括市场驱动的组织结构以及该结构下的采购、研发、生产、财务、人力资源、法律等多项职能之间的配合。

营销策划及其实施不仅仅是营销人员的工作，从建立定位并尽可能获得顾客满意的角度来看，任何公司都可以视为一个大的营销机构。营销策划及其实施其实是整个系统而非某个部门的工作，其效果在相当程度上取决于整个系统而非某个部门，并且也对整个系统产生重要影响。显然，如果一个企业的产品不能被市场所认可，则其他所有工作也就失去了存在的意义。

高层管理人员应当从一个更广的视角来看待营销，并且需要建立一种更为系统的思维模式，这种思维模式的核心是：如果公司存在的基础是为客户提供价值，那么所有员工——无论他（她）处于哪一个部门——都将被视为满足客户需求过程中的一个角色，所有部门和人员的力量都应当被很好地整合，以实现更好地为客户提供价值这个基本目标。

10.1 建立市场驱动的组织结构

随着市场竞争的加剧，企业的组织结构正在逐步向以消费者为中心转变。为了在激烈的竞争中胜出，企业不仅越来越关注营销策划，还越来越关注营销策划实施背后的组织支持要素。尽管营销策划方案通常是在一个已经形成的组织结构中被提出的，但基于竞争的需要，企业也可能为更好地实施某些重大的营销策划方案而对现有的组织结构进行调整。因此，在营销策划的过程中，既要尊重现有组织结构本身的合理因素，同时也要敢于对组织结构的变革提出设想。当然，在大多数组织中，组织结构变革的决策权通常属于比较高层的管理人员。

正是基于组织结构本身并非一成不变的事实，营销人员应当对主要的组织结构以及营销机构在这种组织结构中的角色有一个清晰的了解。

10.1.1　组织结构设计的基本类型

尽管每个企业的组织结构都不尽相同，但从全球来看，典型的企业组织结构通常包括三种。

1. 直线职能制组织结构

这是最常见的营销部门结构类型，即按不同的营销功能建立各职能部门，各司其职。由企业负责营销的副总经理统一领导，协调各部门的活动，如图 10 - 1 所示。

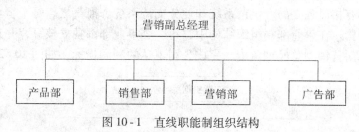

图 10 - 1　直线职能制组织结构

（1）产品部。其职能范围是使企业的产品（服务）构成，顺应消费者的需求及市场的动态变化，从而达到企业提高营销效益、实现营销目标的目的。

产品部的职能通过从采购开始到保证销售部门的供应，以及对产品（服务）的售后保证等一系列操作程序来体现。其具体包括从产品的材料、样式、规格、包装等设计，研究如何追求产品更价廉、更优质、效用性更强的全面发展，到重视发现所经营产品新用途的开拓，用新产品引导消费者需求，全方位考虑企业的产品组合等。

（2）销售部。其职能范围是与其他职能部门积极配合，在不断满足市场要求的服务过程中，实现企业的销售收入。

销售职能是企业营销的主要职能，现代营销的销售职能除了向消费者推销商品、送货、收款以外，还应包括以下内容：密切监察竞争者及商品动态；指导消费者合理使用商品；协助消费者解决使用商品时发生的问题；担负"活广告"的责任；充当消费者与企业间的纽带；随时留意其他有关营销活动的问题，并主动协助解决，如向产品部门提供新产品概念等。

（3）营销部。其职能范围是组织、分析、策划、控制、改善其他营销职能部门的活动，同时对企业营销活动实行日常性管理。

营销部应承担的具体职能包括：通过营销信息的收集，分析与评价在各种营销状态下所面临的市场机会与竞争威胁；制订能满足顾客和企业两方面需求的产品最佳计划；进行营销渠道的维持、管理和促进活动；承担对促销对象、促销目标、促销手段的选择和确定等多因素的管理；营销日常行政事务、营销预算、营销绩效管理、人员培训、运输库存等日常营销行为等。

（4）广告部。其职能范围是单独拟制或与专门广告策划公司合作完成企业的促销宣传广告。

广告部也是企业营销中重要的职能部门，具体承担包括广告内容、广告对象、广告目标、广告时限等的选择与限定；广告费用预算；确定广告媒体、实施广告的基本手段；组织人员或委托代理单位设计和制作广告；广告前期调查、广告方案执行、广告方案实施后的效果调查等。

职能分工型营销部门结构能提高工作效率，是专业化分工的产物。但其一般存在由于各部门人员只关心自己业务，而导致职能部门之间比较难以协调的情况，没有一个部门对任何产品或市场负完全的责任。这种结构类型较适用于那些产品种类不多、市场相对集中的中小型企业。

2. 事业部制组织结构

在该种组织结构下，企业通常按照某种（销售区域或产品类别）标准设立若干事业部，每一个事业部都有相对独立的产供销系统和业务支持系统。换言之，每个事业部都有一套完整的经营管理结构。在事业部制组织结构中，每一个事业部都独立核算，并且是公司的利润中心。各事业部向营销副总经理负责，完成公司下达的利润指标，如图 10 - 2 所示。

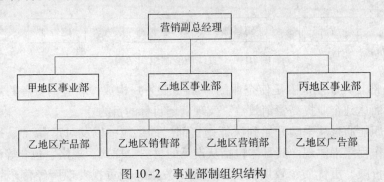

图 10 - 2　事业部制组织结构

事业部制组织结构的营销部门形成后，其每一个相对独立的分支部门的职责有 4 个方面的内容：

（1）制定产品（品牌）或地区或目标群体的长期发展战略。

（2）制订目标年度计划。例如，制订产品年度销售计划，并作出销售预测。

（3）采取相应措施，管理好属下各职能部门。例如，激励销售人员及经销商推销产品的积极性等。

（4）认真协调与其他分支部门的关系。例如，共同研究广告设计、宣传活动；注意产品改进、新产品开发等。

在该种组织结构下，每一个事业部都会有自己的营销部门和销售部门。从整个公司来看，营销和销售力量相对分散，但其好处也非常明显，即每一个事业部的营销人员和销售人员都专注于事业部自身产品的销售。因而就特定事业部的业务发展而言，营销人员和销售人员通常能对事业部业务范围内的产品进行及时的反应。

一般而言，在该种模式下，公司的营销人员和销售人员在数量上会比较多，营销和销售方面的人力资源支出也会比较大。但是，在事业部高效运转的情况下，由于事业部对市场快速反应所带来的收益会抵消人力资源支出增加对利润的负面影响，因此，整体而言，若产品线比较多，且不同产品线在消费者、原材料采购和渠道建设方面共享资源的空间不大，事业部制通常是一种比较好的选择。

在事业部制组织结构下，事业部之间在营销和销售方面共享资源的难度比较大。因为存在内部竞争，事业部的营销人员和销售人员通常不愿意运用本事业部的资源推动其他事业部产品的销售。因此，客户资源在不同事业部之间共享通常是有难度的。为了规避这些问题，有的企业在建立事业部制的同时，将事业部层面的营销人员和销售人员从事业部剥离出来，在公司总部层面建立统一的营销中心和销售中心。

将营销和销售力量集中于总部既有利，又有弊。所谓利，主要体现在原来分散在各事业部的营销人员和销售人员现在集中在一起，既有利于营销和销售的专业化运作，同时也有利于客户资源的共享；所谓弊，主要是指这种整合通常会对事业部的相对独立经营产生影响，在事业部不再直接从事自身产品营销和销售的情况下，事业部事实上已经很难真正对利润承担责任，而事业部管理层的经营自主性以及经营积极性可能都会受到影响。

3. 矩阵制组织结构

与事业部制组织结构相比，矩阵制组织结构的最大特点就是增加了横向的协调机构。在矩阵制组织结构下，企业通常按照业务线条建立若干利润中心，同时，在横向上设立对业务线条进行协调的机构，以确保业务线条之间的资源共享能够得到更好的实现。该种模式下的典型的组织结构如图 10 - 3 所示。

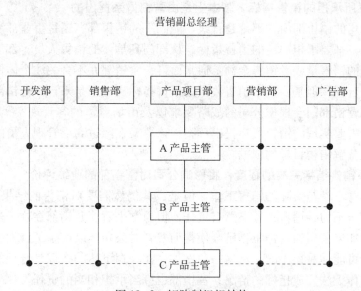

图 10 - 3　矩阵制组织结构

通常而言，在矩阵制组织结构下，业务线条会建立自己的营销和销售体系，整个公司的营销和销售力量分散在各业务线条中，这一点和事业部制组织结构类似。矩阵制有助于不同业务板块之间的协调，并可能通过横向的协调共享一些资源，如广告促销、公共关系建设等。但是，矩阵制在解决一些问题的同时，会引发一些新的问题，最为典型的就是在矩阵制组织结构中，通常会存在双重领导的问题。

从全球来看，许多跨国公司都建立了矩阵制组织结构，其中的核心原因是：不仅不同产品线之间的经营特点确实存在差异，而且不同国家和区域之间的经营环境也存在差异，相比较而言，矩阵制尽管存在一些自身固有的缺陷，但对于在多业务领域、多国家同时运营的跨国企业而言，仍然是一种比较理想的选择。

10.1.2　营销部门与销售部门的关系

企业无论采取何种组织结构，都会涉及营销部门与销售部门的关系问题。从功能定位的角度来讲，营销与销售是有明显区别的。营销是指通过一系列的策划使得客户产生购买欲望的行为；而销售指的是将产品或者服务出售给客户的行为。尽管很多中小型企业在起步过程中只设立销售部，但是，在企业成长到一定阶段以后，设立专门的营销部是大部分企业的共同选择。

尽管营销与销售存在明显的区别，但是，两者也是紧密联系的，这种联系主要体现在以下几个方面：

1. 销售体系所执行的政策，基本上是由营销体系制定的

通常而言，销售体系所执行的政策，包括价格、付款期限、退货条件、返利水平等都是由营销部制定的。销售体系所完成的功能，更多的是在既定政策的基础上实现向客户的销售。销售体系可能会展开一系列的价格促销活动，但是，对于价格促销的一些关键问题，如价格折扣水平、促销活动持续时间等，销售体系自身一般无权制定，而需要由营销部在综合分析竞争环境的情况下设计方案后由销售体系去实施。

2. 销售体系所承担的销售指标，基本上是由营销体系提出的

几乎所有公司的销售部门，不论是直线职能制下的销售部，还是事业部制下设立在事业部层面的销售部，都要承担一定的销售指标，从部门到具体的销售人员，都需要在特定时期内完成公司规定的销售量或者销售金额。通常而言，营销部并不会关注个体销售人员所承担的销售指标是否合理，但是，整个销售体系的销售指标实际上是来自于营销部的。在大多数情况下，公司的营销部门会根据公司的战略要求以及市场竞争的客观现实，就公司在年度、半年度和月度所需要实现的销售目标提出草案，该草案在经过高层管理人员的审批后就成为销售体系制定和分解销售目标的依据。

3. 销售体系销售指标完成的程度，将影响公司对营销部的业绩评价

尽管营销部并不参与实际的销售工作，但是，其仍然需要对销售的结果承担部分责任。如果一个企业销售不力，销售人员显然有责任，但通常来看，营销部在这个过程中也难以置身事外。因为，如果公司的营销工作已经使得消费者对公司产品产生了巨大的吸引力，则完不成销售指标的可能性是很小的，从这一角度讲，在公司下达的指标是合理的情况下，如果出现销售体系整体无法完成指标的情况，营销部也应当承担相当的责任。

由此可见，销售部与营销部可谓是两个高度相关、彼此既存在冲突又互相依存的部门。没有营销部的配合，销售部将难以根据市场环境制定恰当的销售政策，包括渠道管理策略；没有销售部的努力，所有的策划到最后都只会是空中楼阁。因此，这两个部门并不存在谁领导谁的问题，而是一个需要高度协作共同完全目标的整体。

10.1.3　营销部门的内部机构设置

中小型企业通常在营销部内部不再设立细分的机构，而仅仅设立若干职位；更大的公司则可能成立市场营销中心，并在市场营销中心下设立若干部门。无论何种情况，有一点是共同的，即营销部门内部需要进行进一步的专业化分工。至于分工的结果是以岗位的方式体现还是以部门的方式体现，则更多取决于公司的规模和盈利情况。

一般地，营销部门由包括完成如下功能的若干专业人员组成：

1. 营销调研功能

获得尽可能充分的信息以支持决策是开展营销策划工作的一个重要原则。营销部门内部通常需要设置一个专职从事营销调研和竞争情报收集的团队（在部分中小型公司中，为节省成本，营销调研的工作可能由一个人来完成），该团队所收集的信息将成为公司进行营销策划的重要依据。

2. 产品管理功能

公司通常需要建立一个产品管理团队，不同的企业对该团队的功能定位稍有不同。有的企业在产品管理中侧重于新产品的开发，有的企业则侧重于产品线内部的结构调整。在快速消费品领域，尤其是在采取多品牌战略的快速消费品领域，产品管理团队通常由若干品牌经理组成。每个品牌经理负责该品牌的品牌定位、品牌推广、市场扩张以及渠道管理工作。在大多数情况下，定价策略以及价格调整策略的制定也是产品管理功能的一部分。

3. 广告管理功能

为加强公司的广告管理能力，并通过统一的界面和广告公司打交道，公司尤其是消费品公司通常会设置一位广告经理。该广告经理的主要工作是在预算范围内进行广告资源的分配、广告渠道的选择以及与外部专业广告公司的沟通，通常企业并不进行具体的广告设计。在多品牌运作的快速消费品企业中，特定品牌的广告主题，通常也是由品牌经理先进行策划，然后再由广告公司按照品牌经理的要求来设计具体的广告内容。

在通常的设计中，由于定价、渠道、促销都与产品密不可分，因此，定价管理、渠道管理和促销管理的功能通常会并入产品管理功能中。但是，这只是比较常见的处理方式，许多企业仍然会建立具有自身特色的安排。比如，在某些企业中，产品功能可能偏重于新产品开发，在这种情况下，企业通常会设置一个促销经理；还有的企业，其渠道设计比较复杂而且要根据环境进行及时的调整，在这种情况下，企业可能就需要在市场营销部门内部设立专门的渠道管理机构。

10.1.4　推动各职能部门的整合

营销策划的过程更多的是由营销部门来完成，它是企业内部各部门相互合作的结果，营销策划的实施有赖于各职能部门的整合。应当说，在营销策划实施的过程中，营销部门需要和企业的每个部门进行有效的整合，才能保证营销策划得以顺利地实施，才能取得良好的效果。这里主要研究 4 个问题：营销部门与财务部门的整合、营销部门与人力资源部门的整合、营销部门与产品开发部门的整合以及营销部门与信息管理部门的整合。

1. 营销部门与财务部门的整合

在营销策划的实施过程中，营销部门与财务部门的整合是首要进行的工作。营销人员应当制定关于营销策划实施的详细预算情况，并就该预算情况与财务部门沟通。如果该预算本身是公司年度财务预算的一部分，则与财务部门的沟通重点应放在特定营销行动的资金及时到位上；如果该预算并非年度财务预算的一部分，则显然营销部门首先需要了解公司的财务状况，并评估当前公司的财务状况能否支持此营销策划方案的实施。

营销部门和财务部门的关系是非常紧密的，这种紧密并非仅仅体现在营销策划的预算方面，营销策划所涉及的诸多内容，都可能给公司的财务状况带来影响。营销人员应当就这种可能的影响与财务部门进行沟通，并将沟通的结果视为影响决策的重要依据之一。

举例来说，在提出新产品开发的建议后，营销人员应当与财务人员共同评估该种新产品开发能否得到足够的资金支持。在作出价格调整策略后，营销人员应当与财务人员共同评估该种调整给公司收入以及现金流可能带来的影响。另一个突出的例子是，在渠道管理的过程中，对渠道商信用管理政策的任何调整，都可能给公司的财务状况尤其是现金流情况带来很大的影响，无论是从提升公司盈利能力还是确保财务安全的角度考虑，营销部门和财务部门都应当进行很好的整合。

2. 营销部门与人力资源部门的整合

营销策划的实施过程可能涉及公司人力资源需求的变动，因此，在营销策划的实施过程中，营销人员应当和人力资源部门保持密切的沟通。营销策划的实施对人力资源需求的影响，通常体现在以下两个方面：

（1）公司的渠道策略可能意味着巨大的人力资源需求。在渠道扁平化的大趋势下，企业可能通过设立更多分公司或者办事处的方式更加直接地面对区域市场。在这种情况下，尽管渠道本身可能在朝扁平的方向发展，但是，公司的销售人员通常需要大幅度增加。与资金需求不同的是，企业通常需要在短期内设立若干分公司，往往很难在较短的时间内招聘到足够多的专业人员。

（2）如果公司采取人员促销的方式，则公司可能需要建立一支庞大的促销人员队伍。即使先不考虑对促销人员的管理，从人力资源的需求角度讲，建立一支庞大的促销队伍意味着公司人员规模将有比较明显的扩大，而这个过程通常会涉及一系列与人力资源管理相关的工作，包括招聘、培训、业绩评估和激励等。因此，在整个实施过程中，营销部门和人力资源部门需要在资源上进行有效的整合。

3. 营销部门与产品开发部门的整合

营销部门和产品开发部门之间同样存在非常紧密的关系。通常而言，企业的成长总是建立在持续推出新产品基础之上的。尽管营销部门可以提出新产品开发的建议，但是，在大多数企业，新产品开发是由专门的产品开发部门来完成的。其中就存在着这样一个问题，即如何在营销部门和产品开发部门之间建立一种机制，以真正实现新产品开发的市场化导向。

尽管很多企业意识到营销部门与产品开发部门之间的整合对企业的持续成长非常重要，但是，如果缺乏一套整合两者的制度，营销部门与产品开发部门之间的整合往往并不容易实现。一个带有普遍意义的事实是：产品开发人员往往更多地从技术的角度考虑问题，而营销人员则更多地从市场的角度考虑问题。两个部门考虑问题的角度存在比较明显的差异，这种差异最终可能使得双方对新产品开发的立场会存在明显分歧。

企业需要建立一套制度，这套制度既能充分发挥营销人员熟悉市场的优势，同时又能激发产品开发人员的灵感和创新。从实践来看，那些在新产品开发方面硕果累累的企业大都很好地整合了公司的营销部门和产品开发部门，并最终建立了一套以市场需求为导向，同时又尊重产品开发人员想法的新产品开发管理制度。

4. 营销部门与信息管理部门的整合

市场竞争的加剧以及现代信息技术的发展是推动营销部门与信息管理部门之间加强整合的主要原因。今天，越来越多的企业开始建立营销数据库，并通过数据库更加深入地分析消费者的行为。同时，客户关系管理（CRM）系统开始成为企业信息系统的重要组成部分。

总体而言，现代企业的营销部门确实越来越多地运用现代信息管理工具，以实现对市场信息、消费者行为、分销商等各方面信息的采集和分析。

营销部门是公司典型的前台部门，而信息管理部门则是公司典型的后台部门。在大多数情况下，营销部门往往并不了解信息管理系统开发的流程和技术，而信息管理部门则通常对于业务并不十分熟悉。在大多数企业，尽管营销部意识到应当更多地依托现代信息技术开展营销活动，但是，从实践来看，能够有效整合营销部门和信息管理部门的企业并不多。

在营销部门和信息管理部门之间通常并不会自动发生高质量整合的情况下，推动营销部门和信息管理部门之间整合的主要途径就是建立合适的流程和制度。该种流程和制度应当使得营销部门在提出信息管理系统开发要求时，就已经从投入产出的角度对建立这样的系统进行了考虑，同时，也应当使得信息管理部门自身有充分的动力和压力在软硬件投入尽可能少的情况下，设计出能够对营销活动产生实质性支持的信息管理模块。

企业存在的基本意义就是为消费者提供价值，从这一角度来看，企业内部所有部门都应当以满足消费者的需求为基本原则去组织各种职能活动。如果所有职能部门都立足于为消费者带来价值，则企业内部的资源整合就更有可能成功。从市场竞争的趋势来看，有一个趋势已经越来越明显，即真正的胜利者是全能冠军而非单项冠军。

10.1.5　整体营销是企业营销组织的核心内容

企业营销组织是指为了实现企业的营销目标，而对企业的全部营销活动从整体上进行平衡协调的有机结合体。其能集中所有的力量对企业营销战略进行具体的规划与控制，是企业充分利用营销力量的基础。

1. 整体营销是企业营销成功的基础

（1）实现企业营销目标不能靠单部门的努力。企业的实际营销活动是一个复杂的系统工程，因为一个企业的正常运行机制并非只是由单个营销部门独立构成，而是由各自承担着不同职能的多部门结构组成，尤其是大型企业，往往还会由若干个不同的层次所组成。很显然，企业营销目标能否实现，不仅仅依赖于营销部门的努力，同时还取决于企业中其他从事产品开发、生产、财务、后勤以及行政等所有职能部门的通力协作。事实上，企业的营销目标体系最终必然形成若干个专门化的目标，落实到各职能部门以及每个员工的身上。因此，营销并非单个部门的事情，只靠营销部门的孤军奋战，根本无法实现企业的营销目标。

（2）营销导向是企业职能部门共同努力的方向。事实上，绝大部分企业内部各职能部门的管理人员和员工，都会十分注重本部门决策及具体实施的效果。而这种普遍把部门行为中心凝聚于本部门的目标行为，必然会导致疏于从全局角度考虑企业整体利益的不良效果。

例如，当一个营销策划方案问世时，生产部门会为其中生产线的调整而争执；财务部门会为坚持某种促销手段运用时必须更合乎严格的信用标准而争议；运输部门会由于新的运货方式造成成本上升而拒绝合作等。一系列部门之间的矛盾，使方案的具体实施显得困难重重，或者完全可能由于某一环节的强力制约，而最终使该项营销策划方案流产。这种情况产生的根本原因，是企业内各部门都倾向于更强调自身的重要性和本部门的利益。其中，不可否认确实也会存在营销部门策划方案立足点片面性的原因。因此，只有当企业各部门的行为建立在营销导向基础上，才能真正使企业全体力量互相配合协调，最终形成以整体营销为核心内容的企业营销组织有机结合体。

2. 企业营销组织有机结合体形成的途径

只有在将顾客作为营销核心和营销作为整体功能的情况下，企业的全部职能才真正围绕使顾客满意的宗旨而展开。这是通过企业营销部门把顾客需求传递给企业，并控制、协调企业的其他职能部门都做到"为顾客服务"。

企业整体营销文化的建立有以下几种途径：

（1）引导企业各级主管树立营销导向的经营观念。在企业实际营销活动中，营销部门主管不可能直接要求其他部门把为顾客提供服务作为他们的工作中心。只有在企业最高主管重视营销导向的基础上，给营销部门以发言和决策的重要地位。总经理应在为顾客提供良好服务方面做出表率，并说服企业各级主管树立以营销为导向的经营观念。

（2）明确企业各级主管均对市场营销负有责任。从企业的最高主管到各职能部门主管都要了解市场需求，并参与制定企业的营销目标体系，检查计划的实施情况。企业内应该强调对完成战略目标的贡献，提倡部门之间尽可能多地相互了解和共同协作。要经常把各部门在完成企业总目标中所作的贡献通报全体，并定期对成绩优秀的部门和员工进行适当的奖励。

（3）组建较为完善的营销工作班子。包括总经理，销售副总经理，负责研究与开发、采购、制造、财务、人事等各部门的副总经理，以及公司其他一些关键人员在内，形成较为完善的营销工作班子。聘用、提拔能人作为营销部门主管，要求其不仅能管理好本部门，而且还能影响企业高层领导，并与其他职能部门保持良好关系。同时，还可以寻求外部营销咨询专家的帮助，从而在企业内逐步贯彻、落实营销思想，建立企业营销文化。

（4）建立现代营销计划体制。这是培养企业各级主管接受营销导向思想的一个有效措施。现代营销计划体制要求主管们必须首先和经常考虑营销环境、营销机会、竞争趋势以及其他营销问题，分析并了解本部门在企业总体营销目标中应该承担的任务和规定的目标。同时结合具体情况，制订本部门的营销计划方案，经确定后严格执行，并随时接受相关部门的评价与控制。

（5）完善企业内部营销培训措施。企业要为包括各级主管、营销人员、制造人员、研究开发人员等在内的管理层和相关员工精心设计相应的营销培训措施。通过这些培训措施，不断向企业员工传播营销知识、营销技术和营销观念。逐渐在企业内树立营销导向的经营观念，从根本上改进企业各部门的行为方式。

总之，即使一个企业已经设置了现代营销部门，并不意味着它就是以营销导向运行的企业。只有在企业员工认识到企业所有部门的任务都是"为消费者服务"，"市场营销"不仅仅是企业某个部门的名称，而是整个企业经营运作的宗旨时，企业才真正形成了以整体营销为核心内容的企业营销组织。这是企业营销活动的合力体现。

10.2　营销策划的实施

营销策划实施是指营销策划方案实施过程中的组织、指挥、控制与协调活动，是把营销策划方案转化为具体行动的过程。企业的营销策划完成以后，要通过前文所介绍的企业营销管理部门组织实施。企业营销管理部门必须根据策划的要求，分配企业的人、财、物等各种营销资源，处理好企业内外的各种关系，加强领导与激励，提高执行力，把营销策划的内容落到实处。

营销策划实施的主要内容，包括营销活动的组织、领导和监控。

10.2.1　营销策划的组织

营销策划的组织就是组建有效的营销组织机构和落实责任人。企业的营销策划方案要靠人去实施，因此，需要在实施前组建有效的营销组织机构并将责任落实到人。营销组织机构和人员的落实，可以通过组编、调配各职能机构的人员和制定相应的规章制度，确定每个职位的职权范围、职责及其关系，以便各司其职、各负其责，使企业高效率运作。

10.2.2　营销策划的领导

营销策划的领导就是企业的营销管理人员通过指挥、激励、协调、沟通等机制，确保营销策划方案付诸实施的管理活动。

指挥是指使用命令、沟通、请求或说服等方式发出指令，使某人做某事。营销管理者不但要发出指令，还必须为执行者实施有关的政策和决策创造条件，并进行后续跟踪检查，以保证计划得到执行。这就要求营销管理者下达的命令或指导性意见应该清楚明确，不致引起误解；应该完整可行，不要忘掉重要的内容，也不要难以执行。难以执行的命令或指导性意见可能会造成严重的后果，如会使员工因为无法完成任务而情绪低落，甚至对营销管理者产生不满或离职倾向。

激励是指营销管理者对其员工激发鼓励、调动其热情和积极性的行为。从心理学的角度看，激励是通过外部的某种刺激，激发人的内在动机，形成动力，从而增强或减弱人干某件事的意志和行为。因此，激励的核心问题是动机能否被激发。通常激励的程度越高，人们的动机被激发得就越强烈，为实现目标而进行工作也就越努力。在营销过程中，最常用的激励手段是鼓励、支持与奖励；当然，适当使用惩罚也是必要的。其中，前者是正向激励，后者是负向激励。设立恰当的报酬制度，是激励的一项重要内容。

协调是指营销管理者在营销过程中，针对企业内外部出现的问题与矛盾，进行调解和解决的机制。营销策划方案的实施涉及企业的各个部门，需要每一个部门的支持；另外，还涉及企业外相关群体的利益。如果处理不好这些关系，企业的营销策划就难以实施。营销管理者在出现矛盾与问题时，必须协调企业内外的关系，妥善解决矛盾和问题。

沟通是指营销管理者通过向其员工、其他部门或企业最高决策层传达感受、意见和决定的方式，对员工、其他部门或企业最高决策层施加影响。而企业员工、其他部门或最高决策层也只有通过沟通，才能使营销管理者正确评估自己的领导活动，并使营销管理者及时发现营销过程中存在的问题。另外，沟通还有利于营销管理者与员工、其他部门或企业最高决策层互通信息，联络感情，增强凝聚力，鼓舞士气，提高营销效率。

10.2.3　营销策划实施中应防止的问题

营销策划方案并不是总能够实施并完成。很多问题会阻碍营销策划方案的实施。企业市场营销活动中常见的问题包括计划脱离实际、营销执行力较差和企业各层次的责任不明确。

1. 计划脱离实际

这是指企业营销计划人员在制订营销计划时，没有从客观实际出发，使制订出来的营销计划不可行，脱离实际，如营销计划的指标偏高，不可能实现；或者计划的前提条件脱离企业的实际，使制订出来的计划方案失去客观基础；或者长期计划与短期计划相脱节等。如果是这些情况发生，必须对计划本身进行调整。

2. 营销执行技能较差

由于企业内部的信息沟通存在问题，或者由于企业人员的素质不高，或者由于人的积极性没有得到充分的发挥，都会使计划不能得到有效的贯彻和执行。

3. 企业各层次的责任不明确

在营销计划的制订和执行过程中，企业内部各个层次的管理人员担负着不同的责任。企业的高层管理者要制定正确的政策和制度，为企业的营销活动提供正确的思想观念；企业营销部门的管理者要根据公司的总体计划和基本指导思想，制订科学的营销活动计划，并能协调基层营销管理人员的工作，发挥其积极性，保证营销计划的贯彻执行；基层营销管理人员（如促销部经理）则应根据企业整体的营销活动计划，制订本职能部门的营销活动计划，协调企业内外的各种关系，调动营销人员的工作积极性，使企业的营销计划得到贯彻实施。

10.3   营销策划实施的监控

营销活动的监控是指营销管理者跟踪企业营销活动过程的每一个环节，确保其按照企业预期目标而实施的一套监督与控制程序。其目的是通过建立绩效标准并且比较实际业绩与绩效标准的差异，不断纠偏，最终实现企业的营销策划目标。

营销策划监控是使企业营销策划方案得以有效执行的重要保证。它不仅有助于企业及时发现策划执行中的问题，寻找解决方法，而且有助于企业面对未来不确定的市场环境及时调整营销方案。

10.3.1   营销策划实施监控的程序与内容

营销策划实施监控的一般程序，可以分为设计营销控制标准、对营销活动情况进行监测与评价以及对营销策划进行纠偏3个步骤。

1. 设计营销控制标准

营销控制标准是指营销策划者希望企业的营销活动能够达到的状态或完成的任务，一般根据控制者的要求（营销目标和营销战略）、市场环境、目标市场的情况、竞争者的情况和控制者的控制力等因素确定。

营销控制标准包括定量指标和定性指标两种。其中，定量指标有：①销售业绩（产品、市场的销售量与销售额）；②盈利能力（产品、市场的利润及利润率）；③营销费用及费用率；④增长潜力（产品、市场的销售增长率）；⑤竞争性（市场占有率）等。定性指标有：①消费者或用户的满意度；②与合作伙伴的关系与互动；③销售队伍的努力程度与成效；④渠道成员之间的关系发展等。

由于定量指标具有容易操作的特点，所以在可能的情况下，营销策划实施监控多采用定量指标。不过，在不同的营销监控过程中，营销控制标准的内容可以有所不同，它们可以是产品、分销方面的标准，也可以是定价、促销等方面的标准。

2. 对营销活动情况进行监测与评价

营销控制标准为营销绩效的检查评估提供了一个参照依据。对营销活动情况进行监测，就是收集与营销活动情况有关的数据或资料。营销控制能否达到预期效果，这一步是关键，因为只有对营销活动情况有一个全面、真实、及时的了解，才能对营销控制做到胸中有数。监测方法有许多，包括对销售业绩进行数据统计、对顾客进行测查、在现场进行观测以及通过中介组织进行调查。

收集到适用的数据或资料以后，就要着手进行对营销活动情况的分析和评价。这一步的目的在于发现问题。营销活动中的问题，是通过实际执行情况与控制标准之间的差距表现出来的。控制者要注意做到以下几点：

（1）通过实际执行情况与控制标准的比较，发现出现偏差的地方以及分析偏差的性质。由于营销控制的内容和标准很多，所以偏差可能出现在许多不同的方面。例如，偏差可能出现在营销效率方面——销售业绩不佳或营销费用太高；也可能出现在营销渠道方面——渠道冲突恶化、合作水平和合作意愿降低、投机行为增多等。找到偏差发生的地方后，还要判断其性质。偏差不一定都是坏的，有时可能是对企业有利的偏差。例如，营销效率好得出奇，是企业事先没有料到的；企业与某一个合作伙伴的关系发展得非常顺利，甚至超出了企业的预期。对于性质不同的偏差，营销控制的目的有所不同。对于对企业不利的偏差，营销控制的目的重在纠偏；而对于对企业有利的偏差，营销控制的目的重在找出原因，以便向更有利的方向引导。

（2）分析偏差的大小及容忍度。偏差大小是指营销策划的实际执行情况与控制标准之间的差距。一般而言，实际执行过程总是或多或少地会偏离控制标准，这是正常的；相反，如果完全没有偏离控制标准，可能才不正常。问题在于出现的偏差是否在允许的范围内。只有那些超出了允许范围的偏差，才是企业需要认真对待的。这体现了管理控制系统的"强调例外"原则。一般控制者对于发生在重要控制标准上的偏差，容忍度比较小；而对于发生在不太重要的控制标准上的偏差，容忍度比较大。

（3）分析偏差形成的原因，制定纠偏措施。这里要把问题的表象和问题的根源区别开。有时看起来是销售业绩出现的偏差，但实际上是营销渠道中的合作出现了问题；有时看起来是营销渠道中的合作出现了偏差，但实际上是企业的营销渠道政策损害了合作者的利益，导致合作者采用消极的态度应付；有时企业的营销渠道政策有漏洞，其他渠道成员借此从事投机活动。要找到偏差形成的根源，就需要进一步收集数据和资料，并对其进行深入的分析和评估。只有找到了偏差形成的根源，才能对症下药，制定出切实可行而又富有成效的纠偏措施。

3. 对营销策划进行纠偏

根据偏差形成的原因，对营销策划的纠偏主要有以下两个方面：

（1）修改或调整企业自己的营销目标和营销战略，以适应环境的变化。偏差有可能是因为环境变化，而使企业以前制定的营销目标和营销战略不再适用所致；也可能是因为企业在制定营销目标和营销战略时，对未来过于乐观或过于悲观的估计所致；还可能是因为企业的营销政策设计不当，留下了太多的漏洞给投机者钻空子所致。不管是哪一种情况出现，都意味着企业原有的营销目标和营销战略不再适用，需要作出修改或调整。随着营销目标和营销战略的改变，营销控制标准也要作出相应的修改或调整。

（2）影响或指导企业的营销人员或合作伙伴企业改变某些不当行为，采用合理先进的工作方法，以提高营销效率与合作水平。如果偏差确属营销人员或合作伙伴企业的行为不当所致，那么就要通过各种手段或策略，对他们施加影响，改变他们的不当行为；当然，如果偏差为一些营销人员或合作伙伴企业的恶意投机行为所致，企业又无法通过重新设计营销政策解决这一问题，企业就要严厉地惩罚他们，直至开除或中断合作关系。

10.3.2　营销策划实施监控的方法

营销策划实施几乎涉及企业所有人员，因此，对其进行监控相当复杂。营销管理者可以采取多种方法对营销策划方案的实施进行监控。常用的监控方法有年度营销计划控制、盈利能力控制、效率控制、战略控制（营销审计）等。

1. 年度营销计划控制

年度营销计划控制是指由企业高层管理人员负责的，旨在发现计划执行过程中出现的偏差，并及时予以纠正，帮助年度计划顺利执行，检查计划实现情况的营销控制活动。一个企业有效的年度计划控制活动应实现以下具体目标：①促使年度计划产生连续不断的推动力；②使年度控制的结果成为年终绩效评估的依据；③发现企业的潜在问题并及时予以解决；④企业高层管理人员借助年度计划控制监督各部门的工作。

一般而言，企业的年度计划控制包括销售分析、市场占有率分析、市场营销费用对销售额的比率分析、财务分析和顾客态度追踪等内容。

（1）销售额分析。销售额分析主要用于衡量和评估经理人员所制定的计划销售目标与实际销售之间的关系。这种关系的衡量和评估有以下两种主要方法：

1）总量差异原因分析。这种方法用于分析不同影响因素对销售业绩的不同作用。

2）微观销售分析。这种方法着眼于分析可以决定未能达到预期销售额的特定产品、地区等。

（2）市场占有率分析。销售额的绝对值并不能说明企业与竞争对手相比的市场地位怎样。市场占有率分析有以下3种指标。

1）全部市场占有率。它是指用企业的销售额占全行业销售额的百分比来表示。利用这一指标必须作两项决策：一是要用单位销售量或以销售额来表示市场占有率；二是正确认定行业的范围，即明确本行业所应包括的产品、市场等。

2）个别市场占有率。它是指企业在某个市场即某个销售区域内的销售额占全行业在该地区市场销售额的比重。

3）相对市场占有率。它是指将本企业的市场占有率与行业内领先的竞争对手的市场占有率进行比较，若大于1，则表示本公司即为行业的领先者；若等于1，则表示本公司与最大竞争对手平起平坐；若小于1，则表示本公司在行业内不处于领先地位。如果相对市场占有率不断上升，则表示公司正不断接近领先的竞争对手。

（3）市场营销费用与销售额的比率分析。年度计划控制要确保企业不会为达到其销售额指标而支付过多的费用，关键就是要对市场营销费用与销售额的比率进行分析。

（4）财务分析。市场营销管理人员应就不同的费用与销售额之间的比率和其他的比率进行全面的财务分析，以决定企业如何以及在何处展开活动，获得盈利。尤其是应利用财务分析来判断影响企业资本净值收益率的各种因素。

（5）顾客态度跟踪。企业一般主要利用以下系统来追踪顾客的态度：顾客投诉和建议制度、典型用户调查和定期的用户随机调查。

2. 盈利能力控制

盈利能力控制是指测定企业不同产品、不同销售地区、不同顾客群、不同销售渠道以及不同规模订单盈利情况的控制活动。它主要包括：

（1）营销成本控制。营销成本包括直接推销费用、推广费用、仓储费用、运输费用和其他营销费用。

（2）盈利能力的控制。取得利润是所有企业的最重要的目标之一，其主要有以下盈利能力考察指标。

1）销售利润率。它是指利润与销售额之间的比率，表示每销售 100 元使企业获得的利润。其公式是

$$销售利润率 = \frac{本期利润}{销售额} \times 100\%$$

2）资产收益率。它是指企业所创造的总利润与企业全部资产的比率。其公式是

$$资产收益率 = \frac{本期利润}{资产平均总额} \times 100\%$$

（3）净资产收益率。它是指税后利润与净资产所得的比率。净资产是指总资产减去负债总额后的净值。净资产收益率是衡量企业偿债后的剩余资产的收益率，其计算公式是

$$净资产收益率 = \frac{税后利润}{净资产平均余额} \times 100\%$$

（4）资产管理效率。其包括以下几项指标：

1）资产周转率。该指标是指一个企业以资产平均总额去除产品销售收入净额而得出的比率。其计算公式是

$$资产周转率 = \frac{产品销售收入净额}{资产平均占用额}$$

2）存货周转率。该指标是指产品销售成本与存货（产品）平均余额之比。其计算公式是

$$存货周转率 = \frac{产品销售成本}{存货平均余额}$$

3. 效率控制

效率控制的目的是监督和检查企业多项营销活动的进度与效果。假定企业的某些产品或某个地区市场的盈利状况不好，就有必要进行效率控制，发现问题，加以改进，从而提高企业的营销效率和经济效益。效率控制的任务主要是提高人员推销、广告、促销、分销等工作的效率。

（1）销售人员效率。衡量销售人员效率主要有以下指标：

1）每个销售人员平均每天的销售访问次数。

2）每次会晤的平均访问时间。

3）每次销售访问的平均收益。

4）每次销售访问的成本。

5）每次销售访问的订购量。

6）每个访问周期增加或减少的顾客量。

7）销售成本对总销售额的百分比。

企业可以从以上分析中，发现一些重要问题，例如，销售人员访问次数是否太少，每次访问的时间是否太长，是否增加了新顾客且保留了原有顾客等。企业通过分析后，能采取针对性的改进措施。

（2）广告效率。企业应该作好以下统计：

1）每一媒体类型、每一媒体工具接触每千名顾客所花费的广告成本。

2）顾客对每一媒体工具注意、联想和阅读的百分比。

3）顾客对广告内容和效果的意见。

4）广告前后顾客对产品态度的衡量。

5）顾客受广告刺激而引起的询问次数。

企业高层管理可以采取若干步骤来改进广告效率，包括进行有效的产品定位、确定广告目标、利用较佳媒体以及进行广告后效果的测定等。

（3）促销效率。为了改善销售促进的效率，企业管理阶层应对每一促销的成本和其对销售的影响进行记录，注意作好如下统计：

1）由于优惠而销售的百分比。

2）每一销售额的陈列成本。

3）赠券收回的百分比。

4）因示范而引起询问的次数。

企业还应观察不同销售促进手段的效果，并选择使用最有效果的促销手段。

（4）分销效率。分销效率主要是指对企业存货水准、仓库位置及运输方式进行分析和改进，以达到最佳配置并寻找最佳运输方式和途径。

4. 战略控制

战略控制通常由企业高层管理人员专门负责。它是指营销管理者通过采取一系列行动，使市场营销的实际工作与原战略规划尽可能保持一致，在控制中通过不断的评估和信息反馈，连续地对战略进行修正。

与年度计划控制和盈利能力控制相比，市场营销战略控制显得更重要，因为企业战略是总体性的和全局性的。而且战略控制更关注未来，要不断地根据最新的情况重新估价计划和进展，因此，战略控制也更难把握。在企业战略控制过程中，主要采用营销审计这一重要工具。

市场营销审计是指对企业或战略经营单位的市场营销环境、目标、战略和市场营销活动等独立、系统、综合地进行的定期审计，以发现市场机会，找出问题所在，并提出改进工作和计划的建议。营销审计实际上是在一定时期对企业全部营销业务进行总的效果评价，其主要特点是不限于某一些问题的评价，而是对全部问题的评价。

营销审计的内容包括以下方面：

（1）市场营销环境审计。企业营销环境可分为宏观环境和微观环境。宏观环境审计主要是对人口发展变化、收入、储蓄、信贷等方面的审计；微观环境审计主要是对市场、顾客、竞争者、经销商、供应商及其他相关企业等内容的审核。

（2）市场营销战略审计。其主要是对企业使命、企业营销目标和战略方面的审核。

（3）市场营销组织审计。其主要是进行领导结构、职能效率和部门之间合作效率三方面的分析。

（4）市场营销系统审计。其主要评估企业信息系统、计划系统、控制系统及产品开发系统，包括市场营销信息系统能否正确、及时、有效地收集、整理市场发展变化方面的信息；计划系统是否成功而有效地编制了计划及计划系统对预期目标的达成率；营销控制系统能否确保企业各项计划的实现；管理部门是否对产品、市场、地区和分配路线的经济效益进行定期分析；产品开发系统是否为产生、收集、筛选新产品构思进行调查研究和商业分析；是否在新产品正式上市前进行过适当的产品试验和市场试销等。

（5）市场营销效率审计。其主要审计营销组织的获利能力和各项营销活动的成本效率，包括分析企业不同产品、市场、地区和分配路线的利润情况；分析企业应该打入哪些市场、扩大或收缩及撤出哪些市场；检查成本效益，找出某些营销活动超出预计成本的原因及采取哪些降低成本的步骤，评价成本控制的效果。分析审查销售收入、费用的增减程度及结构变化，分析贷款回收率及存货周转速度的快慢，分析销售人员的效率和市场占有率的变化。

（6）市场营销功能审计。它是指对市场营销组合因素进行审查。其具体体现在：

1）产品。例如，现有产品线是否适合顾客的需要，现有产品是否需要作调整，应增加、扩大或淘汰哪些品种或品牌，产品的质量、款式、规格颜色及品牌（或商标）是否调整等。

2）定价。例如，定价的目标、策略、程序各是什么，成本、需求及竞争状况对定价的影响程度，顾客认为价格与产品的实际利益是否相符，经销商和政府对定价有哪些影响等。

3）分销渠道。例如，分销的目标和策略是什么，市场覆盖率怎样，分销渠道是否需要改进等。

4）促销。例如，企业广告目标是什么，预算怎么做，实际的费用是否适当，广告制作效果怎样，公众对广告效果的评价如何，其他促销手段是否要加强等。

5）人员推销。例如，推销队伍的规模、组织方式是否适应产品的销售，推销人员的选拔、任用、素质与能力的提高进行得怎样，推销人员的报酬及激励措施怎样，与竞争对手相比如何等。

本章小结

企业要取得好的营销效果，不但要求有好的营销策划，而且营销策划的实施与监督控制也非常重要。营销策划是实现预期营销效果的前提，而营销策划方案的正确实施和监督则是实现企业营销战略的重要保证，所以，策划实施与监督控制在营销策划的全过程中起着十分重要的作用。

本章主要介绍与营销策划实施与控制相关的内容与程序，包括企业的营销组织、企业营销策划实施以及营销策划实施的监控。

关键术语

企业组织结构 营销策划实施 营销策划的监控

复习思考题

1. 市场驱动的组织结构设计包括哪几种基本方式？
2. 营销部门和销售部门之间的关系是怎样的？
3. 营销部门内部通常包括哪些机构？
4. 营销策划实施中应防止的问题有哪些？
5. 营销策划实施监控的方法有哪些？

案例分析

A公司兴衰史

A公司是一家采用股份制的民营商业连锁企业。1996年中旬，新开张的A公司及其所宣称的"五点利"在北京市曾经轰动一时，并且在商家与经济学家中掀起一场"五点利可行不可行"的论战。仅在一年以后，A公司被迫歇业，留下高达3000万元的债务，被传媒炒得沸沸扬扬。A公司如何从"红极一时"到"债台高筑"？从它的兴亡中企业可以得到哪些教训？

一、发展历程

1. A公司开业，红极一时

1995年11月，A公司于工商局注册登记，注册资金为1000万元，企业性质为股份制。

1996年6月1日，A公司的36家连锁店在京同时开张亮相，这36家连锁店遍布北京的8个城区。

起步之初，A公司制定了三大原则：规模出效益，连锁店将在年内开设100家分号；把实惠让给消费者，A公司旗下各连锁分店实行京城零售业最低毛利率——五点利；为市政府分忧，A公司各店将大量招收下岗女工。

A公司在传媒的炒作与自身的宣传下，引起各个层面的广泛关注。开业之初，各连锁店门前车水马龙、人声鼎沸，甚至有远道的顾客乘坐公共汽车赶到A公司来排队购物；各路供货商也闻风而来，希望与A公司建立供销关系；一些渴望被连锁的商家也纷纷来找A公司，希望加盟A公司的连锁，而各路新闻记者更是闻风而至。

2. 在发展中迅速扩张规模

在1996年6月1日开业后的4个月中，各店铺累计日销售额持续达到百万元以上，3个月后，法人申请变更注册资金，请求把注册资金数，由原来的1000万元改为5707万元。变更后的股东增加了B公司和C公司，法人代表不变。与此同时，A公司的连锁店增加到42家。另外，A公司的购物卡也在筹划之中，每张卡面值100元，计划发行100万张，若发行成功，可募集资金1亿元。

应该说，A公司的购物卡是模仿一些超级市场"会员制"的做法，像国外的沃尔玛、万客隆等大型连锁超级市场普遍采用这种制度。这种制度有利于企业使顾客固定化，降低促销成本，并获得一定的稳定收入。但因为A公司营业中的一系列风波及最终的破产，购物卡最终也没有发出。

二、由财务危机引发的企业破产

由于 A 公司固定投资所占比重过大，流动资金严重不足，在经营过程中，A 公司的财务危机开始显现。1997 年 2 月，开张仅半年的 A 公司，就被厂家投诉拖欠货款。

A 公司拖欠货款数额巨大。开业一年，A 公司拖欠货款总额为 3000 万元，被拖欠的供货商达 300 家。损失巨大的供货商迅速联合起来，他们不仅上门去讨债，而且出于本能，逐步开始减少供货量，以致最终停止供货。而此时，A 公司的店面里的情况便是，货架上的货物越来越少，顾客越来越零落。

针对这种情况，A 公司的管理者未能采取有效的措施，各项管理上的混乱、资金上的矛盾日益突出，管理危机与财务危机最终也未得到有效控制，这种恶性循环将 A 公司带入了破产的境地。

种种迹象显示，A 公司从一时的辉煌走向最终的破产，这一切并非偶然，一个企业走向衰亡必有它深层次的因素。

三、财务危机

其财务危机主要表现在：

1. 流动资金严重不足

一方面是因为固定投资占用了大量资金，A 公司的前期设计为 100 家连锁店规模，因此，购买计算机、招聘人员等的数量都是按照这一规模进行的。其中，仅 POS 系统一项就占用了近 2000 万元的资金。但是，因为资金、管理等种种原因，A 公司始终没有达到 100 家店的规模，因此，经营成本居高不下，许多设备闲置，进一步占压了资金。

2. 存在严重的投资缺口

以 1000 万元的注册资金要在全国开上百家的连锁店，不仅是有点大胆，而且是不符合经济理性思维的。A 公司在增资注册以后，虽然执照上写着"5707 万元"，但资金是否真正到位，外界不得而知。开业之后，法人虽曾向银行贷款 1000 万元维持"周转"，但该法人不得不承认：为了维持几十家连锁店的正常开业，"1000 万元 5 天就没有了"，这种现象，更说明 A 公司的管理者在最初的投资与设计中，并没有在全盘考虑自身的资金实力与各种投资渠道的基础上制定经济可行性的计划，而只是在发展中走一步算一步，以致出现了巨大的资金缺口。

3. 未能获得大量的银行贷款

A 公司的管理者曾将 A 公司的发展寄希望于社会的扶持。这也是 A 公司在创立之初喊出了"把实惠让给消费者，为市政府分忧"等口号的初衷，即希望通过实际行动来赢得社会、政府与银行的信任。

这种想法有点过于一相情愿。在银行资金有限的情况下，国家的支持还是会考虑所有制因素。但在各大银行向商业银行转变的今天，银行更看重的一点是企业的发展前景与投资回报。A 公司在开业不到一年，就频频发生与供货商的争端，而管理制度、企业经济效益均存在着巨大疑问，此时向 A 公司注资解困，对于银行来说，存在巨大的投资风险。银行考虑自身的利益问题，自然不愿轻易解贷。

四、管理危机

在与供货商的贷款问题上的几起风波后，虽然公司法人认为这仅仅只是财务问题，而实际上 A 公司管理上所潜伏的危机才是导致 A 公司走向失败的真正根源。各项管理危机主要表现在以下方面：

1. 规章制度不健全，有章不循，缺乏有效的监督机制与约束机制

(1) 管理层出手浪费。公司招待费动辄数千元，法人月薪 10000 元，高级助手月薪 5000 多元，公司购买了 10 多部轿车，其中最高档次的为雷克萨斯 400。庞大的管理费用，加大了公司经营成本，占用了大量的流动资金。

(2) 股东之间由于利益的矛盾而相互猜疑，中层干部因为责、权、利不明确而各自为政，相互掣肘。

(3) 由于 A 公司是迅速扩张膨胀的，因此，其缺乏一支上下一心、经过商海锤炼的骨干队伍，而制度建设上的各种问题给一些人以可乘之机。一些连锁店的店长偷、拿、吃、贪污等现象严重，店长与收银员合伙坑骗公司的事屡有发生。而对采购人员的监督乏力，致使业务人员暗中收受回扣的现象得不到控制。

2. 各业务部门未经严格的考核与培训，素质较低

(1) 在后期连锁店的扩张上，A 公司对商圈的调查不细致，未能很好地分析消费者层次，只是一味地追求扩张速度。

(2) 业务部门对商品行情不熟，供求反应迟钝，不能根据消费者的需求，及时调整品种结构与货源；进货数量与进货种类显得极为有限，货架上的物品花色较少，消费者选择的余地较其他连锁店小得多。

(3) 没有专门的采购、配送部门，其业务人员对供货商报价的高低无法作出准确判定，导致至少 1/3 的商品进价过高。

(4) 店堂管理混乱，货物码放较为凌乱，货价标签时常出错。有的商品标价竟然比进价还低一半。

(5) 营业员有 70% 是招聘的未经严格训练的下岗女工，服务态度不尽如人意。而一些连锁店的管理者未经考核、培训便匆忙上岗，导致管理水平参差不齐。

五、经营危机

1. 市场定位不当

A 公司在操作过程中采用了超市的投入、仓储式商场的价格、便利店的布局等混合商业业态。因为不同的连锁业态需要不同的策略去经营，才能以较小的代价获得较大的成功。而 A 公司将几种不同的业态掺杂在一起，势必造成决策和管理上的混乱。

2. 设计规模脱离实际

按照公司法人的安排，当初设想 100 家连锁店同时开业，这样可以取得规模效益。这种设计规模脱离实际之处表现在：一是公司当时的财力、物力无法支持如此巨大的投资规模，即使能取得银行贷款，依然存在巨大的负债经营风险；二是对于一家初次涉足商业零售的企业来说，即使百家连锁店同时开业，企业的各项管理制度也不可能像世界上的一些成熟的连锁企业所开设的连锁店一样在短时间健全、规范，而现实严酷的竞争不允许一家企业在管理上摸索的时间太长。这种在管理上的滞后、规模上的超前，必将使企业在竞争中处于不利地位。

一般说来，企业的发展应主要靠自身的积累，因此，滚动发展显得尤为重要，资金上的逐渐积累与管理上的趋向完善才会给企业规模的扩大打下坚实的基础。如果一味地追求超过自身发展能力的规模与超速发展，很可能为自己埋下失败的种子。

3. 利润率超低

超低的利润率难以支撑整个企业的良好运营。在这一点上，公司领导对经商的难处估计不足。从理论上讲，规模100家的连锁店，商品一律实行"五点利"，很可能一出马就击败北京大部分零售连锁业，那么，A公司一定可以获得极大成功。但是，一是如上文分析，A公司从来未达到上述规模，其规模效益也就是纸上谈兵；二是A公司的经营成本偏高，由于上述的各种管理上的原因，各种费用并未能降至最低；三是即便是达到上述规模，企业的负担仍然很重。例如，A公司租用房间，须按月支付房租；招聘员工上千人，须按月发放工资；水电费开支及各种税费、利息等。"五点利"经营，导致整个企业在一种微利的情况下运行，没有相当的资金与规模作为保障，是很难成功的。

4. 过于重视价格因素

企业经营者无论在经营策略还是在市场促销上，都极其重视对A公司价格因素的宣传，但同时却忽视了商家制胜的其他因素。价格仅仅是竞争的一种手段，是一种最基本、最原始的竞争手段。最初因为广告因素及价格诱导，自然是吸引了大批顾客。但日子一久，A公司的种种弊端开始暴露出来：低价格、低服务、管理乱、环境差，这一切都为A公司的失败埋下了隐患。

5. 与供应商关系处理不当

"五点利"实际上是一种薄利多销的经营策略。只有得到下家——消费者的认可，和"上家"——供货商密切合作，才能赢得市场，使整个盈利机器运转起来。但因为近几年中国出现的供大于求的经济现象，许多零售商业企业都以不规范的代销手法"欺负"供货商和生产企业。而A公司因为毛利率控制在"五点利"，进货成本就必须严格控制。A公司将进货价格一压再压，但因为流动资金原因，贷款又一拖再拖，导致与供货商的矛盾不断加剧，最终到了一种激化的程度。

六、中小企业可以学到什么

1. 合理的市场定位

A公司在成立之初，提出了"五点利"的口号。一些经济学家、商家对此提出了质疑，那么，A公司的创建人在实施"五点利"之前，是否做过认真的比较分析与可行性分析呢？现以上海第一百货商店（简称上海一百）与美国沃尔玛的经营状况进行对比分析（见表10-1）。

表 10-1　上海一百与美国沃尔玛经营状况对比表

比较项目	上海一百	美国沃尔玛
总资金利润率（利润/资产）	7.6%	8%
净资产利润率（利润/（资产－负债））	13%	21%
毛利率	14%	20%

上海一百与沃尔玛分别是中国和美国的大型零售企业。其毛利率都远在10%以上，而且沃尔玛因几十年来采取低价取胜的竞争战略，毛利率在美国大零售业中是最低的，如美国第二大零售商西尔斯的毛利率就高达27.1%。显然，作为一个新企业，没有强大资本作为前期开拓占领市场的支撑，A公司的"五点利"有点不切实际，考虑到工人工资、房租等经营成本以及税收等因素，即使"五点利"能够勉强支撑，也没有多少滚动利润来支持企

业经营规模的扩大，从而在规模经济的优势上获得真正的竞争优势。

所以，一个中小企业即使是以低成本作为自己的竞争战略，也应仔细计算维持企业正常运转与发展最低利润率的合理区间，而不应盲目地追求低成本，忽视了企业成长与发展的后劲。

另外，正如上文所提到的，A 公司尝试以一种混合的商业业态来取得竞争优势，所谓的超市的投入、仓储式商场的价格、便利店的布局，使 A 公司陷入了一种尴尬境地，所经营的商品除了价格比其他超市较低以外，没有别的特色。作为中小型的商业企业，这是一种危险的境地。因为商业业态的选择影响到经营决策的各个方面，在各个方面都优于竞争对手的商业业态基本上是不存在的。所以中小型的商业企业在进入市场时应该理智地选择一种合适的商业业态，并借鉴一些成功的经验进行经营。

2. 超速发展应建立在理性的规划之中

沃尔玛在 10 多年间就发展成为美国零售业的巨人，其增长速度是惊人的。因为折扣商店的盈利必然是建立在规模效益的基础上的。企业的规模越大，进货数量越大，所能从供货商享受的折扣也就越大，商场所能提供的优惠价将带来销量的增加，从而真正达到薄利多销的目的。

但是，一些连锁公司如果片面地追求规模，只是一味地增加连锁店的数目，那么，开第一家店时赔钱，匆忙开第二家还是赔钱，商家误以为规模不够，不仅不放慢速度进行反思，反而加快开店速度，甚至有的公司根本不进行模范店实验，如 A 公司开店，一开就是数十家，在流动资金明显不足的情况下，仍然一味地追求规模的扩大。在后期连锁店的扩张上，对商圈的调查不细致，未能很好地分析消费者的层次，只是一味地追求扩张速度。在高负债、高风险的情况下进行的超速膨胀并未带来效率与利润的提高，反而因为公司的实力无法支撑 62 家连锁店的经营，加速了公司的破产。

一般说来，盲目扩张的结果有两个：一方面由于资金缺乏，有钱开店无钱购货，货架处于半空状态；另一方面由于管理层经验不足，人才缺乏，制度建设不完善，管理水平提高无法与店铺扩张速度相适应，加之缺乏企业文化这个向心力，而不能将松散庞大的店铺组织紧密团结起来，最终难以取得理想效益而濒于倒闭。由于盲目扩张所带来的财务危机与管理危机，在 A 公司的破产中得到了最好的证明。

一些成功的连锁公司的确有快速开店者，其前提条件是选址科学、资金充足、人才有所储备和管理规范化，企业文化理念也已形成。这种超速发展是建立在理性的规划之中，以利润率的实际增长作为支撑的，在资本积累和积聚的基础上，逐渐加速发展起来的。

一些成功的连锁公司，如美国零售业巨人沃尔玛在 1980～1990 年的发展过程中，平均2.5 天就有一家新店开张，但公司每年的销售额增长率基本上都超过了商店数的增长率，这说明随着公司规模的扩大，其效率也在递增，这就更为公司以后的发展打下了坚实的基础。另一家美国连锁业的明星企业——科维特公司，1950～1960 年，销售额由 550 万美元增加到 1.5 亿美元，1960 年初时每隔 7 个星期就有一家店铺开张，成为当时零售业发展速度最快的公司。1962～1966 年的 4 年间，店铺数量及销售量都增加了 3 倍。这种超出实际的快速发展终于引起公司人才短缺，管理失控，亏损逐年增加，1965 年公司亏损 112.4 万美元，1966 年亏损达到 445.2 万美元，最终被其他公司兼并。

思考题：

1. 对 A 公司的计划目标的合理性作出评价。

2. 分析 A 公司营销过程失败的原因。

3. 同样是采用规模化低价格的营销战略，为什么沃尔玛成功了，A 公司却倒闭了？

4. 如果 A 公司有足够的资金，你认为 A 公司应如何规划发展计划？

5. 如果你是管理者，你会对 A 公司的营销活动进行怎样的控制？

第3篇 营销策划综合实训

第11章 营销策划经典案例分析

11.1 案例教学起源与现状及意义

11.1.1 案例教学起源与现状

"案例"一词的英语原文为"Case"，其在不同的学科领域，翻译亦不同。如医学上将其译为"病例"，法律上译为"判例"，企业管理上则译为"个案、实例、事例"等。

案例教学法的产生，可以追溯到古希腊和古罗马时代。希腊哲学家、教育家苏格拉底，在教学中采用"问答式"教学法可以看做是案例教学的雏形。希腊哲学家柏拉图在此基础上将问答积累的内容编辑成书，并将一个原理对应于一个例子，这些例子就是案例的雏形。到20世纪初，案例教学在法学和医学领域已经使用了很长时间，而在管理教学中的应用时间则较短，是由哈佛商学院首开其先。

1908年，在哈佛商学院成立之初就诞生了管理案例教学法。1908年，哈佛大学创立企业管理研究院，由盖伊担任首任院长。盖伊建议组织学生讨论以作为课堂教学的补充。从1909～1919年，该院请管理人员到课堂提出实际管理中的问题，然后要求学生写出分析和建议。第二任院长华莱士B.唐哈姆是一位由案例教学法培养出来的律师，他看到了在管理领域使用案例的重要性，并全力推动哈佛商学院投身于案例教学法。在他的促进之下，1920年，哈佛商学院成立案例开发中心，并于次年出版了第一本案例集，由此奠定了管理教学中案例教学法的基础。

从20世纪40年代中期开始，哈佛大力向其他商学院推广案例教学法。但案例教学法因为有违传统的教学方法论原理，不符合旧的习惯，在美国管理教育界的推广也经历了较长的时期。直到1955年，在福特基金会100万美元的资助下，哈佛商学院连续举办了11期8周制的案例教学暑期研讨班，先后邀请了119所院校的227位管理学院院长与资深教授来参加，才逐步就案例教学的意义、特点与有效性建立了初步的共识，为其推广提供了认识上的基础。同时，哈佛大学开始拥有初具规模的包括案例的选题、搜集、撰写、应用、储存、更新、发行和版权保护等各方面在内比较完整的案例系统，案例教学法被普遍应用于大多数管理课程的教学中。哈佛又创建了"校际案例交流所"，为全美各院校提供了方便而丰富的案例供应源。

11.1.2 案例教学对管理教育的意义

案例教学重在分析能力和决策能力的培养，其本质是理论与实践相结合的互动式教学。案例教学类似专家研讨会，通过调动学员进行充分的思考和讨论，把大家头脑中的思想"榨"出来。用于教学的案例是决策过程的情景再现，是一种运用语言形式或各种视听手段而描述的特定管理情景。案例将企业实践带入课堂，通过对案例的学习与分析，以及在群体中的共同讨论，促使学生进入特定的管理情景和管理过程，建立真实的管理感受和寻求解决问题的方案，从而更有效地培养学生的实际管理能力，并极大地丰富了学生各行业的背景知识，树立了管理权变论的理念。

案例教学的优点就是在模拟真实的情况下，帮助激发学生的主动行为，让学生从被动的吸收知识者的角色中摆脱出来，要求学生必须理解现实和作出判断，要面临方方面面的批评，帮助学生学会独立思考，提高分析和解决问题的能力、处理人际关系的能力和学习能力，从而作出负责任的决定。

由于学生们常常要求在有限的时间里根据极少量的信息来作出决策，案例教学法便经常使得学生感觉到没有把握。其目的并非是为了得到一系列正确答案，而是学习利用可以得到的信息数据来自圆其说，这一方法唯有通过"做"才能真正学到。案例分析，将使得辩论思维能力、表达能力、说服能力以及认识问题和决策能力有所提高。

案例教学的特点可以概括为三句话：不重对错，重在分析与决策能力；不重经验，重在知识框架的应用；不重传授，重在教师与学生互动。

在案例教学中，教授不是咨询师，不是要告诉学生要怎么做，而是要训练学生分析问题的思路和解决问题的能力，培养学生理论联系实际的能力。联合国教科文组织调查提供的数据可以表明案例教学的好处（见表 11 - 1）。

表 11 - 1　几种管理教学法教学功能的比较——联合国教科文组织调查提供

评测维度	知识传授	态度转变	分析能力培养	人际能力培养	学员接受力	知识保留力	综合
序号	教学方法	名次	名次	名次	名次	名次	名次	总名次
1	案例研究	2	4	1	4	2	2	1
2	研讨会	3	3	4	3	1	5	2
3	课堂讲授	9	8	9	8	8	8	9
4	模拟练习	6	5	2	5	3	6	5
5	电影	4	6	7	6	5	7	7
6	指导式自学	1	7	6	7	7	1	6
7	角色扮演	7	2	3	2	4	4	3
8	敏感性训练	8	1	5	1	6	3	4
9	电视	5	9	8	9	9	9	8

11.1.3　管理案例教学在世界著名商学院中的应用

案例教学这种新型的教学方法不仅遍及美国，其影响也早已波及美国以外的国家。从20 世纪 50 年代开始，案例教学法传出美国，加拿大、英国、法国、德国、意大利、日本以及东南亚国家都陆续引进了案例教学法。

在美国，由于办学方针不同，案例教学法在各个商学院得到不同程度和不同形式的应用。案例教学有狭义与广义两种。狭义的案例教学是指哈佛式的案例教学，即老师用一个事先写好的案例，组织、引导学生讨论，从中学习管理知识；广义的案例教学则包含各种互动式的教学方法。

1. 哈佛商学院

在作为案例教学鼻祖的哈佛（Harvard）商学院，案例教学占总课时的85%以上，这个数据意味着哈佛的大多数课几乎百分之百运用案例教学。哈佛商学院的某些教授，在高年级的综合性管理课程中，把案例教学作为唯一的教学方式；哈佛商学院坚定地实行案例教学法，不会应用案例教学的教师在哈佛商学院几乎无法立足。相对应的是，哈佛在强调案例教学的同时，并没有轻视学术研究，哈佛的案例教学并没有降低其学术研究水平。

2. 凯洛格商学院

美国西北大学凯洛格（Kellogg）商学院在美国《商业周刊》的全美商学院评选中总是名列前三，多次名列第一。凯洛格商学院并不强迫要求教师使用案例教学法，但凯洛格商学院院长认为，在 MBA 教育中不用案例教学几乎是不可能的；凯洛格的教授应用案例教学的比重为 1/3 ~ 2/3。凯洛格不仅采用哈佛式的案例教学，而且多种方式并用：一是事先设计好问题和学习要点，让学生去采集案例并进行讨论；二是事先只收集好素材，由企业人士到课堂讲述一个企业当前面临的鲜活情景，与学生们共同讨论；三是让学生们亲自下到企业，试图解决一个企业的现实问题。

3. 美国其他著名商学院

在美国其他著名商学院教学中，即使是偏重技术培养的学院，如卡内基梅隆商学院，理论讲授也不超过50%。在图 11-1 中，除案例教学和理论讲授之外的"其他"教学方式，基本可以归纳为是各种实践、模拟、互动式的理论联系实际的广义案例教学法。因此，可以认为在美国著名商学院中以案例教学为核心的非理论讲授已经占据了主导地位。

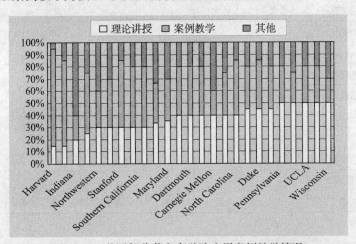

图 11-1　美国部分著名商学院应用案例教学情况

11.2　营销策划案例分析方法

11.2.1　案例教学的组织

案例练习通常包括以下几个组成部分：

1. 个人课前准备

这是学生熟悉案例、进入角色独立思考问题并提出建议的阶段。在这个阶段里，首先明确学生的角色，并要求学生根据角色，阅读熟悉案例提供的每一个情节和相关资料，进行必要的理论准备，在综合分析的基础上形成自己的独立见解。

案例分析的具体操作包括以下步骤：①应该快速阅读案例，得出对问题类型、组织类型等的感性认识；②通读案例以掌握案例中的关键事实；③根据形势的各个方面，通过作出合理的假设来补充事实；④辨别并且逐一登记这些事项和问题；⑤分辨出可供选择的行动方案；⑥估价每一种可供选择的行动方案，对每一种可供选择的方案将所有的事实加以整理和分析；⑦在所有的选择方案被彻底地分析之后，必须作出有关明确的行动方案的决策；⑧总体战略决定后，就必须考虑如何执行这一战略，必须决定谁去做什么，在什么时候做，以及如何去做。

2. 小组课前准备

这个阶段在个人充分准备的基础上组织小组讨论，在讨论中组内成员要各抒己见，充分表达各自的想法和意见，陈述自己的理由和依据，说明自己的决策和方案，并就不同的方案进行分析比较，集思广益，最后达成共识。这个阶段是集中集体智慧的阶段，必须充分展开，不能走过场。

3. 课堂讨论

这个阶段通常由教师主持。首先由一个小组选出代表在全班发言，展示本小组的结论，别人也可做补充；然后另一个小组可针对前一个小组的观点提出不同见解，展开争论；最后的全班交流是高潮，是全班学生达成共识的过程，需要学生和老师作好充分的准备。

4. 老师归纳总结

这个阶段通常由老师对课堂讨论的全过程进行归纳、评估，对各组或全班形成的共识进行概括，并结合理论教学对案例中的重点问题进行理论解析，使学习者能够举一反三、融会贯通。

5. 个人书面报告

个人书面报告是学生课后进行的对案例分析重新梳理的过程。案例分析报告由 4 部分组成，即摘要、问题分析、解决方案分析和附加图表。

（1）摘要。概述你识别出来的目标、遇到的问题和提出的解决方案。

（2）问题分析。在这一部分论证两件事情：一是论证提出的目标，说明公司管理层还可能提出哪些目标，提出的其他可能目标应当具有可信度，而且从某一角度分析也确实值得企业追求，为什么提出的这一目标是最重要或最值得公司追求的目标，而不要提一些无关紧要或明显没有价值的目标；二是论证识别出来的障碍或问题。说明为什么这一障碍或问题对于实现所设定的目标最为关键，而为什么其他障碍或问题对目标的实现相对没有这么重要。

（3）解决方案分析。在这一部分，描述并论证提出的解决方案或办法。一是描述方案内容；二是说明所提方案的逻辑或理由，包括该解决方案的优点是什么，在现在的情况下，为什么它是最佳的方案等。三是识别反对该方案的有力论点，包括提出的方案的弱点是什么，在什么情况下该方案可能失败，如果公司某位董事不喜欢这种解决办法，他可能从哪些方面说服其他人反对这个方案等。不要选择过于明显、简单和天真的反驳论点，因为对手很可能比想象的更难对付。四是针对可能的主要反驳论点一一给予反击，用事实、逻辑、数据或理论说话，而不是仅仅依靠语言或激情的力量。

（4）附加图表。这一部分并非"必须"，但附加图表通常是很有用或很有说服力的。图表应当支持自己的逻辑或论点，而不是简单地罗列案例中的信息。每一张图或表应包含如下内容：①名称；②基于该图或表所列支持论点而得出的结论；③所列事实性信息的来源；④该图或表所依据的假设以及该假设为什么合理或能够成立。

11.2.2 案例分析的一般技巧

案例分析技巧主要有以下几种：

（1）要有个人的见解。防止单纯复述或罗列案例提供的事实，应用所学过的管理理论和知识，发现经营管理已经出现的或潜在的问题，并对这些问题加以逻辑排列，从中抓住主要矛盾。

（2）文字表达要开门见山。在案例分析中，为使论点突出，可以使用小标题；在各段落的开始，应突出该段的主题句子；紧接着，可用陈述句支持主题句。这样分析，思路清晰、逻辑性强，以便于他人理解和接受。

（3）提出的建议要有特色。首先，提出的建议要符合具体情况，有明确的针对性，防止出现空泛的口号和模棱两可的观点及含糊不清的语句。应当注意的是，管理的实际问题可能有多种解决办法，不会是唯一一答案，关键是对问题的分析要符合逻辑，对所提出的观点和建议方案要有充分的信息支持和必要的论证，并进行合理的比较。

（4）要重视方案实施的步骤和可操作性。在分析案例时，对提出的解决问题方案，虽然常能摆出很多优点，有时却难以操作，这样就失去了实际意义，也缺乏说服力。因此，需要对实现目标所需要的条件加以说明。

（5）对假设或虚拟的条件要作必要的说明。案例中所给的信息，有时是不完全的，而在案例中扮演高层管理者进行决策时，要以下属能够提供比较理想的决策条件为前提，因此，需要作一些必要的假设。

11.2.3 案例分析的评价

评价口头的或笔头的案例分析是否出色的要点：

（1）是否进行全面、有深度的案例分析。

（2）是否避免复述案例中的事实。

（3）是否建立合理的假设。

（4）是否将问题与表象混淆。

（5）是否将机会与采取的行动混淆。

（6）目标是否实际。

（7）是否辨认备选方案。

（8）是否武断。

（9）是否从正反两方面讨论每一个备选方案。

（10）是否有效地利用财务和其他数量信息。

（11）是否得出明确的决策。

（12）是否很好地利用环境分析中引申出来的论据。

11.3　营销策划案例研究

案例分析对于提高营销策划能力非常有价值，本章提供 3 个营销案例。

案例 1：雅科卡策划"野马"汽车

1964 年，福特汽车公司生产了一种名为"野马"的汽车。新产品一经推出，购买人数就打破美国的历史纪录，顾客拼命抢购，在不到 1 年的时间里，野马汽车风行整个美国，各地还纷纷将钥匙扣、帽子、玩具都贴上了野马的标志。更有趣的是，在一家面包店的门上竟竖了这样一块牌子："本店烤饼如野马汽车般被一抢而光"。

野马汽车如此受到欢迎，不得不归功于美国实业界巨子雅科卡的出色策划。

1. 策划第一阶段：概念挖掘

雅科卡于 1962 年担任福特汽车公司分部总经理后，便开始策划生产一种受顾客喜欢的新型汽车。这一念头是在他对市场进行了充分调查之后产生的，其具有以下 3 个前提：

（1）雅科卡在欧洲了解到，福特汽车公司生产的"红雀"车型太小了，且没有行李箱，虽然很省油，但是外形不够美观。如不尽快推出一部新型车，公司将被竞争对手击败。

（2）第二次世界大战后，生育率激增，而现在几千万婴儿已经长大成人，在 20 世纪 60 年代，20～24 岁的人口增加了 50% 以上，而 16～35 岁之间的年轻人占人口增幅的一半。根据这一调查材料，雅科卡预见今后的 10 年，整个汽车的销售量将全面大幅度增加，而销售对象就是年轻人。

（3）年纪较大的买主已从满足经济实惠的汽车转向追求新款样式的豪华汽车。根据这些信息，雅科卡头脑中浮现出一个策划轮廓：福特公司要推出一部适应市场的新产品，其特点是款式新、性能好、能载 4 人、车子不能太重（最多 2500 磅$^\ominus$）、价钱便宜（卖价不能超过 2500 美元）。雅科卡把这一大致轮廓交给策划小组讨论，经过集思广益，一个清晰的策划概念产生了：车型要独树一帜、车身要容易辨认、要容易操纵（便于妇女和新学驾驶的人购买）、要有行李箱（便于外出旅行）、外形像跑车（吸引年轻人），而且还要胜过跑车。

2. 策划第二阶段：主题开发

这种车该取什么名字以吸引顾客呢？雅科卡委托沃尔德·汤姆森广告公司的代理人到底特律公共图书馆查找目录，从 A 打头的土猪一直查到 Z 打头的斑马，经过讨论，大家把上千个名字缩小到 5 个，即西部野马、猎豹、小马、野马和美洲豹。

广告策划人认为，美国人对第二次世界大战中的野马式战斗机的名字如雷贯耳，用"野马"作为新型车的名字妙不可言，能够显示车的性能和速度，有"广阔天地任君闯"的味道，最适合地道的美国人放荡不羁的个性。

主题"野马"确定后，策划人员又专门设计了一个标志安装在车前护栏里。这是一个奔驰的野马模型，它扬起四蹄按顺时针方向奔驰，而不是按美国赛马时的逆时针跑法。策划者认为野马就是野生的马，不是驯养的马，所以不会循规蹈矩，需要超越人的正常思维。这正是该主题的进一步延伸和扩展。

$\ominus$　1 磅（lb）=0.45359237kg。

在产品的设计上也体现了主题——集豪华与经济于一体。经济充裕的顾客可以购买额外部件及加大功率；即使不买这些也不要紧，因为这款汽车已经比一般经济型汽车多了圆背座椅、尼龙装饰、车轮罩以及地毯。它的外表更具特色，车身为白色而车轮为红色，后保险杠向上弯曲形成一个活泼的尾部，活脱脱就像一匹野马。

3. 策划第三阶段：时空运筹

新型车问世之前，福特公司在底特律地区选择了 52 对夫妇，邀请他们到样品陈列馆。这些人的收入属于中等层次，每对夫妇都已经拥有了一部标准型汽车。公司负责人将他们分成若干小组带进汽车样品陈列馆，请他们发表感想。

这些夫妇中一部分是白领夫妇，他们收入颇高，对车的样式较感兴趣；而蓝领夫妇看到样车的豪华装饰，认为开这部车能够代表地位和权势，有些不敢问津。雅科卡请他们估计一下车价，几乎所有人都估计至少 10000 美元，并表示不会购买这种车，因为家中已有车。当雅科卡宣布车价在 2500 美元以下时，大家都惊呆了，之后又欢呼起来，纷纷说道："我们要买这部车。"摸透消费者心理后，雅科卡把售价定在 2368 美元，并精心拟定了一系列促销方案。

4. 策划第四阶段：推销说服

策划成功与否，最终还是取决市场效果。策划人员为野马的广告推销下了一番苦心，其包括以下 6 个步骤：

（1）邀请各大报社的编辑参加从纽约到迪尔伯思的野马汽车大赛，同时还邀请了上百名记者亲临现场采访。表面上看这是一次赛车活动，实际上是一次告知性广告宣传。事后，有数百家报纸杂志报道了野马汽车大赛的盛况，使野马成为新闻界的热门话题。

（2）新型野马汽车上市的前一天，根据媒体选择计划，让几乎全部有影响的报纸用整版篇幅刊登了野马汽车广告。根据广告定位的要求，广告画面是一部白色野马汽车在奔驰，大标题是"真想不到"，副标题是"售价 2368 美元"。上述广告宣传是以提高产品的知名度为主，进而为提高市场占有率打基础。

（3）从野马汽车上市开始，让各大电视台每天不断地播放野马汽车的广告，广告内容是一个渴望成为赛车手或喷气式飞机驾驶员的年轻人正驾驶野马在奔驰。选择电视媒体做主传，其目的是扩大广告宣传的覆盖面，提高产品的知名度，使产品家喻户晓。

（4）选择最显眼的停车场，竖起巨型的广告牌，上面写着"野马栏"，以引起消费者的注意。

（5）竭尽全力在美国各地最繁忙的 15 个飞机场和 200 家假日饭店展览野马汽车，以实物广告的形式激发人们的购买欲望。

（6）向全国各地几百万福特汽车车主寄送广告宣传品。此举是为了达到直接促销的目的，同时也表示公司忠诚地为顾客服务的态度和决心。

这一系列铺天盖地、推山倒海的广告活动，使野马汽车风行美国。野马上市的第一天，就有 400 万人涌到福特代理店购买。1 年之内，销售量达 419812 辆，创下了福特公司的销售纪录之冠。

思考题：

1. 该公司是如何进行策划问题选择和目标市场确定的？
2. 该公司营销策划的主题是什么？

案例 2：中国香港旅游业"V"字形复苏

1. 案例内容概述

案例主体：中国香港旅游业。

市场地位：国际大都市，是亚洲主要旅游目的地和购物天堂。

市场效果：自 2003 年 6 月开始，赴港旅客人数开始回升，2003 年 8 月和 9 月的旅游业收入已分别同比增长了 9.6% 和 4.9%，酒店入住率由 5 月份的 18%，回升至 8 月份的 88%，中国香港旅游业成功地实现了"V"字形复苏。旅游业的快速复苏，使得香港经济摆脱了几年的负增长，通货紧缩、高失业率、股市等都出现了止跌回升的实质增长。

案例背景：根据《香港经济日报》的统计，中国香港的居民收入中有 85% 来自服务业，而其中旅游业占了相当大的比例，与香港经济息息相关。2001 年的旅游业收益达 643 亿港元，访港旅客达 1375 万人次。2003 年年初"非典"的爆发，对香港旅游业的打击极大。根据香港旅游发展局的资料，2003 年 5 月份，赴港旅客同比下跌 68% 至谷底，香港旅游收入减少了 123 亿港元；美国三大投资银行纷纷下调了对香港 2003 年 GDP 增长率预期，香港的失业率达到了空前的 8%。雪上加霜的是，香港旅游业受损，波及了地区消费，从而也打击了香港的零售业和消费服务业。

2. 中国香港旅游业"后非典"营销事件回放

2003 年 6 月 23 日，世界卫生组织宣布中国香港从"非典"疫区名单中除名的当天，香港经济发展及劳工局局长联同旅游发展局主席共同举行记者招待会，正式公布激活"全球旅游推广计划"。

2003 年 6 月 23 日～9 月 15 日，香港旅游发展局制作了 5 段新闻影带，分发到 69 个国家的 368 家电视台，并邀请了皇马球队、姚明等篮球明星、奥运滑冰好手关颖珊等多位知名人士及 586 位国际传媒嘉宾访港宣传，接受传媒专访和出席演讲活动达 79 次。同时，香港旅游发展局组织了来自 17 个不同市场的 300 多家旅游代理商和 1930 位旅游业务代表赴香港考察。

2003 年 7 月 13 日起，香港旅游发展局推出为期两个月的"好客月"推广活动，联合旅游业界开展合作促销，并刺激旅游者和市民的消费金额。

2003 年 9 月起，为了确保旅游业持续复苏，巩固中国香港作为亚洲知名旅游目的地的地位，香港旅游发展局策划了全球广告宣传活动。活动以"乐在此，爱在此"为主题，由成龙担任全新电视宣传片的主角，在全球 16 个重点市场和 30 多个大城市播出。香港旅游发展局还配合郭富城主演的电视剧《动感豪情》，开展了大型的公关宣传活动，中国大陆、中国台湾和东南亚地区有约 3 亿户家庭收看了此剧。此外，香港旅游发展局还与国家地理频道的《亚洲自我挑战赛》节目合作推广香港旅游。

2003 年 12 月，香港旅游发展局举办了"香港缤纷冬日节"大型活动，节目融合了西方节庆和中国传统特色，掀起了香港在圣诞节和新年前后的旅游高潮。

3. 中国香港旅游业"后非典"营销策略解析

从"非典"时期到危机过后，香港旅游发展局和中国香港政府的积极筹划和快速反应，以及香港各行各业的联合行动，不但使整个香港的经济损失减少到最小，而且在最短的时间里重塑了中国香港健康、美丽的城市形象。

（1）政府放水养鱼救市。在"非典"期间，香港的零售业和服务业生意下跌九成以上，香港政府推出的一系列补救政策，补贴旅游从业人员，帮助旅游行业及其从业人员度过困境，让他们的损失降到最低。其政策及举措如下：

1）香港政府针对旅游服务业推出了信贷补贴服务，让有困难的雇主能按时发工资给员工，实行放水养鱼。香港政府推出的 8 项救市措施，涉及金额约 118 亿港币，其中大部分为减免税费的措施。

2）在时任香港旅游发展局主席的周梁淑怡女士带领下，香港航空公司代表协会、香港酒店业主联会、香港酒店业协会及香港旅游业议会、香港旅游发展局及香港旅游事务署等，和超过 1000 家航空公司、酒店、饮食餐馆、零售店等联合推出"同心为香港"（We Love Hong Kong）活动，鼓励市民消费，把香港的经济搞活。

香港政府的努力在市民中引起了很大的反响，很多香港市民在接受访问时表示："人家不欢迎我们，我们自己救自己。"一位周先生说："我以前觉得香港太冷漠、人情味不足，经过这次活动，我更加爱香港了。"因为在"非典"期间的出色表现，周梁淑怡在 2003 年 9 月 22 日被任命为香港行政会议非官方议员。

（2）行业开展"合作营销"自救。香港旅游业和经济之所以能够在这么短的时间内复苏，主要还得益于香港旅游业界团结一致，为振兴旅游市场通力合作。

国泰航空、港龙航空和其他往来香港的航空公司提供超过 28000 张免费机票，赞助旅游业和传媒考察活动，以及支持香港旅游发展局在全球各地举办的消费者推广活动。香港旅游发展局通过与旅游业界的合作促销，在不同市场共推出了超过 100 项消费者推广活动。例如，香港旅游发展局通过其战略合作伙伴，向消费者发出了 400 多万个直接邮递，推广香港为理想的旅游目的地；中国台湾 4 家航空公司和 12 家主要旅游批发商联手推出"买一送一"优惠，在中国台湾取消针对中国香港的隔离检疫措施后一星期内，共售出 21000 个旅游行程；香港旅游发展局与韩国国民银行和中国内地的崇光百货等合作，向他们的客户提供独特优惠；香港旅游发展局还与香港的八达通卡、新城电台和港联航空等业界伙伴合作，利用它们提供的优惠，令旅客的香港行程更加超值。

2003 年 5 月 1 日开始的"同心为香港"活动，有超过 1800 家香港本地公司和商号参加，其中包括 1300 多家旅行社、80 家酒店、8 家娱乐集团、118 家饮食公司和 312 家零售商号，另外还有 10000 多辆出租车支持行动。它们共同为顾客提供各式优惠，刺激本地消费。行动的独特之处在于商户向消费者提供奖励，鼓励他们在其他商户消费，以增加在市场流通的现金，令所有参与的商户均能受惠。所有参与的商户及行业必须为顾客提供特别折扣或奖赏。

在活动中，全香港 6 家移动电话运营商也一起响应行动，向本地的客户发出短信，呼吁他们向各地的亲友传达香港从疫区除名的好消息，以及邀请亲友来香港旅游。

"同心为香港"行动在短时间内迅速发展成为一个振兴消费的全城活动。在 3 个月的活动期间，陆续加入支持行列的商户超过 2500 家，推出了总值近 7000 万港币的优惠奖励，成功地掀起了香港市民的购物热潮。此活动在缓解受"非典"打击的本地经济压力，以及增强市民凝聚力方面，取得了非常不错的成绩。

（3）危机公关为香港造势。2003 年 6 月 23 日，世界卫生组织把中国香港从疫区名单中去除，香港旅游发展局马上开展了重塑香港的系列公关活动，专门针对消费者市场、会展市场和专业旅游机构，打消他们对香港安全方面的疑虑，重新建立香港健康、美丽的形象。

在香港获世界卫生组织解除"非典"疫区后的短短 2 个星期内，香港旅游发展局邀请了 66 位传媒嘉宾访问香港，让他们亲身感受恢复活力的香港。香港旅游发展局为本地及驻港的国际传媒机构安排了 37 次重要访问，进行了 26 次演讲活动，在短时间内争取到了大量的正面媒体报道。

随后不到 3 个月的时间内，香港旅游发展局高效率地制作了 5 段新闻影带，分发到 69 个国家的 368 家电视台，邀请了 586 位传媒嘉宾访问香港，接受传媒专访和出席演讲共 79 次。

在香港旅游发展局的调查中发现，韩国、泰国、菲律宾、澳大利亚等市场对富有吸引力的优惠条件反应快、接受能力强，因此，在"非典"疫区解除的第一时间，香港旅游发展局专门对这些市场进行了有针对性的促销活动，售出了约 10000 个旅游行程。随后于 2003 年 7 月 13 日推出的为期 2 个月的"好客月"促销活动，不但吸引了大量旅客赴香港旅游，还派发了 150 万份多家商户联合推出的"欢迎礼包"，促进了多个行业 3 亿港元以上的消费。与此同时，香港旅游发展局和 64 家酒店合作推出"Rediscover Hong Kong"活动，邀请了 10 个重点市场的 370 位国际旅游业界代表访问香港，并推出多个优惠项目，鼓励国际旅游业界的一线员工带亲友来香港访问。在整个活动期间，香港旅游发展局共邀请到了来自 17 个重点市场的 1930 位旅游业界代表和 46 个考察团来香港考察。这些旅游经营商考察后在各个市场推出了全新的香港行程，使香港的旅游业得以快速恢复。

在此期间，中国香港政府和香港旅游发展局邀请了多位国际名人访问香港，包括利物浦和皇家马德里足球队、姚明和多位篮球明星、奥运滑冰冠军关颖珊以及日本明星松仁谷由实等，利用他们在不同市场的知名度和影响力在世界各地市场宣传推广香港。

为了加速会议和展览业务这块高收益市场的复苏，香港旅游发展局大力促成了路易·威登区域会议于 2003 年 6 月在香港举行，为香港造势。香港从"非典"疫区解除后，香港旅游发展局立刻向 3000 多家活动筹办机构、世界主要的邮轮经营商寄发信件或电子邮件，强调香港已获世界卫生组织安全保证，加强他们对香港的信心。香港旅游发展局更通过合作于 2003 年 8 月底举办了"亚洲展览论坛"，借机推广香港作为会议和展览首选地区的优势。这一系列活动也收到了非常好的成效，2003 年 6 ~ 12 月期间，已确认在香港举行的会议展览活动共 93 项，预计吸引 20 万国际代表出席，与往年相比不跌反升。

（4）"爱在此，乐在此"营造香港新形象。2003 年 9 月起，为了巩固香港旅游业"非典"后的快速复苏，彻底消除"非典"的负面影响，香港旅游发展局启动了"爱在此，乐在此"的全新全球广告宣传活动。一部由中国香港政府联合业内专家和世界巨星成龙重金打造的新版全球旅游推广广告片"香港，爱在此，乐在此"在全世界 30 多个大城市同步播出。广告片通过描绘旅客与本地居民之间的交流，展现香港的好客精神、令人垂涎的美食以及魅力无限的购物乐趣，巩固香港作为亚洲首选旅游目的地的地位。

为了巩固香港作为"亚洲盛事之都"的地位，从 2003 年 9 月到 2004 年 3 月，香港旅游发展局陆续推出"香港国际烟花音乐汇演"、"香港缤纷冬日节"、"新春国际汇演之夜"、"香港渣打国际马拉松赛"等大型活动，在各方各面营造香港的新形象，使香港在国际上的知名度及形象都大为增长。

据香港旅游发展局的统计，香港为了消除"非典"负面影响所进行的推广活动共花费约 5 亿港币。但是通过这一系列推广活动，截至 2003 年 10 月 10 日，在国际上为香港带来了总值 10.43 亿港元的宣传效益。不仅如此，旅游带动消费，为香港经济注入了一剂强心针，让香港在最短的时间里得以"浴火重生"。

思考题：

请分析和评价中国香港旅游业所采用的营销策略。

案例 3：周大福 VS TESIRO 通灵——东方智慧与欧洲经典博弈

1. 案例回顾：2006 年，中国珠宝业进入到一个新的里程年

港资品牌以周大福、谢瑞麟、周生生为代表的珠宝连锁力量在中国内地继续跑马圈地，欧洲品牌卡地亚、TESIRO 等诸多国际珠宝大鳄也多区域发力，加紧对中国市场进行渗透。

其中，以 TESIRO 为代表的欧洲珠宝品牌，其实力雄厚，有着强大的品牌、资金及管理优势；而以周大福为代表的中国香港品牌则凭借其影响力，及在渠道建设方面的优势，在中国珠宝市场叱咤风云。

TESIRO 和周大福代表着欧洲与中国香港两大珠宝阵营，构成了未来中国珠宝市场之争的缩略图谱。

2. 历史篇：中国香港巨头 VS 欧洲经典

周大福于 1929 年在广州创立，后辗转到香港正式成立珠宝金行。

20 世纪 90 年代，周大福以设立武汉周大福珠宝金行有限公司为标志，拉开了进军中国内地零售市场的序幕。从 1998 年到现在，周大福在内地发展分行数百家，形成以北京、上海、广州、武汉为中心的华北、华东、华南和中西部 4 大片区。

学习周大福"好榜样"，20 世纪 90 年代中后期，周生生、谢瑞麟等众多香港珠宝品牌长驱直入，雨后春笋般在内地市场扎营，给内地带来一股"港风"。而此时内地的数千家珠宝品牌，由于多数是集体经济、国有体制改制后的银楼、金店等老字号，转型乏力，管理滞后，无力阻挡香港品牌扩军，以致内地珠宝市场成为香港品牌的天下，周大福作为"先行者"占尽风光。伴随中国经济的迅猛发展，社会积聚了巨大的物质财富，消费品市场迅速膨胀，中国成为仅次于美国和日本的世界第三大奢侈品消费强国，奢侈品消费人群已经达到总人口的 13%，2005 年市场消费达到 1000 亿元。法国巴黎百富勤的报告指出，中国进入奢侈消费初期。

在资本全球化配置的今天，作为世界奢侈品的发源地的欧洲，宝马、阿玛尼等世界知名奢侈品巨头都把目光瞄向中国。在珠宝领域，欧洲品牌在 2005 年大举进入中国市场，以比利时珠宝品牌 TESIRO 的进入为标志。

TESIRO 是全球最大钻石加工贸易商欧陆之星旗下的欧洲经典钻石品牌，以优质切工享誉全球。与卡地亚等欧洲其他珠宝品牌不同的是，TESIRO 的价格处于金字塔塔腰位置，这个区间比高端消费群体更大，比低端又有自己的品牌优势。显然，这非常适合中国国情。

但现实是，TESIRO 并不熟悉中国本土市场，如果选择直接"空降"，单打独斗，显然不太可能。于是，TESIRO 想到了"借船出海"。2005 年下半年，TESIRO 重金收购国内强势品牌通灵翠钻，以"TESIRO 通灵"为品牌名，发力中国。

3. 品牌篇：东方智慧 VS 欧洲血统

作为欧洲珠宝品牌，TESIRO 通灵进入中国伊始，就采取了与周大福迥然不同的品牌战

略，它选择高调突出钻石的欧洲基因。而当顾客走进周大福专卖店的时候，营业员会热情地说："您好，欢迎光临香港周大福。"周大福时时突出自己的"香港"身份。

1840 年鸦片战争之后，在 100 多年的时间里，香港在高自由度的市场条件下，东方文化得到极大发扬，因而香港发展成为亚洲文化交流中心和东方时尚之都。

由于历史原因，曾在 20 世纪 30 年代兴起的奢侈品消费在内地出现断层。在 20 世纪 90 年代前期，香港在内地消费者眼中是时尚的、经典的"圣地"。1997 年香港回归后，这扇窗逐渐打开，香港成为内地外出旅游第一站，香港品牌受到空前追捧。

有 70 多年历史的周大福等一批香港品牌成为最大受益者，周大福把自己扮演成东方文化的代言人，它推出 99.99 纯金首饰斐然亚洲珠宝界，其"珍珠"系列、"水晶"系列满足了东方女性的需求。

扩张过程中，周大福在品牌个性上给人的印象是儒雅、内敛、中庸、平和的，是公认的亚洲珠宝界"老大哥"。周大福提出"珠宝时装化，首饰生活化"的品牌诉求理念，更是在把亚洲几千年佩戴珠宝首饰的文化习惯进行了传承与延续。

周大福凭借香港地域、文化优势及国内 20 多年来，国人急剧膨发的消费热情，在中国市场取得了成功，成为中国乃至亚洲珠宝界当之无愧的领航者与开拓者。

TESIRO 通灵明白，进入中国时以何种品牌识别系统统帅和整合企业价值活动是当务之急，如果没有独到的品牌诉求，很难打开中国市场之门。

"原产地印象"理论认为，当产品外销进入其他市场后，产品所在地往往就是消费者区分产品品质的重要标准。原产地产品的品质较好，反之则较差，产品原产地不同给消费者带来的信心指数有巨大落差。

TESIRO 通灵在品牌诉求上强化自己的基因。因为比利时在全球钻石行业享有盛誉，是世界钻石加工发源地，拥有世界最大的钻石切割中心，被尊称为"钻石王国"。"比利时切工"又被称为"优质钻石切工"。比利时钻石与法国香水、德国汽车、瑞士手表一样，都是公认的全球著名商品。TESIRO 通灵的母公司是位于比利时安特卫普的世界上最大的钻石加工贸易公司。

因此，TESIRO 通灵据此确定了自身的品牌识别系统核心——"来自比利时的优质切工钻石"，并通过全方位 360°品牌管理模式推行。

具体来说，TESIRO 通灵品牌强调从每一个接触点来打造品牌，要求所有 TESIRO 通灵关系人从各个方面围绕 TESIRO 通灵品牌，向圆心归纳，要做到人人、物物、上下、左右 360°。

TESIRO 通灵要求无论是自己的员工，还是加盟商，都代表 TESIRO 通灵的比利时品牌形象，所穿所戴都要为品牌加分，所言所行都透出欧洲品牌气质。在 TESIRO 通灵专卖店，顾客听到的是比利时的音乐，看到的是欧洲化的陈设，连赠送顾客的礼物也是原汁原味的比利时巧克力。

4. 产品篇：产品线扩展 VS 开辟新品类

品牌战略各不相同，周大福和 TESIRO 通灵的产品战略也迥然不同。传统营销主要集中在开发新客户上，就是发现顾客新需求，然后提供比竞争对手更优质、更便宜的产品或服务来满足顾客的需求。周大福在过去的珠宝市场的位置，正是得益于其新产品、新客户开发。

20 世纪香港金银贸易市场交易的黄金成色一律为 99%，而周大福开创性地首推 99.99

纯金饰品，这一"创新"为周大福以后的快速稳定发展奠定了基础。现在，周大福首创的99.99 纯金首饰已经成为香港黄金成色标准与典范。

其后，周大福坚持在产品组合策略上不断扩展产品组合的长度和宽度。相继推出"绝泽"珍珠系列，"绝色"红蓝宝石系列，"水中花"铂金系列，"DISNEY 公主"首饰系列，"惹火"系列等。

最强大的研发和创新能力，新产品的不断推出，周大福充分利用了企业的人力等各项资源，深挖潜力，满足不同细分市场的需求，有效地树立其在亚洲珠宝界的王者地位。但这种扩展策略有时也会使边际成本加大，淡化品牌个性，增加消费者认识和选择的难度。产品线扩展没有让周大福形成与周生生、谢瑞麟、六福等其他香港品牌的有效区隔。"第一者生存"法则在珠宝市场表现得淋漓尽致，消费者无论在心智和购买行为上都会偏向于位于市场第一的品牌，而位居第二位的珠宝商则会处于非常被动的地位。

在挺进中国市场的过程中，TESIRO 通灵的目标非常明确，他们并不在意产品组合的长度和宽度，关键是要和现有的其他品牌形成差异化经营，凸显出欧洲品牌与香港品牌的不同个性。因此，TESIRO 通灵产品上全力主打"来自比利时的优质切工钻石"，重点在钻石上做文章。

美国营销学者阿尔·里斯认为，打造品牌"成功的关键是创建一个你能第一个加入的新品类"。

5. 传播篇：广告制胜 VS 整合传播

周大福虽然也做了一些公关活动，如与意大利著名服装品牌 MaxMara 首度携手推出"周大福经典时尚珠宝秀 &MaxMara 秋冬时装展"；在北京工人体育场举行"经典·永恒的时尚——周大福 2005 主题时尚 PARTY"，但和很多珠宝企业一样，周大福对电视广告青睐有加，频繁借助集声、光、影于一体的电视广告。

例如，其推出广告片"情钻童话"，利用两名充满稚气的小孩做主角，人小鬼大地演绎出一段段情意绵绵的爱情对白，透过两小无猜的对话带出一些首饰的信息小百科，每次由小男孩发表钻饰信息后，小女孩就会问一句："你怎么知道呢?"小男孩就会接上一句："是周大福告诉我的。"小孩的语气调皮幽默，迅速令人留下深刻印象，成为大家的热门话题。

目前珠宝业营销传播方式主要有两种：一种是重点传播珠宝产品，依靠营造概念开拓市场；另一种是树立品牌，通过传播品牌形象，增加品牌号召力，如卡迪亚等珠宝品牌，TESIRO 通灵也是采用此策略。TESIRO 通灵的传播活动，始终坚持整合营销的传播理念，主题鲜明，关联度高。TESIRO 通灵认为，品牌就是联想，所有营销传播活动必须围绕"优质切工钻石"的主题诉求来进行，与产品的定位高度吻合。在传播上，TESIRO 通灵善于运用事件营销占领消费者心智。TESIRO 通灵刚进入中国不久，随即举办了迄今为止国内规模最大的一次"中国钻石第一展"，将来自比利时的总价数千万的 500 余颗优质切工克拉钻带入中国。这次巡展历时 3 个月，在南京等 18 个城市轮流进行，此事件吸引了众多媒体和消费者对 TESIRO 通灵品牌的关注。

同时，TESIRO 通灵与展览当地的主流媒介进行合作，举办钻石有奖估价等活动，与消费者形成良好的互动，提升了 TESIRO 通灵的品牌形象，让消费者切身感受到比利时优质切工钻石的魅力。

2006 年元旦刚过，TESIRO 通灵又在终端开展"TESIRO 通灵比利时钻石文化之旅"活动，抽取幸运顾客，去比利时钻石寻根，进一步强化了消费者对 TESIRO 的认知，给消费者的印象是 TESIRO 通灵代表比利时优质切工钻石。

通过事件营销，TESIRO 通灵快速取得了消费者对品牌的认知。

6. 渠道篇：连锁加盟的收与放

周大福的发展壮大与其发展连锁店紧密相关，在 20 世纪 60 年代，周大福放弃了传统金铺、分店的经营模式，组建了周大福珠宝金行有限公司，并以连锁店形式经营拓展市场，成为香港黄金珠宝业最早的有限公司机构，从而使单纯的"店铺式"经营转变为"公司化"运作，这是周大福成为国内领先珠宝企业的始点。

20 世纪 90 年代，周大福在进入内地市场之后，依托加盟连锁又一次迎来了公司发展的高峰，在短短的几年内，在国内发展数百家加盟店，抢占了中国大部分珠宝市场。

但另一方面，由于一些加盟店铺货混乱甚至窜货，以及零售价难以控制和乱打折现象，影响了周大福的形象。周大福在一些城市开始放弃被誉为"21 世纪最成功商业模式"的特许连锁模式，开始回收北京、广州等地品牌代理经营权。

在周大福收缩加盟的同时，TESIRO 通灵却在大规模拓展特许加盟，进入中国市场伊始，TESIRO 通灵与卡迪亚等其他欧洲品牌的大商场路线不同，它采取复合渠道，除了进入一流大商场之外，还采取在一线城市开设旗舰店，二、三线城市发展特许加盟，销售网络覆盖中国主要一、二线城市的策略。2005 年岁末，TESIRO 通灵在一个月时间内，一口气在中国发展了 10 余个直营、特许加盟店。

TESIRO 通灵认为与加盟者是一种价值链分工，加盟者可以分享到总部的品牌、管理等各种资源，而总部可以通过加盟政策快速拓展市场，同时把竞争改为竞合。特许加盟无疑是双方事业发展最好的选择。而现在国内珠宝加盟存在的问题是，许多实行特许加盟的企业通常只有"量"的扩张，而没有"质"的保障。

为此，TESIRO 通灵坚持欧洲品牌的独特做法，在中国推行加盟商利益代言人的制度。在公司总部，每一家 TESIRO 通灵加盟商都有一位利益代言人，这位利益代言人在公司所受到的待遇与其所挂钩的加盟商运营状况息息相关。

同时通过全新的渠道变革，TESIRO 通灵以系统化的管理做到了品牌统一、专卖店形象统一、产品陈列与摆放统一、服务模式统一、客户关系维护统一，不仅给加盟商金子，还要给加盟商点石成金的手指。

思考题：
请分析和评价周大福和 TESIRO 通灵所采用的营销策略。

第 12 章 营销策划实践训练项目

12.1 营销策划实践训练项目教学法

12.1.1 项目教学法

项目教学法起源于美国，盛行于德国的职业技术教育领域。支撑项目教学的理论基础主要有建构主义学习理论、杜威的实用主义教育理论和情境学习理论。20 世纪 80 年代以来，项目教学等行为导向教学在基础教育、职业教育、高等教育和成人教育中得到广泛的应用，成为典型的以学生为主体的教学方法。美国工商管理硕士教育（MBA）经过长期的教学实践，也广泛地采用项目教学法。

团队项目训练法是项目教学法的延伸和发展，也是设计教学法、体验教学法、情景教学法、模拟公司等行为导向教学方式的综合运用。这种方法即充分利用各种市场资源，按照市场营销工作实际，让学生自组团队、自寻商机、自设项目，理论联系实际分析营销环境，对真实对象进行市场营销方案设计、实施、评估，亲历市场营销的完整过程，以此进一步掌握理论，训练技能，提高能力。

项目教学法的教学目标不再是由教师将掌握的现成知识传递给学生，而是要达到学生对工作技能的掌握及工作态度的养成为最终目标，学生在完成工作的过程中主动学习所需的知识。教学中，学生主动完成工作项目的主线替代教师的知识传授主线具有极大的探究兴趣和参与活动的积极性；教师在教学中不再处于主导地位，而成为学生学习过程中的指导者、帮助者和监督者。因此，项目教学法具有以下特征：

1. 以项目为主线，以活动为中心

在项目教学中，学生以完成某一个具体的工作项目并形成相应的工作能力为目标，学生围绕该项目，开展制订计划、实施计划、撰写报告、总结交流、效果评估这样一系列活动，因此，以完成项目为目标替代以掌握知识为目标，成为学生主动学习过程中的巨大驱动力。

2. 以教师为主导，以学生为主体

在项目教学中，应体现教师精讲、学生多练的原则。教师只需要讲清基本原理、工作步骤、工作方法并精心设计合适的项目，甚至有些项目的选择也可以由师生共同参与。而在完成项目的活动中，从计划的制订、信息的收集、方案的设计、项目的实施到最终的交流评价，都可由学生自己完成，从而体现了做中学的原则，这符合人的技能与能力形成的规律。师生的角色与传统知识教学方式有了很大的不同，在传统的知识教学中，教师是知识的讲授者、灌输者，学生成为知识的接收器，而由知识向能力的转化还存在一段距离。在项目教学法中，师生关系更类似于工作过程中的师徒关系，学生是主动实践者，教师是指导者、帮助者。

3. 以能力形成为目标，重过程性评价

传统教学的检验方法是以掌握知识为目标的结果型评价，而项目课程教学是以形成技能与能力为目标的过程导向型评价体系。在项目的实施过程中，根据每个学生在该项活动中的参与程度、承担任务、合作意识及工作成果等进行自评、小组互评、教师综合评价，据此对每一位学生进行评分，而且在成果交流、检查、评比的过程中，学生可以学习到其他小组的优点、发现自己小组存在的问题并加以改进，从而推动能力的提升。

12.1.2　营销策划实践训练项目的组织及实施

全班学生划分为若干个项目团队小组，每组 3~5 人，并选出组长；在教师的指导下每个小组选择好实战训练项目；在项目团队小组内部进行任务细分，并分工负责到人，确保每个子项目任务有一人牵头负责；每个子项目任务由该子项目任务负责人牵头组织，团队成员共同参与协作完成，团队组长负责团队及项目的管理、协调，并向指导教师汇报；项目完成之后，每个小组以文档的形式提交策划案，并采用幻灯片的形式进行方案的讲解与答辩；最后，指导教师根据每组的策划过程和实际结果进行评论给分。

12.2　营销策划实践训练项目

设计好跟企业工作过程相一致的、能突出技能或能力训练的项目，需要先对市场营销策划的工作内容按工作过程分解为市场调研、市场环境分析、市场细分、目标市场选择、市场定位、竞争性战略、4P 策略这样若干个环节，每个工作环节都有相应的能力要求。

每个小组项目的选择，可以由教师联系某企业具体的实践项目，也可以由学生联系熟悉的企业来做；可以是学生自己的创业项目，或者是网上虚拟运营的项目。以下 4 个项目是一个整体：项目一选定具体的业务，项目二针对项目一的业务进行相关调研，项目三根据调研结果进行营销战略设计，项目四设计该业务具体的营销策划方案。

12.2.1　实践训练项目 1：团队组建、项目启动、团队 CIS 策划

1. 项目实训目的

（1）通过组建项目团队及选择适合本团队的策划项目，学生可以交流合作、合理分工、互相启发，探索完成本团队所承担具体项目的整体营销策划步骤、逻辑程序、框架内容及关键原则的设计。

（2）深入理解营销策划的整体概念和重点，初步掌握针对具体项目的营销策划步骤、方法和文案框架内容的搭建。

（3）掌握 CIS 策划的内容和方法，通过团队 CIS 策划，加强实训团队建设。

2. 项目实训内容

（1）团队的组建及分工。

（2）项目的选择和论证。

（3）策划总体思路的确定。

（4）本团队 CIS 策划。

3. 项目实训要求

（1）组建一支3~5人的项目团队，并选出团队负责人。

（2）选择或寻找适合本团队的策划项目（或具体产品、服务）。

（3）描绘出该项目营销策划的大概步骤、逻辑程序，并写出该项目营销策划方案的框架及内容。

（4）根据团队项目或企业，撰写一份完整的CIS导入策划案。

4. 项目需要提交的文件

（1）提交本团队的成员介绍及项目介绍的幻灯片。

（2）提交本团队选择项目的理由及该策划总体思路的文档。

（3）提交本团队的CIS导入策划方案的文档。

12.2.2　实践训练项目2：团队项目市场调研策划

1. 项目实训目的

（1）了解市场调研的全过程，掌握市场调研方案的策划方法。

（2）深入理解调研策划、调研执行和撰写调研报告的重点、难点和关键点，初步掌握具体项目的调研策划、问卷设计、调研执行，以及调研策划文案和调研报告撰写的程序步骤、方法和技巧。

2. 项目实训内容

（1）市场调研策划方案的具体框架内容、策划的步骤。

（2）完成调研报告的写作。

3. 项目实训要求

（1）根据项目或主题的具体情况，让学生制订一个具有可操作性的市场调研策划方案。

（2）根据调研项目或主题的具体要求，让学生设计一份市场调查问卷，或者访谈提纲。

（3）根据市场调研策划方案，让学生制订一份详细的调研活动执行计划，并组织实施调研活动。

（4）根据市场调研主题、调研资料和结果，让学生归纳、分析并撰写、制作调研报告。

4. 项目需要提交的文件

（1）制订市场调研方案的文档。

（2）该项目调研报告的文档。

12.2.3　实践训练项目3：营销战略方案策划

1. 项目实训目的

（1）掌握SWOT等市场营销环境的分析工具的应用方法。

（2）根据环境分析，制定营销战略目标，提炼或创意战略思想，进行目标市场的细分和选择、市场定位，撰写完整的营销战略策划方案。

（3）深入理解市场营销战略策划的重要性，掌握具体项目战略性营销策划的程序步骤、方法和撰写战略性营销策划文案的技巧。

2. 项目实训内容

（1）宏观环境、微观环境分析的方法。

（2）营销战略制定的技巧。

3. 项目实训要求

（1）在全面分析市场营销环境的基础上，让学生进行 SWOT 分析。

（2）根据市场环境和 SWOT 的分析，让学生制定合适的营销战略目标及战略思想。

（3）根据营销目标、战略思想，让学生进行 STP 战略的制定。

4. 项目需要提交的文件

（1）关于本项目营销环境的 SWOT 分析文档。

（2）本项目的战略性营销策划文案的文档。

12.2.4　实践训练项目 4：营销战术方案策划

1. 项目实训目的

（1）了解、掌握产品策划的框架构成、具体的内容以及格式要求，重点掌握策划的程序、方法、技巧和重点。

（2）掌握企业定价策略与定价方法、价格策划的流程与方法、策划书的内容与格式要求。

（3）了解、掌握分销渠道的选择、设计和管理。

（4）掌握促销策划的流程与内容，学会进行促销方案设计及实施。

（5）掌握 4P 营销组合方案的设计技巧。

2. 项目实训内容

（1）产品组合方案设计。

（2）制订企业价格方案，撰写价格策划方案。

（3）制定分销渠道模式，进行渠道设计，分析渠道发展。

（4）促销策划的程序、活动方案的设计，促销主题的设计，促销策划案的具体内容和格式的设计。

（5）4P 营销策略组合方案的设计。

3. 项目实训要求

（1）掌握产品策划的程序、方法和技巧，以及产品组合方案的格式。

（2）掌握企业的定价策略与方法，进行定价方案设计，掌握价格策划的流程和方法。

（3）掌握影响分销渠道因素的分析方法、分销渠道的选择模式及管理方法。

（4）掌握促销活动策划和方案的实施。

4. 项目需要提交的文件

（1）一份完整的营销战术策划书（包括 4P 等内容）的文档。

（2）4 个项目的综合市场营销策划书的文档。

参考文献

[1] 张卫东．营销策划：理论与技艺［M］．北京：电子工业出版社，2007.

[2] 迈克尔 A 希特，等．战略管理：竞争与全球化［M］．北京：机械工业出版社，2005.

[3] 于建原，等．营销策划［M］．成都：西南财经大学出版社，2005.

[4] 胡其辉．市场营销策划［M］．大连：东北财经大学出版社，2006.

[5] 王学东．营销策划——方法与实务［M］．北京：清华大学出版社，北京交通大学出版社，2010.

[6] 马尔科姆·麦克唐纳．营销策划［M］．荣忠声，译．5 版．北京：中国市场出版社，2004.

[7] 单宝．企业创意与策划［M］．北京：民主与建设出版社，2002.

[8] 叶万春．企业营销策划［M］．北京：中国人民大学出版社，2007.

[9] 余颖．营销策划［M］．北京：北京师范大学出版社，2007.

[10] 孙梨．策划家［M］．北京：中国经济出版社，1993.

[11] 庄贵军．企业营销策划［M］．北京：清华大学出版社，2005.

[12] 霍亚楼，王志伟．市场营销策划［M］．北京：对外经济贸易大学出版社，2008.

[13] 孟韬，毕克贵．营销策划：方法、技巧与文案［M］．北京：机械工业出版社，2008.

[14] 董丛文，易加斌．营销策划原理与实务［M］．2 版．北京：科学出版社，2008.

[15] 张科平．营销策划［M］．北京：清华大学出版社，2007.

[16] 周玫．营销策划［M］．武汉：华中科技大学出版社，2009.

[17] 吴健安．市场营销学［M］．3 版．北京：高等教育出版社，2007.

[18] 邓镝．营销策划案例分析［M］．北京：机械工业出版社，2007.

[19] 卫海英．市场营销学［M］．北京：经济科学出版社，2009.

[20] 连漪．市场营销理论与实务［M］．北京：北京理工大学出版社，2007.

[21] 许以洪，李双玫．市场营销学［M］．北京：机械工业出版社，2007.

[22] 卢强．渠道变革和整合中的风险控制［J］．销售与市场，2004（11）.

[23] 王清，李进武．空调营销模式研究［J］．销售与市场，2002（3）.

市场营销学　第2版

营销策划案例分析

现代推销学教程

市场调查与预测

国际市场营销学

商务谈判

品牌管理

营销策划

网络营销

消费者行为学

地址：北京市百万庄大街22号　　邮政编码：100037
电话服务　　　　　　　　　　　网络服务
社服务中心：(010)88361066　门户网：http://www.cmpbook.com
销售一部：(010)68326294　　教材网：http://www.cmpedu.com
销售二部：(010)88379649　　封面无防伪标均为盗版
读者购书热线：(010)88379203

ISBN 978-7-111-34217-5

策划：曹俊玲／封面设计：张静

定价：38.00元

ISBN 978-7-111-34217-5

9 787111 342175